秦始皇
趙佗
蒼梧君
甌雒王
大國師

作者　黄继树

原籍广西百寿县（今桂林市永福县百寿镇）。文学创作一级职称，享受国务院特殊津贴、广西优秀专家。著有《桂系演义》《败兵成匪》《北伐往事》《黄继树作品自选集》等。

《灵渠》于2018年出版后，受到广大读者和文学评论界的好评，同时荣获第十五届广西精神文明建设“五个一工程”奖、第九届广西最高文艺奖铜鼓奖。

本次出版的《灵渠》（插图本），是全新的升级版本，经由黄继树反复修订，又加入了著名绘画艺术家、云南画派创始人之一的刘绍荟所作之插图，更具艺术魅力。

绘者 刘绍荟

1940年8月生，湖南长沙人，桂林美术家协会荣誉主席，桂林中国画院院长，桂林师范高等专科学校资深教授。云南现代重彩画派原创者之一。1998年创作《灵渠》邮票发行全国。

卷首语

山，除了山，还是山，一座座莽莽苍苍的大山，连绵不尽。大山把天挤小了，把地压窄了。大山中，巨蟒似的蔓藤纵横盘缠，古木参天，阴森可怖。古木和藤蔓自生自灭，不知岁月。绿色的生命挤挤簇簇，顽强地向上挣扎，争抢着头顶上的阳光雨露。能挣扎出头的，见到阳光则生，从此欣欣向荣。被压抑在阳光之下的竞争失败者，则枯死败亡，历史的年轮化作了朽木。

山，除了山，还是山，一座座莽莽苍苍的大山，连绵不尽。大山和大山，像一只只被挤压的乳房，山谷中奔流的溪水岩泉，像被挤出的母乳，滋养着赖此生存繁衍不息的一切生命。山中，虎豹出没，象犀群奔，蟒蜥横卧，鹿麋嘶鸣……这是大自然恩赐的动物天堂。

山，除了山，还是山，一座座莽莽苍苍的大山，连绵不尽。大山把江河折成千回百转，江滩险急，怒涛击岸，青峰插地，洞穴穿空。江流把两岸雕塑成一个个奇幻无穷的世界。

山，除了山，还是山，一座座莽莽苍苍的大山，连绵不尽。大山吞云吐雾，林间升起的岚烟席卷山河，酷日下蒸腾出令人窒息的蛮烟瘴雨，毒瘴绞杀着无数的生灵，催生出众多的鬼魅山魔。这是一片人兽杂处，混沌蒙昧，被神怪精灵统治的大地。

这就是远离中原文明，被雄奇险峻的五岭山脉隔断了的南方蛮荒之地——岭南。

天地玄黄，斗转星移，周而复始。冥冥之中，历史的车轮已经闯进了中原战乱频仍的战国时代末期。而岭南一切依然故我。

大秦帝国那驰骋中原的无敌战车，即将叩开五岭之门。中原文明的阳光，将普照这片原始的蛮荒之地。

目 录

插图本

灵渠

黄继树 □ 著
刘绍荟 □ 绘

漓江出版社
·桂林·

图书在版编目(CIP)数据

灵渠：插图本 / 黄继树著；刘绍荟绘. -- 桂林：漓江出版社, 2021.8
ISBN 978-7-5407-8997-8

Ⅰ. ①灵… Ⅱ. ①黄… ②刘… Ⅲ. ①长篇历史小说－中国－当代 Ⅳ. ①I247.5

中国版本图书馆CIP数据核字(2021)第001270号

LINGQU(CHATU BEN)
灵渠（插图本）
黄继树　著
刘绍荟　绘

出版人：刘迪才
策划编辑：张谦
责任编辑：谢青芸
书籍设计：石绍康
责任监印：张璐

出版发行：漓江出版社有限公司
社址：广西桂林市南环路22号　邮编：541002
发行电话：010-65699511　0773-2583322
传真：010-85891290　0773-2582200
邮购热线：0773-2582200
电子信箱：ljcbs@163.com
微信公众号：lijiangpress
印制：北京中科印刷有限公司
[北京市通州区宋庄工业区1号楼101号　邮编：101118]
开本：690mm × 1000mm　1/16
印张：32.5　字数：455千字
版次：2021年8月第1版
印次：2021年8月第1次印刷
书号：ISBN 978-7-5407-8997-8
定价：168.00元

第一章　逃出蛮荒

第一节　杀牲祭神

深秋时节的阳光，灿烂明媚，秋风送爽，岭坡上一簇簇野花竞放，芳香四溢。岭南气候温润，四季如春，终年野花开不尽。故春花者冬秀，夏花者春秀，秋花者夏秀，冬花者秋秀，其花竞秀不绝于时。少女的头上，四季插满鲜花，乌发簇锦，香飘四季。

黄茅岭上，野蜂飞舞，勤劳的蜜蜂们采集花粉，酿造蜂蜜，一年四季，此时的蜂蜜最为香甜。野蜂们的身上带着花香，纷纷汇集到一棵古老的枫树下，钻入一个树洞中，又从树洞中飞出来，忙忙碌碌，没有停歇的时候。

黄茅岭上，一对部族青春男女，正向那棵古老的大枫树走去。男孩十六七岁，少女十三四岁。男孩子头上绾着歪歪的椎髻，身穿麻织衣衫，腰上插着一把古剑，背上背着一只黄亮的竹筒；少女披散着头发，头顶扎着一只插满鲜花的花箍，手持一只竹制的瓢勺，跟在男孩身后。他们是一对亲兄妹。

男孩从茅草边摘下一朵芳香的野花，对女孩说：

“阿妹，这朵耶若茗花好香，送给你啦！”

女孩接过鲜花，闻了闻，雀跃起来，连说：“好香！好香！”随手把花插在头发上。几只蜜蜂立刻飞来，围着女孩的头发，嗡嗡地鸣叫着，似乎在赞美花的奇香人的艳丽。

他们来到那古老的枫树下，女孩折下一枝树枝，驱赶着进出树洞的蜂群。男孩从背上取下那只黄亮的竹筒，从女孩手中拿过竹勺，把头探入树洞中，挖取蜂蜜，将舀出的蜂蜜倒入竹筒中。

竹筒中已经盛满蜂蜜，男孩从树洞中把头缩回来，几只蜜蜂在他头上飞舞。他把舀蜂蜜的竹勺递给女孩，说：

“阿妹，这一勺蜜糖给你吃了。”

女孩把盛着蜂蜜的勺子放进嘴中，啧啧地吃了起来，连说：

“好甜！好甜！”

她问男孩：“阿哥，阿妈她吃了这蜜糖，病会好吗？”

男孩指着满岭的黄茅草，说：“黄茅枯时，瘴疠就发作了，阿妈中了黄茅瘴。这黄茅岭上的蜜糖可以解毒，阿妈吃了这蜜糖，病就会好的。”

女孩又雀跃起来，说：“阿妈有救了，阿哥你真好，你再给我采几朵花吧！”

男孩说：“我们快回去吧，给阿妈治病要紧。”

他们走下黄茅岭，几只蜜蜂，恋恋不舍地追随在他们身后，一路跟着飞舞。山岭下，一条溪泉叮咚，溪水泛着银花，从一座茅寮前流过。茅寮后，一大丛篁竹掩映，浅灰色的竹壳，飘落在茅寮上，像一大片杂乱的竹瓦。茅寮前，一棵大青树，枝繁叶茂，树顶有一只硕大的喜鹊巢，幼鸟在巢中叽叽喳喳地叫唤着，捕食的喜鹊归来，把一只肥大的虫子啄碎，一口一口地喂进幼鸟的口中。

少年男女猫腰钻进茅寮中，来到一张竹床前，齐声唤道：

“阿妈，我们给你取蜜糖回来了。”

竹床上，铺满柔软的木棉花絮，一个老妇人慢慢地从木棉花絮中挣扎起半个身子，她脸色黧黑，骨瘦如柴，不断地咳着。女孩忙坐到竹床上，让老妇人把身子靠在自己身上。老妇人慢慢地喘息着。

少年跪在竹床前，用竹勺从竹筒中把蜜糖舀出来，送到老妇人嘴边，唤道：

“阿妈，张开嘴，吃吧！”

老妇人喘一口气，张开嘴，喝下一口蜂蜜，又喘咳起来。少女用手轻轻地拍着老妇人的背，停一下，少年又把一勺蜂蜜送进老妇人的口中。老妇人一口一口地喝着蜂蜜，不时咂着干瘪的嘴唇。这时，茅寮外响起一阵急促的脚步声，有人呼叫着：

“禄哥！禄哥！不好了，大巫师带人来捉你了！”

少年不慌不忙地放下手中的竹筒和勺子，刚站起来，随着呼叫声，茅寮中已闯进来一个身上穿着豹皮、短发蓬乱、身背弓箭的小伙。

禄拍着小伙的肩膀，镇静地问道：“皋通，什么事，你慢慢说。”

穿豹皮的小伙名叫皋通，是禄的好朋友，他们常常一道下河摸鱼捞虾，上山射猎，采摘野果。

皋通急不可耐地说：“大巫师要为布伯祭山神，要捉你和你家阿妹去当祭品。现在大巫师已带人来了，禄哥，你快带着阿妹跑吧，再不跑就来不及了！”

老妇人听了吓得又一阵急咳急喘，阿妹惊恐地拍着阿妈的背。喘咳了一阵，老妇人才无力地推开女儿，有气无力地说：

“禄，快带着……你阿妹，跑吧！”

禄把最后一勺蜂蜜送进阿妈口中，这才拉着阿妹和皋通跑出茅寮，可是已经晚了。他们刚刚跑出门口，一个戴着青面獠牙面具、头上插着一簇雉鸡羽毛、身披黑白黄紫绿色巫衣、手持一根骷髅杖的巫师，身后带着几十个赤膊光脚、断发文身、腰束兽皮的土兵，已围在茅寮前。

巫师用骷髅杖指着禄，喝道：

“布伯祭神，已选定你兄妹俩做金童玉女，快跟我走！”

阿妹惊叫一声大哭起来，喊道：“阿哥，我不想死呀！”

巫师大喝一声：“你敢违抗神灵符命，给我抓走！”

两个土兵冲上来，把阿妹一把拖走。禄拔出剑来，那是一柄青铜古剑，剑身闪着墨绿色的光，他狠狠地向拖着阿妹的土兵刺去，一个土兵手臂被刺破，鲜血直流。巫师挥起骷髅杖，向禄击打过来。禄用剑抵挡。一群土兵用尖矛将禄团团围住。皋通退后十几步，张弓搭箭，嗖嗖两箭，射倒了两个土兵。其余土兵向后退去。皋通叫喊着："禄，快跟我跑呀！"

阿妹惊叫着："阿哥，快救我啊！"

禄挥舞着青铜剑，向前冲去，要解救他的阿妹。一群土兵又围了上来，将利矛向禄刺来，禄挥剑左右抵挡。皋通又连发两箭，射倒了两个土兵，其余的土兵吓得往后退去。禄挥剑欲追。皋通冲过来，拉上禄，急呼：

"快跑！"

皋通拉着禄，直往后山跑去。巫师挥着骷髅杖，一边指挥土兵追击皋通和禄，一边喝令其余土兵将阿妹塞进一只大竹笼中，关起来抬走。阿妹在竹笼中发出一阵绝望的惨叫。

皋通和禄已逃入密密的丛林中。巫师追赶不及，只得带着土兵们返回茅寮前。巫师点起一把火，投向茅寮，火光闪腾，一下子便将茅寮化作了一堆灰烬。一个土兵猴般地爬上那棵大青树，摘下那只硕大的鸟巢，一把摔到地上，巢中的几只幼鸟被摔了出来，土兵们争抢着被摔昏了的幼鸟，放到口中连毛一起大口大口地撕嚼起来，鲜血和鸟毛沾满了他们的口唇。

巫师用骷髅杖指着前面河边的一座茅寮，喝令土兵：

"金童跑了，怎么回去向布伯交差，快去给我抓皋通的小弟！"

巫师带着土兵，直向皋通家的茅寮扑去。

密林深处，一棵冲天而立的大树上，皋通和禄爬在树梢上向山下观望着，禄看见了他家的茅寮火光腾起，看见了关在竹笼中被土兵抬走的阿妹，撕心裂肺地呼喊着：

"阿妈！阿妹！阿妈！阿妹！"

一会儿，皋通也在树梢上哭喊起来：

"我家的寮棚也被烧了，我阿弟被关进竹笼里抬走了！这天杀的巫师啊！我要扒你的皮！抽你的筋！喝你的血！吃你的肉！呜呜……"

禄抹一把眼泪，也看到了不远处皋通家的寮棚冒起一大团火光，两只关着他们阿弟阿妹的竹笼，正被士兵抬走。禄不禁又大哭起来。

象城是瓯雒部落联盟的统治中心。

说它是城，是因为它依山而筑，东西两面全是石山，只有北面和南面是平缓的坡地，它扼南北要冲，据险而立；说它是城，是因为它南北两面筑有颇为坚固的城寨，城寨全部用巨石垒起，城前有条大河流过，是天然的护城河，易守难攻。

象城中居住着瓯雒部落联盟的最高首领——瓯雒布伯。瓯雒是岭南最大的部族，共有十几个大小部落，它们分别是燕部落、蛙部落、象部落、豹部落、蛇部落、雷部落、雨部落、龙部落、水部落、火部落、风部落、巫部落、魅部落。瓯雒布伯统治着这大小十几个部族部落，是岭南部族的最高首领。

禄原本是属于水部落的，皋通原本是属于豹部落的，但是，因为他们反抗瓯雒布伯祭神的意旨，被巫师追杀逃出了部落，不知所踪。

这天，是瓯雒部族共同祭神的盛大节日。

当早晨的阳光映照在象城上的时候，城上便响起了犀牛角的号角声，在号角声中，北城门徐徐打开。城门上的一方巨石，被打制成一头巨大的公象，象牙突伸，象鼻横卷，虽然打造的工艺显得粗糙拙朴，但却十分生动威武，这是象城的标志，也是象部落的图腾。

号角声中，第一头披着五彩珠链的大象开始出城。象背上，用“土”字形的木架架立着一尊巨大的双面铜鼓，铜鼓中心放射着太阳纹，四周饰以雷纹、鸟纹、蛙纹、龙纹、鱼纹等象征各部落的图腾图案。铜鼓两侧，各站立着一名身材壮实、断发文身的擂鼓手。两名擂鼓手用手掌不断地擂击着铜鼓，发出震天撼地的雷鸣声。大象的鼻子曲卷着，上面坐着一名手持长矛的象驾兼向导。前导大象的后面，数十头大象陆续走了出来。每一头大象的背上和左右两侧，都披挂着金黄色的藤甲，象背和两侧，都坐着几个手握长矛的象兵。象队的中央，有一头体格特别硕大的象王，象背上铺着一方金光闪闪的象毯，上面坐着威风凛凛的瓯雒布伯。瓯雒布伯头戴青铜纹饰的王冠，王冠正中，是一幅太阳图案，太阳纹辐射王冠四周，瓯雒布伯被部落联盟尊为他们的太阳神，具有无上权威。他面色黑红，腮上布满令人恐惧的棕色胡须，身披五彩龙鳞大氅。布伯，是瓯雒部族的最高首领，传说他曾到水中去拔掉龙王图额的胡须，又到天上和管天的雷王搏斗，砍掉雷王的一条腿。他统率部落联盟，指挥他们从事渔猎和战斗，具有无上的权威。

瓯雒布伯乘坐的象王脖子上，坐着一个头插彩羽的大个子土兵，他是瓯雒布伯的象驾兼侍卫。紧随瓯雒布伯乘坐的象王后面，一头个头略小一些的大象上，乘坐的是瓯雒布伯的妻子，部族人称其为布伯娘娘。布伯娘娘头戴一顶由珍珠翡翠装饰的凤冠，身披五彩羽衣，显得端庄慈祥而美丽。传说她是图额的小女儿，布伯大闹龙宫时，拔掉了图额的龙须，图额斗不过布伯只得把最美丽的小女儿许配给了布伯。布伯娘娘心灵手巧，善结渔网，她把结网捕鱼的手艺传给了部族男女，因而很受族众的尊崇。

庞大的象队后面，十几个部落的土酋，领着各自部落的男女列队跟进。祭雒母神是瓯雒部族一年中最盛大的节日，各部落必须挑选本部落中最优秀的成员参加。所谓最优秀的成员，也就是身强力壮、渔猎技术水平最高的青壮年男子，和最擅长采集野菜野果结网织麻的年轻漂亮女子。

紧随象队之后的是龙部落。龙部落的前导，由四名断发文身的壮汉抬着一只略小的铜鼓，铜鼓的中央放射着太阳纹，围绕太阳纹周边的是一条龙。那龙的形象，有角有鳞，但却没有龙须，据说，龙须是被瓯雒布伯拔掉了，因此龙部落的图腾是没有须的。与其说这是传说中的龙，不如说更像江湖中凶猛的鳄鱼。龙部落的人，把它称为“图额”，加以崇拜。龙部落的男子，头发齐耳，全身文满“图额”形象，他们常年驾着独木舟在江上出没，捕鱼摸螺，他们的潜泳能力惊人，有时一口气潜入江水深潭中追逐大鱼，可在水中潜行百余丈不用探出头来呼吸。他们常年漂流江渚，为了保护自己，不受水中其他族类的侵害，便全身文满“图额”。“图额”是类似凶猛鳄鱼的龙王，其他水族自然不敢近身伤害。

紧随龙部落之后的是燕部落。燕部落的图腾是一只小燕子。如此温和柔弱的小燕子，为何能成为一个部落的象征图腾呢？说起来那还是很久很久以前的故事了。

传说上古时候治水的大禹，南巡时不幸病死于会稽山下。大禹的坟墓上长满杂草，很有些荒凉的景象。有一年，突然飞来一群小燕子，它们把大禹坟墓上的杂草和秽物，清理得干干净净，又从远处衔来干净的土，为大禹培坟护墓，年年如此。“春拔草根，秋啄其秽”，小燕子的义举，使附近的山越族众很受感动，他们和小燕子对话，小燕子居然能说出当地居民的“越语”。越民们非常喜欢小燕子，纷纷与小燕子一道“助奉禹祭，四时致贡”。当地越民还在大禹墓周围开出一块块田地，名为“鸟田”，与小燕子一同耕种，共同维护禹之坟墓。后来发生战乱，越民们举家南迁，小燕子又为他们引领方向，一路逢凶化吉，终于迁居到遥远的岭南。到了岭南，他们居于河边，以河水涨潮便于耕种，开出一块块田地，那些田地便叫“雒田”。从会稽迁来的越人，便成了雒越人的一支。

小燕子继续帮助雒越人耕种，帮他们除去雒田中的杂草，啄食田禾上的害虫，名为“雒鸟助耕”。由于雒鸟助耕，所以雒越人感怀小燕子，把这种鸟视为神灵，认为它会给自己带来吉祥。从此这支南迁的越人把自己称为“雒民”。“雒”是小燕子的意思，人与鸟化为一个族名了。雒民于是把雒鸟奉为图腾，成为世代崇拜之物，还把雒鸟的图像铸在铜鼓上，当作自己的保护神。

燕部落的首领，是一位年轻美丽的女子，名叫姝媚，她是瓯雒布伯和布伯娘娘的亲生女儿。姝媚头上绾着一只小燕似的发髻，长发飘飘，头戴一只插满耶若茗花的花冠，香飘四溢。她眉心上有一颗豆粒大的红痣，脖

子上挂一串珍珠，身着黑色的燕尾服饰，美艳无比。她的坐骑是一头高大的白鹿。紧随她身后的是手持刀矛的数千“燕兵”，以女子为多，均着燕子似的服饰，无论男女均赤足列队。队伍前头，四名壮实的女“燕子”，扛着一只铜鼓，铜鼓中央照例是宏大奔放的太阳纹，四周饰以燕子飞翔的纹饰。两名男“燕子”则各随铜鼓左右，用双手击打着铜鼓。

燕部落之后，是令人恐惧的神秘巫部落。巫部落的首领是大巫师。他头上插着一簇野雉毛，戴着凶恶的魔鬼面具，身披黑白蓝绿黄色的巫衣，手持骷髅杖，腰挂一柄驱魔剑，赤着双足，迈着轻飘的巫步。巫师身后，四个觋抬着一只中间布满太阳纹、周边饰以各种符卦的铜鼓，两个觋左右击鼓。铜鼓后面，又有四名觋抬着一只竹笼，竹笼中关着禄的阿妹和皋通的阿弟，这一对金童玉女，是瓯雒部落联盟今天用来给雒母神献祭的人牲。巫部落女性为巫，男性为觋，首领称大巫师，他们在装束上打扮成鬼神的面目，号称能代表鬼神祈求神灵保佑所有部落成员，达到降恩赐福的目的。因此，巫觋广受部落成员的畏惧和尊崇，有时，连瓯雒布伯也要让他三分。因为得罪了巫觋，便要当心受到神灵的处罚。

巫部落之后，是雷部落。部落首领名叫雷公。他打扮得颇为奇特，一双灯笼眼，骨碌骨碌眨起来闪现着绿光；他背上还长着一对翅膀，据说双翅稍抖动便会发起风暴。他的脸是青蓝色的，他的舌头像蛇舌一样，前头开叉，从嘴里一伸一缩，会发出一小串一小串的火花。雷公的一只腿一瘸一瘸的，传说那只瘸腿是被瓯雒布伯斩断了的，雷公从天上掉落下来，从此被瓯雒布伯降服。巫师用巫术将一只公山羊腿给他接上，虽然还能走路，但却再也上不了天了。

雷公之后，是四个小雷神抬着一只铜鼓，铜鼓中间放射着太阳纹，四周围饰着雷纹。雷部落成员的打扮，和他们的首领雷公差不多，只不过没有瘸腿而已，雷公瘸腿是神力的象征，其他成员自然不能享受此等殊荣。

……

在呼啸的号角声和雷鸣般的铜鼓声中，十几支部落终于从象城中走了出来。前导的大象把大队人马引出城门后，沿着河边向东北方向而去，不久，队伍到达一处宽阔的河岸边。犀角号一阵悠悠长鸣，十几个部落的队伍便在河岸边依次停住，铜鼓声也戛然而止，大象群开始在河边吸水嬉戏。

大巫师指挥着他的巫部落成员，在河边临水处，扎起一座神奇的小台，小台面水而立，小台正中塑着一个图像，形象是一个庄重的女神——瓯雒人崇拜的雒母神。远古时代，瓯雒人的祖先，生活在母系氏族社会，他们只知其母，而不知其父，他们认为，雒母神才是他们真正的祖先，因而世代尊崇雒母神。除此之外，瓯雒人处溪谷之间，地深昧而水险，因此对山河有极大的依赖性，而人的生命和存在所依靠的东西，对于人来说就是神。山河成了神灵的化身，被幻想为神灵之所在，雒母神刚好又依山面水而立，因此成为瓯雒人崇拜的对象。出于对神灵的祈求之情，他们总是希望自己从事的媚神、娱神的活动为神灵所知，以感动神灵，达到降恩赐福的目的。因此，瓯雒人的巫术礼仪活动，便常常选择在临水面山——幻想中神灵居住之地来进行。

巫师们搭好了祭台，大巫师裸身在雒河中沐浴一番，然后戴上神冠，披上巫衣，佩挂神剑，缓缓登上祭台。他的身后，一名小巫双手持着他平日不离手的骷髅杖，紧随其后，登上祭台。

大巫师站在祭台中央，双手持着骷髅杖的小巫站在他的右后侧。大巫师从腰上拔出他的驱魔神剑，向上一举，犀牛角的号声突然“呜——哇”一阵长呼，铜鼓声轰隆隆地擂响起来。数以千计的瓯雒部落成员，便一齐跪拜在河边的沙滩上，连那些还在水边嬉戏的大象，也停止了喷水嬉戏，一只只恭恭敬敬地站立着，不敢摇鼻乱动。

大巫师挥动着手中的神剑，面对雒母神，蹈之舞之，一边挥剑作法，一边高声唱着《雒母神歌》，那歌声神秘而奇妙无比：

远古时光，
天地苍茫，
无孔也无缝。
混沌而洪荒。
冰天盖雪地，
万物不能生，
雪地接冰天，
万物不能长。
当初怎样生下天和地，
没有人能述说周详。
只懂有个雒母神，
传说她是天地的亲娘。
雒母神智慧最高，
雒母神威力最强，
她是千母中之母，
她是万王上之王。
雒母神有百双手，
一掰天地万丈长。
雒母神有千条腿，
横行直走闯八方。
雒母神有万只眼，
放眼天下亮堂堂。
从此地上有了江河山林，
从此天上有了月亮太阳。
雒母神啊雒母神，
你是瓯雒人的万神之王。

靠你保佑瓯雒人，

无病无灾无饥荒。

……

大巫师唱罢长长的《雒母神歌》，他把神剑向上一举，顿时犀牛角声和铜鼓声戛然而止。他把手一挥，响亮地喊出：

“向天地人的王神雒母神献祭人牲！”

四名觋随即扛着一只大竹笼，向祭台走去。笼中关着已奄奄一息的禄的阿妹和皋通的阿弟。竹笼被觋们抬到高高的祭台上，大巫师挥剑向河中高呼：

“人牲献祭！”

四名觋将关着一对男女人牲的竹笼高高举起，抛向滚滚江河之中，随即便被江水淹没得无影无踪。

大巫师在祭台上转过身来，高举神剑面对瓯雒部落族群，高呼道：

“神灵降身！”

犀角号奋吹起来，铜鼓狂擂起来，各个部落的男男女女随即在沙滩岸边对着雒母神狂热起舞。燕部落在部酋姝媚的引领下，跳起腾地升天的翔燕舞，燕尾服饰飘曳，有如千百只飞燕临空落地。巫觋们则双手齐举，屈膝垫步，一个个头戴鬼魅面具、化身兽形的舞者，手舞刀剑，时而高举双手，时而蹲地击节，摆头呼号。沉稳雄壮的铜鼓声，庄重划一的动作，粗犷的呐喊声及狂热的舞姿，使人如醉如痴，如梦如幻。山醉了，水沸了，人疯了，长长的河滩上，鬼魅神灵一齐降临了！

第二节　林海茫茫

一眼望不见尽头的原始大森林，林地上幽暗无光，藤蔓相缠，朽木重叠，阴森可怖，没有鸟鸣，不闻兽声。这是一个千百年来被封闭得连一丝风都没有的世界。

“禄，我们这是到了什么地方啦?”

跌跌撞撞的皋通，一边摸索着，一边呼唤着他的同伴禄，声音中带着绝望和恐惧。

“我在这，拉住我的手!”

皋通摸索了一阵，终于拉住了禄的手。他们手拉着手，费劲地朝前走去。

不知道走了多久，大森林中仍是黑暗如故，寂静得令人背皮上生起一阵寒森森的凉意。突然，前面一声巨响传来，地动山摇，一棵棵大树在战栗，一条条藤蔓在晃动。禄和皋通被吓得一下趴倒在地上。

“妈呀！这是山神出来了!”皋通被吓得惊叫。

过了一阵，森林中又寂静了下来，树不动了，藤不摇了。前边，像是被什么魔怪用神力捅开了这黑沉沉一直压得人喘不过气来的天地，一线阳光像利剑一般投射下来，亮灿灿地耀人眼睛。

禄和皋通从地上一跃而起，欢呼着:“天亮了！天亮了!”

他们不顾一切地朝那亮光奔去，像两只扑向灯火的蛾子。

他们奔到那一片亮光之下，这才发现，原来是一棵两人也环抱不过来的大树，刚才轰然倒地，仔细一看，只见大树的根部已经大半朽蚀，再也支撑不住树身的重压，便自然地倒下了。在它的周围，还有几根巨大的朽木伴随着。这是大自然的轮回生死交替。一棵大树占据的有限空间，暂时地转让出来，让宝贵的阳光投射到阴暗的林地上。倒下的树身上，像龙鳞一般长满了菌菇。菌菇密密簇簇，一朵竟有人的手掌般大，透着新鲜香味。

"禄，我们有吃的了，我的肚子都饿得快贴背皮啦！"

皋通扑过去，摘下一朵大菌菇，就要往嘴里塞。禄把皋通手里的菌菇一把夺过来，警告道：

"急什么！要是毒菌子，吃了你就没命啦！"

禄把菌菇放到鼻子下，闻了一阵，又伸出舌头舔舔，再撕下指甲盖大小的一片，放进嘴里，用门牙嚼碎，慢慢吞咽下去，好一会，才对皋通说：

"这菌子无毒，可食。"

"哎呀！老天终于给我们送来一餐美食啦！"

皋通把一朵菌菇送到嘴里，大口大口地嚼食着，瞬间便把一朵巴掌大的菌菇吞下去了。他又摘下一朵大菌菇正要往嘴里送，禄又从他手中夺了下来，警告道：

"这大森林中的菌子，在暗无天日中生长，虽然无毒，但生食过多，也会要人的命。"

皋通不甘心："不吃白不吃，吃了也不白吃，胀死也比饿死好！"说罢又把一朵大菌子塞进了嘴里，还故意大咀大嚼起来。

禄指着皋通气愤地说："你再不听话，我就不认你这个兄弟了！"

皋通这才感到问题严重，赶忙把嚼在口中的菌菇渣子吐了出来，困惑地望着禄。禄指着旁边的一棵大树，对皋通说：

"那是一棵油枞，用你的弯钩刀去刮些油脂下来，我们生火烤菌了吃。"

"哪里去找火苗子呢？"皋通失望地说。

"你快去刮油枞，火我自有办法！"禄说。

皋通从腰上解下他那把弯钩刀。这刀弯如初月，黑亮黑亮的，既是皋通劳作捕食的工具，又是他战斗的武器。在部落之间争夺地盘的战斗中，皋通曾用它割下对方十几颗脑袋。皋通去刮油枞，禄在地上拾捡从油枞上掉落的针叶茸毛。忽然，一只美丽的雉鸡，从林缝间飞落下来——它大概也看见林地朽木上长满了的菌菇，它也要分享这种美味食物。

禄见雉鸡突然飞落到朽木上啄食，忙猛扑过去，要逮这只肥美的雉鸡。雉鸡嗖地惊飞而起，惊惶地歇落在高高的树枝上。皋通见状，立刻张弓搭箭，向上射击。雉鸡中箭掉落下来，皋通提起猎物，从雉鸡身上拔下箭矢，自豪地笑道：

“哈哈，菌子烤野鸡，美味呀！禄，你能找到火吗？”

禄看着皋通手上的雉鸡，信心满满地说：“我们的运气好极啦，你就等着享用美味吧！”

禄把收集来的一堆油枞针叶茸毛用手搓碎，又一把一把地揉搓着，直到揉搓成一小堆絮状毛毛。皋通蹲在跟前，看禄如何用魔法把这一小堆油枞叶毛毛绒燃成熊熊之火。

禄从腰上解下一颗蛋形的乌黑卵石，卵石的一头有一个穿孔，用一条绳子系着。他取下斜挂在背上的古剑，用剑柄上的金属芯撞击卵石，撞出一串串火星。火星扑落在油枞针叶的毛毛上，一下，两下，三下，茸毛上冒出一丝火烟，火烟透出一点油脂的清香。

“火燃了！火燃了！”皋通呼叫着。

禄用嘴吹着冒烟的茸毛，吹出一小团明亮的火光来，火苗子一蹿一蹿的，差点烧着了禄的眉毛。

禄和皋通正高兴的时候，不料林梢上突然一阵倾盆大雨飞落下来，把禄刚燃起的火苗顿时给扑灭了，禄和皋通也被淋成了落汤鸡。

“怎的好！怎的好！火灭啦！”皋通急得直跺脚。

禄迅即抓起两把被雨淋得湿漉漉的茸毛，塞进皋通左右两个腋窝里。

“快，快，给我把它捂干！”

皋通夹紧腋窝。禄又命令他："前后摩擦，不停地摩擦！"

皋通收起两条胳膊，紧紧地用腋窝夹着茸毛，刚摩擦几下，就被茸毛刺激得腋窝里直痒痒，他忍不住又笑又叫起来：

"痒痒呀！痒痒呀！禄，我受不住了。"

禄见皋通要松开紧夹着的腋窝，忙用两只手紧按住他左右臂膀，并且使劲地前后摩擦着。皋通忍不住大呼小叫起来：

"禄，痒死我了，受不了啦！快放了我吧！"

禄不管皋通，只是用力把他的臂膀使劲地揉擦着。他一边揉搓，一边说：

"想吃烤鸡就忍住别叫，老话说，十八岁的小伙胳肢窝里能煨熟野鸭蛋。今天我就要你胳肢窝里煨出火来。"

禄不住地把皋通的臂膀搓揉着，皋通不再呼叫了，禄满头大汗。过了好一阵，皋通又叫喊起来：

"禄，我的胳肢窝里好烫，怕是冒火了，别把我烧死啊！"

禄看见皋通的腋窝里似有烟冒出来，他又死劲把皋通的臂膀揉搓了一阵，然后手一松，两坨冒着烟的茸毛团掉到了地上。禄赶忙用双手捧起冒烟的茸毛团，放到嘴边轻轻地吹呼起来，竟吹呼出一小团橘黄色的火苗来。皋通随即在地上扒开被雨淋湿的油枞针叶。禄把火苗放到地上，把一堆油枞树皮点燃了。林间立刻弥漫着一股浓浓的油脂清香味。

皋通用他的弯钩刀把雉鸡开膛破肚，扔掉内脏，把几朵巴掌大的菌菇塞进雉鸡的肚子里，架在火上烧烤。

禄折下一根小树枝，将一朵朵菌菇插在枝上，往火上烤着。雉鸡的肉香味和菌菇的清香味，立刻钻入禄和皋通的鼻孔中。皋通撕下一只雉鸡的腿，递给禄。禄咬一口，连说：

"好香，好香！"

皋通撕下另一只雉鸡腿，放到嘴里咀嚼起来，一边吃，一边说：

“味道好极了，味道好极了。”

他们享用完山珍野味，林间突然暗了起来，不久，林梢顶上那一小片天空，出现了几颗闪闪的星星。

禄说：“天黑啦！”

皋通说：“禄，我们睡觉吧！”

皋通解开身上套穿着的豹皮毯子，躺在了地上。禄抱拢一堆油枞针叶，摊开在地，又往火堆里添加些干柴，然后躺在树叶上，也睡去了。

当又一片阳光从林梢上投射下来之后，禄醒来了。火堆中的火，还没有熄灭。禄把火堆拨了拨，添上些油枞枝，用嘴吹呼了几下，火苗又蹿升了起来，他摇着躺在豹皮毯上的皋通：

“快醒，天亮啦！”

皋通仍在呼呼地睡着，怎么也摇不醒。禄把一根细长的油枞针叶轻轻往皋通的鼻孔里捅了捅，皋通打了个响亮的喷嚏，一转身又呼呼睡去。禄用两根油枞针叶，同时往皋通两只鼻孔里捅去，皋通接连打了几个响响的喷嚏，睡意全消，他一下子翻坐起来，抱怨禄：

“你吵我的瞌睡！”

“天亮了，快起来吃些东西，好赶路啊！”

禄开始往火上烤菌菇了，皋通揉揉眼睛，也摘下几朵大菌菇丢到火堆上烧烤。他们吃饱了，又往前走，钻入了茫茫林海中。

天地一片黑暗，大森林中发出一股枯树的霉朽味，他们摸索着，往前走去。有时一脚踩进朽枯的树窟窿被绊倒，互相呼应一声，又往前走去。由于大森林中一片漆黑，不见星月和阳光，因此他们不知道走了多久，走了多远。他们已走得精疲力竭，腹中饥肠辘辘。皋通绝望地哀叹着：

“禄，我们走不出去了，要死在这黑暗的大森林中啦！”

禄停下来，喘了几口气，抬头向前望去，惊喜地叫喊起来：

“快看，前边有亮光，我们马上就要走出这大森林了！”

皋通也抬头一看，果然前边有亮光，而且是太阳的光。他们立即振奋起来，向那有亮光的地方奔去。

当他们好不容易奔走到那一团亮光前时，却双腿一软，同时倒了下去。皋通哀叫一声：

“完了，我们再也走不出这大森林了！”

林间这小片空地上，一小团阳光从林梢上投射下来，照着地上一大堆灰烬和散落在地上的一些被食用后抛弃的雉鸡骨——他们又返回到原来的地方了！

皋通跪在地上，抬头向天哀号着：“神啊，你这是要灭我们吗？”

禄没有说话，只是默默地收集着干枯的油枞针叶，用手揉搓着，搓成一小团茸毛，然后从腰上取下他的那枚卵石，用剑柄撞击着。一串串金色的火星飞落在茸毛上，茸毛上冒出一缕缕青烟，他俯下身子，用嘴吹呼着，吹呼出一团火苗来。

禄把烤熟的一串菌菇递给皋通，说：“这菌菇是神赐予我们的食物，吃饱了我们才能走出去！”

皋通接过菌菇，大口大口地吃了起来，一会儿，两个人都吃饱了。皋通坐在阳光下，神往地仰视着头顶的那一小片蓝天，说：

“禄，我们如果长出翅膀来，就可以飞出去啦！”说罢，便将双臂展开，在地上使劲地跳跃着，希望他的两只胳膊马上变成一对能飞的翅膀。

禄却在地上观察着什么，他把皋通拉到跟前，指着一根干树枝燃过后的一条长长的灰烬，又用手指测量了灰烬的长度，说：

“这是我们上次烧火时留下的，走后这树枝还燃烧着，它一直燃到尽头才灭，我估计我们离开这里，已经有七天了。”

皋通睁大眼睛看着那一条长长的灰烬，绝望地叹道：

“我们走了七天七夜，不但没走出这大森林，而且又走回到原地了，这是神要灭我们啊！”

这时，天又突然暗下来了，不久，林地上这片亮光像被天神收走了一般，林间又是一片漆黑，皋通不禁恐惧起来，说：

“禄，看来我们要死在这里了，快吃吧，死了也做个饱死鬼，到神那里才不会挨饿!”说罢狼吞虎咽一般嚼食着烧熟的菌菇。

禄和皋通都吃饱了。皋通铺开他的豹皮毯，心情烦乱地躺在地上；禄扒开一片油枞针叶，也躺了下去。皋通睡不着，问禄：

“禄，我们要死在这里吗?”

禄也睡不着，轻轻地坐了起来，仰望着黑乎乎的林梢上一小片夜空，那有几颗星星向他眨着眼。

“我们为什么要死在这里呢?神会保佑我们的，他给我们提供了这么好的食物，让我们吃饱了走出这大森林。”

皋通一听有神保佑，顿时来了精神，一挺身也坐了起来，他问禄：

“怎么才能走出去呢?走出大森林后，我们又到哪里去呢?回部落去?那明年一定要被大巫师抓去献牲祭神的!”

禄摇摇头，说：“谁说要回部落去，我们每年被杀掉的少男少女不知多少。我们风餐露宿，吃野果，喝山泉，披树叶，裹兽皮，过的生活还不如林中的兽类!”

皋通长叹一声：“神啊，你怎么让我们过这样的日子呀!”

禄没有说话，他取下身上背着的剑，抚摸着，从剑鞘里把剑拔出来，虽在黑暗中，剑锋上却闪出绿亮的光来。禄轻抚剑锋，沉思着，好一阵，才像是对皋通也是对自己说：

“我这把剑，是祖上传下来的，也不知道有多久了。听说，我的祖上，是从会稽远涉大海经水路迁到这里来的。据说，我们这一支族人，原本是禹帝的苗裔呢，后来发生战乱和天灾，在会稽不能立足，流散各地，有的隐入深山，有的远走海上。会稽那地方，据说耕田有牛，种桑养蚕，男耕女织，生活富足，衣食无忧……”

“啊?”皋通听得来了精神，忙问禄，“也没有把男孩和女孩抓去杀牲献神吗?”

禄摇着头，说:“没听说过。”

“禄，我们到会稽去!”皋通兴奋起来，拉上禄就要走。

禄有些发愁地说:“可我不知道该往哪走啊!”

皋通一听，又失望地躺了下去。禄把他的剑插入剑鞘中，抱着剑也躺到油枫针叶上去了。躺了好一会儿，禄似乎听到了一阵隐隐约约的声音，那声音很远很远，他伸手拉了拉躺在豹皮毯上的皋通，说:

“你听，这是什么声音?”

皋通侧耳听了听，说:“这是林梢上吹过的山风。”

禄又听了一阵，说:“不对，林梢上的山风，是断断续续的，时有时无，可这声音，却是连续不断的，你再听听。”

皋通静听了一阵，也说:“对，不是林梢上的山风。禄，你说这是什么声音，是神在呼唤我们吗?”

禄再听了一阵，肯定地说:“这是水声，是江水发出的声音，我们水部落对江水有着特殊的感受，不会错的。”

“啊，我信。不过这水声好像离我们这里好远好远呀。禄，你说我们走到了水边，沿着江水，就能走到你祖上的会稽吗?”

禄说:“这我也不知道，我只听说我的祖上是从大海和江河走到岭南来的，既然祖上能从大海大江走到这里来，那我们为什么不能从大江大海走回会稽去呢?”

皋通一听，又兴奋地来了精神，他一跳起来，穿上他的豹皮毯，拉着禄。

“禄，我们马上走吧!”

禄却不慌不忙地说:“时间还长着呢，我们先睡觉，天亮后饱餐一顿，养足精神再走吧!”

禄和皋通重新又躺下去，不久便呼呼入睡了。当一小片阳光投射到林地空间的时候，禄醒来了，他听到什么东西在啄食，发出咕咕咕的声音。他睁眼一看，一只羽毛亮丽的雉鸡，正在他身边啄食着菌菇。那只肥大的雉鸡，也许把躺在地上的两个人当作了朽木枯树，只顾啄食，毫不提防。禄猛地一伸手，逮住了正在啄食的雉鸡。雉鸡挣扎的扑腾声，吵醒了皋通，他见禄逮了只雉鸡，立即跳起来，欢呼着：

“我的神啊，你又给我们送美味来啦！”

禄把雉鸡递给皋通，吩咐道：“你把它宰了，我来生火。”

禄用树枝扒拉了一阵火堆，又往火堆上添加些油枞针叶，用嘴吹呼了一阵，火又燃了起来。皋通已将雉鸡拔去毛，开膛破肚，麻利地将几朵大菌菇塞入雉鸡血淋淋的肚腹中，架在柴架上烧烤。禄采集了一大堆菌菇，也在火上烧烤起来。

禄和皋通饱餐了一顿后，便起身朝隐隐的流水声方向走去。

他们又进入了黑乎乎的大森林中，林中没有一点声响，死一般寂静，只有脚下踩踏的朽木不时发出扑哧一声闷响，表示他们仍在前进。

走了不知多久，禄呼叫皋通：“等一等，停一下脚步。”皋通停下来，回头问禄：“为什么，不走了吗？”

禄说：“屏住气，听一听。”

一会儿，皋通说：“什么也听不见呀！”

禄说：“糟糕，我们走错方向了！”

皋通问：“禄，你听到什么了？”

禄说：“你听，流水声没有了。”

皋通又听了一阵，说：“是呀，什么声音也听不到了，怎么办？”

禄说：“快往回走。”

他们掉转头来，又不知走了多久，皋通停下脚步，对禄说：

“禄，我好像听到流水声了。”

禄说:“我也听到了,继续朝前走!”

他们又朝前走了好一阵,河水流动的哗啦声越来越清晰,大森林中也渐渐地变得有些光亮了,皋通高兴地喊叫起来:

“禄,我们就要走出大森林了,神保佑我们啊!”

皋通快速地往前奔跑着,正跑着,他忽然发出一声惨叫,随即倒地。禄惊呼:

“皋通,皋通,你怎么了?”

“我被一条大蛇缠住了,哎哟,我被咬了……”

禄立即拔出剑来,冲上去,只见一条比胳膊还粗的大蛇,紧紧地缠住皋通的身子,在地上翻滚着,越缠越紧。那只大而发尖的蛇头,一口咬住皋通的小腿肚,蛇的尾部在使劲地击打着他的头部,欲将他击昏。禄一把抓住大蛇的颈部,蛇口被迫张开,离开了皋通的小腿肚。禄往蛇的颈部狠狠地一剑割下去,把蛇头割了下来,紧紧缠住皋通的蛇身,立即松软下来。皋通挣扎着站起,马上又跌倒在地。

禄俯身下去,用口对着皋通的小腿肚上被蛇咬过的伤口狠狠地吸着,一边吸,一边吐出口水。吸了一阵,禄问:

“皋通,你能走吗?前边不远就到河边了。”

皋通勉强挣扎着刚站起来,又倒下去了,他绝望地摇着头,说:

“禄,神不保佑我了,我中了蛇毒,要死在这里了,你不要管我,一个人走吧!”

禄说:“兄弟,我们生活在这蛮荒之地,哪一天不是和毒蛇猛兽打交道,即使不被毒蛇猛兽咬死吃掉,也会被毒瘴毒死,即使暂时逃脱得了死亡,巫师也会把我们捉去杀牲献祭。我们是经历九死一生的人,你我还怕死吗?只要还有一口气,我们就要往前走!”

说罢,禄把皋通背到自己背上,他一只手护着皋通的那只伤腿,一只手抓着那条大蛇的尾巴,拖曳着,向着流水声方向走去。

林间越来越亮了，流水声也越来越响了，禄背着皋通，拖曳着那条大蛇，沙沙啦啦地往前走着。禄越走越感到吃力，不时靠在树上喘息一会儿，又往前走去。他既不能放下背上的皋通，又不能放开手上拖曳着的大蛇。皋通是他生死与共的兄弟，大蛇则是他们今天的食物。

林间树木渐渐稀疏，林地间也慢慢地光亮起来，已听到哗哗的水流声，地面开始变得陡峭了。禄放下皋通，取下他的豹皮毯，垫在自己身下，一手抱着皋通，一手拖着大蛇，双脚蹭地，一路向下滑行。不久，便到了一处河滩边。

这是一片沙滩，细沙松软，河水清亮，水声喧哗。河在这里折了一道弯，像皋通的弯钩刀一般。禄喘了几口气，叫着皋通：

“兄弟，醒醒，我们已来到河边了。”

皋通紧闭着双眼，没有回答。禄感到皋通全身像火灼一般热得烫手，他被蛇咬伤的小腿红肿变粗，皮色发亮。禄把皋通放到豹皮毯上躺下，即反身入林，拔出几株长着小红果实的似木似草的植物，把叶和果用口嚼烂，敷在皋通的伤口上。这种植物，瓯雒人叫作“蛇果”，可治毒蛇咬伤。

皋通仍闭目不醒。禄也毫无办法，跪在地上向神祈祷一番，求神保佑他的好兄弟皋通平安。禄祈祷完，用弯钩刀把那条被斩断了头的大蛇开膛破肚，将那个拇指大小的蛇胆挤破，和着蛇果浆一起敷在皋通的伤口处。

禄把蛇皮剥下，用小竹片撑开放在沙滩上，又把蛇肉斩成一段一段。他到树林中找了些干柴和干树叶，在河滩上打火燃起几堆篝火，把蛇肉放在火上烧烤，烤熟的蛇肉散发出一阵阵馋人的甜香。

禄撕下一片蛇肉，塞进皋通的嘴里，但那发紫的嘴唇却一点也不会动。禄把蛇肉抽出来，放到自己嘴里嚼烂，像母鸟给幼鸟哺食一般送到皋通嘴里，但紧闭的嘴唇毫无反应，根本喂不进去。瓯雒人认为，凡被毒蛇咬伤，必定要将毒蛇打死，食其肉方能有救。皋通已昏迷不醒，无法进食。禄只得到河边砍下一根大竹，用他的剑斫出一只竹筒，把蛇肉剁碎放入竹筒中，加上半筒水，在火中煮成蛇汤。

禄把蛇汤捧到皋通面前，用一根小竹片撬开皋通的门牙，将蛇汤慢慢地喂进他的口中。

高山深谷，天黑得早。禄在天黑之前，到树林里抱了几捆干柴和一些干树叶，他把干柴放到火堆上慢慢燃烧，把干树叶铺在软绵绵的沙滩上，怀抱他的剑，枕着哗哗的涛声，睡去了。

第三节　杀虎过岭

禄醒来的时候，阳光已照在河面上，河面上泛起一层淡淡的薄雾，河水还在不知疲倦地喧哗着。满山遍野的树林，被晨雾笼罩着；河岸边的竹林，垂着长长的凤尾，在晨风中摇曳着。

禄从沙滩上爬起来，俯着身子，探视着躺在豹皮毯上一动不动的皋通。他用手掌捂了捂皋通的额头，额头仍是那么烫。他揭开皋通伤口上敷的蛇果渣，渣已发干，伤口上的两道蛇齿痕深陷，从中流出些许淡黄色的液体。

禄进入林地，又扯下一大把蛇果，抱起一堆干柴，走回沙滩上。他把蛇果和着叶放到嘴里嚼烂，敷到皋通的伤口上；又把蛇肉撕成碎片，放到竹筒里盛上水，然后拨开昨夜的火堆，放上干柴吹呼着，吹呼出火苗，引燃了干柴。

禄把盛着蛇汤的竹筒放到火边煨烤，把蛇汤烧开，停了一会儿，把蛇汤小心地喂进皋通的嘴里。皋通发紫的嘴唇慢慢地嚅动着，似乎已有了感觉。禄的脸上绽开了几丝笑纹。

禄烧烤了两段蛇肉来吃，到河里喝了几口水，又用水揩了揩脸，他感到一阵清爽。河岸边有一大片竹林，他拿起皋通的弯钩刀，砍下七八根大竹子，修去枝杈和竹尾，扛回沙滩边，又到林地里割下一捆手指粗细的藤，开始扎结竹筏子。竹筏子和独木舟，是水部落的水上交通工具，每一个男人都会制作。

当禄把一只竹筏子结结实实地捆扎成功之后，太阳的光影已离开河面，投射在高高的山头和林梢上，黄昏降临了。禄又拨燃了沙滩上的火堆。他过去伸手捂了捂皋通的额头，还是热得烫手。他揭开皋通腿上伤口处敷的蛇果渣，渣已发干，伤口仍有淡黄色的液体流出。禄又嚼了一大把蛇果，敷在伤口处。

禄往火堆上添了一把干柴，吹燃火苗，干柴被引燃了，火苗蹿起老高。他又烧开了蛇肉汤，给皋通喂食。禄吃过两块烤熟的蛇肉后，到河边喝了几口水，天就黑了。他躺在铺着干树叶的沙滩上，听着哗哗的流水声，睡去了。

早晨醒来，禄又用手捂了捂皋通的额头，热度似乎有些减退。他摇了摇昏睡中的伙伴，又唤了几声，仍然不见动静。他嚼了一大把蛇果，重新敷在皋通的伤口处，又给皋通喂了一些烧开的蛇肉汤。

禄观察着河面，跃入水中，一口气潜到水底，一会儿便抓出一条没有鳞、鳃上长着一双角刺的大鱼，他把鱼扔到沙滩上。当沙滩上有十几条鱼在蹦跳的时候，禄才爬上沙滩来，用双手抹去脸上的水珠。

河边的林地上，一个陡坡处有一个岩洞，禄爬进岩洞中，岩洞里惊飞出一群蝙蝠。禄不理会它们，只在岩石边用石片刮削着一些泛白的岩土。这种灰白色的岩土，瓯雒人叫“硝泥”，含有盐分。禄捧着一大捧硝泥，走出岩洞，回到沙滩上，那些刚才还活蹦乱跳的鱼，已躺着不动了。禄用他的剑，剖开一条条鱼的肚腹，掏出内脏扔到河里，然后把鱼清洗干净，用细藤扎进鱼鳃，串吊在一根竹子上，在鱼身上抹上一层硝泥，放在火上烧烤。

禄吃饱了烤鱼，将剩下的烤鱼和蛇肉段吊挂在竹筏上。他抱起皋通和身下的豹皮毯，轻轻地放到竹筏上，对着仍昏迷不醒的皋通说：

“兄弟，我们出发了，我带你到会稽去！”

禄用竹篙撑着竹筏，沿着这条河，溯流而上。江的两岸，翠绿清苍，山形怪异，有的像人，有的像狮虎张牙舞爪，有的像鱼虾跃出水面，有的像神龙见首不见尾……天空蔚蓝，江风习习。这好山好水，却是那么寂寞。

禄感到非常孤独，孤独得只觉自己的心还在跳。他看了一眼仍在竹排上躺着的皋通，叫一声：

“兄弟，和我讲讲话啊！”

皋通一动不动地躺着，没有回答禄，也不知他此时是死是活，只有江水拍打着竹排，算是对禄的回应。禄倍感孤寂烦闷，他扯开嗓门，唱起一支水部落古老的歌谣，以排遣心中的孤闷。

我们的祖神啊禹王，
他住在高高的会稽山上。
那时的大地啊，
洪水茫茫，
没有食物可吃，
怎叫族群生长？
禹王顶天立地，
禹王法力宽广，
他有劈地的神斧，
他有治水的魔杖。
禹王带领他的子民，
造出江河湖海，
造出川谷山冈。
从此洪水退去，
人们耕田种桑，
他播下文明的火种，
男耕女织国成上邦。
自从我们被迫离开故土，
走江过海漂泊四方，

流落岭南深山溪谷，
变成部族失却了天良。
祖神啊禹王，
请传我法力，
请赐我魔杖，
指引我们啊，
走出蛮荒！

禄正唱着部落古老的歌谣，忽听到一声声微弱的呼唤：

“禄，禄……”

禄感到有些诧异，难道是他的歌谣感动了天神，是天神在呼唤他吗？禄停下手中撑着竹排的篙子，侧耳静听，那声音又没有了。他扭头看一眼躺在竹排上的皋通，只见皋通的两片嘴唇在嚅动着，他俯下身子，这才听到是皋通在呼唤他：

“禄，禄……”

“兄弟，兄弟，你醒过来了？”

禄兴奋地摇着皋通的肩膀，皋通微微张开嘴唇，弱弱地吐出一句话：

“我……渴……”

“好，好，我去煮蛇肉汤给你喝！”

禄把竹排撑到江岸边，系好，把皋通连同他的豹皮毯一起抱到江岸边的沙滩上，然后到树林里抱出一大捆干柴和干树叶，打燃火，烧了一竹筒蛇肉汤，喂给皋通吃。皋通张开嘴，一口一口地喝着，把一筒蛇肉汤喝光了。禄又撕扯下蛇肉，送到皋通嘴里，他也嚼食了起来。又过了几日，禄把皋通伤口上敷的蛇果渣揭开，伤口干爽，已渐愈合。禄高兴地说：

“兄弟，你的伤已经好了。”

皋通一下从豹皮毯上爬坐起来，问道：“禄，我们到什么地方了？”

禄摇摇头，说："我也不知道啊，反正我们就沿着这条河走，总会走到会稽的！"

禄吃了两块蛇肉，又啃了一条烤鱼，撑起竹排，带着皋通又上路了。沿江的风光还是那么奇特怪异，走着走着，皋通忽然指着江岸边的两座小石山，对禄说：

"禄，你看那两座小山，左边那山好像你阿妹，右边那座好像我阿弟。"

禄抬头一看，那两座小山生得俊俏，像一对男女孩童正望着他们。禄深情地说：

"我阿妈说，等我阿妹长大了，要嫁给你呢，可如今，她不幸已变成了石山！"

皋通从竹排上站起来，对着那两座小山呼喊：

"阿妹！阿弟！我和禄在这里，你们看见了吗？"

两座小石山的倒影在清澈的江水里似乎向禄和皋通招手。皋通猛地跃入水中，向那倒影游去，要把他们拉上竹排。

"皋通，你的伤刚好，不能下水啊！"

禄说完也跳入水中，把皋通拉上竹排。江中的倒影，被水波冲得破碎。皋通坐在竹排上，伤心地说：

"禄，你为什么要把我拉上来，难道你不知人死在江河中，他们的灵魂是可以捞起来，重新变成人的吗？我要把阿妹和阿弟的魂捞上来啊！"

禄失望地说："不行了，他们的灵魂已变成山了！"

皋通气愤地挥着他的弯钩刀，发誓：

"可恶的大巫师，你等着吧，我一定要杀死你，喝你的血，剥你的皮，吃你的肉！"

竹排已经远去，江流拐了个弯，那两座小石山，已经看不见了。禄和皋通撑着竹排，就这样走着。天黑前，他们把竹排靠岸，在江岸边燃起一堆篝火，下河里摸鱼捞虾，烧烤进食，或上树采摘野果充饥。天亮后，撑起竹排继续前行。每天早晨出发前，禄用剑在竹篙上刻下一道痕迹，记录他们的行程。

这天，他们的竹排撑到一个长滩下面，仰头望去，只见前面滩水湍急汹涌，飞溅起白色的大浪。竹排被急浪打翻在水中，禄和皋通落入水中，他们紧抱竹排，在水中挣扎。禄呼喊着：

“兄弟，不要放手，跟着我！水部落的人是不会被水淹死的！”

皋通双手抓着竹排，使劲往前推进，也呼叫着：

“禄，放心吧，豹子游水的功夫不会差的！”

禄爬上竹排，用竹篙使劲撑着。皋通在水中用双手使劲推着。竹排逆水上滩，迎着大浪，缓缓前行。费了好大劲，他们终于冲上了这道急水长滩。禄把竹排靠在江岸边，两人爬到岸边的沙滩上，像两条被扔在沙滩上的鱼一般，无力地躺下了。喘息了一阵，皋通说：

“禄，前面的险滩越来越多了，我们能闯得过去吗？”

禄说：“再难，也没有禹王治水那么难啊！我们一天冲几道滩，不就冲过去了吗？”

“可禹王有神斧，有魔杖，我们什么也没有啊！”皋通说。

“反正神会保佑我们的！吃条烤鱼吧，养足精神我们再冲滩。”禄从竹排上取下两条昨天晚上烤熟的鱼，递一条给皋通。

他们吃完烤鱼，又撑起竹排上路了。前面的险滩越来越多，滩陡水急，更加难走了。这天，他们冲击一道险恶的陡滩，被一排大浪横空打来，将竹排摔打下去，猛地撞在一块巨石上，轰的一声巨响，竹排被打得散了架，禄和皋通跌落急浪之中，被冲下急滩。禄的水性极好，顺着大浪，游到岸边，他刚想爬上岸，忽见一张豹皮在急流大浪中沉浮。他又泅游过去，抓住那张豹皮一拉，想把皋通拉上岸。但他抓住的只是皋通套在身上的那张豹皮毯，却不见了皋通。禄在急流中寻找着，顺流游下去好远，才在河中一块大礁石发现有个人蹲在上面，正向他招手。禄一看，正是皋通，便举着那张豹皮毯摇晃着，直向那巨大的礁石游去。皋通伸手把禄拉上了礁石。

皋通说：“禄，我除了这豹皮毯，身上的东西一件也没丢。你看，我的弯钩刀、我的弓箭都在哩，你又给我把豹皮毯捡了回来，真是神保佑了我们啊！”

禄说：“我的剑也没丢失，我们快游到岸上去歇息吧！”

他们正往岸边游去，被打散了的竹排横七竖八地冲浮在江中。禄抓住他的竹篙，游到了岸上。皋通问禄：

“竹排都被打散了，你抓回这根撑排的竹篙有什么用？”

禄晃了晃手中的竹篙，说：“这上面刻记着我们的行程日子呢。不能让它丢了。”

两人坐在江岸边，呆呆地望着汹涌不息的滔滔江水，被冲远了的竹排散落的竹子，瞬间便无影无踪了。禄惋惜地说：

“可惜我们放在竹排上的蛇肉和烤鱼，也被冲走了！”

皋通说：“吃的还可以找得到，只是这江滩太险急了，即使我们再扎起一张竹排，恐怕也划不上滩了。禄，我们怎么办？”

禄说：“只好沿江走啦！”

禄抬头看看天，太阳光还映照在江水上，他用剑在竹篙上刻下一道痕迹，对皋通说：

“天时还早，我们走路吧！”

皋通说：“好，走就走吧！”

他们沿着江岸边走。天黑前，就在江边打火燃起一堆篝火。禄下到江里去摸鱼，皋通在江岸边寻找归巢的鸟雀，张弓搭箭射几只鸟雀。他们原本过的就是这种渔猎生活，早已习惯了这种日子。当阳光移向远处的山头时，他们各自提着猎物归来，在火堆边烧烤吃。吃罢，禄到林子里抱一大捆干柴和干树叶，往火堆添上柴，在地上铺开干树叶，睡去了。

天亮后，又沿江出发。禄已在他的竹篙上刻下了一串串密密麻麻的印记，那是他们风风雨雨、日日夜夜的行程。他们不停地走着。江滩越来越窄，江流越来越小，但江水更为湍急，两岸的森林也更为高密，一棵棵巨大的树木，魔鬼一般审视着他们，似乎要喝问他们为何要闯入自己的领地。

他们仍不停顿地沿江上行。这天，他们走着走着，发现江水浅得只到了脚背，江面上生出簇簇野芒和一些稀疏的小树，江上尽是露出水面的褐色石头，石头下一个个水窝，水窝里游着各种手指长短的小鱼。禄和皋通抓了许多小鱼，用细藤把鱼穿成一长串，捆在腰上。晚上，他们宿在江边，在篝火上烤小鱼吃。夜色深沉，山风凛冽，天冷了，禄和皋通围坐在火边取暖，在寒风中睡去。

天亮后，他们又沿着江的流水方向走。江水更少了，到处是裸露的江滩石，江中的鱼也越来越小了。皋通问禄：

“喂，这江看来就要到尽头了，禄，你说我们是不是就要走到会稽了呢?”

禄数着手中竹篙上刻下的印记，说：“哎呀，你看，我们从登上竹排的那天起，已经有112天了，再加上我们在大森林中摸索走了十几天，我们出发的日子已经好久了。记得那一天，我和阿妹还在山顶上给我阿妈掏蜂蜜呢。”

皋通说：“照这么看来，我们还不应该到会稽了吗?”

禄说：“我们走了这么久，还没碰到过一个人呢。你看这两边的大山越来越高了，森林也更加密了，连一只鸟也看不见了，我们到了什么地方啦?”

皋通说：“难道我们走到天的尽头了？那可是神仙居住的地方啊，是神把我们引到这里来了，会稽是神仙住的地方吗?”

他们继续往前走，又走了几天，忽然发现，江已经没有了。前边，是一堵高耸的石壁，石壁下冒出一股股的涌泉，涌泉上翻滚着许多白色的骨头，有的是人的头盖骨，有的则是长长短短的肢骨。那石壁黑沉沉的，像被大火熏烧了多少岁月，上面寸草不生，连青苔也不见一片。仔细看，这石壁似乎是什么人堆砌起来的，隐约可见横一道竖一道的砌痕。

禄和皋通惊恐地望着可怖的石壁，石壁下的涌泉滚动着无数只骷髅，皋通害怕了，紧紧地拉着禄，声音有些颤抖地说：

“禄，这哪里是仙界呀，我们走到鬼门关了，我们赶快调头走回去吧，不然就要被魔鬼吃得只剩骨头了。”

禄仔细朝那石壁下看过去，只见白骨累累骷髅遍地，一阵阵阴风吹来，令人不寒而栗。禄指着石壁下成堆的白骨，对皋通说：

“兄弟，你说的没错，我们是走到鬼门关来了，为什么这么多人会死在这里呢？”

皋通说：“是被魔鬼吃掉的啊！”

禄问：“为什么这么多的人要到这里来送给魔鬼吃呢？”

皋通说：“是被魔鬼骗来的呀！”

禄又问：“魔鬼用什么办法能骗这么多人呢？”

皋通摇着头说：“我又不是魔鬼，哪里知道呀！禄，我们是不是也被魔鬼骗到这里来了呢？”

禄说：“被魔鬼骗了的人必定要中邪，中了邪的人打自己耳光，掐自己的手臂，都不知道痛。来，我们互相打一个耳光掐一下手臂，看痛还是不痛。”

禄和皋通各打了对方一记耳光，又互相掐了一下手臂，两人同时大叫起来：

“痛死了！”

禄说：“我们都不曾中邪，也无魔鬼附身，清醒得很哩。我想，眼前这些死去的人，也和我们一样，都想到会稽去，过人样的生活，他们爬不过这道石壁，又不愿返回部落去，便死在这里了。”

皋通点头道：“那我们就死在这里吧！返回部落去也是要被大巫师杀死，反正是死，无所谓啦！”

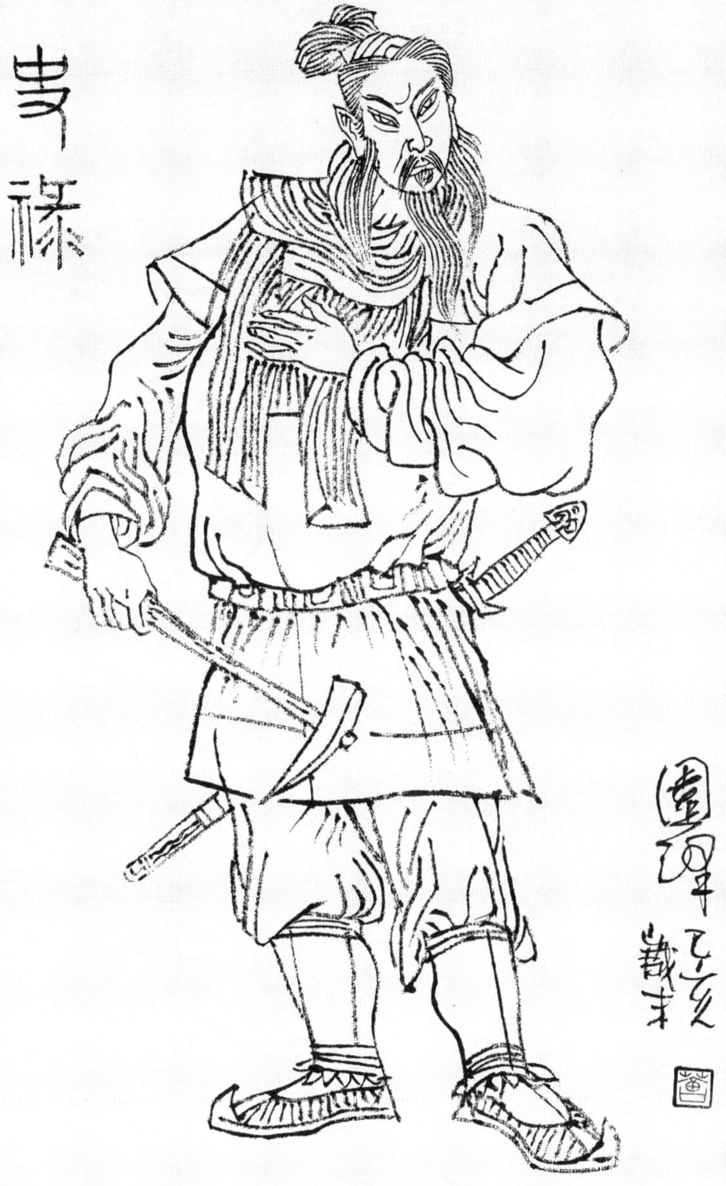
史祿
乙亥
歲末

禄说："还没爬过这石壁呢，说死也还早了点，或许我们运气好，能爬过去呢。"

皋通说："这道石壁那么高，恐怕真还没有人能爬过去呢，我们能爬过去吗？"

禄坚定地说："再高的山也没有人的脚板高！"

皋通说："好，我们爬吧！"

禄和皋通踏着遍地白骨，走到那道寒森的巨大石壁下，他们仰头朝上看去，石壁像一座天神打造出来的铜墙铁壁，高不见顶，石壁上光滑溜亮，没有蔓草树枝，没有窝缝裂隙，莫说是人，便是猿猴也无法攀爬，飞鸟也难以越过。禄和皋通用手摸了摸，石壁上竟是那么阴冷，寒气逼人。皋通有点慌了，忙问禄：

"怎么爬上去呀？"

禄说："你蹲下，我站你肩膀上。"

皋通蹲下身，禄站到他的肩膀上，皋通托着禄，站直身子，禄抚摸着光滑冰冷的石壁，根本无从下手。皋通用肩膀托着禄，沿着石壁走动，禄还是找不到一处可以用手脚攀登的地方。禄和皋通都累了，皋通放下禄，他们在白骨上坐下来歇息了一阵。皋通说：

"禄，你蹲下，让我上吧！"

禄蹲下，皋通站到禄的肩膀上，禄沿着石壁慢慢走动。皋通双手在石壁上摸索着，忽然，他摸到了一处缝隙，他用手抓住石缝，双脚在禄的肩膀上一蹬，撑了上去，身子紧贴在冰冷的石壁上。皋通还没来得及换手，只听呜哇一声地动山摇般的吼声，吓得他手软脚凉，失足摔了下来。禄和皋通还没反应过来这吼声是何物所发，发自何处，瞬间一头巨大的老虎已从石壁那边威风凛凛地扑了过来。

皋通见来的是一头大老虎，心里不由一愣，皋通是豹部落的，经常和猛虎打交道，他只怕山神魔鬼，并不畏惧虎豹豺狼。但是这头老虎毕竟太庞大了，不说禄便是皋通也从未见过如此大的老虎。它的头比平常的虎大出一倍多，一双虎眼大得惊人，闪着寒光，虎的身上皮毛金黄中交织着一条条黑色的斑纹，身长差不多有禄撑竹排的竹篙长，四条腿像四根柱子一般。老虎又威风凛凛地吼叫一声，又一阵地动山摇，它张开血盆大口，嘴上的一丛虎须直翘翘地竖起。

禄和皋通心头怦怦直跳，这才明白，石壁下的无数白骨，全是被这头老虎吃剩下的，禄和皋通已无退路。

皋通一把推开禄，他披上豹皮毯，欲迷惑老虎，伺机用他的弯钩刀猎虎，这是他们豹部落猎虎的故伎。禄从背上拔出剑来，挺剑在手，从侧面助皋通猎虎。

老虎见来人竟敢挺身和它搏斗，愤怒地吼叫一声，再一次震得地动山摇，它猛扑上去，一把撕下皋通披着的豹皮毯，用一对前爪，把豹皮毯撕得粉碎，并在皋通的左臂上划出几道深浅不一的血条。皋通一个向后翻滚，后退十几步，张弓搭箭，向老虎射去，一箭射中虎的颈部。那虎又吼叫一声，身体一阵猛抖，竟把箭杆抖落在地。皋通连发数箭，全中虎身，但全被虎抖落。

皋通惊叫一声：“禄，我的箭只剩下一支了！”

禄从侧后猛扑上去，一剑刺中了虎背。不料那虎又吼叫一声，全身一阵猛抖，竟把禄刺在它背上的利剑抖得飞落在地，随后转过身来，将禄扑倒。禄在地上不断翻滚着，避开虎的利爪。

皋通从箭袋里摸出最后一支又长又粗的箭来，这是豹部落的必杀器，箭以焦铜为镝，涂剧毒药于镝锋，这种毒药是采集百毒草，再用蛇毒熬制而成，一箭即可置敌于死命，因其数量极少，不得已时才使用。

禄在地上飞快地翻滚着，但仍无法逃脱虎的魔爪，他被虎爪按住了，老虎正张开大口要咬死他。皋通一箭射入虎口，老虎立即发出一声撕心裂肺般的吼叫，虎头一下就无力地垂了下来，随后在地上垂死挣扎，把一地的白骨骷髅压得粉碎，搞得满地尘土飞扬，撞翻了几棵大树，又把地面压滚成一条深沟，令人惊心动魄。

禄和皋通一身血肉模糊，倒在地上喘息着，身子被地皮震得上下颠簸，直到那硕大的猛虎死去，大地才安宁下来。皋通喘了几口气想站起来，却感到四肢无力，又躺了下去，他用尽力气喊道：

“禄，你还活着吗？”

禄躺在地上，没有回应。皋通见禄没有回答他，慢慢地爬过去，只见禄的胸口上，有几道深深的爪印，伤口处还在流着血。皋通把禄的身体摇了摇，叫道：

“禄，你还活着吗？”

禄仍然没有回应。皋通抱着禄的身体，恸哭起来。

“禄，你怎么死啦，我们讲好了的，一同到会稽去，过人一样的生活啊，你死啦，我怎么办啊？”

皋通在不停地哭泣着，不知哭了多久，天慢慢地黑了下来，他还在孤独地痛哭着。禄仍然一动不动地躺在地上，胸上的伤口已经不流血了，皋通想，禄的血已经流尽，真的死去了！他又忍不住痛哭起来。

天已经昏黑，天地间一片死寂，寒飕飕的山风，吹得皋通直打冷战，他感到害怕。这时他耳边突然响起一个声音，那声音十分苍老，仿佛是从地下传出来的：

“年轻人，不要害怕，你们是我们族群的英雄。我们和你们一样，也是为了追求光明，为了让族群过上人一样的生活，多少年来，我们像一群群扑火的飞蛾，前仆后继地希望走出这蛮荒之地，可是前有恶虎挡道，还有那道不可逾越的石壁，我们一代又一代人都死在这里，化作了累累白骨，但我们问心无愧死得其所！”

皋通听了大吃一惊，四周除了黑沉沉的夜，什么也看不到，他悲凉地问道：

“你是谁？你是神吗？”

“我们不是神，我们是一群精灵，一群与命运抗争的精灵。年轻人，你们勇敢地与恶虎搏斗，杀死了挡道的恶虎，你们是我们族群真正的英雄！”

皋通说：“我们虽然杀死了恶虎，但我的同伴也被恶虎害死了，我一个人也翻越不过这道石壁，我也会像你们一样，惨死在这道石壁下，化作一堆白骨！”

“你的同伴是个英雄，他不会死的，现在不过是暂时昏迷而已。为了我们的族群能改变命运，我们这些精灵，将帮助你们翻越这道石壁，让你们把文明之火带回我们的族群之中，你看，他们都来了！”

皋通抬头一看，只见视野里闪现出团团绿色的亮光，那些绿色的亮光迅速移动着，闪闪烁烁，从林地中纷纷向石壁下集结，每一团绿色的亮光，都隐隐约约像一个人。皋通辨认着他们的发饰，啊，这不是各个部落的人吗？那么多的人啊！

一团团绿色的亮光，集结在那堵不曾有人逾越过的石壁下，一个个人影绿光搭叠成一座高高的长梯子，那个声音又发出了呼唤：

“年轻人，我们已经为你搭起了精灵之梯，带上你的同伴，携上你们的武器，登梯越过石壁吧！”

皋通听罢，立刻背上不省人事的禄，带上他的弯钩刀和禄的剑，走到石壁之下，登上了那座绿光精灵们搭叠起来的颤颤巍巍的梯子，一步一步往上爬去……

第二章　相离相合

第一节　巧遇相离子

踏珠露兮沐朝阳，
过黄河兮涉大江。
别秦岭兮到南岭，
不知岁月之短长。
胸中藏韬略兮无人识，
指点江山兮国之栋梁。
寂寞风雨兮吾将老矣！
碌碌无为兮愧对师长！

一阵歌声，在山岭上飘荡，显得苍凉刚劲，又饱含郁郁不得志的无奈。山风把歌声稍稍停留在丛莽林梢，一会儿又传播到山顶岭头。这是望不尽走不完的五岭山脉，人迹罕至，只闻禽鸣兽嘶之声。

歌者是一位白发苍苍、银须飘飘的老人，他在丛林草莽间慢悠悠地行走吟唱着。他似乎在寻找什么，等待什么，也许什么也不是，他是在漫无目的地走着、吟唱着。多少年都这么过去了，没有人来和他说话，更没有人识得他的歌。

歌者的身份，除了他自己，世上无人知。他是那位大名鼎鼎的鬼谷子的关门弟子，曾在秦岭深处的鬼谷中，受教于名师鬼谷子。他的几位师兄都是名满天下的大人物：苏秦、张仪、庞涓、孙膑。人们说，鬼谷子是位弈棋高手，他教出来的学生，都是他的一枚棋子，他在中原大地上布下一盘精彩的棋局：苏秦、张仪，时而佩带各国相印，出相入仕，游说诸侯，辅佐国君；时而合纵连横，演绎出一局局精彩异常、令人眼花缭乱拍案叫绝的棋局。而庞涓、孙膑则挂帅拜将，率领千乘战骑，排兵布阵，攻城略地，好棋连连，着着制胜，好不令人钦羡。作为鬼谷子的关门弟子，他学富五车，精通军政兵略之策，默察天文地理之道，能力学养，绝不亚于他的几位已名满天下的师兄。他原本以为，老师也会把他派到七国争雄的中原去，一显身手，却不料鬼谷子把他这枚棋子，投放在文明未开的五岭边缘的蛮荒之地。临别时，鬼谷子对他说：

“碧桂之林，苍梧之野，大舜隐真之地，达人遁迹之乡。去吧!”

他站在老师的柴扉之前，郁郁寡欢，不肯离去。鬼谷子只得对他嘱咐道：

“中原的棋局已定，用不着你去了。下一步棋是在岭南，其精彩之程度，或许不亚于中原。我再送你八个字：相离相合，相生相克。切记！切记!”

于是，他告别了老师，风尘仆仆，跋山涉水，来到了五岭的名山九嶷山，这是大舜南巡时帝星陨落之处。他在山上结草为庐，默默地等待着那盘大棋局的开局。他从鬼谷子老师送他的八个字中，为自己起了个名字：相离子。他每天都默念着这八个字，希望从中悟出惊天动地的棋道妙局来。于是他游荡在五岭的荒烟蔓草之中，行走在山麓林莽之际，看尽了五岭的山水地理，熟识了林间的蛮烟瘴雨，观览了天上的星云日月，成了一位十足的岭南通。但是，五岭一带仍然一片死寂，他每日只与鸟兽为伍，与丛林怪石相伴，鬼谷子老师预言的棋局，仍然无影无踪，遥遥无期。

这天，相离子在林间漫无目的地行走着，吟唱着他那孤独的歌。他来到一座高耸的石壁下，只见那道石壁无比凶险，抬头仰望不见顶，左右延伸无尽头。石壁上透着寒光，寸草不生，沉沉黑亮逼人。相离子伸手摸了一把黑亮的石壁，手掌一阵寒凉透心，他吃了一惊，便沿着石壁走，走到天黑，仍不见尽头。他在石壁旁边席地而卧，一觉睡去。

“我终于等到你来了!”

睡梦中的相离子，感到好生奇怪，这么多年了，他行走在山野之间，还从未见到过一个人，更不用说有人和他说话了。

来和他说话的是一位老者，形容枯槁，麻衣赤足，身后有一头大象相随。

“你是什么人？为何在这里和我说话？”相离子惊诧地问道。

“说来话长啦!”老者叹一声，便把他的身世一一向相离子说了。

那是很久很久以前的事了，时间久得令人数不过来。在会稽一带立国的越族人，遭到了亡国的灾祸。越人被迫四散逃往他乡，许多人从海上、陆上一直南迁，逃往蛮荒的岭南。他们逃亡到五岭脚下，抬头仰望着高耸入云端的五岭山脉，踌躇不前。族人发生了分歧，在山下吵吵闹闹，甚至斗殴残杀。有的坚决要求越过五岭山脉，继续往前走，寻找一个可以永久栖身之地，使族群得以繁衍生息。有的则留恋故国，希望将来有一天安定之后，重返故土复国。争论了很久，仍无法得到统一的行动。为避免自相残杀，于是，两派族人中的长老议决，要到岭南去的族人，可以继续往前走，要留下的族人就此停步，在岭北暂时安居，来日再返会稽。

他们停留的地方，是唯一可以从岭北进入岭南的通道，雄奇险峻的五岭山脉，在这里奇迹般地留下了一条崎岖难行的狭窄走廊，古称“鸟道”，北来的雁鸟在此栖息过冬，不再往南飞。进入岭南的族人，为了躲避敌族的追杀，决心把这条唯一的通道堵死，从此与中原故土老死不相往来。但他们之中又有些人犹豫不决，如果岭南不能立足，岂不把回去的归路也堵死了吗？而留在岭北的族人，也有人认为，如果敌族继续追杀，他们无法在岭北立足时，想继续南迁，岂不也把生路给堵死了吗？族群又议决不下，族人又发生了争斗流血事件。最后族中长老做了裁决。双方就在这里沿着绵延的山岭筑起一道石头屏障，把通道堵死。为了照顾双方族人的要求，石头屏障的中间，筑起两扇巨大的石门。为了使这道石屏永固，族中的巫师祭起法术，将其筑成阴阳屏障，在石门的左右两侧，将一对活生生的童男童女砌入石墙中。石门上各留下一道锁孔，铸了两把阴阳钥匙，墙北的人拿着阴钥，墙南的人掌握阳钥。巫师又画符念咒，在石门的内外壁上各画了一头猛虎和神象，要它们负责巡守山门。巫师制成一道咒语：

“相离相合，相生相克。”

如果墙内的人要回故土，或者墙外的人要进墙内逃生，则相约将阴阳钥匙同时插入锁孔之中，墙内的人念一句“相离相合”，墙外的人念一句“相生相克”，那道石门便可大开，让其进出。墙内墙外的族人长老，各自掌握着一把钥匙和一句咒语。

草枯草长，叶落叶生，不知过了多少年，多少代。那道紧闭的石门，从未被打开过。进入岭南的族人杳无音信；留在岭北的族人早已星散，有的退到荆楚，有的涉回会稽，有的沿着五岭山脉之下往东漂洋过海另谋生路去了。只有掌管钥匙的族长一家人留了下来，他们要履行最初的诺言，守候在石门的北边，这把阴钥传了不知多少代。族长的后代人丁单薄，当钥匙传到他手中时，族里就只剩下了他一个人，而且他已经老迈无力，恐怕连打开石门的力气也没了。忠于职守的掌钥人，心里时常惶恐，担心他死后，钥匙失落无主，对不起祖上的嘱托。

“我就是最后的掌钥人!”

老者讲完了他祖上的经历故事，又长叹一声。末了，他抖抖颤颤地从腰上解下那把他祖上传下来的钥匙，对相离子寄予厚望地说：

“先生，你能替我接下这把钥匙吗?”

“我？我合适吗？这可是你祖上的重托之物啊!”相离子有些惶恐。

“我求你了！拜托你千万不要推辞，岭南那边还有我的族人呢！”老者那干枯的双眼中，慢慢地渗出些泪水来。他又指着身旁的那头雄壮的大象，对相离子说：

“这头大象，和这把钥匙一样古老了，也归你啦!”

相离子从睡梦中醒来，睁开双眼一看，不见了老者，却见到一头雄壮的大象站在他身边。大象的鼻子上，卷插着一把黑亮的钥匙。大象把鼻子凑近相离子的手上，鼻头一松，那把钥匙便落到相离子的手中了。相离子立刻便抓住了那把钥匙，大象用鼻子在他的胸口处摩挲几下，那意思既表示已归顺于他，成为他忠实的侍者，又似乎提醒他不要忘了前人的托付。相离子抱着大象的鼻子，也亲吻了几下，表示已明白了它的意思，不会忘却梦中人的嘱托。

大象随即跪伏于地，邀请新的主人骑到它的背上去。相离子把钥匙佩挂在腰上，随即骑上象背，大象便驮着他，沿着那道高高的不见尽头的石屏障走。不知走了多久，来到石屏障的一座大石门前，大象便站住不动了，并用鼻子在大石门上点了几下。

相离子从象背上爬下来，走到大石门前，认真地观察起来。这大石门的宽度约可同时行进两乘战车，门中左侧有一小孔，门上塑刻着一头大象。相离子认真看，见门上所刻的大象竟和他身旁的这头大象十分相似，他拍了拍象头，大象朝他点了点头表示认可他的判断。

相离子用手拍了拍石门，一点响声也没有，他好奇地从腰上取下佩挂的钥匙，小心翼翼地朝大石门的小孔里慢慢地插进去。石门缓慢地震动了几下，他念出一句咒语：

“相离相合。”

大石门嘎的震响一声，露出一条手指大小的缝来，随即透出一股阴冷逼人的强风，那风吹得相离子后退了几步。相离子吓了一跳，他拔下钥匙，那门缝又迅即合上了。相离子想，自己刚才只念了一句咒语，大石门便打开了一条缝，如果把后一句咒语同时念上，大石门会不会就打开了呢？那里边又是一个什么样的世界呢？他感到非常好奇。

相离子又小心翼翼地把钥匙插进大石门的锁孔中，使劲旋了一圈，同时念出咒语：

"相离相合，相生相克。"

他刚念完咒语，只听嘎啦一声巨响，大石门打开了一道可容一人通过的大缝，与此同时，门里响起一声巨吼，一只巨大的斑斓猛虎朝他直扑过来，他看到门里地上白骨累累骷髅满地，瞬间大石门又紧紧地关闭上了。

相离子惊出一身大汗，随即从锁孔里拔出了钥匙。他把钥匙重新佩挂在腰上，爬上象背，沿着石头屏障继续往前巡视，一边走，一边想着这大石屏的凶险，这大石门的怪异，而最令他感兴趣的还是这两句开门的咒语：

"相离相合，相生相克。"

这不是他离开秦岭大山深处时，鬼谷先生临别赠他的那八个字吗？这真是天机赐人啊，说不定这岭南的棋局从此就要开始了呢。他最近一直夜观星象，发现大西北方向一颗地王星亮得耀眼，莫不是中原的事正如鬼谷先生所预言的"棋局已定"，战火纷飞灾难频繁的乱局，将由一代圣主收拾，一统中原之后将向岭南进军了？如果真的是这样，他还能等到那一天吗？他的那些曾经名满天下的师兄，无论是张仪、苏秦，还是孙膑、庞涓，早已在逐鹿中原中先后死去，或自刎于败军之中，或被诸侯国国君车裂而亡，他们的王霸宏图已经烟消云散，他庆幸自己没有步他们的后尘。

"相离相合，相生相克。"

相离子坐在象背上，不断默诵着这八个字，仔细地回味着守门老者的遗言："八字咒语是打开石门的天机。"如今天机已现，他已将石门打开了一个口子，但是还需要另一个人和另一把钥匙才能把石门全部打开，这把钥匙毫无疑问是掌握在流落岭南的那些人的后辈中的某一个人手中。待到那个人和他相离子同时出现在石门前，用各自的钥匙插入石门的锁孔中，各自念着那句咒语时，石门才得以大开，鬼谷先生预设的棋局就正式开局了，这必定是惊天动地的大棋局啊！

相离子琢磨着开局的一些细节，墙内那只凶猛的老虎，遍地白骨骷髅，始终没有出现的隐伏在岭南的神秘掌钥人，他似乎明白了一些现象。流落在墙内的岭南越人，有人想回中原故土，但是无法逾越这道石屏，他们前赴后继，把生命化作了累累白骨堆堆骷髅。而将来的某一天，已一统中原的英雄霸主，必将以雷霆之志，霹雳之师，摧毁这道隔断文明的石屏，将中原的文明之光，播撒在这片广袤荒蛮的土地上。到那时，他相离子的才智天赋才派得上用场，这棋局呀，才会是那么辉煌壮丽，青史留名。

想到这里，相离子激动无比，他捋着银白色的长须，骑在象背上，禁不住仰天高歌一曲：

踏珠露兮沐朝阳，
临五岭兮识屏障。
悟天机兮唯我一人，
破石门兮谋在心上。
天将降大任于斯人兮舍我其谁，
孺子虽弱兮两肩担当。
世人睁眼兮看我棋局，
一统江山兮襄赞君王！

相离子每天沿着石头屏障行走着，歌吟着，又不知过了多少年。他盼望的棋局开局仍然渺茫毫无迹象。这天，他正沿着石头屏障行走歌吟，忽然发现前面的地上直挺挺地躺着两个人。他走上前去细细察看，从发饰衣着上看，断定是两个岭南人，而且年纪非常轻，十七八岁，身上都不同程度地有伤。他用手探了探两个人的鼻息，还有些微弱的生气。相离子俯身摇摇他们的身体，大声问道：

“你们是什么人，从哪里来，要到哪里去，为何伤成这般模样？”

躺在地上的两个年轻人，没有回答，依然酣睡一般。相离子见他们中一人身上背着一把古剑，他取下剑，剑锋闪着寒光，不由惊呼：“这是越王

相里子

剑啊！怎么会到了他的身上？此人必有来历。”相离子拍了拍大象的鼻子。大象便会意地伸出长鼻，轻轻把两个不省人事的年轻人卷起，放到背上托住。相离子爬上象背，护着两个年轻人的身体，急急地朝九嶷山他的居处奔去。

到了草庐，大象用鼻子把两个年轻人搬到堂中的草榻上。相离子取出他炼制的还魂丹，给两个年轻人各服了一粒。不久，他们的鼻息渐起，然后便各自醒了过来，几乎同时发问：

“我们这是到了哪里？”

“这是会稽吗？”

“哈哈，这是九嶷山，会稽离这里还有几千里呢！”相离子见两个年轻人苏醒过来，便开心地哈哈一笑说。

“九嶷山？九嶷山是什么地方？”

相离子又哈哈一笑，说：“大舜隐真之地，达人遁迹之乡。”

两个年轻人一齐摇着头，说：“我们听不懂。老人家，你是什么人？”

“听不懂，以后你们会懂的。我倒要先问问你们，你们是什么人，是从哪里来的？”

胸口上还带着伤的年轻人，指着自己说：“我叫禄。”他又指着同伴说：“他叫皋通。我们都来自岭南的部族，是从南边过来的。”

“啊？”相离子有些惊奇地问道，“岭南部族？你们是怎么翻越过那道连鸟都飞不过去的石屏障的呢？”

叫禄的那个年轻人困惑地摇着头，说：“不知道！”

“我们先是在大森林中走着，后来迷了路，好不容易走到大江边，划着竹排，沿江直上。后来竹排不能划了，我们就沿着细小的江水继续往前走。走着走着，就到了一堵巨大高耸的石墙下，走不通了。”皋通说。

“大石墙下，堆满了白骨骷髅，看来是好多人为了翻越大石墙，死在了下边。”禄说。

"我们试着爬上大石墙，那石墙又滑又高，无法攀爬上去。这时不知从哪里蹿出一头大老虎，直向我们扑过来，我们拼命与虎搏斗，最后把它射杀了!"皋通说。

"啊！你们把那头大老虎给射杀了?"相离子惊得把一双老眼睁得不能再大了。

"是，我们把那头大老虎射杀了，你看，我们身上都还有被老虎抓伤的伤口呢!"禄和皋通各自指着自己身上尚未愈合的伤口说。

"你们是大英雄啊！岭南人，真了不起!"相离子伸出大拇指夸赞禄和皋通。

禄摇着头说："我们哪里算得上大英雄啊！我们过的是半人半兽的生活，巫师害死了我们的亲人，又要追杀我们，我们就冒死逃出来了。"

"你们必定会成为大英雄！你们就跟我在一起吧!"相离子看着眼前这两个伤痕累累生性倔强的年轻人，心里突然生起一种从未有过的希望。

"跟你在一起干什么呢?"禄和皋通一齐问道。

"跟我在一起下棋，下一盘很大很大的棋，下一盘彻底改变你们命运的棋!"相离子有些神秘地说。

"先生!"禄摇着头说，"下棋，我们不会，再说，我们对这个东西，也没有兴趣。感谢你救了我们，我们还要走，现在就走。"

禄忍着伤痛，站起来，他拉上皋通就从草庐中往外走去。

相离子一把拦住他们，问道："你们要去哪里?"

"会稽，我们要去会稽!"禄和皋通齐声说。

"去会稽干什么?"

"为了过上人的生活!"禄和皋通坚定地说。

"啊!"相离子点了点头，说，"我明白你们的意思了。不要急，先坐下，年轻人，你们不妨先听我说几句吧!"

相离子把禄和皋通拉回到草榻上坐下，问道：

“你们要到会稽去，你们知道会稽在哪里吗？”

禄和皋通摇头：“不知道。”

相离子从禄身上取下他背着的那把剑，抽出剑，一阵寒光闪耀逼人，问禄：

“你这把剑从何而来？”

禄说：“是祖上传下来的。”

相离子又问：“这剑，你祖上是怎么得来的？”

禄说：“不知道。”

相离子叹道：“你连这把剑的来历都不知道，去会稽又有什么用呢？”

禄问：“会稽和这把剑又有什么关系呢？”

相离子持剑在手，舞了起来，只听风声呼啸，寒光闪闪，如星月落地，如蛟龙升天，气势撼山，夺人心魄。禄和皋通直看得目瞪口呆，心头咚咚乱跳，连草庐外那头大象也跪地不起。相离子收了剑步，禄忙跪下求道：

“请先生教我剑法。”

相离子笑道：“要跟我学剑，不去会稽了？”

禄说：“学完剑再去！”

相离子凝视着剑锋，说：“要学剑法，必先知剑道啊！”

禄说：“请先生教我。”

“这剑，可是越王剑啊。你们知道越王是谁吗？”

“不知道。”

“啊，连越王是谁都不知道，你们还好意思去会稽啊！”

禄说：“我们真的不知道，我们岭南人只知道有禹王而不知道有越王。”

相离子说：“那我就先从禹王给你们讲起吧！”

皋通说：“老先生，你就快点讲吧，讲完我们好赶路。”

相离子笑道：“赶路，还要赶去会稽吗？”

皋通说：“那当然啦。”

相离子把剑还给禄，捋着长长的白胡须，慢慢地说道："问天地之道，万物之纪，莫失其本。"

皋通急得跳起来，摇着手说："听不懂，听不懂，禄，我们还是快点赶路吧！"

禄把皋通按住，说："别急，先生好像在说要我们不要忘本，这是最要紧的啊！"

"神农尝百草，知草木之甘苦；黄帝造宫室制衣裳，畴粪桑麻，播种五谷，使民有衣食。"

相离子摇头晃脑地说着，皋通又不耐烦了，他正要打断相离子的话，禄却示意他安静听讲。相离子问道：

"听懂了吗，二位？"

"先生是说禹王之前，还有两位祖宗，一个叫神农，一个叫黄帝，神农尝百草，我们才懂得哪种东西可以吃，哪种东西不可以吃，是吗？"禄说。

"对！"相离子很满意禄的回答。

禄又说："黄帝这位老祖宗教我们制造衣裳，我们才有衣穿。他教我们制造工具，开田地，种五谷桑麻，我们才有食物吃。"

相离子频频点头，夸赞起来："对，对，对，你们真不愧是黄帝的子孙！"

"那禹王呢？"皋通问道。

"大越海滨之民，独以鸟田，小大有差，进退有行，莫将自使，其故何也？曰：禹始也。"

禄拍起手掌来，说："我懂了，原来我们岭南的燕部落有雒鸟助耕的故事，鸟田是禹王教越民开垦的！"

"禹忧民救水，到大越，上茅山，大会计，爵有德，封有功，更名茅山曰会稽。禹通龙门，决江导河，东注于东海，天下通平。及其王也，巡守大越。见耆老，纳诗书，审铨衡，平斗斛。因病亡死，葬会稽。昔者，越之先君无余，乃禹之世，别封于越，以守禹冢。"

这下连皋通也听懂相离子讲的了，他忍不住忙问：

“后来呢?”

“无余初封大越，千余年而至勾践。夫越王勾践，东垂海滨，夷狄文身，躬而自苦，任用贤臣，转死为生，以败为成。越伐强吴，尊事周室，行霸琅琊，躬自省约，率道诸侯，贵其始微，终能以霸。”

“啊，我们的祖先勾践，原来是位大英雄呀!”禄又击掌赞叹道。

皋通急着要听故事，忙问：“后来呢?”

“勾践之父允常，允常之父夫镡。夫镡以上到为禹守陵之无余，久远，世不可记。”相离子说。

“那越王勾践以下呢?”禄问。

“允常之子勾践，大霸称王，徙琅琊，建都城，兴霸业。勾践之子与夷，称霸。与夷之子子翁，称霸。子翁之子不扬，继承霸业。直到不扬之子无疆，越王已称霸五代之久。”

“啊!”禄和皋通发出一声自豪的赞叹。

“不扬之子无疆，出兵伐楚，被楚威王灭了，从此越人灭国，越族星散，族人纷纷南迁逃亡各地。”

“啊!”禄和皋通都惋惜地叹一声。

禄抚着他的剑，问道：“先生可知我这把剑的来历呢?”

“知道，知道。”相离子又捋着他的长须，从禄手上接过剑，侃侃而谈。

“昔者，越王勾践有宝剑五，闻于天下，此五剑，皆越之铸剑高人欧冶子所造。”

相离子看着剑锋上闪闪的寒光，接着说：“此剑名纯钧，越王勾践曾请相剑高手薛烛鉴识。薛烛手握宝剑，手振拂扬，只见其华淬如芙蓉始出；观其纹，烂如列星之行；观其光，浑浑如水溢于塘；观其断，岩岩如琐石。此剑价值连城矣!”

皋通听了惊叫起来：“禄呀，你这剑没想到是个大宝贝哩!”

相离子继续说："当欧冶子造剑之时，赤堇之山，破而出锡；若耶之溪，涸而出铜；雨师扫洒庭前，雷公击橐鼓风，蛟龙捧炉在手，天帝装炭入炉。欧冶子乃以天之精神，悉其技巧，一连造出五剑。一剑名湛卢，二剑名纯钧，三剑名胜邪，四剑名鱼肠，五剑名巨阙。越王勾践所据之五剑，后来为吴王阖闾夺去三把，即湛卢、胜邪、鱼肠。剩下两把纯钧、巨阙宝剑，后来流传越人之中。这是两把阴阳之剑，又叫雌雄宝剑。不想老夫我今日，竟得识纯钧宝剑，真是三生有幸啊！"

禄兴奋地问："那我这把剑就是纯钧剑了，先生可知那把巨阙宝剑在什么人手上吗？"

"不知，不知啊！"相离子摇头叹息，"你这纯钧之剑为阳，那不知在何人手上的巨阙宝剑为阴，一阴一阳，当两把宝剑同时现身之时，将风云变，大地动，山河连。年轻人，你们就等着那一天的到来吧！"

相离子说罢，忍不住又把那宝剑舞了起来，只听风声阵阵，树木摇摇，他忽而腾地而起，飞檐走壁；忽而挥剑横行，穿堂过户。只听呤的一声巨响，相离子不见了踪影。禄和皋通正惊诧间，只听草庐外唰唰唰地连排倒下一地树木，抬头看时，只见一阵狂风刮过，树梢被齐齐地斩断在地，又听轰然一声巨响，山岩上一块巨石飞落下来，被斩成一块平整的石桌面。风声过后，不知相离子从什么地方钻出来，落地站立在草庐外，缓缓地收了剑步。

禄和皋通看得呆了，皋通叫道：

"先生，你是神仙啊！"

相离子也不说话，只把宝剑交给禄，把手一挥，说："你们走吧！"

禄把剑插入鞘中，和皋通向前走了几十步，忽然回过头来，走到相离子跟前，跪拜于地，说：

"先生，我们不走了！"

“为什么不走了呢？”

“我们要向先生学剑术。”

相离子仰头大笑：“哈哈，这就是相离相合之机缘啊！”

第二节 悟道九嶷山

“道可道，非常道，名可名，非常名。”

皋通不耐烦地把书简往旁边一推，说：“这比神仙的话都难懂，禄，你懂吗？”

禄摇着头困惑地说：“我也不懂，不过老师教念的，总会有用的吧！”

“有个屁用，禄，我们还是走吧，到会稽去。”

皋通也把禄面前的书简一推，拉起他就往草庐外走。正好相离子挑着一担柴薪走进门。皋通说：

“老师，我们不想念这个‘道’了，我们还是要到会稽去。”

相离子放下柴薪，笑着问道：“不想念书了？不想念书的人成不了大器。”

皋通说：“我要学箭术，禄要学剑术，老师，你答应教我们的，为什么现在不教我们，要我们在这里念这道那道的，我们不想待在这里了，要去会稽闯荡一番。”

“啊，原来是这样。”相离子略为沉思了一下，说，“皋通你要学箭术，禄你要学剑术，我告诉你们，术不是问题，关键是用心，所谓道正则术正，道邪则术邪，你们明白吗？”

皋通拍着脑袋，说：“老师，我懂了。道正，箭就射得正；道邪，箭就会射歪。禄，你说对吗？”

禄想了一下，说：“老师讲了，术不是问题，关键是用心。如果一个人的心不正，术越高，害人就会越大。你想想，那个大巫师的巫术是很高的，可是他害死的人不是很多吗？我们两个人不也是差点被他害死了吗？”

皋通说："对对对，禄，我们还是留在这里，跟老师先学好这道吧，不过，这道，也真难学呀！"

相离子从草庐的壁上取下一张强硬的长弓，又从箭袋里取出几支没羽的长箭。他把禄和皋通带到草庐外的一块平地上，在前面约百步的地方竖起一个箭靶，然后把弓和箭交给皋通，令皋通张弓搭箭射靶。皋通连射两箭皆不中，相离子又叫禄来射，禄连射两箭，也不中。相离子拿过弓来，搭上一支箭，向靶心射去，一箭中的，他一连射了三箭，皆射中靶心。皋通和禄看得连连喝彩。

皋通佩服得大叫道："老师，你真是神箭手呀，你快教我们吧！"

相离子用手捋着长须，意味深长地说："这就是道啊！"

皋通摸着脑袋："老师，这道，我怎么没看见啊？"

相离子指着手中的弓箭，说："你们要记住，天之道，其犹张弓乎？高者抑之，下者举之，有余者损之，不足者补之。天之道，损有余而补不足。人之道则不然，损不足以奉有余。孰能有余以奉天下？唯有道者。"

"老师，我有点看懂了。"皋通说，"这道就和张弓射箭差不多，瞄准时，高了就压下来一点，瞄低了就抬高一点，力气多了就稍微减退，力气不足时就加点力，减持余力弥补不足，使力度保持平衡。老师，你说是吧？"

相离子笑着，扭头问禄："禄，你说呢？"

禄思考了一下，说："箭道如此，但人间之道呢？请老师教我。"

相离子感慨地说："人间之道啊与此不同，常常是损害不足者，奉养有余者。人间之事有违正常轨道。"

禄问："那么谁能有余以奉献天下呢？"

相离子答："那只有怀道的圣哲了！"

皋通问："老师，那是神仙才能办到的事吗？"

相离子说："不，那是圣人不是神仙啊！圣人虽然有奉献天下的作为，但是他却不自恃对人的恩德。圣人虽有奉献大道的功业，却不居功反而自退，因为圣人不愿做虚名的傀儡。”

禄感动地说：“老师，你就是圣人啊!”

相离子摇摇头：“我比圣人还差得远!”

皋通说：“老师，你快指点我们寻找圣人啊!”

相离子慢悠悠地说：“圣人活在人的心中，待你们悟懂了道，你们就会成为圣人的!”

皋通快乐地跳起来，对禄说：“禄，我们加劲学习，快点成为圣人吧。”

禄若有所思地点点头。

这天相离子把禄和皋通带到一道平缓的山坡上，要他们在这里找出水来。皋通为难地摇着头说：

“老师，这坡地上根本就没有水啊!”

相离子神秘地笑着说：“我不是要你们想办法找吗?”

禄说：“皋通，老师既然让我们在这里找水，我们不妨挖地找吧，或许这地底下有水呢?”

皋通说：“对，我们就挖地找吧！我们或许还能挖出一口井来呢！我回去拿铁锹来，你在这里等着。”

皋通跑回草庐里，扛了两把相离子制作的铁锹，来到那道缓坡前。皋通和禄一人一把铁锹，就在地面上使劲挖了起来。挖了好久，终于挖出了一道半人深的长长的干沟，但一点水也没挖出来。他们又换了一处低洼的地方，又挖了一道半人深的干沟，但还是没有挖出半点水来。皋通泄气地把锹一扔，说：

“老师，这里没有水!”

相离子问禄：“禄，你说呢?”

禄也说：“老师，看来这里真的是挖不出水了!”

相离子又问：“那么，你们说，到底怎样才能挖出水来呢?”

皋通说：“那只有再找另外一个地方挖了。”

禄和皋通换了一处地方，又挖了一条半人深的干沟，还是没挖出水来，皋通还不服气，又在挖出的干沟里往下挖，直到挖到他整个人都看不见了，他才爬上来，但是一点水也没有挖出。他一屁股坐在地上，累得气喘吁吁地埋怨相离子。

“老师，你教我们干点有用的事，学点有用的本领吧，挖地找水有什么用啊?”

相离子严肃地说：“现在，我带着几千人马，被敌军围困在这里，没有水喝，我令你们马上找到饮水，否则，我要杀你们的头!”

皋通摸着脑袋，说：“禄，我们这下死定了!”

禄“扑通”地跪在相离子面前，哀求道：“请老师教我们找水之道。”

相离子把手一挥：“快回去把我晒在草庐顶上的艾草抱来!”

禄和皋通来来回回跑了十几趟，终于把草庐上晒干的艾草全部抱了过来。相离子看了看周围的地形，命令禄和皋通把艾草分别铺在十几个不同位置的地上，又命令他们，把铺在地上的艾草打火同时点着。草地上，十几铺艾草点燃后，冒出一团团青白色的烟来，飘逸着一阵阵淡淡的艾草香味。

皋通疑惑地问道：“老师，我们岭南人常说，水火不相容，你烧火怎么能烧出水来呢?”

相离子不理会皋通，只是两眼定定地盯着冒着烟的艾草。只见十几铺燃着的艾草中，有一铺燃着，但却不往上冒烟，相离子带着禄和皋通走到那铺艾草前，他指着那不往上冒烟的艾草问道：

“你们看，这是为什么?”

禄趴在地上仔细观察了一会，说：“老师，这艾草的烟不是往上冒的，而是往地下钻的呢!”

相离子捋着他白色的长须，胸有成竹地命令禄和皋通：

“你们就从这铺艾草处往下挖去，这里一定能挖出水来!”

禄和皋通半信半疑地挥锹从燃着的艾草下挖去，刚挖到一个半人深的坑，只听“嚯”的一声，一股水突然冒了出来，弄得禄和皋通两人一身的水。他们吓得赶快逃了出来，皋通佩服得五体投地，大声叫了起来：

“老师，你真是神仙呀！连地下的水都看得见！”

“哈哈哈！”相离子捋着长须仰头一笑，说，“我不是什么神仙，这个找水的办法啊，是楚国大将军吴起发明的。”

“啊，吴大将军一定是神仙了！”皋通说。

相离子摇着头，说：“吴起将军也不是神仙，但他是个能人。当年，吴起将军带着几万楚军南征，欲进军岭南，为楚王开疆拓土。他在行军途中走到一处绝地，全军几万人缺粮绝水，他就是用这个找水办法解决全军的饮水问题的，使全军绝地而生，但是后来，他还是被杀掉了。”

禄忍不住问道：“像吴起大将军这样的能人，为什么还会被别人杀掉呢？”

相离子拉着禄和皋通在草地上坐下，说：

“吴起，本来是卫国人，他事奉鲁国的国君，但一直得不到重用。这时候恰逢齐国发兵侵鲁，鲁国的国君听说吴起善于用兵，本想用他为将，但是吴起的妻子是齐国人，因为怕他会因妻子之故跟齐人串通勾结，就有些踌躇不决，未敢立刻任命。后来，吴起探知这个消息，为了不错过这个可以成就功名的大好机会，他便不惜狠下心来杀掉爱妻。他提着妻子的头去见鲁国国君，表明他跟齐国之间已无任何牵连。鲁国国君见了，才不得已任用吴起为将，由他率兵前去拒敌，结果，吴起大破齐军而还。”

禄摇摇头，叹道：“吴大将军这事做得有点绝了！”

皋通：“杀个女人算什么？我杀十个八个人利索得很，何况杀了人才可以当将军呢！”

“吴起后来还是被鲁国国君免去了官职，他来到了魏国，虽然也建立了功勋，但也惹上了不少麻烦，他就跑到楚国去了。楚悼王素来听闻吴起的贤能，当吴起一到楚国，楚悼王便当即拜他为相，把治理国家的事务交给他。吴起担当治理楚国的大任，他大刀阔斧革新政治，彰明法制，详订律令，淘汰冗散多余的官员，废除疏远公族的授爵制度，全力抚养战士，特别是把那些食利者的公卿大族群迁到边疆去从事生产。吴起的改革，使楚国很快强盛起来，他不但击退了晋国的三路大军，又向西攻伐了强大的秦国，使楚国一步步往富国强兵之道迈进，各国诸侯都震慑于楚国的强盛。”

皋通听了不禁拍起掌来，仰慕地说：“老师，我要做吴起这样的人。”

相离子意味深长地说：“要当吴起这样的人，是要掉脑袋的呀!”

皋通拍了拍脑袋，狠狠地说：“掉脑袋我也要当这样的人。哼，在我没掉脑袋之前，我就先把要我脑袋的人的脑袋砍掉!”

禄摆手制止皋通：“别插话，听老师讲。”

“楚国旧日的一些宗族贵戚，因吴起的改革触犯了他们的既得利益，他们联合起来，要杀掉吴起。这时候，吴起正率楚军南平百越，眼看就要进军岭南了。在进军途中，重用他的楚悼王病死了，吴起急急赶回楚国的国都奔丧。他刚进得宫门，发现那些旧日的贵族公卿们都用仇恨的目光盯着他，而且暗地里还埋伏着刺客和弓箭手，吴起感到自己有被暗杀的危险，但来不及避开了，他下定决心要与这些暗杀他的贵族公卿同归于尽。于是他猛地冲上前去，奔向停放悼王遗体的寝宫，那些隐藏在暗处的刺客和弓箭手一起放箭，箭如雨下，吴起顿时被射死了。但是乱箭也插满了悼王的遗体。这是犯上作乱啊！等悼王下葬后，太子肃王即位，就下令调查追杀吴起以及乱箭射穿悼王遗体的一干乱党，并将他们全部杀掉。在这次事件中，因牵连在内而全族被处以极刑的那些旧日贵族公卿，共达七十几家之多。吴起虽死，也总算报了被乱箭射死之仇。”

皋通握紧拳头，说：“吴起死了还用计杀光了他的仇人，值！值!”

禄却沉思着，问道：“老师，吴起这是什么道呢?”

“道不同，不相与谋。”相离子说。

“啊!”禄点了点头，又问，“老师，吴起将军用艾草找水，又是什么道呢?”

“阴阳之道。”相离子说,“水性寒而润下属阴,火性热而炎上属阳。艾草乃纯阳之物,其烟坐下,阴阳相吸,水必生之。”

“啊!”皋通叫了起来,“吴起将军真是个神人呀,可惜他却死了!”

禄惋惜地:“虽为智者,也不得善终啊!”

相离子感叹道:“天下莫柔弱于水,而攻坚强者莫之能胜,以其无以易之。柔之胜刚,弱之胜强,天下不知,莫能行。切记切记!”

又过了几天,相离子出了一道题来考禄和皋通。相离子指着草庐中的两间空空的房子,对禄和皋通说:“这是两间空房子,我们比赛一下,你们一间,我一间,看谁最快用东西把房子填满。”

禄和皋通商量了一下,决定以柴薪将其中的一间空房子填满。他们分工,禄砍柴,皋通将柴搬运进空房子,一根一根码好。过了大半天,禄和皋通才把空房子用柴薪填满,但已累得大汗淋漓,气喘吁吁。相离子却一直悠闲地坐在房外,观看他们砍柴运柴。皋通擦着额头上的汗水,对相离子说:

“老师,我们用柴把空房子填满了,你怎么还不动呢?你输啦!”

相离子笑着说:“输的是你们,我早就用东西把空房子填满啰!”

禄和皋通见那间房子里除了中间摆放的一束耶若茗花之外,什么也没有,感到好生奇怪。相离子把他们拉进房中,顿时一股浓烈的花香味扑来。相离子拉着他们在房中转了一圈,花香四溢,无处不在。禄大悟,佩服地说:

“老师,我们输了!”

皋通拍拍脑袋:“我们输得真冤枉。”

他们走出草庐,相离子指着旁边一棵高高的大青树,对皋通说:“我们两人比赛爬树,看谁能用最快的速度爬到树梢顶。禄,你就给我们当裁判吧!”

皋通一听，自负地说："老师，你这么老了，还能跟我比赛爬树呀，我胜了你也不光彩啊，还是比别的吧！"

相离子捋着长须，也自负地笑着说："老夫虽然老朽，但绝不会输给你。禄，你这裁判就宣布比赛开始吧！"

禄见老师这般自信，心想或许他真的有什么绝技可胜皋通呢，于是便当着相离子和皋通两人的面，庄严地举起右手大声宣布：

"老师与皋通爬树比赛，预备——开始！"

禄把右手一挥，话音刚落，皋通便猴样快速地往大青树上爬去。相离子却无动于衷地在树下站着，只是仰头往树上静静地看了看。禄急了，忙说：

"老师，皋通已经爬到树的一半啦，你怎么还不上树啊！"

相离子不急不忙地往前走了十几步，就站在原地不动了，他向禄招了招手，说："禄，我已经站到树顶了！"禄忙跑过去一看，西斜的阳光正把大青树的树影投射在地面上，相离子正好站在树影的顶上，禄见了不禁兴奋地大叫起来：

"皋通，你不用再爬了，快下来吧，老师已超过你，站到树顶上去了！"

皋通不甘心地一边快速往上爬，一边不服气地叫喊着：

"禄，你这裁判别偏心眼啦，老师明明还在地上站着，你不会和老师一起骗我吧？"

皋通仍然往上爬，还没爬到树顶，因树梢上的枝太细了，他怎么也爬不上树顶，只好顺着树干溜了下来。他跑到相离子和禄的面前，大声责问禄：

"老师还没上树呢，你怎么就宣布老师赢了，我输了呢？你这裁判简直胡说八道，欺负人，我不和你玩了！"

禄指着正站在树影顶上的相离子，对皋通说："我才不胡说八道呢，你自己看吧，到底谁赢谁输了？"

皋通看了看，有些垂头丧气地说：“这么看来，是老师赢了，我输了！”

禄急切地问：“老师，你这是什么道啊？快给我们讲讲吧！”

相离子捋着长须，沉沉地说：“凡世间万物，皆存在于有形与无形之中，故智者常潜谋于无形，常胜于不争不费。”

“啊！”禄似乎悟出了相离子的道。

皋通却似懂非懂地说：“这个道啊，莫非就像我们岭南人上山逮竹鼠，你费大力气，挖通了这个道，它却轻轻松松地从那个道溜走了！”

相离子问禄：“禄，你说皋通说得对吗？”

禄说：“也对，不过我逮竹鼠十拿九稳，没有一只从我手里逃走。”

相离子问：“为什么呢？”

禄说：“竹鼠专吃竹子的根头，它在竹子下挖出好几条通道，我把它通道的口子堵上，只留一个通道口，用火烟往里一熏，竹鼠就只能从这个唯一的通道口逃出，我不费劲就逮住了它。”

相离子说：“对，对，生活之道，到处有道。”

这天，相离子驾着象座，象背上驮着禄和皋通，慢慢地行走在丛林草莽之中。

禄问：“老师，今天要给我们讲什么道啊？”

皋通抢着回答：“老师带着我们，尽走这些曲曲弯弯的山道，我想今天老师应该给我们讲山道的道吧！”

相离子驾着象座，头也不回地说：“还早呢，赶路吧。”

他们白天赶路，晚上就在草丛中席地而卧，就这样走了不知多少天。这天，他们终于走到了那道大石屏下，来到那座森严的大石门前，三人分别从象背上爬了下来，站在大石门跟前。相离子从腰上解下那把黑亮的大钥匙，把钥匙插进大石门的锁孔中，使劲旋了一圈，那石门发出一声低沉的吼叫，他念了一句：“相离相合。”石门便“嘎”的一声开启了仅容一人过的大缝。

禄和皋通不由大吃一惊。相离子拍了拍大象的长鼻子，象鼻随即高高昂起，鼻尖便紧紧地按住了门顶上的象塑，把门缝定住了，不再开合。相离子把禄和皋通推进门，他随即也走进了门。皋通惊奇地问：

“老师，你要把我们送回岭南吗？箭术和兵法你都还没教我呢！”

相离子摆摆手，说：“还没到时候，今天我要给你们讲最重要的道。”

禄问：“老师，今天要给我们讲进门之道吗？”

相离子又摆了摆手，说：“我今天要给你们讲相离之道，你们悟懂了这个道，进出岭南之道就会有了。”

他们沿着大石屏，踏着遍地的白骨骷髅行进，相离子指着地面上，对禄和皋通说：

“这些白骨骷髅，他们原本都是你们岭南人，他们都是些勇敢的追求文明的人，想走出蛮荒，却被这道石屏障阻挡无法逾越，又被那只守门的大猛虎吃掉了，这么多人啊，只有你们两人是幸运者！”

皋通自豪地说：“我们把那只看门的大老虎给射杀了，我们是强者！”

禄说：“如果没有这些精灵的帮助，我们照样过不了这道大屏障！”

相离子点着头，说：“将来有一天，你一定要把这些白骨骷髅给安葬了，使他们的灵魂有个栖身之所啊！”

禄说：“老师的话我记住了！”

他们沿着阴森的石头屏障往前走，走着走着，就听到水流声，再往前走，只见一条溪水从大石屏下流出来，发出一声声被长久压抑的阴郁之声，往下流去。禄和皋通一齐说：

“老师，我们就是沿着这里的溪水从下游划着竹排上来的呀！”

相离子爬上溪水边一座高耸的岩石上，朝溪水流去的方向放眼望去，溪水一路向南流去，渐渐地成了一条江河。

当相离子从岩石上爬下来时，禄问：

“老师刚才爬到高高的岩石上朝前观望，看到了什么呢？”

“这条溪水是从大石屏下向南方流去的。”他掐着指头低头自言自语道，“离也者，明也，万物相见，南方之卦也。吉卦!”

皋通忙问:“老师，你说什么呀?”

禄省悟地:“这条溪水，往下流成的一条江，是条非常好的江。老师，你说对吗?”

相离子满意地点着头:“禄说得对!”

禄又说:“老师，照你说的，这条江的名字，就叫离江了?”

相离子又点头道:“禄，你很聪明啊!这条溪水流下的江是应该叫作离江的。不过，离也者，卦属火也，火性热而炎上，属阳;水曰润下，属阴也。离旁必须加水，阴阳相配，方得大吉。这条江，应该叫漓江为好。”

禄拍手叫好:“感谢老师，把一条大吉大利的漓江赐给了我们岭南!”

皋通却指着前面的溪水问道:“老师，这溪水流下去的叫漓江，那这溪水也应该有个名呀?”

相离子想了想说:“这条溪水太重要了，但却被这道石屏障镇压着，有朝一日，除却了这条石屏障，你们岭南才能始安呀!”

禄说:“老师，这条小溪水，何不称为始安水呢?”

相离子点头道:“对的，应该叫它始安水。这道庞大的石屏障也应该叫它始安峤才对。”

相离子带着禄和皋通，又沿着大石屏走回到那道大石门下，从门缝中钻了出来，那大象还在用鼻子顶着大门呢。他们刚走出大石门，大象便收回长鼻子，大石门便快速地关闭上了。相离子从腰上取出钥匙，把大石门牢牢地给锁上了。皋通好奇地看着相离子把钥匙重新系到腰上，说:

“老师呀，如果当初我和禄也有一把你这样的钥匙，我们就不会费那么大的劲翻越大石屏了!”

相离子说:“我这把钥匙，只能打开进入岭南的大门，而且只能打开仅容一人通过的大缝，要不是大象用鼻子把门顶着，我们今天就再也出不来了。”

禄问：“那么，老师你说，另一把钥匙在岭南，掌握在一个什么人的手里呢？”

相离子说：“是的，另一把钥匙还在岭南，不知掌握在什么人手里啊！”

皋通说：“禄，我们回去，把掌握那把钥匙的人找出来，要他交出钥匙，他要是不交，我就把他杀了！”

禄为难地：“岭南那么多人，我们怎么知道钥匙掌握在谁手里呢？”

皋通忙问：“老师，你一定知道吧，快告诉我们！”

相离子摇着头，说：“此乃天机，我也不知道啊！”

师徒三人，骑上象背又往前走，走到一个避风的山窝处，便停了下来。禄打火烧了一堆篝火，皋通去打了三只雉鸡回来，在禄生起的火上把雉鸡烤熟，师生三人享用了一顿美味后，便酣然入睡了。

第二天早晨起来，他们骑上象背，又沿着大石屏继续走去。禄问：

“老师，昨天我们沿着大石屏朝里走，今天我们要去哪里呢？”

相离子说：“当年，我在秦岭的深谷之中，拜辞我师鬼谷先生的时候，先生授我八个字：相离相合，相生相克。并命我到五岭之中，等待时机，准备下一盘很大的棋。为此，我在这里等待了好多年。后来终于在梦中得到了开启大石门的一把钥匙，梦中人又告诉了我开启大石门的一句咒语：相离相合。昨天，我们进了大石门里边，又发现了始安水和漓江，我想呀，这大石门的外边，也一定还会有一条江的。”

禄顿悟地说：“老师，我们今天要找的这条江，会不会是相江啊？”

相离子兴奋地说：“禄，你真聪明呀！”

皋通见老师称赞禄，心里有点怪怪的，他大声说：

“如果找不到那条江呢？禄，你敢不敢打赌？”

禄问：“赌什么？”

皋通：“你说嘛，要不拿脑袋来赌，我输了，就把头割下来给你，你输了也把脑袋割给我。”

相离子说：“赌什么都可以，但不能拿脑袋来开玩笑，否则，我这盘棋就下不成了啊！”

禄说：“还是老师讲得好，不能拿脑袋来开玩笑，我说，就赌四只雉鸡好了，谁输了，就去打四只雉鸡当晚餐。”

皋通拍着身背的弓箭说：“禄，这回你输定了，你只会下河摸鱼捞虾，我却是猎取雉鸡的神箭手，你输了不要紧，到时候我会帮你忙的。”

他们骑在象背上就这么一路走着，走了半天，忽然听见前边有哗哗的流水声。禄高兴地叫喊起来：

“听，前边有流水声呢！”

师生三人，急急往前赶去，果见有一条江水匆匆奔流而去。相离子又爬上一座高高耸立的岩石，向前观望着，只见半山腰上飞下一道急流，流下成江，一直向北而去。相离子看了一阵，便爬下大岩石，禄忙问：

“老师，你看见了什么？”

相离子说：“奇怪，同发源于五岭山脉之中，却一江向南，一江向北，两江相离而去。禄，你说得对，我们昨天发现了漓江，今天发现这条江，就是相江了。”

相离子又掐指算了一下，说：“相从木，木曰曲直，具有生长、升发之性，木需水的滋养方得大吉。相旁也要加上水，这条江就名为湘江了。”

禄说：“老师，你刚才说过相离相合，这两条江一北一南分流，明明是相离而去啊，怎么能相合呢？”

皋通也说：“还有相生相克，这是怎么了？”

相离子说：“你们两人，也爬上那座大岩石上去看一看吧！”

禄和皋通两人，先后爬上那座大岩石上，各自观看了一番，下来后，相离子问：

“你们都看到了什么呢？”

皋通说："老师，我看到前边远处的树上，有四只雉鸡，可是我的箭够不着！"

相离子笑着问禄："禄，你是否看到湘江中有四条大鱼啊？"

禄摇摇头，说："老师，我站在大岩石上看了很久，发现湘江与漓江虽然一北一南分流而去，但是，在它们各自的拐弯处，却相距很近，中间只隔着一道始安峤的大石屏障，如果要使它们相合的话，不是可以凿通始安峤，挖一条渠，把它们连接起来吗？"

相离子一听，兴奋得把禄抱了起来，连连夸赞：

"禄啊！禄啊！聪明的孩子，你终于悟懂我的道啦！"

皋通不解地问："老师，这又是什么道啊？我在岩石上怎么就没看见呢？"

禄也迫不及待地问："老师，这是什么道啊？你快给我们讲吧！"

"此乃中庸之道也！"相离子说，"圣人认为，处理事务不偏不倚，无过不及的态度，才是最高的道德标准呀。要达到这个最高的道德标准，这就需要实现两者的沟通。"

禄问："老师，这跟我们刚才说的湘江与漓江又有什么关系呢？"

相离子说："湘江与漓江，两条江像两位旷世美人，湘江像高雅的仕女，漓江像天生丽质的村姑。"

皋通拍着腿插话道："老师，我们岭南的美女，就是燕部落的姝媚呀，她比老师讲的什么江都美！"

禄拍打一下皋通："别乱插话，听老师讲！"

"两位美女都很高傲自负，互不往来，湘江北去，漓江南流。两位美女都走了极端！"相离子叹道，"她们虽然都有惊人之美，但因为太过极端，缺乏中庸之道，所以虽美得令人惊羡，但又默默无闻，毫无创造之美，滋润之奇。特别是漓江，她所流经之地，满眼蛮荒，一片苍凉。"

"怎么办呢？老师，我们岭南就是这般模样啊！"禄说。

"执其两端，用其中于民。"相离子说，"将对立两端统一与中和，把湘江与漓江的两端沟通，给漓江灌输华夏文明之道，以补其偏执的南蛮之缺。”

禄听了，激动地说：“等到那一天，我们岭南将发生天翻地覆的变化！老师，我还要到上头去好好再看一看。”

禄爬到那座高高耸立的大岩石顶，朝北边和南边观望了许久许久，直到皋通在下边喊他：

“禄，快下来吧，我已经打得四只雉鸡了，算我输给你的啦！”

禄向下一看，只见皋通一手提着四只肥美的雉鸡，一手提着几串红红绿绿的野果正在召唤他。这时，西沉的红日把万山映得金红，湘江和漓江正在暮色中隐去，禄才恋恋不舍地爬下高高的大岩石。

第三章　宠辱不惊

第一节　抱负难申

冬去春来，九嶷山花开花落，禄和皋通已在山中跟随相离子学道习艺五个春秋了。相离子把他所有的道行和技艺，都毫无保留地教给了禄和皋通。

这天，相离子决定把他的这两名高足送回岭南去。他觉得自己等待和盼望的大棋局，也即将开始了。

相离子为禄和皋通穿上葛衣，扎上冠带，他们从衣冠上和言语行为上，已完全脱离南蛮习俗，变成完完全全的中原人了。禄身上仍然背着他的那把纯钧宝剑，外加一个背囊，背囊中，是相离子送他的几卷书简。禄还牵着一头母牛，母牛带着两只小牛犊，小牛犊“哞哞”地欢叫着，不时把头伸到母亲的胯下去吸食母奶。母牛的背上，驮着铧嘴、耙齿等铁制农具和种子。

皋通手持一支长长的铁矛，背上背着一张小巧的神机弩，这是相离子亲手为他制作的。小神机弩可连发五箭，比皋通原来使用的南蛮土箭射距远达五倍以上，且箭镞涂有剧毒，一箭封喉毙命，无人可敌。

相离子告诫皋通：“这小神机弩只配备五支机弩，轻易不可用，只有在你生命遭到巨大威胁时，方可使用！”

皋通答道：“是！”他问相离子：“老师怎么不给禄也做一把小神机弩呢？”

相离子说：“禄已有剑，护身足够了！”

而皋通的背囊里还藏了一件威力无比的大杀器——大神机弩的机关，只要把它装配起来，一次便可连发三百矢，更是神威无敌。

相离子把禄和皋通送到大石门下，他用钥匙打开石门，大象又用鼻子把石门顶住。临别之时，禄说：

“老师，我们即将返回岭南，石门天隙，我们与老师天各一方，请老师最后教我们几句话吧！”

相离子拍着禄的肩膀，意味深长地说：“宠辱不惊！”他想了想，又说：“恩宠和侮辱这两件事，人生不可避免，何以同样会惊恐呢？因为宠是从恩惠上来的，得宠之时心惶恐，失宠之时又惊恐，所以得宠的感受，正与受辱两相同。”

禄说：“老师，我懂了，我要宠辱不惊！”

相离子拍着皋通背着的神机弩，说：“兵者不祥之器，非君子之器，不得已而用之！”

皋通问道：“既然是不祥之器，老师为何又授我神机弩之法呢？”

相离子说：“不得已而用之啊！切记：杀人之众，以悲哀泣之，战胜以丧礼处之。”

皋通说：“老师授我神机弩之法，我打遍天下无敌手，战胜敌人后本应以军功庆贺，为何还要以倒霉的丧礼来对待呢？”

相离子说：“为将者，勇于敢则杀，勇于不敢则活！”

皋通说：“乘胆敢之勇的人必遭杀戮，只有不敢之勇的人才可存活，老师，你说是吗？”

相离子答：“天下之势，讲究顺势而为的变数。故力战不如心战，上善伐战，不如上善伐交，如能凭三寸不烂之舌以强国覆国，兵不血刃，实乃天下苍生之福也！”

“明白了！”禄和皋通说，“我们不会辜负老师的教诲！”

禄和皋通就在大石门下向相离子依依拜别。当他们走近石门时，相离子站在石门下，目送禄和皋通徐徐远去。大象收起它的长鼻，大石门“嘎”的一声又关上了。相离子用钥匙把大石门锁上，他骑到象背上，悠然而去。

山野里传来他苍凉而自信的歌吟：

天地动兮风云扬，
送高足兮返故乡。
成大事兮开棋局，
扭乾坤兮无人挡。
湘漓合兮有时日，
舟楫通兮看阴阳。
拆石屏兮开五岭，
华夏文明兮普照蛮荒。

禄和皋通沿着石屏下奔流的溪水一路走去，溪水成江之后，他们砍伐十几根大南竹，扎成一张宽长的竹排，载上牛，两人手持竹篙，一前一后顺流划去。晓行夜宿，走了两个月，这一日，他们终于抵达象城。

禄和皋通刚把竹排靠岸，将牛牵上岸去，象城的城门里便冲出数十名手持刀矛的土兵，将他们挡住。皋通也不问情由，用长铁矛一挑一击，当即便刺死十几个土兵。接着城门里一个土兵头目，带着几十个土兵又冲了出来。皋通发一声喊，挺着他的铁矛迎上前去，左挑右刺，瞬间又放翻了十几个土兵。小头目吓得一溜烟带着残存的土兵退回城里，立刻把城门关闭上了。

禄看着倒毙一地的土兵，责备皋通道："老师告诫我们，不可随便杀人！"皋通说："不杀他们，我们怎么能进得了象城？又怎么能见到瓯雒布伯？"

"杀了这么多人，我们还是进不了城啊！"禄说。

却说那退回城里的土兵小头目，心惊胆战地忙向守城的雒将报告，说城外来了两个人，一下子就杀了他们几十个兄弟！守城的雒将听了，忙带着一群土兵，登上城楼，果见城下有两个人，看那打扮，非岭南部族，便向下喝问：

“你们是什么人？敢杀我的兵丁！”

“快打开城门，我们要进城去会见瓯雒布伯，再不开门，我连你也杀了！”皋通向城楼上喊话。

“告诉你，瓯雒布伯已称瓯雒王，怎能让你们随便见大王，快给我滚开，不然我就杀了你！”雒将说。

“你是死了的雉鸡嘴还硬，看我先杀了你！”皋通说完用背囊里的机关装上一座神机弩，朝城楼上一扫，那雒将和他左右的几个小头目立即倒毙在地，城楼上的一群士兵惊慌失措，像被捅了窝的蚂蚁一般。

事情迅速地传报到了王宫瓯雒王那里。

瓯雒王闻报倒还镇静，他带着公主姝媚和国师来到城楼上观看。这些年来，瓯雒布伯在大巫师和公主姝媚的襄助下，在岭南东征西讨，收降了十几支部落的部众，他旗下已发展到三十几支部落，成为岭南最大的部落族群。目下，除了东部的苍梧族群和西部的西瓯族群与他抗衡外，他已无敌手，于是，他便由原来的部落联盟盟主布伯，上升称王。为酬谢在部落征战中出力谋划、用巫术降服其他部众而立下功劳的大巫师，瓯雒布伯在称王的同时，也把大巫师晋升为国师。国师之地位仅在瓯雒王之下，也算得上是一人之下、万人之上了。同时，瓯雒王还表示，要把自己的爱女姝媚公主许配给国师。国师虽然心里无比高兴，但姝媚公主对他却似乎冷热不定、若即若离，国师只得更加对瓯雒王表示尽忠尽力，以讨取公主的欢心。瓯雒王虽然收降了众多的部落，但人多心异，许多部落酋长表面上服从他，但私下里却心怀异志，甚至几个实力雄厚的部落长老暗地里结盟，有问鼎王位的野心。瓯雒王虽然公开诛杀了几个有野心异志的酋长，但却并不能震慑住其他想取王而代之的酋长。

瓯雒王最近心里为此事正在烦恼，而令他不放心的还有他一手提拔的国师，也有架空他操纵朝政的蛛丝马迹，瓯雒王忧虑自己王位不稳，生怕一朝自己被人所杀，又怕他的掌上明珠姝媚公主有个三长两短，如何是好？瓯雒王在焦虑中明显地变老了！

瓯雒王带着公主和国师，在几名雒将和百余兵丁的簇拥下，登上了城楼。他往下一看，只见来的是两个头束冠带，身着葛衣，佩剑带箭的英武青年，来者绝非他的族类，瓯雒王忙问国师：

“国师，你见多识广，你看他们到底是什么人？”

国师朝城外观看良久，说：“大王，依臣看来，这两个人必来自中原，但不知他们如何能逾越天险而入我岭南。”

姝媚公主却睁着一双媚眼定定地看着，对瓯雒王说：“父王，中原人好生风采呀。”

国师见姝媚公主夸赞那两个中原打扮的青年，心里不由泛起一股酸溜溜的滋味，对瓯雒王说：

“大王，他们既非我岭南族类，必然为害我瓯雒盟族，武士们，给我朝下发箭，射杀他们！”

城上的雒将和百余兵丁，一起向城下两人放箭，乱箭纷纷，如雨点般向禄和皋通射来。禄舞起他的宝剑，皋通挥起手中铁矛，将城上射来的乱箭挡落在地，身上无伤毫发。

瓯雒王和公主、国师及雒将们一个个看得惊呆了。

禄乘机向城上喊话：“布伯，请不要放箭了，我们是你的雒民，有话向你禀告！”

瓯雒王听禄说的是岭南部族特有的雒民鸟语，便在城上喝问：

“既是我的雒民，快告诉我，你们是属于哪个部落的？我现在已是瓯雒王了，要称我为王。”

禄答：“禀告瓯雒大王，我是属于水部落的。”

皋通：“我是豹部落的。”

瓯雒王又问：“你们从哪里来？为何穿戴与我雒民不同？”

禄答:“我们五年前从岭南出走，翻越五岭屏障，到九嶷山学艺，现在学成归来，只为报效瓯雒王，改变岭南愚昧落后的面貌。”

国师在城上一听，心里不由一愣，他马上联想到五年前被他追杀的那两个年轻人。他不待瓯雒王答话，便喝问道:

“你们一个叫禄，一个叫皋通，是吧?”

禄和皋通齐声答:“正是，正是，快开城门让我们进去，面见瓯雒王!”

“你们这两个叛徒，五年前破坏瓯雒王的祭祀活动，触犯了雒母神，当时我奉神的圣旨追杀你们，没料到你们竟逃出岭南，到外受异族的蛊惑，学得歪门邪道，回来要异化我们族类，你们真是十恶不赦的罪人。今天送上门来，我不杀了你们，怎么向圣主雒母神交代！武士们，给我放箭！放箭！放箭!”

城上又飞来无数的乱箭，禄和皋通又舞起剑和矛，把那些箭全部挡落在地，禄向城上大声说道:

“我知道，你是害死我们弟弟妹妹又追杀我们的大巫师，今天我们来，不是找你报仇雪恨的，我们只是想报效我们的民族，别无他求!”

瓯雒王在城上见这两个青年人武艺出众，又口口声声要报效他，心想，如能得此两人相助，外可震慑住旗下那些心怀异志的部落酋长，内可牵制野心渐露的国师，正是一举两得之事。他马上制止了正要向城下继续放箭的武士雒将，向城下喝道:

“你们两人，既是要报效本王，本王可赦免你们的原罪，现在放你们进城来见本王。”

“大王，千万不可听信他们的妖言!”国师忙出言劝阻。

姝媚公主对国师厉声说道:“国师不要干涉我父王的政令!”

象城的城门打开了，皋通手持长铁矛，威风凛凛地走在前头，禄牵着他的母牛和两头小牛犊进了城。在一名雒将和几个士兵的监护下，禄和皋通来到城楼上，拜见瓯雒王。王问:

“你们都学得些什么武艺?”

皋通说:“禀报我王，我学得狼兵兵法和象阵战术，又有神机弩，打遍天下无敌手!可保我雒民不受他族侵犯残杀。”

禄说:“我学得阴阳之术，农耕水利之法，医类杂术，可解除我岭南雒民之苦难。”

瓯雒王听了十分高兴，要皋通和禄好好准备一番，然后他要下令，王国所有的部落酋长带兵前来观看他们的演示。

经过月余的准备，皋通和禄要演示的科目已经完成。瓯雒王便下令王国的三十余支部落的酋长们各自带着他们的兵丁前来观看。演武场就设在象城大门外的一块开阔的平地上，这也是瓯雒王一年一度在此举行部落盟会的地方。场地中央，临时搭起一座庄严的台子，这是专为瓯雒王和王后以及公主搭的观视台。

朝阳爬上东边的山峰，朝霞映红了象城，城上响起一阵威严的犀角号声，象城的东大门徐徐打开。在前导的象队开路后，瓯雒王和王后以及公主、国师、雒将等一行骑在象背上，从城门里鱼贯而出。瓯雒王国的三十余个部落酋长已各自带领他们部落的兵丁，布列在王座之前，候命瓯雒王的驾临。

今天向瓯雒王演示的上半场，由皋通操练狼兵战法、神机弩和象阵。一早，皋通和禄便来到场上，禄帮助皋通准备好一应器械。当瓯雒王、王后以及公主和国师等人登台就座完毕后，皋通登台拜见瓯雒王、王后和公主，报告演示内容。瓯雒王起立，向各部落酋长、雒将宣布兵演开始。当皋通离开瓯雒王的座台前，他特地瞄了一眼美丽的公主姝媚，姝媚向他媚笑了一下，皋通心里顿时一阵火辣辣的。

皋通走下王座看台后，来到场地中央，他把手一挥，立刻上来七名手持刀矛和藤甲盾的士兵。他一声令下，七名士兵挥动器械，前后左右动作起来。他们动作整齐，配合严密，进退一致。皋通跑到王座前，向瓯雒王解说：这是狼兵阵法，以七人为伍，四人专主击刺，三人专主割首。所获首级，七人共享。割首之人，有照护主击刺者之责，不必武艺绝伦，但能奋杀向前即可。因此弱兵即可成阵杀败强敌。

瓯雒王对此十分感兴趣，问皋通道：

“七人可抵敌多少？”

皋通答：“十倍于敌。”

瓯雒王即命一雒将率领七十名士兵，与皋通的狼兵阵对杀。结果雒将那七十名士兵被皋通的七人狼兵阵打得大败，最后连那名领兵的雒将首级，也被割掉了。瓯雒王大喜，夸奖了皋通一阵，命他继续演示下去。

皋通跑到场地上，禄配合他迅速装上大神机弩。大神机弩共有十只分弩机关，中间有一总弩机关，每一只分弩机关有一强劲的长弓，一扣发，即发射三十支长箭。十只分弩机关既可单射，又可联发，只要一扣总弩机关，便可同时发射出三百支箭。

装备完毕，皋通上到台上，向瓯雒王报告神机弩的神威。瓯雒王问：

“此神器可抵挡多少敌人？”

皋通答：“一次可杀千人，可抵万众之敌！”

瓯雒王即命一雒将，带一千名士兵前去夺皋通的神机弩。雒将带着士兵，向神机弩迎面冲击而来。皋通一按总机关，只听一阵呼啸，当即射杀了数百士兵，雒将挥兵再上，皋通又一连两次按住神机弩的总机关，瞬间雒将的一千名士兵死伤，剩下不及百人，雒将也身中一箭，惊慌失措地跑到王座前，还来不及向瓯雒王报告自己的惨败，便倒地毙命。那三十几支部落的首领看了吓得一个个发起抖来。

皋通又演示象阵。十头大象上场，每头大象身上佩着用科藤特制的铠甲，每头大象的背上乘坐五名身着科藤甲胄的士兵，每名士兵手持长矛利器，分坐于象背的前后左右，象脖颈上则乘坐一名导驾。皋通一声令下，象兵驾着十头大象发疯似的冲向集合在场内的各部落首领带来的士兵，一万余名部落士兵无法抵挡，纷纷溃散逃跑，竟被大象踏伤踩死数百人。皋通将手中的一面小铜鼓一阵敲击，这才收住他的象阵。

皋通威风凛凛地跑上王座前，向众部落首领和雒将们高声宣告：

“今后，有谁敢违抗瓯雒王之命，冒犯王威的，当以此为下场！”

众部落首领、雒将们，甚至连那位一人之下万人之上的国师，也不敢正眼看一下满身透着杀气的皋通，只有姝媚公主向他投过来一个媚眼，他也深情地看了一眼姝媚公主。瓯雒王满心喜悦，当下便在台上宣布举行拜帅仪式，授予皋通雒帅之职，由他统领训练王国的数万士兵。瓯雒王亲自将一只珍贵万分的白犀牛角，当众一剖为二，作为兵符把一半白犀牛角授予皋通，他自己留下一半作为王权的象征。

姝媚公主将一顶制作精美，上面插着5根孔雀羽毛的帅冠，亲手戴到皋通的头上。皋通感到一阵心醉神迷。

接下来，轮到禄的演示。皋通已荣升雒帅，他被瓯雒王留在身边，随侍左右，不能离开，因此他不能下去帮禄的忙了，好在禄演示的科目简单易行，无须多人帮忙便可操作。禄带着十个雒民，来到场地中央，将事前备好的竹木材料，搭建成一座简易美观的干栏房屋。屋顶盖上一层密匝的野棕皮毛，四周围上壁板，屋中地面铺上木条，中置一火塘，屋下架空，堆置些草木杂件，关着母牛和两头牛犊。禄搭建好干栏房屋后，上台请瓯雒王和部落酋长亲自去观看。

瓯雒王不知禄做的是个什么东西，问道：“这个东西有什么用呢？”

禄答：“这是干栏式房屋，是我参照中原人住的楼房，根据我们岭南的气候和地理特点设计制作而成。”

瓯雒王不耐烦地问道：“不要啰唆，我只问你这个东西有什么用？”

禄指着房中间说：“这是堂屋，后面是卧室，这是烧火煮食的火塘，下面架空的地方，可堆放柴草杂物，饲养牲畜……”

瓯雒王皱着眉头，更加不耐烦了：“我只问你，这个东西有什么用？”

禄不慌不忙地说：“大王，我们岭南民族，至今仍穴居，饱受凄风苦雨的折磨，民多疾病死亡，苦不堪言，只要你让他们住上这样干爽的干栏房屋，便可彻底改善他们的生活呀！这也是大王您治国的无量功德啊！再说房下可饲养牲畜，更可以结束我们民族靠狩猎为生的食不果腹的苦难日子啊！”

瓯雒王只是用鼻子哼了哼，拉着腔调冷冷地问禄：“除了这个东西，你还有什么可演示给本王看的呢？”

禄说：“请大王看我用牛耕田。”

禄从干栏房下牵出那头母牛，扛上一架制作好的铧犁，那两头小牛犊紧跟在母牛身后，争吸着母牛的乳奶。禄把牛牵到场地旁边一坡地下，坡地紧邻一条大河，河水哗哗的浪花，不时拍打进岸边的几块雒田里。这种雒田，是岭南农耕文明的萌芽。雒民们借着泛上岸边坡地土壤里的河浪水，用木棍把田地戳开一个个小洞，将禾谷种子种下，让其自生自灭，秋天时，可采集到少量的谷米充饥。禄把牛牵到雒田里，把牛轭架到牛的脖子上，他手扶铧犁的把手，吆喝母牛，牛拉着犁往前走，田里便翻犁出一道道新鲜的田土来。禄吆喝着牛，犁了几个来回，便把一块雒田翻犁完了。几只雒鸟，飞到新鲜的田土上，啄食被翻犁出的虫子。禄把牛轭从牛的颈脖上卸下，牛走到田头去，啃食青草，两头小牛犊又到牛的胯下去吸食牛奶，很有些田园风光的模样。

禄从田里走上来，向在田坡上头站着观看的瓯雒王报告：

“大王，这是牛耕雒田。”

瓯雒王冷冷地问禄：“我只问你，你搞的这个东西有什么用？”

禄答：“大王，这个用处大得很！牛耕是农耕文明之本啊，中原人已经使用几百年了。用牛耕田可以取代我们岭南雒民刀耕火种的原始耕作，可以大面积提高粮食产量，雒民们就可以不忍饥挨饿了。”

瓯雒王不屑一顾地教训起禄来：“我的国民世代以来都是刀耕火种。我们不是已经在岭南存活了千百年了吗？我不须你来教我怎么能使我的国民吃饱肚子！”

站在旁边的国师，一直关注着瓯雒王的态度，他非常害怕瓯雒王也像重用皋通一样重用禄，如果禄也被王重用，一定会危及国师的地位。他看到媸媚公主与皋通眉来眼去的样子，要不是王如此重用皋通，他早就要把皋通杀了。现在正是排除禄的极好时机，否则他们两个联起手来，自己不但国师的地位不保，还很可能被他们杀掉脑袋，他心里明白，他和皋通、禄有杀亲之仇。想到这里，国师便走到一个部落酋长面前，轻轻耳语了几句，那酋长便匆匆走到后面去了。很快，酋长带着几十个土兵下到雒田里，一拥而上，用乱刀捅死了正在田头吃草的母牛，同时也把正在吸食牛乳的两头小牛犊也残忍地杀了。

禄和皋通见了，齐声“哎呀”地惨叫一声。

酋长带着土兵们把母牛和小牛犊拖到瓯雒王面前，酋长野性十足地对瓯雒王道：

“大王，今晚的晚餐啊，我给你准备了烧烤牛肉，这东西啊，我们还从没有吃过呢，味道一定好极了！”

国师和酋长们都欢呼起来，国师向瓯雒王讨好地说：

“大王啊，你可一定要赏我一块烤肉啊！”

瓯雒王仰头发出一阵粗野的狂笑。

禄只感到天立刻黑了一般，仿佛瓯雒王和酋长们即将烧烤食用的不是他心爱的牛，而是他的骨肉！

入夜，在皋通和禄白天演示的场地上，燃起十几堆熊熊大火，火上烧烤着一块块血淋淋的牛肉。杀牛的那酋长捧着一条烧得半熟的小牛腿过来献给瓯雒王。瓯雒王接过牛腿，用嘴撕啃着，他那上翘的胡须，沾着尚未凝结的滴滴牛血。国师则拿着一块牛肉，躲到暗处贪婪地咬着，因为他戴着神的面具，食用起来不像别人那么方便。

瓯雒王面前摆着一具大竹筒制作的酒樽，酒樽里放着一支芦苇软管，他把软管插入鼻孔中，用鼻翼吸食着酒樽里的酒。岭南雒民把这种饮食法称为“鼻饮”，那些酋长们也是这般饮食。他们饮的酒，是一种名叫醉果酿的酒。醉果是一种野果，雒民们常用它来捕食鸟兽，鸟兽们吃了大量醉果后，便会醉倒在地，任由雒民们捕捉。

皋通无心参加瓯雒王和酋长们的野蛮宴会，当几名雒将把烧烤好的牛肉送来给他吃时，他恶心地拒绝了，他倒不是不想吃肉，而是觉得那不是牛肉，是他的好兄弟禄身上的肉呀！皋通在暗夜里呼唤着禄，寻找着禄，终于，在那块雒田边上找到了禄。

禄坐在地上，低声抽泣着。

皋通和禄坐在一起，安慰他：“禄，我们的老师真是先知先觉的人呀，临别时送我们的那句话，宠辱不惊。今天我是得了宠，你却受了辱。你当时说，要宠辱不惊。你不要难过，我会向瓯雒王推荐你的，你一身的本事也一定会派上用场的！”

禄止住了抽泣，说：“你明白了这个道理就好！”

第二节 再次逃亡

时间慢慢地过去，皋通每天忙着为瓯雒王训练士兵，教授雒将们兵法阵法，一直忙碌得很。当然，有时他也会有事没事去王宫里晋见瓯雒王，一来向瓯雒王报告他训练士兵的情况，更主要的则是乘机见到姝媚公主，和公主说上几句话，看一眼她的媚笑。有时在国王那里也会见到国师，但皋通只是朝国师那魔鬼般的面孔投去鄙夷的目光，连招呼也不打一个。

皋通虽然荣升雒帅，但对禄却一直十分关心。他处处提防着国师，在他的直觉里，国师迟早是会对禄下毒手的，因为禄的地位卑微，又受瓯雒王的冷遇，国师要谋害禄，随便找一个理由便可将其置于死地。皋通时刻保护着禄，他是禄的保护神。白天皋通忙着训练士兵，晚上他和禄住在一起。禄在王宫附近的山坡上，搭建了一座宽敞舒适的干栏房。白天，他在房中研读书简，足不出户。皋通晚上带回许多食物，他们在房中的火塘上烧烤煮食，还喝上几盅岭南特产的果子酒。他们饮酒绝不用“鼻饮”，而是用一种禄制作的精美竹杯。一边饮酒，还一边漫无边际地交谈着。

皋通喝了几杯，洋洋自得地说：“禄，我的福气真好，刚从老师那里回来，就当上了雒帅，姝媚公主已经看上我，下一步我和姝媚公主结婚，我就成驸马了。现在瓯雒王年事已高，等他归天之后，我就继承王位。等我当了瓯雒王呀，我马上就废掉那个可恶的国师，任命你为国师，怎么样？”

禄淡然一笑，说：“你的福气是不错，可是你知道吗，福兮祸所伏啊！”

皋通不以为然：“我执掌一国之兵，有神弓利弩之助，谁能奈何我？”

禄摇头：“用兵逞强遭灭亡，树木逞强遭夭伤。”

皋通哈哈一笑："禄，你多虑了。我问你，我们岭南山上最好抓的野兽是什么?"

禄说："你说是聋猪吗?"

皋通说："对呀，那聋猪天生就耳目不灵，只顾找吃的，你一追它，它就趴在地上不动了，两只前爪抱护着脑袋，一副俯首就擒的模样，乖乖地让你逮住，任你杀来吃肉。那些部落长老们，不就是一只只聋猪吗?"

禄说："部落长老们或许有的是聋猪，但我们一定要提防国师，此人就像隐伏在瓯雒王身旁的一只青竹猋，他披上一层竹子的绿色，藏在暗处，突然向人发起攻击，咬死了你都不知道是怎么死的呢!"

皋通发誓道："我一定要杀了他!"

禄却摇着头道："夫乐杀人者，不可得志于天下。"

又过了几天，皋通抱着许多食物回到干栏房，刚一进屋，他就兴冲冲地对禄说：

"禄，你的福气到了!"

禄仍在研读着书简，头也不抬地说道：

"什么福气啊，老师早告诫过我，我名禄，如果变成了'福禄'，灾难就要发生了。圣人说过：天得一而清明，地得一而宁静，神得一而灵生，川谷得一而丰盈，万物得一而生成，侯王若能得其一，治理天下必公正。"

禄不断地摆动着手，说："禄是不应该再得福的啊！禄是不应该再得福的啊!"

皋通按住禄的手，说："哎，哎，你先听我说啊！我告诉你，王后生了大病，请国师治了三天，不但不见好转，反而越治越重，今天王宫里都挂上了紧急求医招贤的生茅草。禄，你不是跟老师学过医道吗？如果你治好了王后的病，国王一定会重重地酬谢你，说不定还任命你为国医呢!"

"啊?"禄忙收起书简，问皋通，"王后得的什么病呀?"

"我也说不清楚。"皋通说，"听姝媚公主说，王后一会儿发冷，冷得要死；一会儿发热，又热得要死。国师说王后是遭了鸡鬼，他用巫术为王后驱邪，但不灵验。国王很生气，姝媚公主对他很失望。”

禄略一沉思，说：“这哪里是遭什么鸡鬼，王后必是遭疟虫叮咬，得了恶性疟疾。”

皋通问：“这病，你能治好吗？”

禄蛮有把握地说：“一剂生蒿汤，药到病除！”

皋通一把拉起禄，说：“去，我马上带你去见瓯雒王，推荐你给王后治病。”

禄说：“好，救人如救火，我们马上去吧！”

禄抱着一只瓦罐，瓦罐里装着他熬制的生蒿药汤，紧随皋通来到王宫门前。只见宫门的左边门柱子上吊挂着一把生茅草，旁边一名侍者正在守候着。禄走上前去，伸手把生茅草扯下。皋通对侍者说：

“我们来给王后治病。”

那侍者认得皋通，忙做了个请的手势，说：

“请雒帅跟我走。”

皋通和禄跟着侍者，走进王宫里，只见瓯雒王正在焦急地走来走去，姝媚公主六神无主地掩面抽泣，国师则跪在地上，低垂着头，一副戴罪之身任由处置的模样。皋通拉着禄走上前去，向国王禀告：

“大王，这是我的师兄禄，他可以治好王后的病。”

禄向瓯雒王请求道：“请国王让我给王后治病。”

瓯雒王轻慢地看了禄一眼，说：

“我可不愿再看你用牛耕田的表演！”

禄不卑不亢地说：“我今天是来给王后治病的。”

瓯雒王拉着腔门，问道：“王后的病，连国师都治不好，你——能治好吗？”

禄举着刚才在王宫门口扯下的生茅草，说：“如治不好王后的病，我愿受任何严厉的惩罚!”

瓯雒王见禄说得如此坚定，仍不放心，只是在焦急地踱步，不置可否。姝媚公主急了，她忙走过去对瓯雒王说：

“父王，此人既然保证能治好母后的病，况他又是雒帅的师兄，说不定他真有本事治好母后的病呢，我看不如让他一试吧!”

瓯雒王见公主如此说，便点头道“那好”，他指着禄，“我决定让你给王后治病，但你必须告诉我，用什么法术来治王后的病?”

禄说：“我们雒民但凡患重急之病，只知请巫师作法驱鬼镇邪，其实这都是骗人的鬼把戏，最后都把人治死了，还推脱说是神不保佑病人，国王绝不可信他们。我已知王后患的是恶性疟病，此病我只用生蒿汤药一剂便可药到病除。”

禄说罢把瓦罐中的汤药送到瓯雒王面前。瓯雒王用疑虑的眼光盯着禄的药罐。这时，跪在地上的国师一下跳了起来，奔到瓯雒王面前，摇手反对道：

“我王绝不可轻信此人献的什么药汤！他既无法术，又不通神鬼，必是趁机谋害王后的奸人，快把他打出王宫去!”

姝媚公主冷冷地责问国师：“你既然治不好王后的病，为什么还要反对雒帅推荐的人来给王后治病呢？难道雒帅也是奸人，存心谋害王后吗?”

姝媚公主这话倒是提醒了瓯雒王，因为自从看到皋通的演示后，瓯雒王对皋通的信赖已在国师之上，今听公主如此说，便做了决定：

“请公主将此药送给王后服用!”

姝媚公主正待接过禄手中的药罐，国师却突然奔过来，一把将药罐夺到手上，他虔诚地对瓯雒王道：

“王呀，人死无神助是不能复生的啊，何况王后是金枝玉叶之身，此药千万不可随便让王后服用呀!”

瓯雒王问：“那你说该怎么办呢?”

国师说："如此药有毒，岂不是把王后给毒死了吗？必须让人先试过！"

瓯雒王一想，国师这话说得很有道理，便让姝媚公主唤来一名女侍，让那女侍当众将瓦罐中的汤药服了两大口。过了一个时辰，见服过汤药的女侍安然无恙，国师这才把药罐递到姝媚公主手上，讨好地说：

"愿雒母神保佑王后！"

姝媚公主双手接过药罐，转身走进后宫，给王后服药去了。国师直盯着姝媚公主的背影，直到她的身影消失在拐弯的棚架后，才对瓯雒王说：

"大王，我要在此守候王后服药！"

瓯雒王点头同意。皋通和禄拜辞了瓯雒王，走出王宫后，皋通训练士兵去了，禄回到干栏屋中，继续研读书简。太阳快要下山的时候，禄收起书简，走到屋后他开辟的园圃里给他种的菜苗浇水。这时忽见国师带着一群士兵挥刀舞矛闹闹嚷嚷地朝他的干栏房跑来。士兵们冲进菜园里，不问青红皂白就把禄绑了起来。国师指着禄大声怒喝：

"你的药害死了王后，国王命我前来捉你去问罪，走！"

国师不容禄辩说，命令士兵们拖上禄就走。国师随即点起一把火，把禄的干栏房烧了。

禄被押到王宫里，瓯雒王怒不可遏，指着禄：

"你这十恶不赦的奸人，你用毒药害死了我的王后，我要把你碎尸万段！"随后喝令国师："把他押入死牢，明天早晨用他来祭王后之灵！"

国师立即带着士兵把禄押进死囚牢里，用藤索把禄的手脚死死捆绑，让他动弹不得，只待明天早晨杀他来祭王后的亡灵。

瓯雒王余怒未息，又命人去召皋通前来问罪。皋通闻知王后因服用禄敬献的汤药被突然毒死，心中一惊，他赶到王宫里，扑通一声跪在瓯雒王面前，用巴掌左右扇着自己的嘴巴，不住地哀吼着：

"皋通有罪！罪该万死！"

瓯雒王愤怒地走来走去，一言不发。姝媚公主睁着一双怒火喷射的杏眼，死死地盯着皋通。

不料，瓯雒王弯腰拉起跪地的皋通，拍了拍他的肩膀说：

“起来吧，我知道你没有直接犯罪，我今不但免你一死，而且还让你继续带兵做雒帅，你今后要尽忠尽力为我效劳！”

皋通得了大赦令，又扑通一声跪地拜谢瓯雒王不杀之恩。当他站起来时，却见姝媚公主一双杏眼逼视着他。姝媚公主厉声说道：

“父王赦你不死，从今往后你要忠心耿耿侍奉父王，再有失误，我随时就杀了你！快滚出去吧！”

皋通离开王宫，又辱又羞又气又恨，他定下心来，直拍着胸口，像念着咒语一般，反复说着：

“宠辱不惊！宠辱不惊……”

天已经黑了，皋通高一脚低一脚地直奔回他和禄住的干栏房，但只见房屋已化作一堆灰烬，有几根粗一点的木梁还在冒着几丝黑烟。皋通用双手扒拉着灰烬，把禄的剑找了出来，他还想再寻找禄的一些东西，但书简等一应物品已经烧光。皋通握着禄的剑，坐在被烧尽的房屋外，抬头看天，天黑得很，四下里除了虫鸣声，静得出奇。他想到禄的命运，竟是这般可怜，他带回的牛被人杀来吃了，他筑起的干栏房被烧毁了，他本想通过治好王后的病，从此改变自己的命运，但又把王后治死了，如今被打入死囚牢，明天将被碎尸祭王后的亡灵。唉！禄真悲惨呀！禄真悲惨呀！难怪他说自己是个没有福的人呢！皋通独自想着，独自叹着，忽然，耳边响起一个声音：

“置之死地而后生！”

这是老师相离子教他们的兵法，人生又何尝不是这样呢？“绝不能让禄就这么白白地死去！”皋通发誓。

皋通握着禄的剑，站起来，直朝王宫奔去。

瓯雒王居住的王宫，说是王宫，其实很简陋，那不过是一个巨大的岩洞，岩洞周围又有许多大小不一的岩洞。洞外，用巨木栅栏围着。瓯雒王、王后、姝媚公主和王室侍从、卫兵，就住在栅栏内的各个岩洞里。

皋通提着剑，轻易就翻过了那道大栅栏。这时，忽见前面有火光闪亮，他潜伏在一块大石头背后观察。火光越来越近，他仔细一看，见是瓯雒王的侍卫巡官，手提蛮刀，带着两名土兵卫士，举着油枞火把夜巡。侍卫巡官和土兵们似乎听到了什么动静，他们举着火把直朝皋通隐蔽的大石头走过来。待他们走近时，皋通挥剑斩去，两个土兵的头顿时落地，那侍卫巡官还来不及喊叫，便被皋通一手卡住了脖子。皋通低声喝问：

“王后是怎么死的?”

“被毒……毒……毒死的!”

“你怎么知道的?”

“后宫的人……说的。”

“王后死时是怎般模样?”

“全身发黑！七窍……流血!”

“那个试药的侍女呢?”

“也……被毒……死了，也……是全身发黑，七窍流……血。”

“死囚牢在什么地方？快带我去!”

“是，是……”

皋通押着侍卫巡官，来到一个岩洞口，洞口外有两个土兵守卫着。此时已是夜深人静，那两个土兵坐在地上睡着了。皋通使劲把侍卫巡官的喉管一捏，便把他捏死了。他上前一剑一个，两个守卫的土兵头落在地上，毫无声息。皋通用剑斩开木门，摸进黑洞洞的岩洞里。他一边走，一边呼喊着：

“禄，禄，你在哪里?”

岩洞里传来一个微弱的声音：“我在这里，皋通，快救我!”

皋通奔到禄的身旁，摸索着，用剑把捆绑禄手脚的藤索割断，拉着禄跑出了死囚牢。他们迅速翻越大栅栏，逃了出来，直朝象城北边的城墙奔去。

到得城墙下，皋通说：“禄，我们一起从城墙上逃出去吧，这里我也待不下去了！”

禄说：“王后死得蹊跷，我怀疑是国师在我的汤药里做了手脚，他趁我们不注意在汤药里放了毒，把王后给毒死了，嫁祸于我们，以达到他排除异己，以便专权弄邪的目的。”

皋通说：“我也是这样认为的，姝媚公主正要从你手上接过药罐时，国师却先把药罐夺了过去，又拿去给那位侍女试喝，后来他又提出要在王宫里守候王后服药，这中间他完全有做手脚的可能。另外我专门审问了瓯雒王的侍卫巡官，他说王后死时全身发黑，七窍流血，那个试药的侍女也是如此。禄，你说这是为什么？”

禄说：“这就对了，王后中的是黑蛇蛊毒，那种蛇全身发黑，连肉也是黑的。所过之处，草木枯焦，游水时，水面留有一道墨痕，此时把水捞起储藏，就是黑蛇蛊毒。人在喝水时只要在水中滴入一滴，即可致人死命。死后七窍流血，全身发黑。”

皋通“啊”了一声，他想了想，又问：“那么，那侍女在试药时，喝了汤药之后一个时辰也没见死，这是为什么呢？”

禄说：“国师在侍女试药之后，暗中在药罐中加入了黑蛇蛊毒，他在进入后宫给王后服药前让侍女又喝了两口药。因此，王后与侍女便同时中毒毙命，出现了一样的中毒症候。”

“啊！”皋通醒悟地说，“好恶毒的手段！禄，我们不要逃走了，天亮后即到王宫去向瓯雒王揭露国师的阴谋诡计，让瓯雒王把他杀了，也好给你报仇雪恨。”

禄摇着手说：“不行！不行！你杀了王宫里那么多人，又把我放了出来，这都犯的是死罪呀，瓯雒王如何肯信！我还是逃走为好，你却可以留下来。”

皋通说：“我留下来，瓯雒王不是同样会把我杀了吗？”

禄说：“我看不会，你虽然杀了王室的人，又把我放走了，但是谁也没看见，你只要拒绝承认，他们也拿你没办法，况且瓯雒王现在非常信赖你手中的神弓利器，他需要你效忠保卫他的王国。而那位害死王后的国师，他虽然作案手段机诈，但他毕竟暗害了王后，心中有鬼，你抓住他这个把柄，旁敲侧击，他必不敢再加害于你。”

皋通其实也舍不得雒帅之职，好不容易当上高官，官位屁股还没坐热，就自己跑掉了，多可惜呀。再说姝媚公主虽然对他含恨，但若假以时日，是可以让她回心转意的，因为瓯雒王太需要皋通了。想到这里，皋通便说道：

“禄，你说得对，我留下，你逃走吧！把你的剑带上。”

皋通把剑还到禄的手上，接着便蹲下身子，让禄站到他肩膀上，准备爬上城墙。皋通说：

“禄，我们这一别，还能见面吗？”

禄已站到皋通的肩膀上，他把剑斜背到背上，两手抓住了城墙突出的石块棱角，说：

“一定会的！”

说着，禄已爬到城墙顶上去了。象城的城墙，全是用大块片石砌成的，石块之间有些棱角可供手脚攀爬。禄在城墙顶上向皋通挥了挥手，便一猫腰沿着外墙溜爬下去了。一弯新月，挂在天边，城外一片漆黑，远处有猫头鹰恐怖的叫声……

逃离象城后，禄风餐露宿，他又来到了漓江边。他砍伐竹子，扎起一只竹排，撑上竹排逆江而上。禄第二次踏上了流亡之路，他心情阴郁，站在竹排前头，唱起一支歌，以舒缓心中的郁闷。

撑起竹排唱起歌，

远路启航无奈何。
如今世道难活命，
放排离乡苦奔波。
黑云遮天快过啰，
江上迷雾风吹脱。
一篙撑出太阳红，
照我岭南新山河。

禄唱着歌，排遣着心中的苦闷与寂寞，由于是第二次沿江而上，他已熟悉了漓江的水道，没过多久，他就走到了漓江的源头——大石屏下那股被压抑着阴郁而流的山溪。

大石屏还是阴森森地横亘在禄的面前，他知道，自己是无法逾越这道五岭屏障的，他绝望地沿着大石屏走着。脚下尽是白骨骷髅，他希望奇迹出现，那些白骨骷髅再次变成无数的绿精灵，为他搭起一座巍巍的天梯，把他渡到大石屏那边去。可是奇迹始终没有出现，禄真的绝望了。

禄踉踉跄跄地沿着大石屏下走，走着走着，又来到了那座大石门下。禄心里总算生起了一点希望，他伸手抚摩着大石门，大石门是那样的冰冷，冷得直钻心。他抬头望着大石门顶上，那头石雕的猛虎，似乎睁着凶恶的双眼在俯视着他，真是虎视眈眈令人胆寒。禄拔出他的宝剑，一个腾空跳跃，剑锋直戳在虎眼上。

“嘎”的一声巨响，大石门响动了一下。禄又腾空跳跃，再用剑锋戳着虎眼，大石门又发出一声“嘎”的巨响，又震动了一下，但是并不开启。禄就这样不断地腾空跳跃着用剑直戳虎眼。当他精疲力竭，再也跳不动了的时候，大石门“嘎嘎嘎”地连响三声，开启了一条可容一人通过的大门缝。禄一阵惊喜，门缝外面，站着银须飘飘的相离子老师和他的大象。

禄终于见到了大救星，他持剑快速地冲出了门缝，一头拜倒在他的恩师面前，呼喊一声：

“感谢老师救我！”

相离子微笑着，问道：“皋通呢？”

禄感慨万分地说：“他没逃出来，还不知道生死呢！”

大象缓缓地收回它的长鼻，大石门又“嘎”的一声关上了那道缝。

相离子说：“我最近几天一直沿着大石屏巡游着，估计会有什么事情发生呢！不料刚巡游到这大石门下，我腰上的钥匙不断敲打我，我便取下钥匙，打开石门一看，竟是禄来了。”

“老师，你真是料事如神啊！”禄赞叹道。

“是这把钥匙提醒我的啊！”相离子把钥匙重新又挂到腰上，他问，“禄，你回到岭南去，可曾打听到那一把钥匙的下落吗？”

禄说：“没有。老师，我这次回岭南去，看到的仍是那么黑暗和愚昧。瓯雒王昏庸，国师奸诈专权，他们把我带回去的耕牛也抢来杀掉吃了，又烧毁了我建起的干栏房子，我看，那里是没有希望的地方了！”

禄愤愤地说着，相离子默默地听着。禄问道：

“老师，我该怎么办呢？”

“飘风不终朝，骤雨不终日。”相离子说完问道，“禄，你见过狂风能刮整个早晨还不止的吗？你见过暴雨能下个整天不停的吗？”

禄摇头。相离子又说：“天地之间，阴阳流转，大地之暴雨狂风尚难持久，统治者何德何能以维持其黑暗的长久统治！”

禄点头。相离子指着大石屏，说：“瓯雒王昏庸无比，以为这道人为的大石屏可以使他的统治得以长治久安。目今，中原文明飞速发展，历史潮流汹涌澎湃不可阻遏，瓯雒王却还坚守着他那套以民为奴隶的统治制度，拒绝中原文明，实乃螳臂当车之举也！”

禄终于看到了希望，他说：“老师，我要到中原去！”

“对！你应该到那里去！”相离子说，“你还要深深地接受中原文明的熏陶，待你再回到岭南时，那里便会彻底地发生改变！”

相离子带着禄，跨上象背，又在荆棘丛莽中行走着。禄问：

“老师，今天我们要去哪里呢？”

相离子说：“你就要北上了，今天，我要带你去拜谒舜陵。”

禄问：“我听说舜陵在九嶷山，以前老师为何不带我们去拜谒舜陵呢？”

相离子说：“此一时，彼一时也，那时你和皋通一心要回岭南去，我也觉得时机未到啊！”

他们沿着五岭山脉走了几天，终于来到九嶷山的深处。前面的山脊上，隆起一个巨大的山包，周围松柏苍翠，一簇簇修竹掩映，那竹子上竟长着斑斑的血紫色。相离子和禄下了象背，相离子指着那座隆起的巨大山包，对禄说：

“看，那就是大舜的陵墓了！”

禄赶忙下拜。拜过大舜陵，禄又在山野里采集了野花，做成一个大大的花环，毕恭毕敬地放置在大舜陵墓前。禄问相离子：

“老师，大舜为何葬在五岭之上呢？”

相离子说：“大舜，名重华，继尧帝位，华夏之天子也。舜帝南巡，本欲逾五岭而南，巡视其牧下之臣民，不幸崩于苍梧之野，九嶷之山。他的两位妃子娥皇、女英，闻舜帝驾崩，从中原一路哭寻而来，眼泪滴在竹子上，留下了斑斑泪痕。你看，大舜陵墓旁的那些斑竹上，便是娥皇和女英洒下的点点泪痕。”

禄又对着舜陵再拜。相离子说：“你们岭南越人尊禹王为始祖。其实，华夏族从黄帝到尧，尧传位于舜，舜传位于禹，都是同一姓的，只是改了国号而已。所以黄帝为有熊，尧帝为陶唐，舜帝为有虞，禹帝为夏后，而以氏为区别，都姓姒。”

禄说：“老师，我懂了，我们都是黄帝的子孙啊。”

相离子留禄在九嶷山的草庐里又住了些日子，除了再授禄一些阴阳天象之术，以及中原的礼仪文化外，便是专心教禄造船航行的知识。

相离子带着禄，来到湘江的源头处，他们砍伐巨木大树，开始造船。相离子对禄说：

“你们越人的先祖，本是造船航行的好手。故越王勾践曾言，夫越性脆而愚，水行而山处，以船为车，以楫为马，往若飘风，去则难从，锐兵任死，越之常性也。”

禄说：“老师，我们越人自避难岭南后，造船技艺早已失传，如今只会造些独木舟而已，最好的也就能造那种独木双身船了。”

相离子说：“想当年，越王勾践率死士八千人，戈船三百艘，居无几，躬求圣贤，连孔夫子都曾率弟子前来见他呢！”

禄起誓说：“老师，待有一天我再回岭南，就带八万大军，戈船三千艘！”

相离子说：“禄，这么多年，我就是要听你这句话呀！”

相离子和禄在湘江的源头造了一艘很漂亮很结实的船，船头起翘，船身坚固，船顶有篷，左右围以篷壁，船的后舱置一火塘，可烧烤煮食。相离子又送了几只他自己烧制的陶罐，可供储存食物和煮食之用，还送了他自己耕种的一批粟米和晒干的野栗野菜。待一切准备就绪后，相离子便在湘江边送禄乘船顺江远航北上了。

第三节　由楚入秦

禄驾着他的船，沿着湘江航行，他从岭南沿漓江撑着竹排，是逆流而上，而从湘江行船却是顺江而下。从湘江下去，就是楚国的境地了。楚国的历史悠久，农耕文明发达，湘江两岸，阡陌纵横，随处可见男耕女织的楚风文化。禄大开眼界，深感莽莽苍苍的五岭山脉，竟把岭南和湘楚之间隔成了两个不同文明的世界。

禄一路航行，一路观看，一路访问，走了几个月，他便到达了楚国的都城郢。

楚国的祖先本是黄帝的孙子，曾在朝中掌火政，后来，被命名为祝融。楚国立国后，历代开疆拓土，与中原诸侯争霸，国力逐渐增强，至春秋战国时，达到顶峰。但后来在与秦国的历年征战中，不断被秦国打败，丧师失地，后来不得不把国都迁到东边的寿春，命名为郢。这时候，楚国的国君名叫楚哀王，他继位才两个多月，就被庶兄负刍的党羽袭杀，负刍被立为楚王。负刍即位的这年，发生了燕太子丹派遣荆轲刺杀秦王的事件。第二年，秦国派兵攻打楚国，大败楚军，楚国丧失了十几个城邑。楚国已面临风雨飘摇的危亡之势。

禄进入郢城，只见市井萧条，城池破败。禄在街道上漫游，来到一座府第大门前。他上前打听，得知这是楚国大夫屈南的府邸。禄知道，屈南是楚国朝中的开明派人物，他礼贤下士，好结交天下豪杰名士，他门下广纳食客，鼎盛时曾有食客数千人，不过此时，已是门庭冷落、乏人问津了。禄决定去碰碰运气，希望这位贤明的楚国大夫能接纳他。

门人对禄倒还客气，引着禄走进堂上，只听迎面传来一阵独弦琴的琴声，那琴声郁郁压抑，弹琴之人束发高冠，颏下银须飘动，很有几分仙风道骨之感。禄想，此人必是屈南大夫了。门人上前通报后，琴声戛然而止，屈南大夫转过身来，禄趋前拜见，报了名和来意。屈南大夫虽然终止了琴声，但脸上仍带着伤感和忧愤之情。他问禄：

"你从岭南千里迢迢到此，难道就是为了求一饭一宿吗？"

禄听了立即躬身辞出："大夫，禄就此告辞！"

屈南见禄不卑不亢，不像一般食客模样，忙唤住他：

"年轻人，不要急着走啊，我们坐下来谈一谈好吗？"

屈南邀禄在厅堂上席地而坐，侍者献上茶点后，屈南问道：

"人说岭南乃未开化的蛮荒之地，你却似知书达礼之人，我想你一定有着过人之处吧！能否给我谈谈你的经历呢？"

禄说："我们岭南确如大夫所说，还是尚未开化的蛮荒之地。不过此前我从岭南逾越五岭到九嶷山拜师学艺五年，经恩师点拨，已有些长进。"

"师从何人？"屈南问。

"吾师乃鬼谷先生高足相离子。"禄回答。

"啊，相离子。"屈南说，"虽未闻其名，但既为鬼谷先生的高足，必定不是凡人矣！你得他的真传，也应是个有学问和真本事的人了。"

"大夫过誉了！"禄谦逊地说。

"我门下的食客们都走了，他们之中不乏高人和儒雅之士。你这个时候来投奔到我门下，希望得到什么呢？"屈南问。

"绝不为一饭一宿而来。"禄说。

"难道就是想来和我这个老人说几句话吗？唉！我也是正想和年轻人说说话呢，你不知道我一直很寂寞的啊！"屈南望着禄，似乎心中有很多不平之事，很想一吐为快。

禄起身表示谢意："谢谢大夫能让我在这里说话。"

屈南点了点头:“说吧!”

禄说:“我想，大夫一定为国事忧心的吧?”

屈南又点头:“是的！是的!”

禄说:“目今，秦国强盛已非昔日可比，秦楚交战，楚军屡败，丧师失地，国势日弱。战国七雄，韩国已被秦灭，秦军已逼近魏国都城，下一个被秦国所灭的将是魏国了。面对咄咄逼人的秦国虎狼之师，不知楚国有何打算?”

屈南摇头说:“未有良策!”

禄问:“难道楚国满朝文武之中无高人谋士?”

屈南叹道:“庙堂之上朽木为梁呀!”

禄也叹一声:“楚国危矣!”

屈南说:“岂止是危，是要亡国啦!”

禄问:“八百年历史的楚国，创造了灿烂辉煌的楚文化，难道就这样让它亡了吗?”

屈南叹息一声:“谁又愿当亡国奴，做秦人的楚囚呢!”

禄说:“大夫愿听我再说几句吗?”

屈南说:“你有话尽管说吧，反正我甚感寂寞，说什么都可以的。只要有人跟我说话就行。现在，除了你和我说话外，就是我这把独弦琴了!”屈南说着轻拨了一下琴弦，孤寂的琴声伴着他的一声长叹幽幽响起。

“目今救楚只有一途!”禄站了起来，心里有些激动地说。

屈南似乎心如止水，他闭着眼睛，连看也不看禄。禄从衣袖中抽出一幅用绢丝绘制的地图，对屈南说:

“大夫请看，这是一幅岭南地形地势图!”

屈南微微睁开双眼，看了看，又把眼闭上了，只是轻轻地问道:

“这图有何用途啊?”

“救楚良策全在此图！”禄也不管屈南是睁着眼还是闭着眼，只管说下去，“面对强秦的压逼，楚切不可与之争锋，对抗必亡。此时应将全楚之精华撤至五岭山脉，并伺机越岭而南，退守岭南。岭南虽处蛮荒，可沃野千里，气候温润，以楚人之良材开发岭南，数年之间，必成强楚之地。则进可图中原，退可据岭自保，何惧强秦之忧！”

屈南那双微闭的双眼，一下子亮了起来。他看着禄，忙问：

“此说有何依据？”

禄说：“楚悼王时，用吴起将军为相，吴起将军曾率楚军南平百越，欲打开进入岭南的门户，后因楚对秦战争失利，又转而开拓五岭西南，楚军自沅湘而南向。不幸因悼王驾崩，吴起回朝奔丧祭悼王而被权贵射杀，楚军进入岭南的战略大举，便胎死腹中。三闾大夫屈原曾赋诗吟其事曰：‘济沅湘以南征兮，就重华（舜名）而陈词……朝发轫于苍梧兮，夕余至乎县圃（指昆仑神山）。’抒发了楚人要进占岭南，追随虞舜南巡的千秋功业之志。目今强秦重兵压境，在楚尚未亡之时，是进军岭南以退为进的最佳时机，机不可失，时不再来矣！”

屈南听罢，投袂而起，大呼：“愧我门下三千食客，无一人有禄之胆识！苍天有眼，我楚国不会亡！来，听我弹上一曲。”

屈南奔到独弦琴前，琴声铿锵而起，激越之声，令人奋起。禄拔出他的纯钧宝剑，和着琴声起舞，口中吟唱起三闾大夫屈原的辞：

济沅湘以南征兮
就重华而陈词
……
朝发轫于苍梧兮
夕余至乎县圃

第二天早晨，屈南大夫带着禄上朝，向楚王负刍当面陈述向岭南进军，以退为进保楚社稷的战略宏图。禄展开地图，向楚王慷慨陈词，不料刚说了一半，站在旁边的一位权臣竟冲上来，一把夺去禄手中的地图，指着禄大骂：

“你这岭南蛮子，竟敢在此胡说八道，欺我大楚无人吗？来人，给我把他推下阶去斩了！”

两名带刀的彪形武士奉命冲上来，当场扭住禄的胳膊，推搡着向禄举起屠刀。屈南大夫忙高喝：

“刀下留人！”

屈南大夫向楚王奏道：“国危之时切不可妄杀智者高人，请求大王饶禄一命！”

楚王负刍见欲杀禄者乃是自己的党羽心腹，正是他们把自己扶上王位的，他不敢得罪这批权臣世贵，但又不得不给屈南大夫这样的重臣一点面子。于是楚王只得发话：

“人可不杀，但须赶出朝门，今后诸位不准再言南迁之事！”

禄保得一命，踉踉跄跄地走出朝门，回到屈南大夫的府邸，屈南与禄抱头痛哭一场。然后禄收拾行囊拜辞屈南大夫。

屈南拉着禄的手，依依不舍地说：

“禄，你还是不要走吧，留在这里，也好有个人陪我说话呀！”

禄说：“感谢大夫如此看得起我，但我既不为一饭一宿而来，又不愿留在这里为楚国送葬，成为秦人的楚囚。大夫保重，禄就此拜别！”

禄拜别屈南大夫，独自一人在郢城街上踽踽独行，最后，他找到了一座简陋的三界庙栖身。三界庙，是一座供奉蛇神的小庙。楚人崇巫，信牛鬼蛇神。庙中有一座泥塑的人面蛇身的蛇神偶像，祭台上下，爬着十几条腹部发红、身子乌青的蛇。禄一走进庙中，蛇们便纷纷向他爬过来，吐着一条条信子。禄从背囊中摸出一块粟饼，用手指捏下一片片饼块喂蛇。蛇们吃饱了，又纷纷爬到祭台上盘踞起来。禄靠在庙墙下，闭目入睡去了。

但禄怎么也无法睡着，他想起自己的命运，是这么的坎坷，在岭南瓯雒王那里献艺受辱，献汤药救王后，被国师暗害打入死囚牢，如不是皋通相救就被杀身了；如今到了楚国向楚王献策拯救楚国，又在朝廷上受辱，如不是屈南大夫相救，脑袋就当场落地了。唉！自己为何如此这样时乖运蹇呀！他叹着，忽然听到有人唤他：

“禄，宠辱不惊！宠辱不惊！”

咦，怎么是皋通和他说话呢？他睁开双眼，眼前并无皋通，低头看时，只见一条小蛇，趴在他的脚面上，正朝他点头不止。禄觉得，蛇真的通神啊，难怪楚人信蛇神。但寂寞中，他倒是真的怀念起皋通来了，也不知道皋通在助他逃走之后，命运如何？不过禄相信，皋通的运气比他好，一定会逢凶化吉，遇难成祥的。

禄就在这三界庙中暂时住了下来。白天他在郢城内游走，看些市井民俗，也教人学剑，收点盘缠，以维持生活。庙中的蛇们喜欢吃鸡蛋，但庙神香火冷落，已少人献祭，蛇们常被饿得乱窜，禄便经常买些鸡蛋，打开蛋壳任蛇们食用。楚国朝中的权贵们，对提出进军岭南的吴起将军以乱箭射杀；对辅佐怀王，主张彰明法度，举贤授能，东联齐国抗秦，南向开拓岭南的三闾大夫屈原予以流放，使其流落沅湘最后郁郁投江而亡；而对再次献策南迁逾岭的南蛮子禄，也恨之入骨。当他们得知禄栖身在三界庙中时，竟命人潜入庙中欲杀死禄，但刺客趁禄入睡正待举刀行刺时，却发现一条蛇正盘卧在禄的身上，以为禄已变成蛇神，刺客吓得扔下刀就跑。禄醒来发现地上有刀，知是有人要行刺他，从此每当晚上入睡时，便把一条蛇盘卧于身，出门时则将一蛇置于肩上，从此再无人敢暗害他了。

禄有时也不忘登门拜访大夫屈南，陪他说说话。屈南更显郁闷了，琴声也更加阴郁低沉，常常掩面抽泣，长吁短叹，禄见了心里很是难受。

禄流落楚都郢城，不觉已有一年。这一年来，楚国的局势已江河日下。秦国猛将王翦率军在蕲与楚军决战，大败楚军，并且杀死了楚国军队的统帅项燕。第二年秦王嬴政派大将王翦、蒙武分率两路秦军进攻楚国。王翦指挥秦军攻下了楚国的国都郢，俘虏了楚王负刍和一班楚国大臣世卿。

当秦军攻入都城内时，城中兵荒马乱烟火四起。禄生怕屈南大夫受害，孤身一人持剑直奔屈南大夫的府邸相救。不料刚到大门外，一名秦将已将屈南大夫扭出门外，众多秦兵护卫着，禄欲救屈南大夫已无法下手。只见被执的屈南大夫仰天长叹：

“苍天啊！你为何不听禄的良策，使楚遭灭国之恨！”

这时，只见一名骑在一匹高头大马上威风凛凛的秦将，听到屈南大夫的话，急忙跳下马来，拉住屈南大夫喝问：

“禄是什么人？他有什么挽救楚国的良策？”

屈南大夫轻蔑地反问：“你是何人？”

那位秦国大将军却并不计较屈南大夫的态度，谦恭地答道：

“我是大将军王翦，快告诉我，禄是谁？他提出救楚之策是什么？”

屈南大夫唏嘘几声，说：“告诉你吧，禄是岭南之人，是个被人瞧不起的蛮子，但却有着经天纬地之才。他向楚王献策，经略岭南，以五岭之险抗秦保国。只可惜楚王和一班权贵昏庸，不纳良策，否则，我今天如何会落到你们手上！”

王翦立即下令：“放了他，快给我搜寻那个叫禄的人！找到此人，重重有赏！”

秦兵放了屈南大夫。正在外围寻思如何救屈南大夫的禄，见秦兵释放了屈南，王翦却下令要在城中搜捕自己，便迅速闪进一条小街，潜回三界庙躲藏起来，他估计这破庙秦军是不会搜查的。

禄在庙中躲藏了三日，果然平安无事。可是到了第四日，却听到庙门外响起一阵闹闹嚷嚷的声音，听那声音全是秦腔，并无楚语，又听那杂沓的脚步声，似有百十来人的样子，禄估计，一定是秦兵来此搜查他了。庙中空间狭窄，如果大批秦军突然涌入，难以脱身。禄提着剑，快速地冲出庙门，便被大批秦兵围堵住了。禄抬头看时，只见大队秦兵中有一名骑马的小军官，手执一面黄旗，旗上书一行大字："搜寻到禄者，重重有赏！"那旗上还像模像样地画着禄的图像。

禄想，绝不能让他们就这样把自己逮住了，鸟过留声，人死留名。他仗着纯钧宝剑，站在庙门的台阶上大喝一声：

"我就是岭南的禄，看剑！"

禄从台阶上持剑一跃而下，直冲入秦兵之中，挥剑砍杀，几名秦兵纷纷被刺倒地。那手执黄旗的小军官在马上大呼：

"围住他！围住他！绝不能让他跑了！我马上去禀报大将军！"

小军官骑马飞快地跑了，百余名秦兵一拥而上，团团围住了禄，禄挥剑力敌百人全无惧色。双方正在混战之中，只见一骑如飞而至，秦军大将王翦身着黑盔黑甲，骑一匹高大的黑马冲到阵前，喝令正在围攻禄的众多秦兵：

"退下，都给我退下！"

秦兵奉命，纷纷退下，但已遗尸数十具。王翦大将军飞身下马，走到禄的跟前，拱手躬身施礼道：

"禄呀，我寻找你几天，总算在这里把你找到了！"

禄冷笑道："如果我没看错的话，你就是大将军王翦了，你要拿我怎样？"

"我要把你请到咸阳去，献给秦王。"

"哈哈，大将军，我可不是你的楚囚，要把我带到咸阳交给秦王，我只有一个条件，不知大将军能否答应？"禄大义凛然地说道。

"请讲吧！"

禄把手中宝剑一亮："问我这宝剑可否答应！"

"哈哈！"王翦大将军豪爽地大笑一声，"你们岭南人果然气势不凡，现在就让我们手中的剑先交谈一番吧！"

王翦大将军脱下身上的黑盔黑甲，从鞘中"嗖"的一声抽出他的铁剑，向禄猛刺过来。禄闪回了一剑。两人你来我往，只听得虎虎生风，剑声铿锵作响，两把剑神出鬼没，攻防凌厉，杀气腾腾，难分上下。四周围观的秦兵，看得直拍掌喝彩。两人斗了许久，王翦大将军心知一时难以战胜禄，如此拼杀下去，两人难免有个死伤，便一个虎跃跳出圈外，将剑扔于地上，向禄拱手道：

“禄的剑术果然厉害，我领教了！领教了！”

禄把宝剑插入鞘中，也拱手道：“谢谢大将军的夸奖，禄就此告辞了！”说罢昂然而去。

王翦大将军忙跑上前去拦住禄，说道：“请禄留步，我还有话要说！”

禄扬了扬手中的宝剑。“它不是已经跟你说过了吗？”

“此言差矣！”王翦大将军摇着头，说，“善战者不怒，胜敌者不是匹夫相格斗，我们在此斗个你死我活又有什么意义呢？禄，你千里迢迢从岭南跑到楚国来，是为了什么呢？”

“是为了救楚国，也是为了救岭南！”

“楚王不听你的良策，今楚国已经灭亡，秦王已下令将楚之国境改称楚郡，成为我大秦帝国治下之一郡县，你的第一个目的已无法达到了！”王翦大将军侃侃而谈。

禄低头沉思。

王翦大将军接着说：“屈南大夫已把你的详情向我说了。你热爱家乡岭南，热切盼望用中原文明改变岭南愚昧落后的状况，你的智慧和所作所为皆令我无比感动佩服。今我秦王雄才大略，励精图治，兼并六国，一统华夏势在必然，待结束中原的纷争局面之时，必向岭南进军，以禄的才干，定有用武之地，到那时，你的理想抱负，不是可以实现了吗？”

禄感动地点了点头，说：“知我者大将军也！”

王翦过来拉住禄的手，恳切地：“禄，跟我走吧，到咸阳去见秦王！”

禄说：“大将军若能答应我一件事，我就跟你走。”

“但说无妨。”

“秦楚战争虽已结束，但大军过后，必有凶年。屈南大夫对我有知遇之恩。大将军如能保证屈南大夫的人身安全和其后的富足生活，我便随你到咸阳去。”禄说。

王翦大将军说：“我已派兵保护屈南大夫的宅第安全，他的食邑俸禄依旧不变。”

禄向王翦大将军深鞠一躬：“大将军，我跟你走！”

风雪迷漫，天地一片苍茫。在通往咸阳的古道上，秦军官兵押解着一长串“楚囚”，在艰难地行走着。他们被绳索捆着手，十人一串，每一串有两名秦兵前后看押着，这些“楚囚”全部是楚国昔日的王公贵族，过去颐指气使的傲慢和钟鸣鼎食的奢靡生活，已一去不返，他们如今成了秦人的阶下囚，被绳索捆着，像牲口一般被押往秦都咸阳听候发落。他们一个个披散着头发，尘垢满面，雪粒粘在蓬乱的头发上，举步维艰地行走着，老弱者不时跌倒路上，押解的秦兵一阵拳打脚踢，他们只得忍气吞声爬起来。

亡国之君负刍也在这群“楚囚”之中，锦衣玉食的王室生活，过去养尊处优今日受此羞辱苦难，负刍更是痛苦不堪。走着走着，他便倒下去了。一个秦兵过来举起鞭子便抽，一边抽打还一边不断地喝骂。这时，一乘马车响着銮铃驰来，经过负刍旁边停了下来。禄从马车里跳下，喝住了正在抽打辱骂负刍的秦兵。

禄过去扶起负刍，把他扶上马车里坐了起来。亡国之君负刍还认得当初被他赶出朝门的禄，一脸羞愧之色，说：“禄，我对不起你呀，想当初……”负刍掩面哭泣起来。禄从水罐里倒了一杯水递给负刍，又给了他几块饼食，负刍贪婪地吃喝了起来。

禄说：“你虽成了亡国之君，但我永不忘你对我的不杀之恩啊！你在车里坐着吧，我陪你到咸阳去。”

“禄！禄！我也饿呀！快给我饼和水呀！”一个头发蓬乱的囚徒从队伍中

向禄哀求着。

禄一看，此人正是当时在朝中撕烂他呈献给楚王负刍的地图，又喝令武士把他推出朝门斩首的那位权臣。禄把一块饼扔给他，轻蔑地说道：

“你还记得我！”

这一切，被从后面骑马驰来的王翦大将军看在眼里，更对禄怀有敬慕之情。

亡国之君负刍坐在马车里，禄持剑随侍车驾旁，一路徒步到了秦国的都城咸阳。王翦大将军向秦王嬴政献俘后，秦王褒奖了战功赫赫的王翦大将军。王翦大将军向秦王推荐禄。秦王非常赏识禄的才干和人品，命王翦大将军马上带禄来见，并让禄佩剑上殿。王翦大将军听了大吃一惊，忙劝秦王道：

“荆轲之事殷鉴不远，还是不能让禄佩剑晋见我王为好！”

秦王仰头哈哈一笑，说：“大将军多虑了。岭南之人，生性朴厚，岂像六国阴险狡诈之政客，让他佩剑上殿见朕何妨！”

王翦大将军奉令引着禄，来到宫门外，禄忽然对王翦大将军说：

“大将军，我的脑袋这回恐怕真的要掉了呢！”

王翦大将军诧异：“此话怎讲？”

禄说：“我们岭南有句话，叫作福不过二，祸不过三。”

王翦大将军不解地问：“这是什么意思？”

“这叫作好事只有一次不会再有第二次，祸事却会出现三次。我在岭南见瓯雒王，差点掉了脑袋，死里逃生，逃到楚国见末代楚王，又差一点掉了脑袋，这次你带我晋见秦王……”

王翦大将军笑道：“何其多虑也！我问你，你见瓯雒王和末代楚王，他们让你佩剑上殿吗？”

禄摇头说：“没有。”

王翦大将军说：“秦王却特地赐你可以佩剑上殿晋见，这个特权，连我也无法享受到的啊!”

这时，只听殿上一声宣召:“宣岭南禄上殿朝见!”

禄佩着宝剑，诚惶诚恐地上殿叩拜秦王。秦王一见，心中大悦，说道:

“朕正想着岭南之事，王翦大将军就把你献给了我，朕今得禄，犹如得岭南也。朕任命你为大秦帝国监察御史，掌秦律，察百官。你岭南之人，只有名而无姓，朕今赐你姓史，你就叫史禄吧!”

禄叩头再拜，深谢秦王知遇之恩。

禄从此有了姓，姓史名禄了。

第四章　秦攻百越

第一节　发兵五十万

史禄得到秦王的重用，在秦朝做了监察御史，这是个位置不小的官了，他几度受辱，最终竟获恩宠，他牢记老师相离子“宠辱不惊”的教诲，为官勤谨，处事严明，一丝不苟，深得秦王的信赖。秦王赐给史禄一座宅邸，史禄在咸阳娶妻生子。虽然生活安定，食有俸禄，居有宅邸，行有车马，但他的心，仍然不忘遥远的故土岭南。

有一天，史禄上早朝，刚出宅门，忽见一头瘦弱的骆驼站在大门外，可怜巴巴地望着他。史禄顿生怜悯之心，即命驾车的小吏取来水和食料，喂养饥饿的骆驼。骆驼饱食后即离去，但第二天早晨又出现在门口求食。史禄照命那驾车的小吏给骆驼喂食。从此天天如此，骆驼食饱即去，次日又照常来求食，史禄并不觉怪，仍命驾车小吏天天喂食不误，日子久了，那骆驼竟吃得膘肥体壮，精神焕发。

秦王嬴政二十五年。秦王命王翦大将军之子王贲率秦军攻取辽东，灭了燕国，又以秋风扫落叶之势回攻代，俘虏代王嘉，消灭了赵国的残余势力。次年，王贲率军南下，灭了齐国。秦国先后灭了韩、赵、魏、楚、燕、齐六国，一统中原，结束了战国七雄纷争的战乱局面。王翦大将军父子在这场统一战争中立下了汗马功劳，分别被秦王封为武成侯和通武侯。

兼并六国后，秦王嬴政以功高盖世之威，登上了始皇帝的宝座，成为千古一帝秦始皇。

中原战乱的结束，最终把史禄推上了历史的舞台。

秦始皇二十八年，始皇帝在大殿亲自主持召开进军岭南、南平百越的

秦始皇

军事会议。秦国的高级将领国尉屠睢及王翦、王贲、蒙武、任嚣、赵佗等出席会议，始皇命史禄呈奏进军岭南的方略。

史禄心情非常激动，他梦寐以求苦苦等待的这一天，终于来临了。

史禄展开他精心绘制的岭南地图，指着地图，详细地向将军们阐述了岭南的山川地理形势，特别是军事上易守难攻具有天险之称、难以突破的五岭山脉。他又详述了岭南越人的生活习俗以及越人轻生死、习水战、善山行的特长。为取得统一岭南战争的胜利，史禄提出了以五十万大军，兵分五路进军岭南的策略："一军塞镡城之岭；一军守九嶷之塞；一军处番禺之都；一军守南野之界；一军结余干之水。可构成对岭南的楔形攻势。"

国尉屠睢诘问道："我军沿镡城、九嶷向岭南进军，其中一路通过九嶷要塞过岭顺北江而下直取番禺即可，为何还要分兵守南野之界、集结余干之水？我看进攻岭南不必动用五十万大军！"

史禄指着地图说道："南野之位置十分重要，它不仅是闽越人与岭南越人相互联系的岭口要冲，而且还与闽越北部的会稽郡紧紧相连，我军驻守南界，对进攻闽越、切断岭南越人与闽越人联系非常重要。"

他又指着地图说："余干，位于余水之侧，而余水是闽越人到达江淮的通路。余干一带的地理位置也相当重要，越人欲为变，必先田余干界中，积食粮，乃入，伐材治船。盖其地当闽越襟领也。且北距大江，西隔重湘，兵争出入，常为孔道。所以，我军占领了此地，就完全打破了闽越人北上江淮的可能性。"

老将军王翦坚决支持史禄的策略，他说："当年陛下欲南下攻楚，我提出要动用六十万大军，而李信说二十万即可，结果李信不幸被楚军大败，我七都尉被杀。后陛下派我领军六十万，平定荆楚，虏楚王而归。今以岭南雒越为重点，兼顾闽越，东闽岭南一举而收之，必得五十万大军方可。"

秦始皇当即批准了向岭南的用兵计划，又问谁可挂帅？史禄目示王翦老将军，希望由他来挂帅进军岭南。王翦笑而不言。始皇帝问：

“王老将军，上次率军扫荡荆楚，兵锋已至五岭边缘，这次可否再度挂帅出征岭南?”

王翦咳了咳，说:“陛下，王翦老矣，难当此重任，请另派大将出征吧!”

国尉屠睢出列向秦始皇请缨：“陛下，屠睢愿往，一年之内，我平定岭南，将雒王的首级献上!”

国尉乃秦国的最高军事长官，秦始皇见屠睢请缨挂帅南征，忖度今以五十万大军分为五路分进合击东闽岭南，由国尉屠睢挂帅，节制各军，倒不失为理想的人选，当下便任命屠睢为五军主帅，以岭南为重点兼领各军。屠睢受命后，始皇帝问：

“国尉何时出征?”

屠睢答道：“目今六国已灭，中原已无战事，我军将士养息日久，正欲攻坚交锋啖肉饮血，以解战饥。请陛下下令，我即率军出征!”

史禄忙奏道：“陛下，岭南气候暑湿多雨，瘴疠甚烈。春天有青草瘴，夏天有黄梅瘴，六七月有新禾瘴，八九月有黄茅瘴。现在正值北地春季，不宜向岭南用兵。”

屠睢不满地责问史禄：“你说岭南这也瘴，那也瘴，难道有瘴就不能打仗了吗？陛下威加四海，我秦军虎狼之师，扫平中原各国，难道还有什么障碍可阻挡我军!”

史禄争辩道：“国尉切不可轻敌冒进！越地夏月暑时呕泻霍乱之病相随属也。还未施兵拔刃，恐死伤者已众矣!”

屠睢不耐烦地说:“那你说要等到什么时候方可进兵岭南?”

史禄说:“国人在十月纳稼穑之后，实为最有利的时机!”

“陛下已开金口，令我领兵南征，我不能再等到北方收庄稼的时候了!”屠睢拒绝了史禄的提议。

史禄欲再据理力争，王翦老将军以目视史禄，要他别再争执下去了。史禄只得欲言又止。当下，始皇帝便下达了进军岭南的命令。

史禄回到宅邸，心情怏怏不乐。想了一阵，他即命人南下前往荆湘一带，向民间大量收购、储存艾草，又派一批人尾随南征大军，到五岭脚下，开炉打制铁器等一应开山凿石的工具。他虽身在咸阳，却心在岭南，时刻关注着秦军的战况。

约莫过了大半年的时间，终于传来了东路秦军的战报，该路秦军北驻余干，南据南野，逼使闽越人处于背水而战的不利形势，东路秦军势如破竹，很快便占领了闽越地区。秦始皇闻报，龙颜大悦，即令在闽越秦军占领之地区，设定闽中郡。不久，又接到秦军将领任嚣自番禺发来的捷报。任嚣所率秦军，自九嶷山麓东南翻越五岭山脉之后，下湟溪，顺北江而下，乘势攻占了番禺，已夺取岭南东部的富庶之地。秦始皇闻报，再度龙颜大悦，遂下令在番禺设郡治。

可是，由国尉屠睢和副将赵佗统领的三十万秦军南征主力，在进入五岭西北的镡城之岭后，却突然消失了一般，久久没有消息。

史禄预感到大事不妙，屠睢、赵佗恐怕凶多吉少了。他首先想到了皋通的神机弩、狼兵阵和象阵战术，心中不寒而栗。但他又感到困惑不解的是，屠睢、赵佗的几十万人马，又如何能逾越五岭山脉中那座阴森恐怖的大石屏呢？当年他和皋通翻越那道大石屏，如无那些绿精灵和恩师相离子之助，早已命丧大石屏之下了，难道屠睢、赵佗也有如此幸运？

史禄百思不得其解。

却说国尉屠睢和副将赵佗统率秦军主力三十万人，沿黄河、长江水陆并进，又依湘江进抵镡城之下，距五岭山脉已经不远。秦军乘坐和运输粮草的庞大楼船舰队，已无法江行。他们便在岭下弃船登岸，搬运辎重步行登岭。

此时，正是夏月，岭表一带丛莽遮人，山行无道，暑湿难耐，迎接南征秦军的第一个下马威便是空中降下的一道道“瘴母”。

这“瘴母”也着实厉害。它初起之时，望之有浊气一道，从林间或草地上腾空而起，上冲如柱，不久便散漫开来，下降好似黄雾，又分散成许多团，状如圆丸一般，大者如车轮，小者如斗笠，纷纷坠地掷人。秦军士卒全为北方人，哪里见过这般阵仗。开始以为这是岭南雒越人的什么神奇武器来攻，便呐喊着向岭上发起冲击。不料却被那些散团的黄雾块击中倒地，发一阵猛汗即死，不死的在地上翻滚发疯一般，口不能言，一个个立刻变得疯哑。但有的士卒在黄雾团下降击来之时，即伏倒地上，双手掩目捂鼻，反而无恙。副将赵佗精明过人，立即传下将令，凡遇烟柱升腾时，人即伏地掩耳捂鼻，任其自掷而下，黄雾散去后再起身前行。秦军万里征伐，士卒疲乏，刚临五岭，又遇瘴疠暑湿袭击，水土不服，霍乱痢疾流行，感染疫病者众多，军中缺医少药，尚未与越人交兵接刃，已死伤无数。屠睢、赵佗这才感到事态严重，方知史禄所言不虚。但作为将帅，上有始皇帝统一岭南的严厉军令，他们别无退路，只得驱赶士卒冒死进军。

赵佗之弟赵始，率领万余秦军做开路先锋，他们伐木斩荆，一路前行，逢山开路，遇水搭桥。这一日，进至五岭山巅，为一座巨大的石屏所挡。赵始抬头看那大石屏，黑森森绵延无际，鸟兽绝迹，无法逾越。他喝令士卒，用铁锤刀斧，击打大石屏，士卒们直被震得手中虎口开裂，大石屏上却不曾留下半点被击打过的痕迹。赵始见了不由大惊失色，前路已断，大军无法开进，他急派人向屠睢和赵佗传报。

当屠睢和赵佗赶到，见了这座阴森逼人的大石屏，也不由惊骇。赵佗命数百士卒，分成两队，左右延伸沿着大石屏搜索，探查其尽头在何处。数天后，左队搜索的兵卒回报，这大石屏绵延无尽，找不到头和尾。屠睢和赵佗听了暗暗吃惊。又过了两天后，右队搜索的兵卒回报，也说找不到大石屏的尽头，却发现一道大石门，似乎曾有人通过。屠睢和赵佗闻报，即命兵卒引路，前往那座大石门前去察看。

到了大石门前，只见石门紧闭，门禁森严。赵佗上前用双手使劲推了几下，石门毫无动静，门上冰浸寒骨，他不敢再近身。屠睢喝令兵卒，随近伐倒几棵约莫一抱粗的大树，砍枝留干，下令数百兵卒，抬着几条巨木，用擂木攻城之法，重力向大石门撞击，希望撞开大石门，为秦军打开通道。

数百兵卒手抬巨木，呐喊之声震天撼地，数条擂木齐向大石门撞击。撞击许久，那大石门岿然不动，数百兵卒已累倒地上，爬不起来。屠睢大怒，又命兵卒们伐草斩薪，将无数柴草堆积在大石门上，放火烧了三天三夜，然后又命兵卒们用巨木撞门，撞了半天，大石门仍丝毫无损。

赵佗决定采取云梯攻城的战法，他命兵卒们砍伐大竹，制作了几百架长长的云梯，把云梯架靠在大石屏上，命兵卒们爬上云梯攀登翻越大石屏，但无论云梯捆扎多长，也无法到顶，还摔死了许多兵卒。

数十万秦军被大石屏这道天险阻隔，无法逾越。屠睢、赵佗被迫屯兵大石屏下，进退失据，苦不堪言。

数十万秦军在大石屏外造成的巨大响动，惊动了巡山的土兵。瓯雒王规定，他旗下的三十几个部落酋长，均有巡山和巡江的任务。水部落、龙部落等亲水近江的部族，负责巡查江河；魅部落、燕部落、豹部落等亲山近林的部族，则负责巡山看林。这一天，正是魅部落的一个头目，带着他的鬼魅土兵，奉命沿着大石屏内侧一带巡查，听到大石屏外声闹喧天，石门震响，他吓得大吃一惊，还好，并不见有人越过大石屏。巡山的头目沿着大石屏连续巡查了几天，大石屏外巨大的喧嚣仍不绝于耳，这是多年来未曾遇到的情况。巡山的头目不敢怠慢，除留下部分土兵继续在原地巡查探听之外，他带着剩下数十土兵，急急奔回象城。向瓯雒王禀报。

瓯雒王听了头目的报告，也感到好生奇怪，他当然知道那大石屏是横亘在五岭山脉上的一道巨大屏障，靠着这道神奇的屏障隔断了岭南与中原的交通，使楚人无法南进觊觎他的岭南王国。他自称雄岭南以来，只是每年定期派土兵巡查那一带，从未听到什么异动，也不曾见有什么异常。今天听到巡山头目的报告，不知大石屏外到底发生了什么情况，他忙命人把国师和雒帅皋通以及公主姝媚找来商议。

第二节 人神异类

瓯雒王后被毒死，死囚禄越牢逃亡，瓯雒王震怒，下严令追查。国师一口咬定是皋通推荐的禄下毒毒死了王后，且皋通有私自放禄逃走的嫌疑，应治皋通的罪。皋通则指责王后之死是国师暗中下毒，反诬是禄所为，应治国师之罪。两人你争我辩，又都各怀鬼胎，一时把瓯雒王弄得不知所措。姝媚公主站在一旁听了半天，觉得国师和皋通都有毒杀母后的嫌疑，她恨声恨气地要杀国师和皋通为其母报仇雪恨。国师和皋通是瓯雒王的一对臂膀，没有这两个人，瓯雒王如何能维持他对部落联盟的统治？况且无论是谁证据都不足，想了半天，他只得作罢，不再追究此事。不久，瓯雒王又从龙部落中选娶了一位年轻漂亮的龙女作为王后。姝媚公主虽心有不甘，但也无可奈何。此事也就烟消云散了。皋通照样有滋有味地当着雒帅，每日为瓯雒王尽忠效劳训练士兵。不久，他竟将麾下数万士兵训练成了一支无敌的劲旅，使得岭南的所有部落，无人再敢问鼎瓯雒王的宝座。

皋通不断向姝媚公主表示爱慕求婚，瓯雒王也有择皋通为乘龙快婿之意，但姝媚公主对皋通仍是不冷不热，若即若离的态度。国师见状，便加紧向姝媚公主发起爱情攻势。有一天，瓯雒王闻报爱女姝媚公主染病不起，便召国师询问。国师赶忙献起殷勤，说公主被魔鬼所缠，必须要为公主施法驱鬼。瓯雒王爱女心切，便命国师前去为公主施法驱鬼，以便早日康复。

国师奉命，进入姝媚公主的闺房。他屏退站在床前的两名侍女后，便开始施法驱鬼。国师蹈之舞之唱之吟之，使尽浑身解数。他开始唱着驱鬼的咒歌，接着便唱起部族青年男女幽会时的爱情山歌，倾诉自己对姝媚公主的山盟海誓，唱得姝媚公主心动了。公主闭上眼睛听着情意绵绵的歌声，心中不由生起对唱歌之人的一番爱意，但她睁开眼睛，看着国师那副永远戴着傩面的狰狞面孔时，不由感到一阵阵恶心，她只得又闭上了双眼。国师不停地唱着跳着，他见姝媚公主微闭着眼睛，面露欣喜之色，他也唱到了动情的高潮，不禁扑到床上去，抱起公主亲吻起来。姝媚公主突然被冰冷的面具亲吻，又惊又气又恨，她飞起一脚，把国师踹踢下床，大喝一声：

“你这禽兽，给我滚出去！”

国师被踹踢倒地，又痛又愧又气地爬起来，急急逃出了姝媚公主的闺房。回到自己的住处，国师羞愧难当，暗暗地痛哭了一场。哭到伤心处，他不禁取下了自己脸上的那副凶恶无比的面具，对着水盆子照了起来。水盆中，平静的水面映照出一个英俊青年的面容，眉心处有一颗宛如红豆的痣粒。他又哭了，他感到悔恨无比！往事从水盆中闪现出来：一个眉心有一粒红痣的少年，与两个同年的小伙伴在山野间追逐一只野兔，那个壮实如豹崽的少年跑得飞快，一下子扑上去逮住了野兔。少年举起猎物向他的两个小伙伴大喊大叫：

“禄、朱眉，我们有吃的了！”

被叫作禄和朱眉的小伙伴跑上来，夸自己的小伙伴：

“皋通，你真行，跑得比兔子还快！”

皋通、朱眉和禄找来干柴，烧起一堆火，把那只野兔烧烤了，撕扯着美美地吃了起来。

水盆中闪动的篝火化作了滔滔的江水。

三个小伙伴，手拉着手，跳入江水中，尽情地嬉戏玩水。突然，朱眉挣扎着，惨叫一声：

“皋通、禄，快救我！”

朱眉沉入了水中，一只手伸出水面向皋通和禄示救。

皋通和禄奋力把朱眉从河中打捞上岸时，朱眉直挺挺地躺在河岸的沙滩上，已不省人事。皋通和禄凄惨地号啕大哭起来，不知所措。

这时，河面上刮起一阵大风，不知从什么地方降下一个张着一双黑翅的羽人。皋通和禄吓得双手掩面趴在沙滩上，连大气也不敢出。狂风过后，皋通和禄才敢睁开眼睛，可是张着黑翅的羽人和朱眉都消失得无影无踪。皋通和禄吓得心头咚咚乱跳不止。

羽人，又叫羽神，是雒越人敬畏的巫神。当羽神出现时，常伴风雷滚滚，河水怒涨。羽神从天而降，会收走雒越人的一个男孩，把这个男孩变成雒越人的大巫师。由大巫师向雒越人传达神的旨意，并成为他们的精神领袖。

雒越人中一个叫朱眉、眉心中有颗红痣如红豆般大的男孩被羽神收走了的消息，传遍了雒越人居住的山林和河岸，人们盼望着一个新的大巫师的出现，成为他们的保护神。

十年后的一天，当成千上万的雒越人又聚集在雒河边大祭雒母神的时候，那个年迈的老巫师登上搭在河中的神台，开始有气无力地跳神念咒。突然刮起一阵强劲的江风，江水怒涌，老巫师受惊跌入江中，被滔滔江水卷走，瞬间“归神”去了。人们正大惊失色之时，一个张着巨大黑翅的羽人不知从何处突然降临，祭神的人们被吓得不约而同地用双手掩面趴伏在地上。待风浪过后，人们从地上爬起来张望时，只见河中的神台上，一个戴着傩神面具的年轻的大巫师正在神台上潇洒地蹈之舞之，唱着祭神曲，歌曲十分优美动听，把祭神的雒越人唱得如痴如醉，飘飘欲仙。河岸边成千上万的雒越人疯狂地呼喊着：“神啊！神啊！你来了，保佑我们啊！”他们一起伏身在地，拜迎新的大巫师的降临。

年轻的大巫师在神台上作完法，唱完祭神曲，手持一个精巧的陶罐，陶罐中盛满神水。他走下神台后，来到瓯雒布伯面前，用手伸入陶罐中，沾了神水，拍在瓯雒布伯的额上，这是表示神灵附体、无病无灾、王位永久之意。瓯雒布伯欣然接受神水的拍洒。大巫师又给王后拍洒了神水，一样的吉祥盈瑞。当他来到姝媚公主面前时，看到美丽的公主眉心居然也有一粒红豆大小的红痣，心中不由一阵震颤。他把神水轻轻地拍洒在公主的额上，用沾着神水的手指，不断地抚摩着那粒红痣，他的手有些发抖，却又不愿离开那眉心间的红豆。公主害怕年轻的大巫师那凶恶的傩神面具，紧紧地闭上了睫毛长长的双眼。此刻她心中感受到的不是那面目可畏的傩神，而是一个眉心同样有颗红豆的英武青年，她宁愿永远地闭着双目，享受他指头颤抖的抚摩。

水盆中映出的英俊面目，影子有些颤晃着。朱眉号一声哭喊着：

“我是朱眉，我不是大巫师，我也不是傩神！”

他一个箭步奔到蕉叶扎成的壁前，从上面取下一把古老的宝剑，从剑鞘中“嗖”地取出锋芒铮铮的长剑，正要往脖子上一抹，忽然耳畔响起一个苍老严厉的声音告诫他：

“不错，你是朱眉，那是过去的事了，你已经永远不能回归过去！现在，你只能是大巫师，是傩面神，戴上你的面具吧！年轻人，记住你的神圣职责！”

他把引向自己颈脖的宝剑收了回来，水盆中定定地出现了那个羽人的黑影。他从来没有看清过神秘莫测的羽人的真正面目。但他清楚地记得，当他告别那座神灵的巫山，离开那个黑不见影的巫仙洞口时，羽人亲自交给他这把宝剑和一把神奇的钥匙，并把宝剑和钥匙的来历及作用告诉了他。当他佩上宝剑接过钥匙之后，羽人命他紧闭双眼，只听耳旁响起一阵呼呼的风声，当他睁开双目时，已落在了河中的一个神台上，面对他的是汹涌的河水和沙岸上伏地膜拜的众多雒越人。

从此，他成了一名神圣的巫师，成了雒越人心目中的精神领袖，但他却感到无限的孤独与寂寞。儿时的小伙伴皋通和禄，仍像过去一样结伴狩猎摸鱼，无忧无虑地戏耍着，他真想过去与他们为伍，重新过着那一去不复返的童真生活。有一次，他竟奔过去，拉住皋通那结实粗壮的胳膊，不料皋通却“呀”地惨叫起来，拜伏地上，吓得颤抖地哀求他：

“神呀，求你放过我呀！我还不想死啊！”

他松开手，看着落荒而逃的儿时玩伴皋通的背影，心中感到刀绞一般地疼，他当时就想摘下紧扣在面部的傩神面具，跟皋通一道逃走。

有一次，他孤独地飘游在山野间，发现姝媚公主正和两名女侍在采摘野花，他也采了一束香气飘逸的耶若茗花，走过去想献给公主。公主看见他那凶恶的面目，不但没接他的花，反而带着那两个女侍惶恐地逃走了，这真是敬鬼神而远之啊！

第二年的春天，又到了雒越人一年一度祭敬雒母神的盛大节日。按习俗，必须选取一对金童玉女祭献给雒母神。对于金童玉女的选择，大巫师必须面对瓯雒布伯和各部落的酋长们，用鸡卜神卦确定所取方位人家的孩子。他提着一只尚未开叫的雄雉鸡执其两足，焚香祷告一番，祷告毕杀鸡。拔取鸡两腿股骨净洗，用线束上，再以竹签插入束处，使两骨相背，提起再祷祝。左骨为侬，侬者我也。右骨为人，人者即所选金童玉女家之方位也。其法有十八变，最后由瓯雒布伯决定取舍。大巫师用鸡卜法，第一法所取方位，竟是禄和皋通家的方位。皋通家正好有一弟，禄家正好有一妹，符合金童玉女配。他心中暗自一惊，不忍心残杀这对孩童。他又变化一法，其方位仍指向皋通和禄家的方位，他又再施一法，方位仍无变化，按祈神习俗规定，三法乃定，不可再变了。瓯雒布伯即命他带领士兵，去提皋通的弟和禄的妹。作为大巫师的他不得不去，只能在心中暗暗祷告，这是神的旨意啊，不是我要杀皋通的弟和禄的妹呀。

他带着士兵们去提皋通的弟和禄的妹，不想这两个儿时的玩伴竟敢抗命，与前去捉拿的士兵战斗一番，杀死多人后畏罪潜逃了。士兵们气不过，放两把火将皋通和禄家的茅寮烧了，还烧死了禄的母亲。自此，他与两位儿时的玩伴结下了血仇。他虽心怀忏悔之意，但这一切都是神的安排他又有什么办法呢？

五年后，畏罪潜逃的禄和皋通像从天上掉下来一般，突然出现在瓯雒王和大巫师的面前。他不禁大吃一惊，他怀疑是不是当年收走他的羽人也同样把他们收走了。这些年来，他用巫法神术为瓯雒王收降了各路部落，已因功被封为国师，而他对姝媚公主的爱慕和追求也越来越热烈，但姝媚公主对他仍然是敬而远之，使他心中常感苦痛之情。他有时甚至想当着公主的面取下紧扣面部的傩神面具，向她表白自己的爱，获取她的芳心。每当这个时候，耳畔便响起羽人那苍老而严厉的告诫声，使他一直徘徊在神的面具与人的真情之间。正是在两重矛盾之间苦苦挣扎着的他，又不禁出手毒死了王后，嫁祸于禄，置禄于死地。想起禄的越狱而逃和皋通对他的冷笑和言辞敲打，他心里明白，必是皋通私下潜入死囚牢杀死守兵，把禄给放跑了。但他又没有抓着把柄，反而担心皋通已掌握了他暗下毒药毒死王后，转嫁禄的阴谋诡计，因此对皋通和禄也不敢穷追猛打。他就生活在这种神不神人不人的矛盾之中。神的神圣和虚伪，人的残忍与善性在他身上反复出现，他不知道自己到底是神还是人，也许他就是神和人的异类。

水盆的水面上，又出现了那个面目凶恶的傩面神，羽人苍老严厉的告诫声又在他耳畔响起：

“年轻人，别胡思乱想，坚守你神圣的职责吧！否则，会遭到神灵惩罚的！”

他狠了狠心，把水盆中的水泼洒在地上，他宁愿把自己的过去像盆中的水一样，一齐泼洒掉。

当皋通探知国师去为姝媚公主驱鬼邪治病反被公主一脚踹翻在地时，心中不由暗喜。他急忙上山，攀越石崖，采了一大把耶若茗花，悄悄托女侍送到姝媚公主床头。芬芳异常的花香令姝媚公主心旷神怡。她每天早晨醒来，都见一束新花摆放在床头。如此连续几天，她心情好极了，病也好了，便问女侍，花是何人所送？侍女说是雒帅皋通。“啊！”姝媚公主点了点头，心中不禁升起一股热烈的爱意，心想这个蛮力十足的粗野之人，竟也懂得怜香惜玉，不像那个面目可憎的国师竟敢乘人之危爬上床来侮辱她！不过，姝媚公主对皋通也仍存戒心，此人嗜杀成性，杀人如麻，恐非善类，哪一天遭他割了头颅自己还不知道是怎么死的呢！想到这里，姝媚公主有点不寒而栗。她闭上双眼，本想再静养一番，耳畔却又传来国师那娓娓动人使她心移神驰的歌声，她希望循着这迷人的歌声，跟随那个唱歌的人，走进美丽迷幻的神灵天堂。但当她蓦然回首时，却看见一个面目凶恶可怖的幽灵正羁着自己，她吓出了一身冷汗。床头的耶若茗花的香气沁人心脾，姝媚公主仿佛看见手捧鲜花的皋通正向她走来，当她伸手欲接鲜花时，那束鲜花竟突然变成了一把弯钩蛮刀，冰冷的刀刃触碰到了她的后颈，她恐惧地叫了起来，吓得两个女侍忙跑进闺房探问是怎么回事。

姝媚公主也像国师一样，徘徊在难以取舍的两个矛盾世界之中。“神啊！你为什么派这样两个人来折磨我啊！”姝媚公主无奈而又痛苦地哀叹着！

瓯雒王在他的王宫里召集雒越部落联盟的酋长们前来议事。三十多个部落的酋长在瓯雒王面前围成一圈席地而坐，他们面前的中间置放着一个巨大的木桶，桶中盛满果酢酒，酒桶中插着许多支芦苇软管。酋长们面前支着一个个木架，木架上挂着烤熟了的雉鸡、河鱼、鹿肉等食品。这是瓯雒王对旗下部落酋长们的赏赐。酋长们坐下后，便各自从大木桶中抽出一支芦苇软管，将管插入鼻孔中，吸饮着大木桶中的果酢酒，一边鼻饮，一边用手撕扯着烤熟的肉类，送到口中大嚼，鼻饮口食两不误。

瓯雒王坐在他的王位上，后面站立着他的爱女姝媚公主，左边站着国师，右边站着雒帅皋通。酋长们痛饮饱食一顿之后，抽出鼻孔中的芦苇软管，纷纷站了起来。瓯雒王便宣布议事开始。西瓯部落的君长“译吁宋”首先讲述了五岭的大石屏外一带发现了巨大的异动，不知是何族的军队欲侵犯岭南，请瓯雒王加派士兵前去防御，以免受其侵害。西瓯部落是瓯雒王旗下最大的一支部落，自从被瓯雒王收降后，其首领被瓯雒王封为“君长”，地位在各个部落酋长之上。君长的称呼为“译吁宋”，这既不是姓，也不是名，而是西瓯部落语中的一串数字——“一、二、三”。西瓯人无论在集体围猎还是在进行部落之间的战争时，其首领往往发出“一、二、三”的指令后便展开攻击，因此族中便把发出“一、二、三”号令的首领称呼为“译吁宋”。

“译吁宋”所管辖的地区与楚国相邻，族众多受楚文化的影响，其习俗比起岭南其他部落，显得开化。“译吁宋”头发梳成一个大椎髻，用麻绳束起，身上穿着一溜麻衣，脚着麻鞋，其衣着打扮比起其他断发文身、腰围兽皮的部落酋长们，很是有些鹤立鸡群之感。

“译吁宋”报告完大石屏下的异动情况后，苍梧族部落的君长也报告了一个不好的消息：听说一支中原的军队从九嶷山一带南下，已攻占了岭南东部的番禺。苍梧族部落的西北地盘与西瓯部落接界，东与岭东番禺的东越人相邻，而东越又与闽越相邻，今闽越、东越皆被中原军队攻占，苍梧部落首先感到了巨大的威胁。

苍梧族原本属于华夏族，其始祖首领苍舒本是黄帝之孙。苍梧的含义即为“青色的人”。这“青色的人”当然不是作皮肤青色之解，而是因为舜帝“以土德王，色尚青”，他们的部族都穿着青色衣服。苍梧族追随舜帝南巡，帝驾崩，族众便居留于苍梧之野，成为岭南的一个部族。苍梧族与西瓯族比邻而居，其文明程度相同，族众穿着青色的衣服，生活在江河两岸，善驾舟楫渔猎。部落被瓯雒王收服后其首领亦称君长。

瓯雒王听完西瓯君“译吁宋”和苍梧君的边报后，扭头问国师：

“国师，你看应该怎么办呢？”

国师想了想，说：“番禺虽与我们瓯雒同属岭南一地，但那里离我们还远得很呢。”他问苍梧君：“苍梧君，你到过番禺吗？”

苍梧君摇摇头，说：“未曾到过，不过听说我部族中有人曾驾独木舟到过那里，出大河口岸就是汪洋大海了。”

瓯雒王忙问：“汪洋大海是什么？”

苍梧君用手比画着夸张地说："就是很多很多的江河连在一起吧!"

瓯雒王把手一摆，说："追猎角鹿的时候，明明看见它就在对面的山头上，好像马上就可以追到手，但是跑上三天三夜还追不上呢，这叫望山撵鹿跑死人。番禺那边的事，还是先不要管它吧!"

国师说："对，番禺那边的事，我们先不要管它。西瓯君说的大石屏外的异动，既然大石门关闭着，连鸟也不能飞过来。即使中原的军队开进到大石屏下，他们也过不来，待他们粮草断了，自然便会退去。"

部落首领们都同意瓯雒王和国师的看法，他们又坐到地上，用鼻腔饮起大木桶中的果酢酒，撕扯烤肉大嚼起来。只有皋通力排众议，他说：

"不可！不可！我们应当居安思危。目下，中原军队已攻占岭东番禺，又兵临大石屏下，其意图已十分明确，他们以东西两路进军夹击岭南，其部众主力必集结在大石屏一带，以顺岭下攻之势，打我措手不及。我们必须积极应战，切不可消极懈怠。应记住，国虽大，好战必亡。我说的是中原大国。岭南虽安，忘战必危。"

瓯雒王见皋通说得也很有道理，忙问道："雒帅，那你说这仗该怎么打呢?"

皋通说："岭东番禺一带的敌军，离我们还比较远，且他们刚攻占那里，立足尚未稳，可以暂时不顾，目前应集中力量对付大石屏一带的敌军主力。待我们打败敌军主力后，再集结我瓯雒各部水军，顺大河而下，重新夺回岭东番禺。"

瓯雒王说："雒帅讲得虽然很有道理，可是，大石屏一带的敌军，受那天然屏障的阻隔，他们既无法过来打我们，我们也无法过去与他们交战，这不是隔山打羊吗?"

国师冷笑道："雒帅，你大概是嘴馋了吧？那酒桶边可有烤好的山羊肉啊，你不妨先去吃几串。"

皋通正色道："我老实告诉各位，那道大石屏虽然耸立天地之间以隔绝五岭内外，但是当年我和禄就曾经有神助翻越而过，后来又从那扇大石门过来回到岭南。”

“啊！”瓯雒王、国师、公主和各位酋长听了不禁大惊失色。

“我再告诉各位，”皋通言之凿凿，“那扇大石门有两把钥匙可以打开。一把掌握在大石门外某个人手中，一把掌握在我们岭南某个人的手中，两把钥匙同时插入大石门内外两个锁孔中，大石门便可全部打开，进出岭南便无可阻挡，但若只用一把钥匙，则无论由内还是从外，只可打开一条仅容一人通过的门缝。”

“啊！”瓯雒王和众人又大吃一惊，国师本能地摸了摸他那羽毛织成的衣服袖子。这个细节，竟被眼尖的皋通瞧见了。

皋通向瓯雒王说道：“大王呀，你真幸运啊，岭南掌握这把钥匙的人，就是我们这些人中的某一个。”

国师又本能地用手拢了拢他那羽毛袖子，这个不起眼的动作，自然又被皋通瞄上了，他心想自己这旁敲侧击还真起了作用。

瓯雒王坐在王座上发话了：“你们之中到底谁有这把钥匙，快拿出来让本王看一看。”

那些正在鼻饮的酋长们，一个个摇头摆手，都说自己没有。瓯雒王问皋通：

“雒帅，难道这把钥匙藏在你的身上吗？”

皋通连忙摇手道：“没有，没有，大王，我要有早就拿出来了。”他一边说一边故意地看着姝媚公主，说：“大王要是不信，就请公主来搜我的身好了。”

瓯雒王真的对公主说：“公主，你就去给我搜一搜雒帅，看他有没有钥匙？”

公主走到皋通面前，被皋通一双色迷迷的眼睛盯着，心中像藏了只小兔一般乱跳。她忙命皋通：

“请雒帅转过身去！”

皋通极不情愿地把身体转了过去，背对姝媚公主。公主在他身上搜了搜，没发现有钥匙。瓯雒王便对国师说道：

“国师，钥匙会在你身上吗？公主，你也把国师搜一搜吧！”

姝媚公主走到国师身边，很恶心他那副面目，也命国师转身背对着她，开始搜身。当姝媚公主双手摸索到国师两边肩膀腋下时，国师被摸得一阵痒痒，笑出声来，同时他禁不住双手从背后反抱住姝媚公主。公主连忙推开国师的双手，却不经意间在他的左手袖子里抓住了一样东西，姝媚公主顺手从国师的衣袖里把东西掏出来，果然是一把钥匙，她拿起钥匙对瓯雒王说：

“父王，钥匙真的在国师手上哩！”

国师急忙否认：“不、不、不，这是我家门上的钥匙！”

国师说着正要从姝媚公主手上夺过钥匙，皋通却一把抢了过来，拿在手里看了看，对国师道：

“没错，是这把钥匙。你看，钥匙当中有一道凹下去的槽，这是把阴匙。大石门外的人掌握的那把钥匙上，有一道突起的棱线，那是把阳钥。当这两把阴阳钥匙同时出现在大石门下时，岭南将发生天翻地覆的变化！国师呀国师，我做梦也没料到，这个宝贝竟然会在你的手上啊！”

瓯雒王听皋通如此说，在王座上再也坐不住了，他一下跳起来，奔到皋通面前，一把夺过钥匙：

“这个宝贝，归我了！”

皋通连忙说：“大王，这是国师的宝贝，你拿在手里没用的啊！”

正说着，那钥匙竟发出一串串火花来，烧得瓯雒王手心发痛。他赶忙把钥匙还给了国师，瓯雒王心有余悸地问道：

“国师，你这宝贝是从哪里得来的啊？”

国师把钥匙重新藏进衣袖里，说：“是羽神所赠。”

瓯雒王惊得半天合不拢嘴，问道："这么说来，是羽神派你来辅佐我的啊？"

国师骄傲地点着头："正是。谁要敢背叛我王，羽神就会咒死他，然后扒光他的皮，撕烂他的肉，敲碎他的骨！"

国师一番话，吓得那些正在鼻饮的酋长赶忙扔掉插在鼻孔中的芦苇软管，"扑通"一齐跪下，连连发誓：

"我们誓死效忠大王！"

瓯雒王开心地哈哈大笑起来。姝媚公主心中一阵惊喜，但她却不敢正视国师那凶恶的面目。皋通见国师得宠，心里很不是滋味，便向瓯雒王道：

"国师有此宝贝，是我岭南族众之福，现在就请国师用这把钥匙的神力，击退来犯的中原之兵吧！"

瓯雒王眨了眨眼睛，问皋通："雒帅此话怎讲？难道国师这把钥匙真可打退中原之兵？"

皋通说："我绝不戏言！那中原大军屯兵在大石屏下，正千方百计欲越过天险进犯我岭南，但他们却不得其门而入。如果旷日持久，他们找到了门外的另一把钥匙，打开了大石门的一侧，虽仅容一人通过，但他们可源源不绝地进入大石门内，中原士兵人多势众，武器精良，又久经战阵，我们恐怕难抵挡得住啊！"

"啊？雒帅，那你说该怎么办？"瓯雒王有点急了。

"这就得靠国师手中的宝贝了！"皋通轻松地把难题一把扔给了国师。

瓯雒王忙向国师问计："国师，你说该怎么办呢？快献退兵之策吧！"

"大王命雒帅指挥瓯雒全军，打仗退敌之事，怎么不问他呢？"国师把难题又扔给了皋通。

皋通说："打仗退敌之事当然归我管，可退敌的宝贝却在国师你的手里啊！"

"大敌当前，你们还在这里打嘴仗，太不像话了！"姝媚公主忍不住过来

趙佗
園澤
己亥歲末

指责皋通和国师。皋通和国师见公主不高兴了，连忙争着献宠，姝媚公主把国师拉到瓯雒王面前：

“请国师先讲！”

国师见公主给了他一个大面子，心里高兴得不得了，便对瓯雒王侃侃而谈他的灭敌之计：

“中原军队，不远万里而来，现被困于大石屏之外，欲进不得，欲退不能，若让他们在那里扎下根来，又被他们找到了那把钥匙，对我岭南将成心腹之患。”

姝媚公主打断国师：“快点讲怎么打败中原军队，别在这里拐弯抹角的！”

皋通也急国师：“对，快点讲，不然就让我来讲吧！”

国师赶忙说道：“用我这把钥匙，把大石门打开一条缝隙，让中原军队一个个像地龙蜂一样从大石门钻进来，门缝狭窄，他们一次只能过一个人，马匹粮草辎重和大批军械无法运进，待他们的人全部钻进来之后，我再把大石门给锁上，就像我们每次围猎一样，把猛兽引进大峡谷中，前后一围，再凶猛的野兽也会成我们的猎物！”

“好呀！妙呀！关门打虎，让中原军队有来无回。就照国师的办法打吧！”瓯雒王听了高兴得差点跳了起来。

“怎么打法，大王还得听我的！”皋通见国师得了宠，赶忙以雒帅的身份制订了具体的作战计划。“请国师和西瓯君先行，待把中原军队全部放进来后，西瓯君即指挥你的部落兵进行伏击，诱敌深入，国师把大石门重新锁上后，我再指挥瓯雒大军，将中原军队一网打尽！”

“好！”众酋长一个个摩拳擦掌响应。

一场惊天地泣鬼神的大战终于在岭南爆发了。

第三节 秦军惨败

被困在大石屏下的数十万秦军，数月来被瘴疠、毒虫猛兽袭扰，伤亡数万，粮草接济不上，被迫宰杀战马充饥，全军已处于崩溃的边缘。国尉屠睢急得暴跳如雷，副将赵佗终日愁眉不展。

这一天，充当开路先锋的赵始来报，发现那座大石门忽然开了一道仅容一人通过的缝隙，他已令所部数百人鱼贯通过，经过侦察，里边并无敌踪。屠睢、赵佗闻报，真是又惊又喜，急急赶往大石门去看个究竟。

到了大石门前，果然见一道尺余宽的大缝。赵佗好奇地从门缝中钻了进去，那些先入的秦军，正在大石门里边持械警戒着，他观察了一遍四周，也没有发现敌情。待了一会，他又钻了出来。赵佗与屠睢商量了一阵，决定全军一律轻装，每人只带数日干粮，从这道石门缝通过。

秦军数十万人，从大门的门缝源源不断通过。除留下少数老弱病残在大石屏下看守辎重器械外，全部进入了岭南地境。迎接他们的是阴森死寂的原始森林，毒蛇猛兽四处袭扰，在暗无天日的丛林中不辨东西南北，他们只得互相呼喊着照应前行。约莫走了一天一夜，忽听前面响起一阵震天呐喊："译吁宋！译吁宋！译吁宋！"随着呐喊声，头顶上忽然降下雨点般的檑木滚石，行进中的秦军措手不及一下便被砸死无数。屠睢、赵佗大惊失色。开路先锋赵始奋不顾身，呼喊着下令不顾一切冲击前进，瞬间赵始便被巨木砸死。

檑木滚石砸了一阵后，丛林中突然冒出许多土兵，他们喊着"译吁宋"的口号，持着长矛、蛮刀冲进秦军中，见人便刺便砍，砍倒一个，就割下首级挂在腰上。岭南部落征战，一律以获敌首级论功行赏。

残酷的战斗在丛林中进行着，秦腔蛮语呼喊混杂，刀枪撞击，刀飞血溅。混战中秦军以优势兵力，压倒了西瓯部落的攻势，杀死了西瓯君“译吁宋”。西瓯部落在溃败中又推举出新的“译吁宋”，统一指挥西瓯部落土兵，抗击秦军的进攻。秦军以优势兵力奋击西瓯部落的抵抗，将其再次击溃。这时，忽闻山谷密林中响起如潮的呼号声，雒帅皋通率领十万部落土兵掩杀过来。久经战阵的秦军，毫无惧色，呐喊着向前冲锋接敌。但是，山谷密林中，只闻呼号声和铜鼓的轰鸣声，却并不见土兵的身影。

杀敌心切的秦军，也不管敌人在何处，拼命朝前冲击，如潮水般冲进山谷中临河的一处平地时，不知从何处飞来飞蝗般的箭雨，射得秦军纷纷倒地。秦军前仆后继仍往前冲，箭雨不停地飞来，秦军死伤狼藉，倒在河谷平地上的尸体堆集如小山一般，鲜血染红了河水。

国尉屠睢见损兵折将，无法冲过河谷平地，暴跳如雷，他爬上一面大石壁观察敌情，寻找突破口。不料，这时一位部落女将骑着一头白鹿，飞驰到他身后，张弓搭箭射中屠睢。屠睢大叫一声，从石壁上栽倒下来，当即毙命。一群身着燕尾服饰的土兵飞快地冲上去，抢走了屠睢的遗体。秦兵蜂拥而上，欲抢回他们统帅屠睢的身体。土兵组成以七人为伍的狼兵阵与秦军厮杀，掩护着抬屠睢遗体的土兵。他们抬着屠睢的遗体，飞快地跑到河边，跳上几只竹筏，载上屠睢的遗体，顺流而下。追到河边的秦军，张弓搭箭，射击竹筏上的土兵。竹筏顺风顺水飞似的远去了。

赵佗闻报主帅被土兵射杀，且遗体被抢走，又怒又惊，急令全军反击，为屠睢报仇雪恨。秦军呐喊再次发起冲锋，土兵抵挡不住，且战且走，退入丛林之中。秦军紧追不舍，眼看即将追上，突然间数万秦军竟没了踪影。赵佗大惊，急令人前去察看。可是派出打探情况的人，一个也没有回来。不久，只见前面冒出一条横向数里的烟火，烟火中隐约传出凄厉的哭喊声。赵佗知道不妙，急令数千秦军前去救援。不料，急急赶去救援的数千秦军又没了踪影，只有几个焦头烂额的兵卒奔回来报告：前面乃是一条横向数里长的山沟深谷，深谷上被一片草木藤蔓遮挡着，外人根本无从发现。数万秦军只顾往前追击溃逃的土兵，眼看即将追上，却突然掉入深沟大谷之中。土兵在深谷中预先置放了大量的干柴枯草，秦军掉入之后，土兵便从前后左右点火，干柴枯草立即燃烧起来，霎时浓烟滚滚，掉入深沟中的秦军无处逃跑，全被浓烟烈火熏昏烧死，竟无一人逃生。

赵佗闻报，恨得咬牙切齿，只能眼睁睁地看着那一字排开的巨大浓烟带。此时鼻孔中也钻进了令人作呕的肢体焦煳味。

赵佗无奈，只得鸣金收兵，将残余的秦军撤进密林中休整。这时天色已经昏暗，惊魂未定又疲乏的秦军躲进密林中，正靠着树木欲睡。不料，他们宿营的树林中，却闪出许多鬼魅一般的影子，那些飘忽闪动的身影，数人一伙，用弯钩刀偷袭已昏昏欲睡的秦军，只听得“咔嚓、咔嚓”的割断颈脖的声音和人头滚落在地的响声。秦军大惊，林中漆黑，混乱中无法组织抵抗，只得各自在密林中狼奔豕突乱窜，正好给那一小股一小股分散偷袭的土兵，带来极好的割颈砍头的机会。待到天亮后，那些偷袭的土兵已不知去向，林地上只留下数以千计的缺头少脑的秦军残体。赵佗无计可施，只得爬上一块巨大的山石，向远眺望，观察敌情。只见山下的一条大江上，漂浮着一长串一长串的秦军首级，得胜的雒越人敲打着铜鼓，咿咿呀呀地唱着歌谣，划着竹筏顺江而去，前后衔接的竹筏子前不见头，后不见尾，足有十数里长。赵佗气得大叫一声，口吐鲜血，从那高耸的山石上掉了下来，被守护在山石下的秦军抢接住，幸而没有摔伤。

几仗下来，秦军损兵折帅，伏尸流血十数万，全军只剩下惊魂未定的数万残兵败将；且数十万大军急不可耐地从那大石门缝隙中钻入，每人只带了数日干粮，辎重粮草全放在大石门外，无法接济。赵佗忖度，已无力再与土兵交战，只得下令被打残的数万秦军退回到大石门下，进行补给休整再做打算。不料，当这数万残军急急奔回到那座大石门前时，突然发现，原来打开一条缝隙的大石门，竟然不知什么时候被紧紧地关上了。急欲逃出大石门求生心切的秦军，愤怒绝望地叫喊着，对着阴森的大石门拳打脚踢，但那大石门却岿然不动。踢打痛了手脚又累乏了身子的秦军兵卒，对着大石门撕心裂肺般地一齐哭喊起来，声震山野。

赵佗闻报，急忙赶到大石门前，见大石门紧闭如初，无法逾越通过，心中虽然惊惧，但只得强行镇静下来，下令兵卒们就地砍伐树木，筑起一座高高的严实的寨墙，沿着大石屏绵延数里，以防止土兵和猛兽的偷袭。

数万残军虽然依托寨墙的保护，暂时得以安定下来，但随身带的干粮不久便食尽，赵佗只得下令兵卒们出到寨墙外采集野果、射猎飞鸟野兽作为食物充饥。至此，秦军陷入弹尽粮绝的死地绝境。秦军虽然有寨墙防护，土兵也暂时停止了攻袭，但毒虫瘴疠却不断袭击秦军，军中每日都有死伤，不断减员。赵佗每日徘徊在大石门下，独自长吁短叹，他身为秦将，逐鹿中原，率领秦军攻城略地，打得六国军队溃不成军。不料，习惯于大平原上车乘骑战的秦军狼虎之师，刚进入岭南便陷于山谷密林之中，被土兵打得大败，被毒虫猛兽瘴疠击得溃不成军，如此下去，进退不得，深陷绝境，等待他们的只有全军覆灭于密林之中的命运了。

冷静深思，却无计可施，赵佗想起出兵之前那位监御史禄的一番良言忠告，不由愧悔心中，但为时已晚。赵佗每日只能苦闷地在大石门前踯躅，冥思苦索，心中暗暗地祈祷，希望奇迹发生：那紧闭的大石门突然门洞大开，监御史禄率领大队人马和丰足的粮草通过大石门来救援他。但奇迹却没有出现，他每日接到的只是部下军官们报来的兵卒伤病死亡减员的噩耗，他不由得对着那冷酷的大石门仰天长叹：

“天灭我也!”

朝阳照亮了象城四周的山头，在悠悠的犀角号声中，象城的城门打开了。第一头导引大象在驭手的驾驭下，从城门里慢慢地走了出来。瓯雒王乘坐的象王随后也慢慢地出城，紧随其后的是数百头大象组成的庞大队伍，鱼贯出城，伴着犀角号声的是热烈奔放的铜鼓声。

今天是瓯雒部落联盟盛大的节日——凯旋献牲节。

部落联盟中各部落的酋长及其族属部众数万人，来到祭雒母神的江岸边，各色旌旗飘舞，犀角号、铜鼓声和着葫芦笙响彻云霄。瓯雒王在象驾的搀扶下，下了象背，各酋长亦跟随下象，横列江岸边。

雒河的河面上，排列着数千只竹筏，竹筏上面，挂着一串串血肉模糊散发着血腥味的秦军首级。鼓乐声又猛奏一顿。一只巨型竹筏上，四名身材黑壮的土兵头目，抬着一只竹笼缓缓地走下竹筏。竹笼中装着秦军统帅国尉屠睢的尸身。皋通、姝媚公主和国师跟着那抬竹笼的四个土兵头目，向瓯雒王走来。等走到瓯雒王面前，四个抬着竹笼的土兵头目，放下了竹笼，随即将竹笼打开。这时上来了两个巫师，巫师手里各捧着一只陶罐，陶罐中盛满桄榔面。桄榔面乃是桄榔树心捣碎后的粉。桄榔树是岭南的一种高大的树木，树身有节，其心捣碎即为桄榔粉，部族部落称为桄榔面，祭牲时作降伏巨魔恶鬼之用。

两个巫师，手捧盛着桄榔面的陶罐，围着竹笼，一边念着咒语，一边以脚顿地绕着竹笼转了几圈，然后用水捣和桄榔面，将面浆子涂抹在国尉屠睢遗体的头脸和全身上下。涂完后，举起陶罐往地上砸得粉碎，这就算将魔头和众鬼降伏了。

接着是雒帅皋通向瓯雒王献兵符。兵符，是中原朝廷帝王君主任命将帅出征的凭证。秦始皇任命国尉屠睢统帅五十万秦军南平百越，颁赐给屠睢的是一枚金铸兵符。屠睢腰挂金兵符，调兵遣将，统领五十万大军南征。不料，刚进兵岭南，便被皋通指挥的土兵杀得大败，不仅身死军阵中，尸身还被土兵虏获而去。这枚金兵符作为最大的战利品也被皋通献给了瓯雒王，以视作全歼中原军队的最高象征。

瓯雒王接过皋通献上的金兵符，举在手上，向他旗下众多的酋长们示意，他不但掌控着岭南百越各族，而且已经遥控中原帝国了。瓯雒王心中兴奋不已，他把手一招，年轻美貌的新王后从他身后捧着一只雕刻着龙头的玉盘，走到皋通面前，赏赐给雒帅一块龙肉。所谓“龙肉”，即栖息在河中的一种凶猛的鳄鱼肉，这是瓯雒王对臣下的最高赏赐。瓯雒王又亲自将一只白犀角杯盛满酒送到皋通面前，皋通饮酒吃着“龙肉”，陶醉在胜利的喜悦和骄傲之中。

凯旋献牲仪式结束，犀角号、铜鼓、葫芦笙鼓乐大奏，部族部众们将一根根毛竹烧爆，鼓乐爆竹声震天撼地。河岸边、山坡上，燃起许多篝火堆，火堆上支起一个个支架，架上烧烤着熊、罴、虎、豹、呦鹿、飞鸟等名贵兽肉，又以岭南习俗各成九坛，分为七献，以七九六十三，取斗数之法，敬天神，祭地鬼。

敬献毕，部族男女们唱起歌谣，跳起翔鹭舞。十几名美女在姝媚公主示意下，半裸着身子，围着雒帅皋通，如痴如醉地旋转狂舞着。舞着舞着，美女们一拥而上，托起皋通，奔进一片丛林中去了。

月亮升上了中天，篝火已阑珊，只有那葫芦笙还在不知疲倦地吹奏着。狂舞之后的部族青年男女，大多已隐入丛林之中。姝媚公主略感倦意，牵着八头大象，在一个山坡脚下搭起一座象屋，钻进象屋中独自休憩去了。象屋是公主在野外的闺房，由八头或十二头忠诚的大象组成，象们高高地翘起鼻子，在上面搭成一座天棚，用庞大的身躯围成一个圆圈，护卫着中间歇息的女主人。

国师觉得百无聊赖，他感到自己今天受到了冷落，既享受不到吃“龙肉”、饮白犀角杯盛的酒，又没有得到瓯雒王的其他奖赏，胜战的崇高光环，全罩到皋通一个人的头上去了。如果没有他手中的这把钥匙把大石门打开一条缝，把虎狼之师的秦军放进来围猎，如何能取得这巨大的胜利？他感到愤愤不平。照今天皋通所获得的崇高荣誉看，姝媚公主本来是应该独自陪他狂舞一番，甚至拉他到丛林中过夜的，但姝媚公主却只赏了皋通十几个美女陪舞，她自己则独自到象屋里安歇去了。国师觉得，这其中似乎有某种暗示，他心中忖度，难道姝媚公主心中对他还有什么意思吗？

国师想到这里，便轻轻地踱到象屋前，朝里观看着。三十二条巨大的象腿围成一个柱子圈，象腿的缝隙中，隐约可见躺在象毯上的姝媚公主。国师侧耳细听，似乎听到几声含着幽怨的叹息声。国师朝象屋轻咳了几声，只见躺在象毯上的姝媚公主慢慢地坐了起来，一只手托着腮，在朝他观望。善歌的国师见了，立刻来了精神，他向象屋送去了优美而哀怨的歌声：

我望风望雨望日月，
望那金雀、斑鸠和大雁。
望见妹在象屋里，
隔头大象隔重天。

坐在象屋中的姝媚公主听了国师的歌声，便和他对起歌来：

笋未成竹枝节嫩，
哥莫成心捉弄人。
若有真心伸手来，
送你红豆寄深情。

国师听了心中一阵激动，忙把右手颤颤抖抖地伸了过去。一头大象用鼻子轻轻地卷起国师的手臂，慢慢地往姝媚公主面前送去。一粒圆溜溜的红豆子落在了国师的手掌心。国师手握红豆，他明白这是岭南部族青年男女定情的信物，激动地欲闯进象屋中，去和姝媚公主幽会。不料却被刚才那头传情的大象用鼻子一掀，掀得摔了个跟斗，身体被抛得老远。

象屋中再也没传出姝媚公主那情意缠绵的歌声，国师从象腿间看过去，姝媚公主已躺到象毯上睡去了。

再说秦军大将任嚣顺利攻占岭东的番禺后，便等待国尉屠睢的帅令，率军西上，配合秦军主力东西两路夹攻岭西一带的瓯雒部落联盟。但是，他左等右等，既接不到屠睢下达的命令，又等不到赵佗的任何消息，心里甚为着急。他本想率所部秦军沿大河而上，突破苍梧族在岭东和岭西之间的防御，进攻岭西的瓯雒部落联盟，但他虽然占据了番禺，而岭东一带的东越人仍四处出没，袭扰秦军。他在岭东立足未稳，如冒险西进，则不但番禺会得而复失，更要命的是他孤军西进，必陷于前后受夹击的绝境。任嚣是位稳重之人，思考再三，他决定暂不西进，而是派出手下几位精干的校尉，化装成岭西苍梧族人，又用重金收买了几位由岭西乘双身独木舟到番禺渔猎的苍梧族人，沿着大河一路西上深入雒越地区侦察敌情，打探屠睢、赵佗所部的情况。他们驾着双身独木舟，沿大河走了两个多月，顺利到达瓯雒王的象城。他们弃舟登岸时，正碰上瓯雒王举行盛大的献俘祭牲仪式。河岸边那数千只竹筏上串挂的无数秦军首级，吓得那几位化装成苍梧族的秦军校尉心惊胆寒。经过仔细打探，方知国尉屠睢已战死，连遗体和兵符都落入了瓯雒王之手。估计这一路的秦军主力已全军覆灭。他们不敢久留，便和那几个随他们前来的苍梧族人，登上双身独木舟，顺大河而下，急急赶回番禺，向主将任嚣报告去了。

任嚣接到报告，不由大惊，庆幸自己没有孤军西进。但他估计，屠睢虽死，而副将赵佗却没有消息，这路秦军是南征的主力，有三十万之众，即使主帅屠睢战死，兵卒伤亡过半，也不见得全军已覆灭，可能赵佗收拾残部仍困守在岭西某处。如此，则急需朝廷增兵救援，否则旷日持久，必遭彻底灭亡。到时，他孤军驻守岭东番禺一带，也是很危险的。

任嚣急刻书简数枚，再派那几名深入岭西侦察的军官，带着他亲书的简报，翻越五岭，赶回国都咸阳，向秦始皇急报军情，请求速派大军救援。

第五章　重返岭南

第一节　临危受命

国都咸阳。

日影西斜，在衙门中处理政务忙了一天的史禄，正待下班回家，忽见宫中的一名御侍官急急赶来，传达始皇帝的圣旨，命他即时进宫，始皇帝紧急召见!

史禄接旨心中不由暗惊，此时既不是早朝议事，始皇帝急召他进宫，必有大事发生。当今六国已灭，始皇销兵天下，中原已定，有事必是岭南。而国尉屠睢、副将赵佗率数十万秦军主力，由镡城逾五岭进兵岭南，一去年余竟无消息，恐怕凶多吉少。

史禄接旨不敢怠慢，急忙将他近来绘制的一幅平定岭南兵略要图带上，急急进宫去拜见始皇。

进得宫中，只见始皇帝暴躁地在踱步，史禄立即上前跪拜于地，听候始皇帝的圣谕。但是，史禄伏于地良久，仍不闻始皇帝的金口玉言，史禄感到问题非常严重了，他伏地不敢抬头。良久，只听见几片竹简朝他扔过来的声音。史禄跪地接看始皇朝他扔来的竹简。竹简乃是大将任嚣从遥远的番禺派人送来的奏报。虽然竹简上刻写的仅是寥寥数十字，但史禄已惊心动魄——国尉屠睢所率数十万秦军主力已伤亡殆尽，主帅屠睢战死，副将赵佗下落不明，急请陛下速派大军救援云云。

“史禄，快献平南良策!”

史禄终于听到圣谕了。他从地上慢慢地站了起来，把带来的地图张挂在壁上，向始皇帝奏报自己平定岭南之策：

“陛下，屠睢、赵佗之败，实在意料之中！”虽然始皇余怒未息，但史禄仍平静地说着。

“屠睢、赵佗，因何而败?”始皇帝含怒喝问。

“岭南山高林密，苔滑谷深，五岭险阻，军食辎重皆无法逾岭而过，我军孤立无援，给养不济。越人据险抗击，我军疲于奔命，遂陷于进亦不能，退亦不能之绝境。”史禄从容而答。

“如何突破五岭天险，进占岭南，平定百越?”始皇帝见史禄说得有理，怒气已渐消。

“陛下请看地图。”史禄指着地图说道。

始皇帝趋近观图。

史禄指着地图说：“当今从中原转运粮秣进入岭南，只有两条路可走，一条取道赣江，一条取道湘水。船只逆流而上抵达五岭，然后以人力肩挑过岭，才能进入岭南。这样运输，不但转运量过大，且费时过长，远远不能满足大规模的军事行动之需。因此，欲推进我军统一岭南的行动，势必要沟通五岭南北的水路，使北船直接逾岭而下，进入岭南，以保证我军的兵员和给养源源不绝得以供应。”

始皇帝点了点头，问道：“如何沟通五岭南北之水路?”

“赣江一路，不仅路途遥远，且赣江水急石多，漂石过船，不可以大船载粮下也，”史禄说，“兼之赣江上游与岭南的浈水上游之间，又隔着天险大庾岭，此岭山势峻峭，相距甚远，根本无法凿渠相通，运粮输送辎重兵员。”

“那么，只有湘水一途可用了?”始皇帝盯着地图问道。

“是的，陛下，”史禄指着地图继续说道，“湘水一路，不但路途较短，而且湘水上游和岭南的漓水上游相距很近。臣下曾亲自踏察过那里。两水上游之间相距不足三里，距离很近，水位之落差仅两丈左右。加以两水之间的分水岭仅系一土岭，其高度也就十余丈，宽度约百丈。因此，在此开山凿渠，引湘入漓，沟通南北水道，其自然条件最为优越。”

始皇帝听了，龙颜大悦，当即颁下圣旨：使监禄凿渠运粮。并任命史禄为监军，率大军十万增援岭南秦军。

史禄领了圣旨，对始皇奏道："陛下，臣不需十万人马，只要五万精兵。请陛下拨给臣两万名工匠和三万名年轻女子，兵民总数十万即可。"

始皇摇了摇头，说："目下蒙恬北筑长城以防胡人南侵，工匠和男女民夫都征调筑长城去了。"

史禄说："如果男工匠紧缺，请陛下将扣押于咸阳的曾经逃亡的罪犯以及穷苦人赘于女家的男子、做买卖的生意人拨给臣下。"

始皇点头："可以。"

史禄又请务必征调三万民女一同随军南下，战时以给士卒衣补，待平定岭南之后，作为军眷留在岭南一同屯守。始皇帝权衡一番，因北筑长城，男女丁口紧缺，只允征调一万五千名妇女随军南下。

史禄做好一番周密的准备，便惜别妻儿，率领十万军民南下了。出征的那天，那头常来就食的骆驼又出现在大门口，眼巴巴地望着史禄。史禄即命随从给它送上草料和饮水，但那骆驼却并不肯就食。史禄只得吩咐家人，他去后每日不忘给骆驼喂食，说罢便走。不料那骆驼竟挡住他的去路，史禄从左边走，骆驼从左边挡住，他从右边走，骆驼从右边挡住，横直不让他走。史禄拍着骆驼的头，说道：

"伙计，难道你也要跟我去岭南吗？"

那骆驼竟然颇通人性地点了点头，随后便跪伏于地，让史禄骑到它的背上去。史禄拍了拍骆驼那两只健壮的驼峰，随后便骑在驼峰之间。骆驼一下子站了起来，迈开欢快的步子，一路小跑，驮着史禄走了。

十万军民，浩浩荡荡，逶迤南下，烟尘滚滚，不绝于道。因秦军水师楼船已全部被国尉屠睢抽调南征，史禄只征集得千余艘民船南下。船上装载军粮辎重和一应铁木工具，除部分秦军随船守护外，其余兵卒将校和民夫妇女，皆徒步行进。

史禄骑着骆驼，走在行军队伍中，全军晓行夜宿。这一日已行进到荆湘地界，时已过午，史禄传令，就地宿营，补充给养。他早在去年屠睢、赵佗率军南下时，便已命人在此预先收购屯集大量荆艾，又购买了数百头耕牛和许多谷种。到达后，史禄便将艾草分发全军，无论兵卒或民夫，每人携带二十斤艾草。军需粮草官是秦人，不知这种带着芳香气味的草有何用处，便问史禄：

“史监军，这种草人可以吃吗？”

史禄说：“不能。”

“可以作草料喂马吗？”

“也不行。”

“那要来何用？如此岂不增加全军的负担？”

史禄抓起一小把艾草，对军需粮草官说：“此草名艾，人马虽不能食用，但却有神奇功效，你令兵卒和民夫立即将一小把艾草放入水中煮开片刻，泡脚，其效便知。”

军需官将信将疑，只得把艾草分发下去，令兵卒和民众煮水泡脚。数万军民，经过长途跋涉，许多人脚底早已磨出血泡，筋酸骨痛，苦不堪言，双脚浸泡艾草水中，顿感轻松舒服。第二天行军时，脚下便来了精神，到了晚上宿营，又如此炮制，几天下来，再也没有掉队减员的现象发生了。军需官前来问史禄：

“史监军，你这艾草为何功效如此神奇啊？”

史禄笑道：“地属阴，人长途跋涉，便会阴阳失调，久则易患足疾。艾草乃纯阳之物，艾草煮水泡脚，可收阴阳调和舒经活络之功效。”

“啊！”军需官敬佩地点头，“这么说来，监军你还精通医道啊！”

“略知一二。”史禄笑道。

军需官见史监军精通医道，便用手指着背上说：

“监军，我这背上经常酸胀发疼，这是什么病啊？”

史禄摸了摸军需官的背部，说："此乃寒湿久滞，经络不畅所致。我给你治一治吧。"

史禄撩开军需官的衣服，用一小束艾草点燃后，在他的背部熏灸起来。军需官舒适地闭上双目，感到背部一阵温热，那温热慢慢形成一股若有若无的暖流，传遍全身，舒服极了。末了，史禄对军需官说：

"此为艾灸之法，有保健祛病之功效。你明日选拔一百人来，我亲自教授此法，可保军中兵民祛病消灾。"

自此，艾灸之法在南征秦军兵卒民夫之中流传开来。沿途，史禄不断收购艾草。此时正值夏季，荆湘一带漫山遍野都是野艾青蒿，史禄又令兵卒民夫们趁休息时上山割取，长长的行军队伍中，竟一路飘逸着艾草青蒿清香味。

史禄不但密切关注着兵卒民众的健康，对那随军行进的数百头耕牛也十分关切。特命军需官委派专人照料。不准对牛鞭笞，不准让牛拉车驮运军辎，沿途放牧水草不得有误。

一天，史禄骑着骆驼，巡视行进中的牛群，发现一头母牛带着一只小牛犊，在艰难地走着，掉队已经很远。史禄跳下驼背，亲昵地抚摩着小牛犊。赶牛的一名兵卒向史禄报告，这是前几天母牛产下的牛崽，身体虚弱，看来难以远行，是否扔掉算了？

史禄急忙摆手，说："崽不离母，母不离崽。我们要想在岭南扎下根来，它们和我们都一样重要，在我的队伍中，谁也不能扔下谁呀！"

说罢，史禄抱起那只小牛犊，放到骆驼的两只驼峰之间驮着，让母牛跟着骆驼走，他则步行，小心地护卫着驼背上的小牛犊。又令随从用小米煮成粥，喂食母牛，让母牛增补营养，母奶充盈。小牛犊一天天健壮起来，跟在母牛身后，欢快地撒蹄奔跑着。史禄见了，十分欢喜。有那胆大的兵卒，见史监军为人随和，便取笑他道：

"监军，你是不是又收养了个儿子呀？"

这话让别人听了，或许心中不快甚至拳脚相加，但史禄听了却哈哈地笑着，指着那些牛群，说：

“这应该是我们将来的衣食父母！”

管理牛群的兵卒见史监军如此爱护耕牛，更加小心照料牛群。长途跋涉中没有兵卒民夫掉队，即便是这些慢悠悠走着的牛群，也没有一头病死跌伤的。

大队秦军兵卒民夫，走了几个月，离岭南越来越近了，但是，军中逃亡者也渐渐多了起来，特别是民夫逃跑的更多。这一天，黄昏宿营，史禄照例骑着他的骆驼，在宿营地巡视。只见民夫们三五成群地坐在地上泡脚，民夫们一边泡脚，有人一边说着什么事，显得情绪紧张恐惧。史禄跳下骆驼，过去问他们说什么。民夫们见史监军来了，一时都不敢作声了。史禄再问时，有一个做生意模样的人便指着其中一人说：

“监军，他胡说八道唬人！”

史禄便问对方：“他怎么唬人呀？”

“他说，我们到了岭南，全都会死掉，一个也别想活着回到北方。”

“为什么呢？”史禄和气地问那个被指“胡说八道唬人”的人。

“听说岭南到处都是厉鬼，吃人不吐骨头，又遍地是大蟒蛇，豺狼虎豹全都吃人，岭南的水北方人喝了都死绝，我们前边进去的几十万人，全都被吃掉了、毒死了。”那人小心翼翼地说着，生怕史监军拿他问罪。

“啊！”史禄点点头，不仅不责怪那人，还笑着说：“弟兄们，我就是岭南人，我从那里翻越五岭来到中原，不是活得好好的吗？我的祖辈们在岭南生活了多少年多少代，也不见被什么魔鬼虎豹豺蟒吃光啊！别听那些胡说八道的唬人话！”

史禄随即向民夫们说起岭南沃野千里，气候温和宜人，物产非常丰富，遍地绿野鲜花，四时有吃不完的鱼虾野果，山珍野味取之不竭，吃之不尽，比北方干燥寒冷的日子好过多了。民夫们听得津津有味，大家都端着浴盆，聚拢过来，一边泡脚，一边听史监军讲说岭南的故事。史禄正说着，忽听后面人声嘈杂，有打斗之声。有人急急跑来向史禄报告：

“史监军，不好了，打起来了，出人命了！”

史禄闻报急忙奔跑过去，见发生打斗的正是女营的宿营区。只听得人声嘈杂，喊打喊杀之声中有男有女，兵卒民女打成一团，不可开交。围观的兵卒民女一大片，助威的，哭叫的，咒骂的，混杂难分，人声鼎沸，宛如战场厮杀斗殴一般。

史禄挤进围观的人群，只见一个身着紫色衣裙的年轻女子，手中挥舞着一条紫木棒，正与数十持刀的兵卒决斗。那女子面对众多持刀的兵卒，毫无惧色，手中一条紫木棒出神入化地舞动，几名兵卒已被她撂倒在地。史禄见状，挥手大呼：

“住手！住手！都给我散开！”

兵卒们见史监军来了，吓得都倒提着刀散开。那年轻女子早已杀红了眼，并不听史禄的喝止，手中的紫木棒仍不停地追打着那些兵卒，瞬间，又有几名兵卒被她击倒在地。史禄大怒，冲上去大声呵斥那女子：

“本监军在此，你还敢违令打杀！”

不料，那女子不但不听，反而朝史禄当头一棒打来，史禄闪开让过，那女子又朝他一棒横扫过来。史禄再次闪开，急抽出腰中宝剑。女子又一棒劈头打来，史禄挥剑一挡，“当”的一声紫木棒被震飞半空，那女子全无畏惧，赤手空拳直奔史禄而来。史禄把手中宝剑扔下，那宝剑“嗖”的一声斜插在地上，颤悠悠地摇晃着。眨眼间女子一拳朝史禄心口击来，史禄侧身闪过，跟着一个扫堂腿，女子扑地而倒。史禄刚站稳脚步，却不料那女子迅疾爬起，猛地扑向史禄，发狠地撕扯着他的衣服，用手抓，用牙咬，在史禄身上抓咬出一道道血痕。史禄只是定定地站立着，任那女子抓咬撕扯。史禄的随从欲冲上来用刀砍那女子，史禄手一摆喝退了随从。

这时人群中议论纷纷：“这女子也忒胆大，敢打史监军！”“要治她的死罪!”“她活不成了!”“这日子没法过，反正是死，我也想死!”“我们都不活了，全杀了我们吧!”一片女声怒吼着。

这时，从女营中走出几名年纪稍长的妇女，过来拉开那仍在狠命抓咬史禄的年轻女子。那年轻女子刚被拉开，却又突然转身用头朝史禄猛撞过去。史禄猝不及防，打了个踉跄，差点被撞倒在地。那年轻女子“哇”的一声号啕大哭起来，哭声令人撕心裂肺。

史禄见状，挥退那些持刀的兵卒，令他们立即回营，听候处置。兵卒们扶起刚才被打得鼻青脸肿、腿伤手折的同伴，走回军营去了。

史禄这才问那些妇女，刚才因何事发生打斗?妇女们见史监军为人随和，刚才被抓咬得遍体鳞伤仍不还手，深为感动，便七嘴八舌地诉说了起来。

原来此次事件的直接起因，乃是兵卒们经常三人一伙，十人一帮在每天宿营后便以“衣补”为名，擅自闯入女营，调戏侮辱妇女。开始，妇女们还忍气吞声，甚至有的妇女被辱后上吊自杀也不愿声张。但是，兵卒们不但不收敛，反而越来越胆大妄为，有恃无恐地闯进女营随便强拉妇女出去“衣补”。妇女们实在气不过，便群起反抗，与兵卒们打斗起来，以命相搏。史禄听了，深为自己在管理上的失职而愧疚，他向声泪俱下控诉兵卒的妇女们连连鞠躬自责：

“罪过在我!罪过在我!”

妇女们见史监军反躬自责，颇为感动，便一齐向他倒起苦水来：

“我们女人命苦啊!每天身背肩扛着几十斤的粮草，和男夫兵卒们一样走着，累死了的姐妹也无人过问，丢在路边连埋骨的地方也没有!”

“走了一整天，到了宿营地，连气都还没来得及喘一口，那些兵猪便成群结队地前来糟蹋我们。我们连那些牲口都不如呀!我们不愿活了!”

说着女人们便从怀中掏出剪刀，朝自己的心口上扎去。史禄忙上前去制止，有几个女子竟倒在血泊之中了，一片哭声凄惨逼人。

史禄问那刚撕咬他的年轻女子：“你叫什么名字?”

几个年纪大一点的妇女刚刚劝停了那年轻女子的哭喊，但她仍抽泣不止，停了好一会，才回答史禄。

“紫云英。”

“我任命你为女营的行军总管，总理女营的一切事务！”史禄对那女子说。

紫云英见史监军不但不追究刚才她的犯上之罪，反而委以重任，便停止了抽泣声，点了点头，算是接受了委任。

史禄说：“我派给你们女营两百匹马，将女营所有妇女背负的粮草全部驮在马上，妇女们一律轻装行进。”

紫云英又点了点头。

“云英，我看你武艺高强，你即从女营中选拔一百名年轻身体壮实的女子，组成一支女营执法护卫队，我给你们发放武器装备，你负责教她们学习防身自卫武艺。今后，凡有擅自闯入女营为非作歹者，无论他是谁，立即给我拿下，格杀勿论，无须向我禀报!”史禄说。

“史监军，你是我们的再生父母呀!”

紫云英和妇女们向史禄一齐跪下，感谢他的恩德。史禄又吩咐，那几个年纪稍长的妇女，负起女营医药保健之责，他亲自给她们教授一些妇女防病治病的专门知识。史禄回到住处后，下了一道严厉的命令，传檄各营：今后但凡有擅自闯入女营调戏侮辱妇女者，格杀勿论!

第二节 受阻大石门

五岭脚下，山势陡耸，湘水到此，已无法行船。乘船运输粮草军辎的秦军，只得把船停住，等候史监军的大队人马随后赶来。这一千多艘民船与前年由国尉屠睢和赵佗率领的楼船战舰，停泊在湘江之中。这些昔日气派雄伟的庞大战舰，在江中久泊，日晒雨淋，缺乏修缮保养，已显得斑驳陈旧，看守船只的千余秦军，久困江岸，志气消沉。因主帅所率数十万秦军主力，进入岭南后便如泥牛入海无消息，他们困守五岭脚下的湘江边，每日只与楼船为伴，深感前途渺茫。但无主帅将令，他们不知进退，便只得在江中捕鱼捞虾为生，几乎沦为江上的渔民了。这一日，忽见大队船只逆江而上，看见船上旗帜，来的竟是自己的军旅战友，他们一时欢呼雀跃，忙着迎接援军的到来。

约莫半月之后，率领大队人马的史监军也到了，湘江两岸，人欢马叫，原来死气沉沉的江岸，立刻热闹非凡。史禄下令，各营营官，就在湘江岸边，依山傍水，安营扎寨，埋锅造饭，饭后早早歇息。

史禄骑在骆驼背上，逐一巡视营区。他来到女营，见紫云英正指挥女营的妇女们搭建营帐。经过大半年的长途行军，这些妇女已锻炼成一支正规军旅了。紫云英见史监军来了，忙跑过来说道：

“史监军，我们这下总算到达目的地了吧，我们女营一个也没有掉队呢！”

史禄见紫云英英气勃勃，黑里透红的脸蛋更显青春美丽，他高兴地说道：

“云英，你真能干，已经像一个女将军了!”史禄夸奖云英后，又指着不远处黑黪黪的大山说：“我们已走到五岭脚下，还要翻越那些大山，才算进入岭南呢!”

云英看着那些峰连云岚的大山，信心满满地说：

“史监军，我们女营每个人都练就有一双铁脚板，又有两只铁肩膀，我们不怕高山峻岭，我们跟着你，一定能翻过去!”

史禄嘱咐云英，让女营的妇女们，早点吃饭，早点歇息，养足精神，明日准备登岭爬山。史禄巡营视察过后，又到楼船上去看望那些在此留守年余的秦军，除了慰问嘉勉他们一番外，便是打听已进入岭南的大部队的情况。但是，并没有了解到多少情况。那些留守楼船的秦兵，只是说国尉屠睢和副将赵佗率领的数十万人马一走，便像石沉江底，连个泡泡也不见泛起。他们也曾循大部队行进的路径前去探听，到达岭顶时，见过一些老弱病残兵卒，被困在一座大石屏下，石屏下有一座紧闭的大石门。据老弱兵卒说，那大石门曾开启过一道仅容一人通过的大缝，国尉屠睢和副将赵佗，带着军队从那道门缝钻入之后，门缝不知何时又紧闭上了，便隔绝了大石门内外的一切消息。大石屏下留守的千余兵卒也和他们一样，度日如年，不知何往。

史禄沉思了一阵，见楼船上挂着许多鱼干，船舱里养着一条条肥大的江鲤，不由嘴馋起来。七年前，他逃出岭南，相离子老师送他到江边划船北行，在船上曾吃过许多肥美味鲜的湘江鲤鱼，到达北方之后，便再也见不到湘江的江鲤了。他吩咐船兵，给他煮一餐江鲤解馋。船兵们见史监军如此随和亲近，便高兴地忙碌起来，为史禄煮了一锅新鲜的江鲤，又取来他们用米粮烧制的一种米酒，款待史禄。

史禄吃喝完毕，心情非常舒畅。他离开楼船，上了江岸，只见新月朦胧，抬头远望，若有若无的五岭险峰似乎与那新月的弯钩相连。他不由想起了自己患难与共的兄弟皋通。皋通在干什么呢？一定还在有滋有味地当

紫雲英圖
己亥歲末

着瓯雒王恩宠有加的雒帅吧。因为史禄从秦军主力数十万人刚入岭南即遭惨败、主帅屠睢阵亡这个事件来看，如果没有皋通的长期训练和临阵指挥，酋长土兵那些乌合之众，他们自己在部落之间争斗还可以，如要对付横扫中原各国的秦军劲旅，简直是螳臂当车，以卵击石，不堪一击。

想到这里，史禄感到不寒而栗。他这次率领十万兵民南征，碰到的对手非皋通莫属了，想到当年同出师门的兄弟，如今竟会在战场上兵戎相见，无论谁胜谁负，都是一件令人心痛莫及的事情。他想起老师相离子说的岭南将是一盘大棋局的言教，想起孙膑与庞涓的悲惨对决，心里久久不能平静。史禄没有办法克服这种心理障碍，他要去请教自己的恩师相离子，请他为自己解惑指点迷津。

第二天一早，史禄传下命令，抽调一万名精兵，三千民夫和两千女营妇女，携带粮草和军械，跟随他登上五岭山脉，其余兵将和民夫、妇女则暂时留在湘江边休整待命；同时派人寻找前年奉命在五岭一带开炉打制工具的一些工匠。

史禄率领一万五千人的军民，沿着秦军前年开伐的山道前进。山道越来越险峻崎岖，已不能乘马山行。史禄只得从那头骆驼上跳了下来，让骆驼改驮一些军械物资，由随从牵着走。

紫云英牵着她的那匹白马，迈着矫健的步子登山，她头上挽着一个歪髻，黑红的脸蛋上沁出细细的汗珠，更显英姿风采。她走到史禄面前，笑着问道：

“史监军，今天我们要翻过五岭吗?”

史禄回头看着紫云英头上的歪髻，也笑着说：

“除非你有翅膀！哎，云英，你这发髻，我怎么看你都像我们岭南的女子啊!”

“嘻嘻，”紫云英发出一阵阵清脆的笑声，说，“听我妈妈说，我们的祖先，原先也生活在南方，人们称他们为荆蛮，后来因战乱流落到秦地，变成了秦人。小时候，妈妈就曾为我梳这种蛮髻，长大了才改梳成中原人的发髻。”

“啊，这么说来，云英，我们都有一个共同的祖先呢！”史禄说。

“史监军，你的祖先也是荆蛮?”云英好奇地问道。

“湘楚与吴越，都是禹帝的后裔。后来也因战乱，我的祖先流落岭南，成了南蛮。我从岭南来到中原，这次又要回到岭南，看来啊，我这头发也要梳回成蛮髻了。”

“好啊，湘姐就会梳这种蛮髻，我这蛮髻就是湘姐帮我梳的，史监军，你说好看吗?”云英把头伸过来，让史禄瞧。

“好看，好看。湘姐是谁呀?”史禄问。

“我们在荆湘的山岭上割艾草，有一天，碰上一头恶虎扑向一个正在割草的妇女，我带着女营的几个人冲上去，把老虎打跑了，救下了这个妇女，她就是湘姐，本地一个农妇。”云英说。

“啊，你们女营的人真勇敢！”史禄不由夸奖起来。

“那一带的老虎很多，经常成群结队青天白日到处伤人。湘姐的丈夫和儿子都被老虎咬死了，她孤身一人，无依无靠，就加入我们女营，一同随军南下了。”云英说。

史禄沉思了一会，说：“是呀，我也曾被老虎抓咬过呢！”

云英听了突然生气起来，再也不理史禄了。史禄感到好生奇怪，便问道：

“云英，你怎么不说话了?”

云英噘着嘴，愤愤地说：“你骂人！”

“我怎么骂你啦?”史禄笑着问。

“你还笑呢！你骂我是老虎！”

“我怎么骂你是老虎呢？没有过的事啊！”史禄还是笑着问。

“我不是抓咬过你吗？还想抵赖！”云英仍在生气。

“哈哈！”史禄这下大笑起来，“那算什么啊，我第一次过五岭的时候，曾遇一头巨大的猛虎直朝我扑来，把我扑倒在地，锋利的虎爪把我抓得遍体鳞伤，要不是我的兄弟皋通及时出手相救，射杀了那头猛虎，我可能就命丧虎口了！”

“嗯，史监军，你的这位打虎英雄兄弟呢？”云英不生气了，很感兴趣地问道。

“还在岭南，他很幸运，已荣升土兵统帅了。我们这次到岭南，恐怕要和他打仗了呢！”史禄有些忧虑地说。

“患难兄弟相见，为什么要打仗呢？有话不可以好好说吗？”云英不解地问。

“这事说来话长，以后你会慢慢懂得的。”史禄不愿再说他和皋通的事了。

云英见史监军不说话了，忙笑嘻嘻地问道：

“史监军，我问你一件事好吗？”

“什么事？你问吧！”

“我那次死命地抓你咬你，你为什么不还手呢？你要还手，我就死定了！再说我也是犯上之罪呀，你为什么不治我的罪呢？”

“哈哈哈！”史禄仰头大笑起来，“我为什么要还手呢？让美女抓咬一番，也是一种享受呀！”

“你坏！你坏！我不跟你说了！”云英又生气了。

史禄却变得严肃起来，像是对云英又像是对自己说：

“人之受辱也，愤而极之，必致发泄，怒气乃伸。宠辱不惊，又谈何容易。云英，如果当时我处在你的地位，手中宝剑也会杀死那些强拉民女的兵痞坏蛋！”

史禄拍着腰上的宝剑，想起当时情景，怒气难平。云英虽不太懂史禄之言，但对他却肃然起敬。

史禄却低着头，喃喃自语起来："且乎怒者逆德也，兵者凶器也，争者末节也。人君一怒必伏尸流血，故圣王重行之。禄啊禄啊，谨记谨守，好自为之！"

云英听不懂史监军在独自念叨什么。这时，只见一位中年女子，身背粮草，迈着坚实的步子走了过来，云英忙招手呼喊：

"湘姐，你过来，过来！"

身背粮草的中年女子，走到云英面前，抹一把额上的汗，问道：

"什么事呀？云英。"

"湘姐，史监军想梳蛮髻头，你来帮他梳一下吧！"云英指着史禄说。

湘姐看了一眼史监军，有点害怕，说："我，我不敢！"

史禄朝湘姐和善地笑道："你就是云英所说的湘姐啊？不要害怕，放下粮草，休息一会儿吧！"

湘姐放下背着的粮草，小心翼翼地愣站着，有点不知所措。史禄说：

"湘姐，我是岭南人，我们快进岭南了，我想请你帮个忙，帮我梳个蛮髻头啊！"

"史监军，我，我怕梳不好，给人笑话你。"湘姐推辞着。

史禄指着云英的头发说："你给云英梳的歪髻不是梳得很好的吗，我们岭南部族的习俗，男梳椎髻，女梳歪髻，你就给我梳个椎髻好了！"

云英鼓励湘姐说："湘姐，你快给史监军梳吧，梳好我们好赶路。"

湘姐从衣袖中取出一把木梳，走到史监军跟前，解散他头上的秦髻，轻快地梳理着，将一撮头发从顶中竖起，挽束于头顶，其形如椎，余发披散于脑后，一个男式椎髻就梳成了。

史禄问云英："好看吗？"

云英拍着手夸赞起来："好看，真好看，湘姐的手艺真好啊！史监军，你这下变成个部落大长老啦！"

"部落大长老？"史禄点了点头，说，"这话我爱听。"

史禄率领兵卒民夫，在崎岖的山道上行走。这天早晨，正走着，忽见山野间升起一条条雾状的黄烟柱，烟柱腾空而起，随即变成蘑菇形和斗笠形的雾团砸下来，这是“瘴母”来了。秦军兵卒和民夫们早已听过史监军如何避瘴之法，一个个并不惊慌，只是伏地双手掩住耳鼻。“瘴母”过后，爬起来又向前走。但仍有躲避不及而“中瘴邪”者。史禄此前已培训过若干军民医瘴师，他令医瘴师们及时给予“中瘴”者抢救。史禄取出一支艾条点燃，对他们示范操作，一边做，一边教说：

“凡中瘴邪之人，上脘郁闷虚热，下体凝冷，上吐下泻不止，用药最难。宜温中固下，升降阴阳。用艾灸中脘、气海、三里之穴，或灸大指及第五指，皆能止热而散瘴毒。”

对中“哑瘴”失语者，抢救须及时。“哑瘴”俗称“中草子”，移时血凝即死。史禄从发髻上取下一枚磨制精细的骨针，一边给一名中了“哑瘴”的兵卒施治，一边向医瘴师们示范。他用骨针在病者的头颈和上唇各刺了几针，再以预先采摘下来的楮树叶擦病者之舌令其出血排毒。那个刚刚中了“哑瘴”的兵卒立即康复，背上粮草又上路了。

由于史禄防瘴治瘴的措施和方法得力，秦军兵卒和民夫，伤亡和残疾者极少，很快，便到了五岭险峰的大石屏下。

大石屏下，横七竖八地坐卧着那些先期到达被困的秦兵。他们在此欲进不能，欲退无路，加上疫病的袭击，他们本来又是一些老弱伤残者，每日都有人死去，活下来的也奄奄一息，无力地斜靠在石头上，等待着死神把他们收走。大石屏周围，尽是一堆堆掩埋死者的坟堆，其状惨不忍睹。

史禄下令，兵卒民夫们就地选择有利地形设营，并派人收治那些残兵病卒。安顿下来后，史禄便沿着大石屏一路走去。这里的一切，无论是那阴森可怖的大石屏，还是这蔽日遮天的莽莽丛林，史禄感到既陌生又熟悉。他与这大石屏和大森林，一次又一次结下生死之缘，他每次来到这里，或进或出，无不是一次生命攸关的挑战。过去的事不说了，单就这一次，如果他和他率领的十万秦军兵卒民夫，无法逾越这道五岭天障，他便将无以向秦始皇交差，到时只得被困死在这里。

史禄思绪万千，沿着大石屏走着，走着，不觉便来到了那座大石门前。大石门紧闭着，像一个威猛的挡道巨人，无言地藐视着他。大石门附近，站着几个瘦弱的秦兵，他们日夜在此轮流看着，但是大石门还是紧紧地关闭着，隔绝了那些进入大石门内数十万秦军的任何音讯，令人绝望。

史禄想起了他的老师相离子，想起了老师挂在腰上的那把能打开大石门一道大缝的神奇钥匙，如能找到恩师，他便有希望带着这十万兵卒民夫进入岭南，否则，他只有老死在大石门前，碌碌无为而了此一生。

第三节　寻找恩师

史禄决定去寻找他的老师相离子。为了不暴露老师的隐秘，他不带任何人前去，孤身一人，背着他那把宝剑，独自在密林中行走。相离子是个行踪飘忽不定的游侠，骑着他那头大象，长年累月在大山中漫游，踏着草露山石，迎着秋月春风，不知人间岁月。要在这五岭大山中找到他又谈何容易！好在相离子当年授徒史禄和皋通时，他们曾一同住在一座草庐里。史禄决定先去那座草庐，寻找相离子。

风餐露宿，史禄走了好几天，终于找到了当年那座草庐，但令他非常失望的是，草庐早已破败不堪，相离子已人去庐空，不知云游何处。史禄走进草庐中，地上已长出一人多高的野草荆茅，他当年和皋通同在草庐中诵读“道可道，非常道”的书案，已腐朽破败。他走出草庐外，看到那块他曾和皋通练武习艺的平地上，一样的野草丛生，杳无人迹。满怀重见恩师的热切希望，一时化作了绝望的悲楚。

史禄决定在残破的草庐中住上几天，等待着奇迹的出现。或许明天、后天、某一个早晨，相离子老师会奇迹般地骑着他的大象，吟唱着苍凉的歌，出现在他面前。

几只蜜蜂，在草丛野花中出没采集花粉，飞来飞去。史禄感到肚子很饿了，几天来，他每日急急赶路，饿了，摘一把野果充饥，渴了，掬几捧山泉解渴，今天急着赶路，他还来不及找食物。现在看见那些采花粉的蜜蜂，不由勾起了多年前他和妹妹到山野上取蜂蜜给母亲吃的往事。可是，母亲和妹妹早已被大巫师害死了，这可恶的巫师，这次如能回到岭南，一定要找他报仇。

史禄饿得肚子咕咕直叫，曾经的野外找食经验提醒他，跟着这几只蜜蜂，一定可以找到吃的。史禄细心地观察了一阵，见几只蜜蜂飞走了，又飞来了几只。史禄判断，蜜蜂的蜂巢离这里不会太远。他决定跟踪去寻找蜂巢，掏几把蜂蜜解饥。

史禄轻手轻脚地跟着往回飞的蜜蜂，一片小树林挡住了他的视线，飞舞的蜜蜂突然不见了。史禄爬上一座小山坡，只见蜜蜂们又出现了，他跟踪了一阵，忽然听到一阵阵密集的嗡嗡声，他循声走去。只见在一棵古老的大枫树下，一只香麂正埋头在大树洞中，周围飞满了乱糟糟的蜂群，蜂们正围着那只香麂展开密集攻击，香麂却毫不在乎地摇摆着尾巴，击打驱赶攻击它的蜂群。史禄看清楚了，这只香麂正在毫无顾忌地偷食着树洞中的蜂蜜。

史禄悄悄地摸了上去，那只顾埋头抢食蜂蜜的香麂全然不觉螳螂捕食黄雀在后的危险。史禄一个猛扑上去，一下便将香麂紧紧按住，香麂“哎”地闷叫了一声，从树洞里抽出头来，史禄已将剑锋刺入它的胸口，一股鲜血立刻喷涌出来。史禄用嘴接住麂血，大口大口地饮食着。俗话说，北人喜饮鹿血，南人爱喝麂血。史禄一直狂饮不断，直到把那只香麂的血饮尽，他这才把猎物扛在肩上，走回破败的草庐中。

回到草庐中，史禄放下猎物，用剑斩平地上的杂草，到草庐外拾捡了一大捆干柴，取下挂在腰上的那块火石，用剑柄撞击着，撞出一串串火花，点燃了地上的柴草。他用剑熟练地剥下麂皮，割出一块块麂肉，支起一个木架，将麂肉挂在木架上烧烤，一会儿，便散发出一阵阵肉香味，他津津有味地吃了起来。一边吃，一边想起了从前的狩猎生活，又想起第一次和皋通逃出岭南时，在大森林中迷路，射猎雉鸡，斩杀蟒蛇，剥皮吃肉的野人般的生活，想到这里，史禄不由一阵心酸，泪水凄然而下，他痛苦地呼喊了起来：

"禄啊禄啊，这么多年了，你九死一生逃出岭南，做了秦朝的高官，如今率领十万人马进兵岭南，怎么竟落得又回到了过去那茹毛饮血的日子中去了呢?"

史禄扔掉了手中的肉块，奔出草庐外，四周一片漆黑，狭小的天空，不见星月，他大声呼喊着：

"老师，老师，你在哪里呀?"

山谷中回应他的是一阵阵猛兽的嘶吼。史禄失望地回到草庐中，往火堆上添加了木柴，然后便席地而卧，头枕着他的宝剑，在他斩伐过的茅草片上睡去了。

史禄一觉醒来，天已放亮，缥缈的晨雾缠绕着破败的草庐，有如迷离仙境。他朝外看去，似乎有一头大象在外边静静地站立着。史禄以为是在梦中，真的，他昨夜真的梦见相离子老师骑着他的大象回来了。史禄一个鲤鱼打挺从地上跳了起来，奔出草庐，果见相离子老师的那头大象正在外边静静地站着，却并不见须发飘飘的相离子老师。

史禄跑上前去，情不自禁地抱起大象的长鼻，一边亲着吻着，急切地问着：

"老师呢，老师呢，老师在哪?"

大象的眼中，流出一串泪水，霎时泪流满面。史禄预感不祥，急忙奔回草庐中，取走他的宝剑，回来拍着象鼻：

"快带我去寻找老师!"

大象用鼻子把史禄卷起，放到背上，朝前急急走去。走着走着，史禄发现，已经走到了湘江源头，湍急的江水，从一大片树林中奔涌而出，滔滔流去。江岸边的一个向阳高坡上，耸立着一座高高的土堆。大象把史禄驮到那座高高的土堆前，将史禄从背上放下，便一头跪倒在大土堆前，用长鼻子磕了三个头，眼里又流出了泪水。

史禄看去，高高耸立的土堆上，青草凄凄，土堆的四周，留下密密匝匝的小土槽，这是大象用鼻子拱出来的——大象已将去世的相离子老师埋葬在大土堆中了。

史禄扑向那大土堆上，“哇”的一声大哭起来：

“老师，老师，我来晚了！再也见不到你了！”

史禄趴在相离子的坟上痛哭流涕，哭过之后，便在周围采集野花松枝，扎成一个大大的花环，覆盖在相离子的墓上，又在墓前叩拜一番。他爬起来时，只见大象正在用鼻子在墓地的右前方撬拱着。史禄不知大象在干什么，只是好奇地观看着。

大象用鼻子撬拱着，慢慢撬拱出一个深坑，史禄看去，只见深坑中埋着一只尺余长的竹筒。大象用鼻子把竹筒卷起，送到史禄面前。

史禄双手接过竹筒，发现这是一只劳竹筒。劳竹是岭南特有的一种竹子，皮薄而空，最大者也径不逾二寸，皮上粗涩，坚硬无比，挫坚甲，胜于铁。若钝，以浆水洗之，还复快利。埋于地下，数十年而不腐，久之便自行发出根须，出笋变竹。

史禄抹去竹筒上的泥土，见上面刻写着四个字“天人合一”。他摇了摇竹筒，筒中发出“咚咚”的闷响声。史禄把劳竹筒口的泥土抠掉，往下一倒，一把钥匙从竹筒中跳了出来。

“啊！这是老师从不离身的那把钥匙呀！”

史禄拾起钥匙，心里一亮，捧着钥匙，又朝墓前跪拜，一边拜，一边说：

“老师，你长眠在湘江源头，你是在教诲我，要饮水思源呀！我喝过漓江的水，也喝过湘江的水，是漓江、湘江和你，把我带出蛮荒，走进中原的文明。如今，我又回来了。老师，我永不忘你的恩情，就像不忘漓江和湘江这两条母亲河一样！”

说罢，他挥起宝剑，将旁边一块大石劈开，平整成一块墓碑，用剑锋刃刻出一行字：“恩师相离子之墓”，左下侧落“弟子禄、皋通敬立”。

军情急迫，史禄不敢在此久留，为恩师立了墓碑后，他用剑削了一支木塞，将钥匙重新装进劳竹筒中，用木塞紧紧塞住，把劳竹筒绑在腰上，爬上了象背。大象驮着史禄，沿着相离子的墓，缓缓地绕了一圈，然后才恋恋不舍地离去。

回到大石门下，那些已等得焦急的兵卒和民夫们，立刻围了上来。史禄跳下象背，那只骆驼见了立刻跑了过来，和大象亲热，它们似乎是一对久别重逢的好朋友一般。云英见了，感到好生奇怪，忙问史禄：

“史监军，你从哪里寻了一头大象来呀？”

史禄笑着说：“这是我老师的坐骑。”

云英问：“老师？他在哪里呀？”

史禄有些凄然地拍拍挂在腰上的那只劳竹筒说：

“我的老师已经在这里了！”

云英摇摇头说：“史监军，你说什么呀？我听不懂。”

史禄说：“以后你会懂的，你现在去给我把军需官找来，好吗？”

云英指着前边围着的一群兵卒民夫说：“军需官正在那里梳头呢！”

“梳头？”史禄忙走过去，那些正在围观的兵卒民夫们，见史监军来了，赶忙散开来。果然军需官正坐在一块石头上，湘姐正给军需官把头发由秦髻改梳成蛮髻。

军需官站了起来，有点不好意思地对史禄说道：

“史监军，我这头也梳蛮髻了。”

史禄看了看，问道：“军需官，你是个地道的秦人北方汉子，怎么也把头发梳成我们岭南部族的椎髻了呢？”

军需官说：“我见史监军也梳了蛮髻，我就琢磨你是要我们一辈子留在岭南了，我愿跟着你在岭南扎根，我去请湘姐帮我梳头，可她死活不肯。”

史禄问湘姐：“湘姐，为什么不肯呢？”

湘姐有些扭捏地说：“给一个毫不相干的老男人梳头，不合我们女人的规矩!”

“后来怎么又肯了呢?”史禄含笑问。

“后来我寻思，史监军带头梳蛮髻，是让我们这些从中原来的人，到岭南后让部族兄弟看到我们不会生分。”湘姐说。

“湘姐呀，我太感谢你了！以后有人要找你帮梳蛮髻头，你千万不要拒绝。你还要挑选一些手艺好的姐妹们，帮更多愿意梳蛮髻的人梳头！”史禄高兴地说。

军需官见受史监军的褒扬，便有些洋洋得意地说道：

“我求她了好一阵子，她才说：我帮你梳头，你给我什么好处吗？看，还开口勒索我呢!”

“给点好处也是可以的嘛!”史禄认真地说。

“我说，湘姐呀，你帮我梳头，我娶你做老婆怎么样?”军需官有点嬉皮地说。

“啪”的一声，湘姐给了军需官一巴掌。“你再说，我打死你!”

众兵卒和民夫们“哈”的一声都笑了起来。

史禄严肃地说：“只要你们双方愿意，这也不是不可以的事。不过，现在还不是谈婚论嫁的时候。到时候我自有安排。”

史禄说罢便对军需官下令：“你现在立即赶回湘江边，传我的令，命令在那里休整的兵卒和民夫们，将粮草军械搬运到这里来，我们要马上进入岭南!”

军需官却指着那紧闭的大石门，对史禄说：

“史监军，那大石门是进不去的呀，我们又无法翻过这道大石屏，现在这么多兵卒民夫在这里，已是人满为患，要把十万人马集中在这里，进退不能，如何是好?”

史禄说：“这个你不要管，我自有办法，你快去把湘江边的人马给我带过来。”他又对湘姐说：“湘姐，你也跟着去，负责带女营的人，山路陡峭，马不能驮军辎了，女营的人也要背粮草，你要她们量力而行，注意保护身体。”

湘姐点头应允，军需官却对她意味深长地眨着眼睛，湘姐挥了挥手中的拳头，云英笑着背过脸去。军需官带着百十人正要走，史禄又叫住了他：

“那几百头耕牛也给我一起带上来，一定要照顾好牛群，损失一头牛，我就拿你是问！”

军需官知道史监军爱牛如命，响亮地回答：

“是，我一定照护好我们的这些衣食父母！”

史禄下令，将万余兵卒和民夫全部集结到大石门一带待命。集结完毕，史禄从腰上取出钥匙，对着大石门上的锁孔插了进去，他把钥匙转了半圈，照着当年相离子老师念的咒语念道：

“相离相合！”

大石门发出“嘎”的一声巨响，随即打开了仅容一人通过的大缝。史禄拔剑在手，朝上一挥，发出指令：

“作战兵将跟我上，云英，你率领男女民夫身背粮草随后跟进！”

说罢史禄取下钥匙仗剑第一个从门缝冲了进去。那些手持刀矛的兵将们一个个快捷地跟着冲了进去。

大象伸出它的长鼻，朝上紧紧地顶住门顶的象塑。兵卒们一个个源源不断地进入了大石门内，待那一万秦兵全部进入后，云英便率领身背粮草的数千男女民夫，随后跟进。男女民夫们进入大石门后，军需官和湘姐也把湘江边的数万兵卒和男女民夫带到了大石门下。军需官见大石门已打开了一条大缝，又得知史监军已率领兵卒民夫们先行通过了，便下令兵卒们背上粮草一个个也从那门缝中进入。他正要从门缝中走进去，马上又回过身来，走到女营的一群妇女前，拉住湘姐：

“湘妹，我有话对你说。”

湘姐把军需官的手推开：“说话别动手动脚的！”

军需官只得放开手，说：“我带兵先走了，你随后带男女民夫们跟进。

另外，那几百头耕牛，你也要照护好，丢失和损坏了一头牛，史监军要拿我问罪的，拜托你了!”

湘姐点头:“我会照你说的办。”

军需官正要从门缝中进去，湘姐却叫住了他:

“你回来一下!”

军需官不知湘姐叫他干什么，立刻转了回来，湘姐跑上前去，将一小包干粮塞给军需官。

军需官接过还散发着温热的小布包，朝湘姐做了个鬼脸。

“湘妹，我一定要娶你做老婆!”

“啪”的一声，湘姐朝军需官甩去一巴掌。

“滚!”

军需官手捧那一小袋干粮，从大石门缝中钻了进去，又回过头来，向湘姐挥了挥手。

十万兵民，经过几天几夜，全部从那条门缝中钻进去了，连几千匹战马和数百头耕牛也进去了，只有史禄的那头骆驼，因身躯庞大，无法挤进去，在门外焦急地转着，大象则用长鼻顶着大石门上的象塑，对骆驼爱莫能助。湘姐见史监军的骆驼被阻在大石门外，她也毫无办法，只得将一大堆草料和饮水放在门外，她拍了拍骆驼说:

“伙计，你辛苦了，在这好好待着吧，史监军会有办法让你进来的!”

说罢，走回大石门里，追赶队伍去了。

第六章　屯田筑城

第一节　初会赵佗

史禄率领的十万兵民，从大石门的窄缝中进入后，便与赵佗的残部相会。赵佗本是秦军中的名将，曾跟随王翦大将军东征西讨，在平定六国的战争中立下赫赫战功。这次作为秦军的副统帅，与国尉屠睢一道率兵进军岭南，本以为轻而易举便可摧毁部族部落的抵抗，迅速平定岭南，为秦始皇开疆拓土再立战功。不料刚进入岭南，便遭部族部落的顽强抗击，曾横扫六国的秦军竟被打得几至全军覆没，主帅国尉屠睢阵亡。山高林密，苔滑谷深，毒虫猛兽，瘴疠横行，土兵偷袭，全部成了秦军看得见和看不见的敌人。更要命的是因求战求胜心切，全军仅带少量干粮深入蛮区作战，大败之后，退入大石屏下，全军仅剩两三万残兵，陷入了退不能，进不能，战更不能，全军食不果腹、衣不蔽体的绝境。昔日的虎狼之师，如今成了一群待宰的羔羊。

但赵佗毕竟是身经百战的名将，在秦军大败之后，为免遭全军覆没，他迅速收拾残部，避免再战，退入大石屏下后，便令部下就地伐木筑栅立寨，避免土兵偷袭，拒防猛兽伤害。又令兵卒们采摘山中野果野菜充饥，虽然秦人之前不识岭南何种野果野菜可食，在吃后中毒死亡者不少，但现在已逐渐认得何种野果野菜可食，何种有毒不能吃，又四处射猎捕杀鸟兽，烧食充饥，那境况，也和岭南部族的生活习俗差不多了。虽然这支败军残部也慢慢地存活了下来，但却不知这样烦人的日子要过多久。正当流离失所彷徨无措之时，史禄带着十万兵民和大量粮草，奇迹般地出现在赵佗的残军面前，连那些奄奄一息、倒地待毙的伤残兵卒，也激动得一跃而起，欢呼雀跃起来。

史禄在一座离地三尺的木屋里与赵佗相会。那木屋四周用巨木垒成墙壁，顶上盖着厚厚的棕叶，地桩是砍伐掉的树木留下的桩子，桩子上横铺着一根根木头，木屋前后开窗，屋顶可见阳光。木屋门口外，站着两名手持长矛的武士。

赵佗闻报，急从木屋中走出，向史禄拱手施礼，非常激动地说：

“监御史，你真是我们的救命恩人呀，我全军将士不知怎么感谢你才好啊！”

史禄拱手还礼，说：“赵将军，你们的救命恩人是始皇陛下，我不过是执行陛下的使命而已。”

赵佗见史禄带来许多男女百姓，不解地问道：

“监御史，你怎么不给我多带些兵卒来呢？把这么多老百姓带来有什么用呀，打起仗来，不是驱羊入虎口吗？”

史禄拍了拍腰上挂着的那枚金兵符，郑重地对赵佗说道：

“赵将军，陛下已授我金兵符，任命我为监军，委以节制全军的最高指挥权。”

赵佗见秦始皇已任命史禄为监军，授以金兵符使其成为用兵岭南的最高统帅，心里感到极不是滋味。照理讲，国尉屠睢已经战死疆场，作为副帅，本应是由他来接替屠睢，担任全军统帅的，不想始皇帝竟任命一位从未统兵作战的文职官员来取代国尉之职，心中便觉愤愤不平，他脸上显出不自然的笑容，说道：

“这样说来，我应称你为史监军了，接受你的指挥，为你效犬马之劳啦！”

史禄见赵佗如此说，便威严地回答道：

“赵将军休得如此说，我们都是为始皇陛下开疆拓土的将士，只不过担任不同的军职而已。”

“是的，是的。”赵佗点头说，“军人以服从为天职，我赵某绝对服从史监军的指挥。只不过，既然作为全军之统帅，我想请问史监军一个问题，可以吗？”

“可以，请讲吧！”史禄说。

“史监军，作为将帅，你——带过兵吗？”赵佗不客气地问。

“来岭南之前尚未带过一兵一卒。”史禄据实以答。

“你——打过仗吗？”赵佗更不客气了。

“还没有！”史禄沉着地回答。

“啊，史监军呀！你既未带过一兵一卒，又未经一战一役，今何以为将帅，你知道吗？‘知兵之将者，生民之司命，国家安危之主也。’这可是开不得玩笑的呀！”赵佗竟用教训的口气说话了。

史禄见赵佗教训起他来了，也不生气，只是从容地说道：

“赵将军以前辈孙武大师的高论来指教我，甚感荣幸！禄虽未曾领兵上阵，但曾拜相离子先师读过兵书学过兵法，对战争之道也略知一二。”

“相离子？没听说过此人，恐是无名之辈吧，人说名师出高徒，史监军真是屈才了！”赵佗有点不屑一顾地摇着头说。

“请赵将军嘴上积德，不可辱没我的师长。”

“岂敢，岂敢！”赵佗冷笑起来，“那么，我辱没一下我们姓赵的人总可以吧？史监军，你可知道我们姓赵的人中有一个叫赵括的吗？”

“赵括，赵国大将军赵奢之子。”史禄说，“赵括自幼从其父学兵法，颇得其父真传，但却并无战争的实际经验。在秦赵之战中，赵括中秦反间计，以其代廉颇老将军为将，率数十万大军在长平大举出击秦军，被秦将白起包围，突围不成，被秦军乱箭射死，赵军四十余万被白起俘虏后坑杀。”

“前车之鉴，殷鉴不远，前事不忘后事之师呀！”赵佗用那双犀利的眼睛盯着史禄，似有抚今叹昔、含沙射影之意。

史禄知道赵佗用赵括长平之败来影射自己不知兵不懂战，便反唇相讥道：

"诚然如赵将军所言，赵括虽熟读兵书却不知战而招致长平全军覆没，动摇了赵国的国本。但是，我倒是要问问赵将军，你与国尉屠睢，可说是秦国名将，你们在平定六国之战中，指挥千军万马，身经百战，但为何在进军岭南的首战中却被装备低劣未经大阵战历练的蛮军打得大败，几至全军覆灭，连国尉屠睢也轻易地阵亡了呢？最高统帅战死，在秦对六国的战争中，这是还没有过的啊！请赵将军告诉我，作为统兵多年久经沙场的名将，难道连你们也不知兵不懂战吗？"

"这，这……"赵佗被史禄诘问得一时无言以对。

"我告诉你，赵将军，你和国尉屠睢在岭南之败，是败在既不知彼，亦不知己。在横扫六国的战争中，作为统兵将帅，你们擅长以排山倒海之列阵车乘战术，击溃了六国军队任何有效的抵抗，取得了辉煌的胜利。但是进入岭南，你们仍想以过时的战术对付部族的抵抗，面对高山密林，既无法列阵对敌，也不知士兵之虚实，一味轻敌盲进，遂招致惨败，几致全军覆没，如不是陛下派我带兵来救援，你们必将被困死在岭南的大山密林之中，无一可生还。你和国尉屠睢才是今日之赵括，这才是你们应该吸取的战败教训！"

赵佗被史禄说得脸上红一阵白一阵的，尴尬极了，忙"啊啊"几声，做了个请的手势，说：

"史监军，我们在这里站着说了半天，怠慢你了，还是请到寒舍里坐着谈吧，请！"

史禄随赵佗进到小木屋中，屋子虽不大，却也整洁，壁上插着几件兵器，一张铺着松毛绒的小床，屋正中摆着一张用木条钉拼成的案几，几只圆木凳子整齐地摆放着，虽是处于绝境之中，主将却还是显得有条不紊地生活着，史禄看了，心想赵佗治军还真有一套。

赵佗从一只行军布袋中抓了几把野栗子放在条案几上，对史禄说：

“史监军，真不好意思，你远道而来，只能以此招待你了！”

史禄抓了几粒山栗子，放进口中熟练地咬破剥壳津津有味地嚼食起来，一边吃，一边说：

“这山栗子长在大椎树上，到冬天才落地，是我们岭南人喜食之物。我和我的师弟皋通还经常将它撒在林地上，引诱雉鸡下来啄食，以箭射杀，可是美食之物呢！”

“皋通是谁？”赵佗忙问。

“与我同出一个师门的兄弟。”史禄说。

“他在哪里？”

“现在瓯雒王那里，为部落联盟的统帅，你们就是被他打得大败的啊！”史禄说。

“啊！想不到南蛮也有高人！”赵佗也不得不有些佩服起来了。

史禄意味深长地说：“其实呀，高人哪里都有，就看你怎么发现和使用罢了。”

两人在那长条案几前坐下后，赵佗便迫不及待地说道：

“史监军，你带了生力军和大量粮草，目前我军士气旺盛，应立即向南大举推进，与蛮军决战，为国尉和我阵亡将士报仇雪恨！”

“不，不，不！”史禄摇头否定了赵佗的意见。他取出一幅地图，铺在案几上，对赵佗说：

“必须稳打稳扎，我们不能再犯轻举盲进的错误了。我们已经没有时间和实力再犯这样的错误了！”

赵佗见自己的主张被史禄否定，心里很不服气，他把双手在胸前一抱，冷冷地说：

“史监军，那你说这仗该怎么打呢？”

史禄指着地图对赵佗说：“从这里沿江一路南下，前出五十里，有一江相汇，名溶江。此地为一处三角洲，周长四十里，地势平坦，两边高山绵延，四面江流环绕，实为一天然之护城河，地理位置十分重要，是一处进可攻、退可守的最佳宿营屯兵之地。请赵将军明日即率三万兵卒，前往该处三角洲上筑关，建城堡，以阻部落蛮军的进袭。”

赵佗听了急得跳了起来，质问史禄：“为何不立即发起进攻，反而要筑关建城堡以自卫？难道你不知一鼓作气，再而衰三而竭的用兵之道吗？”

“请你先坐下来，赵将军，我告诉你，若要夺取岭南之战的最后胜利，发起进攻的时间，必定要在三年之后！”史禄不急不慢地说。

“三年之后？这仗还能打吗？”赵佗更急了，“‘其用战也胜，久则钝兵挫锐，攻城则力屈，久暴师则国用不足。夫钝兵挫锐，屈力殚货，则诸侯乘其弊而起，虽有智者，不能善其后矣。故兵闻拙速，未睹巧之久也。夫兵久而国利者，未知有也。故不尽知用兵之害者，则不能尽知用兵之利也。’好好好，不说了，不说了！史监军，你要筑关楼建城堡，你尽可带着你那些男女民夫去干好了，我明日即率全军饱餐一顿，向蛮军发起进攻，待我拿下岭南全境之后，我们再来说经验教训好了！”

“哈哈哈！”史禄站起来，仰头大笑，“昔有赵括，今有赵佗，实乃殊途同归之人也！”

“你给我住口！”赵佗气得大怒，立即拔出腰上的剑来，对着史禄，“我要让你知道，我赵佗绝不是赵括！”

“赵将军，你不要急着向我亮剑啊！我当然不希望你是又一个赵括。”史禄向门外持矛守卫的两名武士喝道，“拿着你们的家伙，给我进来！”

两名武士各持铁矛走了进来。史禄又喝道：

“给我站好了，把手中的家伙给我握紧了！”

两名武士不知史监军叫他们进来干什么，只得依令紧握手中铁矛，站好格斗的武步。史禄从腰上拔出宝剑，一剑挥过去，只听“当”的一声脆响，一武士手中的铁矛便被斩成两段，握矛的双手虎口被震出血来。史禄又一剑挥去，把另一武士的铁矛也斩为两段，武士双手虎口震裂冒出鲜血。

史禄将宝剑插入剑鞘，把那两名吓得发抖的武士挥退，转向赵佗拱手致歉：

“赵将军，不好意思，在你面前献丑了！”

赵佗见了心中不由暗惊，心想这史禄果然武艺神功超强，无人可敌。想当年王翦大将军灭楚之时，曾听说他的剑术厉害，连秦军中首屈一指的剑术高手王翦大将军，也不能胜他。幸好刚才自己没有出手，否则后果不堪设想！

“这仗怎么打，史监军你说吧，我赵某在你帐下听令就是了！”赵佗虽然口头上这么说，但心中还是不怎么服。

“听赵将军刚才一番话，将军果然是饱读兵书又是身经百战之名将，绝非迂者赵括辈可比之人。禄亦曾知兵家大师孙武子之言：‘善用兵者，役不在籍，粮不三载；取用于国，因粮于敌，故军食可足也。’赵将军，国尉屠睢与你犯了兵家之大忌：‘役不在籍，粮不三载。’你们已经断送了秦军主力数十万人，陛下命我第二次从中原抽调兵力南援，且用数万民夫再次远道输送粮草，这个错误，我们已经没有再犯的本钱了！”

“史监军，你说得对。”赵佗点头道，“孙子云：‘故兵贵胜，不贵久。’因此，用兵打仗贵在速战速决，而不宜旷日持久。我们必须立即向土兵发起进攻，尽快打垮他们！”

“错！错！错！”史禄坚定地摆着手，驳斥赵佗的速战速决主张。他说，“难道赵将军岂不知孙子曾言：‘国之贫于师者远输，远输则百姓贫。近于师者贵卖，贵卖者则百姓财竭，财竭则急于丘役。力屈、财殚，中原内虚于家。百姓之费，十去其七；公家之费，破车罢马，甲胄矢弩，戟楯蔽橹，丘牛大车，十去其六。’目今，始皇命蒙恬率三十万大军和数十万民夫，北筑长城以防胡人南侵，又命我等率数十万大军和数万男女民夫南平百越，如此浩大的征战和工程，已使国家‘力屈、财殚，中原内虚于家’。百姓岂止十去其七之费，公家岂止十去其六之财。”

“正因如此，我们才要速战速决，不可旷日持久，致师老兵疲，耗尽国家资财呀！史监军，难道是孙子说错了，还是你把孙子的话理解错了？”

“赵将军，兵家大师孙武子的话说得没错，我的理解更不会错！孙子云：‘国之贫于师者远输，远输则百姓贫。’岭南距中原万里之遥，我们劳师远征，所需粮草辎重兵员，全靠由中原远输，岂不使国贫、百姓贫？况且，岭南山高路险，粮道不通，即使想远输亦不可能呀！”

“孙子曰：‘因粮于敌，故军食可足也。故智将务食于敌，食敌一钟，当吾二十钟，萁秆一石，当吾二十石。’我们进军岭南，当然要就食于敌了，还怕全军没吃的吗？”赵佗说。

“孙子曰：知彼知己，百战不殆。赵将军你有所不知，岭南不似中原。中原早已进入农耕社会，男耕女织，稼穑丰足，六畜兴旺。因粮于敌，粮草给养靠在敌国就地解决是不成问题的。可是岭南尚处在落后的部落社会，男不耕，女不织，衣食取之渔猎，民无隔夜之粮，哪里可能供给我数十万大军就食之口。”

“远水难解近渴，我们既无法靠由中原运输粮草给养，又不能就食于敌，生存尚难，又如何作战克敌？唉！岭南难道真是我军之绝地！”赵佗有些绝望地仰头叹道。

“孙子云：置之死地而后生。”史禄说，“欲平定岭南，并在这里长久扎根，仅靠战争是无法解决问题的。”

“史监军，那你说我们该怎么办？”赵佗无计可施，只有请教史监军了。

“屯田自救与打通粮道方为上策。”史禄说，“筑城堡，建关隘自守为生存之道；编军伍习山战为胜敌之法，厚待雒越之民，尊其习俗，教其耕稼，融合族群是为长治久安之策。”

“佩服！佩服！史监军你真不愧军中良将，国之栋梁也！”史禄这一番话，直说得赵佗心中透亮，他连忙拱手施礼，赞不绝口。

正说着，忽见门外有人匆匆闯了进来，看时正是赵佗部下的一名校尉军官急急来报：

“不好了！不好了！史监军、赵将军，打起来了，打起来了！”

赵佗急问：“是土兵偷袭来了？”

“不，不，不是，是我们自己的人打起来了！”那校尉急不择言，言不及义。

史禄忙问：“谁和谁打起来了？”

“新来的民夫和我们原来的兵卒打起来了！”

“为什么事打起来了？”史禄再问。

“为那几百头牛的事打起来了！”校尉说。

“啊！”史禄感到问题严重，连忙拉上赵佗，“赵将军，我们快去制止！”

那校尉军官引着史禄和赵佗急急出门赶路，约莫走了二三里地，只听到一阵阵喊打喊杀声，宛如两军对阵厮杀一般。拐了一道河湾后，只见在一个谷地山坡前，数千军卒男女民夫围着一个大圈子呐喊打斗，大圈子中被围住的几百头耕牛惊恐地嗷嗷乱窜。急得如热锅上的蚂蚁一般的军需官，见史监军来了，气喘吁吁跑过来报告，他指着赵佗部的秦军说：“史监军，赵将军的部卒要抢走耕牛杀来吃，男女民夫为保护牛群不受伤害，与兵卒们打斗起来，我无力制止。”

史禄急忙爬上旁边一个大石头上，那打斗的场面便看得十分清楚，只见赵佗部的数千兵卒挥舞着刀矛兵器，疯狂地冲击着围成大圈护牛的男女民夫。男女民夫们手持棍棒、锄头、铲子、扁担英勇地抗击着兵卒们的进攻。男女民夫们的指挥者竟是女营的紫云英和湘姐。紫云英手持那条紫木棒，东击西打，湘姐挥动着一根挑粮草用的木扁担左右出击。这些揭竿而起的男女民夫们经过万里行军跋涉，组织严密，其勇敢程度已不亚于正规军。他们护着耕牛，拼死抵抗赵佗部兵卒们的野蛮攻击。兵器木棒农具的打斗声、愤怒的叫喊声，响彻山野。

被久困在大石屏下的赵佗残部兵将，食不果腹，衣不蔽体，他们突然见到来了这么多的女人和牛群，立刻把他们长久被压抑着的心理上和生理上的本能激发了出来，顷刻间人性便化作了汹涌的兽性，他们无法控制住这种被魔鬼激发的欲望，便像一群失去理智的猛兽，向女人和牛群扑了过去。不料却遭到这些手持木棒农具的男女民夫们的英勇抗击。赵佗部的兵卒们虽曾为身经百战的秦军主力，但在打斗中，却并不占上风。战斗一直呈胶着状态，兵卒们除被击伤数十人外，一个女人和一头牛都未曾抢到手。

史禄带来的那数万秦兵，军纪严明，他们虽同情男女民夫，但知道自相火拼是要受到史监军军法严惩的，因此他们只是远远地观战，没有史监军的命令，谁也不敢擅自参战。

史禄从大石头上跳下来，对赵佗道：

“赵将军，快去制止你的部卒，绝不可伤害我的民夫和耕牛！”

赵佗却无动于衷地站着，满不在乎地说：

“史监军，难道你带这么多女人和牛过来，不是为了慰劳我的部队吗？你就开恩让我的兵卒们解解馋吧！”

“住口！”史禄怒喝道，“赵将军，你再不去制止你的部下，我就马上下令把他们全部处死，我告诉你：肉食者鄙，不能远谋！”

史禄拔剑在手，双眼锐利地逼视着赵佗。赵佗第一次从史禄那充满杀气的目光中，感受到了岭南人的厉害。他这才不得不带着那名校尉军官，跑上前去，喝住那些已打斗得眼红但却不曾占到半点便宜的兵卒们。

史禄来到男女民夫们面前，拱手致意：

“你们辛苦了，受惊了！我感谢你们，既保护了自己，又保护了我们的衣食父母！”

云英晃了晃手中的木棒，颇为自豪地说：“史监军，我们狠狠地教训了那帮家伙们一顿，谁想占我们的便宜，我棍棒伺候！”

湘姐也扬着手中的扁担说：“有个家伙要拉走我们一个姐妹，我一扁担下去，打昏了他！”

军需官也说:“史监军，她们一个个都成女英雄了!”

湘姐对军需官的话却并不买账，她反唇相讥:

“我们打得那么苦，你却站在旁边看，连屁也不敢放一个，什么男子汉，狗熊一个!”

军需官忙辩解道:“我当然也想上去帮你们打啦，可我是个堂堂正正的军官，参与军中自相火拼，是违犯军法的，你懂不懂?”

湘姐又刺他一句:“明明是他们犯法先动手来抢我们的人和牛，你就是不帮我们，胆小鬼一个，还什么堂堂正正的军官，丢脸丢大了!”

云英把头扭向一边去，偷着乐。军需官见讨了个没趣，正要离开，湘姐却从背着的包袱中取出一件衣服，扔给军需官。

“这是给你补好的衣服，拿去，换下身上那件脏兮兮的狗熊皮!”

军需官接过衣服，心里甜滋滋地正要走，史禄却唤住了他:

“军需官，你即日起给女营配发兵器，一人一件不可缺少。”

军需官:“是!”

史禄又对云英和湘姐吩咐道:“你们二位给我总管女营事务，所配兵器，平时防身自卫，战时上阵杀敌。”

云英和湘姐高兴地答道:“好!我们有了武器，看谁还敢欺负!”

安顿好男女民夫后，史禄忙去找到赵佗，对赵佗说:“赵将军，你明日即率部和我带来的一万精兵，前去到溶江筑城建关。如遇土兵偷袭骚扰，便将其击退，切不可往前追击。”

赵佗见史禄如此说，心中不由嘀咕起来，他用狐疑的目光盯着史禄道:

“好呀!我在前面对付土兵攻击，史监军在后率大军压阵，战死总比被困死好。国尉屠大将军，看来我要和你做伴去喽!”

史禄听了忙严肃地质问道:“赵将军怎么可以这样说呢，你以为我要保存实力牺牲你的部队吗?”

赵佗反问:“那你率大军在后干什么呢?”

“赵将军，我实话对你说吧！”史禄见赵佗对他用兵岭南的意图尚未明了，便只得再次剖析一番，“我这次率十万兵民南下，虽然尽量多带粮草，但也只能解决三四个月的军粮供应，一旦我们的粮草用尽，全军便成饿殍，生存既难，谈何作战克敌，如望中原输送粮草，那是大旱如盼云霓呀！你在前筑城建关防卫土兵进攻，我则在后抓紧时间组织兵民尽快开荒种粮以自救，还要设法凿渠打通粮道，这是陛下的圣旨。我肩上的担子比你重几倍呀！望你充分理解，诚心合作，否则，我们都将无法立足岭南，重蹈国尉屠睢的覆辙。”

赵佗听了史禄发自肺腑的一番话，心中颇受感动。第二天，便率兵前往溶江口一带布防筑城建关去了。

第二节　衣食父母

史禄指挥兵卒民夫，依山面水设立营区。这一带尽是向阳缓坡，山坡上茅草荆棘丛生，山坡下则是河谷平地。兵卒民夫在土山坡上斩草结茅，搭成一排排茅棚。史禄则带着军需官和百余兵卒，砍伐树木，又在一个敞亮向阳的土坡上，挖出一大块平地，搭建起几间干栏式的住房。房顶以毛竹一破为二，锯成数尺长，架成整齐的竹笕瓦房，房的四周，则用黄泥夯冲成墙。房的下边，建有栏房，作堆集柴草杂物和关养牛畜之用。

干栏房搭建好之后，史禄便令全军派人前来参观学习干栏式房屋的营造法，要全体军民依法建房。干栏式房屋，甚为适应岭南的气候和环境，冬暖夏凉，安全适用，且就地取材，建造容易，非常受进入岭南的秦朝军民的欢迎。

史禄又命军需官选拔千余民夫兵卒，随他进山，砍伐一种岭南人称为“科藤”的藤蔓植物。“科藤”是一种径围数寸的大藤，其盘绕于大树丛林之中，长可数十丈。史禄令民夫兵卒们将“科藤”砍回后，他亲自操刀示范，将藤皮刮去，藤身便显现出一层淡淡的黄色，还有些许清香味。史禄将藤剖成手指般粗的长条，又逐一剖成一条条的长条篾片。剖出一捆捆长篾片条之后，史禄便将藤片条编织成一顶战斗头盔，头盔编成后，他令一名兵卒戴到头上。头盔下端由颈项至颈肩。史禄指着头盔说：

“此种头盔经久耐用，轻巧便利，科藤坚韧，可防刀箭之攻击，且及颈项之下，可防土兵以钩刀割取首级。”

那名戴上科藤头盔的兵卒，感到非常舒适自如，便不肯再脱下来，向史禄告求道：

“史监军，这顶头盔就归我了，好吗?”

史禄一边编织着另一顶头盔，一边说：“归你可以，但我要给你一个任务，你必须学会伐藤破篾编织头盔之法，并教弟兄们学会，一传十，十传百，让全体兵民都戴上藤盔，战时用之防敌，平日进山砍木，亦可防护头颈不被刺伤和不受毒虫叮咬。”

那名兵卒便戴着藤盔，又找来几十名弟兄，跟着史监军学习起编织藤盔。学会编织藤盔之后，史禄又教兵卒民夫们编织护腕、护膝和编织藤鞋。那藤鞋的编织工艺十分精巧但又简单易学，各人根据自己脚的尺寸大小，先编成两只框架，然后用藤篾从中密密地串联起来，收紧鞋口，一双轻巧利索的藤鞋便完成了。这是步行用的圆口鞋，将脚往里一套，走起路来既跟脚又柔软轻便。还有一种是藤拖鞋，脚后跟外露，用于家居生活。

史禄又带兵卒在山中砍伐劳竹，那劳竹坚硬无比，一个兵卒一天也砍不了几根，他教兵卒们将劳竹捆扎成一个长三尺、宽二尺的长方块，四周用科藤的藤条围固起来，中间扎一只手可握持的藤圈，便成了一块坚固的盾牌，将其置之数十步以外，张弓搭箭猛射，竟不能击穿。此盾牌既轻于军中常用的铁盾，又最能防护士兵的乱箭射击，携带十分方便。将其浮之于水，又可载物作水运之用。

军中作战和射猎鸟兽，消耗最大的器械便是箭。史禄命人在沟谷之外大量砍伐箭杆竹。那箭杆竹枝干笔直坚硬，做成弩箭，以剧毒胡蔓草捣碎成糊，涂于箭镞，击中人身或猛兽任何一处，沾血一滴，则百裂于皮里，拔之则撕裂大块皮肉，旋即中毒而亡。史禄下令军需官，此箭不可滥用，每名作战兵卒仅装备十支，不到万不得已时绝不用，杀人罪过，且射猎到的猛兽亦不可食用，而胡蔓草又稀缺不可多得。

这天，史禄带着军需官和几名随从，逐一巡视每个营区，检验兵卒男女民夫们所建造的干栏房。来到女营，云英带着史禄观看她们的房屋，那一排排干栏房，依着山坡而建，屋前房后，用竹笕架接山泉水，泉水哗哗，洗濯饮用，极为方便。一座干栏房，住有十个姐妹。房上又用竹条编成号码。史禄走进房中，只见堂屋中央造了一个火塘，火塘上架着一只陶罐，火塘中燃着柴火，陶罐中冒着热气，发出一种食物的香味。史禄问云英：

“煮的什么东西，这么香呀?”

“这是湘姐从山上挖来的一种东西，形状长得像人的脚板，她说老家的人管这种东西叫作脚板薯，荒年的时候，大家就上山去挖来充饥。很好吃的呢，史监军，你吃一块吧!”云英用筷子从鼎锅中夹了一块给史禄。

史禄吃了一口，大为称赞：“好吃，真好吃！我在岭南生活了这么多年，还不知道这种东西能吃呢!”

正说着，湘姐背着一只竹编的背篓从外面回来了，背篓上两边系紧的绳子，把她的胸部勒得更为丰满，军需官偷偷地盯了一眼。湘姐放下背篓，见史监军正在吃着锅中的东西，忙笑道：

“史监军，这是脚板薯，好吃吗?”

史禄连连点头，赞不绝口：“好吃，好吃，太好吃了!”

“这东西，山上多着呢!”湘姐见史监军夸赞，脸上红红的，笑得十分灿烂，军需官又盯了她一眼。

史禄说：“湘姐呀，你真是我们的衣食父母呀!”

云英嘻嘻地笑道：“史监军，你的衣食父母真多呀！你说耕牛是衣食父母，今天又说湘姐是衣食父母，到明天又不知说谁是衣食父母呢!”

史禄说：“没错，耕牛是我们的衣食父母，湘姐是我们的衣食父母，岭南的山川大地都是我们的衣食父母啊！湘姐，你明天就带领大家上山去，教大家挖脚板薯，挖回来后，除食用外，切下头尾的茎块，拿到山岭上和屋前屋后种植，我们明年就不愁没吃的了。”

“这种东西，贱得很，很好种的，随便丢到什么地里，都能长芽发苗的，明年又会结出一大串薯块来。”湘姐说。

大家正说着话，忽然“呀”的一声一个女子惊叫起来。大家看时，却见一条尺余长的大虫，身上红红绿绿的，长着许多脚爪，正从屋外面爬进来，云英、湘姐和几个女子也被吓得闪到一边。

史禄见了，忙说道：“各位不要慌，这是蜈蚣，岭南多得很。”说罢，他随手在屋中取过一片竹片，走过去将那大虫按住，对军需官道：“打个草结子，把它套起来，逮活的。”

军需官也怕那虫子，拿着一只茅草结，不敢靠近去套捉。湘姐见状骂了一句：“胆小鬼，枉费男子汉了!”说着从军需官手里抢过那只茅草结成的套子，上去一把将大虫子套住。那虫子立刻头尾扭动起来，身上那无数的红红绿绿的爪子乱舞一番。云英和几个女子都看得呆了。湘姐手提茅草套，把大虫子朝军需官面前晃了晃，军需官被吓得连连后退，嘴里不住地说：

“别别别，我怕!”

“胆小鬼!”湘姐又瞪了军需官一眼。

“别怕!”史禄把手一招，“你们跟我来。”

史禄带着大家，走出干栏房，上了后面的山坡，他在坡地上找了找，拔出一簇草。那草叶子发亮，一根茎上长着六片叶子，散发出一种闷人的味道。史禄让大家看那草，说：

“这种草，我们岭南叫都管草，专驱蜈蚣和蛇。采几把随便丢在屋前房后，蜈蚣和蛇便不敢进屋。外出劳作，腿脚上插一枝，蜈蚣和蛇不敢近身。”

史禄说罢，便叫湘姐把那只蜈蚣丢到地上，蜈蚣带着草套子赶忙逃命。史禄将都管草往前一丢，蜈蚣吓得忙往后走，他又捡起都管草往后一丢，蜈蚣吓得趴在地上再也不敢动了。史禄提起草套子，蜈蚣又悬空扭动起来。

湘姐忙问：“史监军，你还不把这东西丢了?”

史禄笑道：“丢不得，这东西可有大用处了!”

云英笑着问：“史监军，难道这条虫子也是我们的衣食父母?”

史禄点点头说：“岭南物产丰富呀，这里的一山一水，一草一木，一虫一兽，都是我们的衣食父母啊！”

军需官惊奇地问：“史监军，这虫子也能吃吗？我可不敢吃的啊！”

史禄有些神秘地说：“它的用处，等一会儿你们就知道了。”

史禄提着仍在扭动不止的蜈蚣，和大家一起回到干栏屋中，命军需官速到火头军那里取些动物油脂来。恰好头一天射猎到两头大山猪，厨房中有几大罐山猪板油。军需官便搬了一罐过来。史禄将盛山猪板油的瓦罐架在火塘上烧热融化滚沸后，便将胡乱挣扎的蜈蚣一把丢进沸油中，刚才还扭动不止的蜈蚣，一进油罐中便化作了一堆糊糊。

湘姐说：“看来史监军真的煮虫子给我们吃了！”

云英和几个姐妹都吓得直摆头：“我们不敢吃！不敢吃！”

史禄问云英：“你们女营有上山劳作被竹木扎伤腿脚的人吗？”

云英说：“有呀，有呀，不止一个人哩，隔壁便有一个姐妹被扎伤了脚，躺在床上两天都不能下地了，疼得她叫死叫活的呢！”

“快带我去给她治！”史禄说罢随手将那瓦罐交给湘姐带着，一同跟云英走到隔壁的干栏房中去了。

到了房中，云英唤道：“四妹，史监军给你治脚伤来了。”

床上躺着的年轻女子，听到云英唤她，正待挣扎着起来，史禄忙道：

“不必起来，四妹，我给你治脚伤，马上就好的。但是你要忍耐一下，很痛的，你怕吗？”

四妹见史监军亲自来给她治脚伤，很感激地点着头，说：“史监军，我不怕，谢谢你啦！”

史禄让湘姐把瓦罐放到地上，说：“湘姐，云英，你们两人将四妹的腿按住。”

湘姐和云英上去按住了四妹的腿，那受伤的脚后跟和脚掌红得快要流脓了，看来伤得不轻。史禄蹲下身子，用一支小竹片将瓦罐中热腾腾的蜈蚣油，涂到四妹脚后跟和脚掌的伤口处，四妹“呀”的一声痛得狂叫起来，

余四妹
乙亥歲末

手脚拼命抽搐，湘姐和云英紧紧地按住她的手脚，一会儿不痛就不叫了。史禄让湘姐和云英放开四妹，只见四妹头上痛得冒出大滴大滴的汗珠来。

史禄问："四妹，你的脚还痛吗？"

四妹一边用手抹着头上的汗珠，一边说："不痛了，史监军，真谢谢你啦！你这药真神啊！"

"起来，走几步！"史禄说。

四妹站起来，在地上走了几步，欣喜地说："真的，一点儿也不痛了！"

史禄将瓦罐交给湘姐，说："湘姐，这罐蜈蚣油由你保管，今后，但凡有脚被竹木扎伤的姐妹，你就照这样给她们治吧。记住，罐中的蜈蚣油凝结变冷后，一定要烧热。"

"是！"湘姐高兴地接过瓦罐，说，"今后，我就是女营的医官啦！"

史禄说："告诉大家，今后遇见蜈蚣就不要怕了，逮住它，炮制成蜈蚣油，给大家治伤。"

云英说："史监军，我们又多一个衣食父母啦！"

史禄说："这叫作靠山吃山，靠水吃水嘛！"

走出干栏房后，湘姐发现史监军和军需官都还没穿上藤鞋，便从房中取出一双她刚编织好的藤鞋，送给史禄，说：

"史监军，你脚上的鞋破烂得只剩半截了，我这里刚编织好一双藤鞋，你凑合着先穿上吧！"

史禄接过藤鞋，对湘姐说："湘姐，谢谢你啦！我和军需官都把自己编织好的藤鞋让给别的士卒穿了。我从小就没穿过鞋，这脚长得大，我看你这双鞋挺适合军需官穿的。"

史禄将鞋递给军需官："军需官，这双鞋是湘姐送给你的，穿上吧！"

军需官赶忙接过藤鞋，穿在脚上，有些稀罕地说：

"这鞋，分明就是给我做的嘛，不然咋就这么合脚呢！"

史禄笑道："军需官，还不快谢谢湘姐啊！"

军需官朝湘姐做了个鬼脸，说："这鞋，是史监军送给我的，要谢，那当然要谢史监军了，至于她——嘛，嘻嘻!"

"不要脸，得了好处还卖乖，呸!"湘姐气得脸红红地往地上啐了一口。

云英忍不住笑了起来。湘姐扭住她嗔道："笑！笑什么？有什么好笑的，再笑，我就撕你的嘴!"

"我笑那个得了好处又卖乖的人嘛，嘻嘻，这也不让我笑啊!"

"哈哈哈!"大家也都跟着笑了起来。

第七章　石门天机

第一节　仇人相见

象城。瓯雒王的王宫里，瓯雒王正召集他旗下的三十余支部落的君长和酋长们议事。

瓯雒王坐在那张铺着象皮的王座上，王座的左右扶手，雕刻着两头小象。瓯雒王两手各扶握着两只象头，正在倾听西瓯君的边报。

“中原军队大量增兵，援兵已进入大石屏内，又在溶江一带建关筑城，他们在沿江的坡地上建屋开田种山，好像要在我们岭南扎下根来，我们该怎么办呀?”

国师忙问：“大石屏上的那座大石门，不是被我锁上了吗？他们是怎么进来的?”

西瓯君说：“我派人偷偷到大石门下看过了，那座大石门不知是被什么人打开了一道大缝，他们是从那道大缝口子进来的。”

“啊?”国师暗自一惊，但他那戴着凶恶面具的脸上，却无任何表情。

站在瓯雒王身后的姝媚公主，俏美的脸蛋上现出几分忧虑，她忙对瓯雒王说：

“父王，一定要趁他们刚到，立足未稳，马上派兵把他们赶出岭南去，否则他们一旦扎下根来，就不好对付了!”

瓯雒王点了点头，忙问那些席地而坐、正在鼻饮和撕扯着烤熟了的兽肉的酋长。

“各位，这仗该怎么打?”

鼻孔中插着饮管，口中大嚼着烧烤食物的酋长们，脑袋中似乎没有考虑这个瓯雒王最感急迫的问题，而且他们的口中正塞满了美味，想说也说不出来。好一会，苍梧君才扔掉正在啃着的大半条烤鱼，腾出口来说：

“打仗的事，大王还是问雒帅吧，我们听令就是了！”

那些正在鼻饮口食的酋长们，一个个忙点头示意，表示同意苍梧君的话。瓯雒王扭头见雒帅皋通正在偷瞧着姝媚公主，便沉沉地“嗯”了一声，问道：

“雒帅，你说，这仗该怎么打？”

皋通这才回过身来，应道：“即以其人之道，还治其人之身。”

瓯雒王有点不耐烦地说道：“我问你，这仗该怎么打？不是问你什么道，什么身的！”

皋通笑道：“道者，打仗之道也，道就是路，我们围猎时，各部众从什么路上出动，封那条口子，这就是道啊，各位听懂了吗？”

正在大嚼大饮的酋长们点着头，喉咙中不断发出“唔唔唔”的声音，也不知他们到底听懂没听懂。瓯雒王又问：

“雒帅，那你说该从什么路上出动，先封哪条口子啊？”

皋通从容不迫地答道：“这就叫以其人之道还治其人之身。上次国师用他的钥匙打开大石门一道缝，中原军队从大石门里钻进来，国师用他的钥匙又把大石门关上了，我们把他们打得大败，全军覆没，这次还用这个办法，请国师再次把大石门锁上。”

国师摇着头，说：“这次中原军队又从大石门钻进来，我看，他们很可能是找到了从外面打开大石门的钥匙，我们怎么还能再次把大石门锁上呢？”

皋通说：“国师只知其一，而不知其二。中原军队即使找到了从外面打开大石门的钥匙，但他们进入大石门之后，是不会把大石门再次锁上的，只要国师你用钥匙从里边把大石门再锁上，他们还是逃不出大石门，我们再慢慢消耗他们，把他们饿死、困死，这叫不战而屈人之兵。”

西瓯君说：“雒帅，我们把老虎打得变精了。据我派人前去侦探，这次中原军队从大石门进来后，并不像上次那样急于向南进攻我们，而是占据有利地形，在溶江口一带筑城堡建关楼坚守不出，其余则就地建营区，开山垦田种地，似乎要扎下根来，这如何是好?”

苍梧君也说：“我们把老虎围在山里，老虎照样会吃人生崽，老虎会变得越来越多，我们祖上有句古训，叫作养虎为患，自己遭殃!”

皋通笑道：“西瓯君与苍梧君，你们也同样只知其一，不知其二啊！中原军队南来，千里迢迢，粮草输送艰难，我断定他们最多也只能带上三四个月的粮草，所以才急于开山挖田种地以图自给自救。我们只需袭扰他们，让他们疲于奔命，无法种粮，待到粮草食尽，他们就会活活饿死。”

西瓯君和苍梧君省悟地点着头说：“对对对，这就叫把老虎围在石头山顶，它不饿死就跳崖跌死。”

皋通扬扬自得地说：“西瓯君、苍梧君，到时你们就只管打死老虎啦!”说罢，他朝姝媚公主盯了一眼，姝媚公主马上给了他一个媚笑。

国师看在眼里，心里愤愤不平地说:“哼，说的比唱的还好听!”

皋通也“哼”了一声，傲慢地问道：“难道国师不愿中原军队变成死老虎?”

国师:“说得轻松！难道你不知去关闭大石门的危险是虎口拔牙吗?”

姝媚公主忙问：“国师，有这么危险吗？上次你主动请求去关大石门，也没出什么事嘛，怎么这次就危险得像虎口拔牙了呢?”

瓯雒王也点头道:“是呀！是呀!”

国师:“上次是老虎正在睡觉，现在老虎已经醒了，正对我虎视眈眈!”

国师的话，不仅使瓯雒王不解，便是那些正在鼻饮口嚼的酋长们，也感到有些惊诧，他们不禁纷纷拔下鼻中的饮管，望着凶相毕露的国师。

国师：“上次，是我用钥匙打开大石门，把中原军队放进来的，他们不知虚实，急于求战进军，被我们打个措手不及，损兵折将几至全军覆没。我再将大石门从里边锁上将他们困死在大石屏下。”

大國師
乙亥歲末

皋通忙问:“这次难道不会和上次的结果一样吗?”

国师反唇相讥:“雒帅也是只知其一,不知其二。你自诩深通兵法,难道不知来者不善,善者不来吗?这次中原军队再犯岭南,其首领必有高人相助。此人已掌握从外面打开大石门的钥匙,把中原军队放了进来,他必知我岭南还有一把可以从里面锁上大石门的钥匙,他们第一次吃了大亏,这次必然会小心提防,派人日夜把守大石门。我去锁门,岂不是虎口拔牙吗?”

“啊!”瓯雒王忧郁地点了一下头。那些酋长们手上拿着的饮管,也惊得不知怎么插进鼻孔中了。

皋通却放声大笑起来,瓯雒王忙问:“雒帅,你笑什么?”

皋通:“我堂堂岭南人,打虎尚且没有怕死的,你们看,能上天入地捉鬼擒魔驱邪的大国师,竟胆小如鼠,连去锁一道门都不敢。哈哈哈!”

瓯雒王也觉得皋通讲得有道理,便立即板起面孔,厉声呵斥道:

“国师,本大王不曾亏待过你,今日岭南有难,纵是赴汤蹈火九死一生你也要挺身而出,不可畏首畏尾,让中原人小看了我岭南!”

“唉!”国师长叹一声,摇着头,说,“大王,我不是怕死,是有人居心叵测,欲排除异己,把我硬往虎口里送呀!”

皋通冷笑一声,说:“国师说哪里话,国师不敢去锁门,请你把钥匙交给我好了,我去!”

国师本能地抓紧腰上佩带的钥匙,狠狠地说:“雒帅不可乘人之危,逼人太甚!”

姝媚公主走过来,推着国师,央求道:“国师,你就看在我和大王的分上,去把那大石门给锁上吧!只要打败了中原军队,你说什么我都答应你,好不?”

皋通听姝媚公主如此说,心里感到一阵酸酸的,很不是滋味。

国师听了姝媚公主的话,闻到她身上耶若茗花的香气,恨不得马上说

出:“我要娶你，答应吗?”但他此时却说不出来，只是悲壮地对瓯雒王和姝媚公主说道:

“大王、公主，我绝不是贪生怕死之人，我马上就去把大石门锁上！我去之后，如果一个月之内不回来，便是身遭不测，大王可立即下令进兵，在中原军队立足未稳之时，打他个措手不及，将他们赶出岭外，使其不敢再犯岭南!”

国师说罢，拔剑在手，腾身跃起，飞跃宫檐而去，立时便没了踪影，把席地而坐的酋长们惊呆了。

黄昏，夕阳把山岭映得一片金灿灿。岭南时令已进入冬季，但仍然感到温暖。史禄沿着山坡巡视，只见满山遍野都是开山种地的兵民。前些日子种下的脚板薯，已冒出了长长的嫩芽。湘姐带领着女营的姐妹，正在山坡上用踏犁撬地。这种踏犁，早已流行在五岭北边的楚地。结构相当别致，用一长约四尺呈弯弓似的硬木，下接一尺长三寸宽的扁形铁器，末端打制锋利。在硬木弓似的弯形上部五寸处打入一长约四寸的硬木条，木弓顶端用榫头紧插入一段一尺五寸长圆径约两寸的圆木。撬地时，用左脚踏在硬木弓中部的硬木条上，向下用力，铁制扁嘴立即便插入土地，然后放下左脚，双手紧握顶端的横木向后用力一扳，便可将地块撬出一个小土坑。这种踏犁耕具简便好用，是史禄这次从楚地带进岭南的，深受开山种地兵民的欢迎。

湘姐用踏犁熟练地在山坡上撬出一个个小土坑，紫云英腰上挂着一只竹编的小筐篓，小筐篓中盛满金黄色的山禾种子，她在湘姐撬出的小土坑中，播下一粒粒金黄的山禾种子。秦四妹手持小铲，随后用土壅在山禾种子上，她身后的一个姐妹，提着一只小木水桶，给播下的种子浇水。

这种山禾，产在岭南的深山沟谷中，每到成熟季节，雒民们便像采摘野果一般，将其穗秆拔下，结成一把，挂在茅寮前后晒干，然后用两块平滑的石板研磨脱壳，食用谷米。山禾全是野生，产量极低，但因其为野生，故有很强的抗病虫害和耐旱的生命力。史禄带领兵民们，进山搜集野山禾种子，在山坡上大量种植。然后再逐步引种到山下新开垦的水田中。岭南气候温润，土地肥沃，雨水充足，一年至少可种植两季，来年便可解决兵民的粮食问题。

史禄一边巡视，一边指导兵民的耕作，有时也用踏犁撬一阵地，感到心情特别舒畅。当夕阳全部隐退后，他才走回自己的干栏房中，吃了晚饭后，便躺到竹席床上安睡去了。

半夜里，史禄忽然被一阵响动惊醒。他起来点燃挂在房中的松明子，举火四看，什么东西也没有发现，他走出屋外，四野里静悄悄的，半边月亮已挂到屋后那株古老的枫树梢上了，有几只虫子在断断续续地鸣叫着。他回到房中，又躺到竹席床上，正待合眼入眠，又听到了一阵阵响动，只觉脑后的枕头在跳动，他伸手一摸，发现是枕头下他那把宝剑正在发出“呜呜呜”的振响。史禄忙拿起宝剑，抽出剑来，只见剑锋闪亮，锋刃顶上闪出一串细碎的火花。史禄看了一会儿，仍不知何故，他又把剑插入鞘中，放到枕头底下，那剑又发出“呜呜呜”的振响，从枕头下振跳出床面上，振跳了一会儿，便不动不响了。史禄感到好生奇怪，他认真观察，只见剑鞘的顶部正指向西北方向。他正在纳闷，那宝剑又发出了“呜呜呜”的响声，却停留在原地不动。

“难道是西北方向有事?”

史禄一想，心里暗自一惊，西北方向不正是那座使他日夜放心不下的大石门吗?

原来，史禄带着十万兵民来到大石门外，用恩师相离子遗赠的那把钥匙从外边打开了大石门，带着十万兵民从那开启的大门缝中进入门内后，占领了岭南沿江一带，令赵佗率万余精兵，到溶江口筑城建关戍守，他则带着其余的兵民建房设营，开山垦荒种地以解决粮食自给的问题。史禄的后顾之忧不仅是全军的粮草问题，他更担心的还是那座大石门唯一的进出口的安全问题。目今全军虽然正在开荒种地，但立足未稳，人心亦未安定。他知道岭南有人还掌握着一把钥匙，如果此人故伎重演，趁秦军忙于开荒种地，疏于防范，突然从里边反锁上了大石门，再以土兵熟悉地形，又善爬山越岭的优势，发动各部落四出偷袭骚扰，使秦军四面受敌，既不能解决军食，又无法出战有效地打败土兵，而后路被断，久困大石屏下，必蹈国尉屠睢的覆辙。因此史禄率十万兵民进入岭南后，不得不留下千余部卒日夜巡守在大石门附近，以防后路被断。因为即使他进军岭南暂时受挫，万一无法立足，尚可从大石门将全军撤出，退守岭北，背靠湘南，等待时机。虽粮运困难，但全军尚不至于被困在大石门内而招致断粮覆灭。

眼前的宝剑还在“呜呜呜”振响，史禄再也无法安定下来，他提上宝剑，走出干栏房外，找到夜巡的一名秦军校尉，命其率领数百兵卒紧随，直奔大石门而去。

史禄率领数百兵卒，急急赶路，到达大石门下，已是午后时分。眼前的一幕，令他不禁大吃一惊，只见大石门那条大缝，仍然张开着，把守大石门的千余秦兵，却已倒地死亡，一个个脑袋已被割去，鲜血仍在流淌着。那名率兵跟随史禄而来的秦军校尉，惊得目瞪口呆，正待命令兵卒们收拾同伴的尸体掩埋，史禄却急令那校尉立即指挥兵卒们就地于草丛中埋伏起来，静观其变。

史禄拔剑在手，与那校尉一同隐身于一丛茅草里，两眼紧紧地盯着那大石门。不久，只听一阵阵“嗖嗖嗖”的风响，不知从何处飞降下数十头插雉鸡羽毛，戴着凶恶面具，身披蓑叶，手持弯钩蛮刀的“鬼怪”。“鬼怪”一落地，便直奔大石门下，分列左右，占据了大石门。那名隐伏在史禄身旁的秦军校尉，惊讶一阵后，正待奋身而起指挥他的兵卒上去围攻那些面目狰狞的“鬼怪”，却被史禄一把紧紧按住了。史禄看得明白，他知道来的这些“鬼怪”，是部族部落联盟的魅部落，他们行踪飘忽，有“放蛊”迷倒敌人的绝技，最善偷袭，常能潜入敌营，袭杀敌方首领。

史禄判断，把守大石门的千余秦军，必是被魅部落的“鬼怪”施放“毒蛊”迷昏后，被其割掉了首级。消灭了把守大石门的秦军后，第二批“鬼怪”又突然降临，占领了大石门。史禄知道，魅部落的人都经瓯雒王的国师特殊训练过，人数虽不多，但危害却极大。他们先杀死把守大石门的秦军，第二次又前来占领大石门，但来者仅数十人，史禄判断，他们不是为占领大石门而来，必是为从里边锁上大石门而来的先遣队。那位持有钥匙的神秘人物，可能马上就要登场了，史禄在暗中等着他的光临。

突然，一阵旋风骤起，树摇草动，所幸埋伏在草丛中的史禄和数百秦兵，因草莽茂密，不曾暴露。那阵旋风刮过之后，接着又是一阵更大的旋风，直把地上的落叶卷起，飞向半空，紧紧伏在深草丛中的史禄和那名秦军校尉，感到脊背上一阵阴冷。阴冷的狂风刮过之后，只见从一棵大树上飞落一个“魔鬼”下来。史禄定睛一看，那“魔鬼”戴着一副凶神恶煞的面具，眼睛外突，两只鼓鼓的眼珠，如铜铃一般，鼻孔朝天，一张大嘴血红，整个面具呈青紫，头上斜插着一簇孔雀翎毛，身披黑白紫绿黄五色羽彩披风。

史禄太熟悉这身打扮了。抓走他阿妹去祭雒母神，放火烧死他阿妈的就是这个“魔鬼”！使用调包计毒死瓯雒王后嫁祸于他，使他险遭杀身之祸的就是这个“魔鬼”！皋通把他从死囚牢里救出，他连夜潜逃，又被人追杀，也是这个“魔鬼”所为！

史禄紧握手中宝剑，恨不得立刻冲上去，一剑把这个作恶多端的“魔鬼”砍死，碎身万段。

那“魔鬼”在旋风刮过落地站定之后，往四周张望了一阵，这才有恃无恐地快步走到大石门下，从腰上掏出一把大钥匙来，往大石门的锁孔中慢慢插了进去。喃喃地念叨了一句什么，他还来不及转动手中的钥匙，史禄已从茅草丛中飞跃而起，持剑冲了上去，大喝一声：

“国师，禄等得你好苦啊!”

那“魔鬼”听得身后有人喝叫，惊得立即松开了握着钥匙的右手，迅速从腰上拔出剑来，转身向史禄猛刺过去。史禄挥剑一挡，两把剑发出一声巨大的撞击声，剑锋上迸射出一道寒光，随即又发出一声巨响，“魔鬼”手中的那把剑，竟冲离出他的手，与史禄手中的剑合在一起了。

“哈哈，国师，你作恶多端，今日众叛亲离，连你手中的宝剑也不再助纣为虐了!”

史禄手握两把合在一起的宝剑，剑锋直指国师。国师恼羞成怒，从面具那血口中喷出一片青色的毒气，企图把史禄毒杀。不料，史禄手中的两把宝剑的剑锋发出两道寒光，把毒气驱散。史禄把剑一指，用剑锋朝国师的头颈挑去，只听“当”的一声响，国师那凶恶的面具随即落地，刚才还站在史禄面前的凶恶魔鬼，立刻变成了一个眉心有一颗红豆痣，面目俊秀的美男子。史禄见了大吃一惊，不敢上前近看，生怕中了毒计。

美男子随即拔下头上的那束长长的孔雀翎毛，扔到地上，脱下身上黑白紫绿黄五色相间的羽彩披风，也扔到地上，用那双透着邪恶的眼睛看着史禄，冷冷地说道：

“你如果真的是禄的话，你看清楚了吧？我是朱眉，是你儿时一道在雒水中嬉戏的小伙伴。”

“啊？你是朱眉？”

史禄听了不由大吃一惊，双眼紧盯着眼前的美男子，除了眉心的那颗红豆痣和略略相似的白净圆脸，一切都无法与当年的那个天性淳厚的男孩联系在一起，特别是他双眼中透出的令人恐惧的邪恶目光，更是使史禄认为他是一个十恶不赦的魔鬼的化身。

“我是禄。”史禄郑重地点着头，“不过，我现在的姓名叫史禄了。我的身份是秦军的监军。奉秦皇陛下之命开疆拓土统一岭南。”

“禄，恭喜你终于出人头地，你就把当年的那个叫朱眉的小伙伴彻底忘了吧，就当他早已死了！你要永远记住的，是现在的这个邪恶的国师，害死了你的阿妈和阿妹，欲置你于死地的恶鬼凶魔的我！”

朱眉说罢，把头伸向史禄的宝剑下。

“禄，用你手中的宝剑，砍下我的头颅，从此了却我们之间的一切恩怨吧！”

史禄摇摇头，说：“我现在已经相信你真的是朱眉了。不错，你曾经是我和皋通的小伙伴。但是，使我弄不明白的是，你是怎么从一个天真无邪的孩童，变成一个害人恶魔的？”

朱眉眨了眨那双仍透着邪恶的眼睛，说：

“那一天，你我和皋通正在雒河中戏水玩耍，我不幸被漩流卷走，你和皋通都救不了我。危急之时，是羽神突然出现，救了我的性命。他带我飞到一座高山的神秘山洞中传授我魔法，我在山洞跟随羽神修炼十年，把一颗天真无邪的童心修炼成了一颗邪恶的魔心。”

“那你是怎样从一名巫师变成瓯雒王的国师的呢？”史禄追问道。

“其实呀，童心也罢，魔心也罢，我们活着的每一个人，都会具有这两种心，童心与魔心共存于一心之中。禄，你信吗？”

史禄想了想，点点头，说：“我信。”

“原本，我只是想当一个普通的巫师，为人驱魔祛邪，治病救人。我们岭南，瘴疠横行，邪毒遍地，我瓯雒部族之人，受害深重。但是我后来发现，他们受鬼神之害，远甚于瘴疠邪毒。别的不说吧，就说那每年的祭雒母神，就必须将两名天真无邪的童男童女，装入竹笼之中活活地投入雒江祭神，害得多少人痛失儿女兄妹，家破人亡。”

“那你为什么还要干这种伤天害理的坏事呢？”史禄气愤地质问道。

“因为人们深信，只有这样才能获得鬼神的佑助，不敬神，不畏鬼，那是要遭神鬼报应的呀！作为一个巫师，要获得四方雒民的崇敬，我必须走火入魔，以神鬼之身凌驾于雒民之上，成为一个救世主为万民所敬畏。”

“嗯，你说的不错。”史禄望着朱眉，似乎从对方那双仍透着邪恶目光的眼中，发现了某种未泯灭的童心之光。他又问：

“作为一个巫师，你的目的已经达到了。但是，你为什么还要为瓯雒王效劳，当他的国师干更大的坏事呢？”

“作为一名巫师，他只有巫术可用，以巫术蛊惑人心，获取人们的敬畏，但是，他没有权力对人们实施统治。我为瓯雒王效劳，这是一种互相的需要。他需要我以巫术震慑各方部落酋长及其臣民，以维系他的权力统治。我则需要以巫术换取瓯雒王的权力，建立一种至高无上的神权。”

“看来，你所有的目的都已经达到了。”史禄说。

“不，不，还没有达到！”朱眉摇着头说，“其实，我为瓯雒王效劳，除了要在岭南建立巩固的神权统治，我还想娶瓯雒王的女儿姝媚公主为妻。因为，神权统治也需要一种姻亲关系来维系的啊！”

史禄以一种揶揄的口吻说道：“这个大概不会成问题吧，瓯雒王视姝媚公主为掌上明珠，他难道还不会爱屋及乌吗？”

朱眉有些失望地说：“可我还不是姝媚公主心中的那只灵鸟啊！你知道，神权的统治，除了靠巫术和姻亲，还得靠一种强大的工具——军队。现在，瓯雒王把这种强大的工具交给了你我儿时的玩伴皋通，他对姝媚公主可是垂涎三尺啊！这次瓯雒王派我来锁上大石门，就是我们那位儿时的玩伴皋通献的借刀杀人之计，他欲将我置之死地，除掉他的竞争对手，你看，这下真的达到他的目的了，我即将成为你的剑下之鬼啦！”

“皋通知道你的真实身份吗？”

“不知道，他对这一切是不会感兴趣的，他感兴趣的只是瓯雒王授予他的军权和姝媚公主。”

“那好，看在我们是儿时玩伴的分上，我今天不杀你，你回去吧！”史禄说罢，将朱眉的宝剑扔了过去。

朱眉顺手接过宝剑，眼光中闪射出魔鬼般的邪恶，对史禄说道：

“禄，感谢你的不杀之恩。对你的大恩，我将以大报!”

看着朱眉那双邪恶的眼，史禄警觉地问道：

“你准备怎么报恩呢?”

“我回去先把瓯雒王暗杀了，把我们儿时的玩伴皋通软禁起来。我再以瓯雒王的名义传令部族三十几支部落的酋长们前来象城开会，把他们全部拘禁起来，然后你即率秦军进军象城，里应外合，我们不费吹灰之力，便可占领岭南。到时，我迫使三十几支部落联盟的酋长们一致拥戴你为岭南王，我为国师。皋通兄弟如果愿意与我们合作，还可让他掌土兵任雒帅，但他绝不可对姝媚公主再怀痴心妄想。皋通不愿干，便把他软禁终身，使其对我们不再有任何危害之举动。禄，未来的岭南王，这就是我对你不杀之恩的大报啊!”

史禄听了不觉极大地震惊，如果从单纯的军事观点上看，这真是一着兵不血刃、不战而屈人之兵的完美谋略。但是，作为秦始皇的宠信大臣，统兵远征的将帅，这却是一个惊天的叛逆之举，这对于久受中原文化熏陶的史禄，又如何能够接受?这简直是极大地侮辱了他的人格!

朱眉见史禄一时没有说话，以为他有后顾之忧，便再献计道：

“禄，你我都是岭南之人，岭南与中原，山高水远，是中原王权莫及之地，正所谓天高皇帝远。你我又各掌握着大石门内外的钥匙，只要我们两人全心全意合作，把这大石门锁上，便可在岭南为所欲为了，你还怕什么呢?这是千载难逢的机会啊!真是机不可失，时不再来呀，禄，我的好兄弟，我们诚心合作吧!除了姝媚公主，我对岭南的一切都不再感兴趣，王权、神权、军权这些使人梦寐以求的东西统统归属于你一人所有!”

“你这魔鬼，敢以妖言蛊惑我，我非杀了你不可!”

史禄大怒，劈头一剑向朱眉砍去，朱眉挥剑一挡，不料他那宝剑又被史禄手中之剑吸了过来，两把剑又重合在一起。朱眉一看史禄真的要杀他，急忙向上一跃，“嗖”的一声便没了踪影。史禄怒气未消，挥剑一扫，前边几棵参天大树轰然倒地，一个人也随着倾倒的大树倒栽下来。史禄见朱眉倒地，冲上去正欲挥剑朝朱眉胸前刺去。朱眉跪地求饶：

“禄，看在我们是儿时玩伴的分上，今天我求你只杀国师，不杀朱眉好吗？”

史禄紧皱眉头，担心朱眉会用缓兵之计，伺机潜逃。他用剑在朱眉身旁快速地画了一个圆圈，那道圆圈闪出一串亮闪闪的火花，使朱眉再不能越雷池一步。被火花圆圈围住的朱眉，全身颤抖，脸上显出痛不欲生的惨状。

史禄提着两把剑，向朱眉晃了晃：“你可知道，这是两把什么剑吗？”

“越王铸的阴阳雌雄剑。”朱眉用颤抖的声音回答，“我临离开雒山时，羽神赠我两件东西，一件是打开大石门的钥匙，一件便是这把性属阴的雌剑。”

“这两件东西，羽神是怎么对你说的？”史禄喝问道。

“羽神说，当年越王铸的这两把阴阳雌雄剑，是为了后世子孙之间不再互相杀戮。当两剑相遇时，雌剑便会被雄剑相吸，重合一体，生死相斗的双方便会握手言和，捐弃前嫌。”

“那么，这样说来，你是要我今天不杀你了？”

“不！不！”朱眉摇着头，“我刚才说了，国师作恶多端，残害生灵，你非杀他不可。朱眉只是个无辜的心灵纯善的孩童，你为什么要杀他呢？”

史禄听了，心中顿时为难起来，他手上提着那一双阴阳雌雄剑，在地上走来走去，寻思着如何杀掉国师，如何留下朱眉？想了好一阵，他终于想出了个两全其美的办法。

史禄提着剑，从那片密林中走了出来，来到大石门前，只见地上倒着数十具魅部落士兵的尸体。那名秦军校尉前来报告：

“史监军，这些鬼兵全被我们杀掉了，还活捉了五个呢！”

原来，魅部落的士兵，只擅长偷袭。在对方安眠，或者缺乏有效防备的情况下，放出蛊毒，毒昏敌人，趁机割取首级以邀功请赏。如果对方有备而来，真枪实刀地拼杀，他们便处于弱势，不是被杀死，便是被活捉。上次，他们黑夜偷袭大石门下的秦军得手，以为已消灭了把守大石门的秦军，第二次便毫无顾忌地上来，蹿入大石门下，为国师锁门做护卫，却不料中了史禄的埋伏，被秦军全歼了。

史禄在被打死的“鬼兵”尸体中，找到一具与国师身材相似的尸体，给尸体穿上国师的衣服，挂上那件黑白蓝绿黄的披风，戴上那只凶恶的国师面具，头上插起那簇长长的孔雀翎毛。然后令校尉押那五名被活捉的“鬼兵”过来，史禄用剑指着躺在地上的“国师”，对他们说：

“你们的国师，已经被我杀了！你们把他的尸体带回去，交给瓯雒王，要他立即向我投降，否则我马上杀到象城去，把他的脑袋砍了！”

五个“鬼兵”吓得一齐跪在地上，既不敢看死在地上的“国师”，也不敢看手提双剑的史禄。

史禄用剑砍下一根大竹片，用剑锋迅速在上面刻下十几行字，这是他写给兄弟皋通的书信。他把竹简书信交给一名“鬼兵”，说：

“这几块竹片，你把它交给你们的雒帅。”

说罢，史禄用剑砍倒旁边的一棵桄榔树，剖开树干，取出一条树芯，用剑柄研磨成桄榔粉，撒在“国师”尸体的头脸和身上，使其邪恶的灵魂再不能附体作恶。然后把手一挥，喝令那五名“鬼兵”：

“抬到江边去，上竹筏回去交给瓯雒王吧！”

那五名“鬼兵”随即抬起“国师”的尸体，朝山下走去。史禄命人找来一只竹筏，让“鬼兵”带着“国师”的尸体，登上竹筏，漂流而去。

这一切，被困在密林中的朱眉透过林间缝隙看得清清楚楚，听得明明白白，他心灵战栗，身体痛苦地挣扎着。

史禄提着双剑，走回密林中，他用剑一挥，挥去了那道困住朱眉的圆圈，说：

“朱眉，你都看到了吧，都听到了吧，我把作恶多端残害部族生灵的国师给杀死了，让他们把尸体抬回去交给瓯雒王了，从此，你可以和邪恶的国师了断啦！”

朱眉双眼定定地看着史禄，眼神里透着迷茫，迷茫中掩饰着焦虑和邪恶。史禄见了，心中不禁警觉起来，忙问道：

“朱眉，你怎么啦？难道还在怀念国师吗？”

朱眉的脸上毫无表情，眼神里仍透露出迷茫、焦虑和邪恶，连他眉心的那颗红豆痣，似乎也时不时地闪出邪恶之光。许久，朱眉才说道：

“禄，我那把宝剑，你可以还给我吗？”

史禄微微一笑，说：“你要，我就还给你吧！”说罢，将那把雌剑扔给了朱眉。

朱眉接剑在手，眼神中的邪恶顿时驱散了迷茫和焦虑。史禄见了，冷笑一声，问道：

“你那面具，头上插的翎毛和那件披风，这些行头，你还要吗？如果想要，我即派人去给你追回来，那只竹筏还没走远哩！”

朱眉脸上有些凄然和恋恋不舍的表情，他无奈地摇了摇头，说：

“那些东西，已经不属于我了！”

“那你还想要什么呢？”

“我那把钥匙，还插在大石门上呢！我想去把它取回来。”

“好吧！我陪你去取。”

史禄陪着朱眉，走到大石门下，见那把钥匙仍插在大石门的锁孔中。朱眉站在大石门前，看着那把钥匙，伸手上去拔了拔，却没有拔出来。他回头对史禄说：

“禄，你过来看看吧，这钥匙我拔不出来了！”

史禄走上前去，正要低头看那插在锁孔中的钥匙，不料朱眉把史禄猛地一推，从那半开的门中把史禄推出了大石门外。朱眉回手握住钥匙，转动了一下，大石门发出“嘎”的一声，随即关闭上了。

朱眉右手握着钥匙，左手高举他的宝剑，口中发出一阵邪恶的狂笑声：

“哈哈！我宝剑在手，钥匙在握，岭南还是我的天下！”

那名秦军校尉见史禄遭到暗算，怒不可遏，当即拔剑一挥，指挥数百秦兵冲上来，团团围住朱眉。朱眉那把宝剑，闪出一阵阵寒光，神出鬼没，将冲上来的秦兵击倒在地。那秦军校尉挥剑来敌，刚一交手，便被朱眉刺死。其余秦兵不敢上前迎战。朱眉狂傲地大叫着：

“挡我者死！避我者生！”

第二节 浴火重生

朱眉挥舞着宝剑，剑锋指处，人头落地，草木倾倒，他正杀得性起，忽听那大石门“嘎”的一声巨响，门开半扇，刚才被他猛击一掌推出大石门外的史禄，手提宝剑冲了进来。朱眉见了不由一惊，忙挥剑向史禄砍去。史禄举剑一挡，两剑相迎，发出一声脆响，火花飞迸，朱眉手中的宝剑冲手而出，与史禄手中的宝剑又合在了一起。

“哈哈！”史禄举起两把阴阳雌雄剑，“阴阳相合雌雄相配，天地之道也!”

朱眉把头伸向史禄绝望地说:“你现在可以把我杀了!”

史禄摇摇头:“这把剑，如果你还想要的话，我可以再还给你!”

朱眉叹一声:“那剑，已经归你了，不再属于我啦!”

史禄发誓说:“这两把宝剑，从此不会再杀人了，也不会永归于我!”

“刚才，我叫你去大石门前看钥匙，难道你就不曾提防我会暗算你吗?”朱眉怪怪地发问。

“知道，当然知道!”

“你是怎么知道的?”

“你那双眼睛告诉我的啊!”

“我的眼睛?”朱眉不解地问。

“圣人有言：‘胸中不正，则眸子眊焉。’你心魔未除，邪恶尚存，眼神朦胧，杀机毕露，如何骗得了我?”史禄一语道破了杀机。

“既然你知道我要谋你，为何还要信我的话呢?”朱眉又问。

“哈哈！”史禄仰头一笑，“这就是你我师门不同之道了！你师从羽神习练魔法，尽得邪神之道。我师从相离子恩师，精修文明之道，悟通德信之心。吾师教我：善者吾善之，不善者吾亦善之，德善；信者吾信之，不信者吾亦信之，德信。”

朱眉这下彻底绝望了，他又把脑袋向史禄伸过来，决然地说道：

“禄，你还是把我杀了吧！”

“为什么一定要我把你杀了呢？”

“我现在是人不人鬼不鬼的，活着还有什么意思呢？”

史禄晃了晃手中的一双阴阳雌雄剑，说：

“这两把剑，已阴阳相合，雌雄相配，我已发誓绝不用它杀人，更不会让它见血受到玷污。”

“那么，我只有自己了断啦！”

朱眉说罢，将头猛地向那大石门撞去，史禄欲拉住他已经来不及了！

不料，当朱眉的头猛地撞上大石门时，头与石门相撞，发出一声“嘭”的闷响，像撞在一个弹性十足的棕毛垫子上一般，把他弹了回来。他憋足全身力量，口中“呀——”的一声吼叫，又死命地把头朝大石门撞去，又被弹了回来，他一连朝大石门撞了十几次，均被弹了回来，身体仍然毫发无损。

朱眉冲上前去，发狂地用双拳擂击着大石门，疯狂地号叫：

“大石门，你为什么不让我死！你为什么不让我死呀！”

史禄过来，拉住狂叫不止的朱眉，对他说：

“朱眉，你冷静下来吧！既然上天不让你死，一定会给你一个洗心革面重新做人的机会的。”

“我还有什么重新做人的机会呀！你不肯杀我，这大石门又不让我撞死，你说，我该怎么办呀？”朱眉双足顿地，一副痛不欲生、恨不能死的样子。

“你不是还有一把从里边打开大石门的钥匙吗？”史禄指着朱眉腰上佩戴

的钥匙，“这把钥匙，可以打开你的生命之门，会让你获得重新做人的机会。这才是你机不可失、时不再来的机遇。”

朱眉取出腰上挂着的钥匙，双眼睁睁地看着，钥匙发出一串火花，不断地跳动着。他抬头一看，见史禄手中也握着一把钥匙，那把钥匙也发出一串串火花，也在激动地跳跃着。两把钥匙，像被阻隔了几百年的一对生死相恋的情人，此刻急着要相会似的。

史禄指着钥匙说：“此钥匙是我的恩师相离子遗赠予我。他曾说，我们的远祖先人，因战乱流离失所，从中原避乱逃到岭南。在五岭山脉上，筑下了这道大石屏，隔断了岭南与中原的通道，也隔断了蛮荒与文明的交融。他们在大石屏下筑起了这座大石门，铸造了两把阴阳相属的钥匙，一把留在岭北，由居留岭北的族人持有，一把由迁徙岭南的族人持有，并留下开启大石门的咒语一道。几百年过去了，两把钥匙皆不知去向。黑森森的大石屏和冷冰冰的大石门，严酷地隔断了岭内外族人的交往。中原战乱频仍，岭北的族人无法进入岭南避乱求生；岭南的族人也无法逾越大石屏，获取中原农耕社会的文明，过着刀耕火种、茹毛饮血的野蛮人的生活。几百年来，我们多少族人不畏生死，欲突破这道天障大石屏。他们都没有获得成功，纷纷葬身于大石屏下。”

史禄指着大石屏下的遍地骷髅，对朱眉说：

“你看，那些骷髅，都是我们族人生命的遗存！”

一阵阵阴风突然刮起，草木战栗，天地间顿时阴暗起来，那些散落地上的骷髅化作了无数绿色的精灵，它们攀爬着，涌动着，发出一阵阵求生的凄厉呼喊，它们闪着绿的灵光，在史禄和朱眉身边呼叫着，哀鸣着，祈求着，这些声音汇集成一个巨大的声浪：

“开门！开门！开门！”

那声音一浪高过一浪，向史禄和朱眉一齐冲来，冲击得他们心胸发颤，目光发眩。朱眉把握着钥匙的手伸过去，与史禄握着钥匙的手紧紧相握，两把阴阳钥匙紧紧地贴在了一起。史禄抓着朱眉的手，两人高高举起两把钥匙，激动地发誓：

“天啊！地啊！岭北岭南的列祖列宗啊！你们今天将要赐给我们一个惊天动地的使命，我们绝不辜负你们的厚望!”

史禄手持钥匙，从大石门的大缝中，走出门外。朱眉手持钥匙，将钥匙插入大石门的锁孔中，将钥匙一转动，重新锁上大石门。他拔出钥匙，从锁孔中朝外细看，见史禄已从外边把钥匙插入锁孔中，他忙将手中的钥匙也重新插入锁孔中，内外两把钥匙在锁孔中相遇，发出“嘎”的一声响。史禄在外念一句：“相离相合。”

朱眉在里边同时念一句：“相生相克。”

史禄在外边把钥匙朝左一转，朱眉在里边同时把钥匙向右一转。那大石门瞬间便发出一声惊天动地的炸裂声，随着炸裂声，腾起一道冲天的火光和巨响，大石门左右两边的石屏便轰然倒地，闪腾起的大火，熔化了所有的岩石，草木尽成灰烬。

史禄被闪腾的巨大烟浪光波撞出老远。他在地上翻滚着，许久才爬得起来。这时天上现出五彩金光，他抬头一看，只见他的恩师相离子站在云端之上，衣袂飘飘向他微笑着。一首古老苍劲的歌谣从天上飘来：

天地动兮风雷激，
五岭云峰巨浪起，
踏波逐浪荡石屏，
从此南北不分离。
赞英雄兮有魄力，
驱鬼神兮用霹雳，
一双巨手扭乾坤，
牵引山河连湘漓。

史禄忙向彩云间的相离子跪拜，连连高呼：

“老师，老师，禄在这里，你看见我了吗？学生还要向您讨教啊！”

相离子似乎看见了正向他跪拜遥呼的高足，但他并没有从天上下来，而是驾着彩云冉冉而去，瞬间便消逝在天际的云霞之中。

史禄从地上站了起来，看着崩塌后的大石屏留下的满地大大小小的石块和仍在燃烧着的草木，却不见朱眉的踪影。他沿着那些大大小小的石块走去，大声呼喊着：

“朱眉兄弟！朱眉兄弟！你在哪里？”

前边，有一团巨大的火光在闪耀着，有个人影正在火光中挣扎，发出撕心裂肺的惨叫声。史禄急忙跑过去，看见正在火光中痛苦挣扎的朱眉，他忙喊道：

“朱眉兄弟，我来了！”

正在火光中挣扎的朱眉痛苦地喊叫着：

“禄，我要被烧死了！快救我呀！”

朱眉被一团火光包围着，他身上火焰闪闪，在地上不断翻滚着喊叫着，状极惨烈，但无论怎样挣扎，那团火光却附体不去，无法挣脱。史禄冲上去，欲把朱眉从火团中拉出来，但那火异常猛烈，烈焰逼人，让史禄无法靠近。

那团火光又燃烧了好一阵子，才“嘭”的一声消失得无影无踪。在火光消失的一刹那，朱眉一个滚翻从地上跳了起来，史禄急忙跑过去拉住了他，连连问道：

“兄弟，你被烧伤了吧？被烧伤了吧？”

朱眉眨眨眼睛，用双手摸了摸身上，连连摇头，说：

“没有，一点也没有，我好像做了一个噩梦，被人丢到用烈火烧成的滚烫沸水中，洗了一个痛苦的澡，我现在终于从烈火沸水中跳出来了！”

史禄仔细看了朱眉一遍，见他身上果然没有任何伤痕，面目变得更加俊美，眉间的那颗红豆痣也更加光灿，那双原先透着邪恶目光的双眼，现在却透着令人无比信赖的纯善和睿智。史禄一把抱住朱眉，无限欣喜地说：

“兄弟，你已在烈火中脱胎换骨，邪恶除尽，浴火重生，你终于变回真正的朱眉了！恭喜你，恭喜你呀！”

“那么，我现在该做什么呢？”朱眉用他那双纯善睿智的眼睛望着史禄，急切地问道：

“从现在开始，我们共同为岭南的同胞做事吧！我今天就带你去见赵佗将军，我要把你交给他。”

“好，禄，我这就跟你去！”朱眉紧紧地拉着史禄的手，跟随他走在山道上，又像儿时的两个小伙伴共同去采摘野果山花一般。

史禄带着朱眉，走了一天山路后，乘船沿江来到溶江口，只见一座城堡已经筑成，城堡依山傍水，尽得地利之势。雄伟的关楼下，有一座城门，城门顶端，用篆书刻出“秦城”两个大字，更显城堡关楼之威严。

赵佗闻报史监军前来视察他筑的城堡关楼，即从城关上下来迎接。史禄和朱眉随赵佗登上关楼，放眼四望，青山绿水尽收眼底，史禄乃对赵佗道：

“秦城地势之险，嗉喉之会，水草之美，风气之佳，真宿兵之地，据此要地，以临南方。赵将军筑城建关之功，当不在蒙恬将军之下也！”

赵佗听了，心中十分高兴，连说：“史监军过奖了！过奖了！”随即命兵卒摆上茶儿，在关楼上品茗议事。史禄指着朱眉对赵佗说：

“赵将军，这位是我的兄弟朱眉，儿时的玩伴。”

赵佗见朱眉一表人才，见了非常欢喜，忙夸赞道：

“真是人中俊杰呀，也是岭南人吗？”

“感谢赵将军的厚爱，朱眉与禄兄皆同是岭南土著，禄兄久居中原，见多识广，尽得中原文明之风。朱眉长在岭南，混沌未开，孤陋寡闻，望赵将军多多教诲。”

朱眉几句话，说得赵佗心中十分受用。史禄见赵佗喜欢朱眉，忙说道：

“赵将军既然如此喜爱我的兄弟，我想把他留在你身边，做你的兄弟如何?”

“好呀，我的亲兄弟赵始已不幸战死，今日得朱眉为弟，正可排遣我心中失弟之痛。”

赵佗当下便接纳朱眉为弟，朱眉亦拜赵佗为兄长。史禄接着说道：

“赵将军，自从今日起，你就视朱眉为复活了的赵始兄弟吧！仍任我军先锋之军职，你我皆呼其为赵始，其衣甲兵器，话语习惯皆仿照赵始原型。”

赵佗欣然应允，即亲自取出赵始原先使用过的黑衣黑甲和剑戟兵器。朱眉穿戴衣甲，配上长剑，手持戟矛，竟活脱脱一个秦将赵始。赵佗见了热泪盈眶，上前一把抱住，连说：

“兄弟，你终于回来了！终于回来了!”

“哥哥，请受赵始小弟一拜!”

朱眉从此变成了秦军名将赵佗之弟。史禄见他们兄弟手足之情甚为感动，忙唤兵卒持酒上来，斟满三盅，敬酒致贺。

赵佗向史禄长揖致谢，说道：“感谢史监军使我重获手足之情，吾弟赵始今日复活，其义深远。我想史监军除念及我手足之情，一定还有深谋远虑，赵佗愚钝，还请史监军不吝赐教。”

史禄点点头，说：“赵将军果然站得高，看得远。兵家大师孙武有言曰：‘不知敌之情者，不仁之至也，非人之将也，非主之佐也，非胜之主业。故明君贤将，所以动而胜人，成功出于众者，先知也。先知者不可取于鬼神，不可象于事，不可验于度，必取于人，知敌之情者也。’”

“史监军要下一盘很大的棋啊！我明白了，你是要赵始兄弟留在我身边当间谍呀。”赵佗逼视着史禄，“史监军，如怀疑我赵某有图谋不轨之处，可就地问斩，你手上握有皇上授予的先斩后奏的尚方宝剑，何须变个戏法来监督我呢?”

史禄摇头苦笑着，说:“赵将军说的哪里话，孙武子有言:‘非圣智不能用间，非仁义不能使间。’间谍是常人可以用的吗?况孙武子曰:‘间事未发，而先闻者，间与所告者皆死。’以此说来，我等三人皆可处死，岂可由赵将军一人来承担呢?”

“嗯，以此说来，史监军是要我兄弟赵始打入敌营做间谍了。”赵佗扭头问道，“赵始兄弟，你愿去吗?”

“大哥，小弟今日来到你身边，尚无点滴功劳，现在史监军给我一个立功的机会，即使赴汤蹈火头断身裂也在所不惜!”

“好!”赵佗拍着赵始的肩膀，夸赞道，“我的兄弟就应该是这样有胆略有担当的角色!”

史禄高兴地说道:“昔殷之兴也，伊挚在夏;周之兴也，吕牙在殷。故唯明君贤将能以上智为间者，必成大功。赵将军，你务必设谋用计，使赵始兄弟成功打入瓯雒王身边，使其言听计从。此兵之要，三军之所恃而动也。”

赵佗听了，肃立而答:“明白了!”

己亥歲末

第三节　神鸟相助

象城。三声凄厉的犀角声响过之后，城门缓缓地打开了。一头驮着前导士兵卫队长的大象，从城门洞里走了出来，数十名手持长矛的卫兵各乘坐着一头大象紧随其后，走出城门洞。后面是乘坐象王的瓯雒王和乘坐一头白象的姝媚公主。公主之后，是乘坐大象的雒帅皋通以及三十多支部落联盟的君长和酋长。

象队走出城门洞后，直奔前面的雒河岸边。紧靠岸边停着一张孤零零的竹筏，竹筏上，停放着一具孤零零的尸体。尸体戴着凶恶的面具，头插一簇长长的孔雀翎毛，身披一件黑白紫绿黄五色的披风。尸体的头脸和身上被撒上一层粉白的桄榔面。一群乌鸦在天上号叫飞舞，正欲栖落在那张孤零零的竹筏上。

一声长长的凄厉犀角号声响过之后，象队在河岸边停住。沉沉的鼓乐声响起，十八名巫师在河岸边对着停放在竹筏上的尸体跳起大神，口中有节奏地喊叫着，不停地手舞足蹈着。在鼓乐和巫师的跳大神舞蹈中，河岸边停放尸体的竹筏缓缓启动，顺流而下，随波逐流而去。天上飞来几只凶恶的鹫鹰，驱赶掉飞舞号叫的乌鸦，一齐降落在那张停放着尸体的竹筏上。

姝媚公主目送着远去的停尸竹筏，一双美丽的眼睛中，流出两行凄然的泪珠。皋通偷偷地瞧了姝媚公主一眼，脸上现出一丝不为人知的窃笑。

鼓乐声停止，跳大神的巫师口中发出一阵整齐高昂的呼叫，也戛然而止，祭祀国师亡灵的仪式随即结束。象驾把前导大象勒转向后，象队驮着各自的主人，缓缓转回城去。

回到王宫里，瓯雒王随即召开紧急会议，商讨应对中原军队之策。酋长们照例席地而坐，鼻饮口嚼。端坐象位的瓯雒王，显得心神不定，他扭头望了望象座的左边，这是国师的位置，现在却空空如也，他顿感有失去左臂之痛。象座的右边，雒帅皋通仍站在他原来的位置上，姝媚公主则还是站在父王的侧后，往昔，她是站左侧后的，略微靠近国师的位置，今天，她却站在了右侧后，略略靠近了雒帅皋通。这一不起眼的变化，更使瓯雒王感到左侧的空虚，失去某种平衡的安全感。

瓯雒王心情显然十分忧虑，他望了望左右和前面席地而坐，正在鼻饮口嚼的酋长们一眼，开始发话了：

“西瓯君，苍梧君，你们两位过来。”

西瓯君和苍梧君，分坐在两行酋长们之首位，酋长们正在鼻饮口嚼，只有他们两位不用鼻饮，各人面前放着一只粗糙的印着绳纹的陶杯，陶杯盛着果酒，酋长们鼻饮，他们二人却是杯饮，他们头扎葛巾，身穿葛衣，足蹬葛麻鞋。与断发文身的那些酋长们坐在一起，有些鹤立鸡群之态。

西瓯君和苍梧君听到瓯雒王的召唤，立即起身走到王座旁，听候吩咐。瓯雒王用手指了指左边空虚的位，对他们说：

“今后，你们就站在这个位置上吧，辅佐本王，共议国事。”

西瓯君和苍梧君正待站到瓯雒王象座的左手边，却见雒帅皋通两眼露出愤懑的目光，赶忙不约而同地摇着头说：

“大王，这个位置是国师的，我们不敢。还是让我们回到原来的位置上去吧！”

瓯雒王把手一摆，说：“国师已经殉国，在山神那里会有他的位置的。现在，中原军队已经侵入了你们的属地，你们守土有责，责任重大，必须身先士卒，担起抗击中原军队的重任，保卫我瓯雒王国的安全和领土的完整。”

西瓯君说：“大王放心，打仗的事，我们都听雒帅的指挥，他要我们怎么打，我们就怎么打。”

苍梧君也说：“大王，快让雒帅下令吧，反正是打老虎，怎么追，怎么围，怎么堵，我们保证全族上阵，把老虎打死!”

瓯雒王扭头问道：“雒帅，这仗该怎么打，你快给大家分派任务吧!”

皋通摇着头，为难地说道：“大王，这回的仗，可不好打了!”

皋通这话，不仅使那些正在鼻饮口嚼的酋长们吃惊不小，便是连明白人西瓯君和苍梧君也感到心中没底，他们一个个紧张地望着雒帅皋通，皋通却低头沉默不语，更使酋长们感到从未有过的惊惧，他们纷纷拔下鼻中的饮管，停止了进食，西瓯君和苍梧君则面面相觑，无言以对。

“你们想想，像国师这样神通广大，魔法厉害的人，都被他们打死了，甚至连那座紧锁的大石门和无人可以翻越，屏障我岭南几百年的大石屏，也被他们炸毁了。这次增兵前来的中原军队中，必有相当厉害的高人术士。我们的仗，这回真的不好打了!”

皋通不断地摇着头，他的话说得连瓯雒王也感到不知所措，众人简直都觉得不仅打不到老虎，反而被虎群包围追逐得无处逃生了。其实，皋通也并非以此吓唬瓯雒王和众酋长，只不过他还没有透露杀死国师、炸毁大石门和大石屏的中原军队中的高人术士，便是他的师兄禄。禄给皋通的几片竹简书信，由运回国师遗体的其中一名魅部落的士兵交给了皋通。皋通读了禄的书简后，心里久久不能平静。禄在书简中开导他的师弟皋通，要为岭南的族人着想，走与中原先进文明相融合之道，放弃血腥杀戮的抵抗，从此南北一家。中原人与岭南人皆是华夏子孙，早日结束敌对状态，对我岭南“则功莫大焉”！禄最后告诫皋通：“我秦皇威加四海，横扫六合，一统华夏，势不可挡，岭南概莫能外。统一后，将在岭南实行郡县制，郡设守、丞、尉。以吾弟之才干，可获郡尉之职，以将兵行守疆保土之责。如若冥顽不化，抵抗到底，使我岭南族人生灵涂炭，染血桑梓，则必蹈国师之下场，何去何从，切望吾弟三思而后行之。”

“禄啊禄啊，真想不到你我儿时的玩伴，又同出一个师门的兄弟，如今竟在战场上兵戎相见！什么郡尉之职，如何能比得上我目前统帅部落联盟的雒帅之位？你的秦皇虽然威武，但如何能有瓯雒王威风？如今，国师已被杀了，美丽的姝媚公主这朵岭南名花，必将归我所有，未来的瓯雒王王位也必将由我继承。为了这一切，我一定要和你血战到底，拼个你死我活！”

这就是皋通看了禄的书简后“三思而后行”的心态了。

皋通虽然深知禄的厉害，但他深信自己的神机弩和象阵是禄无法对付的。

雒帅皋通没有说话，瓯雒王顿感失去了主心骨，目下国师已死，唯一能给他出主意下决心的便只有雒帅了。想到此，他不得不目视姝媚公主。那姝媚公主本是个美丽又机灵的人，她当即会意地一笑，便走到雒帅皋通身旁，拉着皋通说：

“雒帅，我们先到那边去，商量商量这仗该怎么打吧！”

皋通听了这话，心中不由一阵惊喜，忙随姝媚公主走到王宫的后面去了，刚走到一个大柱子旁，皋通便一把抱住了姝媚公主。

瓯雒王和众酋长们等了好一阵，还不见雒帅和公主出来，瓯雒王不耐烦地啊咳了一声，拖着威严的嗓门，问道：

“雒帅、公主，你们还没商量好吗？”

“父王，我们商量好了，就来啦！”

姝媚公主急忙整了整头上的花冠，拉着雒帅皋通，走到瓯雒王身旁。瓯雒王急不可待地问道：

“这仗该怎么打？雒帅，快把你和公主商量的办法给大家说吧！”

“大王，这回非打一场硬仗不可了！”皋通精神抖擞地说道，“我将尽起我们部落联盟之兵，以神机弩为前队，象阵押后，将入侵岭南的中原军队赶尽杀绝！”

皋通说罢，当即便向各酋长下达了出兵与中原军队决战的命令。

瓯雒王听了大喜，忙从象座王位上站起来宣布：

“各位，我就在象城等候你们的捷报，为你们准备好盛大的庆功宴，到时论功行赏！”

瓯雒王又特地把雒帅皋通和公主姝媚拉到自己身旁，小声说道：

“待彻底消灭中原军队之后，我一定为雒帅与公主完婚。”

姝媚公主忙拉着雒帅皋通向瓯雒王拜谢。

依山傍水而筑的秦城，屹立在大溶江口，大城门的关楼上，飘动着一面帅字旗，旗中书一“赵”字。城墙上的每一处城垛口，都插着秦军的旗帜，更显秦城之威严牢不可破的气势。城外，有一片平坦的草地和丘峦。天刚一亮，城外便响起潮水般的蛮语叫喊声。

史禄、赵佗、赵始登上秦城的关楼，朝外看去，只见土兵汹汹，部落旗帜飘飘，土兵们赤足顿地，手举刀矛朝城上叫喊着。赵佗问史禄：

“史监军，他们来了多少人？他们在叫喊什么？”

史禄仔细地观察着，好一会，才对赵佗说：

“他们喊：‘出来！出来！出来！’要和我军决战。”

赵佗把腰上的剑一拔，说：“好呀！我正在寻找报仇雪恨的战机，他们却主动上门来送死。我军将士养息日久，正欲冲阵交锋啖肉饮血，以解战机！史监军，我要亲自带兵出阵，杀他个尸横遍野！”

史禄忙制止道：“赵将军不可急于出战。据我观察，土兵叫阵，背后必伏杀机。他们的神机弩和象阵必隐伏其后，如贸然出兵，后果不堪设想。”

赵始也说道：“大哥，史监军的话极有道理，敌军的神机弩和象阵是我们难以对付的两大杀器，切不可轻举妄动。”

赵佗只得把剑插入鞘中，有些愤愤然地问道：“军人临阵而不厮杀，算什么军人？你们二位说吧，这仗到底该怎么打？”

正说着，叫阵的土兵突然向左右两边的丘峦丛林急速隐去，紧接着便有飞蝗一般呼啸的箭雨冲来，箭镞射得城墙嗒嗒作响，瞬间便将城垛口上插着的秦军旗帜的旗杆齐刷刷地斩断，旗倒落地，所幸守卫城上的秦军急伏地隐蔽，动作慢的即被射杀。有几支箭竟飞上城墙的关楼上，深深地扎入关楼的大木柱中。赵佗见了，不由倒吸一口冷气，这才相信史禄和赵始的话果然有先见之明。

土兵的神机弩放射一轮过后，那些隐入丘峦丛林中的土兵，又纷纷回到城外，不断地顿足，举着刀矛叫阵，声势汹涌。赵佗见了直皱眉头，手抚剑柄，在关楼上来回踱步。心里暗想，如不先筑秦城，后果不堪设想。

史禄又向城外观察了一阵，这才对赵佗说道：

“赵将军，据我观察，从旗帜上看，瓯雒王的三十余支部落联军这次是倾巢出动与我决战，他们欲以神机弩和象阵击败我军，将我们赶出岭南。”

赵佗点了点头，同意史禄的看法，但他又问道：

“我们既无法破他们的神机弩和象阵，又坚守不出，旷日持久，我军粮草难以为继，也无法在岭南立足，这如何是好？”

史禄道：“我们当然不能困守秦城坐以待毙。我看，瓯雒王这次倾城而出，他的大本营象城必然空虚，我们正可出其不意，攻其不备。”

史禄说罢，取出一幅绢制的地图对赵佗和赵始说道：

“图上这条道，是瓯雒人称为鸟道的险道，极为艰险，瓯雒人是从不设防的。赵始兄弟，你带一千余人，身裹干粮，偷越这条鸟道，直趋象城。瓯雒王惊闻我军兵临城下，必急檄调雒帅皋通回兵象城。”

赵佗暗自佩服史禄的妙计，但却有些担心地说道：

“史监军此计虽好，但我军仅一千余人，强攻象城未必奏效，如土兵回师来救，前后受敌，岂不全军覆没？可否让赵始兄弟多带些人去？”

“不可！”史禄断然地摇着头，“那条鸟道之险非常人可涉越，必选精干之士不可。人如众多，不仅不可偷越，若行踪暴露，敌军前后将鸟道堵上，则我军必被饿死困毙于险途。”

“史监军、大哥，你们让我去吧！我一定要把瓯雒王的脑袋割下来，交给你们!”赵始拍着胸膛请战。

史禄对赵始道:“兄弟,你这一千多人到了象城之下,恐怕只剩下几百人了,象城坚固,你数百疲惫之兵,如何攻城?你此行的任务,不是去攻城略地,而是以假投降的方式,设法打入瓯雒王身旁,获得他的信赖,谋定而后动。你快去准备吧!”

赵始奉令去了。史禄和赵佗每日只在秦城关楼上观看土兵叫阵,秦军只坚守不出,土兵也无法强攻秦城,双方就这样对峙着。

过了几天,赵始来报,远道偷袭象城的准备已完成。史禄与赵佗便随赵始前去检验。只见一千名身强体壮的秦军已在一块草坪上集结,他们头戴藤盔,身披藤甲,足蹬藤靴,手腕套着藤护腕,一个个相当精干。史禄和赵佗看了甚为满意。史禄对赵始叮嘱道:

“兄弟,你此行是九死一生,不仅仅是翻越那条极为艰险的鸟道,对你威胁最大的还是皋通和瓯雒王,他们都嗜杀成性,皋通又诡计多端,你打入瓯雒部族实属不易。恐怕只有一个人能够保护你。”

“谁呀?”赵始问道。

“瓯雒王的掌上明珠姝媚公主!”

“但愿如此!”赵始神秘一笑。

史禄又说:“皋通那大神机弩的总机关、靠一只黑心木轮操控,你把那只黑心木轮偷走,他的神机弩就无法发射了,切记!”

赵始点头道:“我会伺机行事。”

说罢,赵始便率领那一千精悍的秦兵出发了,不一会儿,他们便没入到那莽莽的丛林之中。

史禄和赵佗仍回到秦城的关楼之上,品茗闲谈,观看城外土兵的叫阵挑战,秦军坚守城上,并不理会那潮水般的叫阵声。约莫一个月后,城下土兵叫阵的声音便逐渐减小。史禄与赵佗暗登城墙上,沿城垛走动暗暗观察,土兵叫阵的声音虽然减弱,但三十余支部落的旗帜仍飘动如常。赵佗笑道:

“大概他们是叫累了，嗓门干渴了吧？史监军，让我亲自带人冲过去，杀他们一阵！”

史禄阻止道：“他们已经撤退了，必是赵始兄弟已抵达象城之下啦！”

“何不追击他们一番？”赵佗摩拳擦掌求战心切。

“不可！”史禄仍不同意赵佗出战，“皋通此人，深得孙子兵法之谋，其撤退旗帜不变，阵形不乱，他必以神机弩大杀器设伏于途，待我追兵而击杀之。”

象城。

城下喊杀连天，赵始指挥秦军佯攻象城。由于土兵倾巢出动北攻秦军，城内空虚，瓯雒王只得下令紧闭城门，城上派少数土兵巡守。

赵始在城下不断挥兵攻城，因象城城堡坚固，三面临水是天然的护城河，秦军虽呐喊攻击，却无法攻上城去。赵始率领千人的突袭队，用月余时间才翻越得过那条天险鸟道，但进抵象城下时，兵员已折损大半，全军已不足五百人。他孤军远袭，兵力有限，心知难以攻下坚固的象城，只不过是迫使皋通的土兵回援而已。为了壮大声势，迷惑城内的瓯雒王，赵始将仅剩的数百秦军隐伏于象城外的一个大土坡后，令兵卒们从土坡后出击攻城，前边的兵卒呐喊攻击一番，便转至土坡后隐蔽，后边的兵卒又跟着出去，如此轮番不断，让城上巡守的土兵不知攻城秦军的实际兵力。夜晚，赵始又令兵卒们围绕象城四周点起一堆堆篝火，让兵卒们在火堆边不断游动。如此日夜不停，直搞得瓯雒王心惊胆战，急派人爬城而出，传令皋通和姝媚公主迅速回兵来救象城。

这天，秦军设在高坡上的观察哨急速向赵始来报：

“将军，我军后面发现大批土兵，必是他们的援兵到来了！”

赵始登上高坡顶上一望，果然见大批土兵急急赶来，前队打着燕尾旗，一名骑着白鹿身背弓箭手握长矛的女将走在队前。赵始知道，来的正是姝媚公主率领的燕部落的土兵。赵始急忙跑下土坡，下令全军迎战。

数百秦军手持刀矛，在赵始率领下向迎面而来的燕部落列阵迎战。恰巧一群正在草地上觅食的燕鸟受惊，鸟群冲天而起，一只燕鸟被乱箭射伤，坠落在赵始面前。赵始一看，见受伤的是一只颈脖下有一道红羽的燕鸟，这是一只燕鸟王，它的一只翅膀已经受伤，正在地上痛苦地扑腾着，欲飞不能。赵始见了，立即扔下手中的戟矛，把受伤的鸟王小心地捧在双手上，单膝跪地面向天空。也许是飞上天的燕鸟已脱离险境，也许是它们发现了自己的鸟王受伤落地，大群的燕鸟在天空低飞盘旋久久不肯离去。燕部落的士兵们见了，惊得一齐单膝跪地向天上的鸟群敬拜起来。

燕子在岭南被部族部落称为雒鸟，是瓯雒越族的保护神。“雒”意为小燕，传说雒鸟王为保护瓯雒越族而殉难，雒民为感怀此鸟，便把它奉为图腾，他们则自称为雒民，雒民中的燕部落则把燕鸟尊之为祖神，并把燕鸟的图像铸刻在铜鼓的船纹上，当作保护神，世代崇拜。因此岭南一带，燕鸟极多。

受惊的燕鸟群仍在低飞盘旋着，不肯离去。赵始扭头向身后的秦军喝令：

“扔掉武器，朝天跪拜！”

数百手持刀矛的秦兵见主将下令，只得扔掉手中的武器，学着赵始的姿势，不明所以地单膝跪地，朝天而拜。

姝媚公主跳下白鹿，手持长矛，向单腿跪地手捧燕鸟的赵始走来，用长矛指着对方喝问：

“你是什么人？敢袭我象城，伤我神祖？”

赵始双眼紧紧地盯着姝媚公主，从容答道：

“请公主恕罪，这一切，都是神鸟的安排。”

“神鸟的安排？”姝媚公主发现对方不但是个美男子，而且眉心也有一颗红豆痣，心里不由一怔。

“我是秦军大将赵佗将军麾下的先锋将领赵始，是头上的这些神鸟把我们从险峻的鸟道上引过来的。神鸟告诉我，姝媚公主要召见我。我就不避艰险不畏生死前来拜见公主，不料我们在此相遇，误伤了神鸟，罪过！罪过！”

赵始说罢，又举着手中的燕鸟，朝天跪拜。天上燕鸟群集，盘旋低飞，发出“叽叽叽”的鸣叫声，似乎在告诉姝媚公主，那个男人说的话是可信的。

姝媚公主收起长矛，说道：“你起来吧！”

赵始站了起来，双手仍捧着那只伤了翅膀的燕鸟。姝媚公主见对方身材魁伟，面白唇红，眉清目秀，眉间那颗红豆痣更显俊美，心里不禁暗暗称奇，她问道：

“你既是秦军将领，为何眉间也生有一颗红豆痣？”

赵始笑道：“我也不知道啊！父母生下我时，见了这颗红豆痣，也感奇怪。我看公主您也是眉间有一颗红豆痣，难道是我们今生有缘？”

姝媚公主被赵始说得脸上飞起一片红云，娇嗔地斥责道：

“你别胡说八道！别胡思乱想！我问你，你现在准备怎么办？”

“我现在对着神鸟发誓：从今以后，绝不再和岭南部族打仗！”

赵始说罢，又对着天上飞舞的燕鸟跪拜一番，接着又向手中捧着的燕鸟虔诚地许下心愿：

“我知道，你是一只燕鸟王，我们不经意间伤害了你，我一定要精心呵护好你，让你早日伤愈，回归你的群落！”

那只伤了翅膀的燕鸟王，似乎听懂了赵始的话，口中发出几声“吱唔”的鸣叫声。姝媚公主见了，脸上现出喜悦之色，说道：

“既然你已对神鸟发了誓言，不再和我们打仗，你就是我们燕部落的一员了。好了，我现在就带你进城去，见我的父王。”

“是！”

赵始正要跟姝媚公主走，忽见燕部落后面涌来一群大象。象背上披挂着象皮甲，每头大象上前后左右各乘骑着一名手持长柄弯钩刀的士兵。象队中间，有一头大白象，大白象上乘骑着一位剽悍的土兵首领。大白象飞快地奔跑到姝媚公主后面，那骑乘在大白象上的土兵首领忙从象背上跳下来，问道：

“公主，敌军在哪？”

姝媚公主见雒帅皋通来了，忙轻松地说道：

“雒帅，你来晚了，现在这里已经没有敌人啦！”

“他们难道不是我们的敌人吗？”

皋通用手握的长柄弯钩刀，指着赵始和那些秦兵。姝媚公主笑了笑说：

“雒帅别误会了！不错，他们原来是中原军队，可是现在他们已对神鸟起誓，永不再与我们为敌，我已把他们归属到我的燕部落了。”

“公主切不可信他们的鬼话，这是他们打入我们内部，以里应外合中原军队，打垮我岭南部落联盟的诡计，如何瞒得了我。看我先杀了他们！”

皋通说罢，挥起手中的弯钩刀，狠狠地向赵始劈去。赵始转身闪过劈来的弯钩刀，将受伤的燕鸟王护在怀中，迅速拾起他的矛戟，说道：

“我知道雒帅生性好杀人，喜欢砍下对手的脑袋示众取威。好吧，你今天就先杀了我吧！”

“雒帅，不可轻易杀人，他们已归属了我的燕部落！”

姝媚公主欲上前制止皋通。但皋通哪里肯听，又挥起弯钩刀朝赵始劈去。赵始将矛戟一挡，二人你来我往厮杀起来。姝媚公主见了大怒，她把长矛一挺，将交战双方的兵器隔开，怒气冲冲地对皋通喝道：

“雒帅，你可以不听我的话，我们现在就进城到父王那里去，请他评评理，如果父王要杀他们，我就把他们交给你杀掉好了！走，都跟我进城去见父王！”

皋通挥着手里的长柄弯钩刀，用刀锋指着赵始说：

“即使见了瓯雒王，我也要砍下你的脑袋！”

赵始把头一昂，硬铮铮地回应道：“我死在公主面前，死而无憾！”

第八章　西瓯君

第一节　秦瓯新村

皋通、赵始紧随姝媚公主进了象城，来到王宫面见瓯雒王。瓯雒王闻报后，在王宫里预先布置了两列卫士，分列于王宫大门直至瓯雒王的王座前，列于左边的卫士们手持蛮刀，列于右边的卫士们则手持长矛。王宫中杀气腾腾，戒备森严。

走进王宫大门，姝媚公主便预感到气氛与平时不同，忧虑地皱起了眉头。雒帅皋通见了，心中暗喜，知道瓯雒王今天要开杀戒了，要杀谁？皋通心里当然明白。赵始却异常沉着，坦然地跟着姝媚公主来见瓯雒王。三人拜见过瓯雒王之后，姝媚公主便把如何收降秦将赵始及其部卒的经过向瓯雒王讲说了一番。瓯雒王面上并无任何表情，只是用手慢慢地捋着腮上的黄胡须，不动声色地问赵始：

“你是中原军队的将领，为何能潜入我象城之下，日夜攻城，使我下令召回前方正在打仗的军队，令我部族联盟大军无功而返，我看，你必是负有某种特殊的使命而来的吧?”

“禀报大王，确实是神鸟把我们引导到这里来的，没有神鸟引路，我们早已在山中跌死、饿死、被豺狼虎豹咬死。我们哪里要攻打大王的城池，是神鸟把我们引到城下，要我们投效大王，因见城门紧闭，我们只得呐喊举火向大王表示，我们来了。”

赵始从容不迫地说着，瓯雒王似乎在认真地听着。王宫里燕鸟翔集，在檐梁上嬉戏盘旋，“呢喃”之声不绝于耳。瓯雒王的王权，本来自传说中的神鸟所授。“雒”即“雒鸟”，也就是燕子的意思，“瓯雒”即神鸟的化身。

瓯雒王的王座头顶，悬着一只木雕的燕子王鸟。王座之后，竖着一只大铜鼓，铜鼓正中，铸着一只硕大的燕子王鸟图像，鸟王四周放射的雷纹被铸成翔舞的燕鸟群。王宫里常年四季燕鸟云集，鸣叫之声不绝，成为王权的象征。王宫里有专门的侍者喂养燕鸟，燕鸟在王宫的檐梁和壁上筑有密密麻麻的燕巢，燕巢里常有嗷嗷待哺的雏燕。岭南部族分布有大大小小、许许多多的部族，有瓯雒、瓯越、雒越、西瓯、山越等，名称不一而足，难以分辨，中原人便将其统称为“百越”。“百越”部族，各有自己的神祇图腾，“百越”之中瓯雒部族一支独大，据说因其独得“雒鸟”神助之功，瓯雒王的王位已传有不知多少代了。瓯雒部族中又分不少支系，其中燕部落象征其正统，燕部落首领一向是由瓯雒王的公主担任。

现在，一个中原军队的将领，率领几百人从天而降象城，如无神鸟相助，他们如何能翻越那连雒越人都从未翻越的险恶高山鸟道呢？这支从天而降的中原军队，虽然人数不多，难道不是神鸟送给瓯雒王的礼物吗？

瓯雒王脸上浮起几丝笑纹，那捻着黄胡须的手慢慢地放了下来，狐疑变成了欣喜。雒帅皋通发现瓯雒王的表情有变，赶忙说道：

“大王休听他胡说八道，他明明是在亵渎神鸟欺骗我们，他是奉中原军队之命，偷渡鸟道，欲打入我瓯雒联盟部族之中，骗取大王的信赖，以便与中原军队里应外合，打垮我们，夺取大王的王位。大王，快杀了他，以除后患！”

“说我亵渎神鸟，欺骗大王，真是欲加之罪，何患无辞！对此，公主可以证明，我已对神鸟发誓，永不与瓯雒部族为敌。我若反悔，必遭神鸟惩罚！”赵始把话锋一转，“说我欲骗取大王的信赖，打入瓯雒联盟部族，与中原军队里应外合，夺取大王的王位。我倒是要问问雒帅，你当年与禄偷越五岭天险，到中原干什么去了？你们后来返回岭南，又是为了什么？你难道不是骗取大王的信赖才谋得雒帅之职吗？现在，领兵来打岭南的正是当年与你一道逃出岭南的禄。我听说他曾托人送给你一封书简，劝你里应外合，与他共同谋取岭南。”

“住口!”皋通指着赵始叱喝道，“你胡说八道，看我杀了你!”

皋通说罢，夺过一名卫士的弯钩刀，一刀向赵始劈了过来。赵始急闪到姝媚公主身后躲避。皋通提刀冲到姝媚公主身后追杀赵始。姝媚公主大怒，拔剑挡住皋通：

“雒帅休得无礼，你当着父王之面在王宫大动干戈，惊了父王，这是犯上之罪!”

那些提刀持矛的宫中卫士们，急忙冲上前来，一部分紧紧地护卫住瓯雒王，一部分则护卫住姝媚公主。皋通气得把手中的弯钩刀扔到地上，在瓯雒王面前跪下，大声叫道：

“大王既然听信奸人之言，请就地把我杀了吧！我皋通为瓯雒部族联盟而死，死而无憾!”

赵始也跪在姝媚公主面前，信誓旦旦地说道：

“公主如不信神鸟之言，请把我杀了吧，我为神鸟而来，当为神鸟而死!”

那些翔集在宫中檐梁之上的燕鸟，被眼前的一幕惊得飞逃而去，只留下一串串“叽叽喳喳”的惊鸣之声。

瓯雒王面色凝重，从王座上站了起来，面对那只巨大的铜鼓双手合揖，默默地绕着铜鼓转了三圈，然后挥退卫士，重登王座，声音平和地唤起跪地的皋通和赵始。

瓯雒王手捻着黄色的胡须，表情肃穆，徐徐开言：

“常言道，乌鸦嘴丑良心好，岩鹰不叫起毒心。皋通和赵始你们二位敢于当我面向我坦言，我相信你们是一片忠心。你们互相之间不要再疑神疑鬼的了，好好为本王效劳，本王是不会亏待你们的。”

瓯雒王望了姝媚公主一眼，姝媚公主朝父王点了点头。瓯雒王又说道：

“皋通来投效本王时，为我训练部落联盟之兵，数年尽成劲旅，首战便打垮了来犯的中原军队，功不可没！”

皋通听了瓯雒王这几句话，心里感到甜滋滋的，把低垂着的头也高高地昂了起来，又特地看了姝媚公主一眼。瓯雒王对赵始道：

“赵始你本为秦将，受神鸟引导，不避艰险来投效本王，你也应当为本王有所贡献吧？”

“禀告大王，赵始尊神鸟之命前来投效，就是要为大王送上一份厚礼。”

“可我还没见到你的厚礼啊！”瓯雒王狡黠地笑道。

“大王，山上的果子成熟了还要靠人去摘回来啊！”赵始不卑不亢地说道，“中原军队之所以筑城自守不敢出击，一是因为他们粮草缺乏，靠开山广种粮草以自给；二是岭南江河纵横，他们不习水战，目前正在造船训练水军。一旦他们粮草丰足，战舰造成，兵精粮足，我们便无法对付了！”

“啊！”瓯雒王忧虑地问道，“那你说现在该怎么对付他们？”

“水火并用！”赵始伸出两个指头。

“水怎么用，火怎么用？你详细给我讲来。”瓯雒王迫不及待地问道。

“水，即水军。现在中原军队已在漓水上打造了一百多艘战船，正在利用这些战船训练水军。我们去把他们的战船全部夺了，就等于覆灭了他们的水军。火，即用火攻，放火烧山，烧掉他们已种下的粮草和他们已建起的房屋。粮草没了，房屋没了，水军没了，他们就无法在岭南立足，不用我们出兵去打，他们就会卷起铺盖狼狈地逃回中原去！”

“好！好！好！”瓯雒王听了高兴地说道，“该用多少兵，你说吧！”

用兵打仗的事，这回瓯雒王破天荒地不问雒帅皋通，却问刚被神鸟引来的赵始，皋通直感到心里酸溜溜的不是滋味，只有姝媚公主脸上绽放出桃花般的笑容。

“兵不在多而在精。”赵始说，“放火的事可交给西瓯君去办。他的领地正好在中原军队的驻地一带，让他的兵丁换穿上我部下兵卒的服装，混入中原军队的驻地，神不知鬼不觉地放起火来，现在正是冬天草木干燥的季节，一把火便可把中原军队的房舍和种上的作物烧个精光。”

“好！好！好！”瓯雒王听了直点头。

赵始接着说：“夺船的事可交由我和苍梧君去办。漓水一带是苍梧君的领地，他的兵丁最善水战，我和苍梧君只需带上几百人，再带几十名魅部落的鬼兵。我们半夜潜到中原军队水军驻扎处，乘他们不备，放出蛊毒把他们毒昏，然后夺下战船，直放雒河。大王有了这一批战船，我们水军的实力就无敌于天下了。”

“哼哼！”皋通听了冷笑两声。

“雒帅，你是说这仗打不得？”瓯雒王见皋通冷笑，忙问道。

“打得！打得！竹篮打水，蚊虫打虎，茅草打蛇，打遍天下无敌手！我建议大王赏此人一个鬼脸壳，他就是死去的国师还魂了！”皋通狠狠地挖苦了赵始一番。

赵始并不生气，向瓯雒王请求道：“大王，我不想在此和他斗气，我今当面立下军令状，如水火两计不奏效，就请西瓯君和苍梧君砍下我的脑袋交给大王好了！”

“好！”瓯雒王把手一挥，“拿断干木来！”

这种断干木生得黑红相间，岭南部族当作起誓的信物，因此树枝多被折断，常只剩下孤独的树干。侍者取出一根尺许长的断干木，交给见证人西瓯君，另一证人苍梧君则持刀将断干木一斩两段，一段呈交瓯雒王，一段交给赵始，这就是立下了军令状的信物，双方绝不可反悔。

史禄在湘姐和紫云英的引导下，查看着满山遍野被火烧过的作物和一排排干栏房，问道：

“大火给人员造成伤亡了没有？”

湘姐说：“起火的时候，大家都从房屋中逃了出来，很快就把大火扑灭了。只是山上的这些作物，刚长得好好的，被火一烧，苗都蔫啦！”

史禄问道：“湘姐，你在湘南家中不是种过地吗？每年不是都要烧掉山上的草木作地肥吗？”

湘姐说：“是倒是，但我们是在收获完了地里的作物之后才放火烧山的呀！”

史禄说：“我们岭南跟你们湘楚一带不同啊，山上草深林茂，打雷时，草木常会着火自燃。一年之中，山火不断，雒民们刀耕火种，种下的作物大火是烧不死的，一场山火过后，几场大雨下来，烧蔫的苗又会活过来的，而且会长得更壮实。”

史禄指着被烧毁的干栏房说：“这些被烧掉的干栏房，只用几天就会重新盖起来的，你们就辛苦一点吧！”

正说着，军需官急急来报：“史监军，不好了，我们刚打造好的一百多条战船，全部被土兵在夜里偷走了。”

“啊，知道了，不必大惊小怪的。”史禄笑着说，“那些船，我们现在暂时还用不上，让他们拿去好了。”

军需官见史监军不着急，又说道：“船上几百名水军弟兄和你叫我存放在船上的许多工具、谷种等也让土兵俘获去了啊！”

史禄又笑道：“那就更好了！”

湘姐忍不住有些生气地说：“史监军，你今天是怎么了？土兵放火烧了我们种的作物，你说是下地肥，烧了房子可以再盖，这些都说得过去。但是土兵夺了我们的战船，俘虏了我们的兵卒又抢了我们船上的东西，你为什么还说好呢？”

“为这事我特地去报告赵将军，请求他马上派兵去追赶，赵将军竟也无动于衷，还说让我少管闲事！”军需官也接着说道。

史禄听了不由“哈哈”一笑，说：“我的老师相离子教导我说：‘将欲歙之，必固张之；将欲弱之，必固强之；将欲废之，必固兴之；将欲取之，必固与之。’这就是造化之机，是心术微明之理，柔弱可以胜强敌。”

湘姐莫名其妙地摇着头，连说："听不懂！听不懂！"

军需官说："将欲取之，必固与之。史监军，你是说我们失掉的这些战船，将来还是可以重新夺回来的？"

史禄："我们将来要拿回来的，岂止是这一百多艘船啊！"

湘姐着急起来了："史监军，你这是让我们猜谜啊？"

史禄意味深长地说："将来，你们就会明白的！"

又过了十几天，史禄正在他的干栏房厅堂里观书，房屋外响起一阵吵吵嚷嚷的声音。史禄放下手中的书简，走出屋外，只见军需官、湘姐、紫云英和几十名民夫兵卒押着十几个人前来向他报告。军需官说：

"史监军，这十几个家伙，穿着我军服装，冒充我们的人，潜入我营区，贼头贼脑地四处探看，被我们逮住了。"

"他们还混入我们的膳食堂，偷吃我们的饭菜。"湘姐也说。

紫云英指着被押解的人说："我看上次潜入营区放火烧山、烧房的准是这些家伙，史监军，你不用审了，就交给我们一刀一个宰了他！"

湘姐说："这些家伙叽里咕噜地讲的什么鬼话，听也听不懂，还是宰了他们，杀鸡儆猴，看他今后还敢来烧我们的东西吗！"

史禄笑了笑，说："湘姐，军需官是秦人，你是楚女，照你这么说，军需官讲的秦腔，你说的楚语，你们之间不也是在讲鬼话吗？"

湘姐把眼朝军需官一瞪："他敢这么说，我就给他两个耳光！"

史禄走过去，亲自把那十几个被五花大绑的人身上的绳索解开了，用蛮语和气地问道：

"你们是西瓯君派来的吧？"

"吉呀！吉呀！"那十几个人点头说着军需官和湘姐、紫云英听不懂的蛮语。

史禄又问："你们肚饿吗？"

"吉呀，吉呀，土肯艾！"

湘姐在旁边“扑哧”一声笑了起来，说：“我听懂了，他们想吃饭。”

紫云英：“干了坏事，还想问我们要饭吃？哪有这么便宜的事！”

史禄随即吩咐军需官：“派人去膳食堂，给他们打些饭菜来。”

不一会儿，几个兵卒便捧来了两大盆饭菜。史禄招呼大家进到他的干栏房厅堂中，兵卒刚把饭菜放到桌上，那十几个饥饿的土兵便用手抓食起来。史禄忙制止了他们，让他们每人拿一个饭碗和一双筷子，然后亲自示范，一边吃，一边说：

“肯艾，吉个，吉个！”

湘姐笑道：“我听懂了，史监军教他们吃饭，要这样，这样。”

那十几个土兵狼吞虎咽，一会儿便把两大盆饭菜吃光了。史禄笑着问他们：“好吃吗？”

土兵们一齐点头，连说：“捏多！捏多！”

湘姐这回做起了翻译，说：“他们说我们的饭菜很好吃！”

史禄很满意地说道：“湘姐，你家住湘南，和岭南相邻，我们现在住的这个地方，叫作楚尾越头，说话的口音有几分相近。我今天就正式任命你为我南下兵民的翻译官，今后，大家都要学会蛮语，这个任务，也和开荒种地建干栏房一样重要。”

紫云英笑道：“史监军，这个任务又是和我们的衣食父母一样重要吗？”

史禄郑重地说道：“我们要想在岭南扎下根来，全体军民就非得学会部族的语言不可！”

史禄又好言好语地劝慰了那十几个土兵们一番后，便把他们放回去了，临别时还要他们回去把土民带下山来，到这里来和大家一起“肯艾”。

过了几天，果然那十几个土兵真的就带来了一百多个部族山民，他们中有男有女，有老有小。那十几个土兵的头目由军需官、湘姐、紫云英带来见史禄，一见面他就拍着胸膛说：“古鲁头，尼都尼地……肯艾！”

湘姐对军需官和紫云英说：“他说，大头人，我说话是算数的，人我都给你带来了，快给我们吃饭啊!”

紫云英苦笑着，说：“好啦，这回呀，我们的衣食父母真的来了!”

史禄高兴地伸出大拇指，对那头目夸奖一番，又问他叫什么名，头目做了个凶猛的虎抓动作，说他名叫瓯虎。

史禄即命军需官把这一百多名部族山民带去膳食厅吃饭。吃罢晚饭，这些土民们却并没有要走的意思，他们聚集在山坡上开心地唱着歌谣，孩童们则在坡地上追逐戏耍。湘姐和军需官、紫云英一道去问头目瓯虎，你们吃饱了怎么还不走呢？瓯虎说，你们的饭菜好吃，我们还从没吃过这样好的食物呢，我们就不回去了，天天在这里就这样吃下去啦!

军需官一听，忙不迭地叫起苦来：“老天爷，我们现在都还无法解决十几万兵民的吃饭问题啊，怎么还能够养活你们这些衣食父母呢?”

但是不管怎么说，史监军严令对这些土民要一视同仁，我们吃什么，他们也吃什么，不得有任何歧视，更不允许打骂他们，军需官无奈，只得好生招待，就这样过了几天。白天，土民们吃饱了就在山坡上或坐或卧，晚上就坐在草地上唱歌直至天明。

有一天，军需官发现，来吃饭的除了一些老人和小孩外，那些青壮年土民一个也不见了。军需官感到问题严重，忙下令各营进行警戒。他气喘吁吁地跑去向史禄报告。史禄也感到十分奇怪。正在这时，只听见山坡上传来一阵“啰哩啰啦”的欢叫声，史禄和军需官抬头看时，只见瓯虎率领男女土民扛抬着几头山猪、鹿麂，蛮女们捧着大把大把的时鲜野果一路奔来。史禄和军需官忙跑过去看个究竟，湘姐和紫云英也赶过来了。一见面，瓯虎便拍着胸膛对史禄说：

“古鲁头，麻的麻优，肯艾!”

湘姐忙用蛮语纠正瓯虎：“你应该尊称他为史监军，他的官位比你们的大古鲁头还大!”

湘姐用手势比画着。瓯虎一听惊得眼睛睁得老大，同时伸出两个大拇指，非常崇敬地用刚从湘姐口中学来的话，生硬地直呼：

“史监军！史监军！”

史禄笑着直点头，忙对军需官道：

“部族兄弟姐妹们，打来很多猎物，今天他们要盛情地招待我们，你和湘姐赶快去安排一下吧！”

紫云英也兴奋地说道：“果然是我们的衣食父母啊！”

军需官拍着瓯虎的肩膀，伸出大拇指，用刚学来的蛮语说道：

“麻的麻优，肯艾！”

“错了！”湘姐一巴掌拍到军需官背上，“不是要部族兄弟感谢我们吃饭！”

军需官伸出舌头，朝湘姐做了个鬼脸：“反正是大家要在一起吃饭！”

瓯虎挑选了十几个精壮小伙子，配合膳食堂的大师傅将打来的猎物摊开在案板上，刮毛砍肉，清洗干净。那些大师傅，全是史禄从中原带来的民夫，很有烹调技艺，大厨房里一下子便飘散出香喷喷的美味。瓯虎和他的那些伙伴跑前跑后的，只图看个新鲜。

这是史禄率领的中原兵民与岭南部族的第一次盛大宴会。场地就在膳食堂前面的一块大草坪上。史禄和军需官、湘姐、紫云英带着一百多个兵民，与一百多个部族男女老少在草坪上席地而坐，共进晚餐。草坪上燃着篝火，篝火旁摆放着各种食物和时鲜山果，欢声笑语，秦腔、楚语、蛮音夹杂其间。部族青年男女唱歌跳舞，中原兵民们则和着节拍鼓掌助兴，宴会直到夜半方才结束。

几天后，不断有部族山民过来“肯艾”。史禄和瓯虎清点了一下人数，竟有千人之多。土民们吃过饭后，照例在山坡上露宿或唱歌跳舞，或嬉戏玩耍。史禄便令瓯虎将他们组织起来，挑选百名精壮的男子，又派出百名中原兵卒，组成一支精干的打猎队，进山围猎。土民们熟悉地形，熟知各种兽类的习性行踪，中原兵卒手持强弓利弩，在土民们的引导下，常常能猎获大批猎物。

史禄又令军需官组织数百人，与土民们进山砍伐竹木，教他们筑屋盖房，十几天的时间，便在山坡上盖起了数百间散发着竹木清香味的干栏房。史禄又令湘姐和紫云英带领其余的土民，开荒种地，教他们如何使用农具耕作。那些土民觉得使用农具干活非常新鲜，特别是用踏犁撬地最好玩，不一会儿便学会了操作，干起活来非常麻利，速度比有的中原民夫还快。

一排排崭新的干栏房屋盖好之后，史禄带着瓯虎，亲自给土民一间间地分配住房。瓯虎走进房中，一下便躺到那张用竹板铺成的床上，伸直腰腿，笑哈哈地对史禄道：

“史监军，这床躺起来真舒服啊！我们过去只知住山洞，住茅寮，连张像样的床也没有啊！”

“还想回山洞，住茅寮吗？”史禄问。

“史监军，你就是用弯钩刀架在我颈子上，要我回去，我也不去了！”瓯虎做了个砍脑袋的手势说。

土民入住新居的这天，史禄特地为他们举行了隆重的乔迁新居仪式。土民们吹奏起欢快的葫芦笙，前来祝贺的中原民夫，则敲锣打鼓吹起唢呐，部族青年男女载歌载舞，像庆贺一个盛大的节日一般，好不热闹。

这时，军需官和湘姐两人一左一右抬着一个什么物件过来了。史禄看时，他们手里抬着的这个物件，是个长方形的东西，高约两尺，宽约三尺，用一块红绸蒙盖着，顶端的正中，红绸结扎成一朵大红花。

史禄不知这是什么东西，只见湘姐脸上绯红，有几分羞涩，便打趣地问道：

“啊？今天部族兄弟姐妹乔迁新房，你们二位，也要进新房啦？怎么不早点告诉我一声呢？我好置礼厚贺呀！”

湘姐听了，那脸色更红了，有些娇嗔地埋怨道：

“史监军，你……你别乱说好不好！”

军需官却满脸笑容地说道：“史监军，今天部族兄弟姐妹乔迁新居，我和湘姐私下商量了一番，要代表我们中原兵民，送上一分贺礼，以表彼此团结敦睦之心!”

“啊——好！好！”史禄忙夸赞起来，“让我看看，你们送的什么礼物啊!”说着便伸手过来要揭开那蒙盖着的红绸。

军需官和湘姐忙闪到一边，不让史禄来揭那红绸。军需官严肃得像宣布一项严厉的军纪一般，说道：

“不行！这红绸得史监军和瓯虎你们两人共同来揭!”

史禄忙把瓯虎唤了过来，军需官又严肃地宣布道：

“你们二人必须先沐浴更衣!”

史禄看着军需官一脸肃穆的模样，仿佛他一下子变成全体军民的最高长官了一般，无奈之下，只好拉着瓯虎，到后面的干栏房里沐浴更衣去了。

不久，当史禄和瓯虎重新出现在军需官和湘姐面前时，只见史禄身着秦军将帅礼服，腰佩帅印，挂着宝剑，显得庄重威仪。瓯虎则身穿一套西瓯部族的葛麻服，头扎葛巾，很有几分潇洒干练的气派。军需官和湘姐见了，对他们两人的打扮十分满意。军需官唤来紫云英，让她替换自己和湘姐左右共同抬着用红绸蒙盖的物件，然后肃立一旁，充当司仪，高声宣布：

“现在，请史监军和瓯虎兄弟共同为部族兄弟姐妹父老乡亲的新居揭牌！奏乐！鸣炮！献歌舞!”

霎时，岭南的葫芦笙和中原的唢呐一齐吹奏起来，在火中燃烧的爆竹砰砰作响，部族青年男女和中原的兵民载歌载舞起来，那热烈奔放之情，立即感染了山河云天，一时间漓水欢歌，草木随风起舞。史禄满脸激情，和瓯虎共同揭下了那块蒙盖着的红绸，只见这是一块精心制作的大牌匾，上面用篆体书刻着四个大字：秦瓯新村。

史禄激动地连连夸奖起来：“秦瓯新村，这名字起得太好了！太好了！瓯虎，你快把这牌匾挂上去吧!”

在欢乐的歌舞鼓乐声中，瓯虎把“秦瓯新村”的牌匾庄重地挂在了新居大门口的顶上。

土民入住新村后，为了便于管理，史禄任命瓯虎为村务官。瓯虎履行职责，把土民编组起来，十户为一个小单位，设十户长一人，百户为一大单位，设百户长一人，统一组织管理起来，出猎、劳作分工协作。史禄又令军需官取来数百套中原民服，让衣不遮体以草木裹身的土民穿上衣服。史禄带着瓯虎和那些十户长、百户长到干栏房中，不厌其烦地教土民如何在堂屋中烧火煮食，用水沐浴，甚至连如厕等生活习俗都逐一进行指点，让土民过上正常的文明生活。后来，又陆续不断有土民下山，前来“肯艾”。史禄皆一一收留，交给瓯虎把他们安排入住“秦瓯新村”。“秦瓯新村”在不断扩大，瓯虎以其干练的组织才能和热忱为土民服务的精神，赢得了土民和中原兵民的信赖。

第二节 爱情之花

这天，史禄正带着军需官在山坡垦区察看新播下的作物苗种，忽听四野里响起一片连续不断的竹梆声和阵阵急促的呼喊声。这种竹梆，乃是史禄所发明，取山中老毛竹，节径约四寸，一头在竹节处锯下，留下一宽约寸许长约三寸的握把，另一头在节处全锯下，在两节之间挖一宽约寸许的长槽，中空。手持握把，另一手用短木棒敲击，即发出清脆的“乓乓乓”响声，响声传播得很远，可越山而闻听。史禄令民夫兵卒但凡外出围猎、劳作时，便将竹梆系在腰上，有如北地秦人用作歌舞时击打的腰鼓一般。岭南山深林密，草莽遍地，人入其中，便无踪影可寻。民夫兵卒入山围猎劳作，或迷路或遇到猛兽及土兵的袭击，便击打竹梆呼救，常可转危为安。

满山遍野的竹梆声夹杂着喊打喊杀声和“追啊！追啊”的呼号声，史禄和军需官正不知发生了什么紧急情况，这时湘姐正带着十几名女营的姐妹急呼呼地赶来往前追去。史禄忙唤住湘姐，急问发生了什么事。湘姐说：

“秦四妹外出采蘑菇，被土兵掳走了！”

史禄把手一挥：“快去给我把人追回来！”

湘姐带着人急往竹梆密密响着的山上追去。过了好一阵，竹梆的响声渐渐地平息了下来，但近处却响起一阵嘈杂声和叫骂声。史禄和军需官抬头看时，只见紫云英率领数百名女营的姐妹，押着十几名被打伤的土兵走了过来，其中一名个头高大相貌剽悍的人大概是个大头领一级的人，他腿被击伤，由两名土兵搀扶着，一瘸一拐地走着。

史禄和军需官急忙迎着走了过去。

紫云英手握紫木棒，英姿勃勃，和拿着一把长刀的湘姐押着那名个头高大相貌剽悍及十几个被打伤了的土兵向史禄走过来，走在她们身后的正是被史禄用蜈蚣油治好过脚伤、今日被土兵掳走的秦四妹，她脚上一只藤鞋已经掉落了，她一边走，一边仍在惊恐地抽泣着。紫云英用她的紫木棒指着那名伤了腿的大高个，对史禄说：

“就是这个家伙抢走了秦四妹！一听到四妹发出呼救的竹梆声，我立即带领姐妹们追赶过去，他们大约有一百多人，被我们打跑了。只有这个家伙肩上扛着四妹，死命地朝前跑，这十几个人紧紧地跟着他。我们追了几里地，才追上他们，围住他们后，这家伙仍紧紧地扛着四妹不放，我冲上前去，一棒撂倒了他，救下了四妹。”

“杀了他！杀了他！”女营的姐妹们纷纷举着手中的棍棒和长刀叫喊着。

湘姐说：“史监军，这家伙一定是土兵的一个大头领，不杀了他，今后还会祸害我们！”

“对，杀了他！”云英举起紫木棒，正要朝那名被控告抢了秦四妹的大高个的脑袋劈下去。

“犯不着开杀戒吧！”史禄朝云英摆了摆手，问秦四妹，“他伤害了你没有？”

“没……没有。”秦四妹已不再惊恐抽泣了。

瓯虎和十几个部族兄弟远远地站着，朝这边观望，不敢走近来。史禄招手让瓯虎过来。瓯虎小心翼翼地走了过来，不敢抬眼看那名伤了腿的大高个。

“瓯虎，你把这十几个被打伤了的弟兄带回秦瓯新村去，给他们的伤口敷药，给他们吃饭。”史禄吩咐道。

瓯虎胆怯地站着，垂手恭立不敢动。好一会儿，才听那大高个嘴里发出一声威严的蛮语：

“麻的古！”

瓯虎这才毕恭毕敬地弯腰点头，带着那十几个伤兵朝秦瓯新村走去。史禄当然听得懂这句“麻的古”是大头人斥责下人的话，意思是“快滚吧”。史禄认认真真地审视了这个地位不同寻常的大头人几眼，见他虽然一条腿受了伤，右臂处也擦伤了，但仍威严地站立着，脸上毫无求饶求赦的表情。看着看着，似乎觉得这张威严的脸竟有几分面熟，特别是下巴上那道老旧的伤疤，似乎在什么地方见过，但他却一时想不起来，毕竟，史禄离开岭南已有多年了……

那人见史禄双眼一直盯着他，随即把头一扭，嘴里又发出两声威严的蛮语：

“辣地，蒙可胡！”

“你还敢骂人，看我杀了你！”湘姐举起手中的长刀，正要砍过去。

史禄摇手制止了湘姐，笑着说道：“湘姐，你的雒语已经学到家了啊，连他骂我的话你都听懂了。”

云英忙问：“史监军，他骂你什么了，让我找他算账！”

史禄笑道：“他刚才说，混蛋，快让我走！”

正说着，那大高个竟目中无人地迈开伤腿，转身朝山坡上走去。云英正要持棒去追，史禄却制止道：

“云英，让他走吧！”

大个子头人迈着伤腿，虽然显得有些吃力，但却不失其威严，身体不歪不斜地迈着步子。史禄见了，忙用剑砍下一根手指粗的竹竿，追上去，递给他当拐杖用。不料，他接过竹竿后，随即将竹竿扔得老远，还回身狠狠地瞪了史禄一眼，用蛮语呵斥道：

“辣地，那可蒙胡！”

湘姐听了一时气愤起来，说：“听，他又骂史监军了，混蛋，把我当成什么人了！”

云英气不过，说道：“他是死了的山鸡嘴还硬！看我过去打断他另一条腿！”

史禄说：“放他走吧，让他骂几句也不要紧，我在岭南的时候，就常被头人和巫师欺侮打骂。”

“可你是我们的史监军呀，他骂你不就是等于骂我们吗？放了他，他竟还敢骂人，不教训他一阵，他那嘴上就不会老实！”云英说。

“可我们总不能以暴制暴啊！”史禄说，“头人骂人、打人，甚至随便杀人，以杀人泄愤、取乐为威风，这是岭南部族的恶习，只有让他们变成了懂礼仪守法规的文明人，这些恶习才可逐步改掉。”

大个子头人一拐一瘸地消失在草莽丛林中后，史禄这才问起秦四妹：

“四妹，你是怎么被那个人掳走的？”

秦四妹红着脸说：“我今天背着背篓，和几个姐妹进山去采蘑菇，刚采了半篓蘑菇，就见到一群蜜蜂飞过去，随即便闻到一阵阵很香很香的花香味。我就跟着那些蜜蜂和花香味走去。走了一阵，我发现几个姐妹都不见了，但我却发现前边不远处的石崖顶上，有一丛开得很好看的花簇。那些蜜蜂直往山崖顶上的花簇飞过去，花香更浓了。我还从来没见过这么好看这么香的花呢。我决定爬到那座石崖上，把花采回来，让姐妹一起分享。”

云英问：“你采到那花了吗？”

“没有。”秦四妹说，“那座石崖很高，很险，石锋尖利，我还没爬到一半，一只脚就被人抓住了，很快我就被拉了下来，我还不知道是怎么回事，就像扛木头一样被人扛到了肩上。我情急之中，赶忙敲响腰上的竹梆。扛我的人也不管，扛着我就一阵飞跑。他一边飞跑，我就一边使劲不停地敲着竹梆。后来，云英就带着人把我救下了。”

“哈哈！”史禄听了不禁大笑起来，“四妹啊，你这是撞上桃花运了呢！”

秦四妹脸红得像块大红布，她顿足表示抗议，说：

“史监军，你可别取笑我，我还是个姑娘呢！”

史禄说：“四妹，你看到的那种很香很美的花，我们岭南人管它叫作耶若茗花，又叫爱情花，是青年男女定情的信物。当青年小伙看上自己喜欢的姑娘时，便会不畏艰险，攀上高高的石崖去采下这种花，献给自己心爱的姑娘。因耶若茗花总长在险峻的石崖上，轻易是采不到的，为采到这种花，便常有青年小伙不幸失足摔下山崖而死。”

秦四妹听了不断地摆手：“我不要这种花！我不要这种花！”

“那个人为什么要把你扛在肩上飞跑？四妹，你知道吗？”

秦四妹气愤地：“他是坏人，坏人才会抢良家女子！”

“不，不，”史禄说，“坏人抢良家女子，那是发生在中原的事。岭南这种情况叫抢婚，是部族的一种习俗。当男子看上某个女子时，便会将女子抢回家中成婚。当男子抢到女子后，便将女子扛在肩上飞跑。如果被女方的兄弟们追上，只得扔下女子逃跑，逃不及的就要遭受一顿拳脚之苦了。”

湘姐马上警告她的那些姐妹：“你们今后一定不要单独行动，离开群体被蛮人抢走就不好办了。”

正说着，瓯虎来了，他见那个大头人已经不在了，这才变得轻松起来。他向史禄报告，已将那十几个被打伤了的土兵安顿好了，给他们敷了药，又吃了饭。史禄问道：

“他们都是些什么人？”

瓯虎说：“是我们大大古鲁头的卫队兵，共有一百多人。他们可厉害啦，可在悬崖陡壁上像岩鹰一样攀飞，赤手空拳可以打得虎豹，擒得蟒蛇。”

瓯虎一边说一边还用手夸张地比画着。云英听了却冷笑道：

“村务官瓯虎先生，你就别在这里向我们吹牛了好不好，什么赤手空拳可以打得虎豹，擒得蟒蛇，我一个人上去，就打翻了他们一群，还活捉了十几个呢！”

“他们这次来，是为了什么呢？是来烧山、烧房、抢人吗？”史禄又问。

“不是。”瓯虎说，“大大古鲁头见我们下山后都没有回去，又源源不断地出来那么多人，也没有回去，他是来强迫我们回去的，如果不回去，就剁头!”

瓯虎说完，做了个恐怖的杀头手势。云英气愤地说：

“要不是史监军把他放走了，我就剁了他的双手，看他今后还敢杀人不!”

史禄沉思了一会儿，又问瓯虎：“你说的大大古鲁头，难道他就是你们的西瓯君?”

“吉呀吉呀!”瓯虎一听史禄说出“西瓯君”三个字，吓得又说出了蛮语，“我们好怕的！史监军，你听说过他?”

史禄说：“不仅听说过，还见过面呢，不过，那是多年前的事了。那时候，他还没有成为西瓯君，只是西瓯君长‘译吁宋’的一个随从。我在瓯雒王那里见他跟随西瓯君长走进走出的。”

“史监军，你怕他吗?”瓯虎有些害怕地问道。

“我也有点怕。”史禄笑道，“他曾打败过我们中原军队。瓯虎，三年前那次打我们的军队，你参加了吗?”

瓯虎一听竟来了精神，颇有些得意地说道：

“我还砍了你们十几个人头呢!”

“混蛋!”云英举棒大喝一声，“你杀了我们那么多人，今天我要杀了你，为那些被你杀了的弟兄报仇!”

瓯虎吓得一下子躲到史禄背后去。史禄忙说：

“那是战争啊！云英，我们的国尉屠睢也屠杀了不少部族兄弟啊！老西瓯君不就是被我们的军队杀死的吗？我们今天来岭南，可不是为了算那个旧账的呀!”

“既然如此，史监军你为什么还把那个西瓯君轻易就放了呢?”军需官不解地问道，“即使我们不杀他，也要把他关起来呀，擒贼先擒王，怎能放虎归山?”

史禄道：“军需官，我不是说过了吗？将欲歙之，必固张之；将欲弱之，必固强之；将欲废之，必固兴之；将欲取之，必固与之。”

正说着，湘姐忽然指着山坡，惊奇地说道：

“你们快看，他回来了！”

史禄和大家不约而同地朝山坡上看去，只见西瓯君正一拐一瘸地向他们走来，他手里抱着一大把鲜艳的耶若茗花。瓯虎一见，便将双手紧抱脑袋，惊呼道：

“史监军，我这回死定了！”

西瓯君怀里抱着一大簇鲜艳的耶若茗花，一拐一瘸地走了过来。当他快走到史禄等人面前时，身板挺得更直了，脚步也迈得更正了，他强忍着腿上的伤痛，不失君长之威严。

史禄忙问秦四妹：“四妹，你要采的就是这种花吗？”

秦四妹点头道：“是的。”

西瓯君看到了秦四妹，径直走到她面前，把捧在怀中的花簇虔诚地送了过去。他的手上和胳膊上有划伤的口子，伤口流着血，血已浸染到了花簇上。

秦四妹见西瓯君把花朝她送过来，惊恐地叫道：

“你要干什么？”

西瓯君右手抱着花簇，左手抚摩着自己的心口，又指着鲜花，直往秦四妹面前送过来。秦四妹连连往后退，一边退，一边气恼地摆着手：

“我不要！我不要！我不要！”

西瓯君见对方不接他的鲜花，只得把花放在秦四妹面前的地上，他从地上拔了根茅草，把茅草打了个结，插在鲜花上。这是岭南部族男子向女子求婚的表示，茅草打结，示为草标，表示名花已经有主的意思。史禄当然明白这个意思，他过来拉住西瓯君，用蛮语说道：

“西瓯君，我们岭南人常说，没有成熟的梨藤果强扭下来是不甜的呀！”

西瓯君两眼逼视着史禄，喝问道：“你怎知晓我是西瓯君？”

史禄笑道:“岭南人谁不知晓大名鼎鼎的西瓯君!”

这时西瓯君发现弯着腰躲在史禄身后的瓯虎，便一把将他拖了过来，不由分说便左右开弓，打了瓯虎几个响亮的耳光，一边打，还一边骂:

“辣地！辣地!”

瓯虎只是愣愣地站着，任凭西瓯君的打骂。史禄过去拉开瓯虎，对西瓯君说:

“西瓯君，不要打人骂人!”

西瓯君似乎还觉不够解恨，而且也感到有失自己的威风，便又不顾一切地奔过去，狠狠地踹了瓯虎一脚。也许是他用力过猛，脚上又有伤，一时站立不住，一下便跌倒地上。湘姐和云英忍不住都笑了起来。史禄过去，一把拉起了倒地的西瓯君，诚恳地说:

“西瓯君，你这次兴师动众前来，不就是要把你的部下叫回去的吗？我看，你不妨先去看看他们吧!”

西瓯君听了，朝瓯虎一摆手:

“辣地，卡蒙可!”

瓯虎只得乖乖地在前边引路，带着西瓯君朝秦瓯新村走去。史禄等人也在后面紧紧地跟随。湘姐一边走，一边指着一拐一瘸的西瓯君，对秦四妹说:

“四妹，如果你真的嫁了这个人，你一辈子就受苦受罪了!”

秦四妹涨红着脸，咬牙切齿地说:“我宁可一辈子不嫁人，也不会嫁给这种野蛮子!”

云英却打趣道:“只怕到时他又采来一簇那种鲜花送给你，说不定你就动心了呢!”

秦四妹一巴掌打了过去，愤愤地说道:

“要嫁，你嫁他好了!”

云英躲闪开去，说:“哈哈，放心，我绝不会抢了你的美事!”

秦四妹被云英取笑，气不过忙向史禄告状：

“史监军，你再不管云英那张嘴，任它胡说八道损人，我就撕烂了它！”

云英把手指放在嘴边“嘘”了一声，说：“四妹，嘴是我的，史监军管不着呢，你千万别撕啊，到时我还要用它喝你的喜酒呢！”

“哈哈哈！”大家忍不住一齐笑了起来。秦四妹那脸更红了。

史禄回头看了秦四妹一眼，见身着黑色衣裙身材丰满壮实的秦四妹，竟变得比平时更加漂亮了，出落得像一个典型的中原美女一般。

第三节　奴隶觉醒

来到秦瓯新村，瓯虎用蛮语呼唤着："阿托拉！阿托拉！"

土民们听到瓯虎的呼唤，一个个从干栏房里走了出来，老老小小，拖儿带女的，足有几百人。瓯虎又取下挂在干栏房外的一只竹梆，举着"乒乒乓乓"地敲了起来。正在野外劳作的青壮年土民，闻听村里响起了竹梆声，也迅速停下劳作，赶回了村里，有的手上还拿着除草的弯钩刀和铁铲。

土民们发现了目露凶光的西瓯君，一个个吓得立刻垂下了头，连刚才还在嬉闹的孩童，也被吓得急忙躲到大人身后去了。西瓯君把身子站得挺拔，用无比威严的目光紧盯了他的臣民一顿后，才转身用蛮语命令瓯虎，要他把土民一齐带回山里去。瓯虎却低着头，一言不发。气愤的西瓯君又扇了瓯虎几个耳光，嘴里不断地骂着"辣地！辣地"。但瓯虎却只认挨打，既不说话，也不行动。

西瓯君见瓯虎不说不动地垂头站立着，更生气了，他只得亲自走到土民之中，去劝说他的臣民跟他回到山里去。他的劝说其实也很简单，除了"辣地辣地"的叫骂声不绝于耳之外，便是啪啪啪地不断逐个地扇打着土民的耳光，不时气势汹汹地用蛮语训斥着。但是打也罢，骂也罢，训也罢，那些土民一个个只是像瓯虎一般驯服地站立着，不说也不动，脸上表情冷漠，冷漠中透出某种怨愤之情。西瓯君自从"译吁宋"战死，登上西瓯君长的位置以来，还从没见过他的部下如此这般地对待过他，他实在弄不明白，这些过去任他打骂杀戮呼之即来挥之即去的奴隶，下山才短短几个月，为何像中了魔、入了邪一样，不再听他使唤了呢？难道这些中原人真的有什么魔法迷幻了他的这些奴隶?

“你们是我的部下，是我的奴隶，必须听我使唤，不然我全杀了你们!”

西瓯君仿佛真的中了邪一般，狂野地叫喊着、威慑着。但是，无论他怎么怒斥打骂，除了少数几个土民怯生生地走出秦瓯新村外，绝大多数仍在冷漠地站立着，似乎一群人化作了一堆堆岩石一般。西瓯君见了怒不可遏，他从一个土民手中夺过弯钩刀，挥刀“咔嚓”一声熟练地割掉了一个土民的脑袋。那被割掉的脑袋在地上“咚”的一声滚了几滚，像成熟落地的大野果似的，伴随着倒下的躯体，流着鲜血。身首分离的躯体仍在痛苦地痉挛着，西瓯君用血淋淋的弯刀指着土民，口里号叫着。又有几个土民怯生生地从流血的尸体旁走出了秦瓯新村。但是，那些成百上千的“岩石”却仍然冷漠地站着不动。西瓯君的君威第一次受到了冷漠的挑战，他大吼一声，又一刀割掉了一个土民的脑袋。正当他挥刀要割掉第三个人的脑袋时，紫云英猛地冲了上去，一棒打掉了西瓯君手中的弯刀，怒喝一声:

“住手!”

西瓯君回头一看，见是一个中原女子向他动武，口中骂了一句:

“辣地!”

云英用紫木棒指着西瓯君:“你这残忍的野蛮人，只知屠杀手无寸铁的土民，有本事，你就拿刀过来呀!”

西瓯君也不说话，弯腰从地上拾起刚刚被打掉的弯刀，挥刀向云英猛扑过来。云英一棒狠狠地打过去，正中西瓯君持刀的右手，手骨顿时被打折了，那刀又落到了地上。西瓯君怒号一声，一头向云英猛撞过来，企图将她撞死。不料云英只轻轻地侧身闪过，西瓯君便“扑通”一声重重地撞跌到地上，再也爬不起来了。那些土民仍旧冷漠地观看着这一切，竟没有一个人上来帮西瓯君，也没有一个人上来扶起他。

史禄只得唤过瓯虎:“你把西瓯君扶到你的干栏房中养息吧!”

瓯虎见西瓯君已被折腾成这般模样，这才如释重负地过来，背起不能动弹的西瓯君，走回自己的干栏房中去了。史禄向湘姐和云英等人挥了挥手，说：

“没你们的事了，回去吧！”

但他随即又吩咐湘姐：“给我把跌打损伤药带过来。”

湘姐点头答应了一声，便和云英等人走了。走出秦瓯新村，云英忽然问秦四妹：

“哎，四妹，刚才我狠打了那个野蛮人一阵，是不是，打在他身上，疼在你心里啊？”

秦四妹那脸蛋又红了起来，走过去连打了云英几拳，连说：

“你坏！你坏！你坏！”

湘姐等人见了哈哈大笑起来。秦四妹气不过，指着她们说：“笑，笑什么？有什么好笑的！当心我把你们的嘴都撕了，看你们还笑不笑！”

“哈哈哈！”那笑声更响亮了。

湘姐回去取来了一罐制好的草药，这种草药名叫千年松筋草，生长在古老高大的树枝上，是史禄不避艰险爬到树上采集的，对跌打损伤有奇效。包扎敷药的是两块树皮，是从一种名叫剥皮树的树干上剥取的。那树皮呈鲜红色，宛如人的皮肤一般，亦可食用。

湘姐把药送到瓯虎的干栏房中，史禄和瓯虎在房中站着。西瓯君被放在一张竹床上，躺着不动。当史禄和瓯虎往他腿上和手腕上敷药时，他却狂躁地号叫挣扎起来，拒绝敷药。史禄只得命令瓯虎和湘姐：

“给我按住他，用绳索捆绑起来。”

湘姐和瓯虎上去，紧紧地按住西瓯君的手脚，史禄则取下房中几条用藤丝搓成的绳索，把西瓯君捆绑在竹床上，他再也动弹不得，口中只是“辣地辣地”地叫骂着。史禄也不管他，双手把他被打折的骨头拉正，包上草药，用两块剥皮树的硬树皮包扎起来。西瓯君的双腿只是被击打和跌伤过，没有伤着骨头。史禄用草药使劲地在伤口擦了一阵，痛得西瓯君又大号了几声，然后才安静下来。

史禄叫湘姐把药拿回去，对瓯虎吩咐道：

“你要好好地侍候西瓯君，给他弄点好吃的，放心，他不会再打你了！”

第二天，史禄过来看望西瓯君，这才把他身上的绳索解开，让瓯虎扶着，从床上起来，下地走了几步，只是胳膊还动弹不得。西瓯君望了史禄几眼，既不和他讲话，又不“辣地”骂人，又躺到那竹床上去了。

又过了两天，史禄再来看望西瓯君时，只见他已可随处走动，只是胳膊上还包扎着草药。史禄将西瓯君胳膊上的两块剥皮树的树皮解开，取下敷着的草药，叫西瓯君伸转胳膊活动。西瓯君把胳膊伸展收缩，已可活动自如，他口里嘟哝着：

“得都！得都样！”

史禄和瓯虎听到西瓯君说的是“神奇！真神奇啊”。

史禄随手递给西瓯君一根棍子，说：“你现在可以随便打了！”

西瓯君接过那根棍子，瓯虎吓得本能地用双手抱住了头。但西瓯君举起的棍子却并不敲在瓯虎的脑袋上，而是一棍打在房中的一根柱子上，发出一声闷响。西瓯君又使劲用棍子击打了那柱子好几下，然后才扔掉棍子，朝史禄伸出大拇指，连说：

“革得旺！革得旺！”

史禄听西瓯君夸他是“神仙”，忙道：“小事一桩，小事一桩，不值称道！”

西瓯君在干栏房中来回走动着，他的腿伤已好。史禄对他说：

“西瓯君，你的伤已治好了，你可以回去了，也可以在这里再住些日子。如果你的同胞们愿意跟你回去的话，你可以把他们全部带回去，我们是不会阻拦的。”

西瓯君一边走动，一边沉思着，对史禄的话不置可否。史禄便吩咐瓯虎，要好好地服侍西瓯君，他要吃什么就给他送，他要上哪儿去，就让他上哪儿去。瓯虎点头称是，史禄说完便走了。

西瓯君在秦瓯新村的干栏房中，住了好几天，瓯虎每日给他送来许多好吃的东西，这些食物，全部是膳食堂里的中原大厨师傅做的，有馒头、面条、煎饼和各种肉食米饭，这些食物很对他的胃口，越吃越喜欢，慢慢地他更喜欢吃这些食物了。瓯虎生性好动，没有事的时候，他便外出和土民一起劳作。

西瓯君待在干栏房中，整日里无所事事，但却在思考着何去何从。他想回去，过那种一人之下，万人之上，让部下任他使唤，随他打骂杀戮的君长生活。但是，一个人回去，岂不变成真正的孤家寡人了吗？他的这些部下还愿跟他回去，服从他威严无上的统治吗？一想起那天他当着部下的面，骂人、打人，甚至杀人的血淋淋场面，却无法裹胁一向温驯不敢反抗的部下跟他走。一想起这些，他感到一种莫名的心虚和恐惧。难道是他的这些部下中了邪着了魔，被魔鬼的法邪镇住了吗？不再听他使唤了。他不由想起那位法术高超，可以驱魔镇鬼的国师来。但是，不幸的是，这位神通广大的国师，却被中原军队杀死了。西瓯君也曾见过国师那被撒满桄榔面的尸体，想起来不由胆寒心颤。现在，谁还能帮助西瓯君驱魔去邪，去把那些离他而去的臣民重新唤回他的统治之下呢？

西瓯君一边想着，一边在干栏房中漫无目的地走着。他一抬头，发现了壁上挂着的那只竹梆子。他曾亲眼看到瓯虎高高地举起这个东西，敲击出“乒乒乓乓”的脆响声，敲了一阵，竟把所有下山来的土民敲到了西瓯君面前，听他训话。

“就是它！就是它！就是它！”

西瓯君双眼一亮，仿佛发现了驱魔镇邪的大宝贝一般。他伸手从墙壁上取下那只竹梆子，拿在手上仔细地观察着，这个神秘的东西到底有何法术，它的操作机关在何处？他看了好一阵，也没看出什么名堂来，便断定一定是那竹筒上的槽空里有机关，因为那响声是从里边发出来的。为了验证他的判断，西瓯君左手持起竹梆的握柄，握柄上有一条细绳拴着一根拇指大的木棍，他右手拿起木棍，轻轻在竹筒的槽空处敲了几下，果然有响声，心中不觉大喜。

“哈哈哈！我有了这个东西，还怕你们不听我的话，不跟我回山里吗?”

西瓯君为了进一步验证他手中“宝贝”的神威，以便把他的部下重新拉回山里去听他使唤，他迫不及待地拿着竹梆，走出干栏房，学着瓯虎当时的姿势，将竹梆子举过头，使劲地连续敲击起来。顿时，急促的竹梆声传遍四野。西瓯君发现，正在野外劳作的土民和中原人一齐停下了手中的劳作，他们各自操起蛮刀、长矛、铁锹、木棍纷纷朝竹梆响处奔跑过来，一边奔跑，还一边不断地呼叫着：

“译吁宋，打老虎！译吁宋，打老虎!”

西瓯君见满山遍野的人一齐朝他奔跑过来，心里开心极了，心想这“宝贝”的神力果然强大，这一敲，便把这么多的人敲了过来，不仅土民听他的，连中原人也不得不听他的了。今后，只要紧紧地抓住手中这件“宝贝”，谁还敢不服从他呢？便是瓯雒王、雒帅，还有那三十几个部落联盟的酋长们，也要乖乖听他的。西瓯君不觉兴奋起来，高举竹梆，不断地使劲敲击起来。急促不断的竹梆声在四野里回荡，那些手持刀矛、木棍、铁锹的土民和中原人奔跑得更快速了，呼喊声也更加高昂了。转眼间奔跑和呼喊的人群已经从四面合围了上来，奔跑在前头的瓯虎已经发现了正在狂敲竹梆的西瓯君，但附近却并不见老虎的影子，他似乎一下子明白了什么。

西瓯君见满山遍野的人群，举着刀矛木棍呐喊着向他涌来，看着看着似乎有些不对劲，这些土民和中原人好像不是来听他召唤，跟他回去任他奴役使唤打杀的，反而是举着刀矛棍棒前来围杀他的。他越看越害怕，人群已经围拢过来了。“译吁宋，打老虎”的呼叫声不绝于耳，千百支刀矛木棒随着呼喊声似乎正向他打来。西瓯君害怕极了，他忙扔下手中的竹梆，转身跑回干栏房中，用背紧紧地顶上了房门，双手掩耳，吓得浑身发抖。

那些手握刀矛棍棒的土民和中原人已经把西瓯君藏身的干栏房围得水

泄不通，一阵阵地呼喊着：

“译吁宋，打老虎！译吁宋，打老虎！”

西瓯君躲在干栏房中，转身用肩膀顶住房门，两眼从门缝中朝外一看，吓得他马上闭上了双眼，两条腿不住地抖动着。

干栏房外，紫云英提着她的紫木棍率领数百土民和中原人冲了上来，云英急问瓯虎：

“村务官，老虎呢？藏到哪里去了？伤人了吗？”

瓯虎拾起西瓯君扔下的竹梆子，用手指了指干栏房，朝云英耳边悄悄地说了几句。云英会意地点了点头，便领着大家围着干栏房，人们用手中的各种武器，噼噼啪啪地敲打着干栏房的墙壁，大声地叫喊着：

“译吁宋，打老虎！译吁宋，打老虎！”

西瓯君躲在干栏房中，见竹屏子做的墙壁被打得摇摇晃晃的，生怕房屋倒塌，又怕人群冲进来打他，这么多人，只要每人打一棍，他就粉身碎骨了。西瓯君吓得似乎连心也不会跳动了。不过还好，外面闹了一阵后，便平静了。西瓯君这才敢再次从门缝里朝外张望，见汹涌的人群已经散去了，他这才摸了摸胸口，觉得刚才停止跳动了的心，又“咚咚咚”地跳了起来，他终于长长地吁了一口气。这时，瓯虎推门进来了。西瓯君立刻“咳咳”两声，板起面孔，迅速恢复了他君长的威仪，嘴里又开骂了：

“辣地！辣地！古底帮托？（混蛋！混蛋！是你带人来打我的吗？）”

瓯虎还不及解释，“啪啪啪”西瓯君已经连打了他好几个耳光，又踹了他几脚。这回，瓯虎知道躲闪了，他一边躲闪，一边举着手中的竹梆对西瓯君说：

“君长，请你以后不要再动这个东西了！”

西瓯君见瓯虎举起了这个神秘令他害怕的东西，便收住了手脚，不敢再打骂瓯虎了。瓯虎将竹梆挂到了墙壁上，西瓯君有些恐惧地望着挂在墙壁上的竹梆，心有余悸地问瓯虎：

“这是什么魔具？你从哪里得来？”

瓯虎笑了笑，说：“君长，这不是什么魔具，这是史监军教我们做的。”

“史监军？他是巫师，有天大的魔法？”西瓯君睁大双眼问道。

瓯虎摇摇头，便把史监军如何教他们做竹梆和使用竹梆的事详细向西瓯君说了一遍。原来，史禄见中原兵民出外劳作，经常受到毒蛇猛兽和土兵的袭击，因人员分散，草深林密，无法及时救援，时有伤亡，便发明了这种用作报警的联络工具。前些时候，秦四妹被西瓯君扛在肩上掳走时，她及时敲响挂在腰上的竹梆报警，这才被大家救了回来。自从大家使用上了这种简易有效的联络工具后，中原兵民外出劳作已极少有伤亡的事发生，加上轻巧便利，携带方便，因此这种竹梆很受大家的喜爱，外出时从不离身。夜晚宿营，巡哨的兵民如发现土兵或猛兽来袭，便击梆报警，兵民们便及时朝竹梆响处迎击来袭之敌。无论是乘夜偷袭的土兵或夜中闯入营地捕食的虎豹，一听梆声便吓得飞逃而去。

史禄对竹梆的使用，又有具体规定，如遇恶虎伤人，土兵袭击则急促不断地敲梆报警；集合聚众，出营劳作，收工回营，吃饭用餐等均有各自敲梆的点数和快慢。西瓯君因不懂个中奥妙，又想急招他的臣民跟他回山，操起竹梆，一阵连一阵地急速敲打，发出的讯号是“恶虎伤人”！正在四野里劳作的土民和中原兵民，一听这紧急的“恶虎伤人”的竹梆警讯，便立时停下手中的劳作，纷纷持械朝梆声响处奔来，准备“打虎救人”，不料却是虚惊一场，只把躲在干栏房中的西瓯君吓个半死。

西瓯君听瓯虎如此这般地讲了一番，沉默不语，只是不时朝挂在墙壁上的那只竹梆好奇而又畏惧地看几眼。从此，他也不再敢“辣地辣地”地打骂瓯虎了。

瓯虎也把这件事报告了史监军，史禄听了不禁哈哈大笑起来，说道：

“前有周幽王烽火戏诸侯，今有西瓯君击梆惹风波！”

不久，一个《兄弟打虎》的故事便在土民和中原兵民中不胫而走。说的是岭南某个村寨里，经常发生恶虎伤人的事。土民们害怕极了，白天不敢外出采集野果食物，晚上不敢安然入眠，担心随时会被那只恶虎吃掉，而且那只恶虎吃人从不吐骨头，把人一扛转眼便没了踪影，人们防不胜防，只有坐以待毙，成为虎口之食。一天，村寨中忽然来了两个勇士，他们是兄弟俩，自告奋勇为土民们除害打虎。一天夜里，那头恶虎又出现了。两兄弟暗中做了分工，分头在恶虎进出的两个路口设伏。一人手持竹梆，在恶虎必出的路口击打竹梆，另一人则悄悄埋伏在另一个路口。恶虎进入村寨后，正待捉人捕食，路口上却响起了竹梆声，吓得恶虎赶忙丢下捕捉的村民，急往另一路口逃跑。这时埋伏在路口的勇士，见恶虎逃走，举棒对虎猛击一阵，虎在地上翻滚，发出一阵人声惨叫，勇士又连击几棒，竟打出一张虎皮来，一个人跪地求饶。勇士和土民们举火照看，哪里是什么恶虎，被打得惨叫求饶的原来是土民的一个“大古鲁头”，大头人为了巩固他的统治，便常在夜里扮作恶虎伤人，使土民害怕，不敢反抗。

史禄带来的中原民夫中，不乏舞乐百戏的高手，不久，这个故事便被演绎出具有中原文化又有岭南特色的舞乐戏。清脆的竹梆声，伴随着打虎的武打动作，“恶虎”的滑稽表演，一出《兄弟打虎》的舞乐戏，表演得惟妙惟肖，大受土民和中原兵民的喜爱。

西瓯君在干栏房里踱来踱去，既不敢出门随便走动，也不敢再去动那只挂在墙壁上的竹梆。他心里有一种莫名的恐惧。一想起那天他用竹梆招惹来那么多喊打喊杀的人群，心里便感到害怕。从前，是他的部下服服帖帖地害怕他，任由他骂，任由他打，任由他杀，今天，是他害怕他们了，不知这是为什么？至于那只竹梆，虽然瓯虎把它说得再普通平常不过了，但西瓯君仍认为其中必有魔邪，也许那个“辣地”瓯虎并不把真实情况告诉他。这个“辣地”现在对他虽然表面上温驯服从，但那双眼睛里却不时透出一种并不怎么把他这位君长放在眼里的目光。过去，这个“辣地”从不敢用眼睛看他，在他面前总是垂首低眉让他打骂践踏，可如今竟敢抬头用眼睛直视他了。这是为什么？一定是这个“辣地”也中了邪魔！

西瓯君就这样想来想去，怎么也想不通。他应该怎么办，何去何从，一个人回到山里去？那怎么行呢？没有了他治下的奴隶臣民，他是一天也过不下去的啊！在这里待着吗？他的君长身份，一呼百应的威风已经消失殆尽，他的奴隶臣民举着刀矛棍棒围住他的那个愤怒场面，说明人心已去，没有人再愿意跟他当奴隶了！一想起这些，西瓯君便不寒而栗。他深恨那个被人称为“史监军”的人，是这个可恶的“辣地”的出现，才改变了他西瓯君的一切。想当年，他指挥土民们设套挖坑，黑夜偷袭，大败中原军队，一天之中割下他们成千上万的脑袋，让他们血流遍地，这是多么惬意的事情！可如今，他不但连抢一个美丽迷人的中原女子都办不到，还被另一个女子打伤成了俘虏，又当着他臣民的面再次被打伤倒地，使他脸面丢尽，他失去的不仅是君长的威严，更可怕的是失去了他赖以统治的成千上万奴隶。西瓯君越想越气，越想越恨。

这时候，恰巧史禄来看望西瓯君了。

还没来得及说话，西瓯君便气愤地指着史禄喝问：

“辣地！你到底是什么人？把我捉弄到这般地步！”

史禄并不生气，却哈哈笑道：“西瓯君，你怎么又骂人了呢？我是什么人？你应该还记得吧？我和你们现在的雒帅皋通是同出一个师门的师兄弟。想当年，我们学成回归岭南，皋通兄弟以土兵阵法进献，被瓯雒王授以雒帅之职，统领岭南土兵。我的运气不好，我带回的两头牛也被你们杀来吃了，建的干栏房也被烧了，还被国师陷害，差点丢了性命。我逃出岭南后，流落中原。所幸后来得到秦皇重用，授我监军之职，命我带领十万兵民重回岭南，为秦皇开疆拓土，这也是天赐我为我们岭南各族群贡献微薄之力的良机。”

“你就是当年被赶出岭南的禄？”西瓯君终于想起来了，他显得有些惊慌失措的样子。

“哈哈，感谢西瓯君还想得起我！当年你还是老西瓯君‘译吁宋’的卫队长，我则什么也不是。有道是士别三日，当刮目相看。我们分别已有多年了啊!”史禄笑道。

“你用什么魔法鬼邪，抢夺了我的部下，使我落到今天这般地步！我要当着我的部下的面，和你单独决斗，拼个你死我活。我败了，我认输，我会像战败的虎王一样离开自己的领地。你败了，你就带着你的十万人马，滚出岭南!”

“哈哈！西瓯君，”史禄笑道，“我真的没有任何魔法和鬼邪之术，更没有夺走你一个部下啊!”

“那他们为什么离我而去，不再服从我，你说！”西瓯君愤怒地指责史禄。

“西瓯君啊！你还不明白？”史禄平心静气地说道，“我告诉你吧，你的那些部下虽然给你当了多年的奴隶，但是他们却比你聪明一百倍！当文明和野蛮两种生活方式摆在他们面前的时候，他们必定会用自己的双脚做出庄严的选择——走向文明，告别野蛮！这是谁也阻拦不住的。连天上的鸟儿也懂得，当大地严寒时，它们会飞向温暖的南方一样，鸟儿尚且如此，更何况人乎!”

“辣地！你不要再和我讲这么多了，我只要你和我在我的部下面前决斗，看他们最后是跟我走还是跟你走，你敢吗？辣地!”

“哈哈！西瓯君啊，”史禄笑道，“你真是好了伤疤忘了痛。我手下的一个女子就已经把你打得腿伤手断，你还想和我来单独决斗？不过，也好，否则你还以为我怕你呢!”

史禄随即唤过瓯虎，要他取下干栏房墙壁上的竹梆，又对西瓯君做了个邀请的手势，说：

“西瓯君，既然要当众和我比武决斗，我们还是到演武场去吧!”

“辣地，快走!”西瓯君摆着君长的架子，喝令史禄在前头带路。

他们很快便到了演武场。这个演武场，是史禄专门命人开辟的，是一个容纳万人的开阔地，中央筑了个土台，台上架列着刀、矛、戟等秦军常用武器，也有一些土兵的弯钩刀、长矛利器等兵器。秦军的精锐主力，由赵佗率领在大溶江一带筑城和训练，其余的兵卒民夫则由史禄带领在沿江山坡一带开荒种地，以图粮食自给。史禄实行兵民结合、劳武结合的办法，定期轮训这批兵卒和民夫，因此便专门开辟了这个演武场。

登上演武场那个土台，史禄便令瓯虎击梆让在附近劳作和秦瓯新村里休息的全部土民持械前来演武场集合。瓯虎高高举起竹梆敲击，按照土民持械集合的指令，发出规定的讯号。竹梆声响起后，那些正在劳作和在秦瓯新村中休息的土民，闻听集合讯号，便由那些伍长、什长和百户长率领，纷纷持械直奔演武场而来。而那些正在劳作的中原兵民，则仍在原地进行他们的劳作。

不久，数千手持刀矛棍棒的土民，便汇集到演武场，围在了那个土台前。史禄对西瓯君道：

“西瓯君，你的部下都来了，我们两人的比武决斗，现在可以开始了吗?”

西瓯君摩拳擦掌，吼一声：“开打!”

史禄说：“西瓯君，你去取一件兵器呀!”

西瓯君便去兵器架上，取了一把长柄弯钩刀，当着史禄的面舞起一个动作来，那是土兵挥刀劈颈取首级的致命绝杀动作。史禄却不慌不忙地取下腰上的佩剑，他把佩剑随手交给瓯虎，说：

“瓯虎，我的剑你帮我保管吧!”

“史监军，你决斗不用兵器？”瓯虎担心地说，“君长他的刀法可厉害啦!”

史禄从容地笑道：“不怕，不怕!”

正说着，西瓯君已迫不及待地向史禄迎面一刀劈来，史禄急忙闪身避开，对西瓯君说：

“西瓯君，你不要着急啊！你看，我带的中原兵民，今天一个也没有在场，而我赤手空拳的，连一件兵器也没有拿。我想，在我们正式交手决斗开打之前，你应该向你的部下讲一讲，我们为什么要决斗，也好让他们为你喝彩助威呀！如果我和你决斗失败了，你也好马上带领他们跟你回去啊！”

“辣地！好吧，我就让你再活一餐饭的时光！”

西瓯君说罢，手里紧握那把弯刀，杀气腾腾地走到土台前，凶相毕露地对台下的土民们说：

“辣地！你们这些该死的东西，受这个中原人鬼邪的蛊惑，竟敢脱离我的统治，跑到这里来跟他鬼混，你们犯了我的王法！我今天，要当着你们的面，把这个中原人杀了，然后你们就马上跟我回去，谁敢不听我的，我就砍下他的头。你们这些该死的东西，听清楚了没有？”

西瓯君一边说，一边挥动着手中的弯刀不断做出砍头的威吓动作，但是土台下却静悄悄的，没有一个人回应他的话，也没有人离群出走，他那些昔日的奴隶臣民，一个个只是冷漠地朝土台上看着，仿佛在看着一只正在表演的滑稽猴子似的。西瓯君更愤怒了，又扬起手中的弯刀连续做了几个砍头的动作，怒喝道：

“你们这些该死的东西，耳朵都被老虎撕掉了吗？心肝都被老虎扒烂了吗？快跟我回去！听到没有？”

土台下，忽然爆发起一阵高呼声：

“我们不跟你回去！不跟你回去！”

土台下，成百上千的土民一齐举着手中的刀矛棍棒，他们的呼声震得山鸣谷应。西瓯君见了勃然大怒，举起弯刀跳下土台，当即挥刀砍下了一个土民的脑袋。土民顿时被激怒了，被欺压奴役了几百年的怒火瞬间爆发。他们举着手中的刀矛棍棒围住西瓯君打斗起来，土民们一边朝西瓯君击打，一边愤怒地叫喊着：

“我们不回去！我们不回去！”

这场原本由西瓯君挑起的与史禄的决斗，最后演变成西瓯君与他昔日的奴隶之间的大决斗。愤怒的吼声和击打声顿时湮没了西瓯君的跋扈嚣张。史禄发现，西瓯君已被打倒在地上，无数的棍棒落到了他的身上，甚至刀矛直戮直砍，西瓯君发出一声声惨叫。史禄赶忙从瓯虎手里拿过他的宝剑，挥剑冲入愤怒的人群中，用剑抵挡着对西瓯君的攻击，为他解围。怒不可遏的土民误以为史禄要帮西瓯君，转而攻击起史禄来。瓯虎见了，急忙从兵器架上取下一把蛮刀，挥舞着弯刀大声叫喊：

“住手！住手！千万别误伤了史监军！”

但是，已经杀红了眼的土民，瓯虎如何喝止得住。他急中生智，忙扔下手中的弯刀，跳回土台上，抓起竹梆，高举过头，一阵竹梆声响起，连续发出“恶虎已死，停止战斗”的讯号。一场紧张愤怒的打斗，这才得以停止下来。

几个胆大的土民过来质问史禄：“史监军，他过去杀了我们很多人，你为什么不让我们报仇，杀死他呢？”

史禄耐心地说：“兄弟们啊，你们今天如果只为报仇，杀死了一个欺负你们的西瓯君，将来必定又会出现另一个西瓯君来奴役你们的。”

“那我们再杀了他！”一个土民说。

“这样的人光靠杀是杀不完的啊！”史禄摇着头说，“必须要像挖树根一样彻底连根挖掉产生西瓯君的根源，你们才会从奴隶变成真正的人！”

“史监军，我们离那一天还远吗？”一个土民似懂非懂地问。

“我看已经不远了。兄弟们，在我们一起挖掉那蔸恶木的根的同时，也要挖掉我们心中的一蔸恶木的根。”史禄耐心地比画着，“我们心中那蔸恶木的根，就是一蔸蛮根。为什么中原人称我们岭南人为南蛮？因为中原人懂礼仪，懂文明。而我们岭南人只会蛮干，一言不合，就动刀杀人，不懂礼仪，全无法规，靠蛮力称王称霸，欺压打杀族群。这个恶根不除，杀了一个西瓯君，就会又生发出一个西瓯君来。你们说是不是呀?”

瓯虎对大家说:“我们就照史监军说的去做！我们跟史监军走!”

“我们跟史监军走！我们跟史监军走!”土民们的呼声，响彻山野。

西瓯君趴在地上，挣扎着，怎么也爬不起来。他这次被他的奴隶臣民殴成重伤，伤势远比上次被紫云英的紫木棒击伤还重。他在痛楚中同时也听到了他的奴隶臣民发自内心的呼喊:“我们跟史监军走!”这种打击，比皮肉的伤痛更甚百倍，因为这种打击直接击中了他的心。史禄让瓯虎把伤重的西瓯君背回干栏房中去，瓯虎有些不太情愿，他怕犯了众怒。史禄看出了瓯虎的心思，便说道:

“瓯虎不愿意，那就让我把西瓯君背回去吧!”

史禄说罢，便弯下腰，把西瓯君背到背上，不料，西瓯君竟狠狠地咬了史禄肩膀一口，猛地挣扎摔倒在地上，拼出力气，怒骂一声:

“辣地！我要死在这里!”

第四节　重获拥戴

史禄令瓯虎唤来三个百户长，把躺在地上要死不活的西瓯君用绳索捆了起来，用一根大竹杠抬着。瓯虎问史禄：

“史监军，把他拿去放山（从山上放下摔死）还是拿去沉江（丢到江里淹死）?”

史禄不断地摆着手，连说：“不可乱来！不可乱来!”

“史监军你救了他，他却反咬你一口。”瓯虎愤愤不平地说，“他还杀了我们不少弟兄，把逮住的恶虎放归山林，下次他又不知要伤害我们多少兄弟姐妹呢!”

“对，把他拿去沉江!”那几个百户长说罢抬起西瓯君就走。

史禄忙制止道：“穷山出饿虎，蛮地生恶人。我们不把这片荒蛮的土地改造好，杀了一个凶蛮的西瓯君，不知道还会生出多少个危害你们的恶人呢！瓯虎，把西瓯君抬回干栏房去，我还要为他治伤。”

史禄连续几天为西瓯君敷药治伤，十几天后，西瓯君便能起床活动了，但他不敢再迈出干栏房一步。瓯虎按照史禄的吩咐，每天照例给他送来好吃的食物，吃罢喝罢，西瓯君便在干栏房中胡乱走动，不时从透光的墙壁上往外张望，四野里只见他的部下在欢快地劳作，不时传来阵阵山歌笑语。西瓯君只感到一种无奈和失落。

这天，史禄来到干栏房中看望西瓯君。西瓯君愣愣地望着史禄，没有说话。史禄说：

“西瓯君，今天的天气这么好，我们还是出去走走吧!”

西瓯君忽然紧张起来，忙问："走哪里去?"

史禄轻松地说道："随便走走，你如果有兴趣的话，不妨随我去看看我们军队将士的演武。"

西瓯君想了想，说："好吧!"

史禄带着西瓯君，走了一天山路，在江边登上一艘小木船，沿江而下，直抵秦城。来到关楼下，史禄令守关的校尉传报赵佗。赵佗闻报，忙到关楼下迎接。史禄指着西瓯君向赵佗介绍道："赵将军，这位便是大名鼎鼎的西瓯君!"

"西瓯君?"赵佗一听西瓯君之名，便拔剑在手，"你就是杀我十数万将士的那个西瓯君?"

西瓯君见对方拔出利剑，也习惯地做了个拔刀的手势，无奈他身边却无任何兵器，但他并不退缩畏惧，却挺身而出欲夺赵佗之剑。史禄忙上前挡住赵佗，笑道：

"赵将军啊，今天我并不是来要你向西瓯君讨还血债的。过去的事都已经过去了，人死而不能复生，流出去的血也不可再流回到身体内了。"

"照史监军的说法，我们的人都白死了，我们过去的仗都白打了!"

赵佗使劲地把利剑插入鞘中，剑柄前端发出一声怒响，怒愤难平。

"赵将军和国尉屠大将军如果不打败仗，将士十数万不埋骨岭南，何须始皇帝再派我劳师远征?"史禄不得不直言以对。

"好吧!不说了，不说了!"赵佗自知说不过史禄，只得问道，"不知史监军今天前来，有何赐教?"

史禄道："赵将军，西瓯君已率领他的部众下山，与我们友好合作。目下，土民与我中原兵民逐渐融为一体，都是自己人了。今天，我是特地请西瓯君前来观看我军演武的。"

"啊?"赵佗听了不由大吃一惊，"我只是听说有些土民下山偷食我们的食物，怎么，他们都下山来了?史监军啊，我们现在军食尚且不足，你如何养得了这么多人啊!”

史禄道:“不错,我们临近的西瓯部落,已有万余人下山,我已将他们编户入住秦瓯新村,现已有五千余户了。他们与我中原兵民一道开荒种地,将成为自食其力的岭南新民。这个应该归功于西瓯君啊!”

“啊!”赵佗不禁称赞道,“据我所知,西瓯部落是岭南部族部落中最为强悍最有战斗力的一支。史监军,你不战而屈人之兵,赵佗敬佩,敬佩!”

史禄摇头道:“赵将军过誉了。圣人有言:兵者不祥之器,非君子之器,不得已而用之。夫乐杀人者,则不可得志于天下。圣人告诫我们:战胜当以丧礼处之啊!”

赵佗感叹道:“可惜,国尉屠睢与我当初不明白此理,白白地葬送了我十数万将士的生命!”

史禄道:“闻道有先后,现在明白也不为迟啊!赵将军,请你下令将士开始演武吧!”

赵佗与史禄、西瓯君登上秦城关楼。赵佗将令字旗一挥,关楼上鼓角齐鸣,关楼下开阔的演武场上,数千秦兵持械列阵,部伍严整,盔甲鲜明。那赵佗不愧秦军名将,他根据岭南的地形地势和气候特点,早已摈弃了秦军驰骋中原所用的战车列阵和骑兵冲锋的阵法和战法,他已将所部训练成适合山地战和丛林战的步兵劲旅。

演武场上,龙腾虎跃,杀声震天。特别是专门对付雒帅皋通发明的狼兵阵法,最为惊心动魄。一队扮演土兵的秦军,以七人为伍,独立作战,四人专主击刺,三人专主割首动作。秦军则以十人为伍,四人对付土兵专司击刺者,以六人围攻专司割首的三名土兵,首先将其击杀,然后全力对付那四名土兵,再将其击杀。西瓯君看得目瞪口呆。赵佗问道:

“西瓯君,你看怎么样啊?”

西瓯君直摇头:“这阵仗,我们是不能再打了。不过,雒帅还有两道绝杀之器,就是象阵和神机弩,你们恐怕是难以对付的。”

史禄笑道:“雒帅皋通与我是同出一师门的师兄弟，他的狼兵阵法，已被赵将军破了。其余象阵、神机弩两大绝杀器，我深知其奥妙之处，自有破解之法。赵将军，你说说你是怎么破狼兵阵法的?”

赵佗像弈棋一般将十七块小石头摆放在案几上，七块为土兵，十块为秦兵。他摆好阵势，指着土兵阵说:

“狼兵阵以七人为伍，其中专司刺杀攻击的土兵，武艺较为高强，而专司割首的三人，只趁我军对付强敌攻击不备之际，从侧方偷袭割首，其武艺一般较差。我以四名秦兵与四名土兵对攻，形成相持之势，另以六名秦兵的绝对优势围攻三名专司割首的土兵，他们割首尚未得逞，自己的脑袋就掉地了。然后合兵一处，以十对四的绝对优势，再将那四名土兵全部击杀掉。哈哈，小菜一碟，小菜一碟!”

史禄也笑道:“这阵法就叫赵家兵法啊!”

西瓯君沉思了一会儿，忽然问道:

“我想问赵将军，你有一位名叫赵始的兄弟吗?”

赵佗听了，忙以目示史禄，史禄点点头。赵佗叹息道:

“有啊，我有一位叫赵始的兄弟。只是不知道为什么有一天晚上，他驻守的营区上突然飞来一群燕鸟，第二天他就人去营空，几百人马与那群燕鸟都消失得无影无踪了!”

“啊，果然是有神鸟相助呀!”西瓯君不由惊叹起来。

“这是怎么回事呢?西瓯君，你快给我们讲讲吧，赵将军正为他无故走失的兄弟担心呢!”史禄忙说道。

“神鸟相助，这是天意啊!”

西瓯君说起神鸟相助的事不由抬头朝天上虔诚地看着，然后才将他如何在瓯雒王那里亲眼看见赵佗的兄弟赵始，赵始又如何为瓯雒王出谋划策，让他与苍梧君分头从陆路和水路偷袭中原军队成功，他烧了中原军队许多房屋毁了许多地苗，苍梧君则缴获了许多船只，瓯雒王论功行赏，封赵始为雒将等事项一一向史禄和赵始说了。

赵佗非常认真地听着，末了特地感谢西瓯君告知他兄弟赵始的下落，说道：

“这都是神鸟所为，实乃天意，兄弟赵始与我各为其主，天意不可违呀！”

史禄听了却不说话，只闭着眼睛喃喃自语，不知说些什么。西瓯君忙问道：

“史监军，你在说些什么呀？”

史禄这才睁开双眼，正襟危坐，非常严肃地对西瓯君和赵佗说道：

“刚才，在冥冥之中，神告诉我一个秘密。”

“啊！”西瓯君听了不觉大惊，“史监军，这个秘密能向我们讲吗？”

赵佗也说：“我也很想知道这个秘密呢！”

史禄说：“天机不可泄！这个事，我得问一问神，看他是否同意告诉你们。”

史禄说完又闭上了双眼，口中喃喃不知说些什么，看样子似乎是在和谁对话。好一阵子，史禄才微睁双眼，对西瓯君和赵佗道：

“恭喜二位，神说这个秘密可以告诉你们！”

西瓯君迫不及待地问道：“什么秘密呀？史监军你快对我们说吧！”

史禄说：“神鸟引路，赵始出奔，专为姝媚公主而去。此乃其一也。”

又说：“神鸟名雒实为燕，姝媚公主即为燕部落之首领，这就叫千里姻缘神鸟牵。”

“对对对！”西瓯君连说，“神是不会骗人的！”

赵佗也笑道：“如此说来，我兄弟赵始将成为瓯雒王的乘龙快婿啦，我如率军打过去，俘虏了瓯雒王，怕是他这驸马爷就做不成啦！”

史禄却严肃地说道：“吉人自有天助！”

“是的！是的！”西瓯君点头，又问道，“神还对史监军说了些什么呢？”

史禄指着西瓯君说："还说到了你——西瓯君！"

西瓯君有些紧张地问："神，说了我什么啊？是好，是坏？"

"跟赵始一样，喜事一桩：神花引路，瓯君失足，虽受皮肉之苦，却可成全姻缘幸福。"

西瓯君听罢，当即跪地朝天膜拜，嘴里不断地念叨着，感谢神灵的佑助。

赵佗在一边听见了，感到有些莫名其妙，忙问史禄个中缘由。史禄遂说了西瓯君本来率领部众下山偷袭我军民，却在途中巧遇欲采摘耶若茗花的民女秦四妹，正待将四妹掳走，却被我兵民穷追击伤等事项，说得神乎其神，令赵佗将信将疑。因为他自率军进入岭南以来，总感到岭南这个地方太过神奇，遍地蕴藏着看不见摸不着又无时不在的神神鬼鬼的怪异之事。既然史禄这么说了，也姑且听之信之吧。他停了一会，却又突然问道：

"史监军，那种吸引秦四妹和西瓯君的花，又是怎么回事呢？"

史禄说："赵将军你有所不知，那种花名叫耶若茗花，是我们岭南部族青年男女心中的爱神啊！为获得爱神的青睐，他们即使粉身碎骨也在所不惜呀！"

赵佗点头道："我懂了！诗曰：关关雎鸠，在河之洲。窈窕淑女，君子好逑。参差荇菜，左右流之。窈窕淑女，寤寐求之。求之不得，寤寐思服。悠哉悠哉，辗转反侧。参差荇菜，左右采之。窈窕淑女，琴瑟友之。参差荇菜，左右芼之。窈窕淑女，钟鼓乐之。"

史禄听了，不由以掌击节，赞叹道："赵将军，我们岭南文化，其实与中原文化是一脉相通的啊！如果有人以耶若茗花为题作一首爱情诗，恐怕也会不逊于这首国风《关雎》的啊！"

西瓯君听不懂史禄和赵佗两人在说些什么，他却意犹未尽地问史禄：

"史监军，神还对你讲了些什么呢？"

史禄想了想，徐徐说道："漓水远引，苍梧来投。"

西瓯君睁大眼睛，惊问：“史监军，你说苍梧君也要来投奔你们?”

史禄表情严肃地答道：“这是神告诉我的！”

赵佗见史禄尽说些神乎其神的神话，便用挑战的口吻问道：

“史监军，神对我们用兵岭南有过预言吗?”

史禄静默了好一会，才一字一句地说道：“神曰：天河落地，瓯雒献城。”

赵佗听罢大惊，忙道：“愿闻其详。”

史禄又微闭双目，喃喃道：“此乃天机，不可泄也！”

不但西瓯君已把史禄尊之为神，甚至连见多识广的秦国名将赵佗，也对史禄感到有几分神秘难测。赵佗见史禄已睁开双目，那模样仿佛是从神界回到了人间一般，遂摇头感叹道：

“看来，对岭南这部天书，我还没有读懂啊！”

史禄也不言语，当夜便与西瓯君在秦城关楼上住宿，第二天仍乘船沿江而上回去了。

回到秦瓯新村，西瓯君仍感到无所事事，每日里瓯虎照例为他送来中原大厨制作的美味食物，吃喝罢他便出门走走。慢慢地他走动的范围也越来越大了，这天，他走出了秦瓯新村。走着，走着，忽然前面不远的山坡上，传来阵阵欢歌笑语，他近前一看，原来是他部族中的土民与中原人正在一起劳作。

西瓯君看了看，不觉心中一阵惊喜，他在劳作的人群中，发现了一位正在扶犁撬地的黑衣黑裙的中原女子。这不正是那位曾经被他掳走却又使他遭到皮肉之苦的美女吗？西瓯君用双眼死死地盯着那黑衣黑裙的女子，觉得她撬地劳作的身姿美极了。他本想冲上前去，再次把她扛走却又心有余悸，因为他发现，在那黑衣黑裙女子旁边，正在劳作的还有那位用棍棒打得他皮开肉绽，腿骨断折的紫衣女子。黑衣女子扶犁撬地，紫衣女子腰挂竹篓随后撒播谷种。

西瓯君站在那里看得心里痒痒的，却又不敢轻举妄动。忽然，西瓯君心里一亮，他想起了在秦城关楼上史禄说的那些让他深信不疑的“神话”：神花引路，瓯君失足，虽受皮肉之苦，却可成全姻缘幸福。

“既然是神灵说过的话，一定会应验的！”

西瓯君想到这里，信心和勇气顿时倍增。他一下子跑了过去，从那黑衣黑裙女子手中抢过踏犁，含情脉脉地对她笑道：

“我来帮你！”

正在扶犁耕作的秦四妹，惊叫一声扔掉手扶的踏犁，逃到紫云英身后，惊魂未定。紫云英见了，竟哈哈大笑起来，说：

“四妹，干活有人帮忙，有人心疼还不好吗？”

正在周边劳作的湘姐和一群中原女子，见了也哈哈大笑起来，竟笑得秦四妹无地自容。西瓯君也不管她们笑什么，只顾埋头脚踩踏犁两手配合翻地。大约这种耕地工具非常适合岭南部族使用，西瓯君又很有一股蛮劲，一口气下去，便耕作出一条长长的地垄。

紫云英见了，忙把挂在腰上的竹篓解下系到秦四妹腰上，催促她：

“四妹呀！快点播谷种！”

秦四妹本能地从竹篓中掏出谷种粒，脸红红地把种子撒进地垄中。这时候，军需官也跑过来，从湘姐手中接过踏犁，翻撬起泥土，在后面直追赶西瓯君。瓯虎见了，拿起竹梆子，直到地坡头，有节奏地击梆喊着号子声，竹梆连击三响，瓯虎便用蛮语和中原话呼喊着：

“译吁宋！加油干！”

“加油干！译吁宋！”

除了西瓯君、军需官，又有十几位部族青年和中原民夫加入到撬地比赛中。撬地的和点播的土民与中原人一边劳作，一边有节奏地随着瓯虎的竹梆声呼喊着：“译吁宋！加油干！”场面极为热烈。

地撬到地头，比赛也宣告结束，西瓯君夺得第一名，军需官名列第二。劳作的土民们一拥而上，抱起西瓯君在地头高高地巡游一番，狂热地呼喊着：

“译吁宋！译吁宋！”

西瓯君心情激动万分，他又获得了土民热烈的拥戴。西瓯君从人群中走出来，从地头上收起一只只竹筒，这种竹筒是土民的饮水筒，外出围猎和采集食物时便挂在身上，竹筒两头有节，上面一节打穿一指大小孔，用木塞塞住，木塞头系一细绳，穿系在竹筒口。饮水时拔下木塞，将竹筒中所储之水倒入口中，饮毕，再塞上木塞。这种饮水用具携带方便，中原来的民夫兵卒也很快地学会了使用。

西瓯君把地头上饮空了的竹筒一只只装入背篓中，走到不远处的一口泉水处，将竹筒装满水，又用背篓背回地头，将储满饮水的竹筒一只只放回原处。他特地将一只竹筒送到秦四妹面前，用生硬的中原话说道：

“请喝水！”

秦四妹脸红红的，竟顺手接过了那只装满水的竹筒。西瓯君又拿起两只竹筒，递给湘姐和云英，也同样地说着：

“请喝水！”

云英和湘姐接过水筒，两人正口渴，便拔下小木塞豪饮起来。只有秦四妹双手还愣愣地捧着竹筒，有点不知所措地站着。西瓯君过来，为她拔下水筒的小木塞，说道：

“请喝水！”

秦四妹这才有些不好意思地仰脖喝了一口，云英笑嘻嘻地过来问道：

“四妹，你这水一定加了蜜糖，你说甜吗？”

秦四妹脸红红的，小声地说：“你再乱说，下次喝水嘴就漏水！”

湘姐和云英忍不住又笑了起来，西瓯君看得很开心。

西瓯君从此找到了生活的乐趣，每天早晨，只要瓯虎的竹梆声一响，西瓯君便会扛起他的踏犁，和土民们走出秦瓯新村，到地里去劳作。每天，那地头田间里总会发出阵阵“译吁宋！加油干”的呼喊声。西瓯君也越干越欢，他用踏犁撬地的速度，竟也无人可以超越。每天，他扶犁撬地，秦四妹便腰挂竹篓在地垄上默默地点播谷种。有时，西瓯君便会停下耕作回头呆呆地看她一阵。秦四妹被看得脸红红的，只是低头撒种。部族青年们便利用这机会，使劲往前撬地，试图超越西瓯君。当西瓯君发觉时，便急起直追，终于又超了过去。

这天，西瓯君和土民们正在地里耕作，忽听竹梆声紧急响起，有人急呼：

“老虎扛人了！老虎扛人了！”

西瓯君急忙丢下手中的踏犁，随手在地头抓起一根粗粗的棍棒，振臂一呼：

“细邀碎（跟我来）!”

西瓯君朝竹梆响处飞奔而去，身后跟着无数手持棍棒和刀矛的土民。西瓯君跑得飞快，土民们紧紧相随，渐渐地便拉开了距离。西瓯君越跑越快，刚转过一道草莽密林，便看见一头猛虎，口里“扛着”一个土民，正往前奔跑而去。西瓯君朝老虎猛喝一声：

“辣地！古贝亚细吾！（混蛋！看我收拾你！）”

西瓯君挥棒上前，那只饿虎见人追来，不得不丢下口中叼着的土民，向西瓯君猛扑过来。西瓯君毫无畏惧，挥棒横扫过去，一棒击中虎头，那虎愣了一下又反扑过来，西瓯君又一棒击中虎头，猛虎在地上翻了几滚，还未爬起来，西瓯君又连击几棒，虎头虎口流出血来，趴在地上再也动弹不得。土民们随后赶来，用山藤把那只巨大的死虎捆扎住，十几个土民用竹杠把老虎抬着，大家簇拥着西瓯君，一路欢呼雀跃，庆贺他们的打虎英雄。在岭南，遍地丛莽山林，虎患甚烈，对于孤身力斗猛虎并将其击杀者，土民便将其尊称为“都董”（大英雄），甚至拥戴为部族的首领。西瓯君今天终于享受到了“都董”的崇高盛誉，他高兴极了。

土民兴高采烈地簇拥着西瓯君，一路高呼着“都董都董”地走着。刚走过一个大弯道，迎面碰上紫云英率领百余名中原民夫前来增援。云英见土民们抬着一只被打死的大老虎，又簇拥着西瓯君热烈欢呼着，忙拉住一位土民问道：

“老虎被打死了，人救下来了吗?”

那位土民一边指着被打死了的老虎，一边指着西瓯君，比比画画地说着，云英很快地听懂了他的话，忙向西瓯君赞道：

“西瓯君，你力杀猛虎，为民除害，真是个孤胆大英雄啊!”

西瓯君连连摆手，说：“我打得了猛虎，却打不过你这位女英雄啊!”

“哈哈哈!”那些中原民夫和土民都大笑了起来。

入夜，秦瓯新村外的大草坪上，燃起百余堆篝火，土民和中原民夫围着篝火聚餐，双庆打虎的胜利。火堆上，烧烤着虎肉、鹿肉，旁边摆放着中原大厨做的馒头、煎饼和米饭，每堆篝火前都放着一只木桶，桶中盛满一种叫“香酘”的米果酒。这种酒是土民和中原民夫共同酿制的。以岭南的杨梅果与中原的小麦大米蒸制而成，既有果香味，又有米香味和酒香味，无论是岭南人还是中原人都非常喜欢饮用。土民们吹响了葫芦笙，中原人击打钟镈，大家举着酒盅竹杯，酒盅和竹杯中盛满“香酘”，一齐向西瓯君敬酒祝贺。

紫云英将盛满“香酘”的酒盅递给秦四妹，说：

“四妹，快代表我们女营向西瓯君敬酒呀!”

秦四妹涨红着脸，迟迟不好意思接云英递过来的酒盅。女营的几个姐妹也一齐来凑热闹，推着秦四妹，说：

“快去呀！快去呀！你不去我们就不理你了!”

“四妹你不去，以后我们就不吃你的喜酒了!”

秦四妹拗不过众姐妹，只得红着脸，双手擎着酒盅，走到西瓯君面前，面带羞赧地说：

“西瓯君，这是我们女营众姐妹敬你的酒!”

西瓯君一见，顿时欢喜得不得了，他忙接过酒盅，两眼定定地看着秦四妹，秦四妹的脸更红了，忙低下了头。站在旁边的瓯虎忙提醒西瓯君：

“大都董，别只顾看美女，快饮酒呀！”

西瓯君这才将盅中之酒一饮而尽。瓯虎马上给酒盅斟满酒，对西瓯君说：

“大都董，你也要回敬人家一杯啊！”

西瓯君忙将酒盅递到秦四妹面前，说一句：

“请饮酒！”

秦四妹只得接过酒盅，也一饮而尽。女营的姐妹一齐拍掌欢呼起来。史禄因忙于公务，来晚了。他举起一只盛满酒的大竹杯，走到西瓯君面前，说：

“西瓯君，我们的大都董，我给你敬酒来啦！”

西瓯君见了连连摆手，说：“史监军，你才是我们部族的大都董啊！我要先敬你！”

西瓯君说罢忙将一只盛满酒的大竹杯伸到史禄嘴边。史禄不肯先喝，西瓯君也不肯先饮。最后瓯虎出来当裁判，瓯虎说：

“还是按照我们部族的习惯，你们两人共同喝杯交臂酒吧！”

喝交臂酒，是岭南部族一种礼仪规格很高的的饮酒仪式。两支部落的首领，常以这种形式表达血亲般的兄弟情谊。那仪式也简单，两人各以一臂相交互将自己的酒杯伸到对方唇边，待主持仪式的人高呼一声“译吁宋”，双方同时将杯中之酒一饮而尽。

史禄和西瓯君同时说一声“好”，便将手臂相交，把酒杯举到对方唇边，瓯虎当即高呼一声：

“译吁宋！”

史禄与西瓯君便同时将杯中之酒一饮而尽。草坪上的葫芦笙与钟镈合奏成一曲美妙的乐曲，热情的部族青年男女邀请中原民夫加入到歌舞的行列中。那场面，看得连史禄都有点飘然若醉。西瓯君走到女营中，邀请秦四妹一同跳舞，他又是鞠躬，又是点头，还做着十分热诚的手势，那模样显得彬彬有礼，很有几分中原士绅的风度。秦四妹见了，急忙躲到云英身后。云英将她拖出来，一把推到西瓯君面前，西瓯君拉起秦四妹，一同旋转进歌舞的人群中去了。

第九章　苍梧君

第一节　漓水兵戈下苍梧

这天，史禄在新垦的一块地头，找到了西瓯君。这块土地，草丛中显露出几堆乱石，西瓯君正指挥土民撬出乱石，挖掉草根，他又指挥大家将乱石沿坡边垒砌成一道道挡土矮墙。史禄看了，这依山而上垒起的一块块田地，那一道道沿山而上的矮石墙像一层层石阶梯一般，便夸赞起西瓯君来：

“你不仅是打虎的‘大都董’，也是开田造地的‘大都董’啊，瞧你带领大家造的这种田，简直像天梯一般，我看就叫它‘梯田’好了！不过，田是造得好，田水怎么灌呢？没有水，可种不了作苗呀！”

西瓯君却胸有成竹地说：“史监军，你别发愁，我们岭南是山有多高，水有多高，这山上有一口泉水，我们把水往下一引，这田里都会有水的。”

“啊！”史禄拍着脑袋，“山有多高，水有多高，西瓯君的智慧和气魄比山还高！”

说罢，史禄拉起西瓯君，说：“西瓯君，我们现在回去，要商量一件大事。”

西瓯君一听有大事商量，便吩咐瓯虎领着大家继续按他的计划，接着造梯田。

史禄带着西瓯君回到干栏房中，还未及坐下，西瓯君便问道：

“史监军，有什么大事要商量啊？”

史禄说：“我要和你一道去见苍梧君。”

“去见苍梧君？”西瓯君沉思了好一阵，摇了摇头，“苍梧君可不是那么好见的啊!”

“我们找不到苍梧君吗?”史禄问。

“苍梧君住的那个地方，我倒是去过两次。那是好几年前的事了。瓯雒王亲自带兵前来攻打我们西瓯部落，我去找苍梧君请他派兵帮我们。不料，我一到他那里，就被他捆起来，献给了瓯雒王，还算我命大，瓯雒王不杀我，只是让我臣服于他就把我放了回来。从此，西瓯和苍梧都共尊瓯雒王为岭南部族部落联盟的首领。在部落联盟的会盟大会上，瓯雒王又让苍梧君和我当众共饮交臂酒，从此两人的深仇大恨就算一风吹了。”

“那我们一起去见苍梧君还有什么难处呢? ”史禄听西瓯君如此这般一说，便问道。

“不是难处大，而是生命危险极大，十有八九是要掉脑袋的!”西瓯君做了个杀头的手势。

史禄笑道:“你是说，苍梧君也像当初对待你一样，把我也捆起来，拿去献给瓯雒王邀功请赏?”

“肯定会!”西瓯君使劲地点了一下头，“史监军，你千万不要去冒这个险!”

史禄笑道:“西瓯君，难道你忘了神说过的话啦?”

“啊!”西瓯君拍了拍脑袋，“我还差点忘了，神要惩罚我啦！漓水远引，苍梧来投。神呀，我记住你的话啦，你可一定要保佑我们啊!”

西瓯君说罢，当即跪地朝天叩拜起来。史禄忙拉起西瓯君，说:

“西瓯君，我们此番苍梧之行，有神的佑助，你还怕什么呢！你快准备一下吧，给苍梧君带些名贵礼物去。”

“好，好，好!”西瓯君连忙答应。

西瓯君走后，史禄即到秦城找赵佗去了。

赵佗听史禄说仅带西瓯君数人去说服苍梧君来降，不断地摇头，连说:

“不可！不可！太冒险了！如要攻打苍梧部落，我们这里放着几万精兵为何不用?”

“虽有戈矛之刺，不如恭俭之利也。”史禄说，“我们目下虽已收服了西瓯部落，但立足仍未稳，如此时以大军西向攻击苍梧族，则瓯雒王必乘我后方空虚，攻我大营。到时我陷于腹背受敌，首尾难顾，如大营有失，则我经年所创之营生粮草基地必毁之于一旦，则我此番南来将再蹈覆辙之痛，不仅岭南之梦难圆，更无颜面对始皇帝之厚望矣!”

赵佗见史禄说得很有道理，便不再坚持以大军西伐苍梧之见。只是关切地问道：

“监军仅以区区数人，何能说动苍梧来降?”

“先礼后兵。”史禄说，“我当年在九嶷山投师相离子先生，曾问道我师，离水之意何解? 先生为此卜得一卦。”

“什么卦?”赵佗忙问道。

“离也者，离为火，为日，为电，为甲胄，为戈兵。”

“啊，这是一条必经战争洗礼的江河呀!”赵佗摇头叹道，“怪不得我与国尉在此损兵折将。我们今后在此用兵得万分小心了!”

“以战止战可也。”史禄说，“为消解漓水兵戈之凶险，我此次进入岭南，即命人在漓水上打造三百艘戈船，训练水师，此次应该可用也。”

“啊?”赵佗听了，暗暗吃惊。

“将军在秦城所练皆为山战步卒，已彻底废除车战骑兵之战法，深得岭南作战之兵略。但岭南江河纵横，苍梧族全族皆习水战，我们没有水军战船，是无法取胜的。”史禄说。

“前时我们一百多只船不是被赵始劫走了吗?”

“哈哈!”史禄笑道，“那不过是用大竹制造的轻便运输船，是不能做水战使用的。我是专门送给赵始取信于瓯雒王的一批物品而已。”

“那，我们的戈船又在何处?”

赵佗因专心改革兵制，整日里在秦城训练步卒，其所练之兵皆擅长山地丛林之战，所部三万余人已成步战劲旅，但他还来不及进行水师编练。因听史禄说正打造三百戈船，甚感惊奇。史禄便邀赵佗一道去检视戈船水军。他们登上小船，挂上一张风帆，沿江而上，走了数里，来到一个大江湾处，史禄取出竹哨一吹，在江湾岸边芦苇丛里便飞快地驶出数十艘大船。

史禄和赵佗登上一艘戈船，只见那船长约数丈，宽约两丈余，前后各设置一座飞弩台。飞弩台装置强弓一张，飞弩十支，可连续发射。赵佗看了，忙问：

“监军，我从军征战十余年，只见过楼船，怎么没见过这种戈船呢?”

史禄说：“戈船乃春秋时吴国大夫伍子胥所发明。伍子胥率吴军伐楚，楚军水师强大，伍子胥以戈船攻楚军水师，楚军大败，吴军乘胜攻下楚都，楚国几至败亡。戈船在《伍子胥书》中皆有记载。”

“啊!”赵佗佩服地点点头。

“我这次率军南下，途经洞庭湖，访得数百名造船工匠，其中有会造戈船者，我把他们都带来岭南了。又访得前楚国水师官兵百名，其中更有善操戈船者，我把他们也随军带到岭南来了。”

史禄说罢，用手拍了拍船身，船木发出清脆的响声，接着说道：

“这种船木，名叫乌婪木，乃岭南特产，坚硬无比。岭南江河纵横，滩多石锐，此船可抗击滩石的碰撞。”

史禄带着赵佗，爬下船舱，见舱底横竖间装着许多机关。史禄指着那些机关对赵佗说：

“这些是装载干戈横刃的机关，兵器全置于水下，用于抵御敌人水军潜水攻击船身。”

史禄令几名水军操作演示，水军们扳动机关，脚踏手摇，那些机关便轰隆地转动，水下的干戈横刃便也飞快地旋转起来。史禄又指着一排弓弩说：“这是水箭，可在水中发射，射杀欲潜攻我船之敌。”赵佗看得“啊啊啊”地直点头。

他们从船舱里爬出来，沿船边走动，船边左右吃水处也各装有戈矛横刃，史禄说，这是专门对付从水上欲攀登船的敌人。

史禄又邀赵佗登上船头一座丈余高的将令台，命戈船校尉操演水上攻防，戈船校尉把竹哨一吹，又把一面小旗一举，江面上那数十艘戈船便一字排开。戈船校尉再把小旗一挥，戈船上的水军们便呐喊一声，划起船进行水上攻防演练。船头的机弩台开始发射弩矢，弩矢“嗖嗖”飞出，不断地射击着江面，江面上像落下无数的冰雹。船两侧的水军，则摇动机关，船身旁飞转起干戈横刃，水军持矛操刀握戟，作攻击欲攀登戈船的敌军状。船舱底下的水军则启动机关，安插在船底下的干戈横刃一齐转动起来，翻涌起一片片银白的水花。

赵佗在将令台上观看了水军的精彩演练，不由仰头叹道：

“戈船一发，苍梧休矣！”

史禄：“苍梧一族，逐水而居，四季皆飘浮江渚之上捕鱼而食。族人断发文身，以龙蛇为图腾而崇拜之，以其图形为文身，自称龙户。由于他们绣面文身，自称蛟龙之子，能行水中三四十里，尤善潜行，在水中不会遭鳄蛇等凶猛水类的伤害。”

赵佗道：“此前，我对苍梧部族知之甚少，只领教过西瓯部族山地偷袭割人首级的厉害。”

史禄道：“在岭南各族中，苍梧族尤善水战。他们的水上工具虽然只是些简陋的双、单独木船，但水下攻击却使人防不胜防。他们口衔利刃，深潜水中，凿穿船底，弄翻船只，将落水之人割首而去，便消匿得无影无踪。”

赵佗道：“监军以戈船对付苍梧部族，已得胜利之先机。”

史禄摇头道：“戈船乃水战之利器，以戈船对付苍梧部族，虽可轻易取胜，只怕杀戮太甚，战端一开，我不忍满目所见江河变色，横尸浮江，惨不忍睹呀！”

“战争之道，流血死人不可避免。我大秦帝国征战多年，击灭六国，横尸遍野，血流成河，方才获得一统华夏之功。我们奉始皇帝之命，进军岭南，我秦军将士已十数万抛洒头颅热血。今后的战争，还不知要死伤多少人呢!”

赵佗不愧是秦军名将，铁血之心，对战争杀戮早已司空见惯，因此对史禄之言不以为然。史禄听了，对赵佗道：

“圣人有言：以正治国，以奇用兵，以无事取天下。赵将军，你有所不知，当年我冒着九死一生之险逃出岭南，拜师学艺，学的全是天文地理，医技农事，想以此拯救岭南各族，以脱野蛮愚昧之习俗。不料今日受始皇帝之命，领兵征伐岭南。岭南部族好勇斗狠，民不畏死，奈何以死惧之?你总不能把他们赶尽杀绝呀！有道是杀人一万，自损三千，纵是尸山血海，也难免血海深仇，以此观之，岭南何日方能得治?”

“啊，我明白了。”赵佗点头道，“这大概就是史监军你这次轻装简从，冒险入虎穴龙潭赴苍梧之意了。”

史禄道：“卦有言：离有戈兵。我漓水之行，以戈船镇之，方可化解兵戈之祸也。”

史禄与赵佗走下戈船将令台，随即令水军校尉，将漓水上各河湾处锚泊的一百艘戈船集结，全部驶往下游候命。又令赵佗加强戒备，以防瓯雒王偷袭，同时抽调所部三千步卒，沿江两岸护卫南下之戈船。

史禄回到秦瓯新村，见西瓯君已备好送给苍梧君的一应礼物，计有虎皮、鹿肉、雉鸡、短狗等山珍，全是苍梧族稀罕之物。史禄则命人携带专治风湿骨痛之草药膏丹，因为他知道，苍梧族经年居水湿之地，常患此病，多有瘫卧不起者。除医药之外，史禄又特地把从中原带来的几匹黑色锦缎丝绸之物，作为给苍梧君的见面礼。收拾完毕，史禄便带着西瓯君登上戈船，朝漓水下游驶往苍梧去了。

史禄带着一百艘戈船，沿漓水而下，走了十几天。这天，突见江岸右边出现一座大山，那山形状十分奇特，像一只倾覆的大船，覆盖在江岸边。

山上，长着稀稀疏疏的荔枝林。西瓯君指着那山对史禄说：

“史监军，前面那山，名叫火山，苍梧君就住在山下的水里边。”

史禄取出他手绘的岭南地图，看了一眼，说：

“是的，我们到了。”

史禄望着火山，说道：

“这火山，果然不同寻常呀！”

西瓯君说：“这山很怪呢，山下有一个很深的潭，水深无底。苍梧君就住在这个深潭里。”

“难怪人说苍梧习水，连他们的君长都住在深水潭里呢。”史禄说，“西瓯君，你不是来访过苍梧君的吗？那你是怎么见到他的呢？”

“我是扎了十几只大竹筏，带着几十个人，装着礼物，沿江而下，不知走了多少天，来到火山江岸边。这时从水中突然冒出几十成百的独木船来，把我们的竹筏子团团围住，正要攻击我们，我急忙举起虎头牌高呼，我是西瓯君，是专程来拜访苍梧君的！这时，一个浑身画满龙蛇的大汉子，不知从什么地方跳上我的大竹筏，笑嘻嘻地说：‘西瓯君受惊了，我是苍梧君的欠都（侍卫长）。’我仔细一看，果然是苍梧君的欠都，每次瓯雒王会盟时，我都在象城见到他紧随苍梧君左右。”

“那你是怎么见到苍梧君的呢？”史禄问。

“苍梧君的欠都拿着我的虎头牌，一下子钻进水里就不见了，等到他回来把虎头牌还给我时，就把我请上他的双身独木船，划到水边一个大黑洞里，我什么也看不见了。待我眼前一亮时，就见苍梧君在他的水府里迎接我了。苍梧君的水府就像一座龙宫，到处都是亮闪闪的宝物，看得人眼睛都发花了。”

“啊！”史禄点头道，“西瓯君，你那虎头牌这次带来了吗？”

“带来了！带来了！”西瓯君从腰上解下一只拳头大的物件递给史禄。

史禄接过看时，只见这是一只木雕的虎头，两只虎眼睁着，但却是一大一小。史禄指着虎眼说：

“西瓯君，这虎头牌的秘密就在这两只虎眼里吧?”

“正是，正是。这是瓯雒王专门规制的，除了部落联盟的酋长们，别人是无法识得的。没想到一下就被史监军识破了。”

史禄把虎头牌还给西瓯君说：“苍梧君的通行牌是鳄头牌吧?”

“对，对，对，其他部落首领分别是燕头牌、蛙头牌、豹头牌、象头牌、犀头牌，等等。只要持有这种瓯雒王颁发的通行牌，各部落首领之间来往就通行无阻。”西瓯君说。

“西瓯君，你既然进去过火山里边，这山为什么叫作火山呢？你看，山上也不见冒火，而且还长着那么多树木呢?”史禄问道。

“有火，有火的，史监军，这真的是火山呀!”

“哪里有火呢？西瓯君，你见过吗?”史禄问。

“见过，见过!”西瓯君说，“那次我来拜访苍梧君，他陪我在江上夜游，观看火山冒火。那一夜，天特别黑，看不到月亮，到了半夜，真的见到山上冒出火花来，红红绿绿的，像满山遍野开放的花朵，很好看的。”

“啊?”史禄听了颇感惊奇。

“山上的火花冒了一阵后，就停息了。”西瓯君说，“我问苍梧君，这山上为什么会冒火呢？他说，这山底下有好多的宝珠，是宝珠发出的光彩映照到山顶上，变成火一样的颜色，每十天半月都要夜里冒一次出来，因此才叫火山。山上有荔枝树，因地热，四月果熟，我来拜访苍梧君时，他以山上的荔枝果招待我，那果又大又甜，很好吃!”

“啊！看来火山名不虚传呀!”史禄沉思道，“离之火，火在此山也。火曰炎上，水曰润下，苍梧君水火并济，两者兼得，欲破苍梧必先破火山!”

西瓯君问：“史监军，你在说什么呀?”

史禄说：“西瓯君，现在太阳已快沉山，我们明天再去拜会苍梧君吧，今晚我们停舟江上，先看看火山美景再说!”

西瓯君指着江岸旁的火山，没有把握地说：“这火山十天半月才喷出一次火花，今晚还不见得喷火呢!”

史禄说:“西瓯君你放心，今夜火山必定会喷火!”

西瓯君惊奇地问道：“史监军，你又没看见过火山喷火，怎么知道今晚它要喷火呢?”

史禄笑道:“是你告诉我的呀!”

西瓯君不解地:“史监军，我没告诉你今晚火山要喷火呀?”

“你刚才不是说苍梧君带你乘船夜游观看火山喷火的那天晚上是没有月亮的吗?”

“是呀，那天晚上天很黑，没有月亮。”西瓯君说。

史禄说：“看不见月亮的晚上叫朔日，是每月初一的日子，今天正好是朔日，所以我们今晚一定可以看见火山喷火。”

西瓯君大惊。“史监军，你真是神仙呀，天上和地下的事你都知道。”

“西瓯君，那晚苍梧君陪你观看火山喷火，你们一定不是坐在船上看的。”

“是呀，是呀，我们是站在对岸一块高高的大石头上看的，史监军，你是怎么知道的呢?”西瓯君感到史禄更神了。

“因为，火山喷火时，这江中便会腾起几丈高的巨浪，会冲翻所有过往的船只。”

“系呀！系呀！”西瓯君一激动又喊出了他的西瓯土语，“那浪真的是很高很险恶，地面上还震动摇晃呀，江里还发出像雷声一样沉闷的阵阵怪叫声，好怕人的。那大浪扑上我和苍梧君站着的大石头上，扑到我们的脚下，感觉江水也是热的。史监军，你说怪不怪?”

史禄摇着头说:“不怪，不怪，这叫水火相克，阴阳相冲。”

西瓯君说:“苍梧君对我讲，火山原来只是一座大土山，是不会冒火的，山下的龙宫里，从前住着一条金甲火龙，有一年，来了一个天神，天神把金甲火龙镇锁在山底下的龙宫里，金甲火龙虽然被镇锁住了，但它每个月都要翻两次身，它翻身的日子就是在没有月亮的夜晚和月亮又大又圆的晚上，金甲火龙翻身时，便地动山摇，将水腾起几丈高的巨浪，江水发热火山顶上就会喷出火来，这时候，江上的船只渔筏，都躲得老远的，迟一步就没命了！”

“啊！”史禄看了看天边，太阳已沉落山中，江风习习，江浪似乎悄悄地变得有点不安分了，他忙命戈船校尉，将随行的一百艘戈船一分为二，各往上下游驶出五里地锚泊以避江浪的冲击，天明后再到此地集合。

部署完毕，史禄带着西瓯君登岸，命士兵们隐蔽在附近警戒，他和西瓯君爬到那个大石头上坐下静观对岸的火山。天黑得伸手不见五指，江上开始刮起了大风，风越刮越大，江浪滔滔，狂风巨浪阵阵袭来，史禄和西瓯君赶忙趴在大石头上，地皮开始微微震动，越震越厉害，同时地下传来不断的闷雷声，雷声越来越沉重，撼人心魄。

“金甲火龙开始翻身了！”西瓯君说。

西瓯君话音刚落，只听地下轰隆一声巨响，响声震天动地，江上腾起无数的冲天巨浪，好似千军万马呐喊掩杀过来。

“看，火山喷火了！”西瓯君喊道。

史禄抬头看时，在大地的轰鸣和江中怒吼的狂风巨浪中，对岸的火山上，不断冒出一条条五颜六色的光焰，光焰升腾闪亮，光照数里，映得不断升腾的江浪也变成一片彩色绚丽五彩缤纷的世界。

地下的雷鸣渐渐变弱，最后戛然而止，江风止，江浪平，火山熄，一切又变得那么平静，仿佛什么事也没有发生过。

“史监军，你受惊了吗？”西瓯君问。

“没有，没有。”史禄说，“这火山的景观果然不同寻常，只是发作时，这江面就不能航行了，不熟悉水路的就要葬身江中，也是江上一害呀！”

“嗯，嗯。”西瓯君道，“这都是那金甲火龙惹的祸。”

“不能都怪那金甲火龙，我看那天神也有责任，把人家硬镇锁在地下，不反抗才怪呢。圣人说：己所不欲，勿施于人。西瓯君，我看火山底下肯定有个锁龙洞。”

“有呀，有呀!”西瓯君惊奇地问道，“史监军，你又没到火山底下，怎么知道有锁龙洞呢?”

“哈哈，”史禄笑道，“还不是你告诉我的吗?”

“啊，啊，”西瓯君这才想起，“我是给你说过，不过那是苍梧君对我讲的。那个洞恐怖极了，是苍梧君用来惩罚部下的，但凡手下有人触怒了他，便将他们放到洞里去，让金甲火龙翻身时震死。”

“嗯。”史禄点头沉思着。

西瓯君忽然害怕起来，说：“史监军，我们回去吧，不要去拜访苍梧君了。”

史禄说:“为什么呢?我们都到了苍梧君的家门口了，怎么能不见他呢?”

“苍梧君这个人，”西瓯君说，“上一次我来见他，他把我捆起来献给了瓯雒王，收服了我们西瓯部族，这一次我和你一起来，他不会一箭双雕，把我们捆起来献给瓯雒王吗?这样，这个仗他就不要再打了，收服我们西瓯部族和中原人，就不费吹灰之力。”

史禄说：“西瓯君你这话不是没有道理，但是我们岭南人有一句话更有道理：不入虎穴，怎么能抓到虎王?西瓯君，我们这一次呀，恐怕是要深入虎穴龙潭了。”

这时天已亮了，史禄命人吹响号角，不久，撤往上下游的戈船便依令向火山的江面上集结。

史禄带着西瓯君，重新登上他的座驾船，戈船校尉上了座驾船，前来听令，史禄问道：

“昨夜江上的风浪大吗?”

“风大浪急，如果我们不退避得远，那就麻烦大了，没想到这江上也会有这么大的风浪!”戈船校尉说。

“传我的令!”史禄对戈船校尉命令道，“各船马上放下水中防护网，如遇敌人从水面攻击，即以长弩吓退，但不可射杀!”

“是!”戈船校尉奉令去了。

太阳出来了，江上风平浪静，一层薄薄的淡紫色的江雾，轻轻地飘动着，几只白色的水鸟贴着水面飞翔，忽然，西瓯君指着远处的江面说：

“快看，史监军，苍梧君的水军过来了。”

史禄抬头朝江面上看去，只见火山下的远处江面上，浮动着一片黑压压的东西，正快速朝戈船舰队而来，再仔细一看，那些黑压压的东西，竟是无数涌动的人头。正看着，那些涌动的人头又忽然不见了，宽阔的江面上，只有一片片银色的浪花。史禄正纳闷，这无数涌动的人头，到哪里去了呢？突然间，只见不远处的江面上，呼啦啦一声响，江面上钻出成千上万个人身来，那些人披着短发，黑褐发亮的身上，绘画着龙形图案，每个人的嘴上都衔着一把寒光闪亮尺余长的利刃短刀。

史禄正惊奇地看着，那些半立在江面上的人，忽然又不见了，待他们重新冒出水面时，已离泊在江面的戈船舰队很近了，戈船上的水兵纷纷发射长弩，进行拦阻射击，箭镞如雨点般飞落江面，有拼命向戈船强行冲游过来的，立即被强弩射杀，江面上不断冒出血红的水花。

史禄正在惋惜被戈船水兵射杀的那些人，不料，此时江面上那些浮游冲击戈船的人，又突然不见了，江面上的那些猩红的血水已被波浪散去，江面上风平浪静，仿佛什么也没有发生过一样，正在这时，史禄座驾船上的一名水兵头目惊呼一声：

“撞网了！撞网了!”

史禄看时，只见船边四周水浪起伏，好像戈船防护网上网住了一条条大鱼似的，好一会儿，那水兵头目又呼叫着“收网！收网”。

戈船上的水兵一起使劲往上拉，那防护网显得十分沉重，水兵们发出

“嗨呀！嗨呀”的号子声，从水里拉上来二十几个赤条条断发文身的人来。那些人的胳膊双腿全被防护网套住，头颈被套的已经死亡，有的身上还带着长弩射中的箭镞。水兵们把这些被网住的“大鱼”摆放在戈船的前后甲板上。史禄见了，忙命水兵们松网放人，那水兵头目却说：

“史监军，还放他们干什么？绞死算了！”

“胡说！快给我松网放人！”

史禄一边说一边亲手松网，给一名胸前和背后都画着龙蛇的大个子松开网绳。西瓯君看着这人似乎有些面熟，忙近前一看，惊呼一声：

“欠都，原来是你呀！”

那大个子刚被史禄放了出来，正坐着喘气，忽听有人叫他，狠声狠气地问道：

“你是什么人？怎么认得我？”

“欠都，我是西瓯君呀，上次我来拜会苍梧君就是你给我带路引见的呀。你看，这是我的虎头牌。”西瓯君从腰上摸出他的虎头牌来，让对方见识。

大个子认真看了看虎头牌，又盯了西瓯君一眼，确认对方是西瓯君无误后，仍愤愤不平地说：

“西瓯君，你和我的君长是朋友，为什么要来打我们？”

“这叫不打不相识啊！”史禄笑道。

“你是什么人？”欠都不怀好意地盯着史禄问道。

“对不起，欠都，还来不及向你介绍，这位是我的‘大咕噜头’史监军。”西瓯君指着史禄对欠都说。

“你们来这里干什么？带来这么多兵船，是和我们苍梧人开战的吗？”欠都没好气地问道。

“不不不，欠都你别误会了，我早听说你们的君长苍梧君是位威武侠义的大君长，我和西瓯君是来拜会他的，我们是为结交朋友而来的，没想到我们还没有谋面就打了一仗，真是误会，误会了，请欠都兄弟不要计较。”

欠都见史禄说话亲切和气，那气早已消了一半，便问道：

“你们要怎么办？说吧！”

史禄忙命人从船舱里搬出那些礼物来，放到欠都面前，说道：

“这是我和西瓯君带给你们的君长苍梧君的，请欠都兄弟把这些礼物先带回去给苍梧君，然后再为我们引见，好吗？”史禄说。

欠都见这许多珍贵礼物，除了西瓯君上次带来的苍梧君喜爱的山珍外，那些闪闪发亮的金银珠宝和黑得发亮的中原绸缎，他还是第一次见到呢。欠都见了这么多高贵的礼物，觉得对方真的是来和他的君长交朋友的，便爽快地答应道：

“好吧，我这就给你们通报去！”

史禄说：“请欠都兄弟务必把我们的礼物也一同带去献给苍梧君，你快派人带船来接吧。”

“不必用船，我们就这样把礼物带回去献给君长，保证万无一失！”

欠都说罢，便命从防护网里放出来的那二十几个自家兄弟，各人分别把装着礼品的盒子和筐子放到头上顶着，跟着欠都一一跃入江中，露出大半个身子，头上顶着礼物，稳稳当当地快速凫水而去。史禄见了不由暗暗称奇。

欠都他们头顶礼物，凫过江面，直往火山下而去，不久便不见了踪影。

第二节　地宫遇险

却说火山下的地宫里，苍梧君正在招待瓯雒王派来的使者。原来瓯雒王闻报西瓯君投顺了中原军队后，心里又气又恨，本想命令雒帅皋通发兵攻打西瓯部族，但皋通却建议瓯雒王派赵始出征，因为皋通总觉得赵始来路不明，正好以此再次测试一下赵始是否忠诚可靠。赵始当然明白皋通的险恶用心，他知道史禄此时不南下用兵，必是采取稳打稳扎经营好后方的策略，如此时去攻打西瓯部族，史禄必令中原军队全力支援，不仅难以取胜，而且势必破坏了史禄经营后方的策略。赵始便向瓯雒王建议，攘外必先安内，要充分吸取西瓯君叛投中原的教训，先派人到各部族去安抚好各位酋长，以利害相说，软硬兼施，加强对他们的控制，以防止西瓯君之类的人叛投，待我内部安顿强固之后再出兵收拾西瓯君不迟。

瓯雒王听了赵始的建议觉得甚为有理，便派出几十位使者到旗下的各部落，宣示瓯雒王的王旨，要各位酋长务必忠心耿耿跟随瓯雒王，警惕中原军队的离间，如有异心，即将该酋长枭首示众，绝不容忍。

碰巧的是，瓯雒王的使者到达火山会见苍梧君的第二天，史禄也带着戈船舰队和西瓯君到了火山下。瓯雒王的使者见了苍梧君，宣示了王旨，送来了瓯雒王赏赐给苍梧君的各种礼物，除了孔雀、短狗等名贵礼品，还有一大罐夜郎国的特产枸酱。枸酱配上苍梧君火山下江中一带出产的鲥鱼子，那可是天下一绝的美味。苍梧君见了枸酱，心中大喜，忍不住便命人取出鲥鱼子，拌着枸酱吃了起来。瓯雒王的使者同时还带来了几名王宫中雒越歌舞女，这也是瓯雒王赐予苍梧君的礼物。

正当苍梧君和瓯雒王的使者在地宫中吃着鲋鱼子、枸酱，观看雒越歌舞美女献艺的时候，欠都带着他手下二十几名水上高手，头顶着史禄和西瓯君的礼物，来到地宫中，向苍梧君献上礼物。苍梧君见了，忙问道：

“欠都，谁给我送礼物来了？”

“西瓯君带着一个大大咕噜头和好多大船，来给君长送礼，这是他们的礼物。”欠都说。

“啊？西瓯君，还有一个大大咕噜头来给我送礼了？”苍梧君感到十分诧异。

“是的，西瓯君对那个大大咕噜头十分尊敬，称他为史监军。”欠都用手比画着说。

苍梧君狐疑地起身，走到那些礼物前逐一观看，除了那些他曾见过的山珍美味之外，十几匹黑色锦缎和装在几个精致礼盒中的金银之物，格外引起他的关注。他指着那些黑色锦缎和金银财宝问欠都：

“这些东西名贵得很，全是产自中原，必是那位史监军从中原带来的，他对你都说了些什么？”

欠都想了想，说：“他对我说的是岭南越人说的话，倒不像什么中原人，他只是说前来拜见君长，要和君长交朋友，送上见面礼。我就带着他们的礼物来献给君长了。”

正说着，瓯雒王的使者一下子由座位上跳了起来，直奔到苍梧君面前，惊慌失措地说道：

“苍梧君，那个大大咕噜头什么史监军，正是中原军队的大首领，名叫禄，他原来是从岭南叛投到中原去的，如今带着中原军队来岭南打我们，是我们的敌人呀！听说西瓯君已叛投了中原军队，他们这次必定是以厚礼蜜言来诱降你的，你千万不能见他们呀！”

苍梧君见瓯雒王的使者惊慌到如此程度，便微微笑道：

“有这么厉害吗？我倒想见识见识这位从岭南跑到中原去的禄，记得多年前，他还是个毛头小子，给我们表演过搭建干栏房的事，瓯雒王根本瞧不起他，他搭建的那几间干栏房，还被国师一把火烧了呢！后来又听说他为王后治病，治死了王后，被国师追杀。他逃出岭南到了中原，这次带着中原军队杀回岭南，与国师交手，竟敢把一身本领的国师给杀掉了，他又降服了西瓯君。看来此人不同寻常呀！”

“对，对！这叫来者不善，善者不来。苍梧君你绝不能和他见面！”瓯雒王的使者告诫道。

“嗯，中原人有一句话说得很有道理：有朋自远方来，不亦乐乎。我，一定要见见他！”苍梧君胸有成竹地说。

“你你你，苍梧君，瓯雒王对你的恩惠和厚望，难道都忘了？”瓯雒王的使者见苍梧君不听劝阻，执意要见史禄，急得手足无措。

“哈哈哈！”苍梧君仰头大笑起来，说，“我正是不忘瓯雒王的恩惠和厚望，才决定会见禄和西瓯君的啊！”

“苍梧君，此话怎讲?”瓯雒王的使者一时变得糊涂了。

“放心，到时你就知道了。”苍梧君有恃无恐地说。

“苍梧君，你不会像西瓯君那样叛投中原军队吧，更不会把我作为人质也交给他们吧?”瓯雒王的使者更加惶恐起来。

“嗯，到时就看那只吉祥鸟落在谁的头上了！”苍梧君随即下令，“欠都，你去给我把客人请过来吧！”

“是!”欠都答应一声，便带着那二十几名驮送礼物的水兵，转身离开地宫而去。

史禄与西瓯君正在戈船的船头上说话，只见江面上有二十几个人凫水而来，西瓯君眼尖，忙对史禄道：

“史监军，你看，欠都他们过来了。”

“嗯，是的。”史禄点头道，忙命戈船校尉撤去座驾船前的防护网。

西瓯君站在船头，高高举起他的虎头牌，向江面招呼：

“欠都，我们在这里！”

不一会，那二十几个人便游到了史禄的座驾船跟前。史禄正要戈船校尉派小艇去接应，不料那二十几个人在水面上一个鲤鱼打挺，瞬间便翻跃到史禄的座驾船上，他们光身赤膊，只穿一条短裤，胸前、背后和手臂上显现着一片片龙蛇图案，齐耳短发上垂滴着水珠。欠都走到史禄和西瓯君跟前，双手上举，单腿跪地，行起苍梧人的礼来：

“苍梧君长请西瓯君和史监军前去地宫见面！”

西瓯君望了望史禄，史禄点点头，两人便双手上举，行起岭南越人的见面礼来，欠都见对方还了礼，便站了起来，做了个请的手势。史禄说了声“好”，随即便把戈船校尉拉到一边，轻轻吩咐了一番，戈船校尉频频点头。

这时，几艘小艇划到座驾船前，史禄对欠都道：

“我们上船吧！”

欠都摇摇头，说：“小艇是划不进地宫的，我们只能把你们驮进去。”

说罢，欠都命令两名满身绘着龙蛇图的随从蹲下，请西瓯君和史禄分别骑到他们的两肩上。西瓯君和史禄刚骑上去，那两名随从便用双手护住他们的两条腿，“嗖嗖”两声，跃到江水里去了。欠都和其余的随从，也跃身江中，前后护卫着西瓯君和史禄，快速凫水而去。

史禄和西瓯君骑在凫水者的两肩上，露出半个身子，倒也十分轻松。江面上微波荡漾，几只水鸟好奇地在他们面前飞来飞去，一只鸟竟大胆地落在史禄的头顶上站着。欠都游过来，对史禄道：

“史监军，你要交好运啦，吉祥鸟落在你头上了！”

史禄笑道：“欠都，让我们都交上好运吧！”

游过江面之后，便到了火山底下，史禄突然感到眼前一片漆黑，黑得伸手不见五指，耳旁只听到阵阵风声和浪击岩石的碰撞声。欠都唤道：

“西瓯君、史监军，不要怕。”

在黑漆漆的水面上，不知过了多久，眼前才透出一线微光，那光线越来越亮。“蹭”的一声，史禄感到双腿已落到地上。西瓯君、欠都和那二十几名随从已都站到了地上。史禄好奇地问道：

“欠都，我们到什么地方了？”

欠都说：“史监军，我们已经到了地宫的大门口。”他接着对西瓯君道，“西瓯君，请把你的虎头牌给我，我好进去向苍梧君长通报。”

西瓯君把虎头牌交给了欠都。欠都即对史禄和西瓯君道：“你们在此等候，我去向苍梧君长通报。”

欠都拿着虎头牌，朝亮光处走去，一会儿就不见了。

地宫里，苍梧君与瓯雒王的使者仍在吃着枸酱、鲥鱼子，观看歌舞。欠都举着虎头牌，走到苍梧君跟前行礼报告道：

“君长，西瓯君和史监军到了，请你验牌。”

苍梧君接过虎头牌，认真地观看了一阵，确定了之后，把虎头牌交还欠都。

“你去请他们进来吧！”

欠都走了之后，苍梧君对瓯雒王的使者说：“请你最好先回避一下。”

瓯雒王的使者慌张地问道：“苍梧君，你，你，你不会把我交给他们做人质吧？”

苍梧君笑道：“等下你就知道了，快请回避吧，否则见了面大家都不好看了。”

瓯雒王的使者怀着忐忑不安的心情，急往后回避，但他却并不放心，只躲在一面帐幔后面偷偷地瞧着，苍梧君随即挥退了歌舞的越女。

欠都引着史禄和西瓯君走进地宫，与苍梧君见面，大家行过岭南越人的见面礼后，苍梧君邀请史禄和西瓯君入座，享用枸酱和鲥鱼子。史禄发现苍梧君旁边空着的座位前也摆着枸酱和鲥鱼子，便笑道：

“苍梧君，还有一位尊贵的客人怎么不在了呢？”

苍梧君略显尴尬地应付道："啊，那是夜郎国的使者，不便与你们见面，暂时回避了。"

史禄用鲥鱼子蘸着枸酱，一边吃着一边说道："枸酱乃夜郎国所产之上品，从牂牁江上游而下，路途虽然遥远，但可以水路抵达此地，谁说夜郎自大呀?"

苍梧君和西瓯君对史禄的话似懂非懂。苍梧君说：

"禄呀，想当年你在瓯雒王面前向我们演示干栏房和牛耕地，国师放火烧了你的干栏房，又宰杀了你的牛，我还吃过几块牛肉呢，那味道好极了。"

西瓯君见苍梧君重提旧事，忙说道："苍梧君，我们今天见面，还是说点别的吧！比如说，你这枸酱和鱼子还真好吃呢！"

史禄说："苍梧君、西瓯君，我们都是岭南越人，过去的事说来也无妨。我只想对你们这两位身居高位的君长说，我从岭南到中原，又从中原回到岭南，目的只有一个，那就是要彻底改变我们岭南落后愚昧的现状，让我们岭南人也过上中原人那样的生活。"

"啊，禄真不愧是我们岭南人的英雄！"苍梧君伸出大拇指晃了晃，"不过，你这次带了那么多中原人到岭南来，难道不是为了抢占岭南地盘，来杀我们岭南人的吗?"

苍梧君用那双并不友善的眼睛逼视着史禄。西瓯君觉得苍梧君那双眼睛里似乎透出某种杀机，顿时有些紧张起来，他看了看史禄，史禄却轻松地笑道：

"不错，苍梧君，我这次是从中原带了不少人来，这些中原兄弟姐妹是来帮助我们岭南的，我带来的中原姐妹就有一万多人，还有大批耕牛、农具、种子，这些，难道是用来杀人的吗?"

史禄指着西瓯君说："我们住在西瓯君那里已经有一年了，苍梧君，你可以问问西瓯君，我们可曾杀过一个无辜的西瓯人吗?"

"没有，没有！"西瓯君又是摇头又是摆手，"苍梧君，中原人与我们西瓯部族相处得如同兄弟姐妹一般，不信你可以和我们一起去看看啊。”

史禄说：“我们此来，是想与苍梧君交个朋友，同时也诚心邀请苍梧君到西瓯部族那里去看看。”

“多谢了，多谢了！”苍梧君说，“禄呀，你既是来跟我交朋友的，你知道，我们岭南人一旦交上朋友，那可是生死相依的呀，除了你带来的那些礼物，还能给我带来什么好处呀？”

“区区薄礼，何足挂齿！”史禄说，“苍梧君，你们的祖先本是跟舜帝从中原南巡而来。舜帝驾崩后，葬在九嶷山，从此你们便定居岭南。苍梧部族面河而居，以河为生，这条大河，是通向南海的，你和你的苍梧部族，如要兴旺发达，就要有大海的胸怀，你更不应满足于固守这座火山之下的地宫中。”

“哈哈哈！”苍梧君仰头发出一阵枭雄般的大笑，那笑声在地宫中回荡，使人感到有几分恐惧不安。笑过之后，苍梧君问史禄：“禄呀，我居此宫之中，有数不完的奇珍异宝，美女无数，河民万千供我役使，我过着帝王一般的生活，你说说，我还有什么不满足的呢？”

史禄说：“苍梧君，你居此地，看似富贵风光无限，但阴阳梗阻，水火相冲，河道不畅，实是凶险之地，久后必有杀身之祸。”

“哈哈哈！”苍梧君又发出一阵枭雄般的大笑，“禄呀，多谢你的赐教，你既然到了我的宫中，我想请你为我仔细察看一番，到底什么地方凶险，我也好好防备，这，于你也算是尽了朋友之谊吧？”

“谢谢苍梧君把我当朋友看待！”

苍梧君便引着史禄和西瓯君，在地宫中转悠观看，欠都紧随其后。

这个地宫果然不同寻常，只见四壁五彩缤纷，星光耀眼，红色的龙珠，蓝色的珍贝，金色的龙须，黄色的龙鳞，一支支金簪横斜，一条条玉柱落地，令人眼花缭乱，目不暇接。苍梧君抬头指着一串金钟，对史禄说：

“这是一串金钟，会奏乐的。”

说完苍梧君以手击钟，金钟发出一声脆响，便奏出悦耳的乐曲，悠悠的乐声中，顶上的天穹飘出一片片彩色的雾霭，似乎有众多的天女在凌空起舞。观看了一阵后，苍梧君又举手敲击一下，乐声戛然而止，彩色的雾霭和舞蹈的仙女都消失得无影无踪，史禄和西瓯君不禁发出一阵赞叹。

苍梧君颇为得意地说："怎么样，我这地宫胜过人间仙境吧?"

"是呀！是呀!"西瓯君频频点头，赞不绝口。

史禄说："好是好，但依我看来，苍梧君这地宫中，阴气太重，恐不宜久居呀。"

"我祖辈世代为苍梧君长，久居此宫之中，不是活得很好吗?"苍梧君傲慢地笑道，"只怕是有人吃不着我火山上的香甜荔枝，便说那荔枝是酸苦的吧?"

"不是的，不是的!"西瓯君忙解释道，"苍梧君，史监军从来不乱说话的呀，他的话就像我们西瓯人布下的套虎夹子，那是十拿九稳的!"

"我今天就要试一下，看禄的话到底灵不灵!"

西瓯君听出苍梧君话中有弦外之音，忙警觉地暗中碰了史禄一下，提醒他注意苍梧君的暗算。史禄却豪爽地笑道：

"苍梧君，我可不是说着玩的，到时只怕你的地宫承受不了啊!"

"呵呵，你如果有本事把我这地宫翻转过来，我就服了你!"苍梧君讥讽道。

"君长无戏言!"史禄认真起来了。

"欠都，给我拿断干木来!"苍梧君也认真起来了。

欠都忙取来了一截岭南人起誓的断干木。苍梧君对西瓯君说：

"我现在和禄对天地起誓，西瓯君你做公证人。"

西瓯君见事到这般地步，便只得硬着头皮答应下来，苍梧君便举起那截断干木，行起天地礼来，接着发誓：

"如果禄能将我的地宫倒转过来，我和全体苍梧部族一定服从他，如有反悔，天雷劈死龙蛇咬死。”

史禄见苍梧君起了誓，便从他手上接过断干木，双手举起断干木，行起天地大礼，发誓道：

“我若不兑现诺言，任由苍梧君处置，或杀或囚，绝不反悔。”

西瓯君按照岭南人起誓的规矩，把断干木斩为三截，史禄和苍梧君各执一截为凭，作为公证人西瓯君也留存一截。起誓过后，西瓯君心中“咚咚”乱跳，因为原来只不过是陪史禄来看望苍梧君，结交朋友的，却不料两人竟斩木发誓，成为生死两隔之人，事到如今，也只好听天由命了，他心里却默默地为史禄祈祷起来，不断地默念着：

“山神土地，各路大神大仙，保佑史监军誓言灵验。你们一起来啊，给我咒死苍梧君。”

苍梧君引着史禄和西瓯君继续在地宫观看。正走着，只见前面透出一片蓝色的冷光，冷光影影绰绰，寒气逼人。史禄走上前一看，见一扇平整的石壁上，绘着一幅图案，一条浑身赤色的金甲火龙，被一串铁链死死地困锁着，动弹不得。史禄用手触摸了那大石壁，石壁冰寒浸手，就像摸横亘在五岭之巅的那道石头屏障一般，史禄点了点头，忙问苍梧君：

“这石壁里面就是地宫中的锁龙洞吧？”

苍梧君有些诧异地反问道：“禄，你是怎么知道这石壁里面是锁龙洞呢？”

“石壁上的图案告诉我的啊！”史禄说。

“是的，让你说对了。”苍梧君点头道，“那里面的景观好看极了。”

“能让我进去看看吗？”史禄问道。

“史监军，你千万不可进去！”欠都忙劝阻道。

苍梧君“啪”地打了欠都一个耳光，呵斥道：

“我是君长，我和我的朋友说话，你有什么资格插嘴，再敢乱说，我就杀了你！”

欠都捂着半边脸，垂手低头，应声：“是！”

“史监军，我们还是不要进去看了吧！”西瓯君见石壁上的图案凶险，苍梧君又居心叵测，也忙劝道。

史禄笑道：“我懂了，这锁龙洞必是苍梧君宫中的藏宝之处，必不轻示外人，我们是不能随便进去的啊！西瓯君，你说是吗？”

西瓯君巴不得史禄不进洞去，连连说道：“对对对，我们不要进去观看苍梧君的私家宝贝。”

苍梧君忙说道：“禄呀，我们既已斩木发了天誓，这宫中的一切都不必再瞒你了，你要进去，我就给你开门。”

苍梧君说罢，用手按了一阵石壁上的一个暗设机关，石壁嘎的闷响一声，一扇石门随即开启，里面果然红绿蓝黄紫光灿迷人。苍梧君把欠都推到前面，命令道：

“你给禄和西瓯君带路进洞！”

欠都害怕地说：“君长，这洞，我也没进去过，不知路该怎么走啊？”

“混蛋，我让你带路你就带路，再说我就杀了你！”苍梧君恶狠狠地说。

史禄说：“没事的，西瓯君，我们就跟着欠都进去观看一番美景吧！”他又对苍梧君说：“苍梧君，我们进去如果看中了什么宝物，可否每人随便拿取一件呀？”

苍梧君十分慷慨地说：“只要看中的，莫说一件，十件百件的我也不吝啬，你们随便拿好了！”

西瓯君见有宝物可拿，便壮着胆子跟在史禄身后，在欠都的引领下，三人便走进了洞中。洞中的光芒还是那么灿烂迷人，他们往前走了一段，忽听身后连续发出“轰隆轰隆”的巨响，一直响了十八声。顿时，洞中一片漆黑，原来的五彩光芒竟消失得无影无踪，西瓯君惊叫一声：

“哎呀！我们死定了！”

史禄急忙从腰间拔出他的宝剑，宝剑寒光闪耀，照亮了西瓯君和欠都的脸。史禄忙问：

“欠都，刚才那十八声巨响是怎么回事？”

欠都绝望地说：“那是十八重地阴之门一直关闭的响声。史监军，我们已被关入地阴之中，再也出不去了！”

西瓯君恨得直顿足捶胸，咒骂着苍梧君：“苍梧君，你这个豺狼，你这个蛇蝎，你这个吃人不吐骨的厉鬼，你害死了我们，你也不得好死，老虎见了要扒你的皮，毒蛇见了要钻你的肚，秃鹰见了要叼你的心！”

西瓯君骂完苍梧君又埋怨起史禄来了：

“史监军，你聪明一世糊涂一时呀，连我都看出了苍梧君这家伙不怀好意，劝你不要进这个魔洞，你为什么还要进来，连累我们一起跟你送死呢？”

史禄忙劝道：“西瓯君，你还是少喊几声吧，留点力气来搬宝物啊！”

西瓯君一听有宝物可搬，顿时便止住了怨恨之声，忙问道：

“宝物在哪里呀？”

“我们往前寻找吧！”史禄说。

“即使发现了宝物，我们也没法搬出去呀！”欠都提醒道。

西瓯君绝望地跌坐在地上，又吼叫起来：“除了我的命，我什么也不要了！”

西瓯君觉得地上阴冷，有什么东西在屁股下滑动，他以为是什么宝物，双手捧起来对史禄惊叫：

“史监军，我摸着宝物了，你快看！”

史禄用宝剑的寒光一照，发现西瓯君手上捧着的是一个骷髅，西瓯君也看清了，忙惊叫一声，扔掉了那个恐怖的骷髅，史禄借着宝剑的寒光，看见满地白骨累累，忙问欠都：

“这是怎么回事？”

欠都被吓得打战发颤说：“我们苍梧族中，但凡有对苍梧君心怀不满的人，或者他认为必须要除掉的人，便会被关入这个洞中，让金甲火龙翻身时震死，年深月久，这洞中便死了许多人，再过几天，金甲火龙就要翻身了，到时我们也会被震死的呀!”

西瓯君听了，又是一阵捶胸顿足，大骂起苍梧君来。

却说苍梧君把史禄、西瓯君和欠都三人骗进锁龙洞中，又按动机关，紧紧地关闭了十八层地阴之门后，这才走过来，再邀瓯雒王的使者，重新在地宫中入座，继续享受枸酱和鲥鱼子的美味，观赏越女们的歌舞表演。苍梧君得意忘形地讲着他将史禄、西瓯君和欠都三人骗进锁龙洞中，让金甲火龙翻身时震死，以除岭南越族诸部落心腹之患的事。瓯雒王的使者听了，高兴得眉飞色舞，直感到不虚此行。他对苍梧君说：

“苍梧君啊，你真是做了一件大快人心的大好事啊！你为瓯雒王解除了心头之患，不但剪除了岭南百越族众的叛奸，又削除了中原军队的首脑，蛇无头则不行，到时，瓯雒王下令雒帅皋通统帅我各路大军进击，必将中原军队一网打尽。论功行赏，苍梧君是第一大功臣，瓯雒王一定会将西瓯部族的领地全部交给你统治，说不定还要封你为瓯雒次王呢!”

“哈哈哈!”苍梧君仰头发出一阵狰狞的狂笑。

第三节 水攻火山

锁龙洞中，史禄仗剑借着宝剑发出的寒光，一路摸索着，朝前走去。欠都和西瓯君在后紧紧相随。走着，走着，史禄忽然被脚下什么东西绊着，摔了一跤跌到地上，欠都和西瓯君忙惊问：

“史监军，你怎么啦?”

史禄用手一摸，摸到一个冰冷的东西，忙用宝剑的寒光一照，发现竟是一把大铁锁躺在地上，铁锁锁住一条大铁链，被固定在地上。史禄一阵惊喜，忙对西瓯君和欠都说：

“你们快过来看，给我摸到宝物了!”

西瓯君和欠都赶忙上前一看，见史禄说的宝物就是一把锈迹斑斑的大铁锁，被大铁锁锁住的，是一条胳膊粗的大铁链。西瓯君失望地摇着头说：

“史监军啊，这哪是什么宝物呀，明明是一把生了锈的大铁锁，还有一条大铁链，这东西送我都不要!”

欠都弯下腰仔细看了看，又趴下身子贴耳静听了一阵，感觉地下似乎有水浪的冲击声，忙对史禄和西瓯君说：

“你们也趴下来听听!”

史禄和西瓯君趴在地面上，静听了一阵，西瓯君说：

“嗯，底下是有什么声音。”

“是水浪的拍击声！欠都，你知道这是怎么回事吗?”史禄问道。

欠都想了想，说：“我曾听苍梧君长说过，这锁龙洞中有地锁和天链镇锁着金甲火龙，那是闭锁金甲火龙的地阴之门。看来，我们现在站着的地方，就是那座地阴之门了。”

“啊？吓死我了！原来这就是关锁金甲火龙的地阴之门呀！”西瓯君被吓得把舌头伸出老长。

史禄却兴奋地说：“欠都、西瓯君，我们真的找到宝物了呀！”

西瓯君颤抖着身子，说：“已经到了地阴门口，我们还能活着回去吗？什么宝物我都不感兴趣了！”

欠都说：“对呀，下面关押着金甲火龙，它一翻身，就会震死我们的！”

史禄说：“你们都不要怕，我告诉你们，兵书上有句话，叫作‘置之死地而后生’。我们是死不了的！”

西瓯君听史禄说他们死不了，顿时来了精神，忙说道：

“史监军，你有什么好办法呀？快救我们出去吧！”

史禄说：“这是一块阴阳死结之地，我们只要打开了这个死结，火山即灭，大河即平。”

“我问的是我们怎么能不死，又怎能活着出去？我可不管火山灭不灭，大河平不平！”西瓯君说。

欠都说：“自从大神锁了金甲火龙，火山才冒火，大河中才掀起滔天巨浪，河不得平。金甲火龙在每个月的月黑夜和月圆夜要翻两次身哩！”

史禄说：“我们必须在火龙翻身之前，把这座地阴之门打通，放了金甲火龙！”

史禄说罢，用宝剑的寒光一照，只见地面上堆着厚厚的白骨骷髅，触目惊心。史禄指着那些白骨骷髅对西瓯君和欠都说：

“看来被关入这洞中的人，还真有不少智者啊，他们可能都发现了这座生死地阴之门，只是他们无法打开这座门，才被困死在这里！”

欠都点头说：“是的，十几年前，我们苍梧族中就有一位智者，他见大河中常掀巨浪，不但南来北往的船只因不识水路被掀翻打沉，葬身鱼腹，就连我们苍梧族人因躲避不及，也常被巨浪吞没。这位智者不畏生死，多次潜入火山底下的深潭中，发现了火山的秘密。苍梧君长便把他投进锁龙洞中，让金甲火龙翻身震死了！总之，但凡被关入这洞中的人，从古至今，就从来没有活着出去的。”

“啊，原来是这样！”史禄说，“欠都、西瓯君，我们赶快动手，清理开这些白骨骷髅。”

史禄和西瓯君、欠都，手脚并用，把地上的白骨骷髅往两边推开，清理了一阵后，发现地上的那条大铁链回环缠绕，联结着十八只大铁锁，每只大铁锁都紧紧地扣锁着一眼大铁环圈，大铁环圈旁边，有一条细细的直缝，缝中透出丝丝冷气。史禄指着那条直缝说：

“你们看，这就是地阴之门的门缝了。”

西瓯君和欠都弯腰细看，只见那缝隙中果然有丝丝冷气冒出，欠都还特地趴下去，朝那缝隙处听了一阵，说：

“有水浪声呢，看来这地阴之门里边是个大水牢！”

“只有打开这座地阴之门，我们才能找到求生之路！”史禄说。

“从关死人的地洞再进入地阴水牢，我们还能活吗？史监军！”西瓯君更害怕了。

史禄说：“我刚才不是说了吗，置之死地而后生，你们都不要怕。来，看我的！”

史禄挥起他的雌雄宝剑，向那天锁地链狠狠地劈去。只听“啪”的一声，大铁锁上冒出一串金星。他又一剑劈下去，又是一串火星飞溅而出，他一连劈了几十剑，只听得“嘎”的一声脆响，地锁和天链被劈断了。地面上露出一个半球形的铁环，铁环紧扣地上，欠都上去用手拔了拔，铁环纹丝不动，史禄指着铁环说：

“这是地阴之门上的环扣，我们已打开了一把锁。”

西瓯君说：“还有十七把锁链呢！”

“继续劈！”史禄又把宝剑朝另一把铁锁劈去。

当史禄劈开第二道锁链的时候，已累得气喘吁吁。欠都说：

“让我来劈吧！”

欠都接过史禄的宝剑，只觉得这剑十分沉重，他咬紧牙关，使劲向锁链劈去，只听“当”的一声响，不见火星冒出来，欠都发出一声惨叫：

“痛死我了！痛死我了！”

史禄和西瓯君看见，欠都双手虎口震裂，皮开肉绽，鲜血直流，宝剑也掉到地上。西瓯君拾起宝剑，“嗨”的一声吼，挥剑向锁链劈去，只听“嘭”的一声闷响，宝剑被震落掉地，西瓯君也被震得双手流血不止。史禄重操宝剑，说：

“你们都歇着，还是让我来吧！”

史禄紧接着一阵阵挥剑劈斩，火星闪闪不绝，又劈开了一道锁链，当劈开第五道锁链的时候，史禄又饿又累，已精疲力竭，他手握宝剑，躺在阴冷潮湿的地上，连动都不想动了。西瓯君和欠都也都饿得倒在地上，他俩虽然没有像史禄那样挥剑奋力劈斩，但也被饥饿折磨得连喘气的力气也快没有了。

“在地阴之门打开之前，我们……都要被饿死的……”

西瓯君有气无力地说。

“欠都，我们被关进洞中，有几天了？你知道吗？”史禄问躺在身边的欠都。

欠都无力地摇着头，喘了一口气，说：“不知道，反正我在水中曾追捕过一条大龙鱼，两天两夜没吃东西，也没有感到这样饿！”

“嗯，照这样说来，我们在这黑洞中起码有三天以上了。”史禄说。

“再过一两天，我们……全都……要被饿死……”西瓯君断断续续地说着话，突然“呀呀”地惊叫两声，本能地弹跳起来，惊慌地喊道：

“我被什么东西咬了！”

史禄和欠都被西瓯君的惊叫声吓得即时爬了起来，只见四周泛起一片绿晶晶的光点，那些绿晶晶的光点涌动着，正向他们围拢过来。史禄用宝剑的寒光映照，发现无数的怪物已把他们紧紧围住。这些怪物每个都有拳头般大小，身体肥硕，背壳绿亮，肚腹宛如怀胎的母鼠，头上伸出长长的触角鞭，张牙舞爪，纷纷向他们扑来。

史禄忙问欠都:“这是什么东西?”

“潮虫！潮虫!”欠都吓得连气都快没有出了，“它们在洞中专吃死人肉，死人早被它们吃光了，现在要吃我们啦!”

“哎呀！我的脚指头被吃掉一个了!”西瓯君痛得倒在地上直打滚，发出阵阵惨叫声。

史禄用宝剑往地上乱戳，戳了一只又一只，一下便戳中了上百只，一地的潮虫伸腿挣扎死亡，正在涌动的潮虫即时便消失得无影无踪。西瓯君仍在喊痛，只不过声音没有刚才那般凄惨了。史禄用宝剑的寒光往西瓯君的脚上一照，只不过脚拇指被咬掉了一块。西瓯君庆幸地说：

“哟哟哟！我的脚趾一个也没少哩!”

史禄用剑尖挑起一只肥大的潮虫，说:“你没有能吃掉我们，现在对不起，我们要拿你来充饥了!”

说罢，史禄把潮虫咬了一口，一股恶心的腥臊味直扑口鼻，他差点要呕吐起来，强忍了好一阵才将那口东西吞下去，接着又咬了几口，终于将一只潮虫吃掉了，史禄用剑尖挑起一只潮虫，送到西瓯君口边，说：

“吃下去吧!”

西瓯君咬了一口，“哇”的一声马上吐了出来，接着不断地呕着，史禄鼓励他:“西瓯君，你们围猎的时候，有时不是几天吃不上东西吗？你一定吃过活的地老鼠吧，那腥臊味的东西也难以咽下去呀！你就当这是一只地老鼠吧，快些吃下去，不然就白白饿死了!”

西瓯君捏住鼻子屏住气，终于吃下了一只潮虫，欠都也鼓起勇气吞食了一只。他们接着又各自吃了几只，总算把肚子填饱了。史禄感觉到又有了力气，挥起手中宝剑，接着劈斩地锁天链。西瓯君和欠都反正帮不上忙，便轮流着给史禄讲些各自部族的奇闻异趣，使他能解解困乏。饿了史禄就停下来，用剑戳几只潮虫给大家充饥。也不知道过了几天几夜，史禄终于把十八把地锁天链劈斩断了十七把，最后只剩下一把大锁。这把大锁特别大，横别在地阴之门门缝的中间，两只大铁环门扣突起，紧扣着大铁锁，真有一夫当关万夫莫开之势。经过连续多日的奋力劈斩，史禄已感到全身筋酸肉痛，双手被震得麻木，两条胳膊肿胀得像小腿般粗。他感到自己即将虚脱了，觉得再也无力举起手中的宝剑了。他坐在地上喘息着。

西瓯君和欠都因帮不上忙，只有干着急。欠都趴在地上，把一只耳朵贴在地阴之门的门缝静听了一阵，只听到一阵阵忽远忽近、忽高忽低的轰鸣声，吓得欠都一下跳了起来，惊叫道：

“不好了！不好了！金甲火龙快要翻身了，到时我们都要被震死的呀！”

“哎呀！这回不被饿死，却要被震死了！怎么办？史监军！”西瓯君吓得手足无措，团团乱转。

史禄趴下，仔细倾听了一阵后，把西瓯君和欠都拉在身边，冷静地说：

“不要怕，这地下镇压的不是什么金甲火龙！”

“那是什么怪物发出惊天动地的震响声，把河浪掀得天高，把山喷出火来？”欠都问道。

史禄指着地阴之门的门缝说：

“据我看，这是一个很大的潮水洞。天地阴阳相吸，在每月的‘新月’和‘望月’前后，便会有大潮发生，潮水汹涌而来，从这个与地下河相通的大洞中喷涌而出，年深月久，潮水将浪渣泥沙冲积慢慢堆成了上面的一座土山，这就是那座‘火山’了。潮水年年月月横冲直撞，不但造就了地上的‘火山’，而且掏空了地下的石洞，这就是苍梧君所居的‘地龙宫’了。”

欠都和西瓯君似懂非懂的，又是点头又是摇头。欠都想了想，问道：

“既然潮水月月喷涌，那么，地龙宫中怎么能住人？火山又怎么会喷火呢?”

“系呀！系呀!”西瓯君也发出一串疑问。

“潮水退去之后，地龙宫中是不会有水了的，但是，下一次大潮又会扫荡而来，因此地龙宫中是不能住人的。苍梧君的远祖先辈，一定是在一个偶然的机会，发现了地龙宫中的秘密。为了霸占这座地下宫殿，他们驱使苍梧族的奴隶们，趁潮水退去之后，在洞中铸铁炼石，封堵这个巨大的潮水口。但是，毕竟堵口工程艰巨，在尚未封口之时，潮水即暴涌而出，把奴隶工匠们全冲死了。几天后，潮水退尽，一批奴隶工匠又被驱使继续铸铁炼石，封堵潮口，不知为此死去了多少人，才把这个潮口封堵住。你们看这地上遗下的累累白骨骷髅，就是那些奴隶工匠们死去后留下的!”

欠都和西瓯君看时，只见那些闪着绿色灵光的骷髅在涌动着，似乎发出一阵阵哀号之声。欠都和西瓯君吓得头皮阵阵发麻。

“潮口被封堵住了之后，为万无一失，苍梧君的远祖先辈，又驱使奴隶造下了十八座厚重坚实的大门，将造大门的奴隶永远封死在了门洞内。于是潮水被堵，地宫安然无恙，苍梧君的远祖先辈经过多年经营，一座地下宫殿便形成了。”史禄说。

“啊！啊!”欠都和西瓯君听完直点头。

“潮口被堵上了，便破坏了阴阳相吸的天地平衡，激怒了天神地仙，他们把怒愤发泄在山河之上，潮水涌江，土山冒火，造成阴阳相克，水火相冲，除了苍梧君一家享尽荣华富贵，所有生灵皆不得安宁!”

“嗯!”这下欠都和西瓯君总算听懂了。

“那我们该怎么办?”西瓯君问。

“必须打开潮水洞的封口，倾覆苍梧君的水府地宫，恢复阴阳平衡的天地恒律，顺天应地，务使山河安宁，风调雨顺，苍梧族才可长治久安!”

史禄说罢，挥起手中宝剑，又向地锁天链狠狠地劈斩下去。一剑接着一剑劈斩，金星闪烁，火花迸射。连续劈斩了好一阵子，史禄又累得倒地喘息。西瓯君和欠都趴下去一看，那条巨大的地锁天链仍然完好如初，甚至连一点被劈斩过的痕迹也没有。

史禄在地上躺着，喘息了一阵，又爬起来接着挥剑劈斩，又不知连续劈斩了多久，史禄已感到力竭气尽，他不得不倒地喘气，这一次，他感觉手脚和身腰已经不再听使唤了。

欠都和西瓯君又趴下去观看，那条巨大的地锁天链，仍然完好无损。这时，他们两人的耳中，传来一阵阵巨大的轰鸣声和“哗哗哗”的浪潮冲击声，地阴之门的那条缝隙中冲出一长条暖气来。欠都惊叫一声：

“不好！不好！金甲火龙要翻身了！”史禄也感到地下开始一阵阵震动起来，那股不断喷射出的暖流气体直击他的身体，他像被一阵雷电撞击过似的，倏地跳了起来，咬紧牙关，拼足全身最后一股力气，挥剑朝地锁天链使劲劈斩。宝剑不停地劈斩，火星闪耀不断，“乒乓”的金属撞击声不绝于耳。不知过了多久，忽听“咔嚓”一声脆响，史禄被一股冲击力冲出老远，跌倒在地，昏死了过去。

“地锁天链被斩断了！”

欠都和西瓯君一阵欢呼，但却不见了史禄，他们在黑暗中呼叫着：

“史监军！史监军！你在哪里？”

他们的声音在黑漆漆的世界中，像是在一只被密封的大瓮中回响。欠都和西瓯君两人在黑暗中摸索着，摸索了好一阵子，欠都终于在地上摸到了一个人的身体。欠都喊道：

“西瓯君！西瓯君，我摸到史监军了！”

“我也摸到史监军的宝剑了！”

西瓯君双手搂着宝剑，走到史禄身旁，把宝剑放在他身边，用手轻轻地摸索，摸到鼻子下，一点气息也没有，西瓯君不禁号啕大哭起来：

“不好了！史监军已经死了！”

欠都也跟着大声哭喊起来：“史监军死了，我们怎么办呀！西瓯君呀，我们也撞死算了，反正是没法活着出去了！”

欠都和西瓯君正哭叫着，忽见那宝剑寒光四射，咄咄逼人，接着便振动起来，发出一阵阵“呼啦呼啦”的响声，寒光中，只见史禄慢慢地伸出手去，一把握住剑柄，接着便跳了起来。欠都和西瓯君见史禄突然活了过来，立即转悲为喜：

“史监军，你活过来啦！”

“怎么？你们以为我死啦？我太累了，刚才躺在地上睡过去了。”

“睡过去了？连鼻子底下都不出气啦！都快把我们吓死了！”西瓯君说。

“嘭”的一声，地下发出一阵闷响，把史禄、欠都和西瓯君都吓了一跳。

“大潮快要来了，快，快，快把那地阴之门打开！”史禄呼叫着。

他们三人一起奔向被封堵的潮口，西瓯君害怕地说：

“我们打开了这地阴之门，大潮冲了上来，我们都会被冲死、淹死的！”

史禄说：“我们如果能打开这地阴之门，让天地阴阳相通，地脉河络相连，岭南四通八达，山河风平浪静，我们就是死了，也值得！”

史禄说罢，便和欠都、西瓯君各人抓住一只门环扣，使劲往上拉，企图打开那座生死攸关的地阴之门。可是，那门一点也没有松动的迹象，他们拉了几次，尽管已使出了最后一点力气，那门仍无动于衷。这时，只听那座紧闭的石门底下，浪潮的冲击声越来越紧，脚下的地皮震感越来越重，地皮已经开始发热了。欠都哀叹一声，说：

“再过两个时辰，大潮就会把我们震死在这里了！”

西瓯君听了，顿时失声痛哭起来。史禄忙喝住他们：

“别哭！只要还有最后一线希望，我们就绝不放弃。快，再使劲拉，把这地阴之门给我打开！”

三个人正奋尽全力拉着，这时只见周围一阵呐喊之声响起，无数蓝色的精灵一起涌过来，“嘿呀！嘿呀”的号子声撼天动地。那些惨死在洞中的白骨骷髅化作了无数的人形，他们和史禄、欠都、西瓯君一齐使劲地扳着地阴之门。在一个巨大的浪潮冲击下，轰隆一声，地阴之门突然被打开了，潮浪奔了上来，把史禄、欠都和西瓯君冲开老远，潮浪又轰隆一声退了回去。这时，那些白骨骷髅化作的无数蓝精灵，呼啸着，一起涌向地阴之门，纷纷从浪潮退下去的地方钻了下去，一片片不停闪动着蓝色的光焰，消逝在地阴之门下。

史禄和欠都、西瓯君从地上爬起来，他们走到地阴之门前，三人往下一看，黑咕隆咚的，深不可测，除了风声、水声，什么也看不见。史禄果断地向欠都和西瓯君一招手，说：

“我们也该走了，不然就来不及啦！”

西瓯君指着那阴森黑暗水吼风嚎的门洞发抖地说：

“这么下去不会死吗？”

“死也要跳下去！”史禄对欠都说，“你这水中蛟龙，这回全靠你了！”

欠都毫不犹豫地蹲下身子，让史禄和西瓯君分别骑在他的两只肩膀上，说：

“你们都坐好了！”

欠都两只肩膀上驮着史禄和西瓯君，“呼”的一声，朝漆黑的门洞里跳了下去，只听耳边响起“呼呼”的风声，那风也是热的。好一阵，才听到“哗啦”的落水声，欠都驮着史禄和西瓯君终于落到了水中。

水是热的，潮浪汹涌，四周仍是漆黑，令人恐怖。欠都、史禄、西瓯君屏声静气，谁也不敢说话。欠都肩膀上驮着史禄和西瓯君，随着潮浪涌动忽上忽下凫水而去。那水是越来越热，潮浪也越来越高，耳边的风发出阵阵焦躁的呼啸，似乎预示着一场天翻地覆的潮涌即将发生。史禄拍了拍欠都的头，着急地催促道：

“欠都，快点！再快点！”

“你们马上从我的肩上下来，用一只手抓住我的腰带！”欠都说。

史禄的水性本来就很好，从欠都的肩膀上一溜下来，一只手便抓住了欠都的腰带。西瓯君长居深山，翻山越岭，追逐虎豹是把好手，但在河中游水本事平平，这么高的潮头，这么黑的四周，他早已吓得魂不守舍，无论欠都怎么说，他都死死骑着欠都的肩膀，不敢松腿下来。欠都无奈只得把西瓯君的一条腿移到他另一只肩膀上，腰带上拖着史禄，向前疾游。他们三人一会儿被推上浪峰，一会儿又被拉入浪谷，就这样被潮浪折腾着。不知过了多久，忽见前面闪现出一大片亮光，潮浪变得像一座座山峰，劈头盖脸直向他们砸来。欠都一见亮光，顿时兴奋起来：

“快看，那是月光，月亮出来了！好大的月亮呀！”

一看见那耀眼的月光，史禄顿时感到死神正向他们招手，他叫喊起来：

“欠都，快！快！快冲出去！”

一个巨浪凌空扑过来，欠都感到骑在他肩膀上的西瓯君不见了，他惊恐地叫喊着：

“西瓯君被大浪冲走了！怎么办？”

“赶快搜救！”

“恐怕来不及了！”

“要死一起死，要活一起活！”

欠都和史禄在大浪中搜寻了一阵，欠都减：

“被我找到了！”

欠都把西瓯君一把扛在肩上，但西瓯君已不会说话，手脚已不能动弹，欠都也不管西瓯君是死是活，扛着只管向前冲浪，史禄紧紧相随其后。一个又一个巨浪向他们狠狠地砸来，潮浪间隔越来越密。当又一个滔天巨浪迎面打过来时，他们被掀起老高，接着被抛出老远，“嘭”的一声，落在一丛什么东西上面。史禄迅速苏醒过来，感到躺在一丛富有弹性的东西上，他张眼一看，大潮巨浪把他们抛在了一丛柔软而弹性十足的凤尾竹上。欠都也从昏蒙中爬了起来，只有躺在他身边的西瓯君仍不省人事。

“欠都！”史禄唤了一声。

“我在呢!”欠都指着身旁的西瓯君哀伤地说，“西瓯君，他，已经死了!”

史禄爬过去，凤尾竹在颤摇着，他用手摸了摸西瓯君的鼻孔，欠都问：

“还有气吗?”

“没气了! 不过，他全身还温暖，也许还能救过来!”

史禄跪在凤尾竹丛上，用双手按压着西瓯君的胸膛，一次又一次地按着。这时，只听一阵惊天动地的轰鸣声响起，欠都吓得双手掩耳，凤尾竹丛一阵乱摇。史禄感到，西瓯君的心脏已恢复了跳动，史禄欣喜地叫道：

“欠都，西瓯君活过来了!”

接着，又是一阵惊天动地的轰鸣声，火山上腾起几条冲天水柱，大地震颤，西瓯君口中发出“呀”的一声惊叫，忽然坐了起来，不住地叫唤着：

“这是什么地方? 我们到了哪里?”

史禄拍着西瓯君的肩膀，宽慰他：“西瓯君，我们已经安全上岸!”

西瓯君用牙齿咬了一下舌头，一阵痛感传来，他这才相信，自己真的还活着。

又是几阵惊天动地的轰鸣声，火山上连续不断地冒出冲天水柱。奇怪的是，大河中并没有像往常那样掀起滔天巨浪。突然间，一阵震耳欲聋的巨大爆炸声响起，一条巨型水柱冲起又倏地炸开，那座火山顿时被夷为平地，随着一阵“噻——噻——噻——”的大地喘息声，一切又复归平静。一轮又圆又大的超级红月亮，火轮似的悬挂在天上，大地一片静谧，似乎什么也没有发生过。太阳升起，霞光万丈，山川秀丽迷人。一夜之间的阴阳裂变，造就了沧海桑田。史禄、欠都与西瓯君走在被夷为一块小平原的火山遗址上。史禄弯腰从地上抓起一团湿润的泥土，对欠都和西瓯君说：

“这叫潮土，肥力很高，明年春天，在这里种上农作物，一定可以获得大丰收。”

“快来看，这土里还埋着个人呢!”欠都指着前面一个小土堆说。

他们上前一看，死者面朝黄土，下半身被土埋着。史禄把死者翻过来，问欠都：

“他是谁?”

“瓯雒王的使者!”欠都说。

“啊！明白了!”史禄说，“快寻找苍梧君!”

他们在大片松软的潮土上翻寻着，除了发现几具宫中内侍和歌舞越女的遗体外，没有发现苍梧君的遗体。欠都有些遗憾地说：

“苍梧君长很可能被大潮冲到河里去了，或者被深埋到土里了!”

正说着，西瓯君忽然指着不远处的一棵大树，说：

“快看，那树上吊着一个人呢!”

他们跑到树下，只见大树的一枝丫杈上果然吊着一个人。欠都看了忙说：

“他是苍梧君长！看来像是死了!”

史禄仔细看了一下，只见苍梧君的衣服被树枝勾挂着，身体和四肢悬空，手脚在微微地晃动着，不知是被风吹动，还是活着摇晃，他即命西瓯君：

“你快爬上树去，不管是死是活，把他背下来!”

西瓯君爬树是把好手，三下两下便爬到了树上，把苍梧君背到背上后，顺着树干溜了下来，再把他轻轻地放在地上。

史禄摸了摸苍梧君的鼻息，感觉还有些微微的气息，且全身完好无损伤。他使劲掐了掐苍梧君的人中，又在胸口上按了一阵，苍梧君鼻息加快，嘴里发出一串“哇哇哇”的响声。欠都惊奇地叫道：

“活过来了！活过来了!”

史禄把苍梧君轻轻地扶起来，将身背靠在树干上。苍梧君喘息了一阵，睁开双眼，惊恐地叫唤起来：

“这是什么地方？你们是谁?”

西瓯君凑上前去，说：“苍梧君，我是西瓯君呀!”

“你们？是人还是鬼？”苍梧君惊魂未定，余悸犹存地惊望着史禄、欠都和西瓯君。

“苍梧君，我们岭南人识别人鬼的最好办法，就是把自己的舌头咬破，如果你的舌头被自己牙齿咬破出了血，感到钻心的疼，而面前的人还在，这必是人。如果面前的人突然不见了，这必是鬼。你快试试吧！”西瓯君拍了拍苍梧君的头说。

苍梧君果然咬破了自己的舌头，感到一阵钻心的痛，他定睛看时，史禄、欠都和西瓯君都实实在在地站在面前，惊叹一声：

“你们和我怎么会活在这里？”

“这一切都是上天的安排啊！”史禄笑道。

西瓯君从怀里取出那被斩过的断干木，递到苍梧君面前，说：

“这是你起过誓的信物，如果不兑现，今天你就要死在这里！上天对违背誓言的人，是从来不宽容的。”

原来，当史禄和欠都、西瓯君逃出那座地阴之门后，欠都驮着史禄、西瓯君在漆黑的水上快速凫游，从火山底下游到岸边时，被一阵巨浪抛到河岸边的一丛凤尾竹上死里逃生。这时，那怒潮从地阴之门冲入洞中，冲毁了十八重紧闭的大门，闯入地宫中，四射奔击，怒不可遏，声震天宇。正在享受鲋鱼子、枸酱和越女歌舞的苍梧君和瓯雒王的使者，以及那些宫中内侍、歌舞的越女，吓得四散奔逃。苍梧君急逃入他专用的一个逃生孔道，在刚爬出孔道之时，突被一阵强劲无比的气浪冲击而抛出挂在附近的一棵树上，逃得一命。瓯雒王的使者等人在乱窜中被大潮巨浪纷纷击死，葬身在被夷为平地的火山遗址的潮土中。

苍梧君回想起这一切，感到无不是天命所致，当下便跪地拜天，兑了誓言。他对史禄叹服道：

“禄呀，从今以后，我降服于你，绝不背叛，你就当苍梧王吧，苍梧部族的地盘和族众全归你了！”

史禄严肃起来，对苍梧君说：

“苍梧君，除了为岭南各族族众挣脱黑暗愚昧的囚笼，过上中原人那样的日子外，我个人毫无私利可言。圣人有言：为而不恃，功成而不居。这是我做人做事的准则。”

“那我苍梧部族群龙无首，族众必然受人欺凌最终星散，这……这如何是好呀！”苍梧君急得团团乱转。

史禄诚恳地说道：“苍梧君，你还是苍梧部族的君长，就像西瓯君还是西瓯部族的君长一样，为了岭南族众，让我们生死与共吧。”

史禄拉过苍梧君和西瓯君的双手，三双大手紧紧地握在了一起。

第十章　秦城烟尘

第一节　大象拒敌

秦城下的大校场上，万余秦兵正在进行声势浩大的军演，部伍严整，旌旗飘飘，戈矛重重，杀声震天，或攻或防，进退自如。步卒演示山地突击，丛林进袭，皆阵法娴熟。一声号角锐鸣，数千骑兵驰骋，烟尘遮日，如暴风骤雨，锐不可当。

赵佗、史禄在城楼上观看兵演。赵佗指着大校场上威武的兵阵对史禄道：

“史监军，我军士气高昂，战法精进，目下，西瓯、苍梧皆已归顺，我们正可向南用兵，把瓯雒一鼓荡平，完成秦皇统一岭南的王霸之业!”

史禄称赞道：“将军不愧秦之名将，练兵得法，统兵有方，何愁瓯雒不平。只是，目下对瓯雒用兵尚非其时也!”

赵佗强忍着心中的不满，质问道：“史监军，我们屯兵五岭，勒兵不前，难道要等到师老兵疲之时，坐等瓯雒士兵来打吗?”

史禄把赵佗拉进城楼的大厅中，耐心地对赵佗说道：

“赵将军请坐，请你听听我的战法好吗?”

赵佗一听史禄要讲战法，想必他已胸有成竹，便坐了下来。史禄从囊中取出一幅长绢绘制的大图，张挂在大厅的墙壁上。赵佗一看，这是一幅山川地理图，却并不是有进攻箭头表示的作战地图，心里正在疑惑，史禄指着地图，说道：

“赵将军，这是我所绘制的一统江山网路图。”

“为何不叫一统江山征战图呢?”赵佗问。

“难道赵将军不记得孙子大师‘不战而屈人之兵’的教诲了吗?”史禄笑道。

“愿闻其详!”赵佗有点不耐烦了。

“赵将军，江河水运，乃是我们的主要交通运输方式。对于我们幅员广大的秦帝国而言，‘书同文，车同轨’固然重要，但对于江河纵横、湖泊星罗棋布的国土而言，则更需要有统一的运输网路，才得以实现政治上的统一，经济上的交往，军事上的强大和文化上的交流，帝国才可以永保统一。”

赵佗微闭双目，不知他是在静听思考还是在休憩养心。史禄继续说道：

“帝国的大江大河，多半是自西向东流，这当然对发展方向的交通提供了十分方便的条件，但南北方向缺少联系。因此,《尚书·禹贡》就借托‘禹平水土’的事迹，在‘导水’一段中叙述了以黄河为中心的全国水运交通路线和它们之间的联系，这是一份理想的全国水运网路。”

赵佗仍在微闭双目，在听着史禄“天书”一般的讲解。

“这一理想的全国交通网路蓝图，勾画出人们对大一统的渴望和对统一后大交通网络的设想。”

史禄指着地图继续说道：“其实，这一蓝图在秦帝国统一之前已逐步实施。据《左传·哀公九年》所记载：‘秋，吴城邦，沟通江淮。’这就是最早的运河了。随后，沟通黄河和淮河的水路也打通了，共有两条，一条叫荷水，是接通与黄河相通的济水和淮河的支流泗水的人工运河；一条叫鸿沟，它是北接黄河，南面沟通淮河支流的汳、睢、涡、颍诸河的人工运河。吴越之时，钱塘江、太湖和长江间的水上交通也已打通。这样，在我秦帝国统一之前，黄河、淮河、长江和钱塘四大流域水系已形成了一个内河水道网。秦帝国统一之后，秦皇实行的‘车同轨’应当包括把这些水运工程统一在一个系统之中。目下，只有岭南因五岭阻隔，使岭南众多的江河尚未与中原沟通。”

史禄一说到岭南，赵佗这才睁开双眼，看着壁上的地图。史禄把他的叙说变成了画龙点睛之笔。

“因此，我们对岭南，首要之务是沟通，而不是征战。如果没有沟通，即使以武力攻占之，由于五岭之阻隔，不久又将成为独立于帝国之外的王国，何言统一?”

“史监军，你所言之沟通是什么意思?”赵佗质问道。

“沟通实乃水路之沟通也。”史禄指着地图耐心地说道，“赵将军请看，发源于五岭山脉之中的湘漓二水，湘水北流，入洞庭通长江，漓水南流，入郁水汇越江入海，只要打通湘漓二水，这岭南与中原水路交通即可沟通，到时秦帝国的大一统才可实现。”

“史监军，你准备如何沟通南北?”赵佗有些不耐烦地问道。

史禄指着地图说：“在湘漓二水之上游，开凿一条渠道，引湘入漓，即可沟通南北水系，形成大一统的华夏大水网路。”

“请问史监军，开凿渠道，引湘入漓，你要用多长时间才可完工?”赵佗质问道。

史禄伸出三个手指：“三年!”

“三年？”赵佗大吃一惊，“到时我的兵卒都老了，还能打仗吗？不行！我奉秦皇之命对岭南用兵，志在速战速决，一统岭南。要修渠，你去修好了，我明日即出兵南下，荡平瓯雒，然后班师回朝。史监军你是岭南人，我的兵卒尽属中原，久戍五岭，日久难免军心动摇，斗志懈怠，何以维系军威!”

史禄听了，心中暗暗着急，心想，如果此时与赵佗为统一岭南的决策发生冲突，导致决裂，不但无法完成秦皇统一岭南的任务，而且这十余万秦朝军民也将土崩瓦解，散为流民，即使不被瓯雒土兵消灭，也将自生自灭。如果屈从于赵佗的意志，此时大军南指，十万军民倾巢而出，凭借军心士气，消灭瓯雒王的部落土兵是完全有可能的。但是，一场又一场的血战，无论是岭南的部族，还是中原兵民，要死伤多少人呀！他们虽族源各异，但都是炎黄苗裔啊！况且，即使以武力打下了岭南，由于五岭的险阻，仍然隔断着中原文明与岭南交流，到时又将是一个更为野蛮强悍的独立王国的诞生，这仗不是白打了吗？这么多人的血不是白流了吗？想当年，强大的越国破灭之时，已受中原文明熏陶数百年，又已掌握农耕文明先进技术的越国先民，千里迢迢流亡到王化之外的岭南，为什么就变成了野蛮人了呢！野蛮征服文明，带来的是灾难，文明征服野蛮，带来的则是进步，历史殷鉴不远。禄啊，文明与野蛮，其实只有一步之遥，你千万不能再蹈前人之覆辙呀！

史禄正在沉思着，赵佗却忍不住朝外面大喝一声：

“来人啊！”

一名校尉应声而入，赵佗命令道：

“传我的令，全军即停演武，收拾武备兵马，今晚饱餐一顿，明日即向南进兵，击灭瓯雒，踏平象城！”

“是！”那校尉军官答应一声，正转身而出，史禄当即大喝一声：

“慢！”

那名校尉军官见史监军发出喝令，随即站着不敢违令。赵佗大怒，指着史禄喝问：

“我奉秦皇之命进军岭南，你敢违抗？”

“我奉秦皇圣旨为全军监军，又肩负秦皇凿渠以通粮道使命，没有我的命令，谁也不许乱动！”史禄针锋相对。

“你在后方修渠，我在前方打仗，咱们井水不犯河水，都是奉的秦皇圣旨，你别用监军之名来掣肘我！”赵佗寸步不让。

“赵将军要领兵南下打仗，好吧，你现在就可以走，我不阻拦你，但我告诉你，即日起，我即停发你部粮草！”

“你敢！”赵佗拔剑在手，已毫无商量之余地。

史禄见赵佗要起横来，心想，这赵佗是个硬汉，吃软不吃硬，如果和他冲突起来，势必打乱自己修渠的战略大计，必须要先稳住他，便说道：

“赵将军，你我之间，皆奉秦皇圣旨统一岭南，我们的任务和目标是一致的，何必要祸起萧墙呢？到时秦皇问起罪来，谁也担当不起呀！”

“当”的一声，赵佗把剑插入鞘中，没好气地问道：

“那你说该怎么办吧？”

史禄道：“你我既是奉秦皇之命率兵南下统一岭南，现在发生分歧，天高皇帝远，只有各自将自己的意见写成奏章，分别上奏秦皇，任由秦皇裁决，我们遵命行事就是，不必在此争执伤了和气，动摇军心，你看如何？”

赵佗虽是条硬汉，但却深明事理，他想了想，如果上奏秦皇裁决，秦皇因急于统一岭南，他必定会同意自己的意见，下令南进迅速平定瓯雒。只要秦皇的圣旨一到，他便可立即挥兵南下，到时史禄便不得不遵命与他一致行动，这个碍手碍脚的史监军也就成了聋子的耳朵——多余的了。想到这里，赵佗便说道：

“那好，我们就分头上奏请秦皇裁决，听候圣旨吧！”

史禄回到住处，便闭门不出，书写给秦皇的奏章。为此，史禄精心绘制了两幅地图。一幅是全国水运交通网路一统大图，这幅地图除标明全国的大江大河大湖的位置，还标明了已开凿的沟通江河湖的人工运河和构想中沟通岭南的湘漓二水的人工运河，史禄把这条构想中的人工运河称为“秦渠”。此外，史禄又特地绘了一幅“秦渠”工程图，图上标明湘水东北流，入洞庭，汇长江；其西，漓水西南流，入郁水，汇越江。湘水上游之海洋河与漓水支流始安水距离最近处，只有四里，在此凿渠，是沟通湘水和漓水间的水运交通最理想之处，工程只需三年即可通航。“秦渠”通航之日，即岭南纳入中原帝国版图之时。

史禄将绘制好的地图和奏章，加上泥封，又选了几种岭南特产上品的犀角、象齿、翡翠、珠玑等奇珍异宝，派了一支精干的卫队护送，直奔秦都咸阳而去。与此同时，赵佗的奏章也派专人送达咸阳。

给秦皇的奏章和礼物送出后，史禄便带着军需官和西瓯君、苍梧君以及瓯虎、欠都等人到湘漓二水上游踏察选址，只待秦皇一声令下，便开工凿渠。这天，正当史禄一行在漓水上游的支流始安水一带踏察时，忽见有人在一高坡上紧急呼喊：

“史监军！史监军！史监军！”

史禄朝呼喊声方向望去，只见紫云英和湘姐带着几个女营的姐妹，正站在高坡上四处张望，焦急地呼叫着。史禄不知发生了什么紧急事情，忙向那高坡跑去。云英和湘姐见史禄终于来了，齐声道：

“史监军，不好了，土兵打过来了，赵将军正在布阵迎敌，派人来报告军情，找不到你，特地要我们四处寻找你！”

“啊！”史禄听了不觉一惊，如果土兵主动出击，赵佗正可出兵南攻，仗一打起来，他修渠沟通南北水运网路的战略大计，必将受到破坏。

“仗已经打起来了吗？”史禄急问云英和湘姐。

云英说：“不知道啊，我们已经寻找你两天了，这两天不知道秦城那一带怎么样了？”

“我必须马上赶到那里去！”史禄说。

“从这里赶到秦城起码要走两天呢！”湘姐也急了，“只怕史监军赶到那里，仗已经打得不可开交了！”

“这仗千万不能打，千万不能打！”史禄急得团团转。

“史监军是怕赵将军不是土兵的对手？”云英问。

“不是！不是！反正这仗是绝对不能打的！”

史禄正焦急间，那头大象不知从什么地方跑了过来，跑到史禄面前，四条腿蹲了下来。史禄见了大喜，忙对云英和湘姐道：

“云英你随我骑象赶到秦城去，湘姐你去告知军需官等人，继续在湘漓二水间踏察，探寻修渠的线路。”说罢史禄骑上象背，紫云英也提着她的紫木棒跨上象背，大象站立起来，疾驰如飞。史禄和云英骑在象背上，耳畔生风，只见山驰云飞，不久便到了秦城下。

秦城下，战云密布，两军对阵，正待厮杀。赵佗骑着一匹彪悍的黑战马，拔剑在手，身后是五千骑兵，战马嘶鸣。骑兵背后是持盾手握刀矛利器的一万久经训练的步卒。秦兵对面的土兵象阵排开有一里之长，象披藤甲，兵持刀矛。雒帅皋通乘坐一头白象，威风凛凛地立在象阵前。秦兵与土兵的冲突厮杀一触即发。

史禄见了，立即拔出双剑，骑在大象背上，面对正待冲锋的秦兵铁骑，大声喝令：

"给我后退十里，违令者格杀勿论！"

赵佗驰马过来，用剑指着史禄怒喝道："敢挡我铁骑者，死在剑下！"

还不待史禄说话，那大象便用长鼻甩去，一条如铁的鼻棒打得赵佗的战骑惨叫一声，急急朝后奔去。那五千铁骑见主将被打得后退，又见史禄挥剑严令后退，便急急随主将赵佗朝后纷纷退去。

雒兵主帅皋通骑在一头大白象上，带着五万土兵，列阵于秦城十里之外的一片开阔地上，与赵佗的秦兵对阵，正待挥兵与秦军厮杀。忽听一阵风声骤起，一头大象从天而降，落在两军对垒之间，那大象的背上，坐着男女二人。男的身着黑衣，头梳蛮髻，腰挂长剑。女的一身紫色衣裙，手持一条齐眉紫黑木棒。皋通一看，那黑衣男子却有几分面熟。还不待皋通想得明白，只见那黑衣男子拔出宝剑，严令秦军后退，但却被秦军主将阻拦，黑衣男与秦军主将正争执间，只见那大象挥起长鼻，击打秦军主将的战骑，数千秦军铁骑被吓得纷纷后退。皋通看得惊喜，突然想起了黑衣男正是他的同门师兄禄，他骑的那头大象，不正是老师相离子的坐骑吗？皋通又惊又喜，忙大呼一声：

"禄！你来帮我了！"

那头大象听到皋通的呼喊，驮着史禄和紫云英朝皋通急奔过来，一下奔到皋通面前，皋通乘坐的那头大白象吓得急往后跑。大象飞起长鼻，一下子便将骑在大白象上的皋通卷起，“呼”的一声腾空而去，一刹那便没了踪影。士兵们惊见主帅被神象突然卷走，吓得发一阵乱叫，拔腿朝后涌退，生怕跑慢了，会被那头神象卷走。

秦城外，刚刚剑拔弩张一触即发的一场大战，风云突变，烟消云散。赵佗急急奔回城楼上，下令守城兵卒紧闭城门，严守关隘，以防土兵突袭。

大象腾云驾雾，跨越山河，在一座龙盘虎踞的山峦上降落，它把长鼻一松，皋通落地，史禄和云英也从象背上跳了下来。皋通晃了晃脑袋，睁了睁双眼，惊问：

“这是什么地方？我到了哪里？”

第二节　雒帅皋通

史禄忙指着前边一座坐南朝北的大墓对皋通说：

“你快过去看看吧！”

皋通奔到那座大墓前，只见墓上芳草萋萋，山花烂漫，一块巨大的墓碑耸然而立，墓碑上直书两行一大一小的字：先师相离子之墓，弟子禄、皋通敬立。

“啊？老师何时过世了？这碑是什么人立的？”皋通一边朝墓碑跪拜，一边痛惜地问道。

“不知老师何时过世！”史禄轻轻地叹了一声，接着说，“我这次南下，被阻隔在大石门之外，是老师的坐骑引我到此凭吊，见了这墓，方知老师已经故去，这碑是我以我们两人的名义立的。你，不会介意吧？”

“应该！应该！”皋通慢慢地站了起来，感慨道，“禄，你还是和过去一样，什么事都帮着我！”

史禄笑道：“我们是兄弟嘛，我不帮你还帮谁呢？”

正说着，紫云英双手捧着一只用野花编扎成的大花环，虔诚地放在相离子的墓碑上，朝墓碑拜了三拜。皋通奇怪地问道：

“这是我和禄的老师的墓，你一个女子，拜什么？”

“雒帅和史监军的老师的墓，我当然应该敬拜！”云英说。

皋通死死地盯了云英一眼，不乏醋意地对史禄说道：

“禄呀，你真有艳福，有这么一个美女相伴！”

史禄变得严肃起来，正告皋通道：“兄弟休得胡猜乱说，这是我的义妹云英，现任我军女营总管，你要是惹恼了她，她手中的棍棒可就不客气了！”

皋通又死死地盯了云英一眼，云英莞尔一笑，说：“史监军、雒帅，你们在这里说话，我去采些野果给你们吃。”

云英说罢，提着她的紫木棒，朝山野里去了，皋通直盯着她的背影出神。史禄略有所思，含笑不语，好一会儿才对皋通说道：

“兄弟，今天是老师在冥冥之中把我们俩召到他的墓前来，一定是要听听我们对他说话的。”

皋通点头道：“我想也是的，否则老师的坐骑怎么会把我们送到这里来呢？”

史禄问道：“你这次带兵前来，有胜算的把握吗？”

“当然有！”

“凭什么呢？”

“我的象阵和神机弩，天下无敌！”

“你的象阵和神机弩，又是何人所传授？”

“当然是相离子老师所传授。”

“那为什么在两军对垒之时，又打不起来呢？”

“这个……”皋通用手拍着脑袋，“你乘坐老师的坐骑奔来，首先打退了中原军队，又把我卷到这里来了，这仗还能打得起来吗？”

“此乃天意也！”

“此话怎讲？”

“今天你我在相离子老师的墓前，难道老师的教诲，你都忘了吗？”

史禄指着相离子老师的墓，带着责问的口气对皋通说。皋通摸着脑袋，摇了摇头说：

“老师教了我们很多，不知你要我讲的是什么？”

史禄说：“真是贵人健忘！当了雒帅就连老师的教诲也忘了。我告诉你吧，老师说，兵者不祥之器，非君子之器，不得已而用之，恬淡为上。胜而不美，而美之者，是乐杀人。夫乐杀人者，不可得志于天下，杀人众多，以悲哀泣之，战胜以丧礼处之。”

“老师说过的话，我当然记得，但是你却背叛了老师的教诲，你明知兵者不祥之器，故有道者不处。那你为什么还率领中原军队来打岭南？来杀我瓯越百族？”

“哈哈！”史禄自负地笑道，“皋通兄弟，我说你是贵人健忘，还真是没说错。”

“难道是我错了？”皋通不服地说，“你别强词夺理来糊弄我，举头三尺有神明，老师在九泉之下两眼盯着你呢！”

“皋通兄弟，你还记得吗？当初我们为什么要冒着九死一生之险逃出岭南？”

“我们活不下去了，要寻找一条活得像人一样的路！”

“我们商量逃出岭南后要到什么地方去呢？”

“到会稽去，寻找我们的祖先，过上中原人那样的生活。”

“哈哈！”史禄开心地笑道，“皋通兄弟，刚才说你贵人健忘，看来是我讲错了，你还真没有忘记我们的初衷。我告诉你，我这次带来的不仅是十几万中原军民，而且带来了中原文明的生产和生活方式。我没有乱杀一个岭南人，西瓯君、苍梧君他们的部族已与中原军民融为一体，瓯雒王旗下的各个部落必将步西瓯、苍梧之后尘。皋通兄弟，我劝你不要再说打仗的事了，我们还是携手共同建设岭南的美好家园吧！”

皋通冷笑一声，说：“禄，不是我错，而是你错了！当初，我们冒死逃出岭南，为的是寻求过上一种像人一样的生活。现今，我们的地位和生活，不仅已远远超出岭南人的生活，而且也已远远超出中原人过的生活。我身为瓯雒部族的雒帅，统率数十支部落的雒兵，手操生杀予夺之权，食有肉，穿有缎，住有宫殿般的帅府，供我驱使的奴仆数百，伴我侍寝的越女数十。而你，也官至监军大位，统领十万中原军民，权倾一时。禄，我告诉你，为了维护我们的地位和生活，我们就必须要打仗。否则，我们到手的一切便会失去，你明白吗？”

史禄也冷笑一声，讥讽道：“好一个既得利益者呀！我今天总算看清了你的面目。”

皋通嘲讽道：“禄，你到底看清了我的什么面目呢？我这面貌难道变得使你不认识了吗？”

“认识，认识！”史禄道，“这下我更认识你了！你是一个卑鄙的既得利益者，一个地头蛇式的人物。你的所作所为使我认识到，当先进文明进入落后地区，会形成对落后地区地头蛇的利益的极大冲击。于是，地头蛇就污蔑先进文明者为侵略者，还制造各种杀人事件来栽赃先进文明者，激起愚民对先进文明的仇恨，使愚民为保卫地头蛇的利益而牺牲奋战！”

“什么？你敢骂我是卑鄙的地头蛇，如果不看在过去师兄弟的分上，今天我就在老师的墓前把你杀了。”皋通一副怒从心上起恶向胆边生的凶态，竟从腰上拔出了蛮刀。

“把刀给我收起！在老师的墓前拔刀相向，喊打喊杀的，成何体统！”史禄呵斥道，“兄弟，我告诉你，要杀我的人还没出娘胎呢，而要杀你的人，却大有人在呀！”

“是你禄吗？”皋通刚刚收起的蛮刀又恶狠狠地举了起来。

“笑话，我杀你干什么？”史禄摇了摇头说。

“那你告诉我，是谁要杀我？我就先杀了他！”皋通扬了扬手中的蛮刀。

“你先把手中的刀收起来好不好！”史禄说，“把刀收起来我再告诉你也不迟，你以为我怕你那把破刀呀！”

“收起就收起！”皋通把蛮刀插挂在腰上，“如果你再不告诉我，要杀我的这个人，就是你禄了！”

“好啦，好啦，你别在这里疑神疑鬼的了。”史禄说，“我问你，你这次带了这么多士兵要来和我打仗，如果你真的打胜了，结果会如何呢？”

“那还用问?”皋通拍着胸膛说,“我就是岭南百越民族的第一大英雄!”

“你不怕功高震主?瓯雒王和他身边的那些人能容得下你这个目中无人的英雄?到时,借着开庆功会的时机,恐怕瓯雒王要姝媚公主敬献你的那杯庆功酒中,早已下了让你致命的毒药!也许你还会记得,当年我为王后治病,王后是怎么被毒死的吧?”

皋通听了心里不由一怔,史禄继续说道:

“如果你被打败了,带着残兵败将奔回象城,瓯雒王难道还会让你当雒帅?他不把你装进竹笼中沉入雒江去祭雒母神才怪呢!”

“我有象阵神机弩,打遍天下无敌手!”皋通狂妄地叫嚣起来。

“兄弟切莫狂妄,想当年相离子老师教导我们:以道佐人主者,不以兵强天下,其事好还。相离子老师虽授你这两种武功,却又怕你剑走偏锋,又暗中传授我破象阵和神机弩之法。你那两样看家本领,破除不费吹灰之力,只是我不忍心而已!”

皋通听了大吃一惊,忙问道:“禄,相离子老师真的暗中传授了你破象阵和神机弩之法?”

“今天在老师的墓前,禄敢撒谎骗人吗?”史禄的话说得有如铁板钉钉,不容置疑。

“那我完了,雒帅当不成了,这可是我的两样看家本领呀,全被你破了,我连狗熊都不如了!”皋通不由哀叹起来。

哀叹了一阵,皋通又极不甘心地捶着相离子的墓碑,埋怨起来:

“老师呀,你对我不公平呀,你一面秘传我象阵神机弩之法,又暗中传授禄破象阵神机弩之招,这功夫我不是白学了吗?”

史禄把皋通拉了过来,说:“你冷静点好不好,在这里大喊大叫的,又捶老师的墓碑,惊扰了老师,到时要你吃不了兜着走!”

皋通眼定定地望着史禄:“那你说我该怎么办?总不能向你们中原军队缴械投降吧!”

“缴械投降也是一种不错的选择嘛，不过还不到时候而已。”史禄说，“谁叫你尽学这些杀人的玩艺儿，天下没有不可破的神功绝杀秘技，有矛必有盾，有攻必有防，有胜必有败，是故阴阳五行，相生相克，天之道也！”

“但这仗我还得打下去！我绝不向中原军队缴械投降，到时我们还是战场上相见好了！”皋通说。

“你还打什么仗呀！作为土兵雒帅，你既输不起，也胜不起。你我兄弟之间，还是来个君子协定吧！”

“什么君子协定？”

“三年之内，我不南进，你不北攻。”

“嗯，你是要我借敌以自重。那么，三年以后呢？”

“水到渠成。天之道，不争而善胜，不言而善应，不召而自来也！”

“那好，三年之后，我们再决一死战吧！”皋通想了想说，“不过，这次我兴兵北上，总不能无功而返吧！”

“这个好办。”史禄说，“我送你些粮食和兵卒，你回去就向瓯雒王报功，说你打败了中原军队，俘获了他们一批兵卒和粮草，只是秦城城坚墙厚，防守甚严，必须训练攻城摧坚之战法，方可攻破秦城，彻底击败中原军队。不过，我送你的这些秦兵，必须交由副帅赵始统领。”

“啊？这个我倒要问你，赵始到底是什么人，他真的是秦军主将赵佗之弟吗？”皋通警觉地质问史禄。

“非也，非也！”史禄笑道，“赵始其人确是我秦军主将赵佗之胞弟，不过在刚进军岭南之时，已与国尉屠睢一同战死了。”

“那现在受瓯雒王重用的这个、自称秦军主将赵佗之弟的赵始，到底是什么人？瓯雒王竟用他为我的副帅，他一副阴阳怪气的样子，整天想着勾引姝媚公主，害得姝媚公主对我不冷不热的，我要不是碍于瓯雒王的面子，早把他杀了！”皋通气得直摸挂在腰上的蛮刀。

“此人你千万杀不得！”史禄忙将皋通摸刀的手拉开，仿佛真怕他杀了

“赵始”一般。

“那你快告诉我，他到底是谁?”

“国师!”

“禄你别骗我，他一身秦将打扮，人也长得帅气，哪里会是那个装神弄鬼、戴着一副凶神恶煞面具的国师!”

“是的，他真的是国师!”

“那他怎地变得这般模样?害得姝媚公主整天围着他转，又建了个什么燕园，成天把姝媚公主引诱过去和他鬼混，我这次回去，真的要杀了他。”皋通气得又摸起蛮刀来。

“他真的是国师，我不会骗你。那次，他带着魅部落的一群鬼兵，在大石门下与我比武斗法，被我降服，破了他的魔法挑开了他的恶魔面目，他从此浴火重生，洗心革面，重新做人。”

“我明明见到魅部落的几个头目，从竹筏上抬回国师的尸体，瓯雒王下令将尸体厚葬。不久，一位自称秦军主将赵佗之弟赵始的人，从天而降，带着几百秦兵来投瓯雒王，他蒙骗了瓯雒王和姝媚公主，从此获得瓯雒王的信任和重用，这一切怎么解释?”皋通追问道。

“这一切全是神的安排!你千万不可伤害他，否则你必有杀身之祸!”

正说着，紫云英用她的齐眉紫木棒挑着两大捆红红绿绿的时鲜山果，走了过来，老远便喊道：

“史监军，雒帅，我给你们采果子回来了!”

皋通目不转睛地望着款款走来的这个中原美女紫云英，似乎早已忘了刚才和史禄谈及的那位令他厌恶的“赵始”。云英走到史禄和皋通跟前，放下挑着的野果，她将一束最大最好的红果连着枝条，毕恭毕敬地奉献在相离子的墓前，接连鞠了三个躬，说了声：

“请老师享用供果!”

她又将一束野果递到正在为相离子墓除草的大象鼻子下，说了声：

“神象你辛苦了，休息一会儿，请吃果子吧！”

大象似乎听得懂云英的话，用长鼻朝她点了点头，表示感谢之意，接着接过果枝，高兴地吃了起来。紫云英这才将一大捧野果送到史禄和皋通面前，说道：

“请史监军和雒帅用果。”

史禄和皋通应邀席地而坐，皋通自作多情地邀云英说：

“美女，你辛苦了，也坐下来吃果吧！”

紫云英轻轻地将紫木棒往地下一插，那紫木棒竟入地大半，她坐了下来，背靠着紫木棒，拿一枝长满野果的果枝，摘着吃了起来。皋通见了暗暗吃了一惊，心想这女子的功夫不凡，不知是何人所传授。

皋通一边吃着野果，一边双眼不断地看着云英，云英给他看得不好意思，便背靠紫木棒把身子旋过一边去，皋通便也跟着转过身去继续看她。云英埋怨道：

“你吃你的果子，尽看我干什么？”

“看都不让看，小气鬼！”皋通一边说着一边仍两眼定定地看着云英。

“就是不让看，就是不让看！”

云英说着扔掉手中的果枝，用双手蒙住了脸。史禄笑道：

“爱美之心，人皆有之，云英，他是我兄弟，让他看看又何妨？”

“不让他看！不让他看！”云英仍蒙着脸。

“为什么不让他看呢？”史禄问道。

“史监军，万一让他看上了，我就完了！”云英有些幽怨地说道。

史禄仍笑道：“他是我兄弟，你是我义妹，只要你们互相看上了，我就把你嫁过去，怎么样？”

不料，紫云英听了这话，气得一下跳起来，立即对天发誓：

“苍天在上，我紫云英就是死了，做鬼也绝不嫁野蛮人！”

皋通听了此话，真如五雷轰顶，他奔过去一下趴在相离子的墓碑上，号啕大哭起来：

“老师呀老师，你为什么不教我做文明人呀！”

皋通一边痛哭，一边用头不断地撞击着墓碑，头上竟撞出鲜血来，史禄过去一把拉开皋通，劝道：

“兄弟，要做文明人的机会多的是，何必在此惊扰老师呢，我看时候不早了，我们还是回去吧！”

紫云英正要拔起她的紫木棒，却惊呼道：

“哎呀，你们快看，我这紫木棒上怎么长出芽来啦！”

史禄和皋通一看，果然那根插地半段的紫木棍上，竟真的长出了几片紫色的嫩叶芽。

“我的紫木棒已经生根发芽啦！怎么办？”紫云英惊奇地说道。

“我来帮你拔出来！”皋通紧握紫木棒，使尽蛮力地拔着，那紫木棒竟然纹丝不动，皋通拔得胳膊酸痛，最后只得无奈地松开了双手。史禄也感到非常奇怪，他上前握住紫木棒，“嘿呀嘿呀”使出浑身力气，也拔不出来。不料紫云英上前手握紫木棒一拔，那紫木棒竟“嗖”的一声弹了出来，大家看时，发现紫木棒底端竟然生出了一小团根须。

紫云英握棒在手，英姿勃勃地舞了起来，只听风声呼呼，草木狂舞，危石断裂，猛兽停嘶。史禄和皋通被那腾起的旋风逼得站立不住，赶忙趴在地上。

皋通告求道：

“紫衣妹，你就别再舞那棒了，不然我们就被你掀到天上去了！”

紫云英停棒收步，即向相离子的墓碑跪拜致谢。

“感谢大师，赠我这支神奇的兵器！”

这时，大象走了过来，跪蹲下四条腿，史禄和云英便跨坐上去。皋通看了看，便也跨上象背，紧紧地贴坐在云英的身后，还用脸在她颈脖上蹭着。云英回头警告道：

“你老实点，别碰我!”

皋通仍不停地蹭她。不料，大象一伸长鼻，从背上将皋通一把卷住扯了下来，叼卷着他，四腿腾空，飞奔而去。不多久，大象降落在一个河谷中，只见一大群土兵在杂乱地后退着。皋通一看，正是自己的土兵部众，便从象鼻上跳了下来，手中举着蛮刀，喝住了正在溃退的部众。史禄和云英仍坐在象背上，史禄对皋通道：

“兄弟且慢行，待我命人把粮草和兵卒给你送过来，回去好向瓯雒王请功吧!”

说罢，大象一跃，四蹄升空而去，皋通只顾两眼盯着随风而去的乘坐在象背上的紫云英。

大象驮着史禄和云英，重又回到漓水和湘水的源头之间。军需官和苍梧君、西瓯君等人见了，都大吃一惊。军需官忙问道：

“史监军，你和云英这么多天去了哪里呀?”

“会见我的兄弟去了。”史禄说。

云英感到奇怪，说：“我们明明才去了一天，怎么你们说我们去了好多天呢?”

湘姐伸出一个巴掌，说：“我算了一下，你们是去了五天啦，怎么才是一天呢?”

“把土兵打退了吗?”军需官急切地问。

“不用打，都退了!”史禄轻松地说。

“史监军用的是什么退兵之计呀?”湘姐很感兴趣地问。

“哈哈，美人计啊!”史禄看了云英一眼，神秘地笑道。

“啊——我明白了，史监军要把云英嫁给一个土兵大咕噜头!”

“别乱说，我死也不嫁野蛮人!”云英狠狠地推了湘姐一把。

史禄命云英带着几个姐妹，返回女营去打理事务，留下湘姐和几个姐妹，与军需官、苍梧君、西瓯君等人沿湘漓二水继续踏察，寻找凿渠的线路。

第十一章　引湘入漓

第一节　运筹帷幄

湘漓二水之间，是那道被相离子老师命名的分水岭——始安峤，它像一个矮壮的大胖子，横挡在湘漓二水之间。始安峤一带，原来是被一大片望不尽、走不完的原始大森林覆盖着，大森林里一道大石屏蜿蜒隔绝了南北通道。是史禄和朱眉用各自手中那把古老神奇的阴阳钥匙，分别从内外，打开了大石门，大石门瞬间燃爆，引发了大石屏的彻底崩溃，燃烧起的巨大山火，竟连续燃烧了七天七夜。大火沿着崩溃了的大石屏一路烧去，把始安水、始安峤和湘江之间，烧出了一道火路。登上始安峤，湘漓二水之间，便可一览无余。这把大火为史禄烧出了一条张目可辨、伸手可触的凿渠捷径。

史禄带着军需官、西瓯君、苍梧君、湘姐、瓯虎、欠都一行，沿着那烧出来的火路反复走了十几天，从湘水边翻过始安峤，走到从峤南冲沟流出的始安水，沿始安水河道一直走下去，漓江的河道逐渐变宽，水流也变得越来越大了。一条艰险无比、构思奇巧的沟通湘漓二水，连接岭南与中原水路交通运输网的关键一段，终于在史禄的头脑里清晰地显现了出来。

这天，秦皇的圣旨下达，雄才大略的秦始皇，批准了史禄引湘入漓的凿渠计划，限其三年之内完成，以沟通岭南与中原交通水运网路，打通粮道。并严令赵佗坚守秦城，防止土兵对凿渠工程的袭扰，非有史禄之命，不得擅自出战。史禄心潮澎湃，当即面北跪谢秦皇之恩。

史禄带着瓯虎，在湘水西岸的一个高坡上，搭了一座临时茅棚，史禄和瓯虎就住在茅棚里，备了些干粮，便开始劳作起来。高坡上有一股山泉，史禄命瓯虎用铁铲在山泉下平出一块两丈见方的平地，将泉水曲纡引入，俨然一条河流。瓯虎不解地问道：

“史监军，这是干什么用的?”

史禄说：“到时你就知道了，听我的吧!”

史禄在那条“河流”的西岸，用泥土和石头做成了一座座石山和土岭的形状，那些“石山”和“土岭”绵延逶迤，“石山”和“土岭”之间，有九条大小不同的“河流”源出其间，逐渐汇成一条大的“河流”，向西南方向流去。史禄命瓯虎将另一股泉水注入这九条“河流”之中，泉水奔流，倒也别有一番情趣。瓯虎见了，觉得十分好玩，便指着左边一座长长的“土岭”和右边流动的那条“大河”问道：

“史监军，这里为什么没有一条河呀?”

史禄说：“将来会有的。”

做好这个湘漓二水间的模拟地形图后，史禄便命瓯虎，去把军需官和苍梧君、西瓯君、欠都、湘姐等人叫来。他们到了高坡上，见史禄手握一根竹竿，正对地上的一堆什么东西观看沉思着。湘姐好奇地问道：

“史监军，你叫我们来干什么呀?”

西瓯君见平地上又是水流，又是泥土和石头，也问道：

“史监军，你做的这些是什么东西？该不是巫师设的符咒吧?”

只有军需官似乎看出了门道，说：“你们都不要乱猜，这是史监军制作的军事地形图，看来要打仗了，我们都做好准备吧!”

史禄笑道：“你们都没有说对。秦皇命我凿渠沟通湘、漓二水，打通岭南与中原的水运交通网路，这是我和瓯虎费了几天工夫制作的一幅湘漓二水之间的地形模拟图，今天特地请你们来一起商量凿渠之事的。”

史禄用手中的小竹竿，指着右边那条“大河”说：

“这是湘水上游的海阳河。”

史禄将一小块写着“海阳河”的竹片插在流动的泉水中。

“呀！有河了，连河名也有了啊！”湘姐惊奇地说道。

史禄用竹竿指着海阳河西岸的一座土岭说：

“这座土岭横亘南北，实为一座分水岭，我的老师称它为始安峤。我们就叫它分水岭好了。”

史禄将一片写着“始安峤”的竹片，插在“岭”上，接着说：

“分水岭两峰并列，山并不高，实则丘陵土岗而已。”他又指着旁边一座“土岭”说，“这岭上我们有驻军守卫，就叫它‘护卫岭’吧。”接着，将写有“护卫岭”的小竹片插在“岭”上。

史禄将竹竿指向“护卫岭”之南，说：

“护卫岭山脉逶迤而南，二里处有一座大山，这山现在还没有名字，我们先给它起个名吧！”

军需官想了想说：“史监军，你奉秦皇之命，带领我们在此凿渠，沟通岭南与中原的水路交通网，功大于山，我看这座山就叫史公山吧！”

苍梧君、西瓯君和湘姐、欠都、瓯虎等人都齐声赞同。史禄连连摆手说：

“我的老师相离子先生教导我：功成不居。怎么可以把我的姓为一座山来命名呢？不行，不行，军需官你再想一个名字吧！”

军需官灵机一动，说：“既然史公不允命名，那就把这座山叫太史山吧！”

史禄仍不同意，说：“太在史之上，不是更大了吗？不行，还是不行！”

军需官道：“太史乃天上星宿，以太史命名此山，可保佑我们凿渠成功，湘、漓之水永通，造福岭南。”

苍梧君、西瓯君和湘姐等人都连连称好，军需官也不待史禄点头，便将一块竹片刻上“太史山”之字，插在那座“山”上了。史禄只得少数服从多数，不再异议。他又用竹竿指着地面说：

“由太史山再南，冈峦起伏，约五里至湘水岸边有一山，山如龙头状，我们就叫它龙王山吧。”

史禄在那山上插上一片刻有“龙王山”的竹片，接着说：

“上天已经为我们安排好了，我们在湘水上筑一大坝，抬高水位，龙头为我们吸水上山，可通入漓。”

军需官说：“按照史监军的测算，这一段长约十里的土岭，虽仅为波状起伏之土丘高地，然实为突起于湘水西岸的分水岭，故可障阻其西之水，使之不克东流入湘，欲使湘水西上，必须在此凿通一渠道。”

史禄点头道：“对，我们就选择在此地凿渠。”他又用小竹竿在地上指着，说，“分水岭之西南，为向西绵延之石山，稍南有一山，你们看，这座山叫什么名呢？”

西瓯君认真一看，脱口而出，说：“史监军，我看懂了，这座山我们叫它点灯山呢！”

史禄忙问：“西瓯君，你这话从何说起？”

西瓯君说：“我们西瓯人久居这一带地方，传说从前这里总是一片漆黑，伸手不见五指，祖先们总也走不出黑暗。有一天，来了一位大神仙，他在山上凿石引火，点亮了一盏天灯，从此这里才得见光明，因此我们西瓯人就把此山称为点灯山。”

“点灯山，好一个山名呀！”军需官竟忘情地用秦腔小调唱了起来：

> 东山上哪个点灯？
> 嗨！天下的那个亮。
> 湘江的那个流水呀，
> 嗨！上呀嘛上漓江。

“西瓯君你说得好，军需官你也唱得好，这座山我们就叫它点灯山好了。”史禄说着刻写下一块“点灯山”的竹片，插在“山”上。他又指着地上的图形说：“点灯山再西则为一带石山，向西延伸约十五里，便与赵佗将军所筑之严关相接。”

史禄把一块刻写着“严关”的竹片插在地图上，又指着地形图说：

“严关一带山脉向西绵延，约五十里至大溶江之东。”

史禄将刻写着“大溶江”的一块竹片插在一条泉水流过之处，又指着地形图说：

“这就到了赵佗将军所筑之秦城了。由分水岭东南之水，既不能逾岭而入湘水，势必向西南而低地冲击，以成一消纳潢潦之河槽，这一段五十里间的河槽，共有九条大小不等的山溪汇入，这便是漓水的上游，我们要凿的渠道应循此一原有之水道扩展而成。”

军需官道：“这样一来，我们凿渠便会省去很多的人工。”

史禄点头道：“对，我们凿渠所要完全开挖的，便只有分水岭东北沿向湘水的这一段长约十里的渠道了。”

苍梧君说：“史监军，这一段要开挖的渠道，会不会也有一条地下河道可供借用呢?”

史禄说：“两山之间，必有川焉，夫水性乃就下也。这分水岭两峰并列，山并不高，又是丘陵土岗，或许真有一条地下河可供我们借用呢?”

“怎么才能找到这条地下河呢?”西瓯君忙问。

苍梧君忽然把脑袋一拍，说：“我倒想起来了，前些日子，我们在分水岭一带踏察时，正口渴无处找水喝，湘姐和她一个女营的姐妹，用竹筒给我们送来了两筒水，她们说岭下有一口井，我们跑过去一看，果然有一口井，井水流出一条小溪后，流到一个低洼处就消失了，我们就把这口井叫作双女井。”

“双女井，这名字起得好!湘姐，这双女井大概在什么位置，你指给我看。”史禄说。

“好像是在这里。”湘姐指着地形图说。

“对，对，是在这里!”苍梧君和军需官也指着那里说。

“苍梧君，你继续说吧！”史禄在“双女井”处插上一块刻写着“双女井”的小竹片。

苍梧君说：“我们苍梧人善识水路，常言道，山有多高，水有多高。分水岭挡住的是地面上的河水，这双女井流出的水到低洼处就消失了。我看这地下必有一条暗河水道向北流入湘水，如果我们沿着这条地下水道开挖人工渠道，那就容易得多了。”

“对！”史禄又用竹竿指着泉水流经之处，说，“我们的南渠已经规划好了。再在此处筑一条大坝，截断湘水，抬高水位，使之可引入南渠。”

军需官问道：“史监军，我们凿渠的目的，是要沟通南北水路，如果在湘水上筑一条拦河大坝，虽然可以引湘入漓，但大坝一筑，岂不拦断了湘水，北来的船只怎么上来进入漓水呢？”

史禄说：“军需官你说得对，除了南渠，我们还必须在湘水处修一条北渠，大坝截断湘水故道后，湘、漓二水即可南北通航。”

西瓯君却摇着头说：“好是好，就怕做不成！”

苍梧君也忧心忡忡地说：“斩江筑坝，劈山引水，难度实在太大了！”

军需官说：“苍梧君、西瓯君你们不要担心，史监军一定有办法。我们进入五岭时，曾被一道大石屏阻挡，无法越过。史监军打开了大石门，又瓦解了大石屏，我们就越过了五岭，进入了岭南地界。现在要修条渠，总没有比过大石屏还难吧！”

“对，我们顺天应人，劈山引水，拦江入渠，那是继禹通龙门，决江导河，东注入海后，天下通平之伟业。”史禄说得激动起来。

这时，正好瓯虎逮得一只大红雄雉鸡，史禄命苍梧君、西瓯君、欠都与湘姐等人，各取一只竹杯，杯中盛上山泉水，又命瓯虎将鸡头一刀斩断，将鸡血注入各人杯中，史禄与大家共同举杯，以岭南人吃雄鸡血酒的仪式，一敬天地，二敬禹神，誓死凿渠，引湘入漓！

第二节　石精灵

时令已进入了岭南的秋天，草木青黄，湘水已到了最低的水位，这正是开工凿渠的黄金季节。史禄将他从中原带来的十万兵民，除留下少部分继续开荒种地和养护已种下的农作物外，全部投入到凿渠工程中去了。他命军需官将从中原来的民夫中，挑选了一些善于冶炼和打制工具的人，在凿渠工地上开炉打制工具，又命在湘水下游原已开炉打制工具的那些民夫全部集中到凿渠工地上来。一时间那里便传来呼呼的风箱声，叮叮当当的打铁声，火花四溅，铁炉闪红，日夜不停，好不热闹。军需官给他的冶炼场地，取名“铁炉村”。史禄又命瓯虎做军需官的副手，带领几千名西瓯族的男女和中原民夫，沿铁炉村上下一带依山设营，建筑干栏房，供凿渠的人住宿，还负责供应大家的饭食。

史禄带着西瓯君和紫云英等在分水岭以东一带踏察。双女井溪由南经西北方向流入湘水，是湘水的一细小支流，沿双女井溪的一段向东开挖接通湘水，在湘水上拓宽形成一个巨大的分水塘筑坝。再在西边低处开凿人工运河，把湘水引向西流，经铁炉村与始安水接通汇合，这一段人工运河长不到十里，是最理想的凿渠线路选择，但工程难度极大。首先必须凿开一道坚固的岩石屏障，才可接通引水口门。最难的还是测定渠道的走向，选择一条最省工最合理的渠道线路。

“史监军，我们该朝哪挖呀?”西瓯君问。

西瓯君带着他的西瓯族众，男男女女一万余人，集合在史禄面前。史禄早已分派好凿渠的任务：苍梧族善水，他派苍梧君率领苍梧族众负责开挖湘水的分水塘，筑坝截断湘水故道。又派湘姐率中原男女军民，平行沿湘水故道挖一条引水渠接通湘水下游处，以便通航。史禄派西瓯君与紫云英率众沿山挖渠道接通湘水入漓。

“不能随便乱挖呀！”史禄说，“西瓯君，你埋头乱挖十年八年也挖不通渠道啊！”

“那我们该从哪挖起呢?”云英也问道。

史禄说：“云英，你还记得我们在那个高坡上看地形图时，苍梧君说起借用双女井溪地下河道开挖渠道的事吗?”

“怎么不记得呢?”云英说，“史监军你还说两山之间必有河川，水性是就下流的。这分水岭两峰并列，山并不高，又是丘陵土岗，或许真有一条地下河可供我们借用呢!”

“对！”史禄点头说，“不过双女井溪位在分水岭之南流入湘水，我们只可借用它入湘水这一小段河道开挖，却不能沿着双女井溪往南挖，那样我们离始安水就会越来越远了，渠道也无法接通漓水，这工程就白费了。我们必须在双女井溪最后入湘水的这一段向西北方向寻找一条地下河，向始安水方向开挖，才能接通漓水。”

“水在地下，我们又看不见，怎么挖呢?”西瓯君为难地说。

“对呀!”云英说，“乱挖一气，白费工夫，十年八年也挖不通啊，秦皇给我们的时间限定三年凿通渠道，违抗皇命是要被杀头的呀!”

史禄说：“别发愁，我自有办法。云英，你带姐妹们回去，把我储藏在大营的几万斤艾草运过来。”

云英听说史监军有办法，这才松了一口气，便带了女营的几百名姐妹，回大营挑运艾草去了。

史禄命西瓯君带人上山，砍伐竹木，将砍回的竹木做成一尺多高的一个个支架，一排排支架，从双女井溪流入湘水的水口一带，直向西北方向排开去。西瓯君不解地问道：

“史监军，你这是干什么呀？是要作法借水吗？”

史禄哈哈一笑，说：“西瓯君，给你猜对了啊，这是我的老师教我的艾草找水法呢！”

云英带着女营的几百名姐妹，把挑运来的艾草堆成小山一般。史禄命西瓯君带人将艾草扎成一把一把的，放置在那一排排的竹木支架上，然后用火将艾草点燃。艾草慢慢地燃烧着，冒出一道道青白色的烟气，烟气清香宜人。云英忙问道：

“史监军，你这是烟熏蚊虫吗？”

史禄笑道：“烟熏蚊虫也不错，可这是寻找地下水道啊！”

“我们怎么就看不见地下有水道呢？”西瓯君也问道。

“到时你们就会看见的。”史禄指着一处艾草的烟往地下走的地方，对西瓯君和云英说，“这里必有地下水道。”

西瓯君说：“我不信，史监军，你敢打赌吗？”

史禄说：“赌什么呢？”

“赌一只雉鸡，我要输了，就打一只雉鸡送你吃！”

史禄说：“西瓯君啊，这只雉鸡我是吃定你的了，你快带人朝着烟火向下的地方挖吧！”

西瓯君将信将疑，他抄上一把铁锹，唤来十几个西瓯族的年轻人，一齐朝地下挖去，挖了三尺多深，没见一点水，他对史禄说：

“史监军，你快去打一只雉鸡来啊，这里挖不出水！”

史禄命人去拿来几个竹木支架，放上几堆艾草，点燃后，只见青白色的烟慢慢往地下走，好一会儿，仍是如此。他对西瓯君说：

“西瓯君，你们快挖吧，挖出水来就去给我打雉鸡好了！”

西瓯君和那十几名西瓯族的年轻人，只得下狠力朝下挖去，又挖了三尺多深，土已经有些潮湿，挖着挖着，一个年轻人忽然惊叫起来：

“哈，有水出来啦！”

又一个年轻人也喊道："真的有水出来啦！"

大坑里，涌出一股水来，西瓯君和那些挖土的年轻人吓得赶忙爬了上来，又有人惊呼：

"快看，快看，还有鱼呢！"

土坑里有几条乌黑的鱼在水里蹦跳着。西瓯君对史禄佩服得五体投地：

"史监军，你真是神人啊！"

史禄说："我哪是什么神人啊，这都是我的老师教我的啊！"

云英忙问："是相离子老师教的吗？"

"是呀，是呀。"史禄说，"这叫阴阳找水法，地下水属阴，艾草属阳，地下水阴气重，可把艾草发出的烟气往下吸引。"

"啊——"西瓯君似懂非懂地点着头。

史禄说："西瓯君，你就不要去打雉鸡了，带着弟兄们继续往下挖吧，这比你送我一百只雉鸡都令我高兴呢！"

西瓯君不情愿地说："史监军，可我们西瓯人说话从来算数，我怎么能赖掉你这只雉鸡呢？"

史禄说："等凿通了渠道，你再带着弟兄们去给大家打雉鸡吃吧！"

西瓯族的男男女女和中原军民见地下挖出了水，便纷纷动手朝地下乱挖，女营的秦四妹看了，忙跑来对史禄和西瓯君说：

"这样乱挖下去，不是挖成大水塘了吗？怎么还是挖渠呢！"

史禄看了说："四妹，还是你有远见啊，西瓯君，你叫大家只管沿着地下水道挖去，顺其自然，渠道跟着水道走。"

秦四妹又说："这样挖还会乱。"

西瓯君看着秦四妹红黑的脸蛋，凑上去，问道：

"四妹子，你有什么好主意，快给我说啊！"

云英把四妹往西瓯君跟前一推，说：

"四妹，你俩慢慢说啊，我们不会偷听的。"

秦四妹红着脸，对西瓯君说：“把我们中原人和你们西瓯人混合编组，十人一组，沿着地下水道一直挖过去，那不就快了吗？又不会乱。”

西瓯君一听，忙点着头，说：“就这么办，大家快挖吧！”

秦四妹又说：“不行，这样挖下去还会乱！”

西瓯君为难地说：“那你叫我们怎么挖呢！”

“就数你的脑袋笨嘛！”秦四妹对西瓯君有些不屑一顾地说。

“四妹，我懂你的意思了！你是想问，我们这个渠道，到底要挖多深、多宽。”史禄说。

秦四妹听了直点头。

正说着，史禄腰上的宝剑“呜呜”作响，他“啊”了一声，抽出宝剑，往地上一插，宝剑“嗖”的一声直深入地下，突然又“嗖”的一声弹跳上来，剑锋闪亮，那剑竟高出地面有一丈余。西瓯君砍了一根长长的竹竿过来和史禄的剑一比画：“我们的渠道就挖这么深！”

史禄又把宝剑在地上平放，那剑又平伸出四五丈的距离。西瓯君又把几根竹子一比画：“我们的渠道，就挖这么宽。”

秦四妹说：“这样挖，我们就不会把渠道挖成深深浅浅的河沟了！”

史禄笑道：“西瓯君，你要感谢四妹的啊！”

西瓯君忙说：“对对对，谢谢你，四妹子！”

秦四妹颇为得意地问道：“拿什么来谢我呀？”

西瓯君说：“也和史监军一样，打一只大雉鸡给你吃！”

云英和几个姐妹忙凑热闹：“西瓯君，我们也要吃雉鸡！”

“好好好。”西瓯君不住地点头，显得十分开心。

史禄想了想，问秦四妹：“四妹，你刚才说得非常好，你是怎么知道修渠的这些知识的呢？”

秦四妹：“我的父亲原来是修渠的工匠，他修过郑国渠，我听他说过的。”

“你父亲现在什么地方？”史禄问。

“被征去修长城了，我已经有三年多没见他了。”秦四妹脸上显出凄楚之色。

“啊，你父北筑长城，你在岭南修渠，四妹，你们一家人，苦啊！”史禄十分同情地说。

秦四妹眼中涌出两潭泪水，好一阵才说：

“史监军，等修完长城和这渠道，我们还会回中原去吗？我真想我的父亲啊！”

史禄抬头看着远处连绵起伏的群山，幽幽地说：

“很难说呀！”

史禄从分水岭下来到湘水边，苍梧君正带着他的苍梧族人搬运石块，准备拦江筑坝。史禄登上一只停在水边的竹筏子，过江来到北渠渠道的开挖工地。这一段渠道的开挖全部由中原军民负责，工程的总管便是湘姐，她指挥着女营的数千姐妹和一部分中原壮丁。工地上旗帜飘舞，既井然有序又热闹非凡。湘姐见史禄来了，便老远地跑过来打招呼：

“史监军，你看我们这渠道挖得怎么样啊？”

史禄见湘姐黑里透红的脸上挂着汗珠，一头歪髻挽得老高，手上提着一把锹，显得英武壮健。史禄夸道：

“湘姐你越来越像个女中豪杰了，连我都看不出你到底是湘女还是蛮女了呢！”

旁边一个正在挖土的女子站直了身子问道：“史监军，我们会不会都变成蛮女呀？”

史禄笑道：“中原女子、湘中女子、岭南女子，都是我们华夏民族最漂亮、最能干、最有智慧的女性，因为你们用自己的双手，创造了千古奇迹，我敬佩你们，你们都是我的好姐妹！”

“史监军，难道我们这些男人都是窝囊废啦？”见史禄正在夸奖女营的姐妹，一个正在挑土的男子忍不住插话了。

“无论男女，都是我们民族的英雄！”史禄高声答道，他问一个身体有些瘦小的男子，“兄弟，你累不累啊？”

“禀报史监军，我一点也不累啊！”那瘦小男子答道。

“为什么不累呢？”史禄又问道。

“男女搭配，干活不累！”

瘦小男子一句话，说得大家都哄笑起来，连史禄也忍不住哈哈大笑。

史禄沿着开挖的渠道，一路看去。这里的地形，只是略为起伏的坡地，多为沙质土，土中偶有些石块露出，开挖起来要比南渠渠道容易得多，一条笔直的渠道已现雏形。看着看着，史禄已微微皱起双眉，不再说话。湘姐见了，忽然感到不对劲，忙小心翼翼地问道：

“史监军，我们这渠道挖得怎么样？”

“不行，不行，必须马上停工！”史禄连连摆手。

“停工？到底什么地方挖得不对啊？”湘姐感到问题严重了。

“必须马上停工！”史禄毫不犹豫地要湘姐下令停工。

湘姐下达停工令后，那些男女民兵就地休息，有的唱着家乡小曲，有的讲起老家的风俗趣事，史禄命湘姐召集手下的十几名百夫长过来，大家都不知道发生了什么事。只见史禄拿起一把铁锹，在地上不停地挖了起来。大家看时，只见地上挖出了三条小沟一般的形状，小沟上头，是一个大水塘的模样，大水塘下，筑起一条拦江坝。史禄挖好地形图后，命人取来一桶水，然后指着那些水沟和塘坝对大家说：

“你们看好了，这是湘水，这是未来的分水塘，这是苍梧君正要筑的拦江大坝，这是大坝要堵塞的湘水故道。这条是西瓯君正在开挖的南渠，这条便是你们正在开挖的北渠。”

湘姐和那些百夫长看了都频频点头。

说罢，史禄便将桶中的水缓缓地倒入湘水的分水塘中，只见那水急急朝挖得笔直的“北渠”流去，史禄命人不断往“分水塘”中加水，很快水便

湘姐
己亥歲末

流光了，竟无涓滴流入“南渠”。接着，史禄又用铁锹把“北渠”改挖成弯曲的模样，特别在中部挖出两个如拉满的弯弓形的大弯道。然后再命人从桶中往“分水塘”中加水，只见“北渠”中的水沿着弯弯曲曲的“渠道”缓慢地流动，“分水塘”中的水位开始抬高，慢慢地把水引入了“南渠”。史禄命人不断往“分水塘”中加水，“分水塘”的水位随着流水量的增加，在分别流向“南渠”和“北渠”后，多余的水量便从“大坝”上漫出，流入“湘水故道”中去了。

湘姐和众百夫长见了恍然大悟，连声“啊啊啊”地点头称道。

史禄指点着模拟图说：“如果我们把北渠挖得与湘水故道一样长或者取直线开挖渠道，则渠中坡度将会加大，不但不能满足航行要求，还会因为北渠的水流速加大而降低分水塘的水位，这样一来，流入南渠的水将会变得很小，甚至断流。我们这渠道，不是白挖了吗？”

“史监军，我们这渠道到底该怎么挖啊？”湘姐忙问道。

史禄指着模拟图上的“北渠”说：“北渠为平缓坡降，必须开挖成纡曲的渠道，中间应挖成两个拉满弓形的弯道。”

“史监军，照这样挖，不是要浪费很多人力吗？据我测算，北渠的直线距离，下接湘水故道，也不过三里长，如照这样大弯曲地挖去，起码要多挖出三倍的长度来啊！这样是很不合算的呀！”湘姐说。

史禄意味深长地说：“水理不宜直，人心不宜曲。人曲无生气，水直难接续。我们挖渠一定要明白这个道理啊！”

湘姐激动地直点头，向大家问道：“各位，你们的心都直了吗？”

众百夫长齐声答道：“一心一德，挖好水渠！”

湘姐满意地说道：“马上开工，照史监军说的干！”

挖渠的工地上，又热火朝天地干了起来。

苍梧君在北渠的工地上找到了史禄。见苍梧君来得匆忙，史禄忙问：

“苍梧君，有什么事呀？”

苍梧君着急地拉着史禄，一边走一边说："史监军，我们筑坝碰到难题了！"

"什么难题呀？"史禄问。

"这坝，到底要筑多高呢？"苍梧君说。

来到筑坝工地，河岸边已堆集了许多大大小小的石块，苍梧族的男男女女仍在不停地往河岸边运送着石料。史禄和苍梧君两人站在河岸边，望着流动的河水。史禄说：

"洪水季节，不知这湘水的水位到底有多高？"

苍梧君说："我们苍梧人，会看水路的。"

"那你快给我指点洪水的最高水位线吧！"史禄说。

苍梧君带着史禄，在河岸边仔细察看着，他指着一块大岩石说：

"史监军，你快看。这里有一条水线啊！"

史禄一看，果然那大岩石上有一条若隐若现的水线，水线上端，岩石上的附着苔草深密，水线下的附着苔草浅淡，有明显的被水侵蚀的痕迹。史禄拔出他的雌雄宝剑，在那条水线上用剑锋画出一条深痕。苍梧君跳入水中，一边细看，一边用手在河岸边摸索着，河岸边的水中，是一大片沙砾和坚硬的红土层。苍梧君摸索了一阵，对史禄说：

"史监军，我摸到了河水枯水季节的水线啦！"

史禄用剑斩下一根手指粗细的竹子，丢下水去给苍梧君说：

"把枯水季节的水线位置用竹竿插上。"

苍梧君从水里爬上岸。

史禄说，"苍梧君，你快叫十几个人去砍一批大竹过来，每根要留着尾梢。"

竹子砍来后，史禄对苍梧君说："苍梧君，你带着他们，下河去，将这些竹子一线排开，固定水底，每两根之间距离一丈，一直排到河对岸。"

苍梧族人善水，他们抱着那些竹子，潜入水中，在水底用大石头将竹竿一根根固定好。湘水上，似乎忽然间长出了一排竹子，竹梢上的绿叶垂枝在江风中不断摆动，竟引得几只水鸟飞来，歇息在竹梢之上。

史禄站在未来的南渠入水口处，拔出他的一对雌雄宝剑，将雄剑插入地下，眯上一只眼睛，从剑柄顶端朝固定在水中的一排竹子瞄去，将那把雌剑伸出，喝一声："去！"随手一挥，那把雌剑"嗖"的一声出手，飞向河面，将那一排竹子一根根齐刷刷地斩断，竹梢落在水面上，随流而去，宝剑飞到河对岸边，半截插入土中，立在北渠的渠口处。

两把宝剑隔江对岸，"呜呜"地鸣叫着，放射出一道绿色的光芒，穿江而过。

苍梧君欢跳起来，指着江中被宝剑飞斩去竹梢的那排大竹，兴奋地说："史监军，我们的拦河大坝就筑这么高！"

还停留在河中的十几个苍梧族人，看到惊呆。史禄命人在两剑插入处，各打下两根大木桩，在木桩上刻下记号，又命人在木桩旁各插上一面秦军旗帜，令两名号角手各站在木桩旁，吹奏起激昂的进军号——筑坝工程正式开工了！

史禄在南渠工地上找到了西瓯君，要他派出两百人伐竹。竹子砍回后，史禄亲自用刀破竹，将竹条编成一只四尺多长两尺多宽的圆形大竹笼，开口处又编了一只竹盖。西瓯君一看突然明白了这种大竹笼的"用途"，他也不待史禄吩咐，便提着大竹笼奔向西瓯人正在挖渠的工地上，恶狠狠地向大家说道：

"史监军有令，对在挖渠中不出力的偷懒人，就装进竹笼中，丢到河里去祭雒母神！"

那些正在低头挖渠的西瓯人，见了这种很熟悉的大竹笼，又见恶声恶气的西瓯君，一时吓得手足无措。史禄看到西瓯君这个举措，顿时哭笑不得，他忙跑过去，夺下西瓯君手中的竹笼，向大家笑道：

"你们都不要怕，西瓯君在开玩笑呢！"史禄将竹笼放到地上说，"这竹笼不是用来装人沉江的，是用来装大石头沉江筑坝用的!”

说罢，史禄亲自捡起工地上被挖出来的大小石块，装到竹笼里，一下子就装满了竹笼。又命那些伐竹的西瓯人照着样子，破竹编竹笼送到挖渠工地上，装满石头，然后运往河边，交给苍梧人拦河筑坝。苍梧君看了那些两头大小一样的长形竹笼，忙对史禄说：

“史监军，这装石头的竹笼好是好，就是不大好用呀!”

“为什么?”史禄问。

“你看，”苍梧君命几个苍梧人将装满石块的竹笼垒起一丈余高，对史禄说，“这样筑起的大坝不牢靠，大水一冲，就会垮掉的。”

“啊，苍梧君，你说得对!”

史禄赶忙跑到编竹笼的西瓯人那边，亲自动手，将一根大竹破开至根部，留下一尺长的距离，又将竹子破成几大片，编成一只喇叭形的大竹笼，又命那些西瓯人照着做，一下便编了几十只一头大一头小的竹笼，将竹笼装满石头，运到河边。史禄对苍梧君说：

“苍梧君，你看这样行吗?”

苍梧君命人将这些一头大一头小的竹笼垒起一丈余高的坝型，那“坝”型成了一边高一边低的横斜面。苍梧君说：

“这样筑起的大坝，才牢固呢！发大水时，洪水的浪头可以漫坝而过，坝就不会垮了!”

史禄笑道：“苍梧善水，果然名不虚传呀!”

史禄又忙起来了，他命人进山砍了许多柯藤，教西瓯人破藤编织藤鞋和垫肩，给挖渠和运送装石料的西瓯人和中原军民使用。这天，他正忙着教人编藤鞋和垫肩，一抬头，只见大象和骆驼站在他的面前，眼巴巴地望着他。史禄顿时明白了它们的心愿，他分别拍了拍大象和骆驼说：

“伙计们，你们也要参加挖渠和筑坝呀?”

大象和骆驼会意地点了点头。史禄马上给它们各编了一块垫毯，给骆驼编的那块垫毯，还特地在中间编出两只凸起的窝形状，护住驼峰。骆驼和大象披着垫毯，欢快地跑到正在挖渠的人群中，背上驮起一只只装满石头的竹笼，运到河边去了。

军需官带着几十个人，乘船划过湘水，把刚打制好的一批挖渠工具运到北渠工地，他把一把铁锹递给湘姐：

“湘妹，这是我特地为你打制的，你看好用吗？”

湘姐接过铁锹，挖了几下土，连连说：“好用！好用！”

军需官忙把头凑过去，悄悄地说：“拿什么来谢我呀？”

湘姐低声地说：“晚上，我把洗过补好的衣服给你送去。记住，在老地方！”

“快看呀，有人在咬耳朵啦！”

工地上一个瘦个子男人喊了起来，那些正在挖渠的中原男女看了，立刻爆发出一阵哄笑，那个刚才喊话的瘦个男子又喊了起来：

“军需官你不公平啊，尽把好用的铁锹给湘姐，也给我们每人打一把那样的铁锹啊！”

工地上又发出一阵哄笑声。湘姐忙弯腰拾起一坨土块，朝那个喊话的瘦个子男人扔过去：

“打死你这个多嘴多舌的坏东西！”

一个身材瘦弱的女子，忙跑过来挡住湘姐扔来的土块。瘦个子男人拾起一个沙团扬了扬，警告道：“再打我夫人我就不客气了！”湘姐“哈”的一声笑了起来：“打死你个不要脸的，九妹什么时候成了你夫人啦？你夫人还在娘肚子里呢！”大家又是一阵哄笑。瘦个子男人将沙团扔向军需官：“她打我夫人，我打她丈夫！”

沙团扔过去，打在了军需官的背上，军需官狼狈地逃掉了，工地上又是一阵哄笑声。

史禄是个大忙人，他不断奔走在南渠、北渠和筑坝的工地上，一边指导施工，一边督促工程进度。最艰难的还是南渠的开挖，刚挖开引水口不远便是一道坚固的石头屏障。史禄用艾草寻找到的那条地下河，刚巧是从那道石头屏障底下流出来的，渠道必须循着地下河的走向开挖，首先就要打开这道坚固的石头屏障。

西瓯君为难地站在那道石头屏障前，手足无措，急得唉声叹气。史禄看了也一时想不出办法来。西瓯君气得举起铁锹狠狠地朝那岩石砸下去，“当”的一声，铁锹砸得岩石冒出一串火花来，他仍不解恨，又狠狠地举锹连连猛砸了十几下，铁锹把断了，那坚硬的岩石也被砸掉了一大块。

史禄上前一看，发现被西瓯君用铁锹砸掉的那块岩石，断裂处非常平整，他认真察看了一下，岩石的断裂处有一条直直的水纹线向旁边延伸。史禄拔出宝剑，将剑锋插入那条水纹线中，用力一撬，一块更大的岩石被撬裂开来。史禄收起宝剑，对西瓯君说：

“有办法了!”

西瓯君摇着头，说：“史监军，我砸断了一把铁锹，手都被砸痛了，才砸了这么一块石头下来，你用剑也只撬开了一块下来，这道石头屏障又厚又长，什么时候才能被打开呀!”

“西瓯君，你不用发愁，我们岭南人不是说石有石纹，水有水路吗？我们就照着这一道道石纹水路打，就会打开这道石头屏障的!”

史禄立即赶到铁炉村，要军需官命铁匠们打造铁钎、铁锤。铁钎和铁锤打造好后，史禄组织一批身强力壮的西瓯人和中原人，教他们用铁钎铁锤，沿着岩石上的水纹线击打取石，然后将取下的石板料用铁钎铁锤修整成一块块方形石材，命人在已挖开的渠道边砌成一条长长的防水护堤。史禄将这道平整的长堤命名为“秦堤”。

这天，西瓯君来找史禄，一见面就说：

“史监军，我们碰到怪事了，你快去看吧!”

史禄随西瓯君赶到南渠工地，只见工地上的西瓯人和中原人全部停了工，大家正在议论纷纷，史禄不知工地上到底发生了什么事。西瓯君指着一块高约丈余长约两丈的大石头对史禄说：

“史监军，这块大石头我们凿不动，已打断了几十把铁钎，连皮都没打下一块!”

史禄看了看，这块大石头正横亘在南渠前面，阻碍着南渠的开挖，它是那道石头屏障中的一部分，西瓯君领人已将石头屏障凿出一道深槽，却被这块巨石拦住了去路。史禄俯身细看，只见那巨石上没有一点棱角和石纹，石上青幽幽地泛出一片光泽，与别的石头不一样。史禄好生奇怪，他拔出宝剑朝石头一剑劈去，只听“当”的一声响，握剑的手竟被震得一阵裂痛，石头里随即传出一声痛苦的哭叫声，吓得西瓯君和那些围观的人，连大气也不敢出。史禄忍着手掌的疼痛，举剑又朝那大石头狠狠地劈去，又是“当”的一声震响，史禄手中的宝剑被震飞落地，手掌的虎口处被震裂一条口子，血流不止。这时，大石头里又发出了一阵孩童般的哭叫声，被史禄第二次剑劈处，现出一道深深的裂缝，裂缝中随着哭叫声，流出一条黑红的“石血”来。西瓯君惊呼：

“这石头会哭会出血呀!”

史禄见了，也感到十分诧异，他顿时想起，过五岭时被其阻隔在外的那道大石屏来。五岭上阻隔岭南与中原交往的大石屏，是逃入岭南的越人远祖所筑。湘水边的这道石头屏障，也有阻绝沿湘水进入岭南的最后一道水上通道的作用，也必为越人远祖所筑。越人信巫术，在筑五岭上那道大屏障时，使用了童男童女生葬入石头屏障中永固基石的巫术。湘水边的这道石头屏障也会同样使用童男童女生葬之法，久而久之，石屏障中的童男童女便化成了坚不可摧的“石精灵”。五岭上的那道大石屏障，已被史禄和朱眉一道摧毁了，唯有这湘水边还有这道很小的石屏障阻挡着凿渠的中原人和西瓯人。

“史监军，这块怪石头怎么办呢?”西瓯君指着那块大顽石问。

史禄摇摇头，说："这是石精灵，打不动的，留着它，让它见证我们凿渠的历史吧！"

云英忙说："留着它也好。史监军你正好用剑在上面刻写一篇文章，记述我们凿渠筑坝的艰难万险，让后人也知道我们的功绩呀。"

史禄说："不必，不必，知我者稀，则我者贵也，与其雕琢美玉，不若顽石守质朴。"

"那我们的渠道怎么办呢？"西瓯君问。

"渠道绕开顽石而过。"

第三节 金、木、水、火、土

时令已进入了冬季。五岭一带，寒气逼人，凄风苦雨不断，那些在工地上劳作的中原军民和西瓯人、苍梧人仍在忍受着寒风苦雨的煎熬。这天，天气阴沉，寒风凛冽，天空中下起了一阵阵的“米头雪”。五岭一带的冬天，与中原的冬天不同，中原的冬天，下的是“鹅毛雪”，纷纷扬扬，银装素裹，一切的农事劳作皆已停顿。而五岭一带的冬天，下的是“米头雪”，那像白米一般的雪粒，“沙啦沙啦”地从天上撒落下来，铺满一地，北风一吹，即结成厚薄不一的冰块，山野间、河岸边顿时出现了许许多多的镜片，寒光逼人，寒气刺骨。那些劳作的中原军民，一个个手上、脚上、脸上，冻裂成一条条带血的裂痕。他们谁也没有叫喊，谁也没有怨声，只是默默地劳作。有的干着干着，便无声息地倒下了，同伴们便把他僵硬了的身体抬进旁边的野草丛中，挖一个坑埋掉。北渠和南渠的两边，垒起一个个坟头，随着渠道的走向，延伸开去，悲壮而惨烈。

苍梧君率领着他的族人，用船装载着一个个装满石头的竹笼，划入江中，将竹笼沉入江底，最苦的还是在江水中搬砌竹笼的苍梧人。他们赤身裸体，潜在水下，将竹笼垒起，筑成拦江大坝。

苍梧君命人在江边烧起几十堆大火，让在江水中浸泡劳作的苍梧人轮番下水，一批人上岸烤火后，又一批人下水劳作，有的人在水下冻僵后，便再也无力爬上岸来，了无声息地沉入了江底。

史禄戴着一只竹笠，足踏藤鞋，他的双手双足龟裂出一道道冒血的口子，他脸庞消瘦嘴唇发裂，只有那双眼睛仍炯炯有神。他来到江岸边，见到一个个赤身裸体围着火堆发抖和在冰水中拼搏的苍梧人，焦急地对苍梧君说：

“苍梧君，这样下去不行呀！”

苍梧君指着河中垒起的大坝，说：“离大坝合龙还有两丈宽，史监军，你再让我们拼一阵吧，我们必须抢在来年春水发时把坝筑好，否则将前功尽弃！”

苍梧君也不待史禄回话，便脱光衣裤，赤条条地向那些颤抖着正在烤火的苍梧人挥手大喝一声：

“都跟我下水！”

说罢，便跃入冰冷的江水中，那些正在烤火的苍梧人也跟着跃入水中。

史禄来到北渠工地，那些中原军民仍在冰雪中劳作，却不见湘姐的身影，他问一位女营的姐妹：

“湘姐呢？”

“送人去了。”那位女子指着前面的一棵树下说。

“送谁呀？”史禄问。

“八十一妹！”那女子说完又低头挖土去了。

史禄走到那棵树下，见湘姐和几个姐妹正用铁锹在垒土，已经垒起了一个坟包。史禄明白了，忙问湘姐：

“女营的又一个姐妹……走了？”

湘姐回过头来，淡淡地答道：“刚刚才断的气！”

“啊！”史禄叹一声，忙取下头上的竹笠低下了头。湘姐也不多说，从腰上掏出一把尖利的小刀，这把小刀是军需官特地为她打制作防身用的。她用小刀在坟旁的树上重重地刻下“八十一”三个字。史禄知道，这是那个亡故了的女子的“营号”。女营许多女子，连姓名也没有，平时彼此只以“营号”相称。史禄问湘姐：

“自己的姐妹亡故了，你们为什么不哭呀？”

“我们的泪水，早已哭干了!”湘姐凄楚地说。

史禄心酸地抹了一把泪水。又问:“为什么要把她埋在这棵树下呢?”

“听苍梧人说，他们长居水边，人死了就埋在这种树下，人就化作了树，想念死去的亲人时，就到树下坐一阵，和树说话，树是听得懂的。他们管这种树叫‘鬼柳’!”

江岸边，密密麻麻的“鬼柳”树下，突起一个个坟头，坟头也是密密麻麻的，每一棵“鬼柳”的树干上，都刻着一行简单的数字。那些跟随史禄来到岭南的中原女子，许多人的生命，化作了那一行行简单的数字，把孤独的灵魂附着在一棵棵“鬼柳”上。史禄抚摩着那些“鬼柳”，在默默地安抚着那些亡灵，他心酸万分，已欲哭无泪!湘姐斜靠在那棵刻着数字的“鬼柳”上，她平素梳得俊俏的歪髻，已被刺骨的寒风打散，散乱的头发中，缀着一粒粒晶莹的珍珠似的雪粒，她衣衫褴褛，手脚龟裂，长发在风中飘舞，除了那双闪光的眼睛，她似乎也已化作了一棵“鬼柳”。史禄看了湘姐一眼，心中一阵发酸，但却毫无怜悯之心地下达了命令:

“湘姐，苍梧君他们正在冰寒的江水中筑坝，大坝即将合龙，你务必要大家加快挖渠的进度，在大坝合龙后，北渠一定要贯通湘水!”

“好，我们连夜赶工，只要还有一口气，就一定要把北渠挖通!”湘姐倔强地答道。

史禄来到南渠工地。西瓯君、紫云英和秦四妹率领的西瓯人和中原男女军民，已凿开那道坚硬的石屏障，打开了湘水入漓的大门，渠道逶迤向前延伸，渠道两旁那些新土垒成的坟头，跟着渠道不屈地向前推进，使人看了触目惊心，悲壮难言!

南渠渠道已推进到分水岭的太史山下，只要打开太史山，即可与漓水上游的支流始安水接通。这一段工程的土石，虽不及石屏障那一带坚硬，可是工程量相当巨大。渠道劈开太史山的土石，再穿山而过，不足一里即可接通始安水。太史山下，已布满新堆的坟头，密密麻麻的坟头土堆，惨不忍睹！那些正在挖渠的西瓯人和中原人，一个个头发散乱，衣衫破烂，似乎已经气尽力竭，但仍像一大群蠕动的蚂蚁一般，在风雪中搬运着土石。又黑又瘦的西瓯君见史禄来了，忙提着铁锹跑过来。史禄一见便问：

“西瓯君，你什么时候可以挖到始安水?”

西瓯君指着身后的太史山说：“这山挖通，恐怕还要十五天!”

“不行！”史禄毫无商量余地地说，“苍梧君的大坝即将合龙，湘姐的北渠也快挖通了，你必须在十天内给我挖通始安水!”

“好吧！”西瓯君说，“我马上派人到山里劈枞光柴，点燃枞光柴照明，连夜赶工!”

云英急匆匆地来找史禄报告一个不幸的消息：

“史监军，骆驼受伤了，你快去看吧!”

史禄随云英赶到开山取石的南渠边，只见他那头骆驼倒卧在地上，痛苦地挣扎着，怎么也爬不起来，它身旁堆放着几个装满石头的竹石笼，身上的藤垫早已被磨得散乱不堪，背上被竹石笼磨出一道道带血的伤痕。史禄俯下身子，抚摩着骆驼的头，亲切地询问道：

“老伙计，你怎么啦?”

骆驼的眼中流出一串串泪水，似乎有一种生离死别的情感。云英说：

“每次，它都要驮起十几只竹石笼，我们怕它被压伤，不肯让它驮这么多，可是，不驮得压过驼峰，它就不肯走，想不到今天就受伤倒地不起了!”

史禄发现，骆驼的一条后腿已经折断了。他忙唤上云英，到山坡上采集一些草药，云英则采集了几把带刺的草，这是骆驼最喜欢吃的草料。史禄把草药捣碎，包扎在骆驼的腿上，云英则给骆驼喂食草料。在骆驼的周围，也倒卧着九匹马，它们身体瘦弱，伤痕累累，在风雪中痛苦地哀叫挣扎。这些驮马，全都是史禄从中原带来的。史禄命云英带人在骆驼和那些伤病的马匹四周，用石块垒起一座小房子，上面盖上厚厚的茅草，让它们就地卧着养伤，每日供给草料和饮水。

夜色降临，寒风怒号，“米头雪”下得更紧更密了。南渠、北渠和拦江大坝的工地上，枞光柴点燃的火把，飘着油脂清香，弥漫在工地上，火把像无数游飞着的萤火虫，在风雪中漫游。无论是南北渠工地和在冰水中拼搏着的苍梧人、西瓯人、中原人，已经没有了往日的打闹声和说话声。人们只本能地发出一声声艰难劳作的喘息声，口中呼出的气，冒出一缕缕白色的雾气，在冒着黑烟的枞光火把中消逝。不断有人在风雪中倒下去，劳作中的人们再也顾不得掩埋同伴的尸身，任其将落下的“米头雪”覆盖着。人们不知道什么叫活着，也不知道什么叫死亡，存在的就是那不断向前掘进着的渠道!

这天，史禄突然发现，点灯山上冒出三道白色的烟，那烟如三条白色的柱子冲天而起，连强劲的西北风也吹不散。他忙带了十几个西瓯人上山察看，发现白烟是从三条石缝中冒出来的。史禄忙命那些西瓯人在山上采集干柴干草，在这三处冒烟的地方堆放起来。入夜后，便将柴草点燃。

突然，点灯山上闪出三团耀眼的白光，光芒四射，把南北渠工地和拦江大坝照耀得如同白昼。南渠工地上的西瓯人狂热地发出一阵惊天动地的呼喊声：

“看呀！天灯亮了！”

这一声呼喊，引得北渠的中原人和在冰水中筑拦江大坝的苍梧族人也跟着呼喊起来：

“天灯亮了！天灯亮了！”

呼喊声引得山鸣谷应，令人热血沸腾，那些已经倒在地上，被“米头雪”覆盖了身子的人，竟奇迹般地站了起来，重新操持工具，又玩命地干了起来。

这时，军需官正领人前往北渠工地，送新打制出炉的工具，他猛抬头看见点灯山上突然闪射出巨大亮光的天灯，禁不住激情地唱起那支秦腔小调岭南风的《点灯山》来：

东山上哪个点灯？
嗨！天下的那个亮。
湘江的那个流水呀，
嗨！上呀嘛上漓江。

湘姐跑过来，接下军需官送来的工具，也随声唱了起来：

东山上我来点灯，
嗨！天下的那个亮。
几十里那个渠水呀，
嗨！上呀嘛上山冈。

那个“男女搭配，干活不累”的瘦高个男子，领着挖渠的人们，跟着齐声唱了起来：

渠水那个流呀流，
嗨！流呀嘛流得长。
从此的那个岭南呀，
嗨！不呀嘛不蛮荒。

点灯山上的天灯亮了七天七夜，亢奋异常的西瓯人、苍梧人和中原人连续奋战了七天七夜，南渠已经接通了始安水，北渠已联通湘水，拦江大坝也已合龙。史禄下令，挖渠、筑坝的人们，全部回到干栏房中休息。整个工地上，除了落雪声和寒风吹拂林木的声音，一片寂寞，渠道两旁的黄土，全部变成了银白，江中的一字形拦江大坝上，铺满白雪，变成了一条巨大的银白江龙。只有铁炉村仍在传出叮叮当当的锻打声和风箱不息的呼呼声。

干栏房顶的竹瓦上，冒出道道炊烟，“米头雪”打得屋瓦“嗒嗒”直响，屋檐口挂着一条条银色的小冰凌。屋中的火塘，燃着干柴明火，垂挂在火塘上的铁锅和陶罐中的水冒着白色的烟气，“吱吱”作响，屋中弥漫着烟火的温暖。人们围坐在火塘边，烧煮着食物，消解着疲乏。

史禄站在干栏房中的墙壁前，看着张挂在壁上的湘、漓二水通航图出神。忽然响起一阵急促的敲门声。他推开干栏房的门，见云英、湘姐和秦四妹头戴竹笠站在门外，云英着急地说：

“史监军，骆驼不见了，马也失踪了！”

“啊？”史禄赶忙戴上竹笠，和云英她们赶到那几座石房子前，只见房顶盖着的茅草已被掀翻，骆驼和那些卧地伤病的马全部不见了。秦四妹指着雪地上一些杂乱的蹄印说：

“它们沿着渠道，向前走了。”

“它们到什么地方去了呢？快追寻！”史禄说罢，即带着云英、湘姐和秦四妹沿着蹄印朝渠道追寻而去。风雪中，只见瓯虎带着百十个西瓯人冬猎归来，他们一个个扛抬着猎物。瓯虎见了忙问：

“史监军，你们也出来打猎呀？”

“不是，不是，我们的骆驼和马都不见了，我们是出来寻找它们的。”云英说。

“啊！”瓯虎随即把肩上扛着的一只獾猪交给身后的西瓯人，说，“我和你们一起去找吧！”

瓯虎带了十几个西瓯人，跟随史禄寻找骆驼和马去了。他们沿着渠道，走到始安水，风雪更大了，但是蹄印却不见了。始安水两岸，丛莽深深，风雪弥漫，一片冰天雪地。瓯虎犯难了：

“这么大的雪，还不把蹄印掩盖了，我们怎么去找呢？”

史禄说:“骆驼和那些马，都是跟我们从中原来的呀，一定要找到它们!”

始安水的岸边，停泊着十几只小船，小船的棕毛篷顶，压着厚厚的白雪。岸上，几座茅棚中，冒出缕缕炊烟。这是史禄在此地设立的一个联络点，联系南渠与漓水之间的接合，由十几个苍梧人在此地带船守候。史禄命这些苍梧人驾船，顺漓水而下，去寻找骆驼和马。

江水哗哗，江风凛冽，十几只小船顺流而下。史禄和瓯虎、云英、湘姐、秦四妹等人，伫立在船头，迎风冒雪朝漓水两岸目不转睛地搜寻着。云英忽然用手指着漓水左岸，惊喜地喊道：

“快看，快看，骆驼在那呢!”

大家急朝云英指的方向看去，果然见他们熟悉的那头骆驼正站在江岸边，似乎还举头向他们张望呢。史禄急令停船靠岸，大家一起朝骆驼那儿奔过去，一边奔一边呼唤着：

“骆驼！骆驼！我们来接你回去啦!”

骆驼静静地站立着，因驮竹石笼被磨伤的脊背，留着道道伤痕，驼峰上仍残留着几片藤垫，驼嘴里还在流着血，血一滴滴地洒在雪白的地上，瞬间便化作了一簇簇血红的花朵。秦四妹指着白雪中的红花，说：

“这是杜鹃花呀!”

几只杜鹃鸟，站在驼峰上鸣叫着：

“不愿回去！不愿回去！不愿回去……”

杜鹃声中，驼嘴里的血流尽了，骆驼慢慢地变成了一座昂然而立的石山。史禄抚摩着他的骆驼，动情地说：

“老伙计，你跟我从咸阳南下，跋涉了万水千山，又为凿渠筑坝竭尽全力，你既然喜欢这里的青山绿水，就留在这里吧!”

说罢，史禄和瓯虎、云英、湘姐、秦四妹等人，依依不舍地告别了骆驼。登船朝下游而去，继续寻找那些失踪的马匹去了。走着走着，秦四妹忙喊道：

“我们的马在那呢!”

大家朝前边一看，果见江岸边有九匹马或立或卧，或奔或跃，或饮或嘶。山中一泉飞下，马们在饮水沐浴嬉戏着。史禄忙命停船登岸，可是到了岸上，那些马又看不见了。史禄和大家重新登船，到了江中，那九匹马又惟妙惟肖地出现了。史禄忙向马群高呼:

“你们从中原跟我到岭南，吃了千辛万苦，你们喜欢这里吗?”

马群点头昂首发出阵阵嘶鸣。史禄充满激情地喊道:

“你们既然喜欢这里，就永远地留在这里吧!”

马群发出一阵阵咴咴嘶鸣，随着江水的流动而渐渐隐去。忽然，湘姐兴奋地指着前边说:

“我看到女营的姐妹了!”

江岸边，浮现出一个个中原女子，她们有的头上梳着中原的发髻，有的梳着岭南的歪髻，有的挥锹挖土，有的担筐挑土，有的正在水边洗涤衣物，最调皮的一个小女子，正在偷偷地照着铜镜……

“你看，那个挖土的，是我们刚送走的八十一妹；那个担筐挑土的，是七十二妹；那个正在洗衣的，是一一七妹；那个照镜子的调皮鬼，是三十六妹……”

湘姐指着那些女营昔日的“姐妹”，一个一个地点着她们的营号。云英接着指点:

“那个蒙脸害羞的，是一三六妹；那个补衣服的是四一三妹。”

“那个采集野果的是五五七妹，还有呢，那个总爱哭的是……”秦四妹也指点着。

“姐妹们，我们来接你们回去啦!”湘姐对着她的那些“姐妹”，招手呼喊。但是，她的那些“姐妹”都无动于衷。

云英奇怪地说:“她们怎么也变成山啦?”

江波涌动，小船前行，那些昔日的姐妹，一个个全部消逝在江水之中了。史禄令船返回，湘姐、云英和秦四妹在船头回首，又见那些“姐妹”若隐若现，她们只得挥手依依惜别。湘姐忽然问史禄：

“史监军，人死了还会活吗？”

“啊——”史禄沉思了一会儿，遥望着正在消逝的山形波影，徐徐而言：

“大雪落入江中，寂静无声，化作了一滴滴江水。大雪落在地上，洁白无瑕，滋润了万物，这就是雪的归属啊！人也一样，不失归宿的人，才可保持得长久，不丧其道的人，才会虽死永生！”

大雪纷纷扬扬，群山银装素裹，漓水淙淙长流，那骆驼，那马，那女营的“姐妹”，在江中的小舟，小舟上指点江山的人，构成了一幅动态的雪拥江山图。

岭南的春天来得早，当中原还在冰天雪地的世界中，岭南的第一声春雷已经响彻大地，春风阵阵，春雨潇潇，草木发芽，蛙声虫鸣，山野在春雷春风春雨中苏醒。在干栏房中休养生息了半个冬天的西瓯人、苍梧人和中原人已经养足了精神，纷纷走出干栏房，在春天的山野里采摘着春笋、蘑菇和各种春菜，他们需要补充大自然提供的绿色食物。

史禄带着西瓯君、苍梧君、湘姐、欠都、瓯虎、紫云英和秦四妹等一行人，沿着拦江大坝到北渠查看，湘水泛着绿亮的春光，被大坝拦截后，沿北渠缓缓流动，在两个弯弓形的渠道中左转右旋，最后汇入湘水。被大坝截断了的湘水故道，变成了一条长长的浅滩。筑坝拦江阻水虽然成功，可是湘水却被北渠抽走，竟无涓滴可入南渠。西瓯君看了着急得直跺脚，不住地喊冤：

“坝筑成了，水却被北渠扯走了，我们的南渠白挖啦，我们的人都白死啦！”

史禄皱着眉头，出神地看着江面。苍梧君想了想，说：

“史监军，要想江水流入南渠，我看只有先把北渠的渠口给堵上。”

听苍梧君说要把北渠堵住，这下湘姐也急得跺起脚来了，她指着北渠说：

“苍梧君，你这话说得轻松啊，把已挖通的北渠又给堵上，我们不是白挖了吗？我们那些姐妹不是白死了吗？你去看看那些‘鬼柳’下有多少坟堆呀！你怎么能讲出这种没良心的话来呢？你们苍梧人真是野蛮人呀！呜呜呜……”

湘姐讲到痛心处，忍不住号啕大哭起来。苍梧君气得也跺起脚来，狠狠地指责湘姐：

“你们中原人是人，难道我们苍梧人就不是人啦，我们在冰寒的江水中筑坝，被冻死溺亡的人比你们中原人还少吗？”

史禄见湘姐和苍梧君互相指责，一下子吵到敏感的族群问题上了，急忙制止道：

“湘姐、苍梧君，你们都不要再说了，这条大坝，这道北渠和南渠，已把中原人和西瓯人、苍梧人，将来还要把瓯雒百越人融合成兄弟姐妹，我们现在所做的一切，所付出的一切，都是为了我们的将来，我们死去的每一个兄弟姐妹，都没有白死啊！”

西瓯君说：“史监军，你说得对，但是，如果湘水不能接流入南渠，我们死去的那些人，还真白死了，我们还活着的这些人，也白活了！”

史禄不想在这个话题上再争论下去了，他命西瓯君：

“西瓯君，你即带人给我去砍伐一批大竹，运到北渠口！”

西瓯君不知史禄要他带人去砍伐大竹来做什么，只得答应一声，带人去砍伐大竹去了。西瓯人砍伐了许多大竹，扛到南渠渠口的岸边，史禄命苍梧君派人将这些大竹扎成一张张竹筏运送到北渠渠口，拖上岸去。再命西瓯君派人去砍伐十几棵坚木大树，砍成一丈余长，也从水上运到北渠渠口，然后再命苍梧君派人将装满石头的竹笼将北渠渠口堵死。湘姐看了，又急又气，忙派人阻止苍梧人堵水，争吵中，中原人和苍梧人竟动起拳脚来。史禄上前，喝退那些正在打斗的人群。湘姐怒冲冲地质问史禄：

“史监军，你为什么要堵死我们花了那么大代价才挖成的渠道？”

"为了埋在'鬼柳'下的那些人不白死，也为了活下来的人不白活！"

史禄的话说得令人不容任何质疑，他接着命令湘姐："你马上给我派十几个身强力壮会打铁钻的人来！"

湘姐见史禄如此说，只得奉命而去，不久便带了十几个手持铁钻和铁锤的壮汉过来。史禄在渠口下十余丈的地方，在渠道两边分别选定了两处"生根石"做基础，命那些铁钻手举锤打出两尺宽五尺余深的石坑。

苍梧君带人将北渠的渠口堵上后，北渠渠道里的水便断流了，十几个苍梧人跳到渠道里捉鱼。苍梧君跑到正在打石坑的中原人那里，见史禄正在指挥他们将竖木埋入石坑中一一夯实，渠道两边，竖起了一排竖木桩柱。史禄又命那些铁钻手在干涸的渠道中间，开始打石坑。渠道底下的那条"生根石"，是一道横亘渠底直达渠道两边岸上的巨型长石。苍梧君仔细看了一阵，两眼一亮顿时明白了。他对湘姐说：

"湘妹啊，我们的人刚才打的那一架是白打了！"

湘姐虽然不明白苍梧君这话的意思，但却歉意地说道：

"苍梧君，都是我不好，看在兄弟姐妹的分上，你就不要计较吧！"

苍梧君诚恳地说："都是我管教不好我的族人，下一次他们如果再犯事，你就直接打我好了！"

湘姐忙笑道："都是兄弟姐妹，谁也不能打谁啊！"

苍梧君说："我们一言为定！好了，我要去配合你们打桩的兄弟干活去了。"

苍梧君说罢便走了。经过几天的工夫，史禄已在渠道两岸打了一排木桩，又在渠道底装上了两根木桩。正在这时，苍梧君带着十几个苍梧人，用船运来两张大竹屏，他们停住船，扛抬着大竹屏，在渠道两边各摆上一张。史禄见了十分诧异地问道：

"苍梧君，你怎么知道我要两张大竹屏呢？"

苍梧君颇为自豪地说道："史监军，我跟了你那么久，难道还没有点长进吗?"

说罢，苍梧君指着大竹屏，说:"这大竹屏用大竹横竖两边扎成。"

史禄看了，两张大竹屏长宽尺寸竟非常合适，每两根大竹之间不知塞进了什么东西，大竹屏的四周，又紧紧地缠夹着一条条淡黄色的条须。他忙问苍梧君:

"这些是什么东西呀?"

苍梧君又颇为自豪地指着停在渠道中的船说道:"史监军，你看我们这船，船板之间为什么没有一根钉子呢?"

"啊？"史禄认真观看了那船一遍，果然船身的船板之间竟没有一颗钉子，整条船只用几十道条须箍着。他正纳闷，苍梧君指着船身说:

"这种须索，叫桄榔须，是桄榔树叶下生长的，须长粗像中原的马尾一般。我们把这些长须割下，用咸水浸泡，须就变得粗壮而韧实，用来捆住船身，比用钉子还结实呢!"

"啊!"史禄恍然大悟，"我正愁做成的大竹屏捆扎不结实怕被水打散呢!"

"这个不用担心，用桄榔须捆扎的大竹屏，经水浸泡会越来越结实，就像我们苍梧人的船一样，大浪都打不坏呢!"苍梧君又指着大竹屏的缝隙说，"竹与竹之间的缝隙，我们都涂塞了橄榄糖浆。"

"什么是橄榄糖浆?"湘姐好奇地问。

"我们岭南有橄榄树，树枝节上生有脂膏，我们割取这些脂膏，和橄榄树的树皮、叶子一道熬成黑汤，味道甜如糖，这就叫橄榄糖。我们造船时，把熬制的橄榄糖涂塞在船板之间，船下水后，经水浸泡，橄榄糖干结，船身就十分结实了。"

史禄命军需官打制了十二只铁轮圈，每张大竹屏的底部各装上六只铁轮，然后将大竹屏往两排桩柱中间一放，命人推入渠道中，靠在渠道中的两根桩柱上。史禄对苍梧君说:

"你带人把渠口堵水的竹石笼搬开放水。"

苍梧君搬开竹石笼后，江水即流入渠中，随即便被横在渠中的两张大竹屏挡住，慢慢上涨。史禄对西瓯君说：

“你到南渠渠口去看看，有水进入渠道了吗？”

西瓯君跑到南渠渠口，只见江水缓缓上涨，流入了南渠。西瓯君兴奋地朝史禄这边高声叫喊：

“水进渠道啦！好大的水呀，可以走船啦！”

苍梧君听了，却对史禄说：“史监军，我们把北渠一堵，水往南渠流了，湘姐她们这渠不是白挖了吗？”

湘姐也急得直说：“是呀，是呀，苍梧君说得对！”

史禄说：“你们先别急嘛，快把堵水的大竹屏拉开。”

几个壮汉上前，把两边阻水的大竹屏慢慢拉开，江水沿着渠道下流，不久，西瓯君又在南渠那边叫喊起来：

“渠道没有水上来了！”

苍梧君说：“史监军，看来我们得筑好几道大竹屏啊！”

“对！对！”史禄忙在地上画起图来，他指着图说，“这是北渠的渠道，在此设一道阻水大竹屏，在此也设一道大竹屏，在此再设一道……湘水小水时期，关闸蓄水，上下船只可借水通航，待船只依次进入湘水大坝上游后，再关掉大竹屏阻水让船只顺利进入南渠。”

“这不是成了一道门啦！”湘姐说。

史禄说：“对，我们就把它叫作斗门好了。”

苍梧君指着直竖在渠道中间固定大竹屏的木杠说：“这木杠会阻碍行船的啊！”

史禄说：“不必担心。那是两根活动的木杠，阻水关闸的时候把它们插上，拉闸放水时再把它们取走，这叫斗杠。”

史禄命苍梧君和湘姐在北渠上再造几座斗门，调控渠水，以利船行。他和西瓯君同乘一艘苍梧人驾驶的船，从渠口进入南渠。船行还不到两里，便被渠中的礁石挡住了。史禄和西瓯君只得舍舟登岸，沿渠道步行。西瓯君指着渠道中那些露出水面的狰狞怪异的礁石，对史禄说：

“史监军，这些石头全是生根石，原来埋在地下，现在被我们挖渠道露了出来，一个个坚硬无比，用铁锤击打半天，也只是打掉了它的一层皮，现在渠道虽然挖通了，这些横竖在渠道中的石头打不掉，怎么能通船呢？”

史禄抬头沿渠道望去，只见渠道通水后，水面上露出高高低低的礁石。这些礁石，与石屏障和太史山的石头不一样，那些长年累月裸露在外，经风雨千万年的剥蚀，风化成一道道的石纹，只要用铁钎一撬，铁锤一打，便会一块块地掉落下来。可是渠道中的这些礁石，千万年被埋在地下，未经风雨剥蚀，或尖如利刃，或圆滚如巨球，连一丝裂纹都没有，要清除它们，靠铁钻铁锤敲打，几乎是不可能的。史禄看了一阵，对西瓯君说：

“你马上派人去北渠向苍梧君和湘姐学造斗门，再把所有的人派到山里去收集干柴干草，越多越好，搬到渠道两边来。”

西瓯君想了想，说：“斗门是要造的，”他指着渠道前边，“太史山那边，地势比这里高，我们的渠道在那里已经挖得很深了，恐怕渠水还是引不上去，必须用斗门壅水，节节抬高水位，渠水越级上升，才能把船送过去。”

史禄称赞道：“西瓯君，你真有眼光啊，把我心里想的都说出来了！”

西瓯君还是不明白，他问道：“派那么多的人去找柴草来干什么用呢？”

“对付渠道中那些阻碍行船的生根石。”史禄说。

“柴草又不能打掉石头，有什么用呢？”西瓯君还是不明白。

“这里的学问可大啦！”史禄掰着五个手指头说，“这叫阴阳五行，金、木、水、火、土，相生相克啊！”

西瓯君当然不可能懂得阴阳五行的学问，但见史禄这么说，必定已有打掉渠中那些生根石的办法了，便即刻分派人到北渠去学打造斗门和进山采集干柴干草去了。

一个多月后，西瓯君便在南渠上根据地形地势和渠道走向，依次造了十八重斗门，渠道两边的干柴干草也已堆积起如无数座小山一般。史禄下令，关闭南渠的第一重斗门，截断渠水。命人将堆积在渠道两边的干柴干草搬入渠中的礁石上，放火点燃，整整燃烧了十天十夜。然后命人打开斗门放水，那些被大火烧得通红的顽石，经渠水浸泡，立刻发出“噼啪噼啪”的爆裂声。史禄再命关上斗门，截断渠流，命人用铁钻、铁锤击打，那些顽石，一个个顿时粉身碎骨。史禄又命人彻底清除那些被打掉了的顽石的根部，使行船时船底不被磕碰。至此，南渠已可通航。

苍梧君调集了几十只船，在北渠下游与湘水的汇合处待命。史禄带着军需官、西瓯君、苍梧君、湘姐、紫云英、秦四妹和瓯虎、欠都等西瓯人、苍梧人以及中原兵民等一百余人乘船进入北渠逆水行舟试航。

苍梧君站在第一船的船头，挥篙劈浪，高呼一声：

“开船喽——”

船队顺利通过北渠，进入拦江大坝上游的分水塘，驶入南渠，各斗门依令开放闭合，船队一路浩浩荡荡，直抵秦城。赵佗闻报，率领军中将校站在漓水岸边迎接史禄的船队，将史禄等一行人迎入秦城上的城楼大厅，令兵卒在城楼上摆席设宴，为史禄等人接风庆功。

赵佗将军满斟一杯，向史禄敬酒祝贺：

“史监军劳苦功高，目下水到渠成，正可进兵南下，一鼓荡平瓯雒，完成秦皇一统岭南的圣谕！”

史禄接杯在手，并不饮酒，而是心事重重地说道：

“赵将军过誉了，目下虽然水到渠成，但时在春头，湘水还是中水期，待到五月前后春水怒涨大发，湘水汹涌，渠道和大坝能否抵御大洪水，还得经受检验呢！你敬我的这杯酒，请让我转敬那些为凿渠筑坝而牺牲的西瓯、苍梧和中原人吧！”

史禄说罢，便将杯中之酒，虔诚地浇洒在地面上。

第四节　坝毁人亡

黑沉沉的天空，电闪雷鸣，暴雨如注，已经连续下了十天十夜，还不曾停歇。山岭间的大小沟谷，山洪奔腾，夹带着冲毁的树木沙石，一齐涌入湘水之中，水势暴涨，浊浪滚滚，汹涌澎湃，势不可当。

史禄头戴竹笠，赤着双足，站在岸边目不转睛地盯着江中的大坝出神，心里油煎火燎一般。这是春夏之交的第一次洪水来袭。暴雨下过的第二天，湘水的水位急速上涨。史禄即命西瓯君和湘姐将南北两渠中的所有斗门打开，以泄洪水。但是，随着暴雨连天，湘水水势猛涨，洪水已越过拦江大坝，涌入湘水故道之中，而湘水上游洪峰一个接一个地汹涌而来，拦江大坝岌岌可危。正在这时，西瓯君从南渠奔来，他浑身雨水，惊慌失措地奔到史禄面前，大叫着：

“史监军，不好了，南渠已经垮了！”

史禄闻报，心里大惊，忙随西瓯君直奔南渠，只见双女井溪的洪水滚滚，直击秦堤，已把堤冲毁了几丈宽。南渠中不但是从湘水涌入的洪水，而且原来沿渠道前流的渠水也被抽了回来，一同冲向湘水故道。许多西瓯人正在奋不顾身地堵塞秦堤的决口处，不断有人被洪水冲入湘水故道，情势非常危急。史禄看了忙令停止堵塞决口。西瓯君火急火燎地问：

“史监军，不堵塞缺口，南渠就会毁了！”

史禄说：“西瓯君，你别急，目下之险不在南北渠，而是拦江大坝。此处的双女井溪平时流水量甚微，不料到了洪水汛期也会发这么大的水，现在不用堵住缺口，让渠道泄洪，洪水过后，我们在这缺口处修一道泄水坝，让洪水直接泄入湘水故道，可保南渠安全。”

正说着，苍梧君跑来报告：“史监军，上游洪水猛涨，冲下许多树木石渣，大坝危险啊！”

史禄忙随苍梧君直奔大坝而去。西瓯君见了，忙把手一挥大呼：

“西瓯人快跟我去救大坝！”

秦四妹和紫云英也高呼：“中原人快去救大坝！”

西瓯君忙阻止秦四妹和紫云英：“你们都别去，在这里守护南渠！”

西瓯君带着数千人，匆匆奔往拦江大坝去了。

史禄和苍梧君回到湘水岸边，湘姐也带着数百人站在那里，她焦急地问史禄：

“史监军，怎么办?”

史禄没有回答，只是眼定定地盯着奔涌而来的洪峰。苍梧君忙命几十个苍梧人驾船前去排险，拖走横架在大坝上的树木。一批驾船的苍梧人在拖拽树木时，被大浪冲下大坝，船被打翻，但那些苍梧人身手不凡，落入水中竟然抓住船身，在远处漂浮上岸，苍梧君再派几十只船迎击洪峰巨浪，继续拖走横架在大坝上的树木，如此反复数次，这才把横架在大坝上的树木拖开，掀到大坝下去了。史禄、苍梧君、湘姐刚刚松了一口气，这时天上一声炸雷巨响，闪电直击江面，江面上腾起一条长长的黑气，一股更大的洪峰冲来，那条长长的黑气如妖风一般卷起一道冲天巨浪扑来，苍梧君惊叫一声：

“不好了！孽母龙出山了！”

史禄看时，只见江面上黑气腾腾，黑浪滚滚，摄人心魄！苍梧人最惧孽母龙，一个个吓得浑身打抖，不敢再看江面。黑浪中，探出一个巨大的龙头，口中喷出一道十几丈高的黑浪，转而隐去，随即黑色的龙尾一甩，腾起一道更高更猛烈的巨浪，冲击得拦江大坝摇摇欲坠。史禄见了，“嗖”的一声拔出他的雌雄宝剑，剑光寒亮，竟比平常长出了几尺。他双手握剑，怒目圆睁，对着正在翻江倒海的孽母龙大喝一声：

“孽母龙，你每年吞食掉我们百越人多少生灵，现在又要捣毁我们的大坝，我非杀了你不可!”

说罢挥舞宝剑，猛地跃入黑浪翻腾的江中，与孽母龙搏斗。孽母龙将尾一击，掀起一阵巨浪，将史禄摔出江面几丈高，那阵巨浪直冲拦江大坝，将坝顶掀掉几尺，苍梧君见了急呼：

“苍梧人，快跟我下水护坝!”

苍梧君率先跃入滔滔巨浪之中，那些苍梧人也跟着纷纷跃进江里，挺身护坝。

此时，正好西瓯君带着数千人赶到江边，也大叫一声：

“西瓯人，跟我下水护坝!”

湘姐见了也高呼一声：“中原人，跟我下水护坝!”

正在江中与洪水搏斗护坝的苍梧君，见西瓯人和中原人也纷纷跃入江中，忙抬头大喊：

“西瓯人、中原人，你们不识水性，不要下来！不要下来!”

苍梧君哪里止得住那些正在拼命往江中跳的西瓯人和中原人！拦江大坝下，苍梧人、西瓯人和中原人在洪水中手挽着手，用身体紧紧地顶护着大坝。

史禄被孽母龙摔上浪峰，一下又被打入浪谷深处，他紧握宝剑，朝孽母龙一剑刺去，剑锋刺入孽母龙的脊背。孽母龙痛得发出一声巨吼，把尾怒摆，将史禄狠狠地摔打到江岸上。史禄落地，一身剧痛，但他仍奋不顾身地跃入江中，追杀孽母龙。那被刺伤了龙脊的孽母龙，脱下片片黑色鳞甲，流出一长串黑血，黑血把江浪污染成一片腥黑，孽母龙随即隐入江中，直往湘水上游逃遁。

孽母龙在击打史禄的时候，掀起一阵更加猛烈的黑浪，黑浪直击大坝，瞬间便将摇摇欲坠的拦江大坝彻底击垮。湘水里，洪峰巨浪中苍梧人、西瓯人、中原人，无数人头涌动沉浮。苍梧君在大浪中探出半个身子，朝江面上大呼：

“苍梧人，快救西瓯人和中原人！”

正在铁炉村的军需官，得知拦江大坝告急，急率一百多个工匠奔赴大坝前来救援抢险。当他们奔到大坝江边时，正碰上大坝被冲毁，只见江浪怒击，浪涛洪波之中挣扎漂浮的无数人头，他看见了正在浪中滚翻挣扎的湘姐，他高呼一声：

“湘妹，我来救你了！”

话音未落，便奋不顾身地跃入江中。那些工匠也跟着跃入江中救人。

苍梧君的水性十分了得，他在浪涛中探出半个身子，一下便救出了十几个西瓯人和中原人，当他再次潜入江中时，一探头发现了正在挣扎的湘姐，便一把将她从水中举了起来。惊魂未定的湘姐，忽然发现了正在向她游来的军需官，忙叫道：

“苍梧君，放下我，快去救他！”

苍梧君一手托着湘姐，一手快速划水，冲向正在吃力游着的军需官，不料刚要靠近时，一个凶猛的江浪打来，军需官一下子便没了踪影。湘姐哭叫着，用力地挣脱了苍梧君的托护，也没入江中去了。苍梧君就近搜寻，又把湘姐托举了起来，接着继续搜寻军需官。当苍梧君在水中摸索到一个人的时候，一手便把他托在身背上。湘姐一看正是军需官，惊喜中却见被救出水的军需官垂头倒伏在苍梧君的身背上，已不能动弹。苍梧君凫水击浪，把湘姐和军需官托到江岸上，此时欠都也把西瓯君和瓯虎救了上岸。苍梧君站在江岸上。朝江面大声呼喊：

“苍梧人，都不要上岸，沿江搜救西瓯和中原兄弟姐妹！”

说罢，苍梧君和欠都又跃入江中，继续搜救去了。

湘姐抚摩着躺在地上一动不动的军需官，她发现军需官的身体正在僵硬，连微微的鼻息也没有了。瓯虎跟随史禄曾学过一些救人的技艺，他双手不断地按压着军需官的胸部，军需官的口中流出一些水来，慢慢地身体也发冷了，手脚冰冷僵硬，瓯虎绝望地停止了胸部按压。湘姐发疯地号哭起来，猛地要朝江水中跳去，西瓯君和瓯虎死命地拦住了她，把她送回干栏房中，让云英和四妹照看。

受到史禄剑伤的孽母龙，沿着湘水上游逃遁，它一时隐身江中，一时又腾身用尾猛击史禄。史禄挥剑搏斗，又一剑刺中孽母龙的肚腹，孽母龙号叫一声，潜入水中，在满江的浪渣隐蔽之下，逃得无影无踪。

史禄仗剑一路追寻孽母龙。湘水上游，河道分岔，两江交汇，不知孽母龙逃入哪一道河中隐身，如不斩除孽母龙，拦江大坝则无法立足。史禄正焦急间，发现右边那条江中河水激荡混浊，史禄寻思，孽母龙必从这条河中潜逃，他循着河道一路追寻而去。正追寻间，河中“哗”的一声巨响，在孽母龙从河中跃出之际，身体猛地一抖，身上飞出无数利箭般的鳞片。史禄急用双剑拦挡，但身上手上已被扎出无数道伤痕，血迹斑斑，剧痛钻心。瞬间，孽母龙又不见了。

史禄强忍着伤痛，沿河继续追寻着。河道越来越小，虽是洪水季节，江河泛滥，但潜入河水中的孽母龙已无法隐身，迫得跃出水面，凶狠地向史禄扑来。史禄挺剑来斗，孽母龙飞起一爪，将史禄背上连衣抓掉一大块皮肉。全身血肉模糊的史禄，在与孽母龙搏斗中，体力不支。孽母龙疯狂地攻击着只有招架之功，已无还手之力的史禄。它腾身甩尾拼力一击，欲将史禄击死。不料它用力过猛，尾部撞击到旁边一座山峰，猛然一声巨响，地动山摇，山峰崩塌，将孽母龙全身压在山石之下，再也动弹不得。

被山崩地裂震昏过去的史禄，醒过来时，发现眼前突然出现了一座小山，小山覆盖在那条孽母龙隐身的小河上面，小河从一个小岩洞口流出，河水十分浑浊，只听得岩洞里发出一阵阵挣扎的翻滚之声，孽母龙被封锁在水洞中，再也出不来了。

洪水退去，苍梧人花了一个秋冬筑起的拦江大坝，已被洪水彻底摧毁，那些石笼被打得七零八落的，零零星星散布在湘水几十里的河道中。南渠、北渠被洪水撕裂开十几道大口子，渠水四溢，面目全非，惨不忍睹。

湘姐背负着军需官的遗体，一路抽泣着，朝前面一棵大“鬼柳”走去。紫云英和秦四妹手里各提着一把铁锹，一路洒泪，默默地跟随着。来到那棵“鬼柳”下，湘姐放下军需官的遗体，紫云英和秦四妹开始用铁锹挖土。她们挖出了一个长方形的土坑，湘姐、云英、四妹便把军需官的遗体放到土坑中，然后铲土掩埋。

一座新的坟头垒起，湘姐掏出她的小刀，在那棵坟后的“鬼柳”上，颤颤抖抖地刻下了“我夫”两个字。云英和秦四妹抬头朝远处望去，沿江密密麻麻的“鬼柳”树林下，原先垒起的那些坟头，已被洪水推平，如今，又堆出了无数的新坟头，埋葬着这次被洪水淹没的许多西瓯人和中原人。

云英指着那些被洪水洗礼过的“鬼柳”，对秦四妹说：

“四妹，你看那些‘鬼柳’的生命力多么顽强，再大的洪水也冲不走它们!”

秦四妹说：“是呀，它们扎根在河边，洪水即使把它们冲得东倒西歪的，洪水一过，它们又挺立了起来。”

云英说：“四妹，等哪一天我也死了，你就把我随便埋在一棵‘鬼柳’树下吧!”

秦四妹说：“云英你别乱说，要死我也会比你先死的。嗨！我倒是挂念着史监军呀，不知道他还在不在人世呢!”

湘姐抬起头来，对云英和四妹说：“你们回去吧！让我在这里再和他说说话。”

云英和四妹嘱咐湘姐：“要早点回来啊!”然后便走了。

江水滔滔，江风呜咽，伴着湘姐如诉如泣。沿江那一排排、一簇簇的“鬼柳”树下，也有人在哭泣，那些成百上千在洪水中亡故的中原人，躺在“鬼柳”树下的坟包中，静静地听着他们的同乡、伙伴和情人生离死别的哀哭，“鬼柳”树林在江风中发出一阵阵叹息！

蓦然间，《点灯山》的曲调又响了起来：“东山上哪个点灯？嗨！天下的那个亮。湘江的那个流水呀，嗨！上呀嘛上漓江……”多么熟悉的歌声，在滔滔的江水上响起。

“湘妹，别哭啦，保重身体要紧，快回去吧！”

哭诉着的湘姐，在歌声中，忽然听到一个温暖的声音，她又惊又喜，以为是她的“夫君”军需官被她哀婉的哭泣声唤醒了，忙用双手不顾一切地扒挖着那新堆起的坟头，连声叫唤着：

“夫君！夫君！你快起来吧！快跟我回去吧！”

“湘妹，我是苍梧君啊，我今后会照料好你的，你听我的话，快别哭了！”

湘姐回头一看，苍梧君——她的救命恩人，正在用那双温暖充满同情和怜爱的眼睛看着她。湘姐发现，苍梧君那双眼睛，已变得十分温顺，已不再是被她视作粗蛮不近人情的“野蛮人”。她站了起来，停住了哭泣，向军需官的坟头深深鞠了三个躬，深情地吻抱了坟头后的那棵“鬼柳”一番，对苍梧君说：

“苍梧君，我听你的话，我们回去吧！”

回到原来拦江大坝的江岸边，江岸边上站着许多人，全是苍梧人、西瓯人和中原人，这些人中，许多人也像湘姐一样，刚从“鬼柳”树林里送别亲人、友人回来，他们默默地站立在江岸边，似乎正为在洪水中“亡故”了的，那道寄托着他们无限希望和付出了生命鲜血代价的拦江大坝默哀！

忽然有人惊叫起来：“快看，史监军他回来啦！”

人们朝湘水上游看去，只见一只孤零零的竹筏正从江上飘来，史禄手持竹篙，站立在竹筏上，用竹篙划拨着江水。苍梧君见了，忙向欠都一招手：

“欠都，跟我下！”

苍梧君和欠都双双跃入湘水中，他们飞快地游向史禄的竹筏，每人各抱住史禄的一条腿，把他高举在水面上——他们用苍梧人迎接英雄归来的最高礼仪，把史禄迎上江岸。

人们朝一身伤痕累累的史禄迎拢过来，西瓯君痛惜地抚摩着史禄的身背，说：

“史监军，你都伤成这样了！”

史禄说：“没什么，那条孽母龙被我打败后，被石山封锁镇压在地下，它再也不能出来伤害我们岭南人了！”

苍梧君忙问：“史监军，大坝被冲毁了，我们该怎么办？”

史禄说：“大家先回去休息吧！”

“那你呢？”西瓯君问。

“我马上给秦皇上疏请罪，我没有把大坝和渠道修筑好，有负皇上重托！”史禄心情沉重地说。

“秦皇会治你的罪吗？”云英担心地说。

“会的！”史禄说，“秦皇对有违圣旨的大臣和将军，是从来不会宽赦的！”

“那我们该怎么办？”西瓯君着急地问。

“如果秦皇下令把我杀了，你们就把我埋在江岸边随便哪一棵‘鬼柳’下吧，让我和那些为凿渠筑坝而献出生命的兄弟姐妹，永远在一起！”史禄平静地说。

“我们不同意！”苍梧君把衣袖朝上一撸，“反正岭南是天高皇帝远，我们该怎么干就怎么干！”

史禄听了心中一惊，忙用手掌捂住苍梧君的嘴：“苍梧君你千万不要这样说，各位兄弟姐妹也千万不要这样想，如果你们存有这样的想法，即使秦皇不杀我，我史禄也要自沉江底而亡！”

湘姐忙过来紧紧地拉住苍梧君：“苍梧君，你就听史监军的吧，你刚才的话今后千万不要再说了!”

湘姐说着，慢慢地把苍梧君撸起的衣袖放了下来。苍梧君望着史禄铁青的脸，朝天发誓:

“我刚才说的话，已经被风吹走了，如今后再说这样的话，天打雷劈，不得好死!”

史禄见苍梧君发了誓，铁青的脸色这才和悦起来，他命西瓯君和紫云英道:

“从明天起，你们就带着大家沿着南渠两旁开荒种地吧。这次大洪水冲毁了我们不少田地，作物被毁掉许多，赶快抢种秋粮，否则我们就要饿肚子了。”

苍梧君忙问:“史监军，我们苍梧人干什么呢?”

史禄说:“苍梧君，你就带着大家，把被洪水冲走停留在湘水中的那些竹石笼清除掉吧，以免妨碍将来船只航行。”

“清除江中的竹石笼?”苍梧君不解地问，“史监军，你是说我们还要筑坝修渠，使湘漓二水通航?”

“是的!”史禄坚定地点头说，“即使秦皇因我凿渠失败，治了我的罪，杀了我的头，我相信秦皇也会再派人来凿通这道渠，筑好这道坝，使湘漓二水通航的!”

苍梧君问:“为什么呢?”

“岭南与中原一脉相承，这条渠道就是我们华夏民族的一条血脉呀!”史禄说。

“史监军，我懂了，我们就照你说的办!”苍梧君又撸起了他的衣袖。

紫云英向史禄说道:“史监军，军需官已在这次洪水中为救人而不幸亡故了，他的差事由谁管呢?”

“啊!我的军需官呀!”史禄听了忙垂首默哀起来，好一会儿他才对湘姐说，“湘姐，我命你接任军需总管之职，继承他的遗志，让铁炉村的炉火，

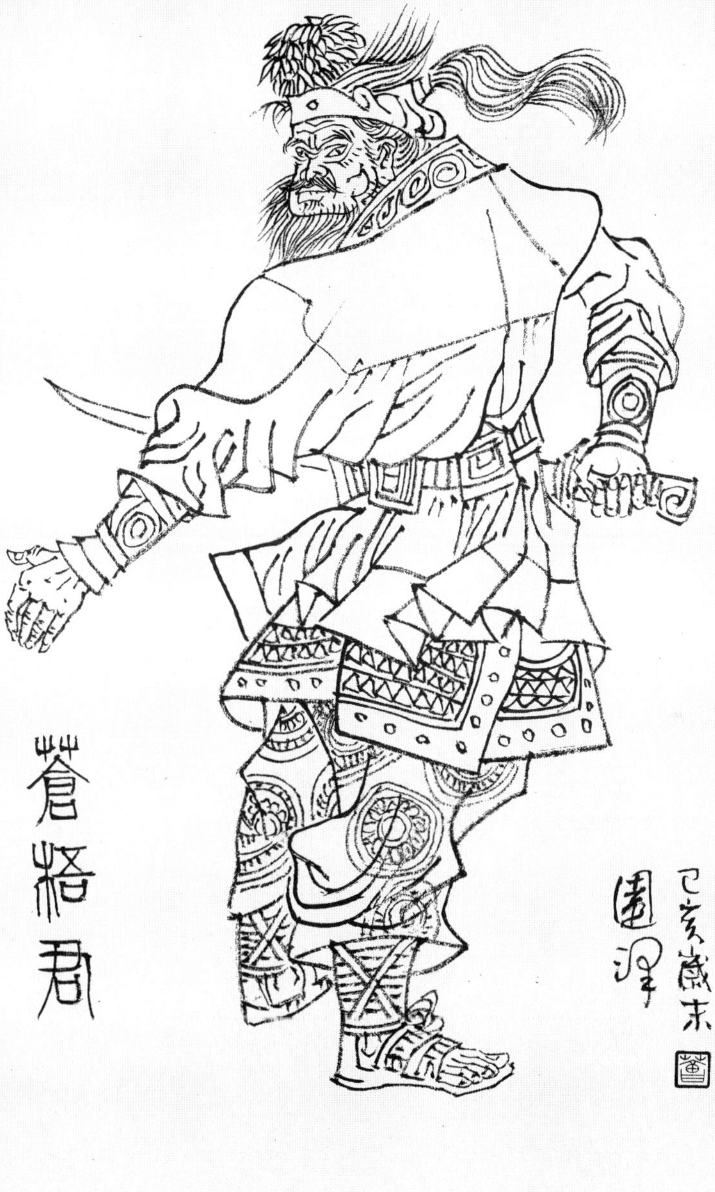
蒼梧君
乙亥歲末

薪火相传!”

“是!”湘姐坚定地点头，接过了军需总管之职。

安排好了一切事务，又派人向秦皇送呈了请罪书，史禄便隐入湘水左岸的丛林中，像一只受到重创的猛兽，隐藏于丛林深岩之中，舌舔创伤自疗。

林外的草地上，有史禄曾经筑过的湘、漓二水通航的模拟图。在那地上筑起的模型，经过这场暴雨山洪的冲刷，也和他指挥修筑起的拦江大坝、南渠北渠一样，已被冲毁得面目全非，他引来表示湘、漓二水的两条山泉小沟，泉水四溢，胡乱横流。除瓯虎每隔三五天送一次食物外，史禄禁绝一切人的造访。

夜晚，他躺在林中的一个岩洞里，岩洞中的地上，铺着厚厚的松毛茸，他头枕山石，独自冥思苦想，有时朝岩洞口仰望着无垠的夜空，数着天上永远也数不完的星星。他觉得自己很像当初一个人从岭南逃出，在深山密林中风餐露宿慌不择路一般迷茫，与猛兽为伍，与毒蛇同行的惨状。不过那时候，他心里的目标明确，就是要逃出野蛮愚昧的岭南，到中原去，寻求过上人一样的生活，为此，他不顾生死跋涉在丛莽难辨的虎狼蛇窟之中，他凭着坚韧不拔的勇气，走出了暗无天日的大森林，成功地逃出了岭南。如今，他率领十万中原兵民重回岭南，经过千辛万苦的拼搏，虽然越过了艰难的五岭，却仍被阻隔于湘、漓二水一带，进退维谷之中。他费尽心血构筑的大坝和渠道已被洪水摧毁殆尽，他虽然奋力战胜了捣毁大坝的孽母龙，亦可重新修筑大坝和渠道，但是那滔天的洪水似乎在严厉地警告他：你如再筑，我将再毁!

史禄觉得，人在天地之间，是那么渺小，那么无力。他仰望星空，横亘在夜空中的那道苍茫的银河，仿佛变成了一把寒光闪闪逼人的长剑，那长剑正向他挥来，那是秦皇派出的监御史手持的尚方宝剑，在宣示完秦皇惩处他的圣旨后，尚方宝剑一挥，他人头落地，头颅随即滚落滔滔的湘水之中。史禄恐惧地闭上了双眼，不敢再看那宛如长剑的银河……

这一夜，史禄辗转难眠，直到星河稀落，他才勉强入睡，但即被人唤醒：

“起来！起来！”

史禄睁眼看时，蒙眬中看见了他的恩师相离子。史禄翻身跃起，惊喜莫名，直喊着：

“老师，老师，您来啦！”

“快跟我来！”相离子拉着史禄，走出山洞。

他们来到丛林外，走到史禄原先筑的湘、漓二水通航的那个模拟地形图前，那模拟地形图虽被山泉水冲毁得一塌糊涂，但相离子仍拉着史禄蹲在那里观看。史禄见相离子老师认真地观看着那些被山泉冲得七零八落的模拟图，羞惭万分地说：

“老师，我失败了，彻底失败了，有愧您的教诲和期望呀！”

“到底失败在什么地方呢？”相离子仍像当年施教他的这位弟子高足一般，耐心地启迪着。

“我不自量力，不知自己在天地之间的渺小呀！我能打败那条孽母龙，却无力对抗那年年来袭的滔天洪水！”

“你的北渠和南渠，还有那些蓄水引航的斗门，是成功的。”相离子耐心地说。

“那我的失败，一定是这条拦江大坝了！”史禄指着模拟地形图那被冲得只留下些许痕迹的“大坝”说。

“对，你说得完全对！”相离子对史禄这位弟子的思睿敏捷表示赞赏。

“请老师教我筑坝之法！”史禄恳求道。

相离子用一根小木棍，轻轻地拨着模拟图上那一小段残存的“坝体”，轻轻拨了几下，那一小段残存的“坝体”便松动起来，随即便被流动的山泉冲走了，他意味深长地说：

“圣人有言，有国之母，可以长久，是谓根深蒂固，长生久视之道。你明白吗?”

“老师，我明白了!”史禄激动地说，“根柢是树木的根株，根株长得既深且固，像河边那些‘鬼柳’，洪水总冲不走它们。我们的大坝一定要基础深厚，才坚固难拔。我只以竹石笼垒坝拦江，坝无根基，难以在大洪水中立足，自是被毁!”

相离子满意地点头道:“禄，你说得对!”

“在秋水之后，我再拦江筑坝，深挖坝基，打牢基础，便可万无一失了。”史禄信心满满地说。

“禄，你只知其一而不知还有其二、其三呀!”

“啊！老师，我又犯了急于求成的毛病了，请老师再教我其二、其三之法吧!”

相离子说：“禄，你一定要牢记：道化为一始发生，一分阴阳两平行，二气交合能生三，三则生生万物成。”

史禄不解地问道:“老师，难道你要我在湘水上筑三条大坝吗?”

“非也！非也!”相离子摇着头说，“禄，你不是说你在天地之间显得非常渺小无力吗？你不是说你在滔天的大洪水面前束手无策吗?”

“是呀，老师，我真的是在天地和洪水面前渺小而束手无策呀!”史禄长长地叹了一声说。

“禄，你一定要懂得天人合一，阴阳合一之道呀!”相离子谆谆教导着史禄，“天人合一，天道与人道，自然与人为的相通和统一，成大事者必须遵循之。”

史禄在认真地倾听着。相离子又说：

“人是与天相通的，人的善性天赋，尽心知性便能知天，达到上下与天地同流，你的渠道便可通流也。”

“啊，老师，你是说天地与我并生，而万物与我归一，是吗?”

“是的，是的。”相离子对史禄的回答表示满意，“这就是我们行事必须顺天应人呀！懂得了这个道理，你就不会在天地之间感到自己的渺小而无所作为了。”

“老师，请再教我阴阳合一之道吧！”

“天地和而万物生，阴阳接而变化起。天与地即阴阳之合也。阴阳合而万物得。”相离子一边说，一边在地上比画着。

史禄见相离子在那片已被山泉水冲毁了的模拟图上，用小木棍撬挖着，一会儿便撬挖出一小条长形的坑。他对史禄说：

“欲使大坝屹立天地间，必使其根深蒂固，欲使其根深蒂固，则非阴阳合不可。”

相离子将一粒粒小石子放入他刚刚挖出的长方形坑中，然后用木棍夯实，在他夯实的“根基”上，再用小石块筑起“坝”来，他指着“坝”说：

“你看，这就是阴阳合了。这条‘坝’的‘根基’在下，深埋水中，属阴；而在它之上的坝体属阳。这就叫作‘阳在阴不息，阴在阳不离’。大坝就坚固地立住了。”

“啊！”史禄直点头。

相离子沿着刚才筑起的一小段“坝”，往前延续挖去，挖出了一个“人”字形，往下填满小石子，夯实后，在上筑起“坝”来，一会儿，一个“人”字形的“大坝”便筑成了。史禄忙问：

“老师，这坝要筑成个‘人’字形吗？”

“这叫‘天人合一，阴阳合一’啊！”相离子指着他亲手筑起的“大坝”说，“这个大坝，是个大写的人字，人是由男人和女人组成的，男属阳，女属阴。有了这个阴阳合成的‘人’字坝，就能抵御洪水的冲击，大坝才可屹立不倒，‘人’字坝左右又可分水同时入南渠和北渠。”

“为什么呢？”史禄问。

“阴阳不二，以一而得之。一者太极是也，统领二物，相互作用，达到整体统一，循环平衡，相生相克，刚柔并济，和谐圆满，运化万千。”

“这才是我要筑的大坝啊！”史禄省悟地说道。

相离子在人字大坝的顶端，筑成一个前尖后阔的铧状形，像一只铧犁，深犁在水中。又在其顶点前接伸出一道像铧嘴一般的堤坝。史禄见了觉得奇怪，忙问：

“老师，有这道人字形的大坝难道还不够吗？”

相离子反问史禄：“禄，你身为越人，难道还不知道越是怎么得名的吗？”

“老师，禄知道越人得名的来由。”史禄说，“越人之名起源于‘戉’字，戉是远古时代越人的主要生产工具，中原人因越人用的‘戉’这种主要生产工具，是磨制精致的三角形石犁，也就是铧，便以‘戉’而名我族。”

“对啦！”相离子说，“禄，我给你讲个故事吧！”

史禄说：“老师从来只给我讲道，还未给我讲过故事呢。”

“故事中有道之至理呀。”相离子说，“春秋时，吴越两国争强斗霸。有一天晚上，吴王劳做了个噩梦，他梦见有两把铧插入吴国的宫堂，模样十分凶。吴王醒来后，心里惴惴不安，急招解梦的高人公孙胜前来给他解梦，并问凶吉之兆。公孙胜听了吴王讲述梦中之事，当即拜伏于地，久久不敢起来。吴王忙问公孙胜何故如此？公孙胜哀叹一声说：‘我王梦见两铧插入我宫堂者，乃预示越人将入吴邦，伐宗庙，掘社稷也！’不久，果然越国就灭掉了吴国。”

史禄问：“老师讲的这个故事，是说明渠道的大坝筑好之后，瓯雒王即被我所灭了吗？”

相离子意味深长地说：“禄呀，你只知其一，而不知其二也。岭南这个地方，山川毒瘴横行，寮寨巫鬼遍地，江河魑魅潜藏，民之王化未开，虽经一时征服，也难以长治久安。戉即铧，既可伐宗庙，掘社稷，又可兴农桑，播文明。我今以两铧立坝镇江犁水，此乃以文明治化对岭南之野蛮暴虏作犁庭扫穴之举，亦是以戉治越之良策也！”

史禄深沉地点头道："老师，我明白了。铧的使用，表明当年的越国先民，已与中原各族进入了农耕文明。但他们流落到岭南后，失去了铧，便倒退到了刀耕火种的部落社会，老师将铧使用在渠道之首，预示着我岭南百越之族，即将回归农耕文明之道！"

"对！"相离子指着他筑起的"人"字形大坝和坝顶端的两铧说，"这个人字形大坝的构筑，抬高了湘水水位，形成了一大深水潭，以保湘水入漓。其前端所筑之铧为分水之用，以合理分流湘水入南北二渠道，同时也可以起到保护人字大坝的作用。"

"啊！"史禄指着人字大坝顶端问道，"老师，此已有一铧，为何还要在前面再筑一铧呢？"

"此一铧功用不可缺也。"相离子指着那个筑在"深潭"中的铧说，"此铧筑于深潭之中，锐其前，逆分湘流为二，冲水分南北，使其人字大坝顶端的铧分水之作用更为可靠也。"

相离子说罢，令史禄把山泉水重新引入"湘水"，泉水沿着原先的"河道"冲流而入，首遇第一道铧，水流即分为二，然后到人字大坝，大坝顶端的那道铧，再次将水分流，两水即沿南北二渠口入渠道流去。相离子又令史禄加大"湘水"的流量，一时间"湘水"滚滚而来，经两铧分流后，多余的水量即溢过人字大坝，泄入"湘水"故道之中，南北二渠乃可入水通航。史禄看了，兴奋得蹦跳起来，连呼：

"老师！老师！你真神奇呀！"

相离子告诫道："人们做事，常败于事将成，能谨慎到最终，必无事不成功也。禄呀，你要谨记之！"

可是转眼之间，相离子却不见了踪影，史禄急得大声叫喊不停："老师！老师！老师！"

史禄醒来，这才发现自己刚才做了个梦。他急奔出山洞，此时已朝霞满天，远方的天际，一团彩云飘着，似乎相离子老师已驾云冉冉消逝在彩霞之间。史禄忙跑到他的模拟图前一看，惊喜地发现有一座人字大坝和两道铧形堤立在淙淙的泉水之中。史禄大喜，忙向远去的那团彩云跪拜，感谢恩师教授筑坝修渠之术。

第五节 御史驾到

史禄来到湘水岸边，召集苍梧君、西瓯君和湘姐等人共同商议重新筑坝之事。湘姐见史禄精神焕发、信心十足，一扫洪水毁坝之时的痛苦和彷徨的情绪，便问道：

“史监军，秦皇已下旨宽赦你了吗？”

史禄笑道：“不知道，圣旨还没到呢！”

湘姐忧虑地说道：“哎呀，这不好办呀，万一……”

“这可不是万一的事，秦皇一怒必伏尸流血，我在咸阳见得多了！”史禄说。

“那我们还修这个渠干什么呢？我看算了吧，还是让兄弟姐妹们少吃点苦，少受点罪吧！他皇帝老爷高高在上，全不体恤我们百姓之苦，我们又何必为他去卖命呢！”苍梧君愤愤地说着，又把两只衣袖撸得老高。

史禄过去把苍梧君撸起的衣袖放了下来，轻松地说道：

“各位，我给你们讲一个故事吧！”

云英说：“史监军，我们还是第一次听你讲故事呢。”

史禄说：“这个故事是我的老师曾经给我讲过的。”

云英很感兴趣地问：“是相离子老师讲的吗？”

“是呀。”史禄说，“这个故事叫作《楚弓楚得》，说的是楚国的楚共王有一次出猎，不小心遗失了一张弓。左右之人请求马上去寻找。楚共王说，不必去找了，楚人遗弓，楚人得之，又何必去寻找呢？这个故事说的是自己的东西虽然失去，而取得的却不是外人。如果秦皇下旨杀了我，而你们继续把渠修好了，不是仍可造福岭南吗？"

史禄说罢，便令西瓯君继续在南渠通过的石屏障那一带地方开山采石，将石头装入竹石笼中，运到江岸边，以备拦江筑坝之用。又命湘姐在铁炉村多多打造铁钻等工具。苍梧君忙问：

"史监军，我们苍梧人干什么呀？"

"苍梧君，你那橄榄糖浆很管用，你派人进山给我采集大量原料，筑坝时非用不可的！"

史禄吩咐完毕，便带着苍梧君和久都，沿湘水踏察。他们来到原来记录湘水水位的那块大岩石旁，察看这次的洪水水位。苍梧君指着大岩石上洪水留下的水位线，惊呼道：

"史监军，你快看，这次的洪水是最大的一次啦，怪不得连孽母龙都出来了呢！"

史禄拔出宝剑，在大岩石留下的洪水水位线上深深地刻下了一条印记。这条新刻下的印记，比上次他刻下的那一条足足高了五尺多，看来苍梧君说这次洪水是最大的一次没错。

史禄说："苍梧君，我们原来的大坝筑错了！"

"怎么会错了呢？"苍梧君问。

"错的地方太多了。"史禄说，"别的先不说它吧，先从坝的高度上我们就错了。你看，"史禄指着大岩石上的一条水位线说，"我们原先测量的是按这条水位线的高度筑坝，坝的高度与此线齐平，目的在拦截江水，引水入南渠。没料到这次的洪水比历来的都大，我们的坝又筑得过高，自然就被大洪水冲垮了。"

"那，我们再筑坝时，到底要筑多高呢？"苍梧君犯愁了，"我们苍梧人虽然善水，但还从没筑过这样的大坝呢！"

"千里之行，始于足下。"史禄说，"我们再从头干起吧，到时候，苍梧人一个个都会成为筑坝好手的。"

史禄说罢，将他的那把雌剑插在地上，眯上一只眼，从剑柄顶端看去。洪水虽然已退，但湘水江浪仍旧奔涌不息，水势比平时大了许多，江面显得更为宽阔。史禄目测了一阵，才将那把雄剑沿着雌剑的顶端平伸出去，又看了一阵，才喝一声："走！"把雄剑平甩出去。只见那雄剑寒光闪闪，脱手后即沿着江面飞去，一路斩削着江浪，飞到对岸的江水中，稳稳地插在了江滩上。宝剑上闪现出一道绿光，发出一串"呜呜"的鸣叫声，那道绿光穿越江浪，与对岸的雌剑隔江呼应着。

史禄带着苍梧君和几个人，乘船渡过江去，从滩水中拔出宝剑，命苍梧君和他带去的那几个苍梧人在宝剑插水处用石垒台。石台垒好后，史禄对苍梧君说：

"此台基地，即为坝高。"

苍梧君朝对岸大岩石下插着的雌剑瞄了一阵，说：

"史监军，我们将来要筑的大坝，坝高正好处在湘水的中水位呢。"

史禄说："圣人有言，中庸之为德也，其至矣乎……执其两端，用其中于民。"

苍梧君摇着头说："我听不懂！"

史禄说："苍梧君呀，这是中庸之道呢，你是要懂得的啊！圣人说处理事情不偏不倚，无过不及的态度，才是最高的道德标准。筑坝修渠要遵循它，平时为人处世也要遵循它。你啊，一遇事就焦躁，把衣袖往上一撸，缺点中庸之道啊！"

"啊，我懂了！"苍梧君一时醒悟过来，说，"这中庸之坝好啊，洪水来时，就从坝顶漫过，小水时就拦蓄江水，南北渠仍可通航。"

史禄笑道："苍梧君，这叫中庸之道，不是中庸之坝。"

"史监军，我们用中庸之道来修中庸之坝总不会错的吧！圣人的话我不懂，我只懂你的话，若说圣人，你就是我们的圣人啊！"苍梧君借题发挥，倒也恰到好处。

“苍梧君，我比圣人还差得天远呢，我只是圣人的一个学生啊!”

史禄一直在忙碌着，一心为第二次筑坝运筹帷幄。这天，苍梧君匆匆赶来，在开山取石的南渠边的一座小石山上找到史禄。苍梧君说：

“史监军，湘水下游有十几艘船正向这驶过来呢。”

史禄忙问：“是什么人的船？你看清楚了吗？”

“我看肯定是中原人的船。”苍梧君说。

“啊——”史禄略一沉思，“恐怕是秦皇的圣旨到了!”

苍梧君一听马上惊慌起来，说：“他们是奉旨来杀你的头吗？”

“可能是的!”史禄沉重地点了点头。

“史监军，你跟着我快跑，我把你藏起来，他们找不到你的。”苍梧君紧紧拉住史禄催促他，“快走！快走呀!”

史禄挣脱苍梧君的手，淡然地说：“跑什么，躲什么？君要臣死，臣不得不死！我已经是经过九死一生的人了，死不足惜，只是这渠，还未修完，湘漓二水尚未沟通，虽死心有不甘呀!”

见史禄如此说，苍梧君怒不可遏，他把两只衣袖往上重重一撸，大声说：

“我马上带我苍梧人潜入江中，把那些中原来的船掀翻，把船上的人全部淹死，看他们还敢来杀你吗？如果是那始皇帝敢亲自来，我也照样掀翻他的船，把他淹死在江中!”

“住口！你再敢胡言乱语，我就先杀了你!”史禄愤怒地拔出他的宝剑。

“杀吧!”苍梧君慷慨地把头伸向那寒光闪闪的宝剑，“天下只有你史监军可以杀我啊!”

“为什么？”史禄喝问。

“为的是这个!”苍梧君从腰上取下一截断干木来。

“啊!”史禄一见那断干木，想起他和苍梧君曾在那地宫中斩木为誓，同生共死的誓言，言犹在耳，现在苍梧君出示了凭证，史禄只得也掏出他那半截断干木来，悲怆地说道：

“苍梧君，你死了我怎么还能活着呢？看来秦皇的圣旨已到了，我反正得一死，不如现在就死吧！”

史禄将他的雌雄宝剑分开，将那雌剑交给苍梧君，自己手握雄剑，对苍梧君说：

“你喊一、二、三吧，话音一落，我们就一起死好了！”

苍梧君接剑在手，看着那寒光逼人的宝剑，毫不犹豫地一下便将剑锋架在自己的颈脖上，他看了一眼史禄，见史禄也将宝剑架在颈脖上，便发出喊声：

“一，二——”

苍梧君喊到第二声，好长时间也没有喊出那个“三”来，史禄闭着眼睛，正在等待那“三”声响起，便引剑自刎。可是等了好一阵，也没听到苍梧君喊出“三”来。他感到一阵惶恐：难道苍梧君喊出“二”的时候，便自杀身亡了？史禄睁眼一看，见苍梧君已放下手中的宝剑，他惊问：

“苍梧君，你……你怎么了？”

苍梧君摇着头，说：“我们不能不明不白地就这样死了！”

史禄那剑仍架在颈脖上，他举起那截断干木，对苍梧君说：

“发过的誓，不算数啦？”

苍梧君坚定地说：“当然算数！”

“那为什么现在不死呢？”

“还不到时候！”

“何时才死？”

“只在今天！”

“今天何时？死于何地？”

“只待始皇帝的圣旨一到，他们杀了你的头，我杀了他们的头，然后我自己杀了我的头！”

史禄悲呼一声哀求道："苍梧君，我们不如现在就死吧！"

"不行！你把这剑收起来！"苍梧君见史禄无动于衷，便夺过他手中的剑，把自己拿着的那柄雌剑合二而一，插入史禄腰上的剑鞘中。

史禄内心矛盾重重，痛苦彷徨。他要苍梧君与他一同死，也并非只是要兑现那断干木的誓言。他深知苍梧君心直口快，不服王化，反叛意识强烈。如果圣旨一下，始皇帝将史禄赐死，苍梧君必率族人反抗，杀死朝廷命官。驻军秦城的赵佗必兴兵讨伐，到时西瓯人定将与苍梧人联合对付赵佗的秦兵。仗一打起来，局面便不可收拾。正好给静观其变的瓯雒王造成机会，瓯雒王将再次联盟苍梧人和西瓯人共同对付赵佗的秦兵。赵佗虽为秦朝名将，但受瓯雒和苍梧、西瓯前后夹击，那些跟随史禄南来的数万中原兵民，与苍梧、西瓯族众相处日久，也不见得会助赵佗，必将趁乱逃出岭南，到时候，一切都将面目全非、前功尽弃。这便是史禄欲与苍梧君同归于尽的念头。现在，苍梧君不想在这里默默无闻地死了，他要和史禄一同死在一个特殊的场合，这令史禄胆战心惊无所适从。史禄正想劝说苍梧君，忽听石山下有人大呼：

"史监军，圣旨到了，快去接旨！"

史禄看时，只见湘姐和云英边喊边跑过来，他拉着苍梧君，凄然地说：

"苍梧君，我们一起去死吧！"

苍梧君无所谓地哼起苍梧人的渔歌小调：

"砍头好比风吹帽，变成鲤鱼跳龙门！"

走下石山，湘姐和云英着急地埋怨起来：

"史监军、苍梧君，朝廷宣达皇命的船队已到了，你们还不快去接旨呀！"

苍梧君忽然有些伤感地对湘姐说："湘妹，可惜以后我不能再照顾你了！"

湘姐诧异地问："苍梧君，你这话是什么意思？"

"那些朝廷命官，是奉旨来杀史监军的，我和史监军有誓约，两人同生共死，他死了我也不能活着的呀！”苍梧君说。

湘姐听了，又惊又气，也学着苍梧君平时说话的模样，把两只衣袖往上一推，愤恨地说：

“坝没筑好，罪在老天爷，我们又没犯死罪，皇上为什么要派人来杀我们的人?”

苍梧君吩咐湘姐：“湘妹，你快去通知我们的人，带上暗器，听我的话，见机行事，此时不反，更待何时！”说罢果断地把衣袖往上一推。

史禄严厉地喝道：“你们都不要胡来，湘姐、云英，你们快去给我把鼓乐唤来！”

湘姐和云英迟疑地站着，一会儿看看史禄，一会看看苍梧君。史禄怒喝一声：

“还不快去！”

苍梧君大笑起来，说：“你们快去叫鼓乐来啊，到时好为史监军和我鼓吹一番，也让我们死得壮烈一点嘛！”

湘姐和云英这才极不情愿地跑去唤鼓乐手去了。

史禄和苍梧君来到湘水岸边，这里正是大坝被洪水冲毁的江面。江面上排列着十几艘大船，前头的那艘船上，插着一面黄底黑边的大旗，旗上用黑字书写着“御史台”大字，特别醒目。旗帜在江风中翻卷着。江岸边早已集聚着许多苍梧人、西瓯人和中原人，他们表情各异。苍梧人和西瓯人脸色愤懑，他们一个个手持铁锹，仿佛一群随时准备揭竿而起的暴民。中原人则默默地站立着，一副听天由命的无奈。最近，因为一则传闻在众人中流传，秦皇要追究垮坝事件，派人奉旨前来处死史监军。这个传闻一传十,十传百，很快便在苍梧人、西瓯人和南来的中原人中传开了，引起了强烈反响。苍梧人、西瓯人愤恨难平，中原人知道君命不可违，造反也是要犯死罪的，他们不知道秦皇杀了史监军之后，他们自己的命运该何去何从。总之，史禄的生死关乎着苍梧人、西瓯人和这些南来的中原人的命运。因此，他们一听秦皇派来宣达圣旨的船队到了，便不约而同地来到湘水岸边。

史禄看了看这些聚集在江岸边，与他一同共患难的男男女女，心中悲戚之情油然而生，他已经无法再去安抚他们了。

史禄走到江岸边，爬上那块突出的，他曾和苍梧君一同观察过水位线的大石头上，苍梧君也跟着一同爬了上去，史禄面对着江中的船队，直挺挺地跪了下去，一副请罪赴死的模样。苍梧君则笔挺地站在史禄身后，一副视死如归的表情。

停在湘水江面插着旗帜的那艘大船上，船头走出一位气宇轩昂的秦朝官员，他朝江岸边的人群看了一眼，目光随即锁定在江岸大石头上一跪一立的两个人身上。他看了好一阵，这才抱拳在胸，高呼道：

“史禄兄，别来无恙！”

史禄一听江中船上有人呼唤他，忙抬头一看，见站在船上之人有几分面熟，再定睛一看，他见正呼唤他的那个人，竟是他当年在朝中为官的同僚：监郡御史赵同。史禄仍跪着不起，答道：

“史禄以戴罪之身，在此恭迎皇命治罪！”

“史禄兄，你快起来吧，马上派人接我们下船登岸！”监郡御史赵同在船上向史禄招手。

史禄这才站了起来，苍梧君欣喜地说：

“史监君，这位朝廷命官和你是朋友吧？看他那和蔼可亲的模样，不会是奉皇命来杀你的吧？”

“唉！”史禄长叹一声，说，“苍梧君，你不懂朝廷规矩呀！我在朝中当监郡御史，也曾奉秦皇之命，多次办案，对那些皇命赐死的朝廷官员，我也曾对他们笑脸相迎，临杀头之时还会给他们敬酒三杯，饱食一顿的呢！”

“啊？”苍梧君狠狠地把衣袖往上一撸，“看来这家伙是个吃人不吐骨的笑面虎了！”

史禄斥责苍梧君：“你不要胡思乱想、胡说八道，我也是朝廷命官，当尊秦皇之命。秦皇要我三更死，我决不活过五更天！”

苍梧君无所谓地说：“好吧，我现在就跟着你死在这里！”说罢便拔史禄腰上的剑。

史禄推开苍梧君的手，说：“圣旨尚未宣达，不能胡乱死的。苍梧君，你快带人下水去，以最高礼仪把监郡御史迎接上岸！”

苍梧君不情愿，站着不动，史禄发怒了，推了苍梧君一把。

“快去，否则就亵渎了皇命，罪上加罪了！”

苍梧君从命，带了百十个苍梧人，跃入湘水之中，一时便没了踪影，再看时，他们一个个已利索地爬上了船头。监郡御史赵同等人正不知怎么回事时，史禄忙呼喊道：

“监御史不要惊慌，他们以岭南最高礼仪迎接你们登岸！”

话音未落，苍梧君等人已全部在船上蹲下，将监御史赵同等人一个个双腿一抱，让他们骑跨在自己肩脖上，然后跃入江中，迎接上岸。史禄一见赵同，便跪拜在地，低头说道：

“史禄以戴罪之身接旨，听候始皇严惩！”

赵同忙将史禄扶起，说：“史禄兄，对不起，我这次没奉圣旨而来。”

史禄惊诧：“难道始皇帝没看到我的请罪书？”

“据我所知，始皇帝已御览过你的请罪书了。”

“那为什么不下圣旨治我的罪呢？”

“这个，我就不知道了。”赵同说，“我临行之前，始皇帝召我入宫，面谕我到岭南向你宣达圣谕：始皇帝将于明春经湘水逾五岭南巡百越之地！”

“啊！”史禄又是一惊。

一直随侍史禄身后静观其变的苍梧君，当即高呼：

“烧炮！烧炮！奏乐！奏乐！”

一时间爆竹声震天撼地，铜鼓擂响，葫芦笙伴随着中原的鼓乐和谐地吹奏出欢欣的迎宾曲调。

赵同见了这些越人和南下中原人载歌载舞的场面，激动地抱拳致谢，他向史禄说：

“史禄兄，赵某何德何能享受此等礼遇呀！”

史禄说：“因为你是始皇帝的使者，给岭南带来了圣谕福音啊！”

第二天，史禄陪同赵同沿南渠直趋漓水。因湘水上的拦江大坝已被洪水冲毁，湘水已不能进入南渠，史禄与赵同等一行，只能沿南渠的秦堤上一路步行。赵同是北方人，走不惯岭南的崎岖山路，史禄便亲自动手，用柯藤为他及其随员临时编制了一种代步工具——山篼，命一些西瓯人，抬着他们上路。赵同半躺在那山篼上，有些过意不去地对史禄说：

“史禄兄，你怎么不坐呢？”

史禄笑道：“监郡御史受始皇帝之命，前来岭南督察，史禄怎敢轻慢。再说我早已习惯在这山道上奔走，让人抬着反而不习惯了。”

赵同坐在山篼上，由两个西瓯人颤悠悠地一前一后抬着，沿着南渠行进。只见渠道翻山越岭逶迤向前延伸，沿途开山辟道，工程浩大，叹为观止。赵同惊叹不已：

“史禄兄，这渠道乃天工之作也！”

史禄说：“监郡御史过誉了，这渠道是我中原军民与岭南土著一锹一铲，一钻一石，一肩一背，甚至用双手抠挖出来的呀！”

“啊！”赵同钦佩得直点头，“真是北有长城南有渠呀！”他忽然指点着沿渠道两岸连绵不绝的那些土堆，问道，“史禄兄，那些土堆是什么东西？”

史禄有些心酸地说：“坟堆，埋葬的全是亡故了的凿渠人！”

赵同一听，忙唤住抬着山篼的两名西瓯人：“停步！停步！”

赵同从山篼上爬了下来，忙向那些密密相邻的坟堆鞠躬默哀，最后喊道：

“我要把你们带回中原去！”

“监御史呀，他们和我都不能再回去啦！”史禄凄楚地说着，洒下两行泪水，哽咽着，“我要和他们一同埋骨渠边，在地下相依为命！”

赵同见了那些坟堆，再也不敢坐上山篼了，他跟随史禄，一同沿渠道跋涉。忽然间一阵刺骨的冷风刮过，史禄抬头一看，只见空中一团黄云压来，史禄即命随行的西瓯人：

“快，快，快点燃艾草把！”

话音刚落，只见有气一道，上冲如柱，少顷散漫，史禄随即高呼：

“趴下，面地而伏！”

说着便把赵同按伏于地。此时空中落下无数的“弹丸”，“弹丸”渐大如车轮，四下掷人。那些西瓯人将点燃的艾草高举头顶，顷刻，“弹丸”即散去。史禄扶起惊魂甫定的赵同：

“监御史受惊了！”

“这是何种鬼魅，吓死人了！”

“这是岭南之瘴，中原人至此，常中瘴而亡！”

“闻说岭南之毒瘴可夺人命，今天果然见识了。中原人到此毒瘴之地，生存尚难，修筑渠坝谈何容易呀！”赵同感叹着，又问道，“史禄兄命点草把是何用意？”

“艾草驱瘴之用。”史禄说。

他们一路走，一路看，一路交谈着，不觉已进入始安水道，河道逐渐宽阔，史禄已事先命人在此备下几十艘小船，顺流而下，直抵秦城。赵佗闻报赵同口衔始皇帝圣谕南来督察，他与赵同又是世家之交，便亲率将校到漓水岸边恭迎赵同一行，并在秦城的城楼上置酒为赵同接风洗尘。赵同见此地山川秀丽，秦城实为入岭之咽喉重镇，秦军将士据关而守。赵同看了甚喜，少不得夸赞赵佗一番，并共叙亲族之情。史禄则借机向赵佗调拨五千秦兵前去修渠，以补充修筑渠坝人力的大量减员。

赵同在秦城住宿一晚，便与史禄返回湘水岸边，他已完成皇命宣达和督察渠坝修筑的钦命，又畏岭南毒瘴之险，便匆匆与史禄道别，乘船北返复命。不料，北返途中，赵同因染瘴疠发作，一病不起，他在舟中勉强完成了给始皇帝的奏章后，便病逝于北返的舟中，他的随行人员，也大都相继病亡。秦始皇这位千古一帝，曾多次出巡，巡视了全国许多地方，但终其一生而未至岭南，是否是他阅过赵同的那道绝笔奏章后，把岭南视为畏途亦未可知。

第六节　剑铸阴阳

深秋时节，湘水变瘦了，忙碌的苍梧人，已把新的拦江大坝筑好，将湘水拦入北渠，湘水故道中，成了一片浅滩，河床裸露。苍梧人采摘下一捆捆“鬼柳”枝叶，在江岸边把那些枝叶用石块捣烂，撒入浅滩的水中，浅滩里的鱼立即活蹦乱跳，翻起一片白色的肚皮。苍梧人把这叫作“闹鱼”。他们互相呼叫着，将被“闹”昏了的鱼抓起，放入竹编的鱼篓中。中原人感到十分好奇，便也纷纷赶到浅滩上，帮苍梧人捉鱼。

苍梧君指着新筑起的大坝，对史禄说：

“史监军，我们的大坝已经筑好了，你看看，很结实的呢!”

史禄说：“苍梧君，你们筑的这个是临时用来拦住江水的大坝，真正的大坝还没筑呢!”

“啊?”苍梧君不解地问道，“还要筑一座大坝呀，筑在哪里呢?”

史禄指着苍梧人和中原人正在捉鱼的浅滩，说：“就筑在那里。”

史禄带着苍梧君走下河滩，那些正在捉鱼摸虾的苍梧人和中原人纷纷问道：

“史监军，苍梧君，你们也下来捉鱼呀?”

史禄说：“你们快把鱼捉完，就要筑坝了。”

史禄要苍梧君找了几十个人来，在浅滩上用石头堆起一个大大的“人”字形，他爬上左岸，在南渠的入口处站着，用眼瞄了好一阵，又下到浅滩中，叫人把那个用石头堆砌的“人”字左右上下修正了一番，然后到北渠的入水口处，瞄了好一阵，再下到浅滩中，又叫人把那个用石头堆成的大“人”

字，左右上下再修正了几遍。苍梧君好奇地问：

“史监军，你是要在江中布石头阵吗？”

史禄说：“我们将来的大坝，就要筑成这个样子。”

史禄命西瓯君带着几百西瓯人，手持铁钎和铁锤来到苍梧君说的“人”字石头阵前。史禄把他的宝剑抽出来，往石头堆起的“人”字下一插，宝剑即深入地下，随后弹了出来，高高地立着。西瓯君灵机一动，马上用一根长竹竿对着立起的宝剑一比画，说：

“史监军，这条渠道要挖这么深吗？”

史禄笑道：“西瓯君，你只说对了一半。这是大坝底下要挖出的基槽深度。”

他又把剑锋一横，那剑又平伸出和深度一样的长度，他对西瓯君说：“看好了，大坝的基槽的深度和宽度是一样的，就这样挖下去。”

西瓯君便命人开始挖基槽。

史禄又拉着西瓯君到“人”字的顶端，他亲自动手，用石头沿人字顶端垒起一个铧嘴形的东西，在那个铧嘴形之上，又垒起一个铧嘴形的东西。这时苍梧君也过来了，忙问道：

“史监军，在河底下挖这个东西有什么用呀？”

“两铧入水，固根基，镇妖孽。此铧嘴杀水势，分洪流，可保大坝坚固难摧又保南北两渠常年有水通航。”史禄说罢，叫西瓯君派人把铧嘴的基础也给挖出来。

“啊，我看出点门道来了！”苍梧君点点头说。

西瓯君也站在旁边看了一阵，说：“为了使这大坝与地生根不垮，史监军，我看还得要用一个老祖宗常用的法宝。”

“啊？西瓯君，你还有什么好法宝，快快说来吧！”史禄很感兴趣地问。

“我们开挖南渠那道石头屏障的时候，不是碰上一大块挖不动又会哭叫的石精灵吗？那就是老祖宗在筑石屏障时，用了一对童男童女生葬在石屏障中的呀，所以那石屏障才坚不可摧。上次苍梧君筑坝，坝中没有放入童男童女，洪水一来，坝就被冲垮了！”

苍梧君连连点头说：“西瓯君你说得对，这江河中妖孽很多的，我们苍梧人只要碰到洪水连天，无处避水藏身的时候，也要把一些童男童女丢入河中敬水神除妖孽的。”

西瓯君说：“那好，我们西瓯人和苍梧人各献出一对童男童女，把他们分别生葬在左右两边大坝的基槽中，让他们变成两道石精灵，大坝就会永保不垮了！”

史禄听了西瓯君说出的“法宝”，连连摇头摆手，说：

“天大，地大，人亦大，怎可残害生命！岭南这种杀人祭神的愚昧陋习，从我们这一辈人起就要坚决废除它！”

“那——我们新筑的大坝会不会又被大洪水冲垮呢？”苍梧君忧心忡忡地说，“我们的大坝被洪水冲垮，始皇帝宽赦了史监军，如果明年洪水又把大坝冲垮，阻了始皇帝南巡的航道，史监军这头可就难保了。到时候为救你，我和西瓯君只得召集族众，这样了！”

为了不刺激史禄，苍梧君把反抗皇帝的决心，用把衣袖往上一撸的动作表示。史禄自然懂得苍梧君这个特殊动作的意思，他毫不犹豫地把苍梧君推上去的两只衣袖拉了下来，对苍梧君和西瓯君说：

“你们放心，我有两大法宝，可保我们这回筑的大坝不会被洪水冲垮！”

西瓯君惊奇地问：“史监军，你的法宝在哪里呀，拿出来给我们看看吧！”

史禄指着浅滩上正在挖掘的坝体基槽，说：

“那两把铧犁，就是我筑坝的两大法宝啊！”

“啊——”苍梧君和西瓯君似懂非懂地点头。

西瓯君说：“原来史监军在作法镇河妖呀！”

“人”字大坝和铧嘴的基础开挖完成后，史禄即选拔了几百名随他南来的中原工匠开始填筑坝基。史禄对苍梧君说：

“苍梧君，把你的法宝拿来吧!”

苍梧君说：“我哪有什么法宝啊，是童男童女吗?”

“橄榄糖浆!”史禄说，“快拿来啊，筑坝要用了!”

苍梧君一拍脑袋猛醒道：“啊，这个是要用的!”忙命苍梧人去取橄榄糖浆去了。

苍梧人将熬制好的橄榄糖浆，用一只只大节竹筒装好，挑运到大坝工地。史禄命正在砌筑大坝基础的中原工匠，将橄榄糖浆浇注在根基的一块块石料的缝隙之间，一一夯实。橄榄糖浆遇水即板结成一道道坚硬的条状或片状物体，把一块块石材凝聚得天衣无缝，即使用铁钎也无法撬开。史禄夸赞苍梧君：

“你这法宝真管用啊!”

苍梧君敬佩地说：“史监军呀，什么东西只要到了你的手里，就能变成法宝啊!”

“人”字大坝和铧嘴平台的基础打好后，史禄再次测定了它们的高度。史禄和苍梧君根据湘水各期的水位线，最后确定“人”字大坝河床以上的高度和坝顶的宽度。又测定了铧嘴河床以上的高度和宽度。最后再以两把宝剑进行一一校准。史禄命工匠们在“人”字大坝后将坝体延伸出一个倾斜面，用石块直竖砌筑以强固大坝，抗击洪水的冲刷。苍梧君看了，忙对史禄说：

“史监军啊，我们苍梧人常在水中跟鱼龟打交道，春水涨时，鱼龟纷纷朝水的上头游去产蛋，游得可快啦!”

“啊?”史禄不明白苍梧君讲话的意思。苍梧君忙命几个苍梧人。到水中捉了几条大鱼和几只河龟来，放在工匠们正在砌筑的大坝倾斜面上。苍梧君指着那些鱼和龟说：

“鱼和龟为什么在水中游得很快呢，全靠鱼鳞和龟背的平滑呀!”

“啊!”史禄顿时醒悟过来，忙夸赞苍梧君，“苍梧君呀，你的法宝又出来啦!”

史禄立刻从一个砌坝的工匠手里拿过铁锤，在“人”字大坝的平面沿倾斜面以下将石块重新排列，又将每块相邻的石块之间用铁锤修打成一块块圆弧形。然后指导工匠们，按照他的方法，将大坝的倾斜面前部砌筑成一道道龟背状，在龟背石以下砌筑成鳞次栉比的鱼鳞状。在龟背石和鱼鳞石的缝隙之间，浇灌进橄榄糖浆以成强固的凝聚力。苍梧君看了直拍手叫好，说：

“这下，鱼兵龟将都来为我们守护大坝啦!”

史禄说：“苍梧君，你这个法宝实在是太好了。大洪水来时，我们的大坝倾斜面平滑如龟背、鱼鳞，洪水过大坝时流速加快，可减轻洪水对大坝的冲压力，再说那些龟背石和鱼鳞石，在洪水过坝斜流的冲击下，会越来越紧密，我们的大坝就更为坚固了!”

“人”字大坝已从湘水河床的根基上筑到了预定的高度和宽度，临水面用岩石砌筑成阶梯状，以缓解洪水的冲击力。史禄令西瓯君在南渠穿过的石屏障两侧取石，将那些坚硬的石材打制成三尺长、两尺宽、一尺厚的长方形条石，搬到江岸旁边，他和苍梧君又利用宝剑测量了几遍“人”字大坝的高度，最后决定封顶大坝。

西瓯君率领西瓯人和中原男女，正在开山取石。不料一块松动了的岩石突然从山腰上“哗啦”一声，飞快地滚落下来。一个瘦弱的中原女子，躲闪不及，立即被滚落的岩石压住了一条腿，那腿骨瞬间便被压得粉碎。开山取石的女营姐妹惊叫一声：“九妹!”

山上的石头继续滚落着，人们赶忙纷纷逃避。只见一个瘦高个男人却迎着滚石冲上去，他一边跑一边悲怆地呼唤着：“九妹！九妹！我的九妹!”

瘦高个男人不畏下落的滚石，一直冲到被石头压着腿的九妹跟前，死命地推开那块大石头，见九妹已昏迷不醒，他不顾一切地背起九妹，在滚石的坠落中飞跑而去。

紫云英和秦四妹急奔而来，不断地呼唤着：

“九妹！九妹！”

九妹的头无力地垂靠在瘦高个男人的肩上，嘴角流着血，昏迷不醒，她被石头压断的那条腿，不断地流着血，一甩一甩地垂吊着，似乎随时都要掉下来。紫云英忙命那瘦高个男人：

“快！背回干栏房去抢救！”

紫云英和秦四妹在后护送着，瘦高个男人把九妹直背回干栏房中抢救去了。

大坝顶端的平面，全部用大块方整的厚石条平铺而成。一座雄伟壮实的“人”字大坝筑成了，那些筑坝的苍梧人、西瓯人和中原人，激动得在顶上奔跑欢呼，有的载歌载舞，西瓯人还吹起热烈的葫芦笙。好水的苍梧人则从坝上往水里跳下又爬上，好不热闹。

待欢闹的人群散去之后，史禄独自一人在坝顶走来走去，不时停下，俯身细看那些镶拼在坝顶平面上的条石，他用脚在上面使劲地顿了顿，发现有些微微的空响声，必是上下两块石板之间凹凸不平所致，又发现有些条石镶拼之间，虽然浇灌了橄榄糖浆，但接缝处高低不平。大坝顶端平面，在洪水来时，首当其冲，急流巨浪，一波接一波冲击坝顶，激流而下。如果坝顶平面的条石镶接不牢，衔接不紧，在洪水浪峰一波一波连续不断的冲击下，掀开了坝顶平面的条石，虽然背后有倾斜面的龟背石和鱼鳞石相助，但时间一长，也顶不住大浪的冲击，那些龟背石和鱼鳞石也将会被一片一片地撕掉，到时整个大坝就危险了！

史禄仍在大坝上心事重重地来回走着，不断地思考着如何巩固大坝的问题。突然，一个声音在他耳旁响起：

“禄呀，你怎么忘记了‘阳在阴不息，阴在阳不离’，‘阴阳合而万物得’的古训了呢？这个人字大坝就是天地之间的一个阴阳体，它的左边一撇和右边一捺，是左右阴阳。它的坝体根基在下，深埋水中属阴，而在它之上的坝体属阳，坝的上下阴阳也有了，目下，就缺前后阴阳了。”

这分明是相离子老师的谆谆教诲啊！史禄顿时心中一亮，他低头看着脚下那些镶拼整齐的条石，激动地呼喊起来：

“应该这样！应该这样！”

“史监军，为庆贺大坝修筑成功，我已为大家准备了丰盛的晚餐，你快回来吧，大家都在等你呢！”

史禄抬头一看，见瓯虎正在呼唤他。他忙说道：

“瓯虎，庆功还不到时候呢，让大家先吃吧，你去告诉湘姐，让她给我带几个石匠来！”

瓯虎答应一声，转身就去了。不久，湘姐便带了十几个手持铁钻、铁锤的石匠来到了坝顶上。湘姐见了史禄便问道：

“史监军，大坝已筑好了，还有什么事呀？”

史禄说：“大坝还没完全筑好呢，还有事要干啊！”

史禄随手从一个石匠的手里拿过一把铁钻和铁锤，蹲下身子，在两块镶拼条石之间的连接处，用铁锤和铁钻“叮叮当当”地敲凿起来。敲凿了好一阵子，才凿出两道深三寸、下宽四寸、上宽三寸、长一尺六寸的“×”形榫头式石槽来，两道石槽在两块条石之间交叉着。湘姐忙问：

“史监军，凿这个交叉的石槽有什么用呀？”

史禄说：“这叫阴阳槽。湘姐，你明天把全部石匠都调拨过来，要他们照我凿的这个样子，在坝上前后全部打上阴阳槽。你再把铁炉村的炼铁炉和风箱、燃料以及炼铁工匠全部带到大坝两边，开炉炼铁，把熔化的铁水灌进这些阴阳槽中，我们的大坝就会坚固万无一失了。”

“这又是什么法宝呀？”湘姐好奇地问道。

“这叫阴阳合一的法宝。”史禄说。

“我听不懂！”湘姐摇着头说。

“你看，我们的大坝像个人字吧？”史禄指着大坝的一左一右说。

“嗯，这个人字我认识。”湘姐点头说。

史禄说：“人是由男人和女人组成的。男人属阳，女人属阴。这叫作‘阳在阴不息，阴在阳不离’，‘阴阳合而万物得’。”

“难怪那个瘦鬼男人说，男女搭配，干活不累呢！”湘姐脱口而出。

“哈哈哈！”

一阵哄笑声引得史禄和湘姐转过头朝后一看，只见苍梧君、西瓯君、瓯虎和欠都以及云英、秦四妹不知什么时候已来到了大坝上。

“你们都别笑，湘姐说得对。”史禄继续指着大坝，说，“我们这座大坝就是由一个大写的人字组合而成的阴阳合一的大坝。”

苍梧君灵机一动忙说：“这坝是我们许许多多的苍梧人、西瓯人和中原人的男男女女化身而成的。上次大洪水冲来，我们男人和女人奋不顾身跳入洪水中，手挽手，肩并肩顶着大坝，许多男人和女人献出了他们的生命，他们的灵魂和我们的热血就化作了这个人字大坝啊！”

“苍梧君，你说得太对了！”史禄感慨地说。他又指着大坝上他刚才在两块镶拼的条石之间凿出的“×”形石槽说，“这叫阴阳槽，从这边看，是一个‘人’字，倒过这边看，也是一个‘人’字，从左、从右看，也都是一个人字。”

“啊！”大家在史禄的指点下，都纷纷点头表示看懂了。

西瓯君问：“史监军，你是要在坝上作法吗？”

“嗯，如果这也算是作法的话，那就叫作阴阳法好了。”史禄说，“下一步，我们就将熔化的铁浆灌入槽中，用以将相邻的两块条石手拉手联结成为一体。我们的大坝就变得坚固了。”

“啊！”西瓯君赞叹道，“史监军，你这样就造出许多坚硬不破的石精灵啦！”

史禄笑道：“西瓯君，你这话我爱听，今后你就别再提用童男童女生葬的事了！”

己亥歲末

西瓯君和苍梧君互相看了一眼，都说：“史监军，还是你的法宝管用，我们以后再也不做用童男童女生葬的蠢事了！”

第二天，那些中原石匠，开始在大坝顶上前后打凿阴阳石槽。湘姐则指挥铁炉村的工匠，把炼铁炉、风箱、燃料等一应冶炼器物分别搬运到大坝的左右两边。安顿好之后，湘姐对史禄说：

“史监军，我们炼铁炉一开，中间是不能停的，但是我们的原料恐怕熔不出这么多的铁浆，到时候怎么办？”

史禄在大坝顶上踱步沉思，他知道，军需官在铁炉村开炉后，打制了许多农具和修筑大坝渠道使用的工具，从中原运来的那些矿石原料，已消耗殆尽，现在工匠们使用的铁钎、铁锤和铁锹，许多还是把用残损的铁制工具重新开炉再打制的，如果靠从中原运来原料，路途遥远，缓不济急。过了这个冬天，大坝如还没筑好，明年开春，春水怒生、洪水大发，一切都完了！想到这里，史禄忙派人去向从赵佗部调拨来修渠的秦军校尉传达命令，令其即率手持武器的兵卒两千人到大坝上集结待命。那秦军校尉，自从奉命率领五千兵卒加入修渠筑坝大军中后，与苍梧人、西瓯人和从中原来的民夫，日夜并肩奋战，已成修渠筑坝的生力军，今奉史禄之命手持武器赶到大坝集结待命，校尉军官估计，一定有紧急战事发生。他不敢怠慢，一声号令，便亲率两千手持兵器的秦兵火速赶到湘水岸边听候调遣。

史禄命校尉军官将带来的两千个手持兵器的兵卒，全部列队站立到大坝上，两千个兵卒的队伍，队形站成了一个大大的“人”字，并延伸到湘水两岸上。史禄带着那名校尉军官，从大坝的这一头沿站立的兵卒面前走过去，又从另一头走过来，最后在“人”字大坝的接合部站住了。校尉军官看着持械肃立的兵卒，问史禄：

“史监军，这是在检阅我们的部队吗？”

“不，这是在布阵。”史禄说。

校尉军官看了看呈“人”形的队伍，机灵地答道：“史监军布的是大雁人字阵。”

史禄点头道：“对，你说得对！”

“可是，我们的敌人在哪里呢？”校尉军官不解地问。

“在那里！”史禄指着前面临时拦江大坝阻截了的湘江水面。

“水来土掩，兵来将挡。史监军，这湘水已被我们的大坝战胜了！”校尉军官说。

“最后的决战还没有开始呢！”史禄说。

“最后的决战该从何处开打？请史监军下令！”校尉军官肃立听令。

“就从这里开打！”史禄指着脚下那些开凿成“×”形的阴阳石槽对校尉军官下令。

“这……要打碎它们吗？”校尉军官不解地问。

“不！”史禄把手一摆，“我要将兵卒手中的武器，投入到铁炉中，熔化成铁浆，浇灌到这些石槽里，以固大坝之坚！”

“啊！”校尉军官听了大吃一惊，忙劝阻道，“史监军，秦皇销兵天下，在咸阳铸金人十二，乃是在一统六国之后呀，目今岭南尚未统一，正是用兵之际，怎可销兵铸坝！”

“你只知其一，而不知其二也。”史禄问道，“在征战六国中，你参加过哪些战役？”

“灭楚伐齐，无役不与！”那校尉颇为得意地答道。

史禄再问：“你们这些当年扫平六国的虎狼之师，为何一进入岭南便一败涂地，几至全军覆没呢？”

校尉军官长叹一声：“惭愧！岭南远离中原，高山险阻，粮食给养输送不上，使我军深陷绝境之中，若不是史监军率部来援，我们恐怕早已葬身高山密林之中了！”

“你说得对！”史禄指着脚下的大坝说，“我们今天的战场，就在脚下，只有筑成大坝，修好渠道，沟通湘漓二水，保证我军粮道畅通，无后顾之忧，才可一统岭南。”

“我明白！”校尉军官说，“只是，作为征战经年的军人，没了手中的武器，那还叫军人吗？到时，总不能操起烧火棍上阵呀！”

“战神孙子曰：不战而屈人之兵，善之善者也。将军啊，再过一两千年，你们手中的这些家伙，连烧火棍都不如了。但是，我们筑的坝，凿的渠，肯定还会成为安定岭南的神器，而与世长存呢。”

“一个人，一生能谋划一件事，并使之成功而历千百年不朽，从此边疆永固，黎民安生，史监军，你也是一位当之无愧的战神呀！”校尉军官赞叹道。随即下令两千士卒将手中的兵器全部堆放在岸边的铁炉旁。

湘姐见兵卒一下子交来了那么多的铁矛戈戟，心里又惊又喜又忧，她对史禄说：

“史监军，这些兵器全是上等铁料所打制的，坚硬无比，难以打断入炉熔化呀！”

史禄忙命人将这些长矛铁戈捆成许多小捆，他挥起宝剑，朝一捆戈矛铁戟斩去，只听发出“咔嚓”两声脆响，便将其齐齐斩断。他又挥剑斩去，不到一天工夫，便将那些成捆的兵器斩成了一段段尺余长的铁料。众人看了，惊得目瞪口呆。那名校尉军官惊叹道：

“史监军手中之剑，乃神剑也！”

苍梧君也说：“怪不得魔力猖狂的孽母龙也败在这剑下！”

西瓯君说：“那些顽石也是被这把剑击穿的呢！”

湘姐拍手说：“史监军你这把剑，真是打遍天下无敌手了，我们跟着你，还怕他什么妖魔鬼怪瓯雒王呢！”

苍梧君也拍手说：“湘妹你说得太好了，我们苍梧人常年在江河中讨生活，最怕龙蛇河怪水妖伤害，所以才文身保护自己。现在我们的大坝有了这么多的兵器来守护，就镇住了那些河妖水孽啦，这是史监军施的法术啊！”

湘姐随即下令冶炼工匠开炉。大坝两边的江岸上，一时间风箱呼呼，炉火腾腾。校尉军官下令那两千个徒手兵卒就地投入劳作，拉风箱，投铁料，搬燃料，忙个不停。

第一炉铁浆已经化成，工匠将其小心翼翼地倒入炉包中。这种炉包使用一种白泥土制成，铁浆倒入其中，即被烧红，闪亮坚硬无比，即使高温高热的铁浆也不能将其熔化。兵卒们抬着闪红高热的炉包，迅速走到大坝上，史禄亲自指挥，将铁浆浇灌进阴阳槽中，石槽中顿时冒出一道道炙人的白烟，铁浆在石槽中慢慢凝固硬结。

西瓯君派人到山中砍伐了大量枞光柴，夜里在大坝上燃起无数的枞光火把，照得大坝和江岸如同白昼，远远望去，大坝如同一个闪闪发亮的巨大“人”字，照耀着大坝上无数闪光的劳作的人，人与坝重叠又成了一个整体的大“人”字。

经过十几个昼夜的连续劳作，大坝上的阴阳槽里已基本浇灌完成。可是，却碰上了一个奇怪的难题，就是“人”字大坝中间的那一“撇”一“捺”的接合部的阴阳槽，却无法浇灌成功。浇灌进去的铁浆凝结后便自动脱落掉出，反复几次，都是如此，大家都发愁犯难了。

史禄在“人”字大坝的接合部左看右看，左边那一“撇”是一块巨大的条石，右边那一“捺”是一块略小些的条石，两块石头往上延伸，便是大坝形成铧犁的顶尖部位，是大坝对湘水首当其冲的位置，并担当铧嘴之后的第二次分水之职，位置非常重要，如果被洪水冲毁崩坏，则整个大坝难保。

西瓯君见史禄非常着急又一时苦无良策应对，他又搬出了他的“法宝”。他对史禄说：

“史监军，这回得用我的法宝了！”

“什么法宝?”史禄问。

西瓯君指着人字大坝左右的接合部说：

“这里用一对童男童女在石头里生葬，让他们长出一块石精灵来，大坝不就牢固接合不会坏了吗?”

苍梧君也连声附和："是呀！是呀！还是西瓯君的法宝管用！"

"不行！不行！"史禄严厉地把手一摆，"我早就说过了，不准再提用人生葬的事，你们怎么都忘记了呢？"

"那，该怎么办呢？"西瓯君犯愁地说，"大坝筑不好，到时秦皇追究责任，史监军你也只有一个脑袋呀！"

这时，史禄腰上的宝剑突然发出一阵阵"呜呜呜"的响声，随着响声，宝剑跟着振动起来。史禄用手将宝剑按住，不料那叫声和振动声更大了，他拔出剑来，只见那一对雌雄宝剑闪出一道耀眼的寒光，剑身似乎比平时也长长了许多。史禄心中一亮，对雌雄宝剑深情地说道：

"伙计，该派上你们的用场了，你们本是越人所铸，是越剑中的精华，我有幸与你们多年相伴，现在你们找到了自己真正的用武之地、归属之所，你们将熔入大坝之中，越剑与越铧形成一体，永安岭南百越之地！"

说罢，史禄高举雌雄宝剑，虔诚地走向炼铁炉。那校尉军官忙上前拉住史禄：

"史监军，你这宝剑乃举世无双之剑，世上无人可敌啊！有了这把剑，你打遍天下无敌手，岂可将它销熔于炉火之中，自废武功呀！"

苍梧君也劝道："史监军，你用这把宝剑，追杀了危害岭南江河生灵的孽母龙，镇河妖，灭水怪，护我苍梧族人。现在，大坝已成，你这把宝剑绝不能让它熔化了啊！"

欠都也说："史监军，你我和西瓯君那时被困地龙宫中，全靠你这把宝剑为我们打开了一条生路，它是我们的救命恩人呀，你一定要留下来护身卫民呀！"

西瓯君更是上前紧紧地抱住史禄的双手不放，哀求道：

"史监军，你这把宝剑是我们西瓯人的镇家法宝呀，千万不能熔化了它，你既然不允许我再提童男童女生葬大坝的事，那好，今天我们西瓯人的男男女女就一起躺到大坝上，让火热滚烫的铁浆从我们身上浇过吧！"

说罢，西瓯君大呼一声："西瓯的男人和女人们，你们现在和我一起躺到大坝上去，让我们变成一堆石精灵吧！"

西瓯君和一群西瓯男女直挺挺地躺到了人字大坝的接合处。秦四妹看了也默默地躺到西瓯君身旁。西瓯君推开秦四妹说：

"四妹，你不是西瓯人，快起来吧！"

秦四妹固执地没有起来，反而在地上紧紧抱住了西瓯君，深情地说：

"四妹我今天已是西瓯的人了，应当与西瓯人同生死共患难！"

湘姐见了，忙将两只衣袖往上一推，激动地叫道：

"我宁可砸烂所有的炼铁炉，也绝不让史监军的宝剑化作炉浆！"

史禄泪流满面，忙去把西瓯君、秦四妹从地上拉起来，但他们又毅然躺了下去，史禄再去拉其他的西瓯男女，他们被拉起又重新躺了下去。史禄正在无计可施时，手中的宝剑又"呜呜"地叫了起来，一阵巨大的振动，宝剑脱手而出，随着一道寒光闪过，宝剑在那些躺在大坝上誓死不起的西瓯男女旁边划过，西瓯君等人竟一起离地跳了起来。史禄接过宝剑，对西瓯君说：

"西瓯君啊，我这宝剑作法了，你们再也躺不下去啦！"

西瓯君不信，又躺了下去，不料，他身子还没着地，又跳了起来。西瓯君无奈地叫道：

"史监军，你为什么不让我们变成石精灵呀！"

史禄手握宝剑，说："石精灵也没有我这宝剑的法力大！你们都过来，听我说吧！"

校尉军官、苍梧君、西瓯君、湘姐等人都围了过来，史禄语重心长地说：

"不错，我这宝剑是举世无双、天下无敌之剑，但是费尽心机铸造它的越国君王，持有此剑，为何不能保国安邦，最后反而亡了国，使得越人星散，流落四方？"

除了那位校尉军官之外，其他人都茫然无所知。史禄接着说：

“因为圣人有言，善为士者不武。以道佐人主者，不以兵强天下。靠武力杀戮夺取天下者，国必亡。所以武力这个东西，不是个好东西，只是不得已而用之罢了。”

史禄说：“你们劝我，留下此剑作卫体护身之用。不错，此剑在身，或许真的无人可以杀害我。但是，此剑自越国亡后，便流落民间，多少人为求此剑，不惜花费倾城之资，甚至尔虞我诈，钩心斗角，狠勇好斗，流血丧命，侥幸得此剑者，如匹夫怀璧，命难自保，又何能恃剑而防身护体？”

“这是为什么呢？”校尉军官忙问。

“圣人有言：吾所以有大患者，为吾有身，及吾无身，吾有何患？一个人患得患失，总怕失去自己身家性命，他当然就得时刻防备别人加害自己，甚至不惜铤而走险加害于人，但最后终于自身难保，如果这个人能做到不为自身利害着想，还怕失去包括身家性命在内的一切吗？既无身又何患之有？”

校尉军官又问道：“请史监军教我，如何做到‘无身’？”

“把你的身体毫无保留地交给国家，交给黎民百姓，交给你为之奋斗一生的事业，就可无身无患了！”史禄意味深长地答道。

“啊，我懂了，”校尉军官点头道，“只有这样的人，行走在陆地上，遇上犀牛和猛虎，犀牛有角无处触，猛虎有爪无处抓；作战时，纷乱刀枪也不入，无身无患走出生死谷！”

“各位，”史禄对大家说，“为了使我无身无患，请你们不要再阻我将此剑投入炉中化浆，以保大坝之坚。”史禄说罢，随即将那一对雌雄宝剑毫不犹豫地投入熊熊炉火之中。

铁炉开炼了七天七夜，而那一对雌雄宝剑在炉中竟然完整无损。湘姐和那些冶炼工匠见了都大吃一惊，她忙叫史禄前去察看。史禄见了，也甚觉怪异，只得吩咐湘姐，继续冶炼下去。那些拉风箱的也已累得疲惫不堪，校尉军官即派兵卒上去轮换，一直不停地冶炼了七七四十九天，那一对雌雄宝剑终于在铁炉中化作了一股红、蓝、黄、绿、紫五彩熔液，其色彩鲜艳无比，冶炼工匠见了更是称奇。史禄命工匠们将五彩缤纷的熔浆倒入炉包之中，抬到人字大坝中间的接合部，他亲自指挥工匠们将熔浆缓缓倒入阴阳石槽中，熔浆在阴阳石槽中立刻凝结成上下两个五彩人字，紧紧地互相拉结着，似有地久天长，永不分离之意。史禄命几名工匠用铁钎和铁锤使劲击打，阴阳槽中刚浇灌出的五彩固体，竟打不出半点痕迹，西瓯君拍手连连欢叫：

“这才是真正的石精灵呀!”

人字大坝和分流渠水的铧嘴工程，同时告竣。史碌命苍梧君率苍梧人进入水中，将大坝和铧嘴前面的临时拦江大坝拆除，滚滚湘水，直奔铧嘴而来，随即便被铧嘴分成两股，流至人字大坝再被分流。大坝拦阻江水，水位逐渐抬高，分流进入北渠和南渠。此时已入冬，江水流量变小，江水虽可经人字大坝拦阻分流入南北渠，但水小难以行船。史禄命将北渠渠首的第一道斗门闸关闭，湘水水位再次抬高，进入南渠的水量大增，已可航行，并有少量江水从人字大坝上流入湘水故道。史禄命苍梧君带领十几艘大中型船只，从湘水下游逆行而上，再令北渠打开斗门闸，南渠渠首闭上斗门闸，北渠水量大增，从湘水下游逆行的船只从北渠驶入，进入坝前的分水塘中，再关闭北渠斗门闸，打开南渠斗门闸，船便从分水塘顺利进入南渠。史禄登上苍梧君率领的船队，继续从南渠顺流而下。可是行至一段渠道时，受到阻碍，水浅无法通船。

史禄一看，这里地势起伏，渠道为了避开左面那座石山，形成了一个纡曲的弯道，爬上一个小坡。时至冬季渠道来水变小，渠水下降，航行不畅。此处原来修了一座临时斗门，那是史禄施行阴阳五行金木水火土之术，用来阻水烧石破除渠道中的坚固礁石而设的。他忙令人闭上那道斗门，又派人前去关闭前面那几道斗门。斗门一关闭，渠水受阻，水位马上升高，被搁浅的船只也被抬高了起来。史禄再令人打开斗门，船只便顺利往前航行。前面的几道斗门，依次打开闭合，船队在渠道中循崖而上，真有“渠劈山头出，船骑石背行”的惊险壮观。苍梧君指着渠道两岸的山头，激动地对史禄说：

“史监军，看，我们的船会爬山呀！”

史禄只是默默地看着渠道两岸那些高高矮矮、大大小小的坟头，悲壮地说：

“苍梧君，我们的船是被坟堆中的那些人，推着走的呀！”

“是的！”苍梧君沉重地点头，马上扭头朝左右岸边那些迎来送往的坟堆高呼，“兄弟姐妹呀，你们辛苦了，快上船来歇息吧！”

苍梧君洪亮的呼叫声，引得山鸣谷应，渠水激荡，最后汇合成一阵阵山风的回应，那回应声中似乎有“啊”的无数响应声。

苍梧君激情地喊道：“兄弟姐妹呀，我已经听到你们的声音了，快上船吧！”

太史山深沉地回应着苍梧君。史禄对苍梧君说：

“我马上要在太史山上修一座庙，让后人永远祭祀这些长眠在渠道两岸的兄弟姐妹，使他们的灵魂有所归宿！”

这时，船上有人充满激情地唱起了那首《点灯山》……

东山上哪个点灯？
嗨！天下的那个亮。
湘江的那个流水呀，
嗨！上呀嘛上漓江。

东山上我来点灯，
嗨！天下的哪个亮。

几十里那个渠水呀，
嗨！上呀嘛上山冈。

渠水那个流呀流，
嗨！流呀嘛流得长。
从此的那个岭南呀，
嗨！不呀嘛不蛮荒。

第十二章　胜利大进军

第一节　美潭浴婚

大坝已经筑成，南北渠道在冬季湘水枯水时已可保通航，似乎已大功告成，但是，史禄却仍未感到丝毫的轻松。去年春夏之交的那场天昏地暗的暴风骤雨，霹雳般的雷暴之声，山川汇聚的山洪如天河倾斜般奔腾，孽母龙翻天覆地地肆虐，坝毁人亡的惨状，时刻像一场噩梦一般在他的脑海中挥之不去。他虽倾尽心血筑成了新的大坝，但是来年的暴风骤雨和洪水滚滚而来，在洪峰巨浪的凶猛冲击下，新的大坝能扛得住吗？他心里实在没底。因为秦皇已经给了他第二次机会，绝不会再给他第三次机会了。

史禄独自一人，在那道新筑成的大坝上涉水独自走着，似乎要问脚下的大坝：你们能抗击得住明年更凶猛的洪水冲击吗，能保证渠道畅通吗？这时，西瓯君来找史禄，说道：

“史监军，我们的工程已完工了，我准备带领西瓯人进山围猎，现在正是冬猎的好时候，修了两年渠，没空围猎，我两手都发痒了。”

史禄摇摇头，说：“西瓯君，你不能带大家去围猎。”

“还有什么事要做吗？”西瓯君问。

“南渠穿过的那道石头屏障已被凿穿，右边的石山已被取尽，只剩下了那巨大的顽石立在渠道旁。而左边的半边石山还在，你带着大家继续开山凿石，打制石材。直到把那半边山的石材凿光取尽。”

西瓯君感到奇怪，忙问史禄：“大坝和渠道已经筑成，还要凿那么多余的石块干什么呢？”

史禄说：“西瓯君，我还不知道我们新筑的大坝明年能不能经受得住大洪水的冲击呢，万一大坝有损，重修时还得用大量的石料呀!”

西瓯君快人快语地说：“史监军，如果明年这坝再次被冲垮，秦皇一定要拿你杀头问罪的，怎么还能让你再筑坝呢？我看还是算了吧，还不如让我带人进山围猎好了。”

史禄淡然地说：“秦皇即使杀了我，也必定还要再派人来修渠的，这条渠道是联结中原与岭南的血脉之道呀。再说，即使我们的大坝在明年经受住了大洪水的冲击，屹立不倒，南北两渠无损坏，可是谁又敢保证过了几百年、一千年之后，大坝不会毁损，南北二渠不会淤堵断流呢？如果断了湘漓二水的航道，又碰上岭南有紧急军事行动，皇命急宣，时机紧迫，粮草和军队输送不上，要重新修整渠坝，需要大量的石材石料，时机紧迫，又到哪里去开采呢？军事上受到挫败，岭南局面生变，我们就对不起国家了!”

西瓯君奇怪地问道：“史监军，百年千年之后，你还是史监军吗?”

“哈哈!”史禄笑道，“你我早已和渠道两旁坟堆中的那些兄弟姐妹做伴去啦！可是，我们的渠坝千百年之后还会存在的，我们生当为它远谋，因为这渠这坝就是我们生命的延续呀!”

西瓯君见史禄说得如此深切动情，便不再提进山围猎的事了，继续率领大家在那半边石山上接着开山取石，将凿成一块块的石材平铺在渠道的附近，直至将那半边石山凿成平地。从此只剩下那块孤零零的顽石，后人不知道它是从哪里来的，便把它称为“飞来石”。

史禄找来苍梧君和湘姐，对他们说：“我要交给你们两位一个任务。”

“史监军，有什么事你只管说吧!”苍梧君和湘姐爽快地答道。

史禄指着湘姐的身上说：“湘姐，你和女营的姐妹们，在艰难的劳作之余，还为我们缝补衣服，如今，连你们自己都快要衣不蔽体了，我实在对不住你们呀!”

湘姐低头看着自己一身补丁连着补丁的衣服，说：“是呀，我也愧对女营的姐妹们，但又有什么办法呢？史监军，你和苍梧君以及许许多多的人，不也是和我们一样吗，甚至穿得比我们还破烂不堪呢！”

苍梧君无所谓地说：“这也没有什么啊，我们苍梧人常年在水里讨生活，许多人一辈子也没穿过衣服呢！”

“我们岭南许多人也和苍梧人一样，是没有衣服穿的，以兽皮和棕毛遮身，天冷时就躲在茅棚或岩洞里，烤火取暖。这种非人的生活，延续了世世代代。我当初冒着九死一生逃出岭南，就是为了能过上像中原人那样的生活呀！如果我今天带着这么多的中原人来到岭南，又让他们过着非人的生活，西瓯人和苍梧人仍然重复着昨天的日子，这不是野蛮战胜了文明吗？如果是这样，我史禄将成为千古罪人啊！”

“史监军，你要我们干什么，怎么干？快说吧！”苍梧君有点急了。

“苍梧君、湘姐，你们给我带五百人和一百条船北上湘楚，大量采购急需的布匹。快去快回。”

“好，我们准备一下，明天就出发！”湘姐说。

送走苍梧君和湘姐后，史禄亲自带人到太史山上修了一座庙。此前，岭南是没有庙的。史禄把庙修筑成与中原的神庙一模一样。他找来十几个手艺精湛的中原石匠，命他们选择石料，打造出三个石头塑像，一个是中原人模样，一个是西瓯人模样，一个是苍梧人模样。打造好神像后，史禄命石匠将三个神像摆置在神台上，中原人的塑像居中，左是西瓯人，右是苍梧人。史禄采摘了许多野果鲜花，将其供奉在神台前，以祭祀那些在筑坝修渠中亡故的中原人、西瓯人和苍梧人。后来过了很久，庙毁了，那些神像也不见了，人们把这座山称为太史庙山，整座山就成了一座庙。高大的太史庙山，年年月月眺望着大坝和渠道，缅怀着那些似乎已被遗忘了的修渠筑坝人的千秋业绩。

一个多月后，苍梧君和湘姐从湘楚之地买回了大量的布匹。秦朝服饰尚黑，那一百条船上装载的全都是黑色布匹。湘姐多了个心眼，专门费心为紫云英选了两匹紫色的布。她把两匹紫色的布送给云英：

“云英，为给你买这两匹布，我可费了好大的功夫呢，你自己做两件新衣服穿吧！”

云英高兴地接过了那两匹紫色的布，谢过了湘姐。湘姐又悄声说：

“新衣服做好，先别穿啊。”

“那什么时候才穿呢？”云英问。

湘姐又神秘兮兮地说：“这是姑娘新婚的嫁妆衣服呀！”

“啪”的一声，云英打了湘姐一巴掌，脸红红地说：

“胡说八道，我看你是想嫁苍梧君想昏了头吧！”

“那你就嫁给史监军吧！嘻嘻！”湘姐也回了云英一巴掌。

“你再乱说，我撕了你的嘴！”

湘姐做了个鬼脸，跑了。

买回了布匹，史禄便令女营停止一切劳作，赶制衣服。他又令校尉军官带船下湘水，到湘楚一带为赵佗的秦军置办衣甲和马革皮具。

冬去春来，岭南的第一声响雷，催生了万物。

这雷声使得休憩在干栏房中的人们，神经顿时紧张起来，他们不知道，春水一发，他们费尽心血筑成的大坝和渠道将会遭受怎样的命运，真是老天难测呀！除了女营的女人们仍在日夜不停地赶制衣服外，几乎所有的男人均手持铁锹工具，赶往大坝和渠道旁边，日夜守护着，随时听候史禄的命令。

史禄带着苍梧君、西瓯君和校尉军官，日夜不停地在大坝上巡查着，又命欠都带人沿北渠守护，再命瓯虎带人沿途巡查南渠，谁也不敢怠慢疏忽。

天上黑云密布，雷声滚滚，暴雨如注，倾泻而下。湘水的第一个汛期到了，第一个洪峰奔涌而来。史禄下令敞开南北两渠所有的斗门，以使洪水畅流。挺立在深泓之中的铧嘴，将洪峰锐利地一击，迅疾将其击成两半，接着人字大坝首端的铧锋再将其犁成两半，稳稳地刹尽洪水的锋芒，将其推下龟背石和鱼鳞石下摔碎，银浪滚滚倾泻而下，大坝的倾斜面上，仿佛有无数鱼兵龟将牢牢地守护着大坝。湘水左右入渠。涌入南渠的洪水在双女井溪出口与洪水相汇，南渠水势大涨，却被秦堤右边筑成的一道泄水坝，分引入湘水故道之中，南渠畅流，波澜不惊。

正在江岸边，两眼死死盯着大坝的史禄和苍梧君等人，总算松了一口气，苍梧君说：

“史监军，我们的大坝终于成功了！”

史禄摇摇头说：“千万不可大意，这才是今年湘水的第一个汛期洪峰，到了五月份，还有更大的洪水来袭，那才是真正考验大坝成败的关键时候！”

果然，五月大汛来时，形势更为凶险。黑云遮天，暴雨掠地，那雨一直下个不停，大地苍茫，分不清白天和黑夜，连对雨水特别敏感的苍梧人，也数不清楚这暴雨到底下了多少天、多少夜了。山上的山洪往地上流动，地上一片汪洋泽国。史禄带着苍梧君、欠都蹲在湘水边那块巨石上，紧张地一边关注着岩石下他曾用剑刻画的洪水水位线，一边又紧盯着一个个奔涌不息的洪峰巨浪。

“史监军，洪水已经漫过最高水位线了！”苍梧君惊呼着。

史禄不言语，只顾盯着屹立在洪水中的人字大坝和铧嘴，铧嘴劈波斩浪，人字大坝巍然击浪分流泄洪，宛如一个巨人挺立洪水中，将洪水巨浪挥流于瞬息之间。

突然，一声巨雷震响，闪电将黑厚的云层撕开一道口子，一个巨大的黑色怪物从云层中钻出，那怪物张开一双黑色的大羽翅，直奔大坝而来。史禄见了不由得惊叫一声：

“羽人！羽人来了！”

苍梧君和欠都见了立刻吓得闭上眼睛，将身体紧紧地趴在大石头上，连大气也不敢出。史禄本能地用手往腰上一摸，做了一个拔剑的快动作。

但是，腰上空空，那把雌雄宝剑已经没有了。羽人的双翅黑亮巨大，人头羽身，一双利爪张开，当它掠过水面时，鼓动的双翅腾起一座小山般的巨浪，直向坝顶冲来。人字形大坝晃动了一下，坝顶“哗”的一声飞出一对宝剑，同时一排戈矛铁戟突出。那一对宝剑飞空而起，直指猖狂扑向大坝的羽人。羽人振翅钻入黑云之中，宝剑穿云追杀。羽人从黑云中闪出，再次冲击而下，双翅连扇，掀起一座座大山般的巨浪洪峰，连连冲击人字大坝。大坝上挺立的无数戈矛将巨浪击得粉碎。那一对宝剑分列成人字形，左右夹击羽人，只见一道寒光闪耀，几片巨桨一般的黑亮翅翎从空中飘落到水面，羽人发出一声惨叫，瞬即钻入云层，遁逃而去。

闪击羽人的那一对宝剑随即插入人字大坝的接合处，大坝上的一长排戈矛也跟着收回坝顶之中。史禄看了这场惊心动魄的水空绝杀后，终于长长地喘了一口粗气，忙拉起还趴在石头上的苍梧君和欠都。

苍梧君爬了起来，用牙咬了一下嘴唇，这才清醒过来，心有余悸地问：

“史监军，羽人没把我们抓走呀?”

“是呀，一见羽人必死的呀!”欠都也惶惶然地惊问。

“羽人，被我们的大坝打败了!”史禄兴奋地说。

“啊！羽人也是可以被打败的呀!”苍梧君惊得舌头伸出老长。

“光明必将战胜黑暗，正义必将击败妖孽!”史禄自豪地说。

大洪水在最后一个汛期结束后，已经彻底消退。经过这场特大洪水的洗礼，江山壮丽，湘水妩媚，渠坝多娇。史禄和苍梧君、西瓯君、湘姐以及校尉军官等人，站在银浪轻摇的大坝顶，欣赏着自己的杰作。校尉军官指着大坝和渠道说：

“史监军，俗话说，人有姓，物有名，我们这条渠道，你也得给它起个好听的名字呀!”

“你们看，这渠该起个什么名呢?”史禄看着大家问道。

苍梧君说：“史监军，你见多识广，这渠道的名，当然应当由你来起了。”

史禄摇摇头说："嘿，我一心只想着凿渠筑坝，这起名的事，我还没想好呢。我看，还是你们来给渠道起名吧！"

湘姐说："这坝是个大人字，南北渠合起来，也是个大人字，我看我们的渠就叫作'人渠'吧！"

苍梧君首先拍掌叫好。校尉军官说："人渠好是好，可是没有秦皇的圣旨，光靠我们这些人是不能筑得了坝，凿不成渠的啊。依我看，这渠还是叫'秦渠'为好。"

西瓯君说："你们说得都有道理，但是我看这渠光靠我们这些人和皇帝，没有神灵佑助也是修不成的，我看这渠应该叫'灵渠'更好。"

史禄笑道："各位的头脑都比我的头脑聪明，给渠起的名字都很好。至于这渠的名称，我想最后还是由秦皇来命名吧！"

大家对史禄的提议皆无异议。可是不知什么原因，秦始皇始终未对这条沟通岭南和中原水路的重要渠道给予命名。人们有的把它称为"人渠"，有的称为"秦渠"，更多的人叫它"灵渠"。人、秦、灵三字念起来发音相近，加上岭南人又最信神灵，久而久之便以"灵渠"相称了。

大坝牢固，两渠通航，筑坝凿渠大功告成。史禄决定以一个特殊的形式举办一个盛大而隆重的节日，来进行庆祝。

史禄命瓯虎重新调整那些依坡面水而筑的干栏房，腾出一大半空房，在那些被腾出的房屋中，锅碗瓢盆生活用具和农具工具一应俱全。然后下令停止一切劳作活动，让全体西瓯人、苍梧人和中原人到山岭上采集各种野花。他亲自带了十几个西瓯人和中原人在分水塘岸边的山坡上，用大竹搭起一座简单的高台，高台四面敞开，四根台柱上缠满红艳艳的山花，台的四周放置十八面大铜鼓，显得喜气洋洋而又庄严隆重。

西瓯人、苍梧人和中原人的男男女女，手里搂着簇簇盛开的野花，艳阳高照，花香四溢，引得一群群的蜜蜂飞来，"嗡嗡"的蜂鸣之声不绝于耳。史禄将男人和女人分成两个大的团队，男人们由西瓯君、苍梧君和校尉军官率领，站在高台的左侧，女人们由湘姐、紫云英和秦四妹率领，站在高台的右侧。鲜花丛中，蜜蜂飞舞，人们脸上发出灿烂的欢笑，一齐迎接这个甜蜜而欢快的节日。史禄站在那座高台上，提高嗓门，向台下数以万计的男男女女发出热情洋溢的祝贺：

“各族兄弟姐妹，今天是一个隆重庄严而盛大的节日，中原文明的人伦之光，像天上的太阳一样，已经普照岭南。从今天开始，你们中的许多人，将会组成一个个美满而幸福的家庭，过上男耕女织的温暖生活！你们看，”史禄指着人字大坝前那一大片被大坝抬高了的波光粼粼的水面说，“那一大片潭水，是多么清澈明亮，美如明镜，我把它命名为美潭，那洁白清纯的潭水，它将洗去你们身上的征尘，洗去你们思乡的眷恋，洗去你们的一切苦难，你们会成为世上最纯净最美丽的人！”

台下欢声雷动，鲜花纷扬。接着，西瓯君、苍梧君和校尉军官率领的男团队将手中楼着的花簇，纷纷掷于潭水之中。湘姐、紫云英、秦四妹也率领女团队，向潭水中撒去鲜花。潭水上，漂满鲜花，一潭清水，顿时溢满花香，连那些蜜蜂也奋不顾身地纷纷扑向那鲜花的海洋，一潭清水，成了名副其实的美潭。

按照规定，由湘姐、紫云英、秦四姐率领女团队的女子们，先下到潭水中沐浴。苍梧人的女子善水，她们先下水去，手拉手组成一道水下防护网，接着西瓯人和中原的女子一个个羞涩地光赤着身体，下到水中沐浴。美潭水面上鲜花涌动，女人们嬉戏打闹，水花四溅，艳阳照耀着水面，映出金色的波纹，勾织出一幅动态的生命美景图。男人们远远地伸着颈脖贪婪地偷看着，只能一饱眼福而绝不能越雷池一步。

女人们沐浴后，一个个光赤着身体带着一身的花香，羞涩地爬上岸来，一边梳理着自己的长发，一边不禁探头朝水面观看，欣赏着自己美丽的容颜。然后，便穿上新衣新裤，又一个个朝水面照看一番，这才嘻嘻哈哈地归队去了。女人们三五成群地坐在草地上，在编织着自己的花环，以甜蜜的心，在编织着自己一生的梦想。

西瓯君、苍梧君和校尉军官接着率领男团队跳进潭水中沐浴，男人们也许有些心不在焉，在潭水中胡乱洗涤一番后，便急不可耐地爬上了岸，穿上新衣新裤，在西瓯君、苍梧君和校尉军官的率领下，回到高台下，与女子团队仍按男左女右的序列站立着。

史禄站在高台上，望着台下在美潭中沐浴过后换上新衣的各族男女，只见女人一个个亮丽妩媚，男人一个个容光焕发。他心中十分欣慰，高声宣布一个激动人心的时刻开始来临：

“各族兄弟姐妹们，请选择你们心中最爱的人吧！我祝福你们家庭美满，婚姻幸福，天长地久！”

“嘭！嘭！嘭……”爆竹声连天震响，铜鼓轰鸣，岭南的葫芦笙和着中原的鼓吹乐一起奏响，山坡上下，湘水岸边，一片喜气洋洋，热闹非凡。手持花环的各族女子，一齐涌向男团队，穿梭般在各自寻找着自己心仪已久的男人。欢声笑语在鼓乐、爆竹和铜鼓的喧嚣声中，迎来了高潮。因为女少男多，按规定，把选择权让给了女人。女人只要选中她喜欢的男人，便将手中的花环往男人的脖子上套去，男子立刻将女子背到背上，一路奔跑，奔进山坡上空置的干栏房中，随后取下脖子上的花环，挂在干栏房的门上，表示这房子已经有主了。

湘姐把手中的花环快捷地套在了苍梧君的脖子上，苍梧君狠狠地亲了她一下，立即把她背到背上，快速地朝山坡上的干栏房跑去。秦四妹也把手中的花环给西瓯君套上，西瓯君也把秦四妹背走了，瓯虎、欠都、校尉军官也分别被花环套走了。

史禄站在台上，用台柱上扎着的鲜花，编织了一只大花环，套在了自己的脖子上，这是他专门为自己的妻子编织的，妻子带着孩子，远在咸阳，天南地北，在这个有情人终成眷属的大喜日子里，他怀念着自己的妻子。

在喧闹的人群中，一个瘦高个子男人，捧着一束鲜花，向山坡上的一间干栏房走去。他轻轻地推开了干栏房的门，门里头的一张床上，躺着一个瘦弱女子，女子在一次开山取石的劳作中，不幸被山上滚落的石头砸断了腿，已不能下床走动，她在听着不远处的鼓乐声和爆竹声、铜鼓声和人群的欢声笑语中，暗暗地抽泣流泪。

瘦高个子捧着鲜花走到女子床前，情真意切地说道：

“九妹，我来和你在一起，你愿意吗?”

女子急速地支撑起半个身子，用双手一把抱住瘦高个子的颈脖，“哇”的一声痛哭了起来。

“九妹，别哭，别哭呀！今天是我们大喜的日子，我会永远陪伴你，哈！男女搭配，干活不累呀!”

紫云英穿着她自己亲手缝制的一套紫色衣裙，手里捧着一只大大的花环，步履踟蹰，心事重重，她梳着中原女子的高髻，配上一身紫色新衣裙，更显得俊美迷人。许多男人在眼巴巴地瞅着她，恨不得削尖脑袋一下子钻进她手捧的花环中。但是，她却心无旁骛，目不斜视，在众目睽睽之下，一个人慢慢地向那座花团锦簇的高台走去。越是靠近高台，她心里越发胆怯，她心目中的大英雄，是史监军，她视之如兄长如亲人可以终身相伴的人，是史监军。在这个不平常的喜庆日子，如果能任由她选择的话，她手中精心编织的这只大花环，毫无疑问应该佩戴在他的颈脖上啊!

高台上的十八名健壮的擂鼓手，已经被一只又一只花环给套走了。史禄独自一人，奋击着十八只大铜鼓，他矫健的身手把鼓从这一头连续不间断击到那一头，又从那一头把铜鼓一只只地擂到这一头，铜鼓声隆隆不断，振人心魄，史禄击鼓的身姿壮美无比。紫云英在台下见了，看得心醉，但她只看见昂首忘情击鼓的史禄的背影，当她正要鼓起勇气跃上那座高台，把手中的花环戴到史禄颈脖上时，史禄一转身，变换了击鼓的姿势，他脖子上自己给戴上去的那只大花环跟着击鼓的动作，一下闪现在紫云英的眼前。她顿时感到一阵天昏地暗，日月无光，胸中那一颗火热的心，仿佛立刻掉进了冰水之中。她“呜”的一声痛哭，拿着那只心爱的花环，急奔湘水而去。

湘水滔滔，夕阳铺在水面上，柔动的江水，宛如一匹金色的彩练。湘水是有情的，遥想当年，大舜南巡，死于苍梧，他的两个妃子娥皇、女英，一路追寻大舜，闻知舜的死讯，哀之至极，哭下的眼泪滴成斑竹，遂双双投入湘水以身殉夫。这个美丽而哀婉的故事，云英小时就听妈妈讲过。她随史禄南来，历经千辛万苦，到了岭南，见了苍梧族人，这里大概就是舜的亡故之地了。紫云英看着滔滔不尽的湘水，她也想投江而死。可是，娥皇、女英她们是为舜而死，舜是她们的丈夫呀，她如果也投江死了，又是为了谁呢？云英望着江水发呆，把手中的那只花环，默默地投入江中。江水托着花环，随波逐流而去，漂得老远老远的……

“云英！云英！”

紫云英回头一看，见是史禄来了，他颈脖上仍然佩戴着那只大花环。云英伤心地把头扭到一边去，不理会他。

“你在这里干什么呢？”史禄问。

“想死！”紫云英冷冷地回答。

“为什么？”

好一阵子，云英才扭过头来，指着史禄颈脖上戴着的花环，气恼地质问：

“你那只花环，是谁给你的？”

“我的妻子！”史禄抚摩着颈脖上的花环，有些伤感地说，“她带着孩子，独自一人远在咸阳，天南地北，数年音书隔绝。我担心她也会像娥皇、女英那样，万里寻夫不遇，有个三长两短的，我对不住她呀！这只花环，我是为她而戴的，冥冥之中，让她知道，我还活着，在等着与她相见。”

紫云英听了，又哀婉地哭了起来，双肩耸动，楚楚动人，史禄再也无法安抚她，他像是对自己，又像是对眼前的湘水说着：

“人的一生，会有多种活法。也许，老天把我投生在岭南，就是为了让我为这条渠道而活的!”

紫云英抹了一把眼泪，望着奔流不息的湘水，说道：

“如今，坝已筑成，渠已凿通，你可以回到咸阳与你的妻子相聚了。”

“唉!”史禄长叹一声，“我再也回不去了。”

紫云英心中燃起一线希望之光，她回眸望着史禄情真意切地说：

“那我就跟着你，随便在岭南哪一个地方住下来，我们一起开荒种地，蓄桑养蚕，反正岭南山清水秀，过日子是很容易的!”

“这是不可能的!”史禄摇着头说，“男女相悦，虽然情投意合，但也是要讲姻缘的呀！云英，真爱你的人，不在湘水，而在漓水，沿着漓水而去，你会找到他的，那里，才是你的归宿之地!”

云英又抽泣起来，问道：“从漓水去找，好吧，我会找到那只骆驼，那九匹马，那一群化作了山的女营姐妹，然后，我就变成了他们中的一员。你说，这就是我的归属之地吗?”

“不是!”史禄坚定地说，“我们马上就要挥师南下了，云英，真正爱你的那个人，正在漓水南边等着你呢!”

“是谁?”

“到时候你就知道啦!”

第二节　兵临象城

岭南的金秋时节，天高气爽，秦城外，漓水边，人欢马叫，大军云集，史禄和赵佗下达了南下的进军令。赵佗率五千秦军铁骑为先锋，其后是八千名步卒。旌旗飘飘，队伍严整，铠甲鲜明，一派文明之师、威武之师的军容。

漓水上，各种船只云集，戈船校尉率三百艘戈船在前，苍梧君率千余只各种民船随后。戈船和民船上，除装载大量弓弩箭镞之外，全部装满食物军辎、农具、工具、粮谷稻种，甚至锅碗瓢盆一应生活用具。

史禄骑着那头大象，率领十万西瓯人、苍梧人和中原人，沿着漓水两岸，随赵佗部的秦军一路悠闲地行进。这些各族民众，一身黑衣黑裤，挽着各式发髻，一路欢声笑语，与其说这是一次深具历史意义的大进军，不如说是一次民族的大迁徙。

在南进前夕，史禄已做好周密的安排，他命瓯虎率两千余户留下守护灵渠，命其在灵渠两岸继续开荒种粮，以接济南下大军的军食。此前，史禄已在北渠和南渠的堤岸边，修了许多堰坝和水涵，一年四季均可视需要，用渠水灌地浇田，那些开垦的荒地，因地肥水丰，不久即成良田。留下的这两千余户人家，便成了定居这里最早的居民，灵渠也成了岭南农耕文明的摇篮。

秦城和严关，乃军事要地，五岭咽喉，史禄命校尉军官率两千秦兵，分驻秦城与严关，戍守屯田，以使南进的秦军无后顾之忧。

在大军出发之前，史禄命西瓯君率三千余个西瓯人，沿着漓水两岸，砍伐修整出两条与秦国其他地区相同的五尺宽道路，以利大军行进和交通运输。

南下大军沿漓水而下，这一带地方，本是西瓯人的聚居之地。西瓯君在前逢山开道，遇水架桥，沿途还有不少山中的西瓯人加入到进军的队伍中，一路没遇到任何骚扰和抵抗。这一天，行进到一处地方，只见山川秀丽，风景迷人，湘姐和紫云英、秦四妹分骑三匹马，驰到史禄的坐骑大象后边，连呼：

“史监军，史监军，快看，你的骆驼在这里！”

史禄往前一看，果然他的那头已化作了石山的骆驼站在漓水边，正昂首欢迎他们呢。大象跑过去，用长鼻在骆驼身上亲吻了一阵，又依依不舍地沿漓水下行。湘姐又指着前边：

“看，那九匹马也在这里呢！”

秦四妹也指着江岸边，“我们女营的那些姐妹也过来了！”江水流动，一座座奇形怪状的山峰倒映在无比清澈明净的江水中，令人分不清哪是江，哪是水？哪是山，哪是人。忽然间，江面上飘过来一阵古老的百越歌声，那是男女对唱的一首情歌。

女声：山有木兮木有枝，
山有水兮水有石。
山有情兮水有意，
心悦君兮君不知。
男声：山有木兮木有叶，
山有水兮水有源。
山缠水绕情不断，
山水有情人有缘。

那似山似人的女营七姐妹，在云里雾里歌唱着。昔日的军需官忽然从江水里探出身来，摇着一只小船，唱着他那首《点灯山》的歌，追随那些在云里雾里的姐妹而去，歌声在漓水上飘荡，唱歌的男人和女人，渐渐消失在云里雾里和江水里去了。

史禄张望着那连绵不断的山水，仿佛踏进了一片神奇的仙境世界，愣愣地出神。

“史监军，你就让我留在这里吧，这才是我的归属之地!”

史禄这才回过神来，只见紫云英神情幽怨地看着他。史禄摇着头说：

“云英，这是神仙的境界呀，我们都还没有成仙的福分啊!”

“那你还要把我们带到什么地方去呢?”云英问。

“象城!”史禄坚定地回答。

“那里会是我的归属之地吗?”云英又问。

“也许是!”史禄咬了咬牙说。

“我希望能快一点赶到那里，因为，我的心已经很累了！”云英叹了一声。

这时，湘姐走了过来，对史禄说：

“史监军，这里的山水这样美，我真想留在这里呢!”

“湘姐你也想留在这里呀?”史禄问。

“可是……我已经心不由己了!”湘姐恋恋不舍地叹道。

“湘妹，快走呀!”顺流而下的船队上，苍梧君一边挥篙撑船，一边招呼着岸上的湘姐。

“哎!”湘姐向船头的苍梧君挥了挥手，随后匆匆地赶路去了。

紫云英也默默地低头走了。史禄看着她们的背影，自言自语地：

“这么好的山水，应该有人守护才对呀!”

于是，史禄下令从南下的队伍中，拨出一千户人家，留居在这里。后来，这里成了山水甲天下的桂林。这一千户人家便是桂林最早的居民了，人们羡慕地把他们称作“人间仙户”。

大军沿着漓水，水陆并进，继续南下。秦四妹忽然用手指着前面的江面上，一阵惊呼：

“快看呀，一朵好大的莲花！”

只见一朵含苞欲放的巨大碧莲，从江水中挺拔而出，陆行的队伍中，人们不禁停步眺望。江上的船队，一下子停航了，船上的人，一个个伸着脑袋探望。

“等我们回来的时候，莲花就会盛开啦！”

湘姐惊叹着说。云英看着那美艳欲绝的莲花，问史禄：

“史监军，你说，象城也有这样美的花朵吗？”

史禄望着那青峰挺立的碧莲说：“会有的。只不过那里的花名叫红棉花，满山遍野的，红得发紫，很像壮士的热血浸染过的啊！”

“看来，那里真的是我的归属之地了！”云英说着，加快了自己的步伐。

碧莲似乎从水里飘上了江岸，一座碧莲山峰立在江岸边，倒映在漓水中，周围的山峰像片片莲叶，簇拥着它。史禄又从南进的队伍中，拨出五百户人家，留居在碧莲峰下。后来，这里便成了“碧莲峰下住人家”的阳朔。

漓水引着南进的大军，走走停停，因这一带地方全是西瓯族和苍梧族的地盘，没有任何战事发生，人们被江两岸的山水美景陶醉，这与其说是行军，更不如说是观景。史禄留心着江两岸的地形地势，这并非是在选择作战的战场，而是观察是否适合人居。每看中一处有山有水，有田地可垦之处，便留下五十或八十或一百户人家定居，把耕牛、农具、种子、生活用具等配足留下，那些地方变成了一个个或大或小的村落。史禄像撒播种子一般，把中原文明农耕社会的种子，播撒在岭南蛮荒的山山水水之间，他盼望这些种子在岭南的沃土中发芽茁壮成长。

南下大军，虽然一路轻松无战事，但是却使身居象城之中的瓯雒王，水急鱼跳坐卧不宁。当他得知三年不解甲驰弩的秦军，在修筑好湘水上的大坝，凿成渠道，沟通湘、漓二水，解决了南北粮运军辎通道之后，已倾巢南下，这才恍然大悟，中了史禄的缓兵之计。瓯雒王闻报秦军水陆并进，已出漓水，沿郁水上溯直趋象城，立刻传令雒帅皋通、副帅赵始、姝媚公主以及旗下部落的酋长们速到王宫议事。

几年来，虽然秦军大军压境，但那些兵卒和中原人，似乎只是埋头筑坝凿渠，并无南犯之意，瓯雒王虽命皋通常派人前去偷窥，但回报都是秦军只在筑坝凿渠，除秦城一带有兵守护之外，并无任何军事行动，甚至连皋通也认为那些秦兵似有解甲归田之意，他们筑坝凿渠不过是为了屯田垦荒种粮自给罢了。况且他们修的渠坝，曾被洪水毁损殆尽，虽有西瓯和苍梧两族相助，但那些中原兵民因环境恶劣，不适应岭南的气候毒瘴，加上繁重的劳作，死伤不计其数，长此以往，不用兵战，他们也会自生自灭，这就叫作“不战而屈人之兵”。皋通曾将自己的看法呈报瓯雒王，瓯雒王也赞同其说。不料三年过后，坝成渠通，他们竟倾巢南犯，这如何是好？瓯雒王急得抓耳挠腮，日里绕室而走，夜里不得安眠。

王宫的大堂上，瓯雒王在王位上落座，左有雒帅皋通，右有副帅赵始侍立，姝媚公主照例站在父王座椅之后，有三足鼎立、护驾卫王之意。而大堂王座之前，则烟火缭绕，火上烧烤着各种禽兽美味，火前照例放置着一只只大木桶，桶中盛满果子美酒。那些应召前来议事的酋长，也照例依次席地而坐，一边撕啃着雉鸡鹿肉，一边用吸管鼻饮果子酒。酋长们并无什么忧国忧王之心，反正应召前来议国事，无非是趁机大吃大喝一顿，顺便瞅瞅让他们垂涎的姝媚公主而已。至于国事、王事、战事，自有雒帅和副帅高谈阔论，瓯雒王最后拍板定夺，无须他们操什么心，其实，他们所见所识，不过一井中之蛙，又何能操得了这份心呢？

皋通在瓯雒王的左边站立着，一双眼睛，只是朝大堂顶上望去，一副目中无人的样子。堂顶的檐梁上，一大群燕雀在叽叽喳喳地飞舞，有的歇在梁上好奇地张望着，胆大的竟向酋长们面前的野果俯冲而来，啄食野果食物。酋长们当然知道，这燕雀是“圣鸟”，便任其啄食食物，并不惊扰它们。皋通的心中充满矛盾，自从那次在相离子老师的墓前，与师兄禄分别后，他心中不知为什么，老想着那个紫衣女子，渴望能再见到她。可是，这三年来，岭南无战事，禄和他的那些中原人只顾埋头筑坝凿渠，全无南下之意。皋通因和禄私下有约，三年内也不北进，况且那座坚固的秦城，也令皋通有所畏惧，凭他手下的这些乌合之众的雒兵，虽有象阵和神机弩，也未必能强攻下秦城。现在，禄已完成筑坝和凿渠工程，倾巢南下，这一仗是非打不可的了。

皋通盼望打仗，这虽然是出自他好战的本能，因为战争才能使他立威，更重要的，他希望通过这场使瓯雒部落联盟和中原军队生死存亡的大战，达到他自己不可告人的目的：借中原军队的强大战力，首先消灭他的眼中钉——赵始。因为在皋通的眼中，赵始这个人始终是个可疑的对他威胁最大的危险人物，赵始不除，则他皋通将永无宁日。皋通恨赵始，不仅是他勾走了本可属于皋通的姝媚公主，而且通过各种手段，获取了瓯雒王的信赖，当上了副帅，有朝一日必将取皋通而代之，夺取他的军权和帅位。而在瓯雒王和姝媚公主的庇护之下，皋通已无法通过各种手段除掉赵始，因而只有在战争中才可将其消灭掉。对于一个夺取自己心仪已久并且即将到手的女人、又欲篡夺自己军权的人，不把他除掉，他皋通还是个男人吗？机会总算来临了。至于与禄的交锋，谁胜谁败，皋通倒不十分计较。如果禄战败了，他只有带着他那些中原人，重新逃出岭南，到时皋通则可挟天子以令诸侯，把瓯雒王控制在手中，各路酋长们必须乖乖听其支使，谅谁也不敢再像赵始这样觊觎他心爱的女人和手中的权力。如果他皋通战败了（这几乎是不可能的事情，他的象阵和神机弩打遍天下无敌手，谁可与之争锋？）这也没有什么可怕的，他可以与禄商议由师兄弟共治岭南，他仍然掌握军权，反正这位师兄禄对军队和权力也似乎没什么兴趣，那就由他一心一意去开荒种田、兴修水利、行医治病好了，两人也犯不着你死我活的嘛。至于那位姝媚公主，从赵始出现后，就开始冷落皋通，皋通已发誓不再理会她了。他明白姝媚这个女人，不过是瓯雒王用来左右牵制他和赵始的一个工具罢了，自从那个紫衣女子出现后，皋通的心目中，姝媚公主已变成可有可无的角色了。但是，那个令他想得心烦意乱的紫衣女子，此时不知在哪里？当然她一定仍会在中原军队之中，这样，只有通过战争，皋通才能见到她，甚至得到她。皋通希望与中原军队开战，因为只有战争，才能达到他的目的。

又一群燕雀从檐梁上飞下，与酋长们分享那些美食。皋通发现，这些燕雀也和他一样希望战争，因为只有战事发生，瓯雒王才会在这里召开部落联盟大会，酋长们才会到这里来，才有美食可享用，燕雀们也才会有这样令人垂涎欲滴的美食一饱口福。

“雒帅，副帅，中原军队已倾巢南犯，你们看，这仗该怎么打呀?”

皋通见瓯雒王发话了，他忙用两眼斜视了赵始一下，见赵始有抢着讲话的意思，皋通当然不能让对方抢夺话语权，否则他这堂堂的军中一号人物，便会被瓯雒王和众酋长小觑了。

“大王放心，我谋划已定，此战必全歼中原军队，使他们永无再犯我岭南之力!”皋通信心满满地说。

“仗怎么打，兵如何用？请雒帅详细道来。”

瓯雒王在王座上把身子移向皋通，以示倚重之意，酋长们也停下了口中的美食，纷纷拔下了鼻腔中正在吸食美酒的细管，开始倾听雒帅皋通如何全歼中原军队的妙计良策。皋通从瓯雒王和众酋长的表现深深感到自己南天一柱般的分量。他用蔑视的眼光闪了赵始一眼，见赵始无动于衷地只顾盯着那些绕梁而飞不时发出“叽叽喳喳”之声的燕雀，大有燕雀安知鸿鹄之志的不屑表情。皋通决定先“将”赵始一军：

“赵副帅，还是你先讲吧!”

不料，赵始嘴中发出“嘘”的一声，把那些翻飞鸣叫的燕雀轰走了，随即骂了一句，“乱叫什么，讨厌!”

“哈哈哈！”酋长们见了，一齐哄笑起来，连姝媚公主也忍不住笑出了声。瓯雒王不快地皱起了眉头。

“那就请赵副帅讲一讲你的驱鸟计划吧!”皋通轻蔑地说。

“啊，误会！误会！”赵始一边摇头，一边装出一副洗耳恭听的样子，“我是怕这些燕雀的胡言乱语，干扰了雒帅讲述如何打败中原军队的良谋妙计，现在好了，我已把它们赶走，就请雒帅发号施令吧!”

“咳咳!”皋通发出威严的两声，以示雒帅之威不可冒犯。他又瞅了瞅瓯雒王和众酋长以及侍立在王座后面的姝媚公主，姝媚公主向皋通抛了一个令皋通非常熟悉的媚眼。照以往，皋通便会心领神会地死盯她一眼，不过，这次皋通对姝媚公主的媚眼已不再做任何解读了，心中暗道:“要打仗了，你就知道向我抛媚眼！”皋通觉得这时他已成为会议的重心所在，这才侃侃而谈:

“大王，这次中原军队倾巢来犯，必有一场恶战，这将是关系到我们瓯雒部落联盟生死存亡的战争，我们必须认真备战，奋勇出击，务必将他们一举击败，彻底消灭。这一仗，只许胜，不许败，谁要违抗帅令，不出力，不拼命，我就割下他的头交给大王，你们都听到了吗?”

“听到了!”酋长们发一声喊。

“赵副帅，你听到了吗?”皋通见赵始没说话，忙严厉地问了他一句。

“啊，我还不知道雒帅这一仗要怎么打呢?”赵始也不示弱地追问一声。

“怎么打?”皋通眼珠一转，“赵副帅是从中原军队那边投奔过来的，熟悉中原军队的战法，你就先给我们讲讲，如何以子之矛攻子之盾吧!”

“对，副帅，你就先讲吧!”姝媚公主这回把她的媚眼抛给了赵始。

“好，既然公主让我先讲，我就只好抛砖引玉了。大王，你说呢?”赵始十分得体地转问瓯雒王。

“有话就讲，有屁就放，别给我扯什么砖什么玉的，那些东西能打得赢中原军队吗?”瓯雒王有些不耐烦了。

“是老虎是狗熊，还是到战场上看吧!”皋通把头一仰，不再看任何人。

“骑兵，是中原军队的精锐主力，本来不善于岭南的山地作战，但是经过三年的山地训练，已成为对我威胁最大的一支劲旅，我们必须首先设法消灭他们的骑兵。”赵始说，“我们的蛮刀，过去只是用作步战，割敌人的头，这次要用它专割骑兵的马腿。我已将部下使用的短弯钩刀改装成长杆弯钩刀，兵丁们训练有素，刀法精进，神出鬼没，斩了马腿，破中原军的骑兵阵，易如反掌。”

“好！好!”姝媚公主听了，拍掌称赞起来。

“好是好，”皋通以挑战的口吻说道：“中原骑兵快如脱兔，只怕马腿还没砍掉，赵副帅的脑袋就被他们砍掉了呢!”

“雒帅如若不信，请看我的兵丁们演练。”赵始说罢，便邀请瓯雒王、皋通、姝媚公主和众酋长走出大堂，观看兵丁们演练去了。

大堂外，是一个宽敞的演武场。赵始令兵丁每三人一队布成一梅花阵。三人中，一人持用犀牛皮制作的坚实盾牌在前，抵御马上骑士的攻击，掩护两名手持长杆弯钩刀的兵丁专割马腿，一防两攻，一退二进，果然战法灵活，技艺娴熟。瓯雒王看了不禁大喜，连连夸赞，姝媚公主不由又抛了两个媚眼给赵始。皋通心中很不是滋味。

赵始有恃无恐地说道：“刚才雒帅说的甚为有理，就是敌人的骑兵速度快如脱兔，如何能接近砍掉他的马腿呢?”

“是呀！是呀！赵副帅你快说呀!”姝媚公主急不可耐地说。

“待敌人骑兵向我快速冲来时，我即令兵丁们散入树木疏落的林中，诱敌深入。敌骑冲进稀疏的树林中，速度必慢，我们的兵丁正好持刀砍割马腿。各位酋长，你们吃过红烧马腿吗？那味道配上果子酒，啧啧，美餐呀!”

赵始说得令那些贪吃的酋长真有点垂涎欲滴了。

“这一仗就这么打了!”赵始俨然已取代了皋通的雒帅地位，开始发号施令了，“我率所部兵丁打前锋，专门对付中原的骑兵，请雒帅率象队、神机弩随我之后，酋长们率各自的部落兵丁殿后，请姝媚公主守城，以拱卫大王。”

“好！就照赵副帅的办法打，各位马上准备出征，我等着燕子鸟报来你们的喜讯!”瓯雒王把两只大巴掌同时拍在王座扶手前的两只象头上。

姝媚公主走过来，拉住赵始，情意缠绵地说：

“赵副帅，你不要走，今晚我和大王要在王宫中请你吃百鸟宴!”

“谢大王和公主的厚爱！”赵始受宠若惊地向瓯雒王和姝媚公主不断鞠躬。

皋通心情极为沮丧，走出了王宫。他感到无比气愤甚至心怀仇恨。他实在没有想到，和中原军队尚未开战，他就已经败了，不是败在中原军队面前，更不是败在他的师兄禄的手下，而是败在了自己阵营中的人手下。照此下去，无论是否打败中原军队，他的雒帅权位迟早要被那个可恶的赵始夺走。姝媚公主今晚要和她的父王在王宫中亲自宴请赵始吃百鸟宴。“百鸟宴”是什么模样，是什么滋味？这是王宫中最高规格的宴会，只有瓯雒王和王后，姝媚公主的生日才举办的。除此之外，就是岭南部落联盟在首次击败入侵的秦军，杀死秦军统帅尉屠睢那次战后，瓯雒王为庆祝胜利，酬劳有功之臣举办过一次。那一次，作为统帅雒兵击败秦军获得大胜的首位功臣皋通，以及各位杀敌有功的酋长，享受了瓯雒王的最高赏赐——入宫吃“百鸟宴”。而这次，仗还没打，胜负未分，论功行赏也还没到时候，为何就要以“百鸟宴”来赏赐赵始个人？这不是公开羞辱他皋通吗？但皋通转念一想，又找不出赵始这个对付中原军队战法的破绽。以割马腿的阵法对付中原军队的骑兵，这确实是个神机妙算之策，况且赵始演练多时，阵法娴熟，无懈可击，绝不是临时臆想，必有远谋，看来赵始这个人也非等闲之辈，深谙兵家之道，只不知是何人所传？

想到这里，皋通感到自己雒帅的地位已岌岌可危了。本来，照皋通的打算，这次对付中原军队，他是要以赵始率部打前锋的，以借中原骑兵疾风骤雨式的强大冲击力，消灭赵始，再以自己的象阵和神机弩与中原军队对决，即使不能全胜，也可打个平局，保住自己雒帅的地位。

皋通怕的不是他的师兄禄和那些中原军队，他怕的是老师相离子遗下的那头被禄骑着的神象。上次，他兵临秦城之下，正待与中原军队厮杀时，突然间，那头神象驮着禄和一个紫衣女子从天而降，神象发威，不但打乱了他的象阵，而且驱走了正虎视眈眈的中原骑兵，然后又把他卷到背上，与禄和那位紫衣女子飞驰到相离子老师的墓前。这次对阵，会不会又重演上次的故事？但是，这次两军对决，是决定包括他皋通在内的各种各样的人的命运啊，岂能是一次可以重复的浪漫之旅？

皋通不得不为他最后的命运着想，特别是那个令他疑惑难解的赵始。皋通脑海里突然闪出一个可怕的念头：如果赵始真的是中原军队秘密打入瓯雒王身旁的间谍，在两军对决之际，赵始以打前锋对付中原军队骑兵为由，将中原骑兵引入树林之后，并不是砍马腿，而是乘机引导中原骑兵快速隐蔽南下，直取象城，把砍马腿变成砍瓯雒王和皋通的脑袋，这才是最可怕的事情！

记得相离子老师讲孙子兵法，特别强调要懂得使用间谍。“昔殷之兴也，伊挚在夏；周之兴也，吕牙在殷。故惟明君贤将能以上智为间者，必成大功。此兵之要，三军之所恃而动也。”伊尹和姜尚这两位高级间谍曾经为殷、周的兴起立过盖世大功。所以明智的国君，贤能的将帅，能用高级的有智慧的人做间谍的，一定能建树大功。这是用兵重要的一着，整个军队是要依靠它来决定行动的呀！

禄和皋通都是相离子的高足，难道禄还不知用间谍的重要性？看来赵始这个人很可能是禄用于潜伏在瓯雒王身边的一个高级间谍，皋通不得不防！向瓯雒王揭发检举赵始的间谍身份？皋通又苦于没有抓住赵始为间谍的确实证据，现在大战在即，这岂不是先乱了自家阵脚，何以抵抗秦兵来犯！皋通深感自己已陷于内外交困之中。这时，他一抬头，望见了象城左边那座高耸入云的状如立象的险峻城堡，不觉心中一亮，便朝那座险峻的似山又似城堡的山峰急奔而去。

这座险峻异常的山峰，因像一头威武而立的巨象，瓯雒人把它称为“象堡”即“大象城堡”之意。象堡左临雒水，右傍象城，后倚连绵不断的群山。它是雒水和象城的一尊天然守护神。占据象堡，既可以长弓疾弩守护雒水的水上通道，又可压制和监控象城，因此象堡是一座最为有利的进可攻、退可守的天险城堡。皋通当上瓯雒部落联盟的最高军事统帅后，即看上了象堡非同寻常的军事价值，经过多年的经营，已使象堡成为一座固若金汤的军事要塞。

象堡下面，竖立一座用铁木巨干扎成的巨大寨门，那些铁木巨干，是产自岭南山中悬壁之间，坚硬如铁，刀枪不入，烈火不附的一种“树木”，因此雒民称为铁木。铁木门中开一小门，仅容一人侧身而入。平时有一百名壮健的雒兵守卫，闭上那窄小的寨门后，便无人能越雷池一步。进入寨门后，便是一条酷似象鼻的狭窄盘山道，山道上部有十八重滚雷阵，每一阵垒起高高的巨大石块，石块下隐藏机关，一按机关，礌石便轰然雨下，连飞禽走兽也难飞越攀附。象堡的四周，刀削斧劈一般，岩壁光滑犀利，无处插足容身，只有一棵弯虬的千年古松像一只巨臂似的横生而出，整日里挥臂驱赶着绕山的云雾，连雄健的苍鹰也不敢靠近它。象堡的顶峰，左右有两只“象眼”，“象眼”里流出两条清亮的泉水，终年不涸，汩汩流入两片象耳之中储存，像两只天然的大石盆。象堡中有一处空如象肚的大石洞，石洞里储藏着大量的食物，可供百人食用五年以上。

皋通沿着“象鼻”伸出的那条狭长的险道，一路往上走去，逐一检视那些礌石机关，每一重关卡里，都存放着许多强弓长弩。他拿起一张强劲的长弓，拉了拉，弓强弦硬，他搭上一支远程攻击的劲弩，向象城城门口射击，只听“啪”的一声，那支利弩扯起疾风，发出一阵“嘘”声，城门下一个哨兵迅即倒地。皋通十分满意地发出一阵狂笑。他一路巡视，直到象堡之巅，又检查了那些储存完好的食物。食物中有一种美味佳肴，叫作“鸟祚”，用活鸟去毛剖肚后腌制，储存时间越久，味道越醇香可口。皋通揭开一只大瓦盆的盖子，取一只“鸟祚”，放在嘴里嚼食起来，一边吃一边夸赞道：

“哼哼，味道好极了！味道好极了！”

象堡是皋通以不变应万变的一座城堡要塞，由他的一百名亲信兵丁把守，为首者称为堡目。赵始自投奔瓯雒王，便怀疑皋通在象堡里私设机关，恐有不利于瓯雒王的举动，便怂恿瓯雒王前去查明。皋通只说这座城堡要塞是专为瓯雒王而设，以备紧急时瓯雒王藏身之用，别无他图。但瓯雒王却执意要去看看，皋通只得奉命陪同。不料在象鼻险道上瓯雒王因体力不支，走不到一半便不慎失足，要不是皋通紧急扶持，瓯雒王便摔到悬崖之下了。瓯雒王吓得只好下令打道回府，从此再不提巡视象堡的话，赵始也就不敢再提起此事了。

皋通决定，如果此次与中原军队交战失利，他即退入象堡长期坚守，居高临下，控制象城和雒水交通要道，以观天下之变，伺机重出江湖，召集旧部，再夺岭南。

第三节 决战象堡

当朝霞的第一道霞光铺上象城的时候，城楼上响起了激昂的犀角号声。城门被打开，先导的象驾披红挂彩走出了城门，随后又是十几头大象驮着象兵威武地护卫着瓯雒王、王后和姝媚公主走出象城，缓缓地在雒水宽阔的江岸边停住。江上的水面上、筑起的祭神台高高地屹立着。赵始随后率领手持长杆弯钩刀的雒兵，在瓯雒王的左边沿江排开，接着皋通率领他的象阵和神机弩雒兵在瓯雒王的右边面江而立，最后是几十位酋长率领部落的雒兵簇拥其后。皋通发现，这次他的位置已经和赵始互换了，却没有人告诉他，为什么把他位置从左边换到了右边，他气得暗中咬了咬牙。

今天，瓯雒王要在这里举行出征祭神仪式，为他即将出发征战的部落将士们祈福，请神灵保佑他们在战争中不被刀枪弩矢伤害，割下更多敌方的头颅，大获全胜，消灭南犯的中原军队。

号角声冲天而响，铜鼓隆隆齐鸣，江岸边数百巫师身披黑、白、黄、绿、蓝五色麻衣，手持环扣巫刀，口唱驱魔巫歌神曲，快速地舞了起来。歌舞中，四个头上插着雉鸡翎毛的巫师，抬着装在竹笼中的一对童男童女，走上搭在江中的神台，稳稳地站定。最后出场的是一位大巫师。大巫师头戴一顶黑色的锥形尖帽，身上披着红红绿绿由各种羽毛编织成的象征鸟神的披风，手持一把缀着一串串环铃的驱魔长剑，登上神台。大巫师开始作法，他挥起手中的驱魔剑，剑上的环铃“叮叮当当”快速而有节奏地响着，他一时振臂向天，一时双足踏地，唱起令人热血沸腾的《祈神出战歌》:

神啊，我们马上要出征，
请赐给我一件刀枪不入的战袍；
神啊，我们即将投入战斗，
请赐给我一支勇猛杀敌的戈矛；
神啊，你威灵显赫，
请赐给我一只生命不灭的符兆。
神啊，有了你无处不在的佑助，
征战中我就是无敌的鬼雄英豪！

大巫师唱罢祈神歌，便将手中的巫剑向河中一指，虔诚地一呼：

“神啊，请你享用我们的生祭贡品！”

那四个巫师随即将笼中的一对童男童女连竹笼一道扔入滔滔的雒水之中。

大巫师走下神台，用一只黑色的瓦罐盛满江水，分别在瓯雒王、姝媚公主和赵始、皋通的脸上点上“圣水”，画上神符，那数百巫师也用瓢盆纷纷将“圣水”泼向那些出征的雒兵。号角声中，赵始、皋通和众酋长各自率部走上征程。因苍梧君早已率领苍梧族众归顺了中原军队，瓯雒王昔日强大的水师雒兵已被苍梧君全部拉走，雒水上显得空旷寂寥。除了几群贴水翻飞的水鸟，便是被赵始“缴获”的中原军队那几十只竹木做的战船，瓯雒王顿生一股巨大的失落感，目送完远去的雒兵将士，便打道回府，紧闭城门，静待赵始、皋通的捷报。

赵始率领他训练有素的专砍马腿的雒兵，一路北上，走了五天，只见前头尘埃大起，惊得各种鸟兽惊飞乱走，一支行进迅猛的中原骑兵疾驰而来，那黑衣黑甲黑旗汇成一股滚滚黑浪，迎面扑来。赵始把手中的令旗一举，那些手持长杆弯钩刀的土兵，立即散入树林之中。中原骑兵对此似乎已早有应对，也跟着追入林中，顿时便没了踪影。待到皋通率领他的象阵和神机弩雒兵赶到时，见左右树林之中，并无两军争斗之状，也不闻人喊马嘶的搏杀之声。他暗暗证实了自己的判断：赵始必引着中原骑兵，袭取象城去了！

正当皋通处于进退维谷之际，忽见前面出现一支人马，他的师兄禄骑着相离子老师那头坐骑——大象，出现在他的象阵前边。禄和大象背后竟是那个骑着白马、手握长棍的紫衣女子，皋通看得一时有些惊呆。在禄和紫衣女子的后边，则是一群骑着快马，身着黑衣，手持长矛的中原男女队伍。

“皋通老弟，别来无恙！”

禄在象背上，高声向皋通打起了招呼。

“雒帅，好久不见，还记得我吗？”骑在白马上的紫衣女子也向皋通打起了热情的招呼。

皋通骑在他的那头大白象背上，象鼻上左右托着两个身上画着虎纹的士兵象驾，象背左右也立着两名手持长矛的卫士，显得威风凛凛，不可冒犯。他见禄和那紫衣女子正向前走来，皋通忙警觉地下令，让庞大象阵散开，准备战斗。

象阵列散开后逐步向禄和那紫衣女子合围过来，皋通准备活捉他们。令皋通惊奇的是，他发现禄赤手空拳，不带任何武器，连那把从不离身使皋通心怀畏惧的宝剑也不在腰上。

象降密密麻麻地包围了上来，皋通下令，不准发射矢弩伤人，他要活捉禄和那令他神魂颠倒的紫衣女子。

史禄骑坐的那头大象，抬起长鼻往后伸去，不慌不忙地将史禄卷住，缓缓地放到地上。然后凶猛地向前冲去，扬起长鼻，左右挥动，把围上来的那些大象吓得纷纷后退，狂奔不止。无论皋通怎么喝叫怒骂，甚至锥刺鞭打，也阻止不住。溃退混乱的大象互相冲撞逃命，阵型大乱。正在这时，一阵狂风突起，天上一团黑云掠过，从黑云中穿出两扇巨大的黑色羽翼，直向地面扑来。

“羽人来了!”史禄惊叫一声，本能地把手伸到腰上，做了个拔剑的习惯动作，但是，腰上空空，他的那把打遍天下无敌手的雌雄宝剑，已经熔铸在灵渠的大坝中了。

紧急关头史禄的那头大象奋起长鼻，直击扑地而来的羽人。羽人闪过大象的长鼻，展开黑色的羽翼，俯冲升天，回转身子，再次还击。一把利剑从空中飞击而下，直插进大象的脊背。大象发出一阵惊天动地的吼声，背上带着那把深深插入体内，只露出剑柄的长剑，四蹄腾空而起，跃上云端，欲追击羽人。但它伤势太重，已无力追击，在空中翻腾一阵后，便跌落漓水岸边，化作了一座惟妙惟肖的象鼻山，但背上仍露出那把羽人杀害它的剑的剑柄，大象与隔着漓江，对岸的骆驼遥望着。史禄仰望烟消云散的长空，心中悲痛不已。

湘姐和秦四妹骑马率领中原男女，随后赶来。那些男女民兵，在凿渠筑坝之余，经史禄编练，已成半兵半民的军事组织。他们平时劳作，战时上阵，不输赵佗的秦兵劲旅。在美潭浴婚之后，女营只剩下两千余女子随军南下，湘姐把她们编成一支快速骑兵队，她们手持长矛，身跨战马，英姿飒爽。

湘姐和秦四妹赶到史禄跟前，跳下马来。湘姐见史禄站在地上，那头坐骑大象却不见了，忙惊问：

“史监军，你的大象呢?”

“被天上那个黑色怪物用剑刺伤后，不知身坠何处去了!”紫云英痛心地说。

“多好的一头大象啊，怎么说没就没了呢!”湘姐痛惜起来。

“史监军，我们帮你去寻找!”秦四妹说。

“不要去找了，大象已经找到了它自己的归属之地！我们不必再去打扰它啦!”史禄叹息一声说。

“史监军，你的宝剑没有了，现在神象也没有了，怎么办呀!”紫云英急了。

“哈哈哈！”史禄仰天豪笑，“我现在已经无身无患了，还怕什么呢？我告诉你们，赵佗将军已率大队骑兵和水军直取象城去了，我们上马，立即出发追击正面的土兵，与赵将军在象城会师！”

湘姐从女营骑兵队中为史禄牵来一匹黑马，史禄飞身上马，率领紫云英、湘姐和秦四妹的骑兵朝前飞驰，追击已溃不成军的土兵去了。

原来，在南下之前，史禄已派人与赵始密谋夺取象城之计，命赵始在两军交战之时，暗引秦军铁骑奔袭象城，又命戈船校尉的水军和数千步卒登船，隐蔽南下，袭取象城。赵陀亲率铁骑和水军水陆并进。史禄则率部分秦兵和战时成军的中原男女，正面迎击皋通的土兵象阵。又命苍梧君率领船队装载粮草辎重在后随军南下，再命西瓯君率西瓯族众沿江护航，使全军无后顾之忧。

皋通的象阵被破之后，群象乱奔，或入山林，或入野岭，或入江岸，溃不成军。他见中原军民正在后面紧追不舍，急令神机弩群击射杀，可是巨大的神机弩群却强弓不张、弩矢不发。指挥张弓击发的土兵头目急得满头大汗跑来向皋通惊慌失措地报告：

“雒……帅，不好了，神机弩的总机关，被人偷了！”

皋通急忙赶去一看，只见神机弩那个如心脏大小的总机关已不知什么时候被人盗去，一张张强弓上的弦索无力地松弛着。这神机弩之所以神，全在那个黑色的状如人心的总机关上，这是当年相离子老师教给皋通神机弩之法时亲自所授，并告诫道：“此机关乃神机弩之核心机密，切不可失，如失，则神机弩败矣！”如今总机关已失，神机弩已败，皋通气得挥起蛮刀，一刀把那土兵头目的脑袋砍落下地，又狠狠地扬起一脚，把那颗血淋淋的脑袋踢出老远。皋通回头看时，见中原军民已追上来了，他急忙跃上他的坐骑象背，为了快速逃命，又连推带踢，将两名象驾和护卫赶下象背，急驰而逃。

皋通自驾坐骑，一路狂奔逃命，把各路酋长率领的雒兵冲得七零八落。那些雒兵本是乌合之众，经这一冲撞，早已逃散一空。酋长们见雒帅慌不择路地向后逃遁，哪里还顾得上约束各自部族的雒兵，便也跟着星散逃匿。

皋通逃回象城，本欲进城劫持瓯雒王逃上象堡天险要塞，以实施他控制瓯雒王挟天子以令诸侯的计划。不料刚到城下，城楼上突然竖起无数的秦军旗帜，跟着飞来如蝗虫过境般的箭镞，他大吃一惊，知道象城已失，赵始和姝媚公主必压逼瓯雒王向秦军献城投降，皋通急驾象骑朝象堡奔去。到了象堡脚下的铁木门，他飞身下象，喝令开门。那把守铁木门的堡目，见雒帅紧急奔来，立即喝令守门的雒兵打开铁木门，皋通遗下他的座象，不待大门全部打开，便急身闪入，连连大呼：

“快闭门！快闭门！”

雒兵们急忙把铁木门关上，皋通喘了一口大气，摸了摸从不离身的那只小神机弩，这才有恃无恐地沿着那条象鼻险道，登山上堡。

史禄带着紫云英、湘姐、秦四妹等中原男女骑马一路疾驰，赶到象城时，见城楼上扎满秦军旗帜，知道赵佗已袭取了象城，便马不停蹄紧追皋通不舍。到了象堡下，只见铁门森森紧闭，皋通正沿着那条象鼻险道，已登上象鼻的大半。皋通回过身来，见史禄率队追到象堡的铁木门下，那个骑在马上手持一条长棍的紫衣女子，正向堡顶上张望，皋通看得心里有点痒痒的，他向下挥挥手，大声呼喊：

“禄，你们追赶我，也追得累了吧！先回去歇息，我这象堡天险，你插翅也难登上，待三年五载，我们都养足了精神再战不迟！”

“你小子敢下来，我就剥了你的皮，抽了你的筋！”湘姐指着山顶，开始骂战。

“有本事你们就叫那个紫衣妹妹上来，剥我的皮，抽我的筋吧！我等着她呢！”皋通有恃无恐地回应着。

“你个混账东西，看我一箭把你射死！”湘姐张弓搭箭，向山上射去。那箭刚出手，就被铁木门“当”的一声挡住，掉到了地上。

史禄忙向云英说道：“云英，该你上了！”

“史监军，这是我的归宿之地吗？”云英指着险峻的象鼻通道悲壮地问。

“是的。”史禄沉重地点头答道。

“那好，我今天就死在这座山上！”云英坦然地将手中的紫木棒一挥，大有壮士一去不返的气概。

“云英！云英！”湘姐和秦四妹过来拉住云英不放，她们实在舍不得这位患难与共的姐妹。

“人生能有几个知己的兄弟姐妹，我这一辈子已经足够了！”紫云英深情地望了望史禄和湘姐、秦四妹。说罢，义无反顾地将手中的紫木棒往地上一撑，“嘿”的一声，腾地而起，那紫木棒竟也发出“呼”的一声，顿时伸出数十丈高，直把紫云英顶向半空，飞越过那道高耸的铁木门。

紫云英落地时，已站在了那条象鼻险道的半途中。她刚落地站稳，收住那条紫木棒，山道上便“哗啦”一声巨响，雨点般大小石头跟着向她盖顶倾泻而来。

紫云英挥舞着手中的紫木棒，将密集飞来的石头左挡右击，将滚石一一击下悬崖，山谷轰鸣，石破天惊。

站在山下观战的史禄和湘姐、秦四妹等人，看得触目惊心，紧张得连话都不敢说。这一场人石混战，激起的飞石滚崖的震撼，吓得长年累月栖息在象城上的燕雀屏声息气，一个个缩头躲在屋梁上，不敢乱飞乱叫。

赵佗将军和赵始、姝媚公主也在象城的城楼上观战，只看得惊心动魄。姝媚公主对奋击乱石的紫衣女子敬佩得五体投地，忙问赵佗：

“赵大将军，那位女将是你的部下吗？”

赵佗摇摇头，也十分敬重地说道：“不是，她只是我们成千上万的中原民兵中的一个普通女子。”

“哎呀！一个普通女子，竟有万夫不当的神功！”姝媚公主佩服极了。

那一阵乱石如瀑布飞泻一番后，象鼻道上，出奇地沉静下来。紫云英提着她的紫木棒，继续朝上奔跑，她发现了站在堡顶上的皋通，忙向上呼喊起来：

“雒帅，我来了！”皋通也看到了一路向上奔跑和呼喊的紫云英，他立即喝令正要按动机关，向下发射滚石的士兵头目：

“给我停下，绝不可伤害她！”

紫云英向上一路奔跑，一路呼喊，当她快要接近象堡顶的时候，天空突然卷起一阵黑云，一双巨大的黑色翅膀蔽天遮日直扑象堡，巨翅顷刻间发力，掀起一堆乱石，狂风骤雨般砸了下来。

“羽人！”皋通惊叫一声，正要掏出背上的小神机弩，羽人瞬间已冲天入云没了踪影。

一块大如飞船的石头，盖顶直朝紫云英头上砸下来，她举起紫木棒紧紧地顶住。沉重的巨石直压得她手中的紫木棒悠悠闪动，随时都会断折。

史禄和湘姐、秦四妹在山下急得直喊：“云英！云英！云英！”

站在象城上，目不转睛观战的老练沉着的大将军赵佗，也忍不住惊呼：

“泰山压顶，如何是好！”

只见紫云英双手握住紫木棒，飞身用双腿朝压住紫木棒的巨石一击，那巨石动了动，她又挥腿朝上连击。巨石摇了摇，接着轰然一声，滚落下来。紫云英站立不住，抓住她的紫木棒，翻身同时滚落到千仞壁立的悬崖下去了。

紫云英像一只受伤的小燕子，在空中坠落着。

“哎呀！”史禄和湘姐、秦四妹同时惊呼，只感到眼前一片漆黑。

“完了！完了！”在象城上观战的赵佗摇头哀叹。

“皋通，快去救她！”赵始和姝媚公主顿脚狂呼，差点要跳城了。

紫云英在空中翻转着身子，飞速坠落，那棵从悬崖上横生出来像胳膊一般的老松树，“嘭”的一声挂住了她的身子，她手中紧握不放的紫木棒

“咔”的一声横插入光滑的石壁之中，横架在那棵老松树上，稳稳地架住了紫云英，她已昏迷过去，山风在拂动着她紫色的衣裙，像一片飘荡的紫云。

皋通在象堡上急忙找出一条用柯藤编织的柔韧藤索，将藤索的一头紧紧地缠在一块坚固的岩石上，将另一头缠绕在自己的腰上，他拉住藤索，一步步沿着崖壁直朝那棵横生而出的老松树爬下去。爬着爬着，他一失足踩滑，被悬吊在半空中，光滑的崖壁，使他无处踏足，整个身子晃悬着。

在山下仰头观看的史禄和湘姐、秦四妹心脏咚咚乱跳，再也说不出话来。

站在象城上观看的赵佗，发出一声惊叹：“想不到岭南部族，会有这样的英雄！”

皋通抓着藤索，半滑半蹬，终于靠近了被老松树和紫木棒横架托住了的紫云英，他俯身问道：

“紫衣妹，你还活着吗？睁开眼看我一下吧！”

紫云英微微睁开双眼，旋即又无力地闭上了。皋通把缠在腰上的藤索扎紧，双脚站立在老松树上，用双手抱起紫云英，小心地把他托放到自己的背上，随手抓住那根横插在崖壁上的紫木棒，皋通要把它带走，物归原主，但却怎么也拔不出来。他一看，不由大吃一惊，插在崖壁上的紫木棒根部，已发出了几支新鲜的紫色嫩芽——紫木棒已深深扎根在峭壁上了！

皋通背负着紫云英，吃力地抓着藤索往上攀登。当离象堡顶还有两三丈的距离时，只见头上一团黑云掠过，一双黑色的巨大翅膀扑来，掠起一阵阵狂风，把正在苦苦朝上攀登的皋通推得四处摇晃，不断撞击崖壁。皋通一手伸向后面，紧紧地护住背在背后的紫云英，一手紧抓藤索，双足顶着崖壁，尽力让自己身子稳定，继续朝堡顶攀去。又一阵狂风闪击而来，黑色的巨翼朝头顶掠过，皋通看到了羽翅间一片黑色光亮的肚腹暴露无遗，一个狰狞的面目闪现在巨大黑色的双翅之间，利剑般的黑色双爪，朝藤索上端一击，皋通感到一阵震动。他仰头一看，自己赖以上攀的那条藤索，已被斩断一半，好在藤索坚韧，那剩下的一半仍在顽强地颤悠悠地悬吊着皋通和他背着的紫衣女子。

皋通咬了咬牙，向身后背着的女子嘱咐道：“紫衣妹，再箍紧我一点!”

背上的紫衣女子似乎双手把皋通箍得更紧了。皋通抽出托护着紫衣女子的手，从背上拔出他的小神机弩，向那猖狂闪击不断的黑色巨翅射出一支剧毒弩箭，不料竟被那双黑色巨翅击落。肆无忌惮的羽人发出一阵摄人心魄的狂笑！他像一只猛兽，看到已疲惫不堪、走投无路正被他玩弄于股掌之间的猎物，他要慢慢地残忍地消磨这只可怜的猎物。

黑色的巨大双翅又向皋通扑了过来，伸出的一双利爪，又将悬吊着皋通和紫衣女子的藤索猛抓过去，要最后斩断它。那一大片漆黑光亮的肚腹掠过皋通头顶，他把牙一咬，将小神机弩上的四支毒箭一齐发射出去。整个神机弩带着四支毒烈的箭镞飞了出去，一齐扎进羽人黑亮的肚腹。随着一阵惨叫声，那双巨大的黑翅膀无力地收缩着，不可一世的羽人摔下了高耸的山崖，锐利的壁锋无情地撕扯着羽人黑色的羽毛，羽毛在空中飘荡，像秋天的枯叶飞舞。

皋通攀着藤索拼尽最后一点力气，终于爬上了堡顶，那藤索随即断为两截。

皋通背着紫云英，巍巍颤颤地从象堡顶沿着狭窄的象鼻险道，艰难地走了下来。走到那座铁木门下，守门的雒兵为他打开了大门，皋通背着紫云英，慢慢地走出了铁木门。史禄和湘姐、秦四妹等人已围在大门口。

皋通轻轻地把背在背上昏迷不醒的紫云英用双手抱下来，送到史禄面前说：

“禄，我没有伤害她，现在我把她交给你!”

湘姐和秦四妹过来一齐抱住了紫云英，向她不断地呼唤：

“云英！云英！云英……”

紫云英无力地“啊”了一声，连睁开眼皮的力气都没有了。

乙亥歲末

象城大门外，旌旗飘舞，人欢马嘶，南下军民云集，在等待一个庄严时刻的到来。

瓯雒王孤身一人，从象城的城门里走了出来。他头上那顶王冠没有了，上身赤膊，颈子上系着一条绳索，那绳索从颈子上缠绕至后背，又从后背缠绕至胸前，直至两条胳膊上。他双手端着一只木盘，盘中盛着一小堆黄土，土堆上插着一簇茅草。他走到史禄面前，毕恭毕敬地将木盘上的土堆茅草献了过去，向史禄表示臣服。

“禄呀，我被你打败了，今后，岭南的土地和瓯雒族众，都归你啦!”

史禄看着瓯雒王系在颈上的绳索和献过来的黄土茅草，知道这是岭南百越部落之间争斗失败的一方部族首领，向战胜一方部族首领投降的仪式，叫作“缚颈献茅”。战败一方首领，从此失去了他的领地和部族，孤身隐入深山，了此一生。

史禄接过木盘，将盘中的黄土和茅草铺在地上，又为瓯雒王解开颈上的绳索，说道：“王呀，让我最后叫你一声王好了！你曾经是我们族群的英雄，带领我们族群在这片土地上奋斗繁衍生息，可是你没有使我们过上人的生活，也不能带领我们的民族告别愚昧野蛮走向文明。我冒死逃出岭南，走进中原。今天我回来了，不是来抢你的地盘，夺你的王位。只是为了让岭南族群，过上人的生活。今天，你也老啦，该歇息了!”

瓯雒王默默地扭头离去，独自一人，孤零零地走向象城后的深山。史禄忙唤来昔日王宫中的几名侍者，郑重嘱咐他们：

“你们跟着他，今后要好好照顾他的生活。他不是战败失去领地和族群的瓯雒王，他是我们族中值得尊敬的一位长者。”

这时，天空飘过一片祥云，云端里传来一阵激情苍劲的歌声：

阴阳合兮天地通，
水火无言大道同。

渠水洗尽甲兵血，
岭南大地浴春风。
阴阳合兮天地通，
万水千山大道同。
棋局收尽豪杰出，
华夏儿女皆英雄。

身着麻衣的相离子乘着祥云，歌唱着，豪迈地冉冉掠过长空。

从秦始皇二十八年秋冬（公元前219）开始，经过五年的艰难开发征战，到秦始皇三十三年（公元前214），秦帝国正式统一了岭南。秦始皇在岭南设立南海郡、桂林郡、象郡，从此岭南的社会经济和民族融合历史翻开了新的一页。

但是，令人感到十分奇怪的是，史禄等凿渠沟通岭南与中原水上交通运输网路，对祖国的统一和岭南社会经济发展，以及民族大融合做出巨大贡献的那些功臣，却从历史上消失得无影无踪。他们到底去了哪里？直到两千多年之后，史禄当年留存在灵渠岸边的那块顽石（人们因不知它的来历，只是好奇地把它称作“飞来石”），才道出了这个惊天的秘密！

尾声　石头说出的故事

大清光绪三十二年（1906）夏天的一个黄昏，越城岭下，灵渠的江面相当平静，倒映着落日的倩影，闪烁着鱼鳞般的波光。一艘竹篷船出现在航道上，船上一个二十七八岁的年轻人摇着船橹，发出“咿呀咿呀”的声音，他抬了抬头上的斗笠，四处望了望，自言自语地说了句：“终于到了。”

这个年轻人名叫蒋海龙，是一位湖南的秀才，家住湘江岸边。看着江水天天流淌，自己因为好奇，曾经几次驾船顺流而下到过洞庭湖，知道了家门前的这条湘江，从洞庭湖流入长江汇入大海，但是却从没有逆流而上去看过湘江的源头在什么地方。特别是那条名垂青史的神秘灵渠，对他有着极大的吸引力。

蒋海龙读过很多史书，但是灵渠始终有太多的秘密，没有办法找到答案。

灵渠和都江堰、郑国渠一起并称为秦代三大水利工程，但关于史禄和灵渠的修建，书中的记载都少之又少。就连那部距灵渠完工七八十年后成书的《淮南子》也只说：“使监禄无以转饷，又以凿渠而通粮道。”比《淮南子》成书晚五十年的《史记》也只是说“使监禄凿渠运粮”一句话。《史记》之后一百年，东汉班固撰的《汉书》里，也同样只一句：“又使监禄凿渠通道。”此后的古籍史书，虽然多得汗牛充栋，但谁也说不清楚这条渠是怎么凿成的。在凿渠过程中究竟发生了些什么事情？尤其是那位具有巧夺天工胆识的凿渠总指挥史禄，他到底是天上神仙还是人间奇才？凿通灵渠后他又到哪里去了呢？为何消失得无影无踪，没有给后人留下只言片语？而流传下来的一些关于灵渠的故事，也同样相当模糊不清。对于喜欢穷根究底的湘江才子，蒋海龙抛却了功名仕途的追求，丢开了四书五经八股文的缠绕，便一门心思想在灵渠上探究出个古人和今人都未曾找到过的神秘答案来。既然在古书上找不到蛛丝马迹，那就只好在民间寻找了，稗官野史也罢，村夫逸闻也罢，神人异士也罢，哪怕是一草一木一石一水也好，只要能自圆其说，他蒋海龙是多多益善，说者不拒，听者有心。

把小船停泊在堤岸边后，蒋海龙四处看了看，发现不远处的水渠边有一块巨大的石头，附近正有一条竹排，竹排上一个白发渔翁正在收渔网。

他便将小船靠了过去，正好渔翁收回的渔网上有几条金黄色的鲤鱼，便问道："老人家你在这捕鱼辛苦吗?"

渔翁答道："不辛苦，我在这捕鱼已经有四十多年了，天天如此，请问这位先生你是从哪里来啊?"

蒋海龙说："我是从湖南沿着湘江一路过来的。"

渔翁又问："你这么远过来是干什么的呢?"

蒋海龙说："做什么呢，我就是想来湘江的源头探寻一番。老人家，我与你一见如故，可否来我船上小酌几杯?"

老渔翁也不推辞，提着两尾捕获的金色鲤鱼，便上了蒋海龙的小船。蒋海龙热了一壶自备的米酒，老渔翁把煮鱼的锅端到船头的小炉上，二人盘腿对坐。蒋海龙给老渔翁和自己各斟了一杯酒，他举杯敬了老渔翁一杯，问道："老人家您贵姓?"

老渔翁一饮而尽答道："姓李。"

"您是本地人吗?"

"现在算是本地人咯，不过祖上是陇西人。那时先祖随史禄公南下，在这里修筑灵渠，修好后也就留下在这里安家了。"

这时锅中的鱼已经煮熟，开始翻滚，蒋海龙看着小桌上的鱼和酒感叹道："真是'白发渔樵江渚上，惯看秋月春风。一壶浊酒喜相逢。古今多少事，都付笑谈中’啊！”

老渔翁说：“先生你真是个读书人，出口成章啊。”

蒋海龙笑道：“非也非也，这是明代词人杨慎的诗词。老人家，我来此正是想了解灵渠的故事，您可否与我略说一二？今天我们就话一下秦国，话一下史禄和灵渠，好吗？”

“好啊！”老渔翁说，“我祖上也流传下许多的故事，多得就像这渠中的水一样，你随便舀起一瓢来，就是个故事。”

蒋海龙看着水面。“这么多的故事，要从哪里讲起啊？”

老渔翁摸了摸胡子。“就从前面那块石头说起吧。那块石头，名为‘飞来石’。这块石头来头可不小，听我们的先人讲，这块石头是当年凿渠的时候，同为一道石山屏障中唯一留下的一块。当时湘江在北，漓江在南，要凿通一条渠道来把它们贯通，就必须凿穿这条山岭才能让湘水入渠，从此湘漓相合。当时的工匠们，前一天凿开无数石头，第二天起来却发现这块石头会恢复原样，史禄公便下令先把周围的其他石头凿开，其他石头很顺利地都凿开了，唯独留下这块凿不动的石头，它见证了湘江和漓江，从原来的各行其道到后来的汇合，到今天它已经在这江边默默地看了两千多年。你想要知道这灵渠的事情，我知道的有限，你要问它才行，它才真的是什么都晓得啊，所有灵渠上的故事，都收藏在它的肚子里。”

蒋海龙抬头看向老人所指，只见一块高约二丈长三丈许的黑色巨石，神秘地矗立在灵渠岸边，四周一片平坦，一侧是湘江，另一侧是灵渠。蒋海龙笑道：“老人家，你不会如此不胜酒力吧？刚酒过三巡，你就已经开始讲起神仙话来了，这只是块石头，又不会和我说话。”

老渔翁说：“这就是一块会说话的石头啊。史禄公当年凿渠的时候，之所以在石料缺乏的情况下也要把它保留下来，我想一定是留它下来与后人说话的。”

蒋海龙问道：“这个石头真的会说话吗？”

老渔翁又说道:“那就要看你有没有缘分了。”

“老人家我和你就很有缘分啊!”

“我们的缘分和这‘飞来石’比起来，那简直是九牛一毛，像这渠里的一捧水一样，微不足道啊!”

蒋海龙又追问道:“老人家，那这块石头真的说过话吗?”

“真的说过啊！”老渔翁接着说，“想当年东汉建武十八年(公元42)的时候，交趾的征侧、征贰两个女子造反，攻下我大片城池，震惊朝野。光武帝派伏波将军马援南下平叛。马援将军的部队沿着你经过的湘江来到这里，一看就傻眼了。他原以为史禄公修的灵渠是通的，结果几百年过去了，灵渠完全淤堵了，一片荒草掩埋着江河渠道，江水四溢，船完全无法通行。但是皇帝命令必须尽快平叛安定边境。军令如山，军情如火，渠道不通粮草就无法运输过来。马援将军十分着急，想要修复渠道，在周边转了几圈也看不出渠道原来的走向。最后走到了这块石头边，心急如焚又无可奈何，只得以头撞石来发泄胸中的愤懑焦躁，撞得头破血流时突然仿佛听到有个声音，将军趴在石头上仔细一听，似乎石头里传出两句话来:‘点灯山，三把火。点灯山，三把火。’然后，突然又没有声音了。伏波将军立刻找人来问:‘此处可有点灯山?’回答说这里确有点灯山，是当年史禄公修筑灵渠时，在此山上点火升旗做凿渠测量之用。”老渔翁指了指西边的一个山头，说:“先生你看，那就是点灯山。”

蒋海龙侧头一看，只见那山拔地而起，非常显眼，但山头平整，与周围之山十分不同。

老渔翁喝下一口酒，接着说他的故事:“伏波将军连夜带人背着柴草登上点灯山，在山上点起一把火，火焰升腾起来后，天空发出阵阵响动;第二把火点起来后，天空现出一片金色的光亮;第三把火点起来后，只见云层中飞出一条龙，那龙在天空中游摆舞动，发出一声巨吼，然后落在地上就消失不见了，落地的位置开始燃烧。伏波将军马上下山查看，发现地上龙形的燃烧痕迹正是在灵渠渠道不明的位置上。伏波将军感叹真是天助我也，几百年被淤堵了的灵渠就这样重现了旧貌新颜。伏波将军立即下令士兵沿着燃烧的痕迹开挖，很快便挖通了灵渠旧道。伏波将军大喜过望，对这块石头进行了叩拜后带领大军南下，很快就平定了叛乱。”

蒋海龙感叹道：“真神奇也！真神奇也！这块石头真神奇也！”

这时老渔翁对蒋海龙说：“天已经黑了，我该告辞回家了。我的故事也就只能讲到这么多了，如果你有马伏波将军那样的运气和缘分，这块石头也许会和你说出更多更多的故事来呢。”

蒋海龙又回船上独自喝了一阵酒，觉得还不过瘾，便提着酒壶酒杯上岸走到“飞来石”边，把一个杯子放在“飞来石”面前，斟满酒，对着石头说道：“你这么神奇，我很是敬佩啊。我这一生没有什么想法了，功名也没有办法追求了，我现在就是想解开灵渠之谜，你能给我讲讲故事吗？”

说完就把杯中的酒洒在石头上，又斟满一杯：“石先生啊，你喝啊。”

蒋海龙便对着飞来石，你一杯我一杯地喝了起来，但是一夜过去了，什么也没有发生。

蒋海龙自言自语道：“真是不顺啊，想听石头讲故事，也无法打动它，看来，我是没有伏波将军的福分啊。”

第二天晚上，蒋海龙仍不死心，又带着酒壶酒杯来到“飞来石”边，继续与石对饮，祈求石头能把秘密告诉自己。但是还是什么都没有发生。

蒋海龙仍不死心，第三晚他雇了几个村民，带着柴草，爬上点灯山，先后点起三把火，那火照得天上通红，他双眼紧紧注视着天空，但是等到天亮仍然什么动静都没有，蒋海龙相当失望，只得回到自己的小船上继续喝他的闷酒。

蒋海龙并没有死心，第四晚他又带着酒壶酒杯来到了“飞来石”边，边喝边对着石头喊：“你要给我讲故事啊！你要给我讲故事啊！”

他以头叩石，“咚咚咚”地不断叩着，额头上冒起几个大包，接着竟流出血来，血流满面，他仍然在疯狂地叩碰着，一边叩碰一边不住地喊着：“飞来石啊！你再不开口讲故事，我就撞死在你面前了！”叩着，喊着，蒋海龙像疯了一样又叩又喊。不知过了多久，朦胧中开始听到石头中有声音对他说：“我知道你是谁。”

蒋海龙大吃一惊，忙问：“你知道我是谁?”说罢又用头叩了几下石头。

石头里传出一阵苍老古怪的声音：“你是蒋海龙，我还知道你来这里想干什么。”

“你怎么知道我的姓名，又怎么知道我来干什么呢?”

“哈哈，我当然知道，这条渠上的事情，没有我不知道的。”

“那你快给我讲!”

“你要我讲啊，快拿酒来!”

蒋海龙赶紧给石头斟满酒，然后趴在石头上，把耳朵紧紧地贴着石头，那“飞来石”竟讲出一个惊天地泣鬼神的故事来。一直到天亮，石头才停止了故事的讲述。蒋海龙跳到他的小篷船上，急不可耐地掏出笔纸，将昨晚石头讲的故事逐一记录下来，然后便躺在船上呼呼睡去，一觉睡到黄昏。他爬起来，草草用过晚饭，待一弯新月映入灵渠中时，他便又提上一壶酒，两个酒杯，给石头斟满酒后，用头叩碰“飞来石”，把耳朵紧紧贴在石头上，倾听“飞来石”讲述那旷古未闻的神奇故事。日复一日，月起月落，竟有三月之久，他记录的文字，也有十册之厚。而“飞来石”讲的故事，已讲到了秦军兵临象城瓯雒王献城投降，秦帝国完成了岭南统一大业，史禄给秦始皇绘制岭南地图，派专人将统一岭南的捷报送往京城咸阳上呈始皇帝。

故事讲到这里，“飞来石”便停止了讲述，蒋海龙急忙将头往“飞来石”上磕碰着，急不可耐地催促道：

“后来呢？后来呢？你快讲呀！快讲呀！”

“哈哈哈！”石头里爆发出一阵慈爱的笑声，“看来，你真是一个喜爱听故事的孩子，那好吧，快给我拿酒来!”

蒋海龙马上斟满酒，连续给“飞来石”敬了三杯，石头里传出了一阵豪爽的饮酒之声。“飞来石”这才继续说道：

“秦始皇统一了岭南之后，在岭南设立了三个郡，这就是南海郡、桂林郡和象郡。秦始皇论功行赏，把最先攻入岭南东部番禺的任嚣将军，封为南海尉。史禄公和赵佗将军分领橘[①]阳、龙川之令。那些诸如西瓯君、苍梧君、皋通等人也分授不同的官职。但是史禄公牢记他的恩师相离子‘功成不居’的教诲，他本来就对当官没有什么兴趣，便向秦始皇请求，让他带人乘船到广阔的海外，为皇上搜寻更多的奇珍异宝，探求天地间更大的神秘世界。秦始皇批准了他的请求。于是，史禄公便带着善水的几千苍梧人和大量丝绸、黄金、白银，从岭南的合浦港乘上几百艘大船出发，周游世界去了。

“飞来石”讲到这里，又停顿了下来。蒋海龙急得又是磕头，又是斟酒，连连催道：

“后来呢？后来呢？请快讲呀!”

“啊……”“飞来石”发出一阵叹息，“古今多少事，都付笑谈中。我讲的故事，也就讲到这里为止了。欲知后事如何，你不妨驾船沿着这条灵渠，一路追随史禄公的足迹而去，探寻更多的秘闻逸史吧，恕不奉陪了!”

“飞来石”的讲述至此戛然而止，蒋海龙急得赶忙磕头敬酒，可是“飞来石”中一点声音也没有了。他感到莫大的失落，但是夜色中月亮沉浸在灵渠的江水里，似乎要指引他往前去继续搜寻那些遗落在江里和海里的故事。蒋海龙便抱着一线希望，把两只酒杯的酒斟满，连着他的那只心爱的酒壶，一起留在了“飞来石”前，随后登上他的小篷船，摇橹驾舟沿着灵渠一路去了。

蒋海龙在合浦港盘桓多日，又搜寻到史禄出海的诸多传闻，于是他变

---

① 橘，俗作“桔”，与岭南方言“吉”同音，与“揭”音相近。

卖了那只由湖南湘江边一路驾驶而来的小篷船，顺便跟随一伙下南洋做海货生意的商贩，继续追寻史禄的足迹去了。蒋海龙后来如何？已不为人所知。正如广西人常讲的一句话："赶山连狗也丢了！"那意思是说，猎人带着猎犬上山搜索猎物，连人带狗都不知去向了。

公元二〇〇八年，笔者在南洋诸国旅游。一天，在一座临海的小城镇上闲逛，步入一个售卖古董的小市场，无意间发现一摞残破的古老稿本，稿本题名《石头说事》，署名"蒋海龙谨记"。翻开一看，见写的是秦朝时，秦始皇派遣史禄、赵佗等进军岭南，凿渠以通秦军粮道，最后统一岭南之事，其中记述监军史禄筑坝凿渠的事项甚为详尽，便花重金购买了下来。回国后，仔细研读，稿本虽有残破缺页漏字，但头绪却较为清晰，所述之人和事，皆闻所未闻。初看虽然荒诞不经，但证之史实，却也大致不谬。遂决定以此稿本为基本线索，参照历史和民间传说，撰写一部反映秦朝统一岭南，史禄凿渠筑坝，沟通岭南与中原水系，促使岭南迅速迈上文明之道的书。这便是这部《灵渠》之书的由来。

《灵渠》创作札记：

灵渠三问

一、灵渠为什么有一段漫长的历史空白期

灵渠虽然存在了两千多年，但是我们至今还不知道它开凿于哪一年？它初始之时的具体形态如何？在唐代以前，它有无名称，如有，它的名称是什么？它既然是一条这么有地位和重大影响力的人工运河，为什么在《史记·河渠书》《汉书·沟洫志》以及《水经注》这些中国古代最重要的河渠历史典籍中，没有一个字的记载？以致在唐代以前一段漫长的时间里，一直处于历史的空白期，仿佛监禄（史禄）凿的这条渠根本就没有存在过。

细读史籍，我们发现忽视灵渠的存在，几乎是唐代以前的一个普遍历史现象。史学家们往往说到与灵渠有关的历史事件时，都一笔带过不提。如司马迁在《史记·西南夷列传》中，引番阳令唐蒙给汉武帝的奏章，献计对南越国用兵："今以长沙、豫章往，水道多绝，难行。窃闻夜郎所有精兵，可得十余万，浮船牂牁江，出其不意，此制越一奇也。"灵渠是由长沙南出岭南的重要水道，当然也应包括在那些"水道多绝，难行"的水道之内。灵渠既是沟通岭南与中原的重要水道，为什么会"绝"了呢？对此，司马迁一字不提。班固在《汉书·西南夷两粤朝鲜传》中，基本上重复了这个说法，不提灵渠的存在。

《史记·南越列传》，记汉武帝元鼎五年（公元前112），下令向南越国进军，其中"故归义越侯二人为戈船、下厉将军，出零陵，或下离水，或抵苍梧"，《汉书·武帝纪》《汉书·西南夷两粤朝鲜传》基本上重复了《史记》所记，只不过在《汉书·武帝纪》中，记述得较为详细一些："归义越侯严为戈船将军，出零陵，下离水；甲为下濑将军，下苍梧。"这里使人费解的是，

归义越侯严将军，他所率领的戈船战舰，“出零陵，下离水”，而灵渠是湘楚下南越水上必经之地，他的戈船不经灵渠，又怎么出得了零陵，下得了漓水呢？

班固在《汉书·司马迁传》中写到司马迁“二十而南游江淮，上会稽，探禹穴，窥九嶷，浮沅湘”。司马迁生于公元前145或前135年，他“窥九嶷，浮沅湘”的时候，监禄凿的灵渠已有八九十年了。司马迁这次游历的足迹，已接近灵渠。像他这样以实地考察写历史的大家，即使不能亲历灵渠（灵渠当时被南越国占据着），但在湘江上，他也可以打听到有这么一条重要的人工运河，但是他却没有提到灵渠。

到了南北朝时，南朝宋的范晔修《后汉书》，在《后汉书·朱冯虞郑周列传》中，记郑弘大司农开零陵峤道：“郑弘字巨君，会稽山阴人也……建初八年（公元83），代郑众为大司农。旧交址七郡贡献转运，皆从东冶（今福建福州市）泛海而至，风波艰阻，沉溺相系。弘奏开零陵、桂阳峤道，于是夷通，至今遂为常路。在职二年，所息省三亿万计。”灵渠是由零陵南出岭南的重要峤道，郑弘奏开零陵峤道，无疑要包括灵渠这条重要水道在内，为何只字未提灵渠？

历史上有东汉伏波将军马援修浚灵渠之说，并且还将马援与史禄、李渤、鱼孟威入祀在灵渠边的“四贤祠”内，可是《后汉书·马援传》并无任何马援修浚灵渠的文字记载。

而最忽视灵渠存在的要数北魏时期我国著名的地理学家、文学家郦道元。

郦道元考察天下河渠水系，撰成地理文学巨著《水经注》这部书，记载了中国大小水道河渠1212条，对这些河渠，一一穷原竟委，详细记述了所经地区山陵、原隰、城邑、关津等地理情况，建置沿革和有关历史事件、人物甚至神话传说，无不繁征博引。引用书籍多达437种，还记录了不少汉魏间的碑刻，所引书和碑刻今多佚。《水经注》是公元六世纪前中国最全面系统的综合性地理著作。郦道元约生活在公元470年至527年间，他所处的时代，距监禄（史禄）凿渠以通粮道，已有七八百年，为什么他在《水经注》这部系统而宏大的地理学著作中，只记都江堰、郑国渠，甚至比灵渠后开的汉代“引泾水，首起谷口，尾入栎阳”的白渠都记入了其中，而唯独不记灵渠?

我们来看郦道元是怎样忽视灵渠的。在《水经注》的三十八卷专门有一篇《漓水》:

漓水亦出阳海山。漓水与湘水出一山而分源也。湘漓之间，陆地广百余步，谓之始安峤。峤，即越城峤也。峤水自峤之阳南流注漓，名曰始安水。故庾仲初之赋《扬都》云“判五岭而分流”者也。漓水又南与沩水合，水出西北邵陵县界，而东南流至零陵县西，南径越城西。（建安十六年，交州刺史赖恭自广信合兵小零陵越城迎步骘，即是地也。）沩水又东南流，注于漓水，《汉书》所谓“出零陵，下漓水”者也。

这篇《漓水》注文虽短，但地理、历史、文化信息含量非常丰富。先说它的地理信息：郦道元告诉我们，湘江与漓江之间，陆地间隔仅“百余步”(秦朝六尺为一步)。这“百余步”距离就是湘、漓二水的分水岭始安峤。始安峤之南有一条南流注入漓水的支流名叫始安水，就是庾仲初在他所作的《扬都赋》中“判五岭而分流”的那条河水。漓水又南与沩水汇合。沩水即是发源于猫儿山，上段称六洞河，出山与川江、黄柏江合流后始称大溶江的河道。

“漓水篇”的历史信息有两条：第一条是《汉书》所谓“出零陵，下漓水”之地，本文已前述。第二条历史信息是《水经注》“建安十六年，交州刺史赖恭自广信合兵小零陵越城迎步骘，即是地也”。这次历史事件发生的时间：建安十六年，即公元211年，建安是汉献帝的年号，此时魏、吴、蜀已三分天下，汉献帝已成傀儡。事件发生的地点：小零陵。古零陵县为秦朝所置，治所在今广西全州县西南，这里西汉时为零陵郡治，东汉因郡治移于泉陵，以对郡而言，又称小零陵。事件相关人物：赖恭，刘表治理荆州时，派为交州（今广州）刺史；步骘，东吴孙权重要的谋臣。事件发生的原因和经过：刘表治理荆州时，岭南属荆州管辖，刘表派赖恭担任交州刺史，吴巨担任苍梧太守，后二人发生矛盾冲突，赖恭在交州无法立足，遂向东吴孙权求援。孙权一看，这正是占据岭南的机会，当即派步骘为交州刺史，立为武中郎将，统领武射吏（善射的官兵）千余人，南行去接管交州政权。赖恭得知孙权已派步骘来岭南，便把交州和广信（今广西梧州）的兵一起带到始安水附近的小零陵迎接步骘，将交州政权移交步骘。

"漓水篇"的文化信息，便是郦道元引用庾仲初的名作《扬都赋》，以扬始安水之名："判五岭而分流。"庾仲初即庾阐，字仲初，颍川鄢陵（今河南鄢陵北）人，东晋大文学家，他创作的《扬都赋》影响很大，社会上广为传写，曾引起建康（东晋国都，今南京市）纸贵的场面，与西晋大文学家左思的《三都赋》引起"洛阳纸贵"相似。《扬都赋》洋洋洒洒，文采飞扬，不仅写到漓江上源的始安水"判五岭而分流，鼓沱潜而碎沛"，还写到"林蔚八桂之丛，果则黄柑朱橙"，这比唐代大文豪韩愈咏桂林的"苍苍森八桂""家自种黄柑"诗句早了四百多年。

说了郦道元《水经注》中的"漓水篇"这么多信息，灵渠在哪呢？还是一个字也没有提到。凡是熟悉灵渠的人，都知道始安水，它是接入灵渠引湘江之水进入漓江，沟通湘漓二水的首条河流，可以说，没有始安水，就没有灵渠；没有灵渠，始安水也就不为人所知。要知道，始安峤、始安水、始安县是与生俱来的啊。但是郦道元不但写到了始安峤，而且写到了始安水，还特地以东晋大文豪庾仲初的《扬都赋》为始安水扬名，为何却忽视了比始安水更重要的灵渠的存在？

是否在唐代以前，人们还不知有灵渠这么一条人工运河？答案是否定的，因为早在东汉时期，就有一位学者高诱，在他为淮南王刘安著的《淮南子·人间训》做注解时，在“使监禄无以转饷，又以卒凿渠而通粮道”句之后加注“监禄秦将，凿通湘水漓水之渠”（高诱《淮南子注》）。这说明在东汉时，人们已经知道了，灵渠是监禄（史禄）凿通湘水漓水之渠，只不过这渠还没有名称而已。这条注解是灵渠目前所知最早最具体的一个史料。既然连高诱都知道“监禄秦将，凿通湘水漓水之渠”，司马迁在《史记·河渠书》，班固在《汉书·沟洫志》，郦道元在《水经注》“漓水篇”等重要著作中，为什么不记监禄和灵渠的史事，致使灵渠存在漫长的历史空白期？答案被厚厚的历史尘封着。

据最早记载监禄（史禄）凿渠的《淮南子·人间训》：

> 事或为之，适足以败之；或备之，适足以致之。何以知其然也？秦皇挟录图，见其传曰：“亡秦者，胡也。”因发卒五十万，使蒙公、杨翁子将，筑修城，西属流沙，北击辽水，东结朝鲜，中国内郡輓车而饷之。又利越之犀角、象齿、翡翠、珠玑，乃使尉屠睢发卒五十万，为五军，一军塞镡城之岭，一军守九嶷之塞，一军处番禺之都，一军守南野之界，一军结余干之水，三年不解甲弛弩，使监禄无以转饷，又以卒凿渠而通粮道，以与越人战，杀西呕君译吁宋。而越人皆入丛薄中与禽兽处，莫肯为秦虏。相置桀骏以为将，而夜攻秦人，大破之，杀尉屠睢，伏尸流血数十万。乃发适戍以备之。当此之时，男子不得修农亩，妇人不得剡麻考缕，羸弱服格于道，大夫箕会于衢，病者不得养，死者不得葬。于是陈胜起于大泽，奋臂大呼，天下席卷，而至于戏。刘、项兴义兵随，而定若折槁振落，遂失天下。祸在备胡而利越也。欲知筑修城以备亡，不知筑修城之所以亡也，发适戍以备越，而不知难之从中发也。夫鹊先识岁之多风也，去高木而巢扶枝，大人过之则探鷇，婴儿过之则挑其卵，知备远难而忘近患。故秦之设备也，乌鹊之智也。

许多研究灵渠的人，只把这段文字当作历史来读，其实，细读原文，就会发现，这段文字表述的是一个哲学问题，而不是一个历史问题。文章的起始句子，是一个富于哲理的设问句："事或为之，适足以败之；或备之，适足以致之。何以知其然也？"这句话的意思是，有时候人为地去做自己认为很有用的事，却恰恰是败坏了它；有时候有意去防范某种祸患，却恰恰是招致它的到来。怎么知道它会是这样的呢？作者以秦始皇得到一册录图，发现上面的解说文字写着："亡秦者，胡也。"秦始皇为了防"胡人"，于是征调五十万大军，命令蒙恬、杨翁子修筑长城。秦始皇又贪图百越之地的犀角、象牙、翡翠、珠玑之类的奇珍异宝，又派尉屠睢率五十万大军南攻百越，命监禄（史禄）凿渠以通粮道，为秦军转饷。这两件事搞得天下百姓苦不堪言，遂引发陈胜造反，刘邦、项羽等纷纷起兵响应，义兵势如摧枯拉朽，秦朝很快就灭亡了。秦始皇原本打算修长城是为了防止被"胡人"灭亡，谁知恰恰是修长城导致了秦朝的灭亡。秦始皇攫取百越之地，调动大批囚徒去戍守，谁知恰恰是从这中间爆发了灾难（秦亡）。淮南子接着讲了一个极富哲理的小故事：那乌鸦、喜鹊预先知道一年中哪个季节多风暴，于是便将原本在大树顶端的巢，迁到低矮路旁的树枝上以避风暴。谁知这样一来，路人随手就可以掏到雏鸟，小孩顺路就可挑破鸟蛋。乌鸦和喜鹊知道预防远期的祸患，却不知这样一来，又造成了眼前的灾难。以此来看，秦始皇的所谓防备，只是像乌鸦、喜鹊之类的小智慧。

这个观点，在很长一段时间，影响着后世的史家对秦始皇修长城和南攻百越（包括监禄凿渠）的记述和评价。他们反复地把这两件事，作为秦始皇两大暴政导致秦朝灭亡的历史教训，提醒历代统治者引以为鉴。这就使得监禄（史禄）凿渠这件事和凿成的这条渠，在史家眼中，就没有什么历史地位可言，也就不值得一提了。更何况，在秦攻百越的战争中，监禄（史禄）奉命凿渠以通粮道，凿渠只是一个解决通粮道转饷临时性的军事后勤供应工程，它的规模比万里长城小得几乎可以忽略不计。另外，此渠筑成，也并非马上扭转了秦军被动挨打的局面，反而造成了秦军统帅尉屠睢被越人杀死，秦军“伏尸流血数十万”的败局，秦始皇“乃发适戍以备之”，最后是靠这批犯罪之人遣戍岭南百越之地，才稳定了南攻百越的战局。所以从军事上说，它也不是可以作为一个成功的战例来记述的，也更不能从水利灌溉上和它同时代的都江堰、郑国渠比肩。

这就是唐以前史家不记灵渠的原因。除上述原因外，《汉书·沟洫志》在齐人杜延年（执掌朝政的霍光大将军的亲信）的上书中有一句话，透露了一个大秘密：“天下常备匈奴而不忧百越，以其水绝壤断也。”就是说，在汉代常常要防备北方匈奴的南侵，而不必忧虑岭南百越之患，是因为地理上百越与中原“水绝”，即水上交通断绝；“壤断”，即因五岭这道大自然屏障，隔断了中原与岭南百越土地上的接壤，陆上交通也断绝，因此岭南百越人无法逾岭北上攻击中原王朝。那么，还要灵渠来干什么呢，否则不是自我引发边患吗？可见在汉代和以后相当长的时间里，监禄（史禄）凿的这条渠是“水绝”的，人们不记它，甚至忘记了它也就不奇怪了。灵渠沟通珠江与长江两大水系的宏伟事业。“导三江，贯五岭，济师徒，引馈运。”（唐·鱼孟威《桂州重修灵渠记》）[①]“秦史禄导海阳山水，逆为石矶以激水，分岭而下，会湘桂二水合为一。北通京师，南入于海，厥功弗究。”[②]“夫陡河虽小，实三楚两粤之咽喉，行师馈粮以及商贾百货之流通，唯此一水是赖。”[③]明显是在唐代以后的事了。我们也没必要指责司马迁、班固、郦道元这些大师的“历史局限性”，毕竟，灵渠是一坛陈酿老酒，需要历史的发酵，才显出它的醇香美味来。

---

①（唐）鱼孟威：《桂州重修灵渠记》，出自《全唐文》第四册·卷八四，上海古籍出版社，1990 年版。
②（宋）李师中：《重修灵渠记》，载于明代黄佐《广西通志·沟洫志》。
③（清）陈元龙：《重建灵渠石堤陡门碑记》，据兴安县灵渠四贤祠石刻碑文及唐兆民《灵渠文献粹编》，中华书局 1982 年出版。

二、灵渠与它同时代的都江堰、郑国渠和长城有无可比性

人们常把灵渠与四川都江堰，陕西郑国渠并称为秦代三大水利工程，这个说法对吗？司马迁在《史记·河渠书》中，对蜀太守李冰凿离堆建都江堰水利工程，记载得较为详细："于蜀，蜀守冰凿离堆，辟沫水之害，穿二江成都之中。此渠皆可行舟，有余则用溉浸，百姓飨其利。至于所过，往往引其水益用溉田畴之渠，以万亿计，然莫足数也。"

司马迁在《史记·河渠书》中，对郑国渠的记载，简直要胜过当今那些谍战小说和影视剧。"而韩国闻秦之好兴事，欲罢之，毋令东伐，乃使水工郑国间说秦，令凿泾水自中山西邸瓠口为渠，并北山东注洛三百余里，欲以溉田。中作而觉，秦欲杀郑国。郑国曰：'始臣为间，然渠成亦秦之利也'。秦以为然，卒使就渠。渠就，用注填阏之水，溉泽卤之地四万余顷，收皆亩一钟。于是关中为沃野，无凶年，秦以富强，卒并诸侯，因命曰郑国渠。"

我们不妨把这段文字用现代语言说一遍：韩国听说秦国喜好对外扩张侵略，欲使秦国消耗人力财力，使它不能向东出兵威胁到韩国的安全。于是就派水利工程师郑国到秦国去当间谍，劝说秦国，凿穿泾水从山西到瓠口，沿着北山向东注入洛水，渠长三百多里，用来灌溉田地。秦王采用了这个计划。在凿渠过程中，发现水利工程师郑国竟是韩国派来的间谍，秦王就想杀掉郑国。郑国说："最初臣来的确是做间谍，但是渠完成后，也是对秦国有利的呀。"秦王认为郑国这话说得对，就决定让他把渠完成。渠完成后，引带有淤泥的渠水，灌溉咸卤的土地四万多顷。每亩的收成都有一钟。于是关中一带变成了沃野，没有荒年，秦国因此富强，最后终于吞并

诸侯，因此把这条渠命名为郑国渠。

按《史记·平准书》：“田，大县数百顷，小县百余顷。”四万余顷就相当于400多个小县田的面积，可见郑国渠灌溉面积之大。这四万余顷田，每亩收成都有一钟。按《左传·昭公三年》记载：“釜十则钟。”晋代学者杜预注曰：“（钟）六斛四斗。”即每钟等于六斛四斗。一斛等于十斗，一钟就等于六十四斗。四万顷的良田，每亩收成都有六十四斗。秦国通过郑国渠的成功开凿，把韩国的一个阴谋，转变成了富国强兵、最后统一了六国的阳谋。司马迁用他史家之笔，津津乐道地记述了这件富有传奇色彩的史事。可是通观《史记·河渠书》全篇，竟无一字记灵渠。班固的《汉书·沟洫志》则是对灵渠的存在忽略不计：“自郑国渠起，至元鼎六年，百三十六岁，而兒宽为左内史，奏请穿凿六辅渠，以益溉郑国傍高卬之田。”左内史兒宽主持开凿的六辅渠，又名六渠、辅渠，于郑国渠上游南岸开凿六道小渠，以辅助灌溉郑国渠不能到达的高地，起约自今陕西淳化西南，经泾阳西北经云阳镇北。至唐元和年间尚有留存。据《汉书·沟洫志》所记，六辅渠不过是郑国渠水利灌溉系统工程的六道小渠，属于一些辅助灌溉工程。但《汉书·沟洫志》都记了下来，而且放在郑国渠之后“百三十六岁”值得一记的河渠事。那么开凿于郑国渠之后约二十年，当然包括在这“百三十六岁”之内的灵渠，却一字不铭。

灵渠与都江堰、郑国渠不可比，还体现在它们的灌溉效益的绝对差别上。都江堰灌溉总面积为三百余万亩；郑国渠的灌溉总面积为二百八十余万亩。灵渠的灌溉总面积是多少呢？据当代兴安籍学者唐兆民先生说：“一提到灵渠的灌溉，往往夸大其词，动辄说它可灌溉万亩或千顷，这显然是一般封建士大夫不顾事实和别有用心的浮夸。”①按照唐兆民先生的实地调查所得，解放前灵渠的灌溉总面积为8954亩②。也就是说，灵渠的灌溉总面积，

---

① 唐兆民：《灵渠文献粹编》，中华书局1982年10月北京第1版第13—14页。
② 唐兆民：《灵渠文献粹编》第325—334页，《解放前灵渠水利灌溉情况调查表》。

是都江堰的三百分之一弱，是郑国渠的二百八十分之一弱。如果作为水利灌溉工程，灵渠怎么可以与都江堰、郑国渠并称为秦代三大水利工程？

灵渠与都江堰、郑国渠是两种不同类型的工程：灵渠自凿通之时即为在战争情况下一临时军事交通运输工程（使监禄凿渠以通粮道）；都江堰、郑国渠纯为水利灌溉工程（都江堰也可以行船），用途不同，存在不可比性。但有一点，它们都是共同的：即都江堰、郑国渠、灵渠，三者都改变了中国的历史进程和疆域面积。都江堰、郑国渠开渠之后，成都平原和关中平原都成了丰饶的良田沃野，秦国因此而国力富强，统一了六国，一个疆域广大的大一统中国由此形成；秦始皇南平百越，命监禄（史禄）凿渠以通粮道，使岭南地区归入秦帝国的版图，使岭南百越部落社会跨入了封建社会。总之，都江堰、郑国渠、灵渠都为秦始皇统一中国起到了至关重要的作用。

"北有长城，南有灵渠"，灵渠与长城有可比性吗？长城从它诞生的那一天起，就是个庞然大物的军事防御工程。《史记》说长城"起临洮属之辽东，城堑万余里"（《史记·蒙恬列传》）。现存的长城也还有6300多公里。灵渠的全部长度才30多公里。长城与灵渠的功能有着根本的区别：长城是消极防御的（北防匈奴），灵渠是积极进取的（南取百越）；长城是封闭隔绝的（"不教胡马度阴山"——唐·王昌龄《出塞》），灵渠是开放沟通的（"锦帆直是到天涯"——明·解缙《兴安渠》）。但是，尽管灵渠与长城有着巨大的差别，然而它们却有着两大共同之处。

历史上认为秦朝的灭亡，均因秦的暴政统治所引起，史家把北筑长城，南平百越这两件事归结为秦的暴政，是导致一个强大王朝短时间灭亡的教训。第二个共同之处便是，时至今日，秦始皇筑长城、平百越的血腥暴政早已淡化，孟姜女哭长城的凄厉之声，也已随风而逝。如今人们认为长城气魄雄伟，灵渠沟通珠江与长江水系功不可没，它们都是世界历史上伟大工程之一，体现了中华民族的智慧和力量。长城已列入《世界文化遗产名录》，而灵渠也正在紧锣密鼓地"申遗"。从这两大共同之处来看，说"北有长城，南有灵渠”也是有道理的。

但是，有一点，则无论是都江堰、郑国渠，还是长城，都比不过灵渠的，便是灵渠在工程营造和它在功能上所起到的巨大作用，无不是以小、巧取胜。灵渠的小、巧，不仅体现在它工程量的小（与都江堰、郑国渠和长城相比），而且体现在它以小博大，以小胜大，就是我们常说的以四两拨千斤的智慧之力。在秦统一中国之前，黄河、淮河、长江和钱塘江四大流域，经过历年开凿的多条人工运河，已形成沟通内河水道网路，秦统一后，实行的“车同轨”，应当把这些水运网路统一在一个系统之内。秦始皇南征百越，命监禄（史禄）凿通灵渠，在实现岭南归入秦帝国的版图之后，也就解决了因五岭阻隔，无法使岭南的珠江水系与中原长江水系沟通的问题。灵渠很像围棋上的眼，一枚小小的棋子落下去，使中华大地的水运系统网路，全盘皆活。如果把中华大地上的江河水运交通网路，比作一条巨龙，秦始皇画龙，监禄（史禄）点睛，灵渠是中国古代智者与勇者的画龙点睛之作。

灵渠的巧，体现在它凿渠选址、设计、测量和营造上，始安水的发现和利用，人字大坝（大小天平），铧嘴分流湘水，南北二渠的创设都是巧妙的神来之笔，灵渠是中国古代智慧文化的光辉体现。

三、灵渠最大的历史价值是什么？

灵渠最大的历史价值是文化。灵渠留给我们的是一份丰厚无比的文化遗产。

灵渠文化是先秦时代灿烂辉煌的中国文化的结晶，它的核心，则是由充满智慧的中国古典哲学思想所构成。灵渠是一部神秘的大书，它书写了中国古典哲学思想中关于天、地、人的关系。

古灵渠的巨大文化价值，深深地蕴藏在它的主体工程之中。

古灵渠的主体工程，由“人”字大坝（大小天平）和铧嘴及南北渠道所组成。

先说“人”字大坝（大小天平）的构成。这个构思独特的“人”字大坝，体现了中国古典哲学中“天人合一”“阴阳合一”的思想。灵渠的大坝是个大写的“人”字。左边这一撇，分海洋河水入北渠，联通湘江，属阴；右边这一捺，分海洋河水入南渠，沟通桂林的漓江，属阳。漓江的“漓”是什么意思？卦书上说：“离也者，明也，万物皆相见，南方之卦也”，“离为火，为日，为电，为甲胄，为戈兵。”（《易·说卦》）离，卦属火，火性热而炎上，属阳。离火太旺，有刀兵之凶。而水曰润下，属阴。欲化解离之阳火太过，离旁必须加水，阴阳相配，方得大吉。因此，从文化上说，古灵渠其实是一个对漓江的补水工程。当然，古代的漓江并不缺物质形态上的水，所缺的是阴阳五行上的“水”。灵渠的引湘水入漓水，要实现的是一种阴阳动态平衡，即古人所说的“斯渠以安蛮夷”就是说灵渠的首要作用是要以华夏文化，滋补漓江流域的百越蛮荒之地，不能让它火性太旺热，行为太过蛮。

湘漓二江均发源于桂林市的北部大山区。湘江的“湘”字，相从木，木曰屈直，具有生长、升发之性，木需水的滋养方得大吉。因此，“相”旁也要加上“三点水”。但是，湘江上游的海洋河水汹汹，全部冲入湘江，造成湘水阴盛，亦不利于“木”的生长。湘江阴盛，漓江阳旺，两条江阴阳失衡都不利。于是，史禄选择在湘漓二江相距仅“百余步”处（秦朝6尺为一步）拦江筑坝，截断湘江故道，然后导水分流，使海洋河水一部分经北渠流入湘江，另一部分经南渠补水给漓江，实现湘、漓两江的阴阳动态平衡。如果没有史禄开凿灵渠，离火太旺，经过若干年之后，便会发生漓水牺牲湘水而占有之的“漓水夺湘”的可怕后果，对于湘漓两江及其流域的生态，都是灾难性的。这个问题，中国著名的地质、地貌学家冯景兰先生在1928年到桂北地区调查山川地貌、地质情况曾指出过：“漓水为入海捷径，其支流向上侵蚀之力，远非纡回入海之湘水支流所能及。现号为陡河之漓水支流，自西而东，向上侵蚀，实有进夺海洋河全流之趋势。”[①]以上说的是地理地质问题。而人文上的阴阳失衡问题同样也不可忽视．尽管灵渠凿通之后，基本上实现了湘、漓两江的阴阳动态平衡，达到了“斯渠以安蛮夷”的初步目的，但是又时有阴阳失衡导致“斯渠翻劳华夏”之事发生。“翻劳”，反而烦劳的意思。灵渠“翻劳华夏”之事，历史上至少有过两次。一次发生在唐朝僖宗乾符六年（879），黄巢起义军攻占广州后，因水土不服、军中疫病流行，士兵染病死亡大半，黄巢被迫弃广州沿西江上桂江，欲经灵渠北返中原。在去往桂林途中，士兵继续病亡，战力衰败。但是到达桂林后，黄巢军得到当地瑶民的大力支持，大批瑶民的加入提振了黄巢军的战力，且瑶民善扎木筏，几日之内，便扎木筏数千。此时正值夏季湘水暴涨，黄巢军乘坐木筏经灵渠直下湘江，一日之内便攻下潭州（长沙）。第二年即攻占唐朝国都长安，唐僖宗逃亡成都。《新唐书》说：“唐亡于黄巢，而祸基于桂林。”

---

① 冯景兰：《桂省东北之地形》，《两广地质调查所年报》第2卷下1929年。

不如说，唐亡于黄巢，而祸基于灵渠更准确一些。因为如果没有灵渠，黄巢军在桂林即使不被尾追的唐军剿灭，也会被困死，何能“翻劳华夏”？

灵渠第二次“翻劳华夏”发生在清朝咸丰二年（1852）。太平军在桂平金田起义后，北上围攻桂林，久攻不克，清廷调动数路大军，欲将太平军围堵聚歼于广西北部一带，使其不能北上中原，威胁清朝统治。危急之时，太平军弃攻桂林，北上占领兴安县城，东王杨秀清率刚组建的太平军水军五十艘战船，趁夏季湘水暴涨，经由灵渠而上突破湘江。太平军大军迅速跟进，北上湖南、湖北，攻克武昌，沿长江东下，洪秀全建都南京。太平军与黄巢军出灵渠的时间相同，都在5月，都是湘水暴涨之时。太平军与黄巢军命运相同，皆因灵渠得生，也因灵渠而亡：一场阴阳失衡的巨变，导致华夏大地上一次血雨腥风的空前剧烈冲突，矛盾的双方，相生相克之后，复又归于平静——只有灵渠才会告诉你真相。

灵渠到底要分出多少湘水给漓江，才能使湘漓两江之间达到阴阳平衡呢？千百年来无数的人对此深感兴趣，但却找不到准确的答案。清朝年间有个叫张心泰的文人，他在灵渠天平石上观察了好久，最后以最原始的办法测量：“试浮竹片十，大约六东北流，四东南流……屡试必验……为六与四之分也。”[①]他认为湘水分给漓江的应是四分，即四六分水。而清乾隆年间的兴安县知县黄海则认为，湘水分给漓江的水应是三分，即三七分水：“海洋江水至龙王庙前，叠石横障波流，分为二道。一东北入楚，地势低而流驶，十分之水，直有其七。一西南入粤，地势高而流缓，十分之水，止得其三。”[②]到底灵渠分湘入漓之水，是四分还是三分？用肉眼观察如何能分得精准？因为灵渠的分水是一种阴阳分水法，它要实现的是湘漓二江之间的一种阴阳动态平衡，它的天机全在这条阴阳构成的“人”字大坝上，即大小天平的“称水”功能上。也就是说，湘江要分掉多少水出去，才能不致阴太

---

①（清）张心泰：《两粤水道》转引自《灵渠文献粹编》。
②（清）蒋方正：《兴安县志》卷二。

盛，致水伤其木；漓江要从湘江获得多少水，才不致阳太旺而伤其本，这就要经过大小天平这把阴阳秤“过秤”才行，准确到多一分少一分都不行，否则就无法实现湘漓二江的阴阳动态平衡。这就是灵渠拦江大坝为什么又叫大小天平之故。灵渠的大小天平“称水”分流，是一个世界奇迹。

因此，我们就知道了灵渠的拦江大坝，为什么不筑成“一”字形，而筑成一“撇”一“捺”的“人”字了。按照阴阳学说，阴阳不二，以壹得之。一者太极是也，统领二物（灵渠“人”字大坝的左右阴阳），相互作用，达到整体统一，循环平衡，相生相克，刚柔并济，和谐圆满，运化万千。一与二是阴阳对立平衡的统一关系，灵渠大坝的“人”字形，可一分为二，人可分为男（阳）、女（阴），又可合二为一，统称为人就是这个道理。这是大坝左右的阴阳结构。

“人”字大坝的阴阳结构，还体现在大坝的上下构成上。按现代科技的测量，大坝是由水上和水下两部分构成，坝高 4 米，其中，河床以下部分高2米多，河床以上部分高1.7米。这条坝的根基在下，深埋水中，属阴；而在它之上的坝体属阳。这就叫作阳在阴不息，阴在阳不离。老子有言：有国之母，生以长久，是谓深根固柢，长生久视之道。天地合而万物生，阴阳接而变化起。天与地即阴阳之合，阴阳合而万物得。欲使灵渠大坝屹立天地间，必使其根深蒂固，欲使其根深蒂固，则非阴阳合不可。这是“人”字大坝的上下阴阳结构。

灵渠大坝“临水面砌成阶梯状，坝顶平铺石灰岩条石，宽约2米，镶拼紧密。两石相接处各凿‘×’形石槽，后熔铸生铁浆灌入，用以把相邻两块石头连成为一体”[①]。这种“两石相接处各凿‘×’形石槽”俗称“阴阳槽”，“阴阳槽”呈“×”形榫头式石槽，中间浇灌生铁熔浆，可使相连的两块长条石紧接不离、大坝牢固。这种“×”形“阴阳槽”无论倒看正看，左看右

① 郑连第：《灵渠工程史述略》，水利电力出版社，1986 年版。

看，都是一个“人”字形，体现了“天人合一”“阴阳合一”的思想。这就使得大坝前后左右上下联结成了一个紧密不可分的天地阴阳体，因而其结构异常紧密，不惧任何洪峰巨浪的冲击。灵渠大坝至今已历两千余年，虽然历代都有过修整重建，但从未在根本上改变其阴阳结构的性质。

灵渠“铧嘴”的文化内涵，也是极其深厚的。

铧嘴是灵渠工程一个不可或缺的重要建筑物。现在见到的铧嘴是清光绪十一年（1885）重建时所做，原来的铧嘴比现在的还要长100米，是一座坚固的导流长堤。它的顶部外形是一个一边长41米，另一边长38米，宽22.8米的方台，坐落在海洋河的深泓之中，劈开水流，沿堤两侧分别导入南渠和北渠。方台四周用大块石灰岩条石砌筑而成，其后30米长的石堤与大小天平的交接点相连接。（郑连第《灵渠工程史述略》）

灵渠的导水工程为什么叫“铧嘴”？“铧”是什么意思？

“铧”与越人有关。越人之名起源于“戉”，最早见于商代甲骨文。根据浙江杭州良渚镇所发现的良渚文化来看，“戉”是远古时代越人的主要生产工具。因越人用的“戉”，是磨制精致的三角形石犁，这也就是铧。因此古中原人便以“戉”为古越族之名。《越绝书·外传》上有这么一个故事：春秋时，吴越两国争强斗霸。有一天晚上，吴王劳做了个噩梦，他梦见有两把铧插入吴国的宫堂，模样十分凶险。吴王醒来后，心里惴惴不安，急招解梦的高人公孙胜前来给他解梦，并问吉凶之兆。公孙胜听了吴王讲述梦中之事，当即拜伏于地，久久不敢起来。吴王忙问公孙胜何故于此。公孙胜答：“我王梦见两铧插入我宫堂者，乃预示越人将入吴邦，伐宗庙，掘社稷也！”不久，果然越国就灭掉了吴国。

这个故事，说明“戉”即“铧”，“铧”既是越人的主要生产工具，也是一种锐利的战斗武器，可以“伐宗庙，掘社稷”。史禄把“铧”这种象征越人的主要生产工具和锐利的战斗武器，使用在灵渠的关键位置上，是经过深谋远虑有着实用价值和文化价值的。其实用价值是创造性地运用越人这种代表性的生产工具，巧妙地作为灵渠的导水和分流，起到保护“人”字大坝（大小天平）和精确分水的作用。它的文化价值，则寓意更为深远。因为岭南这个地方，当时尚处于半原始部落社会，人称南蛮之地，中原文明未至，民之王化未开，虽经一时征服，也难以长治久安。“戈”即“铧”，既可“伐宗庙，掘社稷”，又可播文明、兴农商。史禄修凿灵渠以铧镇江犁水，此乃以文明治化对岭南的半原始部落社会的愚昧野蛮做犁庭扫穴之举，亦是以“戈”治越（岭南百越）之良策。也可解读为铧嘴预示灵渠将是岭南农耕文明的摇篮之意，即中原的农耕文明社会即将取代岭南百越民族刀耕火种的半原始部落社会。尽管有人质疑铧嘴是否为史禄所筑，但是铧嘴所体现的文化价值，却是难以质疑的。

在灵渠的主体工程中，北渠、南渠与人字大坝（大小天平）、铧嘴是一个密不可分的系统工程，缺一不可。人字大坝（大小天平）、铧嘴的文化内涵前面已做分析。北渠、南渠的文化内涵又是如何体现的呢？

先来说北渠。北渠是从分水塘（美潭）以下，沿湘江故道一侧挖掘出来的，它上接海洋河，下连湘江故道，它的功能是接引沿湘江北上的船只进入分水塘后，转入南渠下漓江。其全长不过3.5公里，地势亦较为平缓，如果挖成与湘江故道一样长，或者取直线开挖，会节省很多人力。但是史禄在凿渠时却把北渠挖成了两个像拉满弯弓的“S”形，使之纡曲成渠，其长度比直线开挖超出一倍多，粗一看，这是一个很大的人力工时浪费。但是，根据现代科技的解释，如果把北渠挖得与湘江故道一样长或者取直线开挖渠道，则渠中坡度将会加大，不但不能满足航行要求还会因为北渠的水流速加大而降低分水塘的水位。这样，流入南渠的水将会变得很小，甚至断流，即使有了人字大坝（大小天平）和铧嘴，湘水仍不能入漓。因此北渠为平缓坡降，就必须开挖成纡曲的渠道。这个看似属于纯工程技术的问题，实际上是个文化问题，是属于古人的文化价值观的体现。清康熙年间，曾亲自参加灵渠整修和管理的兴安县令陈关调所作《陡河曲》一诗，就充分体现了这个文化价值观："水理不宜直，人心不宜曲。人曲无生气，水直难接续。古者开成手，凿河诚意笃，源引海洋波，纡回势满足。"①

南渠的文化价值同样也很高。从现在南渠的走向基本上可以判定当初凿渠者的意向，那就是选择一条最优化的凿渠线路，这条最优化的线路应该是取自分水塘南渠口开挖，连接到源出越城峤与点灯山之山谷间，东南约五里至铁炉村附近的始安水。始安水为漓江上游的一条支流，南渠联通了始安水，也就联通了漓江，灵渠引湘入漓即可成功。但是两千多年前的湘漓之间，是绵延不绝的原始丛林，林深草密，遮天蔽日，人入其中，方向莫辨。那时又没有任何可靠的测量仪器用于定位定向，如果只是埋头开挖，那就会不知道把渠道挖到什么地方去了，挖个十年八年可能也挖不通。

中国著名的地质、地貌学家冯景兰先生认为："古时测量之术未精，不借自然流之方向，固难知道大溶江口之低于分水滩之海洋河（即湘江上游）也。"② 冯景兰先生从地质学家的眼光看出当年史禄凿渠是借助"自然流"来定位定向的。这就是老子所说的"道法自然"。自然流是河流的流向，越城岭这道分水岭，隔断了地面上湘漓之间的"自然流"，使史禄开凿南渠无法"借自然流之方向"来定位定向。但是，根据冯景兰先生对当地的地质构造之调查，此地应该存在地下自然流（地下河）可借用。"越城岭山系，界湖南城步、新宁、广西龙胜、义宁、兴安、全州间，自西而东，绵亘三四百里。义宁北境、兴安西境、全州西北境之山地属之……上述诸山系，以其构造成因言，皆久被侵蚀之背斜层山脉……其两旁常为志留纪、泥盆纪及石炭纪之砂岩、页岩及石灰岩等，依次排列……大山两旁，常有高出附近平原数十公尺之低丘，与大山山向平行，由黄色页岩及薄层石灰岩所成……诸大背斜层山系间之向斜层谷中，多为块状石灰岩侵蚀破碎而成之乱山，兴

① （清）蒋方正：《兴安县志·卷三·艺文》。
② 冯景兰：《广西东北部之地形水系》，《两广地质调查所地质年报》1929 年。

安、全州、灵川等境，其例甚多。”[1]1941年，一批学者根据冯景兰先生的调查报告，对灵渠做了学术上的探讨，认为“由此已可略窥灵渠所经之地，大部为石灰岩所构成。按石灰岩易于侵蚀，并且常因某部分构成之成分不同，侵蚀特易，致往往发生许多洞穴。若这些洞穴互相连通，便成沟槽，水流其中而露出地面者，便成溪河，没于地下者，便成地下河。”[2]根据上述地质条件分析，南渠口至始安水之间，应该有地下河流可供史禄凿渠时“借用其自然流之方向”来定向定位，准确无误地使南渠以最优化的线路凿通漓江上游的始安水。

怎样发现连接始安水的地下河流呢？古人利用艾草找水法，就可找到地下河及其流向。艾草本来是用来治病的，春秋战国时代的名医扁鹊，就是一位用艾灸治病的高手。艾灸治病的医理是，艾草属阳，当艾灸之艾热进入人体后，随气血循环，遇到人体某个部位的阴湿之气，它会慢慢将这些阴湿之气逼出体外，达到活血行气、温通经络的治病功效。艾草治病的医理被用到军事上，就是寻找地下水源，解决军队的饮水问题。春秋战国时代，军队行动频繁，军中总要携带大量干艾草（兵马未动，粮草先行），遇到没有地面水源之地，军官就会根据地形命令士兵把艾草堆成若干堆，点火燃烧。艾草是纯阳之物，有很强的穿透能力，燃烧后产生的艾热会顺着地脉走串。地下水属阴，艾草的热力穿透地表后，遇到地下水源的时候，会产生一种强烈的阴阳结合的现象，它会随地下水一同蒸发升腾，就像艾热进入人体，逼出阴湿之气一样。这时军官便命令士兵们，在方圆二三里的范围内去寻找，何处地面有水雾冒出，就表示这个地方有地下水源存在，立刻开挖，就会挖出地下水来，解决军队的饮水问题。

秦军进军五岭百越之地，南下之途，正是盛产艾草的地方。名医扁鹊安葬在河南汤阴扶道，当地所出的扶道艾，湘楚之地的蕲艾，都是艾之上

① 冯景兰：《广西东北部之地形水系》，《两广地质调查所年报》1929年。
② 何若冰：《灵渠行——学术旅行考查记》，1941年9月广西中等学校教学训练班编。

品。李时珍在《本草纲目》中，曾大为称赞蕲艾："相传他处艾灸酒坛不能透，蕲艾一灸则真透彻，为异也。"可见蕲艾有极强的穿透能力。秦军南平百越，必定携带大量干艾草。史禄在凿渠时，就有可能通过使用艾草找水法，发现地下河。"借用其自然流之方向"解决凿渠中测量方位定向的难题。关于艾草找水法，不但古代一些医书秘方有此记载，即便在今天的互联网时代，在"百度"上也可查到。

利用阴阳五行学说的原理，清除南北二渠航道中的礁石和顽石，也是南北二渠道文化价值的体现。灵渠开凿之时，它的首要任务是水上交通运输，运兵运粮。初凿航道中不可避免地留存有许多大小不等的礁石和顽石，这些狰狞怪异的石头，全是"生根石"，原来埋在地下，挖渠时才露了出来，一个个坚硬无比。如果不清除这些横竖在渠道中的石头，那是不能通航的。古代没有炸药，怎么清除这些顽石？修渠的先人很聪明，他们使用阴阳五行金、木、水、火、土相生相克的原理和方法，用土将水渠堵水断流，再将干柴草放置在渠道中的礁石上，放火点燃，烧得这些礁石红透，再放水入渠道中，被烧红透的礁石遇水即爆裂，然后再用铁锤击之，这些碍事的顽石顿时粉身碎骨。《宋史·李师中传》记有宋代提点广西刑狱李师中，重修灵渠疏浚渠道中使用的一个方法："师中即焚石，凿而通之。"名曰"燎石以攻"。用阴阳五行金、木、水、火、土相生相克的原理来清除灵渠中的礁石，是否为史禄首创，史无记载。但是，李师中怎么得到"燎石以攻"的启发，同样史无记载。

说灵渠最大的历史价值是在文化，不仅是指灵渠本身有着深厚的文化内涵，同时还表现在灵渠通过输送中原文化，所发挥出的文化对岭南地区的巨大影响力和亲和力上。

灵渠开凿前后的一百多年内，历经了两次中原王朝对岭南地区的大规模用兵。第一次是秦始皇南平百越的战争，第二次是汉武帝平定南越国的战争。两次都是兵分五路，兵力都在十万至数十万之间，结果虽然都是统一岭南，但是效果却大不一样。

秦始皇命尉屠睢率军五十万分五路进攻岭南百越之地。秦军是一支在统一六国的战争中攻城略地的虎狼之师，装备精良且有备而来，对付岭南百越人一群乌合之众，本可以秋风扫落叶之势，一举而平定岭南，但是，却遭到了惨重的失败。“越人皆入丛薄中，与禽兽处，莫肯为秦虏”，还“相置桀骏以为将，而夜攻秦人，大破之，杀尉屠睢，伏尸流血数十万。”（刘安《淮南子·人间训》）连秦军主帅尉屠睢也被越人杀死了。为什么强大的秦军遭到弱小越人如此顽强的抵抗，并付出了惨重的代价？这只能归因为百越人“莫肯为秦虏”的文化心理，因而奋起反抗，血拼秦军，拒绝降服。

公元前214年，史禄在凿通灵渠之后，秦朝统一了岭南，随即开始对岭南地区的全面经营开发。这时灵渠的运兵运粮的军事作用，让位于文化的传输和建设作用。郡县制的推行，中原文明及先进的生产技术，通过灵渠源源不断地传入岭南。直到公元前207年，秦朝灭亡，虽仅短短的七八年时间，但对岭南地区社会经济文化的发展，却有着划时代的意义和影响。如果没有灵渠，岭南的社会形态，恐怕还将是持续几个世纪的半原始部落社会。

秦朝灭亡后，当年参加统一岭南战事的秦军将领赵佗，据岭自守并建立了汉化程度很高的南越国。到了公元前111年，灵渠已开通了一百年左右，南越国也历经了九十三年的汉文化治理时间。这时汉武帝乘南越国内乱之机，向岭南用兵，也是兵分五路。但是，这时的岭南越人不但没有进行抵抗，反而纷纷闻风而降，据《史记》和《汉书》记载，汉军尚未进入岭南，南越国的两位将军严和甲已率部投降，这两位百越族人的将军降汉后，受封为归义侯，即归汉之义。归义侯严又受封为戈船将军，归义侯甲则受封下厉将军，他们成了汉军攻越的先锋，相传严将军攻破南越国的一处要塞关隘，后人为了纪念这位有功的越族严将军，便将此要塞关隘取名为“严关”（在今兴安县境内），可见当时人心的向背。归义侯戈船将军严和归义侯下厉将军甲分率所部为攻越汉军的第三路、第四路，利用灵渠入漓江沿西江而下，直逼南越国都城番禺（今广州市番禺区）。岭南的越人纷纷归降，当时桂林郡的郡监名叫居翁，他下令桂林郡所属的四十余万瓯雒人（岭南土著越人）全部向汉军投降（《汉书·两粤传》）。这样的局面，与秦军初入岭南时遭遇越人拼死抵抗形成了鲜明的对比。这没有别的解释，只能归功于灵渠一百多年来向岭南不断输送中原文化，使越人逐渐形成了仰慕汉文化的心理，内心愿意接受汉文化，久而久之，遂形成了人心向汉的趋势，因而对从灵渠过来的汉文化不再采取敌视和抵御的做法。

唐代桂州（治所在今桂林）刺史鱼孟威在修筑灵渠因年久被毁损的设施时，特别强调了灵渠在文化上对岭南的民风、民俗、民识的重大影响作用："推俎豆以化猿饮，演坟典以移鴃舌，蕃禹贡，荡尧化也。则所系实大矣。"[①] 这段文字比较难懂，其大意是：通过灵渠传播的中华文化，在岭南起到了推行礼治，教化百姓的作用，改变了他们不合礼数的粗俗风习。通过中华典籍中先王的教导，推行帝尧的德行感化土民，起到了很大的作用。可以说，这是对灵渠文化价值的最高评价。

你只有从文化上读懂了灵渠，才有可能读懂中国几千年的历史文化。

①（唐）鱼孟威：《桂州重修灵渠记》，出自《全唐文》第四册·卷八四，上海古籍出版社，1990 年版。

新版后记

《灵渠》于2018年9月出版，于2019年10月第二次印刷，现在漓江出版社决定加以修订，推出插图本。在2019年岁末，辞旧迎新之际，修订文字部分已完成，借此谈一点对《灵渠》一书的感想。

农耕文明已成为遥远的历史，我们今天已经无法从古灵渠上挖掘出什么新的发展理念。而古灵渠的交通运输功能，则早已让位于高科技时代的运载工具。灵渠已经完成了它的历史使命。但是，它给我们的思想启迪，已经转变成了一种文化价值，这种文化价值，毫不逊色于灵渠两千多年来的实用价值。这种文化价值是什么？

古灵渠是沟通湘江和漓江、珠江和长江、南海和东海的渠道。它不但实现了中原文化和岭南文化的沟通、交流与融合，还实现了中华文明和域外文明的沟通、交流与融合，这种沟通、交流与融合，在古代很大程度上是通过来往于灵渠和合浦港的船队——这条“海上丝绸之路”来实现的。“锦帆直是到天涯”，这是明朝《永乐大典》总纂修人解缙为灵渠写下的诗句。他描绘的当年途径灵渠的船队重重帆影通往“天涯”的盛况，仍然是我们今天所追求的沟通、交流与融合的美好愿景。

古灵渠是一个具有象征意义的文化符号，它象征中华文化的沟通、交流与融合是无限的。这种沟通、交流与融合，能够冲破一切封闭与隔绝的障碍，这种封闭与隔绝的障碍，包括文化之间的，种族之间的，地域之间的，人与人之间的。与沟通、交流相对应的是封闭与隔绝，这是对立统一的矛盾。因为封闭与隔绝的存在，才有沟通与交流的渴望与追求。当年险峻的五岭山脉隔断了岭南与中原的沟通与交流，史禄等秦朝军民与岭南百越人，通过灵渠的开凿，实现了中原文化与岭南文化的沟通、交流与融合。开辟了岭南地区由半原始部落社会向封建社会的转型之路，推进了岭南社会经济、文化的发展，使岭南地区形成了一个以秦、汉文化为主体的多民族融合一体的中华文化圈。

这就是我从古灵渠中挖掘的具有现代意义的文化价值。这种文化价值，贯穿了《灵渠》全书，成为全书人物和故事情节设置的基础。

《灵渠》以史禄为主线人物，他是全书沟通、交流和融合的主轴辐射中心，故事围绕他分层次展开。首先，史禄与秦始皇的沟通、交流，是在双方对岭南的战略一致的基础上，实现了融合。即司马迁在《史记·平津侯主父列传》中说的秦始皇“使监禄凿渠运粮”。

史禄在解决了他与秦始皇的沟通、交流与融合之后，接下来便是他与秦军大将赵佗的沟通、交流与融合，他们之间达成了对岭南战术上的一致：打通粮道，融合族群。

史禄与岭南部族首领西瓯君、苍梧君、皋通、朱眉通过沟通、交流，不但有效地化解了中原军民与岭南部族的矛盾冲突，而且吸引了成千上万的百越族众支持与参与凿渠，最后实现“水到渠成”，岭南与中原民族的大融合。

在实现人与人之间的沟通、交流与融合后，史禄运用“天人合一”“阴阳合一”的中华文化精神，顺天应人，指导中原军民与岭南百越部族，舍生忘死，一往无前地在天、地之间掘出一条大写的“人”字渠道来，最终实现了湘、漓沟通，南、北交流，天、地、人的大融合。

《灵渠》这部作品，表现已进入农耕文明的中原封建社会，与尚处于刀耕火种的岭南百越半原始部落社会——两个处于不同文明社会阶段的矛盾与冲突，是怎样通过沟通、交流，达到相互融合的。这种沟通与交流，不是我吃掉你，你吃掉我的零和游戏，而是我中有你，你中有我，在沟通、交流中实现融合——岭南百越人与南下中原人身份消失，代之而起的是一种中原文化与百越文化融合而成的岭南文化结晶——岭南人，这是一种更高层次的文明发展进步的结果。

《灵渠》出版后，立即受到社会各界的高度重视和广泛关注。2019年4月28日，由广西文联《南方文坛》杂志社牵头，在桂林榕湖饭店召开了“致敬新中国成立70周年黄继树长篇小说《灵渠》推优会”，人民日报、人民网、中国作家网、文艺报、中国艺术报、南方文坛杂志、广西日报、广西新闻网等媒体和学术期刊，发表了许多专家学者撰写的评论文章，他们对《灵渠》给予了积极的评价，认为因为《灵渠》的出版，“如今灵渠终于有了一个历史性的文学书写，有了和这个工程相匹配的厚重文学文本”。① 2019年广西壮族自治区党委宣传部把广西精神文明建设“五个一工程”奖和广西最高文艺奖“铜鼓奖”同时授予了《灵渠》。

《灵渠》的这次修订，除在全书的文字上做了一次校订外，主要是修改了第十二章第三节《决战象堡》的结尾，删削了《尾声》的一部分文字，全书共增删文字约1万余字（包括删除原版的《后记》和新增《新版后记》）。

“云南画派”创始人之一、中国著名的绘画艺术家刘绍荟教授，非常关爱《灵渠》，他为书中主要人物专门创作了14幅栩栩如生的画像，又画了一幅灵渠全貌风光图，使《灵渠》的新版平添了许多的文化艺术魅力。刘绍荟先生创作的灵渠艺术邮票，受到无数集邮爱好者的喜爱，他这次创作的《灵渠》插图，也一定会受到广大读者的欢迎！

中国作家协会小说委员会主任胡平先生预言《灵渠》：“将来可以作为旅游业发展的重要契机，大大丰富旅游资源，同时也是丰富岭南的文化建设。

---

① 邱振刚，《中国艺术报》2019年5月6日文艺评论版《灵渠：对岭南历史的艺术呈现》

改成电视剧后，影响会更大。”[①] 要实现胡平先生的预言，还需出现一位文化工程上的“史禄”，把中国文化的沟通、交流与融合推进到一个更高的层次。

黄继树

2019年12月31日写于桂林漓东

① 《南方文坛》2019年第6期《黄继树长篇小说〈灵渠〉研讨会纪要》